Charles Dickens, geboren am 7. 2. 1811 in Landport bei Portsea, ist am 9. 6. 1870 in Gadshill gestorben.
Die Buchausgabe des *Oliver Twist* erschien 1838 in drei kleinen Bänden, illustriert von George Cruikshank, in London.
Dieser Roman – der erste, in dem Dickens seine Meisterschaft in der Darstellung einer spannenden Handlung zeigt, erzählt die Geschichte des Waisenkindes Oliver. Verschleppt in die Verbrecherwelt Londons, findet er zu guter Letzt doch noch einen Helfer und macht mit dessen Hilfe sein Glück.
Folie für diesen Roman sind die Elendsviertel der englischen Hauptstadt, die zu jener Zeit von einem Heer von Armen bevölkert waren. Verschiedene europäische Literaturtraditionen sind in dieses Buch eingegangen. So die des Bildungs- und Erziehungsromans; schon Voltaire hatte diese Tradition in seinem *Candide* travestiert. Aber auch die des standhaften Helden aus dem Barock, der allen Umständen zum Trotz, unangefochten durch Verführung, seine subjektive Integrität bewahrt. Neu ist an *Oliver Twist* die schonungslose Darstellung und der Realismus, mit dem die Elendsquartiere der East Side Londons beschrieben werden.

insel taschenbuch 242

Dickens

Oliver Twist

Charles Dickens
Oliver Twist

Aus dem Englischen von
Reinhard Kilbel
Mit einem Nachwort von
Rudolf Marx
und 24 Illustrationen von
George Cruikshank

Insel

insel taschenbuch 242
Erste Auflage 1976
Lizenzausgabe mit freundlicher Genehmigung
der Dieterich'schen Verlagsbuchhandlung Leipzig, DDR
Vertrieb durch den Suhrkamp Taschenbuch Verlag
Umschlag nach Entwürfen von Willy Fleckhaus
Satz: Wagner, Nördlingen
Druck: Nomos Verlagsgesellschaft, Baden-Baden
Printed in Germany

6 7 8 9 – 89 88 87

To Be DRUNK ON THE Pre-MISSES
Licensed to sel Beer by Retail
Fine Ale 3d pr Pot
George Cruikshank

ERSTES KAPITEL

Handelt von Oliver Twists Geburtsstätte und von den Umständen, die seine Geburt begleiteten

In einer gewissen Stadt, die ich aus mancherlei Gründen vorsichtshalber nicht nennen will und der ich auch keinen erdichteten Namen beilegen mag, befindet sich unter anderen öffentlichen Gebäuden eines, das von alters her in den meisten Städten, seien sie nun groß oder klein, allgemein üblich ist: nämlich ein Armenhaus. Und in diesem Armenhaus wurde – an einem Tage, dessen Datum zu erwähnen ich mir ersparen darf, da es für den Leser, zumindest bei dem derzeitigen Stand der Dinge, keinerlei Bedeutung haben kann – jenes Stücklein Mensch geboren, dessen Name schon in der Überschrift dieses Kapitels genannt ist.

Noch geraume Zeit, nachdem das Kind durch den Gemeindearzt in diese Welt der Sorgen und Mühen befördert worden war, blieb höchst zweifelhaft, ob es am Leben bleiben und somit überhaupt einen Namen tragen würde. – In diesem Falle ist es etwas mehr als nur wahrscheinlich, daß diese Erinnerungen niemals erschienen wären, oder aber sie wären nur auf einigen wenigen Seiten zusammengefaßt gewesen und hätten damit das unschätzbare Verdienst gehabt, die kürzeste und wahrheitsgetreueste Biographie zu sein, die in der Literatur aller Zeiten und Länder existierte.

Wenn ich auch nicht geneigt bin, zu behaupten, daß die Geburt in einem Armenhause an und für sich das glücklichste und beneidenswerteste Geschick ist, das möglicherweise einem menschlichen Wesen widerfahren kann, so möchte ich doch sagen, daß es in diesem besonderen Falle für Oliver Twist das beste war, was geschehen konnte. Es bereitete nämlich ziemliche Schwierigkeiten, Oliver dazu zu bringen, daß er sich zum Atmen bequemte – gewiß eine mühsame Tätigkeit, aber doch eine, die uns durch Gewohnheit zum beschwerdefreien Leben unentbehrlich geworden

ist. So lag er eine Zeit lang keuchend auf einer kleinen Wollmatratze in ungewissem Schwebezustand zwischen Diesseits und Jenseits, wobei das letztere entschieden das Übergewicht hatte. Wäre Oliver in dieser kurzen Zeitspanne von sorgsamen Großmüttern, ängstlichen Tanten, erfahrenen Kinderfrauen und hochgelehrten Ärzten umgeben gewesen, so wäre er ganz bestimmt und unabwendbar in kürzester Zeit umgebracht worden. Da aber niemand zugegen war als eine alte Almosenempfängerin, die durch eine ungewohnte Ration Bier ziemlich benebelt war, und ein Gemeindearzt, der dergleichen Dinge vertragsgemäß erledigte, so fochten Oliver und die Natur die Sache allein miteinander aus. Das Ergebnis war, daß Oliver nach einigem Sträuben atmete, nieste und weiterhin den Insassen des Armenhauses davon Kenntnis gab, daß der Gemeinde eine neue Last aufgebürdet worden war, indem er einen Schrei ausstieß, wie er in dieser Lautstärke billigerweise von einem Kinde männlichen Geschlechts erwartet werden konnte, das sich nicht viel länger als reichliche drei Minuten im Besitz jener höchst nützlichen Beigabe einer Stimme befand. Als Oliver diesen ersten Beweis der freien und ordnungsgemäßen Funktion seiner Lungen geliefert hatte, bewegte sich die aus Flicken zusammengesetzte Bettdecke, die nachlässig über eine eiserne Bettstelle geworfen war; das bleiche Antlitz einer jungen Frau hob sich mühsam vom Kopfkissen empor, und eine schwache Stimme sprach undeutlich die Worte: »Laßt mich das Kind sehen und sterben!«
Der Arzt hatte, mit dem Gesicht zum Feuer gewendet, dagesessen und seine Handflächen abwechselnd erwärmt und gerieben. Als die junge Frau sprach, erhob er sich, trat an das Kopfende des Bettes und sagte freundlicher, als man es von ihm erwartet hätte:
»Oh, Sie dürfen noch nicht vom Sterben reden.«
»Gütiger Gott, nein!« fiel ihm die Wärterin ins Wort und verbarg eilends in ihrer Tasche eine grüne Glasflasche, von

deren Inhalt sie in einer Ecke mit offensichtlicher Befriedigung gekostet hatte. »Gütiger Himmel, wenn sie erst mal so lange gelebt hat wie ich, Herr, und dreizehn leibliche Kinder gehabt hat, die alle gestorben sind bis auf zwei, die nun mit mir im Armenhaus leben, dann wird sie nicht mehr so dumm sein und sich so anstellen. Gütiger Himmel – bedenken Sie doch, was es heißt, Mutter zu sein, und seien Sie ein braves kleines Lämmchen!«

Anscheinend verfehlte dieser tröstliche Ausblick auf künftige Mutterschaft die ihm gemäße Wirkung. Die Kranke schüttelte den Kopf und streckte die Hand nach dem Kinde aus.

Der Arzt legte es in ihre Arme. Sie preßte ihre kalten, blassen Lippen leidenschaftlich auf die Stirn des Kindes, strich sich mit der Hand über das Gesicht, blickte ziellos um sich, schauderte, sank zurück – und starb. Man rieb ihr Brust, Hände und Schläfen, aber das Blut hatte für immer zu kreisen aufgehört. Man sprach von Trost und Hoffnung – die aber waren ihr schon zu lange fremd gewesen.

»Es ist alles vorüber, Frau Dingsda«, sagte der Arzt schließlich.

»Ja, ja, so ist es – das arme Ding!« meinte die Wärterin und hob den Korken der grünen Flasche auf, der auf das Kissen gefallen war, als sie sich niederbeugte, um das Kind wegzunehmen. »Das arme Ding . . .«

»Sie brauchen mich nicht holen zu lassen, wenn das Kind schreit«, sagte der Arzt, während er sehr bedächtig seine Handschuhe überstreifte. »Es ist sogar sehr wahrscheinlich, daß es unruhig wird. Geben Sie ihm dann ein wenig Haferschleim.« Er setzte seinen Hut auf, blieb auf seinem Weg zur Tür neben dem Bett noch einmal stehen und fügte hinzu: »Sie war zudem ein hübsches Mädchen – woher kam sie eigentlich?«

»Sie wurde gestern abend auf Anordnung des Armenpflegers hergebracht«, erwiderte die Alte. »Man hatte sie auf der

Straße liegend gefunden. Sie war wohl schon ziemlich weit gelaufen, denn ihre Schuhe waren ganz zerfetzt; aber wo sie herkam und wo sie hinwollte, weiß kein Mensch.«
Der Arzt beugte sich über die Verstorbene und hob ihre linke Hand auf. »Die alte Geschichte«, sagte er kopfschüttelnd, »kein Trauring, wie ich sehe. Na ja – Gute Nacht!«
Der Medikus ging zum Essen, und die Wärterin, die sich abermals ihrer grünen Flasche gewidmet hatte, setzte sich auf einen niedrigen Stuhl vor dem Feuer und begann, das Kind anzuziehen.
Welch treffliches Beispiel gab der kleine Oliver für die Macht der Kleider! Eingewickelt in die Decke, die bisher seine einzige Hülle gewesen war, hätte er ebensogut das Kind eines Edelmannes wie das eines Bettlers sein können – es wäre dem dünkelhaftesten Fremden schwergefallen, ihm seinen gebührenden Platz in der Gesellschaft zuzuweisen. Nun aber, in die alten, im gleichen Dienst bereits vergilbten Kattunkleider gehüllt, war er gekennzeichnet und eingeordnet und nahm sogleich seinen Platz ein: ein Gemeindekind, eine Waise aus dem Armenhaus, ein demütiger, halbverhungerter Sklave, den man überall im Leben herumstieß – von allen verachtet und von keinem bemitleidet.
Oliver schrie aus Leibeskräften. Hätte er gewußt, daß er eine Waise und auf Gnade und Ungnade der Fürsorge von Kirchenvorstehern und Armenpflegern überlassen war, so hätte er womöglich noch lauter geschrien.

ZWEITES KAPITEL

Handelt davon, wie Oliver Twist heranwuchs, erzogen und beköstigt wurde

Während der nächsten acht bis zehn Monate war Oliver das Opfer eines systematischen Verrates und Betrugs. Er wurde mit der Flasche großgezogen. Der ausgehungerte und hilflose Zustand des Waisenkindes wurde von der Verwaltung des Armenhauses pflichtschuldigst der Gemeindeverwaltung mitgeteilt. Die Gemeindevertreter fragten darauf höchst würdevoll bei der Verwaltung des Armenhauses an, ob denn zur Zeit keine Frau in »dem Hause« sei, die in der Lage wäre, Oliver die Tröstung und Nahrung zu geben, deren er bedurfte. Die Verwaltung des Armenhauses antwortete untertänigst, daß dem nicht so sei. Auf diesen Bescheid hin faßten die Gemeindevertreter den großzügigen und menschenfreundlichen Entschluß, daß Oliver »in die Ziehe« gegeben werden solle – mit anderen Worten, daß er in eine etwa drei Meilen entfernte Zweigstelle des Armenhauses geschickt werden sollte, wo sich zwanzig oder dreißig jugendliche Übertreter der Armenhausgesetze unter der mütterlichen Aufsicht einer ältlichen Frau, die diese armen Sünder für eine Entschädigung von siebeneinhalb Pence pro Kopf und Woche aufnahm, ohne allzu große Belästigung durch Nahrung und Kleidung den ganzen Tag auf dem Boden herumkugelten. Siebeneinhalb Pence pro Woche sind ein ganz schönes Kostgeld für ein Kind; für siebeneinhalb Pence kann man eine ganze Menge bekommen – genug jedenfalls, um den Magen eines Kindes zu überladen und ihm Unbehagen zu bereiten. Die ältliche Dame war eine kluge und erfahrene Frau; sie wußte, was Kindern guttat – und sie wußte auch sehr genau, was ihr selbst guttat. Deshalb verwendete sie den größeren Teil der wöchentlichen Zuwendung für sich und setzte die heranwachsende Generation der Gemeindekinder auf noch knappere Rationen, als sie ihnen ursprünglich zugedacht waren. Dabei fand sie selbst in der tiefsten Tiefe eine noch tiefere und erwies sich so als eine höchst bedeutende Experimentalphilosophin.

Jedermann kennt die Geschichte jenes anderen Experimentalphilosophen, der die großartige Theorie entwickelte, ein Pferd könne leben, ohne zu fressen. Er setzte dies so gut in die Tat um, daß er sein eigenes Pferd bis auf einen Strohhalm pro Tag herabsetzte – und er hätte aus ihm zweifellos ein höchst feuriges und wild umherspringendes Tier ohne jegliche Nahrung gemacht, wenn es nicht vierundzwanzig Stunden, bevor es seine erste stärkende Fütterung mit Luft erhalten sollte, gestorben wäre. Zum Unglück für die Experimentalphilosophie jener Frau, deren Obhut Oliver anvertraut wurde, kam ein ähnliches Ergebnis gewöhnlich bei der Anwendung *ihres* Systems zustande; denn im gleichen Augenblick, wo ein Kind so weit gekommen war, daß es mit der kleinstmöglichen Menge der denkbar kraftlosesten Nahrung zu leben vermochte, geschah es boshafterweise in achteinhalb von zehn Fällen, daß es entweder durch Entbehrung und Kälte krank wurde, durch Nachlässigkeit ins Feuer fiel oder zufällig halb erstickte; und in jedem dieser Fälle wurden die unglücklichen kleinen Wesen in eine andere Welt abberufen und dort zu den Vätern versammelt, die sie in dieser Welt nie gekannt hatten.

Wurde gelegentlich eine das gewöhnliche Interesse übersteigende Untersuchung wegen eines Gemeindekindes eingeleitet, das man beim Zusammenschlagen einer Bettstelle übersehen hatte oder das durch Unachtsamkeit tödlich verbrüht worden war, wenn etwa eine Wäsche stattfand – obgleich der letztere Unglücksfall sehr selten war, da alles, was einer Wäsche ähnlich sah, in dem Ziehhaus auch höchst selten vorkam –, so setzten es sich die Geschworenen wohl in den Kopf, lästige Fragen zu stellen, oder die Gemeindemitglieder unterschrieben rebellischerweise eine Beschwerde. Aber diesen Ungehörigkeiten wurde schleunigst Einhalt geboten durch das Zeugnis des Arztes und die Aussage des Gemeindedieners; der erstere hatte immer den Leichnam geöffnet und nichts darin gefunden (was allerdings höchst wahrscheinlich war), der letztere aber – und das war sehr aufopferungsvoll von ihm – beschwor unwandelbar alles, was die Gemeinde verlangte. Außerdem pilgerten die Herren vom Gemeinderat regelmäßig selbst nach dem Ziehhaus und sandten immer tags zuvor den Gemeindediener voraus, um ihren Besuch anzukündigen. Und wenn *sie* dann im Anmarsch waren, sahen die Kinder ordentlich und sauber aus – was aber konnten die Leute mehr verlangen?

Man kann nicht erwarten, daß dieses Ziehkindersystem irgendwelche sehr außergewöhnlichen oder üppigen Früchte trug. So war Oliver Twist an seinem neunten Geburtstag ein blasses, schmächtiges Kind, etwas klein von Gestalt und entschieden von geringem Leibesumfang. Aber Natur und Vererbung hatten Oliver einen gesunden, unbeugsamen Lebensgeist in die Brust gelegt; dieser hatte – dank der kärglichen Kost des Institutes – reichlich Platz gehabt, sich auszubreiten, und vielleicht ist es diesem Umstand zuzuschreiben, daß Oliver überhaupt einen neunten Geburtstag erlebte. Sei dem, wie ihm wolle – jedenfalls *war* es sein neunter Geburtstag, und er feierte ihn gerade im Kohlenkeller in der erlesenen Gesellschaft zweier anderer junger Herren – die erst mit ihm gemeinsam eine tüchtige Tracht Prügel erhalten hatten und dann eingesperrt worden waren, weil sie es abscheulicherweise gewagt hatten, hungrig zu sein –, als Mrs. Mann, die ehrenwerte Hausherrin, unverhofft durch das Erscheinen von Mr. Bumble, dem Gemeindediener, erschreckt wurde, der sich bemühte, das Pförtchen des Gartentors zu öffnen.

»Gütiger Himmel! Sind Sie es, Mr. Bumble?« rief Mrs. Mann und steckte mit gut gespielter Freude ihren Kopf zum Fenster hinaus. (»Susanne, hol Oliver und die zwei anderen Bälger herauf und wasch sie, aber sofort!«) »So wahr ich lebe! Mr. Bumble, wie freue ich mich, Sie wiederzusehen – wirklich und wahrhaftig!«

Nun war aber Mr. Bumble ein dicker Mann und zudem ein Choleriker, und so rüttelte er, anstatt diese herzliche Begrüßung ebenso freundlich zu erwidern, fürchterlich an der Pforte und versetzte ihr alsdann einen Tritt, wie ihn nur der Fuß eines Gemeindedieners zuwege bringen konnte. »Mein

Gott, denken Sie nur«, rief Mrs. Mann und lief hinaus – denn die drei Jungen waren inzwischen umquartiert worden –, »denken Sie nur, hab' ich doch ganz vergessen, daß das Tor wegen der lieben Kinderchen von innen verriegelt war! Kommen Sie herein, Mr. Bumble, bitte schön, kommen Sie nur herein!«

Obwohl diese Einladung von einem Knicks begleitet war, der das Herz eines Kirchenvorstehers hätte erweichen können, wurde der Gemeindediener dadurch keineswegs besänftigt. »Halten Sie das für respektvoll und schicklich, Mrs. Mann«, fragte Mr. Bumble und umfaßte seinen Spazierstock, »Gemeindebeamte am Gartentor warten zu lassen, wenn sie in Gemeindeangelegenheiten wegen der Gemeindewaisen zu Ihnen kommen? Sind Sie sich dessen bewußt, Mrs. Mann, daß Sie sozusagen von der Gemeinde bevollmächtigt und besoldet sind?«

»Ich habe bestimmt nur einigen von den lieben Kleinen, die Ihnen so zugetan sind, gesagt, daß Sie es wären, der da eben käme, Mr. Bumble«, meinte Mrs. Mann höchst demütig.

Mr. Bumble hatte eine hohe Meinung von seinen rednerischen Fähigkeiten und seiner Wichtigkeit. Die erstere hatte er entfaltet und die letztere geltend gemacht – also gab er nun nach.

»Nun gut, Mrs. Mann«, erwiderte er in ruhigerem Tone, »vielleicht ist es so, wie Sie sagen – vielleicht. Gehen Sie voraus nach drinnen, denn ich komme in Geschäftsangelegenheiten und habe Ihnen etwas zu sagen.«

Mrs. Mann führte den Gemeindediener in ein kleines mit Backsteinen gepflastertes Besuchszimmer, rückte ihm einen Stuhl zurecht und legte seinen dreispitzigen Hut und seinen Stock diensteifrig vor ihm auf den Tisch. Mr. Bumble wischte sich den Schweiß, den sein Spaziergang hervorgerufen hatte, von der Stirn, blickte selbstgefällig auf seinen Dreispitz und lächelte. Jawohl, er lächelte. Gemeindediener sind auch nur Menschen – und so lächelte Mr. Bumble.

»Nehmen Sie bitte nicht übel, was ich jetzt sage«, bemerkte Mrs. Mann mit gewinnender Liebenswürdigkeit. »Sie haben einen langen Weg hinter sich, wissen Sie, sonst würde ich's gar nicht erwähnen. Wollen Sie nicht ein Tröpfchen irgend etwas Trinkbares zu sich nehmen, Mr. Bumble?«

»Keinen Tropfen, nein, nicht einen Tropfen«, sagte Mr. Bumble und winkte mit seiner Rechten würdevoll aber milde ab.

»Ach, ich denke doch«, meinte darauf Mrs. Mann, die den Ton der Ablehnung und die begleitende Geste wahrgenommen hatte. »Nur ein ganz kleines Tröpfchen mit etwas kaltem Wasser und einem Stück Zucker.«

Mr. Bumble hüstelte.

»Na – nur ein ganz winziges Tröpfchen«, redete Mrs. Mann ihm zu.

»Was ist es denn?« fragte der Gemeindediener.

»Nun, es ist das, wovon ich immer ein wenig im Hause haben muß, um es den lieben Kleinen in Daffys Elixier zu geben, wenn sie sich nicht wohl fühlen, Mr. Bumble«, erwiderte Mrs. Mann, während sie ein Eckschränkchen öffnete und Flasche und Glas herausnahm. »Es ist Wacholder. Ich will Sie nicht betrügen, Mr. Bumble. Es ist Wacholder.«

»Geben Sie den Kindern Daffys Elixier, Mrs. Mann?« fragte Bumble und verfolgte mit den Augen den interessanten Vorgang des Mischens.

»Gütiger Himmel, ja, das tue ich, wenn's auch teuer ist«, entgegnete die Kinderwärterin. »Sie wissen ja, ich könnte sie doch nicht vor meinen eigenen Augen leiden sehen.«

»Nein«, sagte Mr. Bumble zustimmend, »nein, das könnten Sie nicht. Sie sind eine gutmütige Frau, Mrs. Mann.« (Hierbei stellte sie das Glas hin.) »Ich werde baldigst Gelegenheit nehmen, das beim Gemeinderat zu erwähnen, Mrs. Mann.« (Er zog das Glas zu sich hin.) »Sie fühlen wie eine Mutter, Mrs. Mann.« (Er rührte in dem gemischten Wacholder herum.) »Ich . . . ich trinke mit Vergnügen auf Ihre Gesundheit, Mrs. Mann!« – und er schluckte die Hälfte des Getränks hinunter.

»Und nun zum Geschäftlichen«, sagte darauf der Gemeindediener und zog ein ledernes Taschenbuch hervor.« Das Kind, das in der Nottaufe den Namen Oliver Twist erhielt, ist heute neun Jahre alt.«

»Gott segne ihn!« warf Mrs. Mann ein und rieb sich ihr linkes Auge mit dem Schürzenzipfel rot.

»Und trotz einer ausgesetzten Belohnung von zehn Pfund, die später auf zwanzig Pfund erhöht wurde – trotz der äußersten, ja, ich darf sagen, übermenschlichen Anstrengungen seitens der Gemeinde«, sagte Bumble, »sind wir nicht imstande gewesen, herauszufinden, wer sein Vater ist oder welchen Wohnsitz, Namen und – Stand seine Mutter hatte.«

Mrs. Mann schlug vor Erstaunen die Hände überm Kopf zusammen, aber nach einem Augenblick des Nachdenkens bemerkte sie: »Wie kommt es denn dann, daß er überhaupt einen Namen hat?«

Der Gemeindediener warf sich voll Stolz in die Brust und sagte: »Ich habe ihn erfunden!«

»Sie, Mr. Bumble?«

»Jawohl – ich, Mrs. Mann. Wir benennen unsere Findelkinder in alphabetischer Reihenfolge. Der letzte war ein S – Swubble hab' ich ihn genannt. Dieser nun war ein T – so nannte ich *ihn* Twist. Der nächste, der kommt, wird Unwin heißen, und der folgende Vilkins. Ich habe schon Namen bis zum Ende des Alphabets bereit und dann noch mal durch das ganze Alphabet hindurch, wenn wir bei Z angekommen sind.«

»Oh, Sir, Sie sind ja direkt literarisch begabt!« konstatierte Mrs. Mann.

»Nun ja«, sagte der Gemeindediener, offensichtlich erfreut über das Kompliment. »Vielleicht bin ich das – vielleicht bin ich das, Mrs. Mann.« Er trank den Wacholder aus und fügte hinzu: »Da Oliver nun zu alt ist, um länger hierzubleiben, hat der Gemeinderat beschlossen, ihn in das Armenhaus zurückzuholen. Ich bin selbst herausgekommen, um ihn mitzunehmen. Also führen Sie ihn mir mal gleich vor.«

»Ich werde ihn sofort holen«, entgegnete Mrs. Mann und verließ zu diesem Zwecke das Zimmer. Oliver war mittlerweile soweit von der äußeren Schmutzhülle, die sein Gesicht und die Hände bedeckte, befreit worden, wie dies durch einmalige Waschung möglich gewesen war, und wurde nun von einer wohlwollenden Beschützerin ins Zimmer geführt.

»Verbeuge dich vor dem Herrn, Oliver«, sagte Mrs. Mann.

Oliver machte eine Verbeugung, die teils dem Gemeindediener auf seinem Stuhl und teils dem Dreispitz auf dem Tische galt.

»Willst du mit mir kommen, Oliver?« fragte Mr. Bumble mit würdevoller Stimme.

Oliver war nahe daran zu sagen, daß er mit jedermann höchst bereitwillig mitgehen würde, als er aufblickte und Mrs. Mann gewahrte, die hinter des Gemeindedieners Stuhl getreten war und ihm wütend mit der Faust drohte. Er begriff den Wink sofort, denn diese Faust hatte zu oft seinen Körper getroffen, um sich nicht auch tief in sein Gedächtnis einzuprägen.

»Geht *sie* auch mit?« fragte der arme Oliver.

»Nein, das kann sie nicht«, erwiderte Mr. Bumble, »aber sie wird manchmal kommen und dich besuchen.«

Das war kein besonderer Trost für das Kind. Aber so jung Oliver war, hatte er doch Verstand genug, um großes Bedauern über seinen Weggang vorzutäuschen. Es fiel dem Knaben nicht schwer, Tränen in seine Augen zu locken. Hunger und eben erst erduldete Mißhandlungen sind tüchtige Helfer, wenn man weinen will; und Oliver weinte tatsächlich höchst natürlich. Mrs. Mann umarmte ihn tausendmal und gab ihm – was Oliver viel nötiger brauchte – ein Stück Butterbrot, damit er nicht zu hungrig schiene, wenn er im Armenhaus ankam. Mit der Schnitte Brot in der Hand und der kleinen Armenhäuslermütze aus ungebleichtem Leinen auf dem Kopfe wurde Oliver nun von Mr. Bumble aus der armseligen Heimstätte fortgeführt, wo niemals ein freundliches Wort oder ein gütiger Blick die Düsternis seiner Kinderjahre erhellt hatten.

Und dennoch befiel ihn plötzlich ein unbeschreiblicher kindlicher Kummer, als sich die Tür des Häuschens hinter ihm schloß. So armselig auch die kleinen Gefährten im Elend waren, die er nun zurückließ: sie waren doch die einzigen Freunde, die er jemals gekannt hatte; und zum ersten Male drang in das Herz des Kindes das Bewußtsein seiner Verlassenheit in der großen, weiten Welt.

Mr. Bumble schritt kräftig aus; der kleine Oliver, der sich an seinem goldbetreßten Ärmelaufschlag festhielt, trottete neben ihm her und fragte nach jeder Viertelmeile, ob sie noch nicht »bald da« wären. Auf diese Fragen gab Mr. Bumble nur kurze und barsche Antworten, denn die zeitweilige Milde, die Wacholder in manchen Herzen weckt, war zu dieser Zeit bereits wieder verflogen und er wieder ganz Gemeindediener.

Oliver war noch keine Viertelstunde in den Mauern des Armenhauses und hatte kaum eine zweite Schnitte Brot verzehrt, als Mr. Bumble, der ihn der Obhut einer alten Frau übergeben hatte, zurückkehrte und ihm sagte, es sei gerade an diesem Abend eine Sitzung, und die Herren vom Gemeinderat hätten verfügt, daß er unverzüglich vor ihnen erscheinen solle.

Oliver hatte keine rechte Vorstellung davon, was Sitzung und Gemeinderat bedeuteten, daher war er auch ziemlich verwundert über diese Mitteilung und nicht ganz sicher, ob er lachen oder weinen sollte. Er hatte jedoch keine Zeit, über diese Fragen nachzudenken, denn Mr. Bumble gab ihm mit seinem Stock einen leichten Schlag auf den Kopf, um ihn zu wecken, und einen zweiten auf den Rücken, um ihn aufzumuntern, dann befahl er Oliver, ihm zu folgen, und führte

ihn in einen großen weißgetünchten Raum, in dem acht bis zehn wohlbeleibte Herren um einen Tisch versammelt waren. Am oberen Ende des Tisches saß in einem Lehnstuhl, der um einiges höher war als die übrigen, ein besonders dicker Herr mit einem kugelrunden, roten Gesicht.
»Verbeuge dich vor dem Gemeinderat«, sagte Bumble. Oliver wischte einige Tränen fort, die ihm in den Augen standen, und da er nichts sah als den Tisch, an dem die Herren saßen, verbeugte er sich nach dorthin.
»Wie heißt der Knabe?« fragte der Herr in dem hohen Lehnstuhl.
Oliver war durch den Anblick so vieler Herren verängstigt und begann zu zittern; als ihm der Gemeindediener dann hinterrücks einen weiteren Schlag versetzte, fing er an zu weinen. Aus diesen beiden Gründen antwortete er sehr leise und zögernd, und ein Herr in weißer Weste äußerte deshalb, er sei ein Narr. Fürwahr eine treffliche Methode, ihm Mut zu machen und seine Schüchternheit zu beheben!
»Hör zu, Knabe«, sagte der Herr in dem hohen Lehnstuhl, »ich nehme an, du weißt, daß du eine Waise bist?«
»Was ist das, Sir?« fragte der arme Oliver.
»Der Junge ist tatsächlich ein Narr – ich hab' mir's gleich gedacht«, sagte der Herr mit der weißen Weste.
»Still!« erwiderte der Herr, der zuerst gesprochen hatte. »Du weißt doch, daß du weder Vater noch Mutter hast und daß du von der Gemeinde erzogen worden bist, nicht wahr?«
»Jawohl, Sir«, antwortete Oliver und weinte bitterlich.
»Warum weinst du denn?« erkundigte sich der Herr in der weißen Weste. Es war ja natürlich auch ganz außergewöhnlich – *warum* konnte der Junge nur weinen?!
»Ich hoffe, du betest jeden Abend«, fragte ein anderer Herr mit barscher Stimme, »und bittest wie ein rechter Christ für die Leute, die dich ernähren und für dich sorgen?«
»Jawohl, Sir«, stammelte der Knabe. Der Herr, der zuletzt gesprochen hatte, hatte unbewußt recht. Oliver hätte *sehr*

wie ein Christ – und zwar wie ein erstaunlich guter Christ – gehandelt, hätte er für jene Menschen gebetet, die *ihn* ernährt und versorgt hatten. Aber er hatte es nicht getan, denn niemand hatte es ihn gelehrt.

»Nun, du bist hierhergekommen, um erzogen und in einem nützlichen Gewerbe unterwiesen zu werden«, sagte der Herr mit dem roten Gesicht, der in dem hohen Lehnstuhl saß.

»Deshalb wirst du morgen früh um sechs Uhr anfangen, Werg zu zupfen«, fügte der Mürrische in der weißen Weste hinzu.

Für die Vereinigung jener beiden Wohltaten in dem einfachen Vorgang des Wergzupfens verbeugte sich Oliver auf Anweisung des Gemeindedieners tief und wurde dann eiligst in einen großen Saal gebracht, wo er sich auf einem rauhen, harten Bett in den Schlaf weinte. Welch trefflicher Beweis für die Milde der englischen Gesetze: Sie lassen die Armen schlafen!

Der arme Oliver! Als er so glücklich, seiner Umgebung nicht bewußt, schlafend dalag, ahnte er wohl kaum, daß der Gemeinderat am selben Tage einen Beschluß gefaßt hatte, der einen höchst bedeutenden Einfluß auf sein ganzes künftiges Geschick ausüben sollte. Und doch war das geschehen, und es ging dabei um folgendes:

Die Mitglieder dieses Rates waren sehr weise, scharfsinnige und philosophische Männer; und als sie ihr Augenmerk auf das Armenhaus richteten, fanden sie sogleich etwas heraus, was gewöhnliche Menschen nie entdeckt hätten: daß es nämlich Armen dort gefiele! Es war doch eine regelrechte öffentliche Vergnügungsstätte für die ärmeren Schichten der Bevölkerung; ein Wirtshaus, in dem man nichts zu bezahlen brauchte; das ganze Jahr hindurch gab es Frühstück, Mittagessen, Vesper und Abendbrot aus öffentlichen Mitteln: ein Paradies aus Ziegelsteinen und Mörtel, in dem es nur Vergnügen und keine Arbeit gab. »Oho!« sagten die Herren vom Gemeinderat und blickten sehr weise drein, »wir sind die rechten Leute, das in Ordnung zu bringen! Wir werden all dem sogleich ein Ende bereiten!« Deshalb trafen sie die Bestimmung, daß alle armen Leute die Wahl haben sollten (denn sie wollten niemand zwingen – beileibe nicht!), entweder in dem Hause allmählich oder außerhalb desselben schnell zu verhungern. Unter diesem Gesichtspunkt vereinbarten sie mit dem Wasserwerk die unbegrenzte Versorgung mit Wasser und mit einem Getreidehändler die regelmäßige Lieferung kleiner Mengen von Hafermehl und gaben dann täglich drei Mahlzeiten von dünner Grütze aus, dazu zweimal wöchentlich eine Zwiebel und sonntags ein halbes Brötchen. Sie trafen zahlreiche andere kluge und menschenfreundliche Bestimmungen, die sich auf die Frauen bezogen und deren Aufzählung hier nicht erforderlich ist; sie übernahmen freundlicherweise die Scheidung armer verheirateter Leute wegen der hohen Kosten eines Verfahrens vor den zuständigen Gerichten, und anstatt, wie sie es bisher getan hatten, einen Mann zu zwingen, seine Familie zu versorgen, trennten sie ihn nun von ihr und machten ihn zum Junggesellen! Es ist nicht zu sagen, wie viele Bewerber um Hilfe sich in den beiden letzten Fällen aus allen Gesellschaftsklassen gemeldet hätten, wenn diese nicht mit dem Armenhaus verbunden gewesen wäre. Aber die Herren vom Gemeinderat waren schlau und hatten sich gegen diese Schwierigkeit gewappnet. Die Hilfe war untrennbar von Armenhaus und Grütze – und das schreckte die Leute ab. Die ersten sechs Wochen, nachdem man Oliver Twist umquartiert hatte, war dieses System in voller Anwendung. Es war zunächst ziemlich kostspielig, da die Rechnungen des Leichenbestatters sich erhöhten und es erforderlich wurde, die Kleider aller Armen enger zu machen; die nach ein bis zwei Wochen Grütze nur noch lose um die abgezehrten, zusammengeschrumpften Gestalten schlotterten. Aber die Zahl der Armenhausinsassen nahm ebenso ab wie die Armen selbst, und der Gemeinderat geriet in Verzückung.

Der Raum, in dem die Knaben ihr Essen erhielten, war eine große steinerne Halle, an deren einem Ende sich ein Kupferkessel befand. Aus diesem schöpfte zu den Mahlzeiten der Vorsteher, der sich zu diesem Zwecke eine Schürze umgebunden hatte, die Grütze, wobei ihm einige Frauen behilflich waren. Von diesem festlichen Gebräu bekam jeder Knabe einen Napf voll und nicht mehr – außer an hohen Festtagen, an denen es noch zweieinviertel Unzen Brot dazugab. Die Näpfe brauchten nie ausgewaschen zu werden. Die Knaben polierten sie mit ihren Löffeln, bis sie wieder blitzten; und wenn sie diese Tätigkeit beendet hatten (was nie sehr lange dauerte, da die Löffel fast ebenso groß waren wie die Näpfe), saßen sie da und starrten mit solch gierigen Augen nach dem Kochherd, als könnten sie selbst die Steine, aus denen er gebaut war, verschlingen. Dabei saugten sie mittlerweile höchst emsig an ihren Fingern in der Hoffnung, noch irgendwelche verirrten Spritzer von Grütze zu erhaschen, die etwa daran klebten. Kinder haben im allgemeinen einen ausgezeichneten Appetit. Oliver Twist und seine Gefährten litten drei Monate lang die Qualen eines langsamen Hungertodes. Schließlich wurden sie vor Hunger so gierig und wild, daß einer von ihnen, der ziemlich groß für sein Alter und an dergleichen nicht gewöhnt war (sein Vater hatte nämlich eine kleine Garküche gehabt), seinen Gefährten dunkel zu verstehen gab, wenn er nicht täglich eine zweite Schüssel Grütze bekäme, sei zu befürchten, daß er eines Nachts den Jungen auffressen würde, der neben ihm schlief und der zufällig ein schwächliches Kind von zartem Alter war. Er hatte dabei einen wilden und hungrigen Blick, und sie glaubten ihm unbedingt. Es wurde ein Rat gehalten und ausgelost, wer am Abend nach dem Essen zum Vorsteher gehen und mehr verlangen sollte – und das Los fiel auf Oliver Twist.

Der Abend kam, und die Knaben nahmen ihre Plätze ein. Der Vorsteher in seiner Küchenuniform postierte sich neben

den Kessel, seine Helferinnen aus dem Armenhaus stellten sich hinter ihn; die Grütze wurde ausgeteilt und ein langes Tischgebet zu dem kärglichen Mahl gesprochen. Die Grütze verschwand, die Knaben flüsterten miteinander und blinzelten Oliver zu, während seine nächsten Nachbarn ihn heimlich mit den Ellenbogen anstießen. Wenn er auch noch ein Kind war, so hatten ihn doch Hunger und Elend verzweifelt und rücksichtslos gemacht. Er stand vom Tische auf, ging mit Schüssel und Löffel in der Hand auf den Vorsteher zu und sagte, etwas erschrocken über seine eigene Tollkühnheit: »Bitte, Sir, ich möchte noch etwas haben.«

Der Vorsteher war ein starker, gesunder Mann – aber er wurde sichtlich blaß. Einige Sekunden lang blickte er starr vor Erstaunen auf den kleinen Rebellen und klammerte sich dann Halt suchend an den Kochkessel. Die Helferinnen waren vor Staunen und die Knaben vor Furcht wie gelähmt.

»Was?« fragte der Vorsteher schließlich mit schwacher Stimme.

»Bitte Sir«, wiederholte Oliver, »ich möchte noch etwas haben!«

Der Vorsteher führte einen Hieb mit der Schöpfkelle nach Olivers Kopf, umklammerte ihn mit seinen Armen und schrie laut nach dem Gemeindediener.

Der Gemeinderat saß gerade in ernster Beratung, als Mr. Bumble in großer Erregung in den Raum stürzte und zu dem Herrn in dem hohen Lehnstuhl sagte: »Verzeihung, Mr. Limbkins! – Oliver Twist hat mehr verlangt!«

Alle fuhren auf, und Schrecken malte sich auf jedem Angesicht. *»Mehr?«* fragte Mr. Limbkins. »Fassen Sie sich, Bumble, und antworten Sie mir deutlich. Soll ich das so verstehen, daß er mehr verlangte, nachdem er das Abendessen verzehrt hatte, das ihm die Verpflegungsordnung zubilligt?«

»Jawohl, Sir, das tat er«, erwiderte Bumble.

»Dieser Bursche wird noch am Galgen enden«, meinte der Herr in der weißen Weste. »Ich weiß es, dieser Bursche wird gehängt werden.«

Niemand widersprach der Meinung dieses Propheten. Es entstand eine lebhafte Diskussion. Oliver wurde sofort eingesperrt; und am nächsten Morgen klebte man an die Außenseite des Tores einen Zettel, der jedem, der Oliver Twist der Gemeinde abnähme, eine Belohnung von fünf Pfund versprach. Mit anderen Worten: Fünf Pfund und Oliver Twist dazu wurden jedem, Mann oder Frau, geboten, der einen Lehrling für jegliches Handwerk, Geschäft oder Gewerbe brauchte.

»Ich war in meinem Leben noch nie von etwas fester überzeugt«, sagte der Herr in der weißen Weste, als er am nächsten Morgen am Tor klopfte und den Zettel las, »noch nie war ich in meinem Leben von etwas fester überzeugt als davon, daß dieser Bursche gehängt werden wird.«

Da ich die Absicht habe, im folgenden zu zeigen, ob der Herr in der weißen Weste recht hatte oder nicht, würde ich vielleicht das Interesse an dieser Erzählung (sofern ich ein solches überhaupt voraussetzen darf) zerstören, wenn ich schon jetzt anzudeuten wagte, ob Oliver Twists Leben dieses gewaltsame Ende fand oder nicht.

DRITTES KAPITEL

Berichtet, wie Oliver Twist beinahe eine Stelle bekam, die kein leichtes Amt gewesen wäre

Eine Woche lang, nachdem er die gottlose und lästerliche Missetat begangen hatte, mehr zu verlangen, blieb Oliver in strenger Haft in dem dunklen und einsamen Raum, in den ihn die Weisheit und Gnade der Herren vom Gemeinderat verwiesen hatte. Es scheint auf den ersten Blick nicht unbillig, zu vermuten, daß er – wenn er einen geziemenden Respekt vor der Voraussage des Herrn in der weißen Weste empfunden hätte – den prophetischen Ruf dieses klugen Mannes für alle Zeiten dadurch begründet haben würde, daß er das eine Ende seines Taschentuches um einen Haken in der Wand geschlungen und sich selbst am andern aufgehängt hätte. Für die Verübung dieser Heldentat bestand jedoch ein Hindernis, nämlich, daß Taschentücher als entschiedene Luxusgegenstände für alle künftigen Zeiten den Nasen der

Armen durch ausdrücklichen Befehl des versammelten Gemeinderats entzogen worden waren: so war es feierlich beschlossen und, mit Unterschriften und Siegeln bekräftigt, verkündet worden. Ein noch größeres Hindernis aber lag in Olivers Jugend und kindlicher Unschuld. Er weinte nur den ganzen Tag über bitterlich, und wenn die lange, dunkle Nacht kam, so hielt er seine kleinen Hände vor die Augen, um der Dunkelheit zu wehren, kroch in eine Ecke und versuchte zu schlafen. Aber immer wieder schrak er zitternd auf und drückte sich näher und näher an die Wand, als sei es in der Dunkelheit und Einsamkeit, die ihn umgab, schon ein Schutz, nur die kalte, harte Oberfläche der Mauer zu fühlen.

Die Feinde des »Systems« dürfen nun aber nicht glauben, daß Oliver während seiner einsamen Haft die Wohltat der körperlichen Ausarbeitung, das Vergnügen der Geselligkeit und der Nutzen religiöser Tröstung versagt wurden. Was die körperliche Tätigkeit betrifft, so war es draußen hübsch kalt, und er durfte sich jeden Morgen auf dem gepflasterten Hof unter der Pumpe waschen, und zwar in Gegenwart von Mr. Bumble, der durch wiederholte Anwendung des Rohrstokkes bewirkte, daß ein prickelndes Gefühl seinen ganzen Körper durchdrang und er sich nicht erkältete. Was die Geselligkeit anbelangt, so wurde er jeden zweiten Tag in den Saal geführt, wo die Knaben aßen, und dort vor aller Augen als warnendes Beispiel ausgepeitscht. Und weit entfernt davon, ihm den Nutzen religiöser Tröstung zu versagen, stieß man ihn jeden Abend zur Gebetszeit mit Fußtritten in denselben Raum. Dort durfte er zum Trost für seine Seele dem allgemeinen Gebet der Knaben zuhören, das einen auf Befehl des Gemeinderats eingefügten Zusatz enthielt, in dem sie darum flehten, Gott möge sie gut, tugendhaft, zufrieden und gehorsam machen und sie vor den Sünden und Lastern Oliver Twists bewahren, von dem das Gebet nachdrücklich feststellte, daß er unter der ausschließlichen

Schirm- und Schutzherrschaft der Mächte des Bösen stehe und ein direktes Produkt aus der Werkstatt des Teufels selbst sei.

Während Olivers Angelegenheiten sich in diesem aussichtsreichen und tröstlichen Stadium befanden, geschah es eines Morgens, daß Mr. Gamfield, der Schornsteinfeger, die Hauptstraße hinunterging und heftig über die Mittel und Wege der Bezahlung gewisser Mietrückstände nachdachte, um derentwillen ihn sein Hauswirt ziemlich zu drängen begann. Selbst bei zuversichtlichster Einschätzung seiner Finanzen fehlten Mr. Gamfield noch ganze fünf Pfund an der benötigten Summe, und an seiner Rechenkunst verzweifelnd, quälte er gerade abwechselnd sein Hirn und seinen Esel, als er am Armenhaus vorüberkam und sein Blick auf den Zettel am Tor fiel.

»Brr!« sagte Mr. Gamfield zu seinem Esel.

Der Esel befand sich in einem Zustand tiefer Geistesabwesenheit – er dachte vielleicht gerade darüber nach, ob es ihm wohl bestimmt sei, mit einem Kohlstrunk oder auch mit deren zwei erquickt zu werden, wenn er die beiden Säcke voll Ruß losgeworden wäre, mit denen der kleine Karren beladen war –, und so trottete er weiter, ohne den Befehl zu beachten.

Mr. Gamfield knurrte einen wütenden Fluch über den Esel im allgemeinen und noch über seine Augen im besonderen, lief hinter ihm her und versetzte ihm einen Schlag über den Kopf, der unweigerlich jeden anderen Schädel als den eines Esels zerschmettert hätte. Dann bekam er den Zügel zu fassen, riß den Esel mit einem scharfen Ruck an den Kinnbacken, um ihn auf diese Weise sanft daran zu erinnern, daß er nicht sein eigener Herr sei, und brachte ihn so zum Umkehren. Dann versetzte er ihm noch einen zweiten Schlag auf den Kopf, um ihn nur eben bis zu seiner Rückkehr zu betäuben; und als er diese Vorkehrungen getroffen hatte, ging er auf das Tor zu, um den Zettel zu lesen.

Dort stand, die Hände auf dem Rücken, der Herr in der weißen Weste, der soeben im Sitzungszimmer einige tiefgründige Gedanken von sich gegeben hatte. Er war Zeuge der kleinen Auseinandersetzung zwischen Mr. Gamfield und seinem Esel gewesen und lächelte nun vergnügt, als eben dieser Mann herzukam, um den Zettel zu lesen, denn er sah sofort, daß Mr. Gamfield gerade ein Lehrherr von der Art war, wie Oliver Twist ihn brauchte. Auch Mr. Gamfield lächelte, als er das Dokument durchlas, denn fünf Pfund waren ja eben die Summe, die er noch ersehnt hatte; und was den Jungen betraf, mit dem sie belastet waren, so wußte Mr. Gamfield, der die Beköstigung im Armenhaus kannte, recht gut, daß er ein zartes, schmächtiges Exemplar und gerade das Richtige für Zuglochöfen sein würde. So buchstabierte er den Zettel nochmals von Anfang bis Ende durch, tippte dann zum Zeichen der Ehrfurcht an seine Pelzmütze und wandte sich an den Herrn mit der weißen Weste.

»Der Junge da, den de Gemeinde in de Lehre geben will . . .«

»Nun, guter Mann«, erwiderte der Herr in der weißen Weste mit einem herablassenden Lächeln, »was ist mit ihm?«

»Wenn de Gemeinde ihn e leichtes un angenehmes Handwerk in e guten un respektabeln Schornsteinfegergeschäft lern lassen will«, sagte Mr. Gamfield, »ich tät en Lehrling brauchen un würd'n nehm.«

»Kommen Sie herein«, meinte der Herr in der weißen Weste.

Mr. Gamfield, der sich umgewendet hatte, um dem Esel zur Warnung, daß er in seiner Abwesenheit nicht davonliefe, einen weiteren Schlag auf den Kopf zu versetzen und ihn abermals an den Kinnbacken zu reißen, folgte dem Herrn in der weißen Weste in den Raum, wo Oliver diesen zum erstenmal gesehen hatte.

»Es ist ein schmutziges Handwerk«, sagte Mr. Limbkins, als Gamfield erneut seinen Wunsch vorgebracht hatte.

»Es sind schon früher Knaben in Schornsteinen erstickt«, fügte ein anderer hinzu.
»Das war nur, weil se's Stroh feucht gemacht hatten, bevor se's im Schornstein anbrannten, um se wieder 'runterzuholen«, entgegnete Gamfield. »Da gibt's bloß Rauch un keine Flamme – un Rauch is gar nich dazu nütze, en Jung'n runterzubringen; der bringt 'n höchstens zum Einschlafen – un das is dem grade recht. Jungs sin sehr störrisch un faul, meine Herrn, un es geht nichts über ne gute heiße Flamme, um se schleunigst wieder runterzubringen. Außerdem isses menschlich, meine Herrn, denn selbst, wenn se im Schornstein steckengeblieben sin, so strengen se sich an, wieder rauszukommen, wenn mer ihn'n de Füße schmort.«
Der Herr in der weißen Weste schien sehr belustigt von dieser Erklärung, aber seine Heiterkeit wurde durch einen Blick von Mr. Limbkins schnellstens gedämpft. Der Rat beriet dann einige Minuten lang unter sich, aber so leise, daß nur die Worte »Ersparnis der Ausgaben«, »machte sich gut in den Büchern« und »einen gedruckten Bericht veröffentlichen« hörbar wurden; und auch diese waren nur deshalb zufällig zu hören, weil sie sehr oft und mit großem Nachdruck wiederholt wurden.
Schließlich hörte das Geflüster auf; die Mitglieder des Rates fanden zu ihren Plätzen und zu ihrer Feierlichkeit zurück, und Mr. Limbkins sagte:
»Wir haben Ihren Vorschlag erwogen, aber wir sind nicht damit einverstanden.«
»Durchaus nicht«, sagte der Herr in der weißen Weste.
»Ganz entschieden nicht«, fügten die anderen Mitglieder hinzu.
Mr. Gamfield stand von ungefähr in dem leisen Verdacht, schon drei oder vier Jungen zu Tode geprügelt zu haben; und so kam ihm der Gedanke, die Mitglieder des Gemeinderats hätten es sich vielleicht aus irgendeiner unerklärlichen Laune in den Kopf gesetzt, daß dieser unwesentliche Um-

stand ihre Entscheidung beeinflussen müsse. Wenn das der Fall war, so sah es zwar ihrer üblichen Art, Geschäfte zu erledigen, gar nicht ähnlich; da Mr. Gamfield aber kein besonderes Verlangen danach hatte, das Gerücht wieder aufleben zu lassen, so drehte er seine Mütze in den Händen und zog sich langsam vom Tisch zurück.

»Sie woll'n mir 'n also nicht geben, meine Herrn?« fragte er und blieb nahe der Tür noch einmal stehen.

»Nein«, erwiderte Mr. Limbkins; »zumindest meinen wir – da es ein schmutziges Handwerk ist –, Sie sollten etwas weniger als den gebotenen Betrag bekommen.«

Mr. Gamfields Gesicht heiterte sich auf, als er mit einem schnellen Schritt zu dem Tische zurückkehrte und sagte: »Was woll'n Se denn geben, meine Herrn? Na – sei'n Se nich zu hart mit einen armen Manne. Was woll'n Se geben?«

»Ich würde sagen, drei Pfund und zehn Schillinge wären reichlich«, meinte Mr. Limbkins.

»Noch zehn Schillinge zuviel«, sagte darauf der Herr in der weißen Weste.

»Nu – sagen Se vier Pfund, meine Herrn«, meinte Gamfield. »Sagen Se vier Pfund, un Se sin ihn ein für allemal los. Sei'n Se so gut!«

»Drei Pfund und zehn Schillinge«, wiederholte Mr. Limbkins standhaft.

»Na gut – dann teilen wir die Differenz«, drängte Gamfield: »Drei Pfund und fünfzehn Schillinge.«

»Nicht einen Heller mehr«, war Mr. Limbkins' unerschütterliche Antwort.

»Se sin äußerst hart mit mir, meine Herrn«, sagte Gamfield unschlüssig.

»Ach was, dummes Zeug!« sagte der Herr in der weißen Weste. »Er wäre ohne jede Vergütung noch billig genug! Nehmen Sie ihn doch, Sie Einfaltspinsel! Er ist gerade der richtige Lehrjunge für Sie. Hin und wieder hat er den Stock nötig, das wird ihm ganz guttun; und seine Beköstigung

braucht nicht so teuer zu sein, denn er ist seit seiner Geburt nicht überfüttert worden. Hahaha!«
Mr. Gamfield ließ einen schlauen Blick über die Gesichter rund um den Tisch gleiten, und da er auf allen ein Lächeln gewahrte, fing er allmählich selbst auch zu lächeln an. Der Handel wurde abgeschlossen und Mr. Bumble sogleich davon in Kenntnis gesetzt, daß Oliver Twist samt seinen Vertragspapieren zu deren Genehmigung und Unterschrift noch am selben Nachmittag vor den Magistrat zu bringen sei.
Auf Grund dieses Beschlusses wurde der kleine Oliver zu seinem größten Erstaunen aus der Haft befreit und erhielt den Befehl, ein reines Hemd anzuziehen. Kaum hatte er diese höchst ungewohnte turnerische Übung vollführt, als ihm Mr. Bumble eigenhändig eine Schüssel Grütze und die Feiertagszuteilung von zweieinviertel Unzen Brot brachte. Bei diesem ungeheuerlichen Anblick begann Oliver ganz jämmerlich zu weinen, denn er dachte verständlicherweise nicht anders, als der Gemeinderat habe beschlossen, ihn zu irgendwelchem nützlichen Zwecke zu schlachten – denn andernfalls hätte man doch niemals begonnen, ihn in dieser Weise zu mästen.
»Wein dir nicht die Augen rot, Oliver, sondern iß dein Essen und sei dankbar«, sagte Mr. Bumble mit eindrucksvoller Wichtigkeit. »Sie wollen einen Lehrling aus dir machen, Oliver.«
»Einen Lehrling, Sir?« fragte das Kind zitternd.
»Ja, Oliver«, sagte Mr. Bumble. »Die gütigen und wohltätigen Herren, die ebenso viele Väter für dich sind, Oliver, da du ja keinen eigenen Vater hast, wollen dich in die Lehre geben, dir eine Stellung im Leben verschaffen und einen Mann aus dir machen, obwohl es die Gemeinde drei Pfund und zehn Schillinge kostet – drei Pfund und zehn Schillinge, Oliver! – das sind siebzig Schillinge – hundertvierzig Sixpencestücke! Und das alles für ein nichtsnutziges Waisenkind, das niemand liebhaben mag!«
Als Mr. Bumble mit furchterregender Stimme diese Rede

gehalten hatte und eine Pause machte, um Atem zu schöpfen, rollten die Tränen über das Gesicht des armen Kindes, und es schluchzte bitterlich.

»Na, na«, sagte Mr. Bumble etwas weniger hochtrabend, denn es tat seinen Gefühlen wohl, zu bemerken, welche Wirkung seine Worte hervorgerufen hatten: »Komm, Oliver! Trockne dir die Augen mit deinem Rockärmel und weine nicht in deine Hafergrütze; das ist sehr töricht, Oliver!« Und das war es auch wirklich, denn sie enthielt ohnehin schon genug Wasser.

Auf dem Wege zum Magistrat belehrte Mr. Bumble Oliver, alles, was er zu tun habe, sei, sehr glücklich auszusehen und, wenn der Herr ihn fragte, ob er ein Lehrling werden wolle, zu sagen, daß er das wirklich sehr gern möchte. Oliver versprach, beide Gebote zu beachten, um so mehr, als Mr. Bumble die zarte Andeutung fallenließ, es sei nicht abzusehen, was mit ihm geschähe, wenn er auch nur gegen eines von beiden verstoße.

Als sie in der Kanzlei ankamen, wurde Oliver allein in ein kleines Zimmer gesperrt und von Mr. Bumble ermahnt, da zu bleiben, bis er zurückkäme, um ihn zu holen.

Hier wartete der Knabe mit klopfendem Herzen eine halbe Stunde. Nach Ablauf dieser Zeit steckte Mr. Bumble seinen Kopf, den der Dreispitz nicht mehr zierte, zur Tür herein und sagte laut:

»Nun, mein lieber Oliver, komm mit zu dem Herrn.« Als Mr. Bumble das sagte, setzte er eine grimmige und drohende Miene auf und fügte leise hinzu: »Denk daran, was ich dir gesagt habe, du kleiner Halunke!«

Bei diesen einander ziemlich widersprechenden Anreden starrte Oliver Mr. Bumble recht einfältig ins Gesicht, dieser aber hinderte ihn daran, etwa eine Bemerkung dazu zu machen, indem er ihn sofort in den angrenzenden Raum führte, dessen Tür offenstand. Es war ein geräumiges Zimmer mit einem großen Fenster. Hinter einem Pult saßen zwei alte Herren mit gepuderten Köpfen; der eine las die Zeitung, während der andere mit Hilfe einer Schildpattbrille ein kleines, vor ihm liegendes Blatt Pergament durchlas. Mr. Limbkins stand auf der einen Seite vor dem Pult und Mr. Gamfield mit teilweise gewaschenem Gesicht auf der anderen; außerdem lungerten noch zwei oder drei mürrisch dreinschauende Männer in Stulpenstiefeln herum.

Der alte Herr mit der Brille entschlummerte allmählich über dem Pergament, und es entstand eine kleine Pause, nachdem Mr. Bumble Oliver seinen Platz vor dem Pult angewiesen hatte.

»Das ist der Knabe, Euer Gnaden«, sagte Mr. Bumble.

Der alte Herr, der die Zeitung las, hob einen Augenblick den Kopf und zupfte den anderen alten Herrn am Ärmel, worauf letzterer erwachte.

»Ah, das ist also der Knabe?« sagte er.

»Ja, das ist er, Sir«, erwiderte Bumble. »Verneige dich vor dem Magistrat, mein Lieber.«

Oliver raffte sich auf und machte seine beste Verbeugung. Er hatte gerade den Haarpuder der Magistratsherren betrachtet und darüber nachgedacht, ob alle Amtspersonen mit diesem weißen Zeug auf dem Kopf zur Welt kämen und etwa deshalb schon von Geburt an Amtspersonen wären.

»Nun gut«, sagte der alte Herr, »ich nehme an, er liebt die Schornsteinfegerei?«

»Er ist ganz versessen darauf, Euer Gnaden«, entgegnete Bumble und kniff Oliver heimlich, um ihm zu bedeuten, daß er lieber nicht das Gegenteil sagen solle.

»Und er *will* also Schornsteinfeger werden, nicht wahr?« fragte er alte Herr weiter.

»Wenn wir ihn morgen zu irgendeinem anderen Beruf bestimmten, so würde er im gleichen Augenblick davonlaufen, Euer Gnaden«, erwiderte Bumble.

»Und dieser Mann hier, der sein Meister werden soll – Sie, mein Herr –, Sie werden ihn gut behandeln, ihn beköstigen

und alles sonst erforderliche tun, nicht wahr?« sagte der alte Herr.
»Wenn ich sage, daß ich will, dann mein' ich's auch«, erwiderte Mr. Gamfield verdrießlich.
»Sie führen eine derbe Sprache, mein Freund, aber Sie sehen aus wie ein ehrlicher und aufrichtiger Mann«, sagte der alte Herr und richtete seine Brillengläser auf den Bewerber um Olivers Prämie, dessen schurkisches Gesicht einer formgerecht abgestempelten Quittung über Grausamkeit glich. Aber der Magistratsherr war halb blind und halb kindisch, deshalb konnte man billigerweise von ihm nicht erwarten, daß er das auch sah, was andere Leute sahen.
»Ich hoffe, daß ich das bin, Sir«, sagte Mr. Gamfield mit einem häßlichen, scheelen Seitenblick.
»Ich zweifle nicht daran, mein Freund«, erwiderte der alte Herr, drückte seine Brille fester auf die Nase und blickte sich suchend nach dem Tintenfaß um.
Das war der entscheidende Augenblick für Olivers Schicksal. Wäre das Tintenfaß dort gewesen, wo es der alte Herr vermutete, so hätte er seine Feder hineingetaucht und den Lehrvertrag unterschrieben; und Oliver wäre auf schnellstem Wege weggebracht worden. Da es aber zufällig direkt vor seiner Nase stand, so war die natürliche Folge, daß er auf dem ganzen Pult herumsuchte, ohne es zu finden. Als er aber bei seiner Suche einmal zufällig gerade vor sich hinsah, traf sein Blick das bleiche und erschrockene Gesicht Oliver Twists, der trotz aller ermahnenden Blicke und Knüffe Bumbles das abstoßende Gesicht seines künftigen Lehrherrn mit einem so offensichtlichen Gemisch aus Abscheu und Furcht betrachtete, daß es selbst ein halbblinder Magistratsherr nicht verkennen konnte.
Der alte Herr hielt inne, legte seine Feder nieder und blickte von Oliver zu Mr. Limbkins, der sich bemühte, mit heiterer und unbefangener Miene eine Prise zu nehmen.

»Mein lieber Junge . . .«, sagte der alte Herr und lehnte sich über das Pult.
Oliver fuhr bei diesem Ton zusammen. Dafür muß man ihn entschuldigen; denn die Worte klangen freundlich – und ungewohnte Klänge wirken erschreckend. Er zitterte heftig und brach in Tränen aus.
»Mein lieber Junge«, sagte der alte Herr, »du siehst blaß und verängstigt aus. Was ist los mir dir?«

»Treten Sie etwas weg von ihm, Gemeindediener«, sagte der andere Magistratsherr, legte die Zeitung beiseite und beugte sich interessiert vor. »Nun, mein Junge, erzähl uns, was los ist und hab keine Angst!«
Oliver fiel auf die Knie, faltete die Hände und bat, man solle ihn wieder in den dunklen Raum zurückbringen – ihn verhungern lassen – schlagen – ja töten, wenn man wolle –, aber man solle ihn nicht mit diesem furchtbaren Manne wegschicken.
»Wahrlich!« sagte Mr. Bumble und hob mit eindrucksvoller Feierlichkeit den Blick und die Hände empor. »Wahrlich! Von allen schlauen und verschlagenen Waisenkindern, die ich je gesehen habe, bist du eines der allerunverschämtesten, Oliver!«
»Halten Sie den Mund, Gemeindediener«, sagte der zweite alte Herr, als Mr. Bumble dieses schwierige Eigenschaftswort heraus hatte.
»Ich bitte um Verzeihung, Euer Gnaden«, erwiderte Mr. Bumble, der glaubte, nicht recht gehört zu haben. »Haben Euer Gnaden zu mir gesprochen?«
»Jawohl, halten Sie den Mund!«
Mr. Bumble war starr vor Staunen. Einem Gemeindediener wurde befohlen, den Mund zu halten! Eine Umwälzung aller Moralbegriffe! Der alte Herr mit der Schildpattbrille blickte auf seinen Kollegen und nickte bedeutungsvoll.
»Wir verweigern die Genehmigung dieses Lehrbriefes«, sagte der alte Herr und stieß mit diesen Worten das Pergament beiseite.
»Ich hoffe«, stammelte Mr. Limbkins, »ich hoffe doch, die Herren des Magistrats werden nach der durch nichts bewiesenen Aussage eines bloßen Kindes nicht der Meinung sein, daß die zuständigen Behörden sich irgendwie eines unkorrekten Verhaltens schuldig gemacht hätten.«
»Die Magistratsmitglieder sind nicht berufen, in dieser Angelegenheit irgendwelche Meinung zu äußern«, sagte der

zweite alte Herr streng. »Bringen Sie den Knaben zurück ins Armenhaus und behandeln Sie ihn mit Wohlwollen. Er scheint es nötig zu haben.«

Am gleichen Abend stellte der Herr in der weißen Weste aufs allerbestimmteste und -entschiedenste fest, daß Oliver nicht nur gehängt, sondern obendrein noch geschleift und gevierteilt werden würde. Mr. Bumble schüttelte düster und geheimnisvoll seinen Kopf und wünschte, es möge noch zum guten Ende mit ihm kommen. Mr. Gamfield aber erwiderte darauf, sein Wunsch sei, daß er zu ihm komme; und das schien allerdings – obwohl er in den meisten Dingen mit dem Gemeindediener übereinstimmte – ein völlig entgegengesetzter Wunsch zu sein.

Am nächsten Morgen wurde die Öffentlichkeit abermals davon unterrichtet, daß Oliver Twist erneut »zu vermieten« sei und daß jedem, der ihn nehmen wolle, fünf Pfund ausgezahlt würden.

VIERTES KAPITEL

Oliver bekommt eine andere Stelle angeboten und tritt zum erstenmal ins öffentliche Leben

Wenn in großen Familien für einen heranwachsenden jungen Mann weder durch Besitz noch durch Erbschaft, Nutzungsrechte oder sonstige Anwartschaften Aussicht auf eine vorteilhafte Stellung besteht, so ist es allgemein üblich, ihn zur See zu schicken. In Nachahmung eines so klugen und heilsamen Beispiels beratschlagte der Gemeinderat darüber, ob es nicht zweckmäßig sei, Oliver Twist auf einem kleinen Handelsschiff nach einem geeigneten ungesunden Hafen zu transportieren. Dies empfahl sich als das Beste, was man mit ihm tun könne; denn es bestand die Wahrscheinlichkeit, daß der Kapitän ihn eines Tages nach dem Essen in einer spielerischen Laune zu Tode prügeln oder ihm mit einer Eisenstange den Schädel einschlagen würde. Beide Zeitvertreibe sind ja, wie ziemlich allgemein bekannt ist, sehr beliebte und übliche Belustigungen bei den Herren dieses Standes. Je mehr sich der Fall dem Gemeinderat unter diesem Gesichtspunkt darbot, um so mannigfacher schienen die Vorteile eines solchen Schrittes; und so kam man zu dem Schluß, der einzige Weg, um wirksam für Oliver zu sorgen, sei der, ihn unverzüglich zur See zu schicken.

Mr. Bumble war ausgesandt worden, diverse vorbereitende Nachforschungen anzustellen, um irgendeinen Kapitän zu finden, der einen Schiffsjungen ohne jeglichen Anhang brauchte. Er kam eben zurück zum Armenhaus, um über das Ergebnis seiner Mission zu berichten, als er am Tor auf keinen geringeren als Mr. Sowerberry, den Leichenbestatter der Gemeinde, traf.

Mr. Sowerberry war ein langer, hagerer, grobgliedriger Mann; er trug einen fadenscheinigen schwarzen Anzug, geflickte Baumwollstrümpfe in der gleichen Farbe und dazu passende Schuhe. Seine Gesichtszüge waren von Natur aus nicht zum Lächeln bestimmt, aber er neigte im allgemeinen zu berufsmäßiger Scherzhaftigkeit. Sein Schritt war elastisch, und sein Gesicht zeugte von innerer Fröhlichkeit, als er auf Mr. Bumble zuging und ihm freundlich die Hand schüttelte.

»Ich habe eben den beiden Weibern, die vorige Nacht gestorben sind, Maß genommen, Mr. Bumble«, sagte der Leichenbestatter.

»Sie werden noch reich werden, Mr. Sowerberry«, antwortete der Gemeindediener, während er mit Daumen und Zeigefinger in die dargebotene Schnupftabakdose des Leichenbestatters langte, die ein sinnreiches kleines Modell eines Patentsarges darstellte.

»Hören Sie, Sie werden noch reich werden, Mr. Sowerberry«, wiederholte Mr. Bumble und tippte den Leichenbestatter freundschaftlich mit seinem Stock auf die Schulter.

»Glauben Sie?« sagte der Leichenbestatter in einem Tone,

der die Wahrscheinlichkeit dieses Ergebnisses halb zugab und halb in Zweifel zog. »Die Preise, die der Gemeinderat bewilligt, sind sehr knapp, Mr. Bumble.«
»Die Särge auch«, erwiderte der Gemeindediener und kam dabei einem Lachen nur eben so nahe, wie es sich ein hoher Beamter erlauben darf.
Mr. Sowerberry war davon sehr geschmeichelt, wie sich das natürlich für ihn geziemte, und lachte lange Zeit ohne Unterlaß.
»Nun ja, Mr. Bumble«, sagte er schließlich, »es läßt sich nicht leugnen, daß die Särge, seit das neue Beköstigungssystem aufgekommen ist, um einiges schmäler und flacher sind, als sie vordem waren; aber wir müssen doch einen gewissen Nutzen haben, Mr. Bumble. Gut ausgetrocknetes Nutzholz ist ein kostspieliger Artikel, verehrter Herr, und die eisernen Handgriffe kommen alle auf dem Kanal aus Birmingham.«
»Schon gut«, meinte Mr. Bumble, »jedes Gewerbe hat seine Schattenseiten. Ein angemessener Nutzen ist natürlich vertretbar.«
»Natürlich, selbstverständlich«, entgegnete der Leichenbestatter; »und wenn ich bei diesem oder jenem besonderen Artikel mal nichts verdiene, je nun, so hole ich das am Ende wieder auf, verstehen Sie? – Hehehe!«
»Ganz recht«, sagte Mr. Bumble.
»Allerdings muß ich sagen . . .«, fuhr der Leichenbestatter fort und nahm den Gedankengang wieder auf, den der Gemeindediener unterbrochen hatte, »allerdings muß ich sagen, daß ich mit einem sehr großen Nachteil zu kämpfen habe, nämlich damit, daß die dicksten Leute alle am schnellsten abfahren. Gerade die Leute, die einmal besser dran waren und viele Jahre lang Gemeindesteuern bezahlt haben, sind die ersten, die draufgehen, wenn sie ins Armenhaus kommen; und ich kann Ihnen sagen, Mr. Bumble, drei oder vier Zoll über die Kalkulation reißen ein großes Loch in den

Gewinn – besonders, wenn man eine Familie zu versorgen hat, verehrter Herr!«

Da Mr. Sowerberry dies mit dem berechtigten Unwillen eines Mißhandelten aussprach und Mr. Bumble fühlte, daß ein Schatten auf die Ehre der Gemeinde zu fallen drohte, so hielt es letzterer für ratsam, das Thema zu wechseln. Und da Oliver Twist seine Gedanken am meisten beschäftigte, so wählte er diesen zum Gesprächsstoff.

»Nebenbei bemerkt«, begann er, »Sie wissen wohl niemand, der einen Jungen brauchte, einen Gemeindelehrling, der gegenwärtig als unnützer Ballast, ich möchte sagen wie ein Mühlstein der Gemeinde am Halse hängt? Zu günstigen Bedingungen, Mr. Sowerberry, zu günstigen Bedingungen!«

Während Mr. Bumble das sagte, wies er mit seinem Stock auf den Zettel, der über ihm hing, und klopfte dreimal vernehmlich auf die Worte »fünf Pfund«, die in ungeheuer großen lateinischen Druckbuchstaben darauf geschrieben waren.

»Alle Wetter!« entgegnete der Leichenbestatter und faßte Mr. Bumble bei dem goldbetreßten Aufschlag seines Amtsrockes, »das ist es doch gerade, worüber ich mit Ihnen reden wollte. Wissen Sie – mein Gott, was ist das für ein hocheleganter Knopf, Mr. Bumble; den hab' ich doch früher noch nie gesehen?«

»Ach ja, ich finde ihn auch recht hübsch«, sagte der Gemeindediener und blickte stolz herab auf die großen Messingknöpfe, die seinen Rock zierten. »Die Prägung ist dieselbe wie auf dem Gemeindesiegel: der Barmherzige Samariter, der den kranken und geschlagenen Mann heilt. Der Gemeinderat beschenkte mich damit am Neujahrsmorgen, Mr. Sowerberry. Wie ich mich entsinne, trug ich ihn zum ersten Male, als ich der Leichenschau beiwohnte, die wegen jenes verarmten Handelsmannes abgehalten wurde, der um Mitternacht in einem Torweg starb.«

»Ich erinnere mich«, sagte der Leichenbestatter. »Die Geschworenen fällten damals den Spruch: ›Gestorben durch

Kälteeinwirkung und Mangel an den notwendigsten Lebensbedürfnissen‹, nicht wahr?« Mr. Bumble nickte.
»Und sie machten daraus ein Spezialverdikt«, meinte der Leichenbestatter, »indem sie noch einige Worte hinzufügten, die besagten, daß, wenn der Armenaufseher . . .«
»Ach was – Dummheiten!« unterbrach ihn der Gemeindediener. »Wenn der Gemeinderat sich um all den Unsinn kümmern wollte, den unwissende Geschworene daherreden, dann hätte er viel zu tun.«
»Sehr wahr«, erwiderte der Leichenbestatter, »das hätte er allerdings.«
»Geschworene«, sagte Mr. Bumble und faßte seinen Stock fester, wie es seine Art war, wenn er sich ereiferte, »Geschworene sind ungebildete, gemeine, verkommene Lumpen.«
»Das sind sie«, bestätigte der Leichenbestatter.
»Sie verstehen höchstens so viel von Philosophie und Staatswirtschaft«, sagte der Gemeindediener und schnippte verächtlich mit den Fingern.
»Mehr nicht«, stimmte der Leichenbestatter bei.
»Ich verachte sie«, sagte der Gemeindediener und wurde hochrot im Gesicht.
»Ich auch«, erwiderte der Leichenbestatter.
»Und ich wünschte nur, wir hätten so einen unabhängigen Geschworenenausschuß mal für ein bis zwei Wochen im Hause«, sagte der Gemeindediener. »Die Vorschriften und Verordnungen des Gemeinderats würden sie schon kirre machen!«
»Darauf können Sie sich verlassen«, erwiderte der Leichenbestatter und lächelte bei diesen Worten zustimmend, um den aufsteigenden Zorn des entrüsteten Gemeindebeamten zu dämpfen.
Mr. Bumble nahm seinen Dreispitz ab und holte ein Taschentuch daraus hervor; dann wischte er sich den Schweiß von der Stirn, den ihm die Erregung herausgetrieben hatte, stülpte den Dreispitz wieder auf, wandte sich zu dem Lei-

chenbestatter und sagte mit ruhigerer Stimme: »Nun, und wie steht's mit dem Jungen?«

»Ach so«, entgegnete der Leichenbestatter, »ja, wissen Sie, Mr. Bumble, ich bezahle doch ziemlich viel Armensteuer . . .«

»Hm!« sagte Mr. Bumble, »na – und?«

»Ja«, erwiderte der Leichenbestatter, »und da dachte ich, wenn ich so viel dafür bezahle, dann hab' ich schließlich auch das Recht, soviel wie möglich wieder herauszuholen; und deshalb – und deshalb denke ich, ich werde den Jungen selbst nehmen.«

Mr. Bumble faßte den Leichenbestatter beim Arm und führte ihn in das Haus. Mr. Sowerberry hatte eine Unterredung von fünf Minuten mit dem Gemeinderat, und es wurde dabei beschlossen, daß Oliver noch am gleichen Abend »zur Probe« zu ihm kommen sollte – eine Redensart, die im Falle eines Gemeindelehrlings etwa besagt: Sofern der Meister nach einer kurzen Probe sieht, daß er aus einem Jungen genügend Arbeit herausholen kann, ohne allzuviel Essen in ihn hineinzustecken, so kann er ihn für eine Reihe von Jahren behalten und mit ihm tun, was ihm beliebt.

Am Abend wurde der kleine Oliver »den Herren« vorgeführt und erfuhr, daß er noch zur gleichen Nacht als Hausbursche für alles zu einem Sargmacher gehen sollte; sofern er sich etwa über seine Stellung beklagte oder nochmals zur Gemeinde zurückkäme, würde er zur See geschickt, wo man ihn je nachdem entweder ertränken oder ihm den Schädel einschlagen werde. Dabei bekundete er so wenig Erregung, daß man ihn einmütig als einen verstockten jungen Halunken bezeichnete und Mr. Bumble beauftragte, ihn schleunigst abzuführen.

Nun war es zwar ganz verständlich, daß die Mitglieder des Gemeinderates mehr als andere Menschen auf der Welt bei dem geringsten Zeichen von Mangel an Gefühl bei irgendwem in höchst tugendhaftes Erstaunen und Entsetzen verfielen; aber dennoch waren sie in diesem besonderen Falle ziemlich auf dem Holzwege. Die Dinge lagen einfach so, daß Oliver eher zuviel als zuwenig Gefühl besaß und daß er durch die schlechte Behandlung, die er genossen hatte, auf dem besten Wege war, für sein ganzes Leben in einen Zustand tierischer Abgestumpftheit und Bosheit versetzt zu werden. Er vernahm die Nachricht über seine Bestimmung in völligem Schweigen, und nachdem man ihm sein Gepäck in die Hand gegeben hatte – das nicht sehr schwer zu tragen war, da es insgesamt nur ein in Packpapier gewickeltes Paket von sechs Zoll im Quadrat und drei Zoll Höhe umfaßte –, zog er seine Mütze über die Augen, hielt sich abermals an Mr. Bumbles Rockärmel fest und wurde von diesem Würdenträger einem neuen Schauplatz des Leidens zugeführt. Einige Zeit lang zog Mr. Bumble Oliver schweigend und ohne sich um ihn zu kümmern mit sich fort, denn er trug, wie sich das für einen Gemeindediener immer geziemt, den Kopf sehr aufrecht; und da es ein windiger Tag war, wurde der kleine Oliver gänzlich von Mr. Bumbles Rockschößen eingehüllt, die auseinanderflogen und höchst vorteilhaft dessen mit Patten besetzte Weste und seine mausgrauen Samtkniehosen enthüllten. Als jedoch die beiden sich ihrem Ziele näherten, hielt es Mr. Bumble für angebracht, nach unten zu blicken und nachzuschauen, ob der Knabe auch für die Besichtigung durch seinen neuen Herrn und Meister ordentlich aussehe, und so tat er dies denn mit der ihm geziemenden huldvollen Gönnermiene.

»Oliver!« sagte Mr. Bumble.

»Ja, Sir«, erwiderte Oliver mit leiser, zitternder Stimme.

»Schieb die Mütze aus dem Gesicht und halte den Kopf hoch!«

Obgleich Oliver sogleich tat, was man von ihm verlangte, und mit dem Rücken seiner freien Hand rasch über die Augen fuhr, so blieb doch eine Träne darin zurück, als er zu seinem Begleiter aufblickte; und als Mr. Bumble ihn streng ansah, rollte sie über seine Wange herab. Eine zweite folgte ihr – und dann noch eine. Der Knabe kämpfte heftig dagegen an, aber alle Mühe war vergebens. Seine andere Hand ließ Mr. Bumble los; dann bedeckte er sein Gesicht mit beiden Händen und weinte, bis ihm die Tränen am Kinn und zwischen den knochendürren Fingern hervorquollen.

»Wahrhaftig!« rief Mr. Bumble aus, blieb plötzlich stehen und warf einen ausgesprochen bösartigen Blick auf seinen kleinen Schützling. »Wahrhaftig! Von *allen* undankbarsten und schlechtesten Jungen, die ich je gesehen habe, Oliver, bist du der …«

»Nein, nein, Sir«, schluchzte Oliver und umklammerte die Hand, die den wohlbekannten Stock hielt, »nein, nein, Sir, ich will wirklich brav sein; wirklich und wahrhaftig, Sir! Ich bin doch noch ein so kleiner Junge, Sir, und es ist so – so – – –«

»Was – so?« fragte Mr. Bumble höchst verwundert.

»So einsam, Sir! So furchtbar einsam!« weinte das Kind. »Alle hassen sie mich. Oh, Sir! Bitte seien Sie nicht böse mit mir!« Das Kind legte die Hand aufs Herz und blickte mit Tränen echter Seelenangst seinem Begleiter ins Gesicht.

Mr. Bumble betrachtete Olivers kläglichen und hilflosen Blick ein paar Sekunden lang mit einigem Erstaunen, dann räusperte er sich drei- oder viermal mit heiserem Tone, murmelte etwas von »lästigem Husten« und gebot Oliver, seine Augen zu trocknen und ein braver Junge zu sein. Dann nahm er ihn abermals bei der Hand und ging schweigend mit ihm weiter.

Der Leichenbestatter hatte gerade die Fensterladen seines Geschäfts geschlossen und machte beim Scheine einer bestens dazu passenden trüben Kerze einige Eintragungen in sein Tagebuch, als Mr. Bumble eintrat.

»Aha«, sagte der Leichenbestatter, während er von seinem Buche aufsah und mitten im Wort zu schreiben aufhörte, »sind Sie es, Mr. Bumble?«

»Niemand anders, Mr. Sowerberry«, entgegnete der Gemeindediener. »Hier, ich habe den Jungen mitgebracht.« Oliver machte eine Verbeugung.

»Oha, das ist also der Knabe?« sagte der Leichenbestatter und hielt die Kerze über seinen Kopf, um Oliver besser betrachten zu können. »Liebe Frau, würdest du die Güte haben, einen Augenblick herzukommen?«

Mrs. Sowerberry erschien aus einem kleinen Raum hinter dem Laden und erwies sich als eine kleine, magere, ausgemergelte Frau mit zänkischem Gesichtsausdruck.

»Meine Liebe«, sagte Mr. Sowerberry unterwürfig, »das ist der Junge aus dem Armenhaus, von dem ich dir erzählte.« Oliver verneigte sich abermals.

»Ach herrje!« sagte die Frau des Leichenbestatters, »ist der aber klein!«

»Nun ja, er ist wirklich ziemlich klein«, erwiderte Mr. Bumble und sah Oliver dabei an, als sei es seine Schuld, daß er nicht größer war, »er ist wirklich klein, das läßt sich nicht leugnen. Aber er wird schon wachsen, Mrs. Sowerberry – er wird schon wachsen.«

»Ja, das will ich wohl glauben, daß er das tut«, erwiderte die Dame verdrießlich – »aber von unserem Essen und Trinken. Ich sehe keine Ersparnis in diesen Gemeindekindern – ich nicht! Sie kosten immer mehr an Unterhalt, als sie wert sind. Aber Männer denken ja immer, sie wissen es besser. So – da, geh die Treppe hinunter, du kleines Gerippe!« Mit diesen Worten öffnete die Frau des Leichenbestatters eine Seitentür und stieß Oliver eine steile Treppe hinab in ein feuchtes und dunkles steinernes Gewölbe, das den Vorraum zum Kohlenkeller bildete und als »Küche« bezeichnet wurde. Darin saß ein schlampiges Mädchen in heruntergetretenen Schuhen und blauen Wollstrümpfen, die schon reichlich zerschlissen waren.

»Hier, Charlotte«, sagte Mrs. Sowerberry, die Oliver nach unten gefolgt war, »gib diesem Jungen etwas von den kalten

Fleischresten, die wir für Trip aufgehoben hatten. Er ist seit heute früh nicht nach Hause gekommen, also mag er ohne sie auskommen. Ich glaube doch, der Junge ist nicht zu verwöhnt, um sie zu essen – nicht wahr, du Bursche?«
Oliver, dessen Augen bei der Erwähnung von Fleisch aufgeleuchtet hatten und der zitternd vor Begierde darauf wartete, es hinunterzuschlingen, verneinte die Frage, worauf ihm ein Teller mit groben Speiseresten vorgesetzt wurde.
Ich wünschte, irgendein wohlgenährter Weltweiser, dessen Speise und Trank sich in ihm zu Galle verwandeln, dessen Blut wie Eis und dessen Herz von Stein ist, hätte sehen können, wie Oliver über die Leckerbissen herfiel, die der Hund verschmäht hatte. Ich wünschte, er wäre Zeuge davon gewesen, mit welch furchtbarer Begierde wilden Hungers Oliver die Stücke auseinanderriß. Ich wüßte nur eines, was mir noch lieber wäre – nämlich, den Philosophen selbst dieses Mahl mit der gleichen Eßlust einnehmen zu sehen.
»Nun«, sagte die Frau des Leichenbestatters, als Oliver sein Abendessen beendet hatte, dem sie in stillem Entsetzen und mit bangen Vorahnungen seines künftigen Appetits zugesehen hatte – »bist du fertig?«
Da nichts Eßbares mehr in Reichweite war, antwortete Oliver zustimmend.
»Dann komm mit mir«, sagte Mrs. Sowerberry, ergriff eine düstere und schmutzige Lampe und ging voran nach oben, »dein Bett ist unter dem Ladentisch. Ich denke, es macht dir doch nichts aus, zwischen den Särgen zu schlafen? Aber es ist auch gleichgültig, ob es dich stört oder nicht, denn woanders kannst du sowieso nicht schlafen. Vorwärts; halt mich nicht die ganze Nacht hier auf!«
Und Oliver zögerte nicht länger, sondern folgte demütig seiner neuen Herrin.

FÜNFTES KAPITEL

Oliver kommt mit neuen Gefährten zusammen. Als er zum ersten Male an einem Begräbnis teilnimmt, gewinnt er eine ungünstige Meinung vom Geschäft seines Lehrherrn

Nachdem Oliver in dem Laden des Leichenbestatters sich selbst überlassen war, stellte er die Lampe auf eine Werkbank und blickte zaghaft mit einem Gefühl von Grauen und Furcht um sich, das selbst viele Leute, die ein gut Teil älter sind als er, wohl unschwer verstehen können. Ein halbfertiger Sarg auf einem schwarzen Gestell, der in der Mitte des Ladens stand, sah so düster und an den Tod gemahnend aus, daß Oliver jedesmal ein kalter Schauer überlief, wenn seine Augen in Richtung dieses schrecklichen Gegenstandes wanderten; denn er erwartete fast, daß daraus irgendeine furchtbare Gestalt langsam ihren Kopf erheben und ihn vor Schrecken zum Wahnsinn treiben könnte. An die Wand gelehnt standen in Reih und Glied eine lange Reihe gleichmäßig zugeschnittener Ulmenbretter, die in dem düsteren Licht aussahen wie hochschulterige Gespenster, die ihre Hände in den Hosentaschen stecken hatten. Sargplatten, Ulmenspäne, Nägel mit glänzenden Köpfen und schwarze Tuchfetzen lagen auf dem Fußboden verstreut umher, und die Wand hinter der Ladentafel war geschmückt mit der lebensnahen Darstellung zweier Leichenbegleiter mit steifen Halsbinden, die vor einem großen Privathause Posten standen, während sich von ferne ein mit vier schwarzen Rossen bespannter Leichenwagen näherte. Der Laden war dumpf und heiß. Die Luft schien mit dem Geruch von Särgen getränkt zu sein. Der Winkel unter der Ladentafel, in den man seine Wollmatratze gestopft hatte, sah aus wie ein Grab. Doch das waren nicht die einzigen traurigen Empfindungen, die Oliver bedrückten. Er war allein an einem ihm fremden Orte, und wir alle wissen, wie schaurig und verlassen selbst den Besten unter uns in einer solchen Lage manchmal zumute sein kann. Der Knabe hatte keine Freunde, um die er sich sorgen mußte oder die sich um ihn gesorgt hätten; kein Schmerz über eine vorangegangene Trennung lag frisch auf seiner Seele, und auch die Abwesenheit eines geliebten und vertrauten Antlitzes bedrückte nicht sein Herz. Und dennoch *war* sein Herz schwer, und als er in sein enges Bett kroch, wünschte er, es wäre sein Sarg und er könnte zu ruhigem, ewigem Schlaf in der Kirchhofserde gebettet liegen, wo sich ihm zu Häupten das hohe Gras leise wiegte und der tiefe Klang der alten Glocke besänftigend in seinen Schlaf tönte.

Am Morgen wurde Oliver durch laute Tritte gegen die Außenseite der Ladentür geweckt, was sich, noch ehe er rasch seine Kleider überwerfen konnte, etwa fünfundzwanzigmal in zorniger und ungestümer Weise wiederholte. Als er begann, die Kette zu lösen, ließen die Füße von ihrem Tun ab, und eine Stimme wurde hörbar.

»Willste wohl die Tür aufmachen?« schrie die Stimme, welche zu den Beinen gehörte, die gegen die Tür getreten hatten.

»Gleich, Sir, gleich«, erwiderte Oliver, während er die Kette löste und den Schlüssel umdrehte.

»Bist wohl der neue Lehrjunge, wie?« sagte die Stimme durch das Schlüsselloch.

»Jawohl, Sir«, entgegnete Oliver.

»Wie alt biste denn?« fragte die Stimme weiter.

»Zehn, Sir«, erwiderte Oliver.

»Dann kriegste Schläge, wenn ich 'reinkomme«, sagte die Stimme. »Du wirst schon sehn und damit basta – du Armenhausbalg!«

Und nach diesem zuvorkommenden Versprechen begann die Stimme zu pfeifen.

Oliver war schon zu oft jener Prozedur unterworfen worden, auf die sich die eben wiedergegebenen ausdrucksvollen Worte bezogen, um den geringsten Zweifel darüber zu hegen, daß der Besitzer der Stimme, wer er auch sein mochte, seinem Versprechen alle Ehre machen würde. Er zog mit zitternder Hand die Riegel zurück und öffnete die Tür.

Einige Augenblicke sah Oliver die Straße hinauf und hinunter, sowie zur gegenüberliegenden Seite, in dem Glauben, daß der Unbekannte, der durch das Schlüsselloch mit ihm gesprochen hatte, ein paar Schritte weit gegangen wäre, um sich zu erwärmen; denn er sah niemand als einen großen Jungen aus der Armenschule, der auf einem Pfosten vor dem Hause saß und ein Butterbrot aß, das er mit einem Klappmesser in mundgerechte, keilförmige Stücke zerschnitt und dann mit großem Geschick verzehrte.

»Ich bitte um Verzeihung, mein Herr«, sagte Oliver schließlich, da er sah, daß kein anderer Besucher sich zeigte, »haben Sie geklopft?«

»Getreten hab' ich«, sagte der Armenschüler.

»Wollten Sie einen Sarg haben, mein Herr?« fragte Oliver unschuldig.

Darauf blickte der Armenschüler ungeheuer grimmig und sagte, daß Oliver wohl binnen kurzem selbst einen brauchen würde, wenn er auf diese Art mit seinen Vorgesetzten Witze machte.

»Weißt wohl nicht, wer ich bin, Armenhäusler?« fuhr der Armenschüler fort und stieg unterdessen mit erbaulicher Würde von seinem Pfosten herunter.

»Nein, mein Herr«, erwiderte Oliver.

»Ich bin Mr. Noah Claypole«, sagte der Armenschüler, »und du bist mein Untergebener. Nimm die Fensterladen runter, du fauler kleiner Halunke!« Mit diesen Worten versetzte Mr. Claypole Oliver einen Tritt und betrat mit einer würdevollen Miene, die ihm alle Ehre machte, den Laden. Es ist für einen Jungen mit großem Kopf und kleinen Augen, schwerfälliger Gestalt und dummem Gesicht unter allen Umständen schwierig, würdevoll auszusehen; ganz besonders aber dann, wenn zu diesen persönlichen Reizen noch eine rote Nase und kurze Armenschülerhosen hinzukommen.

Oliver hatte die Fensterladen abgenommen und – bei seinem Bemühen, mit der Last des ersten nach einem kleinen Hof neben dem Hause zu wanken, wo sie tagsüber aufbewahrt wurden – eine Scheibe zerbrochen. Noah tröstete ihn mit der Versicherung, er werde dafür »etwas abkriegen«, und ließ sich dann gnädigst dazu herab, ihm zu helfen. Bald danach kam Mr. Sowerberry herunter, und kurz darauf erschien auch Mrs. Sowerberry. Oliver »kriegte etwas ab«, wie Noah es vorausgesagt hatte, und folgte dann diesem jungen Herrn die Treppe hinab zum Frühstück.

»Komm ans Feuer, Noah«, sagte Charlotte. »Ich habe ein hübsches Stückchen Schinken vom Frühstück des Herrn für dich aufgehoben. Oliver, mach die Tür da hinter Mr. Noahs Rücken zu und nimm dir die Reste, die ich auf den Deckel des Brotkastens gelegt habe. Da ist dein Tee; nimm ihn dir und trink ihn dort auf der Kiste – aber mach schnell, du wirst oben gebraucht; sollst auf den Laden aufpassen. Verstanden?«

»Haste verstanden, Armenhäusler?« fragte Noah Claypole.

»Mein Gott, Noah, was bist du doch für ein närrischer Kauz!« rief Charlotte. »Warum kannst du den Jungen nicht in Ruhe lassen?«

»Den in Ruhe lassen?« erwiderte Noah. »Na, was das betrifft – ich denke, den lassen sie alle genügend in Ruhe. Weder sein Vater noch seine Mutter werden ihm jemals in die Quere kommen, und alle seine Verwandten lassen ihn auch hübsch machen, was er will. Stimmt's, Charlotte? Hehehe!«

»Ach, du Querkopf«, sagte Charlotte und stimmte ein herzhaftes Gelächter an, in das Noah mit einfiel. Dann blickten sie beide verächtlich auf den armen Oliver Twist, der zit-

ternd im kältesten Winkel des Raumes auf der Kiste saß und die trockenen Bissen aß, die man besonders für ihn aufgehoben hatte.
Noah war zwar ein Armenschüler, aber keine Waise aus dem Armenhaus. Er war kein uneheliches Kind, denn er konnte seinen Stammbaum bis zu seinen Eltern zurückverfolgen, die ganz in der Nähe wohnten. Seine Mutter war eine Waschfrau und sein Vater ein dem Trunk ergebener Soldat, den man mit einem Holzbein sowie einer täglichen Rente von zweieinhalb Pence und einem unbestimmbaren Bruchteil entlassen hatte. Die Ladenburschen in der Nachbarschaft hatten schon lange die Gewohnheit gehabt, Noah auf offener Straße mit solchen schimpflichen Ausdrücken wie »Lederhose«, »Armenschüler« und dergleichen zu rufen, und er hatte es ohne Widerrede ertragen. Nun aber hatte ihm der glückliche Zufall ein namenloses Waisenkind in den Weg geführt, auf das selbst der Niedrigste noch geringschätzig mit dem Finger zeigen konnte, und diesem zahlte er es nun mit Zinsen heim. – Dies bietet reizvollen Stoff zum Nachdenken. Es zeigt, zu welcher Vortrefflichkeit die menschliche Natur gebracht werden kann und wie unparteiisch die gleichen liebenswürdigen Eigenschaften in dem vornehmsten Lord wie in dem schmutzigsten Armenschüler entwikkelt sind.
Oliver hatte nun etwa drei Wochen oder einen Monat bei dem Leichenbestatter zugebracht. Der Laden war geschlossen, und Mr. und Mrs. Sowerberry saßen eben in dem kleinen Hinterstübchen beim Abendessen, als Mr. Sowerberry nach einigen demütigen Blicken auf seine Frau begann.
»Meine Liebste . . .« – Er war im Begriff, mehr zu sagen, aber da Mrs. Sowerberry mit einer besonders ungnädigen Miene aufblickte, blieb ihm das Wort im Halse stecken.
»Nun, was ist?« fragte Mrs. Sowerberry streng.
»Nichts, Liebste, nichts«, erwiderte Mr. Sowerberry.
»Ach, du bist ein Dummkopf!« sagte Mrs. Sowerberry.

»Durchaus nicht, Liebste«, entgegnete Mr. Sowerberry ergeben. »Ich dachte, du wolltest nichts hören, Liebste. Ich wollte nur gerade sagen ...«

»Ach was, erzähl mir nicht, was du gerade sagen wolltest«, unterbrach ihn Mrs. Sowerberry. »Ich bin doch ein Niemand, bitte, frag mich nicht. *Ich* will mich nicht in deine Geheimnisse drängen.« Als Mrs. Sowerberry das sagte, stieß sie ein hysterisches Gelächter aus, das heftige Folgen befürchten ließ.

»Aber Liebste«, sagte Sowerberry, »ich möchte dich nur um einen Rat bitten.«

»Nein, nein; mich nicht«, erwiderte Mrs. Sowerberry heuchlerisch, »frag jemand anders.« Hierauf folgte ein erneutes hysterisches Gelächter, das Mr. Sowerberry einen heftigen Schrecken einjagte. Dies ist eine in der Ehe sehr gebräuchliche und häufig erprobte Methode, die sich oft als sehr erfolgreich erweist. Mr. Sowerberry wurde dadurch sogleich gezwungen, um die besondere Gunst zu bitten, daß er das sagen durfte, was Mrs. Sowerberry schon höchst begierig war zu hören. Nach einem kurzen Wortwechsel von nicht ganz einer Dreiviertelstunde wurde es ihm gnädigst erlaubt. »Es handelt sich nur um den jungen Twist, Liebste«, sagte Mr. Sowerberry. »Ein sehr hübscher Junge ist das, Liebste.«

»Das möchte sein, er ißt ja auch genug«, bemerkte die Dame.

»Er hat einen melancholischen Zug im Gesicht, der recht interessant ist, Liebste«, fuhr Mr. Sowerberry fort. »Er müßte einen prächtigen Leichenbegleiter abgeben, Liebste.« Mrs. Sowerberry blickte auf, und ihre Miene zeigte ein beträchtliches Erstaunen. Mr. Sowerberry bemerkte es, und ohne der Dame Zeit zu irgendwelcher Bemerkung zu lassen, fuhr er fort:

»Ich meine natürlich nicht einen regelrechten Leichenbegleiter für Erwachsene, Liebste, sondern nur einen für Kinder. Es wäre höchst neuartig, einen Leichenbegleiter in der passenden Größe zu haben, Liebste. Verlaß dich darauf; es würde einen großartigen Effekt machen.«

Auf Mrs. Sowerberry, die in Bestattungsdingen einen recht guten Geschmack hatte, machte die Neuheit dieser Idee großen Eindruck, aber da es unter den gegebenen Umständen ihrer Würde geschadet hätte, dies zuzugeben, so fragte sie nur in sehr spitzem Ton, warum ein so naheliegender Gedanke ihrem Gatten nicht schon eher in den Sinn gekommen wäre. Mr. Sowerberry nahm dies sehr richtig als Zustimmung zu seinem Vorschlag auf, und so wurde eilends beschlossen, daß Oliver sofort in die Geheimnisse des Gewerbes eingeweiht werden und zu diesem Zwecke seinen Lehrmeister bei der nächstbesten Gelegenheit begleiten sollte, wo dessen Dienste benötigt würden!

Diese Gelegenheit ließ nicht lange auf sich warten. Am nächsten Morgen, eine halbe Stunde nach dem Frühstück, betrat Mr. Bumble den Laden, lehnte seinen Stock gegen die Ladentafel, zog seine große lederne Brieftasche heraus und entnahm ihr einen schmalen Papierstreifen, den er Sowerberry übergab.

»Aha«, sagte der Leichenbestatter, während er mit heiterer Miene den Zettel überflog, »ein Auftrag für einen Sarg, wie?«

»Erstens für einen Sarg und zweitens für ein Gemeindebegräbnis«, erwiderte Mr. Bumble und zog den Riemen seiner ledernen Brieftasche fest, die – wie er selbst – sehr wohlbeleibt war.

»Bayton?« sagte der Leichenbestatter und blickte vom Zettel auf Mr. Bumble. »Den Namen hab' ich bisher noch nie gehört.«

Bumble schüttelte den Kopf und erwiderte: »Eigensinnige Leute, Mr. Sowerberry, sehr eigensinnige. Und vermutlich außerdem noch stolz.«

»Was? – Stolz?« rief der Leichenbestatter höhnisch. »Na, das ist denn doch die Höhe!«

»Oh, es ist ekelhaft«, entgegnete der Gemeindediener. »Zum Speien, Mr. Sowerberry.«
»Das ist es wirklich«, stimmte der Leichenbestatter zu. »Wir hörten von den Leuten auch erst in der vorletzten Nacht«, sagte der Gemeindediener, »und wir hätten auch dann noch nichts von ihnen gewußt, wenn nicht eine Frau, die im gleichen Hause wohnt, für sie beim Gemeindeausschuß darum gebeten hätte, den Gemeindearzt hinzuschicken, um nach einer Frau zu sehen, der es sehr schlecht ginge. Der Arzt war gerade zum Essen gegangen, aber sein Lehrjunge, der ein sehr kluger Bursche ist, schickte ihnen unverzüglich in einer Schuhwichsflasche eine Medizin hin.«
»Das nenne ich Schnelligkeit«, sagte der Leichenbestatter.
»Jawohl, Schnelligkeit«, erwiderte der Gemeindediener. »Aber was war die Folge? Wie undankbar benahmen sich diese Widerspenstigen? Läßt doch der Ehemann bestellen, die Medizin sei für das Leiden seiner Frau nicht die richtige und sie solle sie deshalb nicht nehmen – sagte einfach, sie solle sie nicht nehmen, Sir! Eine gute, kräftige und heilsame Medizin, die erst eine Woche zuvor mit großem Erfolg zwei irischen Tagelöhnern und einem Kohlenträger verabreicht wurde – die man ihnen kostenlos in einer Schuhwichsflasche zuschickte –, und er läßt ausrichten, sie solle sie nicht nehmen!«
In voller Deutlichkeit stand diese Abscheulichkeit vor Mr. Bumbles geistigem Auge, so daß er darob mit seinem Spazierstock heftig auf die Ladentafel schlug und vor Entrüstung rot anlief.
»Wahrhaftig«, sagte der Leichenbestatter, »ich hä – hätte niemals ...«
»Hätte niemals, Sir?« rief der Gemeindediener aus.
»Nein – niemand hätte niemals nicht! Aber nun ist sie tot und wir müssen sie begraben. Das hier ist die Anweisung – und je eher es erledigt ist, desto besser!«
Mit diesen Worten stülpte Mr. Bumble in der Hitze seiner

amtlichen Erregtheit seinen Dreispitz verkehrt herum auf den Kopf und rauschte verärgert aus dem Laden.

»Er war doch wahrhaftig so zornig, daß er sogar nach dir zu fragen vergaß, Oliver«, sagte Mr. Sowerberry, während er dem Gemeindediener nachblickte, der mit langen Schritten die Straße hinunterlief.

»Ja, Sir«, antwortete Oliver, der sich während der Unterredung sorgsam außer Sichtweite gehalten hatte und der bei der bloßen Erinnerung an den Klang von Mr. Bumbles Stimme am ganzen Leibe zitterte. Er hätte sich jedoch die Mühe sparen können, Mr. Bumbles Blicken auszuweichen; denn die Voraussage des Herrn in der weißen Weste hatte auf diesen Beamten sehr großen Eindruck gemacht, und er hielt es nun, da der Leichenbestatter Oliver zur Probe bekommen hatte, für besser, dieses Thema zu vermeiden, bis zu der Zeit, wo dieser für sieben Jahre fest verpflichtet sein würde und somit jegliche Gefahr, daß er wieder in die Hände der Gemeinde zurückgegeben werden könnte, endgültig und von Gesetzes wegen überwunden war.

»Nun gut«, sagte Mr. Sowerberry, »je eher dieses Geschäft erledigt ist, desto besser. Noah, paß du auf den Laden auf. Und du, Oliver, setz deine Mütze auf und komm mit!«

Oliver gehorchte und folgte seinem Herrn auf seinen Geschäftsweg.

Eine Zeitlang gingen sie durch den belebtesten und am dichtesten bevölkerten Teil der Stadt, bogen dann in eine enge Gasse ein, die schmutziger und elender aussah als alle anderen, durch die sie bisher gekommen waren, und blieben stehen, um sich nach dem Hause umzusehen, dem ihre Suche galt. Die Häuser zu beiden Seiten waren hoch und breit, aber sehr alt und von Angehörigen der ärmsten Schichten bewohnt, was schon ihr vernachlässigtes Äußeres hinreichend bezeugte; es hätte dazu nicht noch des gleichzeitigen Beweises durch das schmutzige Aussehen der wenigen Männer und Frauen bedurft, die mit veschränkten Armen und gebeugtem Rücken gelegentlich vorbeischlichen. Sehr viele Häuser hatten Schaufenster, aber diese waren fest verschlossen und verwitterten allmählich; nur die oberen Räume waren bewohnt. Etliche Häuser, die durch ihr Alter baufällig geworden waren, wurden durch mächtige Holzbalken, die man gegen die Wände gestemmt und fest in die Erde gerammt hatte, vor dem Einsturz bewahrt. Aber selbst diese baufälligen Spelunken schienen von einigen obdachlosen Unglücklichen als nächtliche Schlupfwinkel benutzt worden zu sein, denn viele von den rohen Brettern, die Türen und Fenster ersetzten, waren so weit weggerissen, daß durch die entstandene Öffnung ein menschlicher Körper hindurchgelangen konnte. Die Rinnsteine waren verstopft und voller Unrat. Selbst die Ratten, die hier und da modernd in dieser Fäulnis lagen, sahen schrecklich verhungert aus.

An der offenen Tür, vor der Oliver und sein Herr stehenblieben, befand sich weder Klopfer noch Klingelgriff; und so gebot der Leichenbestatter Oliver, sich dicht bei ihm zu halten und keine Angst zu haben, tastete sich vorsichtig durch den dunklen Eingang und stieg die Treppe zum ersten Stockwerk hinauf. Oben stolperte er gegen eine Tür und klopfte dann dort an.

Ein junges Mädchen von dreizehn bis vierzehn Jahren öffnete. Der Leichenbestatter sah von dem, was der Raum enthielt, sofort genug, um zu wissen, daß es die Wohnung war, zu der man ihn gewiesen hatte. So trat er ein, und Oliver folgte ihm.

Es war kein Feuer in dem Zimmer, aber ein Mann beugte sich wie gewohnheitsmäßig über den leeren Ofen. Auch eine alte Frau hatte einen niedrigen Stuhl an den kalten Herd gerückt und saß nun neben ihm. In einer anderen Ecke befanden sich einige in Lumpen gehüllte Kinder, und in einer kleinen Nische gegenüber der Tür lag auf dem Fußboden etwas, das mit einem alten Bettlaken zugedeckt war. Oliver schauderte, als er einen Blick dahin warf, und kroch unwillkürlich näher an seinen Herrn heran, denn wenn jenes Etwas auch zugedeckt war, so fühllte der Knabe doch, daß es eine Leiche war.

Das Gesicht des Mannes war hager und sehr bleich, sein Haar und Bart waren angegraut und seine Augen blutunterlaufen. Des alten Weibes Antlitz war von Runzeln durchzogen, ihre beiden letzten noch vorhandenen Zähne standen über die Unterlippe vor und ihr Blick war hell und forschend. Oliver fürchtete sich, sie oder den Mann anzusehen. Sie schienen ihm wie die Ratten, die er draußen gesehen hatte.

»Niemand soll ihr zu nahe kommen«, rief der Mann und fuhr wütend auf, als der Leichenbestatter auf die Nische zuging. »Zurück! Verdammt – zurück, wenn Ihnen Ihr Leben lieb ist!«

»Dummes Zeug, guter Mann«, sagte der Leichenbestatter, dem das Elend in all seinen Erscheinungsformen zur Genüge bekannt war. »Dummes Zeug!«

»Ich sage Ihnen«, erwiderte der Mann, ballte die Fäuste und stampfte wütend auf den Boden, »ich sage Ihnen, ich will nicht, daß sie in die Erde verscharrt wird. Sie könnte dort keine Ruhe finden. Die Würmer würden sie plagen – fressen würden sie sie nicht, dazu ist sie zu abgezehrt.«

Der Leichenbestatter gab keine Antwort auf dieses wahnwitzige Gerede, sondern nahm ein Bandmaß aus der Tasche und kniete einen Augenblick an der Seite der Leiche nieder.

»Ach«, jammerte der Mann, brach in Tränen aus und sank zu Füßen der toten Frau auf die Knie, »kniet nieder – kniet nieder; kniet alle rings um sie nieder und hört auf meine Worte! Ich sage euch, man hat sie verhungern lassen. Ich wußte nicht, wie schlecht es ihr ging, bis das Fieber sie überfiel – und dann stachen ihr förmlich schon die Knochen durch die Haut. Es war kein Feuer und keine Kerze da – sie starb im Dunkeln – im Dunkeln! Nicht einmal die Gesichter ihrer Kinder konnte sie sehen, obwohl wir hörten, wie sie mit letzter Atemkraft ihre Namen hauchte. Ich bettelte auf den Straßen für sie – und man warf mich ins Gefängnis. Als ich zurückkam, lag sie im Sterben; und das Blut im Herzen ist mir geronnen – denn man hat sie verhungern lassen. Ich schwör' es bei Gott, der es mit ansah! Man hat sie verhungern lassen!« – Er durchwühlte sein Haar mit den Händen und stürzte, mit dem Gesicht nach unten, laut schreiend zu Boden; seine Augen waren starr, und Schaum bedeckte seine Lippen.

Die erschrockenen Kinder weinten bitterlich, aber die alte Frau, die bisher so ruhig geblieben war, als sei sie völlig taub für alles, was geschah, brachte sie mit Drohungen zur Ruhe. Nachdem sie dem Manne, der noch immer auf dem Boden ausgestreckt lag, die Halsbinde gelockert hatte, wankte sie auf den Leichenbestatter zu. »Sie war meine Tochter«, sagte die Alte mit einem idiotischen Gesichtsausdruck, der sogar noch grauenhafter war als die Gegenwart des Todes an diesem Orte, und dabei nickte sie mit dem Kopfe nach der Leiche hin. »Mein Gott! Mein Gott! Es ist doch wahrhaftig seltsam; ich hab' sie zur Welt gebracht, als ich schon eine erwachsene Frau war, und bin jetzt noch lebendig und munter – und sie liegt nun so kalt und steif da! Mein Gott! Mein Gott – wenn man's bedenkt, es ist gerade wie im Theater – wie im Theater!« Während die Unglückliche in ihrer grauenvollen Lustigkeit so vor sich hinmurmelte und -kicherte, wandte sich der Leichenbestatter zum Gehen.

»Halt, halt!« flüsterte da die Alte vernehmlich. »Wird sie nun morgen, übermorgen oder heute abend noch begraben? Ich hab' sie angekleidet und ich muß doch mitgehen, wissen Sie! Schicken Sie mir einen weiten Mantel, einen schönen warmen, denn es ist bitter kalt. Kuchen und Wein müßten wir auch haben, ehe wir gehen! Na – es macht nichts – schicken Sie uns nur etwas Brot – nur einen Laib Brot und einen Trunk Wasser. – Bekommen wir etwas Brot, mein

Lieber?« fragte sie gierig und haschte nach dem Rock des Leichenbestatters, als er wieder der Tür zustrebte.
»Ja, ja, natürlich«, versetzte der Leichenbestatter, »alles, was ihr wollt!« Er befreite sich von dem Griff der Alten und eilte davon, indem er Oliver hinter sich herzog.
Am nächsten Tag – die Familie war unterdessen mit einem halben Vierpfundbrot und einem Stück Käse unterstützt worden, und Herr Bumble hatte beides persönlich überbracht – kehrten Oliver und sein Herr wieder in die elende Behausung zurück. Mr. Bumble war bereits vor ihnen dort angekommen und mit ihm vier Männer aus dem Armenhaus, die als Träger fungieren sollten. Der alten Frau und dem Manne hatte man über ihre Lumpen eilends je einen alten Mantel umgehängt, und nachdem der ärmliche Sarg zugeschraubt worden war, hoben ihn die Träger auf die Schultern und trugen ihn hinunter auf die Straße.
»Nun müssen Sie sich aber beeilen, alte Dame!« flüsterte Sowerberry der Alten ins Ohr, »wir sind ziemlich spät dran, und es geht nicht an, daß wir den Pfarrer warten lassen. Vorwärts Leute – so schnell ihr könnt!«
Nach dieser Weisung setzten sich die Träger mit ihrer leichten Last in Trab und die beiden Leidtragenden hielten sich so nahe wie möglich bei ihnen. Mr. Bumble und Sowerberry gingen mit kräftigem Schritt voraus, und Oliver, dessen Beine nicht so lang waren wie die seines Herrn, rannte nebenher.
Es war jedoch kein so zwingender Grund zur Eile, wie Mr. Sowerberry vermutet hatte, denn als sie jene düstere Ecke des Kirchhofs erreicht hatten, wo die Nesseln wuchsen und die Armen auf Gemeindekosten begraben wurden, war der Pfarrer noch nicht eingetroffen, und der Küster, der in der Sakristei am Feuer saß, schien es keineswegs für unwahrscheinlich zu halten, daß es noch etwa eine Stunde dauern könnte, bis er käme. So wurde denn die Bahre am Rand des Grabes niedergesetzt, und die zwei Leidtragenden warteten,

indes ein kalter Regen herniederrieselte, geduldig in dem feuchten Lehm. Unterdessen spielten die zerlumpten Jungen, die das Schauspiel auf den Friedhof gelockt hatte, lärmend Verstecken zwischen den Grabsteinen oder sprangen zur Abwechslung über den Sarg und wieder zurück. Mr. Sowerberry und Bumble, die persönliche Freunde des Küsters waren, saßen mit ihm am Feuer und lasen die Zeitung. Endlich, nachdem etwas mehr als eine Stunde vergangen war, sah man Mr. Bumble, Sowerberry und den Küster zu dem Grabe eilen. Unmittelbar danach erschien der Pfarrer, der noch im Gehen sein Chorhemd anzog. Mr. Bumble prügelte sodann, um den Schein zu wahren, einen oder zwei von den Jungen; der Pfarrer verlas aus der Begräbnisliturgie so viel, wie sich auf vier Minuten zusammendrängen ließ, gab sein Chorhemd dem Küster und ging wieder davon. »So, Bill«, sagte Sowerberry zu dem Totengräber, »nun schütt zu!«

Es war keine sonderlich schwere Aufgabe, denn das Grab war so voll, daß der oberste Sarg nur wenige Fuß tief unter der Oberfläche lag. Der Totengräber schaufelte die Erde hinein, stampfte sie flüchtig mit den Füßen fest, schulterte seinen Spaten und trollte sich von dannen; hinter ihm drein folgten die Jungen, die sich ziemlich laut darüber beklagten, daß der Spaß so schnell vorüber gewesen sei.

»Kommen Sie, guter Freund«, sagte Bumble zu dem Manne und klopfte ihm leise auf den Rücken, »der Friedhof soll geschlossen werden.«

Der Mann hatte sich, solange er neben dem Grabe stand, nicht ein einziges Mal bewegt; jetzt aber fuhr er auf, hob den Kopf, starrte auf den, der ihn angesprochen hatte, ging ein paar Schritte vorwärts – und fiel ohnmächtig zu Boden. Die verrückte Alte war zu sehr damit beschäftigt, den Verlust ihres Mantels zu beklagen, den ihr der Leichenbestatter wieder abgenommen hatte, um auf den Ohnmächtigen zu achten. Man goß also eine Kanne kaltes Wasser über ihn, und als er wieder zu sich gekommen war, führte man ihn in sicherer Obhut zum Friedhof hinaus; dann wurde das Tor verschlossen, und jeder ging seines Weges.

»Nun, Oliver«, sagte Sowerberry auf dem Heimwege, »wie hat es dir gefallen?«

»Danke, Sir, so leidlich«, erwiderte Oliver sehr zögernd. »Nicht sonderlich gut, Sir.«

»Na, du wirst dich mit der Zeit schon dran gewöhnen, Oliver«, sagte Sowerberry darauf. »Und wenn du erst daran gewöhnt bist, macht es dir gar nichts mehr aus, mein Junge.«

Oliver dachte im stillen darüber nach, ob Mr. Sowerberry lange dazu gebraucht hätte, sich daran zu gewöhnen. Aber er hielt es für besser, nicht danach zu fragen, ging zurück nach dem Laden und dachte über alles nach, was er gesehen und gehört hatte.

SECHSTES KAPITEL

Oliver wird durch Noahs Sticheleien gereizt und rafft sich zur Tat auf, worüber dieser einigermaßen erstaunt ist

Als der Probemonat zu Ende war, wurde Oliver offiziell in die Lehre genommen. Es war zu jener Zeit gerade ein erfreulich ungesundes Wetter. Särge gingen gut – um es kaufmännisch auszudrücken –, und innerhalb weniger Wochen sammelte Oliver schon eine ganze Menge Erfahrungen. Der Erfolg von Mr. Sowerberrys sinnreicher Spekulation übertraf selbst seine kühnsten Erwartungen. Die ältesten Einwohner konnten sich nicht erinnern, daß zu irgendeiner Zeit die Masern so heftig und für Kinder verhängnisvoll aufgetreten wären; und zahlreich waren die Trauerzüge, bei denen der kleine Oliver zur unbeschreiblichen Bewunderung und Rührung aller Mütter der Stadt mit einem bis zu den Knien herabreichenden Trauerflor am Hute voranschritt. Da Oliver seinen Herrn aber auch, wenn es sich um

Erwachsene handelte, auf den meisten Geschäftswegen begleitete, um den Gleichmut und die absolute Beherrschung der Nerven zu erlangen, die für einen perfekten Leichenbestatter erforderlich sind, hatte er viele Gelegenheiten, die edle Entsagung und Seelengröße zu beobachten, mit der manche willensstarke Menschen ihre Heimsuchungen und Verluste trugen.

Wenn zum Beispiel Mr. Sowerberry einen Auftrag für das Begräbnis einer reichen alten Dame oder eines reichen alten Herrn bekam, um die sich zahlreiche Neffen und Nichten scharten, so waren diese zwar während der vorausgegangenen Krankheit untröstlich gewesen und hatten ihren Kummer selbst in aller Öffentlichkeit absolut nicht unterdrücken können – sobald sie jedoch unter sich waren, zeigten sie sich höchst glücklich, vergnügt und zufrieden und unterhielten sich so ungezwungen und heiter, als sei nichts geschehen, was sie hätte stören können. Auch Ehemänner trugen den Verlust ihrer Frauen mit der heldenmütigsten Gelassenheit. Frauen hinwiederum legten für ihre Männer Trauerkleider an, als hätten sie – weit entfernt davon, sich im Gewande der Trübsal zu grämen – sich vorgenommen, sie so kleidsam und anziehend wie nur möglich zu gestalten. Man konnte auch beobachten, daß sich Damen und Herren, die während der Beisetzung heftigste Seelenqualen litten, wieder erholten, sobald sie zu Hause ankamen, und sich bereits völlig gefaßt hatten, ehe noch die Teegesellschaft vorüber war. All das war sehr vergnüglich und lehrreich anzusehen, und Oliver betrachtete es mit großer Bewunderung.

Obgleich ich sein Biograph bin, kann ich doch nicht wagen, mit einer gewissen Glaubwürdigkeit zu behaupten, daß Oliver Twist durch das Beispiel jener braven Leute zur Unterwerfung veranlaßt wurde; ich kann lediglich mit Sicherheit sagen, daß er sich viele Monate lang demütig der Herrschaft und der schlechten Behandlung Noahs fügte. Dieser trieb es jetzt noch schlimmer mit ihm als zuvor, denn seine Eifersucht war geweckt worden, als er sah, wie der neue Lehrjunge nun dazu ausersehen wurde, den Trauerflor am Hut und den schwarzen Stab zu tragen, während er, der ältere, noch immer bei der flachen, runden Mütze und der Lederhose verbleiben mußte. Charlotte behandelte Oliver schlecht, weil Noah es tat; und Mrs. Sowerberry war seine entschiedene Feindin, weil Mr. Sowerberry dazu neigte, sein Freund zu sein. So fühlte sich Oliver zwischen diesen dreien auf der einen und einer Fülle von Begräbnissen auf der anderen Seite durchaus nicht so behaglich, wie jenes hungrige Ferkel, das aus Versehen in das Getreidelager einer Brauerei eingeschlossen worden war.

Ich komme jetzt zu einem sehr wichtigen Abschnitt in Olivers Geschichte, denn ich habe von einem Ereignis zu berichten, das vielleicht nach außen hin geringfügig und unwichtig erscheint, das jedoch indirekt einen wesentlichen Wandel seiner künftigen Aussichten und Handlungen herbeiführte.

Eines Tages waren Oliver und Noah zur üblichen Mittagszeit in die Küche hinabgestiegen, um sich an einem kleinen Hammelbraten – anderthalb Pfund vom schlechtesten Halsstück – gütlich zu tun, als Charlotte plötzlich weggerufen wurde. Sie mußten deshalb etwas warten, und Noah Claypole, der hungrig und boshaft war, meinte, er könne diese Zeit zu nichts Besserem verwenden als dazu, den kleinen Oliver Twist zu reizen und zu quälen.

Auf dieses unschuldige Vergnügen bedacht, legte Noah seine Füße auf das Tischtuch, zog Oliver an den Haaren, zwickte ihn in die Ohren und gab der Meinung Ausdruck, daß er ein »Angeber« sei; überdies äußerte er die Absicht, er wolle kommen, um ihn hängen zu sehen, sobald dieses wünschenswerte Ereignis stattfände, und begann noch mancherlei andere kleinliche Quälereien, wie sie nur ein boshafter und ungezogener Armenschüler seinesgleichen zuwege bringt. Aber da keine der Sticheleien den gewünschten Zweck erfüllte, Oliver zum Weinen zu bringen, versuchte Noah, noch witziger zu sein, und tat darum das, was viele kleine Geister, die weit angesehener sind als Noah, manchmal heute noch tun, wenn sie witzig sein wollen: Er wurde ziemlich persönlich.

»Armenhäusler«, sagte Noah, »was macht deine Mutter?«

»Sie ist tot«, erwiderte Oliver, »sprich du nur ja nicht über sie!« Bei diesen Worten wurde Oliver rot; er atmete heftig, und um Mund und Nase begann es seltsam zu zucken, was Mr. Claypole als unmittelbaren Vorboten eines heftigen Tränenstromes deutete. Dieser Eindruck bewog ihn zu einem neuen Angriff.

»Woran starb sie denn, Armenhäusler?« fragte er.

»An gebrochenem Herzen, haben mir einige unserer alten Wärterinnen gesagt«, erwiderte Oliver mehr zu sich selbst, als um Noah zu antworten. »Ich glaube, ich weiß, was es heißt, daran zu sterben!«

»Papperlapapp – Narrenpossen, Armenhäusler«, versetzte Noah, als eine Träne über Olivers Wange rollte. »Warum heulste denn jetzt?«

»Deinetwegen nicht!« erwiderte Oliver und wischte hastig die Träne ab. »Denk das ja nicht!«

»Ach, meinetwegen nicht, wie?« stichelte Noah.

»Nein, deinetwegen nicht«, entgegnete Oliver heftig. »So, und nun ist's genug, sprich kein Wort mehr über sie – tu's lieber nicht!«

»Lieber nicht?« rief Noah aus. »Was? Lieber nicht? Armenhäusler, werd nich frech! Bei so 'ner Mutter noch dazu! Na, das war eine! Ach, du lieber Himmel!« Hierbei nickte Noah bedeutungsvoll mit dem Kopfe und rümpfte seine kleine rote Nase, soweit es durch Muskelkraft aus diesem Anlaß nur irgend möglich war.

»Weißte, Armenhäusler«, fuhr er dann, durch Olivers Schweigen ermutigt, fort, und verfiel dabei in jenen höhnischen Ton geheuchelten Mitleids, der wohl am schwersten zu ertragen ist: »Weißte, Armenhäusler, 's ist ja heute nicht mehr zu ändern, und natürlich konntest du's damals auch nich ändern, und mir tut's sehr leid und bestimmt allen andern auch – und wir bedauern dich alle sehr. Aber du mußt wissen, Armenhäusler, daß deine Mutter eine ganz Verdorbene war!«

»Was hast du gesagt?« fragte Oliver und blickte mit einem Ruck zu ihm auf.

»Eine ganz Verdorbene, Armenhäusler«, erwiderte Noah unverfroren. »Und es ist viel besser, daß sie schon damals gestorben ist, denn sonst hätte sie in Bridewell im Arbeitshaus schuften müssen, oder man hätte sie deportiert oder gehängt, was das wahrscheinlichste von allem ist, nicht wahr, Armenhäusler?«

Hochrot vor Wut sprang Oliver auf, stieß Tisch und Stuhl um, packte Noah bei der Kehle, schüttelte ihn im Ungestüm seines Zornes, bis ihm die Zähne klapperten, nahm schließlich alle Kraft zu einem einzigen schweren Schlag zusammen und streckte ihn zu Boden.

Noch eine Minute zuvor hatte der Knabe das Bild jenes ruhigen, sanften und niedergeschlagenen Wesens geboten, zu dem harte Behandlung ihn gemacht hatte. Aber jetzt war endlich sein Mut erwacht; die grausame Beleidigung seiner toten Mutter hatte sein Blut zum Kochen gebracht. Seine Brust hob sich; aufrecht, mit hellen, leuchtenden Augen stand er da, seine ganze Gestalt wandelte sich, als er nun seinen feigen Peiniger, der geduckt zu seinen Füßen lag, wild anblitzte und ihm mit einer Kraft trotzte, die er nie zuvor gekannt hatte.

»Er bringt mich um!« plärrte Noah. »Charlotte! Frau Meisterin! Der neue Lehrjunge ermordet mich! Hilfe! Hilfe! Oliver ist wahnsinnig geworden! Char-lotte!« Als Antwort auf Noahs Hilferufe ertönte ein lauter Schrei von Charlotte und ein noch lauterer von Mrs. Sowerberry; erstere kam durch eine Seitentür in die Küche gestürzt, während letztere

erst auf der Treppe wartete, bis sie ganz sicher war, daß es sich mit ihrem Selbsterhaltungstrieb vereinbaren ließ, weiter herunter zu kommen.

»O du elender kleiner Schuft!« kreischte Charlotte und packte Oliver mit ihrer ganzen Kraft, die ungefähr der eines mittelstarken, besonders gut trainierten Mannes entsprach. »O du kleiner un-dank-ba-rer, mör-de-ri-scher, ab-scheu-licher Schurke!« Und dabei versetzte Charlotte Oliver zwi-

schen jeder Silbe mit aller Kraft einen Schlag, den sie zur Gesellschaft jedesmal mit einem Schrei begleitete.
Charlottes Faust war keineswegs schwach, aber für den Fall, daß sie nicht genügt hätte, um Olivers Wut zu besänftigen, stürzte Mrs. Sowerberry in die Küche und half, indem sie ihn mit der einen Hand festhielt und ihm mit der anderen das Gesicht zerkratzte. Bei diesem günstigen Stand der Dinge erhob sich Noah vom Boden und knuffte ihn von hinten.
Diese Anstrengungen waren etwas zu heftig, um lange zu dauern. Als alle erschöpft waren und nicht mehr zerren und schlagen konnten, schleppten sie Oliver, der sich wehrte und schrie, in den Müllkeller und schlossen ihn dort ein. Als dies getan war, sank Mrs. Sowerberry auf einen Stuhl und brach in Tränen aus.
»Gütiger Himmel, sie stirbt!« rief Charlotte. »Ein Glas Wasser, lieber Noah, mach schnell!«
»Ach, Charlotte«, sagte Mrs. Sowerberry, so gut es ihr der mangelnde Atem und das reichliche kalte Wasser erlaubten, das ihr Noah über Kopf und Schultern gegossen hatte – »ach, Charlotte, welch ein Glück, daß wir nicht alle in unseren Betten ermordet worden sind!«
»Wirklich ein Glück, Madam«, war die Antwort.
»Ich hoffe nur, daß das für den Herrn eine Lehre ist, niemals mehr eine von diesen schrecklichen Kreaturen aufzunehmen, die schon von der Wiege an zu Mördern und Räubern bestimmt sind. Der arme Noah! Er war schon fast tot, Madam, als ich dazukam!«
»Armer Kerl!« sagte Mrs. Sowerberry und blickte mitleidig auf den Armenschüler.
Noah, dessen oberster Westenknopf ungefähr auf gleicher Höhe mit Olivers Scheitel sein mochte, rieb sich, während er so bedauert wurde, die Augen mit der Innenseite seiner Handgelenke und brachte einige erheuchelte Tränen und Schnaufer zustande.

»Was ist nun zu tun?« rief Mrs. Sowerberry aus. »Euer Herr ist nicht da, es ist kein einziger Mann im Hause, und er wird die Tür da binnen zehn Minuten eintreten!« – Olivers heftige Stöße gegen das so bezeichnete Stück Bretterholz machten dieses Ereignis höchst wahrscheinlich.
»Ach Gott, ach Gott! Ich weiß es nicht, Madam«, erwiderte Charlotte, »wir könnten höchstens die Polizei holen lassen.«
»Nein, nein«, sagte Mrs. Sowerberry, der eben Olivers alter Freund einfiel. »Lauf zu Mr. Bumble, Noah, und bitte ihn, doch sofort mal herzukommen und keine Minute Zeit zu verlieren. Laß deine Mütze nur liegen! Beeil dich! Du kannst im Laufen ein Messer auf dein blaues Auge drücken; dann wird's nicht so dick.« Noah nahm sich keine Zeit zum Antworten, sondern rannte in größter Eile davon – und die Leute, die unterwegs waren, wunderten sich nicht wenig, als sie einen Armenschüler ohne Mütze und mit einem Klappmesser vor dem Auge sichtlich verwirrt durch die Straßen stürmen sahen.

SIEBTES KAPITEL

Oliver bleibt weiterhin störrisch

Noah Claypole rannte, so schnell er konnte, durch die Straßen und blieb, bis er das Tor des Armenhauses erreicht hatte, nicht ein einziges Mal stehen, um Atem zu schöpfen. Hier erst ruhte er sich etwa eine Minute lang aus, um eine gehörige Menge von Seufzern und eine eindrucksvolle Schaustellung von Tränen und Schrecken zusammenzubringen. Dann klopfte er laut an die kleine Pforte und zeigte dem alten Armenhäusler, der ihm öffnete, ein so klägliches Gesicht, daß selbst dieser, der doch im Grunde nichts als klägliche Gesichter um sich sah, erstaunt zurückwich.
»Nanu, was fehlt denn dem Jungen?« murmelte der Alte.
»Mr. Bumble! Mr. Bumble!« rief Noah mit gut gespieltem

Entsetzen und so laut und erregt, daß sein Schreien nicht nur Mr. Bumble selbst, der zufällig ganz in der Nähe war, zu Ohren kam, sondern ihn auch so sehr erschreckte, daß er sogleich ohne seinen Dreispitz in den Garten stürmte. Dies ist ein sehr seltsamer und bemerkenswerter Umstand, denn er beweist, daß selbst ein Gemeindediener, wenn ein plötzlicher und heftiger Eindruck auf ihn einwirkt, vorübergehend seine Selbstbeherrschung verlieren und seine persönliche Würde vergessen kann.

»Oh, Mr. Bumble«, rief Noah, »Oliver – Oliver ist . . .«

»Was? Was ist er?« unterbrach ihn Mr. Bumble mit einem Freudenschimmer in seinen metallisch glänzenden Augen – »Doch nicht davongelaufen – er ist doch nicht etwa davongelaufen? Oder doch, Noah?«

»Nein, Sir, nein. Davongelaufen nicht – aber –, bösartig ist er geworden!« erwiderte Noah. »Er wollte mich umbringen, Sir, und dann wollte er Charlotte umbringen und dann die Frau Meisterin. Au, wie fürchterlich weh das tut; so ein wahnsinniger Schmerz, Sir!« Dabei wand und drehte Noah seinen Körper wie ein Aal in die verschiedenen Stellungen und gab Mr. Bumble so zu verstehen, daß er bei der gewaltsamen und blutgierigen Attacke durch Oliver Twist schwere innere Verletzungen und Schäden davongetragen hätte, die ihm gerade jetzt die heftigsten Schmerzen bereiteten.

Als Noah bemerkte, daß die Nachricht, die er überbracht hatte, Mr. Bumble völlig sprachlos machte, bejammerte er, um diese Wirkung noch zu verstärken, seine furchtbaren Wunden zehnmal lauter als zuvor. Und als er bemerkte, wie ein Herr in weißer Weste den Hof überquerte, wurden seine Klagen noch erschütternder als je zuvor; denn er hielt es mit Recht für höchst nützlich, die Aufmerksamkeit und Entrüstung des besagten Herrn zu erregen.

Die Aufmerksamkeit dieses Herrn war auch sehr bald geweckt; denn er hatte noch keine drei Schritte getan, als er sich auch bereits ärgerlich umwandte und sich erkundigte, was der junge Hundsfott da zu heulen habe und warum Mr. Bumble ihm nicht etwas zuteil werden lasse, was seine sogenannten Stimmübungen in unfreiwillige Laute umwandeln würde.

»Es ist ein armer Junge aus der Freischule, Sir, der von dem kleinen Twist beinahe umgebracht worden wäre – beinahe umgebracht, Sir!« erwiderte Mr. Bumble.

»Weiß der Himmel!« rief der Herr in der weißen Weste aus und blieb mit einem Ruck stehen, »ich hab's gleich gewußt! Vom ersten Augenblick an hab' ich eine seltsame Vorahnung gehabt, daß dieser freche junge Barbar an den Galgen kommen würde!«

»Außerdem hat er noch versucht, das Hausmädchen umzubringen, Sir«, sagte Mr. Bumble mit aschfahlem Gesicht.

»Und die Frau Meisterin«, warf Mr. Claypole ein.

»Mir ist doch, als hättest du gesagt, den Meister auch noch, Noah?« fügte Mr. Bumble hinzu.

»Nein, der ist nicht zu Hause, sonst hätte er ihn wohl auch noch umgebracht«, entgegnete Noah. »Er hat gesagt, daß er's wollte!«

»Ach? Er hat gesagt, daß er's wollte? Hat er das, mein Junge?« forschte der Herr in der weißen Weste.

»Jawohl, Sir«, erwiderte Noah. »Und, bitte schön, Sir, die Frau Meisterin läßt fragen, ob Mr. Bumble Zeit hätte, sofort hinzukommen und ihn zu verbleuen – weil doch der Meister nicht zu Hause ist.«

»Gewiß mein Junge, gewiß«, sagte der Herr in der weißen Weste, lächelte wohlwollend und tätschelte Noahs Kopf, der den seinen um etwa drei Zoll überragte. »Du bist ein guter Junge – ein sehr guter Junge. Hier hast du einen Penny. Bumble, gehen Sie doch gleich mal mit Ihrem Stock zu Sowerberrys und sehen Sie zu, was sich tun läßt. Schonen Sie ihn nicht, Bumble!«

»Nein, Sir, gewiß nicht«, entgegnete der Gemeindediener und machte die Pechschnur zurecht, die zur Verwendung

bei amtlichen Züchtigungen rund um das Ende des Stockes gewickelt war.
»Sagen Sie auch Sowerberry, daß er ihn nicht schonen soll. Ohne Striemen und blaue Flecke werden sie nie mit ihm zurechtkommen«, meinte der Herr in der weißen Weste.
»Ich werde mir Mühe geben, Sir«, erwiderte der Gemeindediener. Und da Dreispitz und Stock mittlerweile zur Zufriedenheit ihres Besitzers in Ordnung gebracht waren, begaben sich Mr. Bumble und Noah in größter Eile nach dem Laden des Leichenbestatters.
Hier hatte sich die Lage der Dinge durchaus nicht gebessert. Sowerberry war noch immer nicht zurückgekehrt, und Oliver trat weiterhin mit unverminderter Kraft gegen die Kellertür. Die Berichte, die Mrs. Sowerberry und Charlotte über seine Wildheit gaben, waren so erschreckend, daß Mr. Bumble es für klüger hielt, zu verhandeln, ehe er die Tür öffnete. Zu diesem Zwecke trat er, gewissermaßen zur Einleitung, von außen gegen die Tür; dann hielt er den Mund an das Schlüsselloch und sagte mit tiefer und bedeutsamer Stimme:
»Oliver!«
»Los! Lassen Sie mich 'raus!« erwiderte Oliver von innen.
»Kennst du diese Stimme hier, Oliver?« fragte Mr. Bumble.
»Ja«, antwortete Oliver.
»Hast du keine Furcht davor? Kriegst du nicht das Zittern, wenn ich spreche – wie?« fragte Mr. Bumble weiter.
»Nein!« erwiderte Oliver kühn.
Eine solche Antwort, die so grundverschieden war von der, die er erwartet hatte und auch sonst zu erhalten pflegte, verblüffte Mr. Bumble nicht wenig. Er trat von dem Schlüsselloch zurück, richtete sich zu seiner ganzen Größe auf und blickte in wortlosem Erstaunen der Reihe nach auf die drei um ihn Herumstehenden.
»Da sehen Sie's, Mr. Bumble, er muß wahnsinnig sein«, sagte Mrs. Sowerberry. »Kein Junge, der auch nur halb-

wegs bei Sinnen ist, würde sich's wagen, so mit Ihnen zu sprechen.«

»Das ist kein Wahnsinn, Madam«, erwiderte Mr. Bumble nach einigen Augenblicken tiefen Nachdenkens. »Es ist das Fleisch.«

»Was?« rief Mrs. Sowerberry aus.

»Das Fleisch, Madam – das Fleisch!« antwortete Bumble mit ernsthaftem Nachdruck. »Sie haben ihn überfüttert, Madam! Sie haben in ihm künstlich Seele und Geist geweckt, was für einen Menschen in seinen Verhältnissen nicht zuträglich ist; das werden Ihnen die Herren vom Gemeinderat bestätigen, die praktische, klugdenkende Männer sind, Mrs. Sowerberry. Was haben Arme auch mit Seele und Geist zu schaffen? Es ist völlig hinreichend, daß wir ihnen einen lebendigen Leib zugestehen! Hätten Sie den Jungen mit Hafergrütze ernährt, Madam, so hätte das nie passieren können.«

»Ach, du meine Güte!« rief Mrs. Sowerberry mit frommem Augenaufschlag zur Küchendecke, »das kommt davon, wenn man freigebig ist!« Die Freigebigkeit Mrs. Sowerberrys Oliver gegenüber hatte darin bestanden, daß sie ihn in verschwenderischer Fülle mit all den schmutzigen Abfällen bedacht hatte, die sonst kein Mensch essen wollte: Es lag also ein gut Teil Nachgiebigkeit und Selbstaufopferung darin, daß sie freiwillig Mr. Bumbles schwere Anklage auf sich nahm, an der sie doch – um ihr Gerechtigkeit widerfahren zu lassen – in Gedanken, Wort und Tat völlig unschuldig war.

»Nun«, sagte Mr. Bumble, als die Dame ihre Blicke wieder zur Erde zurückwandte, »das einzige, was meines Wissens jetzt getan werden kann, ist, daß man ihn etwa einen Tag lang im Keller läßt, bis er ein bißchen ausgehungert ist; dann läßt man ihn heraus und ernährt ihn während seiner ganzen Lehrzeit mit Hafergrütze. Er kommt aus einer schlechten Familie – reizbare Naturen, Mrs. Sowerberry! Die Kinderwärterin und auch der Doktor sagten beide, daß seine Mutter unter Schwierigkeiten und Schmerzen, die jede ordentliche Frau schon Wochen vorher getötet hätten, bis hierher kam.«

An dieser Stelle von Mr. Bumbles Rede begann Oliver, der gerade genug hörte, um zu wissen, daß eine neue Anspielung auf seine Mutter gemacht würde, erneut gegen die Tür zu treten, und zwar mit solcher Heftigkeit, daß jedes andere Geräusch dadurch unhörbar wurde. In diesem kritischen Moment kam Sowerberry nach Hause. Als ihm die beiden Damen mit Übertreibungen, die ihrer Meinung nach bestens darauf berechnet waren, seinen Zorn zu wecken, von Olivers Missetat berichtet hatten, öffnete er im Nu die Kellertür und zerrte seinen rebellischen Lehrjungen am Kragen heraus. Olivers Kleider waren bei den Schlägen, die er bekommen hatte, zerrissen worden; sein Gesicht war voller Beulen und Kratzer, und seine Haare hingen zerzaust in die Stirn. Die Zornesröte war jedoch noch nicht geschwunden, und als er aus seinem Gefängnis herausgeholt wurde, warf er finstere Blicke auf Noah und sah auch sonst keineswegs verzagt aus.

»Na, du bist mir ja ein nettes Bürschchen – wie?« sagte Sowerberry, indem er Oliver durchschüttelte und ihm eine Ohrfeige versetzte.

»Er hat meine Mutter beschimpft«, erwiderte Oliver.

»Na wenn schon, du undankbarer kleiner Halunke«, sagte Mrs. Sowerberry. »Sie hat verdient, was er gesagt hat und noch Schlimmeres.«

»Das hat sie nicht verdient«, widersprach Oliver.

»Doch!« sagte Mrs. Sowerberry.

»Das ist eine Lüge!« entgegnete Oliver.

Mrs. Sowerberry brach in eine Flut von Tränen aus.

Dieser Tränenstrom ließ Mr. Sowerberry keine Wahl. Hätte er auch nur einen Augenblick gezögert, Oliver strengstens zu bestrafen, so dürfte es jedem erfahrenen Leser klar sein, daß er, wie nach allen vorausgegangenen Ehestreitigkeiten feststeht, ein Unmensch, ein entarteter Ehemann, ein anmaßendes Geschöpf, die minderwertige Kopie eines Mannes und noch mancherlei anderes gewesen wäre – zu zahlreich sind diese Liebenswürdigkeiten, als daß man sie im Rahmen dieses Kapitels aufzählen könnte. Um gerecht zu sein, sei festgestellt, daß Mr. Sowerberry, soweit seine Macht reichte – und das war nicht sehr weit – dem Knaben freundlich gesinnt war; vielleicht, weil dies in seinem Interesse lag, vielleicht auch, weil seine Frau ihn nicht leiden mochte. Der Tränenstrom jedoch ließ ihm keinen Ausweg, und so verabreichte er Oliver sogleich eine Tracht Prügel, die selbst Mrs. Sowerberry zufriedenstellte und die nachfolgende Anwendung des amtlichen Rohrstockes durch Mr. Bumble ziemlich überflüssig machte. Für den Rest des Tages wurde er in die Hinterküche eingesperrt, wo ihm eine Wasserpumpe und ein Stück Brot Gesellschaft leisteten; und am Abend machte Mrs. Sowerberry draußen vor der Tür einige Bemerkungen, die keineswegs schmeichelhaft für das Andenken seiner Mutter waren, guckte dann zu ihm hinein und befahl ihm, während Noah und Charlotte höhnten und stichelten, nach oben in sein ärmliches Bett zu gehen.

Jetzt erst, als er in der Stille des düsteren Bestattungsgeschäfts allein war, ließ Oliver den Gefühlen freien Lauf, die die Behandlung an diesem Tage, wie man sich wohl denken kann, in einem Kinde wecken mußte. Er hatte ihre Spötteleien mit einem Blick voll Verachtung angehört; er hatte die Schläge ertragen, ohne zu schreien – denn er fühlte in seinem Herzen jenen Stolz aufsteigen, der jeden Angstschrei bis aufs letzte unterdrückt hätte –, und wenn er selbst bei lebendigem Leibe gebraten worden wäre. Jetzt aber, da niemand ihn sehen oder hören konnte, fiel er auf die Knie nieder, barg sein Gesicht in den Händen und weinte so bittere Tränen, wie sie – das gebe Gott zur Ehre der menschlichen Natur – nur wenige in so jungen Jahren jemals vor seinem Angesicht vergießen mögen!

Lange Zeit verblieb Oliver regungslos in dieser Stellung. Als er wieder aufstand, war die Kerze schon tief in den Leuchter heruntergebrannt. Er blickte zunächst vorsichtig um sich, lauschte gespannt, schob dann behutsam die Riegel der Tür zurück und blickte nach draußen.

Es war eine kalte, dunkle Nacht. Die Sterne schienen den Augen des Knaben weiter denn je zuvor von der Erde entfernt zu sein; kein Lüftchen regte sich, und die düsteren Schatten der Bäume, die sich auf der Erde abzeichneten, gemahnten in ihrem starren Schweigen an Grab und Tod. Leise schloß Oliver die Tür wieder, benützte das erlöschende Licht der Kerze noch dazu, die wenigen Kleidungsstücke, die er besaß, in ein Taschentuch einzuknüpfen, und setzte sich dann auf eine Bank, um den Morgen abzuwarten.

Beim ersten Lichtstrahl, der sich mühsam durch die Ritzen der Fensterländen hindurchzwängte, stand Oliver auf und öffnete abermals die Riegel der Tür. Ein zaghafter Blick in die Runde – ein Augenblick der Unschlüssigkeit –, und schon hatte er die Tür hinter sich geschlossen und stand auf der Straße.

Unsicher, wohin er fliehen sollte, blickte er nach rechts und links. Dann entsann er sich, gesehen zu haben, daß sich die Wagen, wenn sie hinausfuhren, mühsam den Hügel hinaufarbeiteten. So schlug er die gleiche Richtung ein, und als er einen Feldweg erreichte, der, wie er wußte, in einiger Entfernung wieder auf die Straße zurückführte, bog er in diesen ein und schritt hurtig vorwärts.

Oliver erinnerte sich noch recht gut, daß er auf demselben Feldweg neben Mr. Bumble einhergetrabt war, als dieser ihn zum ersten Male von der Zweigstelle nach dem Armenhaus geführt hatte. Der Weg führte direkt an dem Häuschen vorüber; sein Herz pochte heftig, als er daran dachte, und er war schon beinahe entschlossen umzukehren. Das hätte ihn jedoch eine Menge Zeit gekostet, denn er war bereits ein gutes Stück vorangekommen; außerdem war es noch so

zeitig, daß er wohl kaum fürchten mußte, gesehen zu werden – also schritt er weiter.
Als er das Haus erreichte, war kein Anzeichen dafür zu sehen, daß seine Bewohner zu so früher Stunde bereits wach wären. Oliver blieb stehen und spähte in den Garten. Ein Kind rupfte gerade das Unkraut aus einem der kleinen Beete; als er stehenblieb, hob es sein blasses Gesicht, und er erkannte die Züge eines seiner früheren Gefährten. Oliver freute sich, ihn zu sehen, ehe er von hier fortging, denn obgleich der andere jünger war als er selbst, war er doch sein kleiner Freund und Spielgefährte gewesen. Wie viele, viele Male waren sie gemeinsam geschlagen, ausgehungert und eingesperrt worden!
»Pst! Dick!« flüsterte Oliver, als der Knabe zum Gitter gelaufen kam und sein dünnes Ärmchen zwischen den Stäben hindurchsteckte, um ihn zu begrüßen. »Ist schon jemand wach?«
»Niemand außer mir«, erwiderte das Kind.
»Du darfst nicht verraten, daß du mich gesehen hast, Dick«, sagte Oliver. »Ich bin davongelaufen. Sie haben mich geschlagen und mißhandelt, Dick; und jetzt will ich irgendwo weit von hier mein Glück suchen. Wo, das weiß ich selbst noch nicht. Wie blaß du bist!«
»Ich hörte, wie der Doktor sagte, ich würde bald sterben«, antwortete das Kind mit einem schwachen Lächeln. »Ich freue mich sehr, dich zu sehen, du Lieber – aber halt dich nicht auf, halt dich ja nicht auf!«
»Doch, doch, ich will dir wenigstens noch Lebewohl sagen«, erwiderte Oliver. »Ich werde dich wiedersehen, Dick, ich weiß es! Und dann wird es dir gut gehen und du wirst glücklich sein!«
»Ich hoffe es«, antwortete das Kind. »Aber wenn ich tot bin – eher nicht. Ich weiß, der Doktor muß recht haben, Oliver; denn ich träume so oft vom Himmel, von Engeln und von freundlichen Gesichtern, die ich niemals sehe, wenn ich

wach bin. Gib mir einen Kuß«, sagte der Kleine, kletterte an dem niedrigen Gitter empor und schlang seine schmalen Arme um Olivers Hals. »Leb wohl, du Lieber – Gott segne dich!«

Dieser Segen kam zwar nur von den Lippen eines kleinen Kindes, aber es war der erste, den Oliver je auf sein Haupt herniederflehen gehört hatte; und in allen Kämpfen und Leiden, Mühen und Wandlungen seines späteren Lebens vergaß er ihn nicht ein einziges Mal.

ACHTES KAPITEL

Oliver geht nach London
Unterwegs trifft er auf einen seltsamen jungen Herrn

Oliver erreichte den Zauntritt, an welchem der Seitenpfad endete, und kam wieder auf die Straße. Es war jetzt acht Uhr. Obwohl er bereits etwa fünf Meilen von der Stadt entfernt war, rannte er aus Angst, daß er verfolgt und eingeholt werden könnte, bis zum Mittag und verbarg sich zwischendurch hinter den Hecken. Dann erst setzte er sich zur Rast neben einem Meilenstein nieder und begann zum ersten Male darüber nachzudenken, wo hin er sich nun wenden könnte und wo er versuchen sollte, sein Leben zu fristen.

Der Stein, neben dem er saß, trug in großen Lettern die Aufschrift, daß es von dieser Stelle aus gerade noch siebzig Meilen bis nach London seien. Dieser Name weckte in dem Knaben einen neuen Gedankengang. London – diese mächtige große Stadt! Niemand – selbst Mister Bumble nicht – konnte ihn jemals dort finden! Auch hatte er die alten Männer im Armenhaus des öfteren sagen hören, daß kein aufgeweckter Bursche in London Mangel zu leiden brauchte und daß es in dieser unermeßlich großen Stadt Lebensmöglichkeiten gäbe, von denen jene, die auf dem Lande großgeworden wären, keine Ahnung hätten. Es war gerade der richtige Ort für einen heimatlosen Jungen, der auf der Straße umkommen mußte, wenn ihm nicht jemand half. Als ihm diese Dinge durch den Kopf gingen, sprang er auf und wanderte wieder weiter.

Er hatte die Entfernung zwischen sich und London um weitere ganze vier Meilen verringert, ehe ihm bewußt wurde, was er noch alles zu überstchen haben würde, bevor er hoffen durfte, seinen Bestimmungsort zu erreichen. Als diese Überlegungen sich ihm aufdrängten, verlangsamte er seinen Schritt ein wenig und bedachte die Mittel, die er hatte, um dorthin zu gelangen. Er besaß eine Brotrinde, ein grobes Hemd und zwei Paar Strümpfe in seinem Bündel. Außerdem hatte er noch einen Penny – ein Geschenk Sowerberrys nach irgendeinem Begräbnis, bei dem er seine Pflichten ganz besonders gut erfüllt hatte. Ein sauberes Hemd, dachte Oliver, ist eine sehr erfreuliche Sache, zwei Paar gestopfte Strümpfe sind es desgleichen, und ein Penny ist es auch. Doch das alles ist nur eine bescheidene Hilfe für einen Fußweg von fünfundsechzig Meilen zur Winterszeit.

Nun waren zwar Olivers Gedanken wie die der meisten anderen Menschen außerordentlich bereit und rege, wenn es darum ging, Schwierigkeiten aufzuzeigen, aber sie waren auch völlig unfähig dazu, irgendeinen gangbaren Weg zu ihrer Überwindung vorzuschlagen; und so nahm er, nachdem er eine ganze Weile erfolglos hin und her überlegt hatte, sein kleines Bündel auf die andere Schulter und trottete weiter.

An diesem Tage legte Oliver zwanzig Meilen zurück und nahm während dieser ganzen Zeit nichts weiter zu sich als die trockene Brotrinde und einige Schluck Wasser, die er sich an den Türen der Häuser entlang der Straße erbettelte. Als die Nacht hereinbrach, ging er auf eine Wiese, kroch dicht unter einen Heuschober und beschloß, bis zum Morgen hier liegenzubleiben. Zunächst fürchtete er sich, denn

der Wind fuhr mit schauerlichem Stöhnen über die leeren Felder, und er fror, hatte Hunger und fühlte sich verlassener als je zuvor. Da er jedoch von seiner Wanderung reichlich müde war, schlief er bald ein und vergaß seine Sorgen.
Als er am nächsten Morgen aufstand, war er durchfroren und steif und so hungrig, daß er in dem ersten besten Dorfe, durch das er kam, den Penny gegen ein kleines Brot eintauschen mußte. Er hatte nicht mehr als zwölf Meilen zurückgelegt, als es wiederum Nacht zu werden begann. Seine Füße waren wund und seine Beine so schwach, daß sie unter ihm zitterten. Nach der zweiten Nacht, die er in der rauhen, feuchten Luft verbrachte, ging es ihm noch schlechter, und als er sich am nächsten Morgen wieder auf den Weg machte, konnte er sich kaum noch vorwärtsschleppen.
Am Fuße eines steilen Hügels wartete er, bis eine Postkutsche kam und bettelte dann bei den außen sitzenden Reisenden; aber nur sehr wenige nahmen überhaupt Notiz von ihm, und selbst diese sagten, er solle warten, bis sie oben auf dem Hügel angekommen wären, und ihnen dann zeigen, wie weit er für einen halben Penny rennen könne. Eine kleine Strecke des Weges versuchte der arme Oliver, mit der Kutsche Schritt zu halten, aber seine Müdigkeit und die wunden Füße machten es ihm unmöglich. Als die außen sitzenden Reisenden das sahen, steckten sie ihre Halbpennystücke wieder ein und erklärten, er sei ein fauler kleiner Schlingel, der nichts verdiene. Die Kutsche rollte weiter und ließ nichts zurück als eine Staubwolke.
In einigen Dörfern waren große bemalte Tafeln aufgestellt, die allen mit Gefängnis drohten, die innerhalb dieses Bezirkes bettelten. Darüber erschrak Oliver sehr, und er war froh, wenn er so schnell wie möglich aus solchen Orten wieder heraus war. Anderswo stellte er sich an die Höfe der Wirtshäuser und blickte jeden, der vorüberkam, traurig an; doch dieser Versuch endete meist damit, daß die Wirtin einen der herumlungernden Postknechte beauftragte, den fremden

Jungen fortzujagen, denn er sei sicher nur gekommen, um zu stehlen. Bettelte er an einem Bauernhaus, so war zehn gegen eins zu wetten, daß man drohte, den Hund auf ihn zu hetzen, und wenn er nur die Nase in einen Laden steckte, so sprach man schon von dem Gemeindediener, worüber Oliver vor Schrecken sein Herz bis in den Mund hinauf klopfen fühlte – und das war sehr oft für viele Stunden das einzige, was er in den Mund bekam.

Tatsächlich wären Olivers Leiden ohne die Hilfe eines gutmütigen Schlagbaumwärters und einer mildtätigen alten Dame auf dieselbe Weise abgekürzt worden, wie die seiner Mutter ihr Ende gefunden hatten – mit anderen Worten: er wäre höchstwahrscheinlich auf der königlichen Heerstraße tot niedergesunken. Aber der Schlagbaumwärter gab ihm Brot und Käse zu essen, und die alte Dame, die einen am Leben gescheiterten Enkel hatte, der irgendwo in einem fernen Teile der Welt barfuß umherlief, hatte Mitleid mit dem armen Waisenkinde und gab ihm das wenige, was sie entbehren konnte – ja mehr als das –, und sie tat es mit freundlichen und sanften Worten und mit Tränen des Mitgefühls und der Teilnahme, die tiefer in Olivers Seele drangen als alle Leiden, die er je erduldet hatte.

Sieben Tage nachdem Oliver seinen Geburtsort verlassen hatte, hinkte er am frühen Morgen langsam in die kleine Stadt Barnet hinein. Die Fensterladen waren geschlossen, die Straße war leer, noch keine Menschenseele zum Tagewerk erwacht. Die Sonne ging in all ihrer blendenden Schönheit auf; aber ihr Licht diente nur dazu, dem Knaben seine Verlassenheit und Trostlosigkeit zu zeigen, als er nun staubbedeckt und mit blutenden Füßen auf einer Türschwelle saß.

Allmählich wurden die Fensterladen geöffnet, die Vorhänge aufgezogen, und die ersten Leute zeigten sich auf der Straße. Etliche blieben kurz stehen, um Oliver zu betrachten, andere drehten sich im Vorübereilen um und starrten ihn an; aber

keiner half ihm oder nahm sich die Mühe, zu fragen, wie er hierhergekommen sei. Zum Betteln hatte er keinen Mut – und so saß er denn da.
Eine Zeitlang hatte er zusammengekauert auf der Schwelle gesessen und sich über die große Zahl von Wirtshäusern gewundert (jedes zweite Haus in Barnet war eine Schenke, mochte sie nun groß oder klein sein); gleichgültig hatte er die vorüberfahrenden Kutschen betrachtet und darüber nachgedacht, wie seltsam es anmutete, daß sie mit Leichtigkeit in wenigen Stunden das schafften, wozu er eine ganze Woche gebraucht hatte; – eine Woche, die an Mut und Entschlossenheit weit mehr von ihm verlangte, als man in seinem Alter erwarten konnte. Aus diesen Gedanken wurde er durch die Beobachtung geweckt, daß ein Junge, der einige Minuten zuvor unbekümmert an ihm vorübergegangen war, jetzt zurückkam und ihn von der gegenüberliegenden Seite der Straße her mit prüfendem Blick höchst ernsthaft betrachtete. Zunächst achtete er nur wenig darauf; der andere aber verblieb so lange in der gleichen Haltung gespannter Aufmerksamkeit, daß Oliver schließlich den Kopf hob und seinen unverwandten Blick erwiderte. Daraufhin kam der Junge über die Straße, trat dicht an Oliver heran und sagte: »Hallo, Männeken, was is los?«
Der Junge, der ihm diese Frage stellte, war ungefähr ebenso alt wie er selbst, aber er war eine der seltsamsten Gestalten, die Oliver je gesehen hatte. Er hatte ein ziemlich gewöhnliches Gesicht mit stumpfer Nase und flacher Stirn und war so dreckig, wie man es sich nur wünschen konnte – aber er hatte ganz das Auftreten und Benehmen eines Mannes. Er war klein für sein Alter, hatte ziemlich krumme Beine und kleine, stechende, häßliche Augen. Seinen Hut hatte er so locker auf den Kopf gestülpt, daß er jeden Augenblick herunterzufallen drohte – und das wäre auch sehr oft geschehen, hätte sein Träger nicht die Geschicklichkeit besessen, ihn aller Augenblicke mit einem plötzlichen Ruck des Kop-

fes wieder in seine alte Lage zurückzubringen. Er trug einen Männerrock, der ihm fast bis auf die Fersen reichte, hatte die Aufschläge bis etwa zum Ellenbogen umgekrempelt, um die Hände von den Ärmeln freizubekommen – offenbar letztlich zu dem Zwecke, sie in die Taschen seiner Manchesterhosen zu stecken – denn dort hatte er sie. Alles in allem war er ein prahlerischer, schwadronierlustiger junger Herr, wie er nur je mit viereinhalb Fuß oder etwas weniger in seinen Halbstiefeln stand.

»Hallo, Männeken! Was is los?« sagte also dieser seltsame junge Herr zu Oliver.

»Ich bin sehr hungrig und müde«, erwiderte Oliver, und die Tränen standen ihm in den Augen, als er das sagte. »Ich habe einen langen Marsch hinter mir. Die letzten sieben Tage bin ich immer unterwegs gewesen.«

»Sieben Tage unterwegs?« sagte der junge Herr. »Aha, kapiere. Befehl vom ›Schnabel‹ – wie? Aber«, fügte er hinzu, als er Olivers verwunderten Blick sah, »schätze, du weißt nicht, was ’n ›Schnabel‹ is, du feines Herrchen?«

Oliver erwiderte freundlich, daß er diesen Ausdruck immer nur als Bezeichnung für den Mund eines Vogels gehört habe.

»Meine Güte – so dumm!« rief der junge Herr aus. »Also – ein ›Schnabel‹ is ’n Richter; un wenn du ›auf Schnabels Befehl‹ marschierst, dann geht’s nich vorwärts, sondern immer aufwärts – un nie nich wieder runter. Warste nie in der Mühle?«

»In welcher Mühle?« fragte Oliver.

»In welcher Mühle? – Nu, in der Mühle eben – in der, die so wenig Platz braucht, daß sie sogar in ’nem ›Steinkrug‹[1] arbeiten kann und immer besser funktioniert, wenn’s den Leuten dreckig geht, als wenn sie’s gut haben, denn dann

1 ehemals volkstümliche Bezeichnung für das frühere Kriminalgefängnis Newgate in London.

kriegen se keine Arbeiter. Aber komm«, fuhr der junge Herr fort, »du brauchst was zu futtern, und das sollste kriegen. Bei mir ist zwar selber Ebbe, ich hab' bloß noch 'n paar Kröten, aber soweit die reichen, werd' ich blechen. Un nu hoch mit dir, auf die Stelzen. Na, hopp! Los geht's!«
Der junge Herr half Oliver beim Aufstehen und nahm ihn mit in einen benachbarten Kramladen, wo er eine reichliche Portion gekochten Schinken und ein halbes Vierpfundbrot, oder, wie er es nannte, ein »Vierpennybrot«, kaufte. Um den Schinken sauber und vor Staub geschützt aufzubewahren, hatte er eine sinnreiche Methode: Er machte ein Loch in das Brot, indem er einen Teil der Krume herausbohrte, und dahinein wurde der Schinken gestopft. Dann nahm der junge Herr das Brot unter den Arm, betrat eine kleine Gastwirtschaft und ging voraus zu einer im Hintergrund gelegenen Schenkstube. Hier bestellte der geheimnisvolle junge Mann einen Krug Bier; Oliver langte auf Geheiß seines neuen Freundes zu und genoß eine ausgiebige und herzhafte Mahlzeit, während der ihn der wunderliche Knabe von Zeit zu Zeit mit großer Aufmerksamkeit betrachtete.
»Willste nach London?« fragte er, als Oliver schließlich fertig war.
»Ja.«
»Haste 'ne Bleibe?«
»Nein.«
»Geld?«
»Nein.«
Der seltsame fremde Junge stieß einen Pfiff aus und steckte seine Arme so weit in die Taschen, wie seine langen, weiten Rockärmel das zuließen.
»Wohnst du in London?« fragte Oliver.
»Ja, wenn ich zu Hause bin«, erwiderte der Junge. »Schätze, du brauchst für heute Nacht 'ne Schlafstelle, wie?«
»Allerdings«, antwortete Oliver. »Seit ich vom Lande weg bin, hab' ich unter keinem Dach mehr geschlafen.«

»Mach dir darüber keine Kopfschmerzen«, sagte der junge Herr. »Ich muß heute abend in London sein und kenn' en ehr'nwerten alten Herrn, der dort lebt; der gibt dir umsonst 'ne Bleibe und fragt nie nach Geld – das heißt, wenn ein Bekannter von ihm dich einführt. Ob er mich kennt? I wo! – Nicht im geringsten! Ganz gewiß nicht!«
Der junge Mann lächelte, als wolle er andeuten, daß die letzteren Brocken seiner Rede scherzhaft und ironisch gemeint seien, und trank dabei sein Bier aus.
Dieses unerwartete Angebot eines Obdachs war zu verlokkend, um ihm zu widerstehen, besonders auch deshalb, weil ihm unmittelbar die Zusicherung folgte, daß der besagte alte Herr Oliver zweifellos unverzüglich eine angenehme Stellung verschaffen werde. Dies führte zu einem freundlicheren und vertraulicheren Gespräch, in dem Oliver erfuhr, daß sein Freund Jack Dawkins hieß und ein besonderer Liebling und Schützling des vorerwähnten älteren Herrn war.
Mr. Dawkins' Aussehen sagte nicht gerade sehr viel Günstiges über die Unterstützung, die das Wohlwollen seines Schutzherrn denen angedeihen ließ, die er unter seine Fittiche nahm; da aber der junge Herr in seinen Reden ziemlich weitschweifig daherfaselte und außerdem zugab, daß er in seinem engeren Freundeskreise eher unter dem *Spitznamen* »Gannef« bekannt war, schloß Oliver daraus, daß er einen Hang zur Liederlichkeit und Leichtsinn habe und daß die guten Lehren seines Wohltäters bisher an ihn nutzlos verschwendet worden seien. Unter diesem Eindruck beschloß er im stillen, die gute Meinung des alten Herrn so schnell wie möglich für sich zu gewinnen, und, wenn sich der Gannef als unverbesserlich erweisen sollte, was er mit ziemlicher Sicherheit vermutete, auf die Ehre seiner weiteren Bekanntschaft zu verzichten.
Da Jack Dawkins nicht wollte, daß sie vor Einbruch der Nacht nach London kämen, war es beinahe elf Uhr, als sie den Schlagbaum bei Islington erreichten. Vom »Angel« gin-

gen sie hinüber nach St. John's Road, dann die kleine Gasse hinunter, die am Sadler's Wells Theater endet, weiter durch die Exmouth Street und Coppice Row und über den kleinen Hof neben dem Armenhaus; sie überquerten das klassische Gelände, das einst den Namen »Hockley in the Hole« getragen hatte, und gingen von dort aus über Little Saffron Hill nach Saffron Hill the Great; hier beschleunigte der Gannef seine Schritte und bedeutete Oliver, ihm dicht auf den Fersen zu folgen.

Obwohl Oliver genügend damit zu tun hatte, seinen Führer nicht aus den Augen zu verlieren, konnte er nicht umhin, im Dahineilen einige rasche Blicke nach beiden Seiten des Weges zu werfen. Eine schmutzigere und armseligere Gegend hatte er noch nie gesehen. Die Straße war sehr eng und morastig, und die Luft war erfüllt von ekelhaften Gerüchen. Es gab eine ganze Menge kleiner Läden, aber die einzigen Warenvorräte schienen Haufen von Kindern zu sein, die selbst zu dieser Nachtzeit zu den Türen heraus- und hereinkrochen oder von drinnen kreischten und brüllten. Das einzige, was inmitten der Giftatmosphäre dieser Gegend zu gedeihen schien, waren die Wirtshäuser, und in diesen zankten und stritten sich Irländer der niedersten Schichten aus Leibeskräften. Überdachte Wege und Höfe, die da und dort von der Hauptstraße abzweigten, gaben den Blick frei auf kleine Häusergruppen, wo betrunkene Männer und Frauen sich buchstäblich in Schmutz und Unrat wälzten, und aus etlichen Hauseingängen schlüpften vorsichtig verdächtig aussehende Gestalten, die allem Anschein nach nicht gerade anständige und harmlose Wege gingen.

Oliver überlegte gerade, ob er nicht besser davonlaufen solle, als sie am Fuße des Hügels ankamen. Sein Führer packte ihn beim Arm, stieß die Tür eines Hauses in der Nähe von Field Lane auf, zog ihn in den Flur und schloß die Tür wieder hinter ihnen. »Was ist?» rief eine Stimme von unten herauf als Antwort auf einen Pfiff des Gannefs.

»Dick und dünn!« war die Antwort. Das schien eine Art Kennwort oder Zeichen dafür zu sein, daß alles in Ordnung war, denn am hinteren Ende des Ganges zeichnete sich an der Wand der schwache Lichtschein einer Kerze ab, und durch das zerbrochene Geländer einer alten Küchentreppe erschien vorsichtig das Gesicht eines Mannes.

»Ihr seid zu zweien«, sagte der Mann, streckte die Kerze weiter vor und beschattete seine Augen mit der Hand. »Wer is der andre?«

»Ein neuer Kumpan«, erwiderte Jack Dawkins und zog Oliver vorwärts.

»Wo is er her?«

»Aus Grünland. Is Fagin oben?«

»Ja, er sortiert de Putzlappen. Schert euch 'nauf!« – Die Kerze wurde wieder zurückgezogen, und das Gesicht verschwand.

Oliver tastete sich mit der einen Hand vorwärts, die andere hielt sein Begleiter fest umklammert. So stieg er mit vielen Schwierigkeiten die dunklen und zerbrochenen Stufen hinauf; sein Begleiter hingegen erklomm mit einer Leichtigkeit und Geschwindigkeit, die zeigte, daß er mit ihnen wohlvertraut war. Dann stieß er die Tür zu einem Hinterzimmer auf und zog Oliver hinter sich her. Die Wände und die Decke des Raumes waren von Alter und Schmutz völlig schwarz. Vor dem Feuer stand ein Brettertisch, und auf diesem befanden sich eine Kerze, die in einer Ingwerbierflasche steckte, zwei oder drei Zinnbecher, ein Brot, Butter und ein Teller. In einer Bratpfanne, die auf dem Feuer stand und mit einem Bindfaden am Kaminsims befestigt war, brieten einige Würste, und darübergebeugt stand, mit einer Röstgabel in der Hand, ein uralter, zusammengeschrumpfter Jude, dessen spitzbübisches, abstoßendes Gesicht von einem dichten Gestrüpp roter Haare beschattet war. Er trug einen schmierigen Flanellmantel, der den Hals offen ließ, und schien seine Aufmerksamkeit zwischen der Bratpfanne und

einem Trockenständer zu teilen, auf dem eine große Anzahl seidener Taschentücher hingen. Einige rohe, aus alten Säkken bereitete Betten lagen unordentlich hingeworfen nebeneinander auf dem Fußboden. Rund um den Tisch saßen vier oder fünf Jungen, von denen keiner älter war als der Gannef, rauchten aus langen Tonpfeifen, tranken Schnaps und gebärdeten sich dabei wie Männer im mittleren Alter. Sie alle umdrängten ihren Gefährten, als dieser dem Juden einige Worte zuflüsterte; dann wandten sie sich grinsend zu Oliver

um. Das gleiche tat auch der Jude selbst, die Röstgabel in der Hand.
»Das is er, Fagin«, sagte Jack Dawkins, »mein Freund Oliver Twist.«
Der Jude grinste abermals, machte eine tiefe Verbeugung vor Oliver, nahm ihn bei der Hand und sprach die Hoffnung aus, daß er die Ehre seiner näheren Bekanntschaft haben würde. Daraufhin umringten ihn die jungen Herren mit ihren Pfeifen und schüttelten ihm heftig beide Hände – besonders die, in der er sein kleines Bündel hielt. Einer der jungen Herrn war sehr eifrig bemüht, seine Mütze für ihn aufzuhängen, ein anderer war so entgegenkommend, die Hände in seine Taschen zu stecken, damit er, da er doch sehr müde war, nicht die Mühe hätte, sie selbst zu leeren, wenn er zu Bett ging. Diese Höflichkeiten wären möglicherweise noch weitergetrieben worden, wenn der Jude ihnen nicht durch freigebige Betätigung seiner Röstgabel auf den Köpfen und Schultern der Jünglinge ein Ende bereitet hätte.
»Wir freuen uns sehr, dich zu sehen, Oliver, wirklich sehr«, sagte der Jude. – »Gannef, nimm die Würste vom Feuer und rück für Oliver ein Faß an den Kamin. Aha, du staunst wohl über die Taschentücher, mein Lieber, wie? Sind 'ne ganze Menge, nicht wahr? Wir haben sie gerade zum Waschen zusammengesucht, das ist der ganze Grund, Oliver – der ganze Grund. Hahaha!«
Der letztere Teil dieser Worte wurde von sämtlichen hoffnungsvollen Zöglingen des lustigen alten Herrn mit einem unbändigen Gelächter begrüßt, das noch andauerte, als man sich inzwischen zum Abendessen niedersetzte.
Oliver aß seinen Teil; danach mischte ihm der Jude ein Glas Gin mit heißem Wasser und sagte ihm, er müsse es gleich austrinken, da ein anderer der Herren das Glas brauchte. Oliver tat, wie ihm geheißen ward. Unmittelbar danach fühlte er, wie er behutsam auf einen der Säcke gehoben wurde – und dann sank er in einen tiefen Schlaf.

NEUNTES KAPITEL

Enthält weitere Einzelheiten über den lustigen alten Herrn und seine hoffnungsvollen Zöglinge

Es war schon spät, als Oliver am nächsten Morgen von einem langen und festen Schlaf erwachte. Niemand war im Zimmer als der alte Jude, der in einem Schmortiegel Kaffee zum Frühstück kochte und, während er ständig mit einem eisernen Löffel darin herumrührte, leise vor sich hinpfiff. Ab und zu hielt er lauschend inne, sobald von unten das geringste Geräusch zu hören war; doch sobald er sich vergewissert hatte, daß alles in Ordnung war, begann er wieder wie zuvor, zu pfeifen und zu rühren.

Obgleich Oliver nicht mehr schlief, war er doch auch noch nicht völlig wach. Es gibt einen Dämmerzustand zwischen Schlafen und Wachen, in dem man mit halboffenen Augen und halbem Bewußtsein dessen, was um einen herum vorgeht, innerhalb von fünf Minuten mehr träumt, als in fünf Nächten, wenn die Augen fest geschlossen und die Sinne von völliger Bewußtlosigkeit umhüllt sind. In diesem Stadium weiß ein Mensch von dem, was seine Seele vermag, gerade genug, um sich eine schwache Vorstellung von ihren gewaltigen Kräften zu machen, mit denen sie sich von der Erde löst und Zeit und Raum überwindet, sobald sie aus den Fesseln des Körpers befreit ist.

In genau diesem Zustand befand sich Oliver. Mit seinen halbgeschlossenen Augen sah er den Juden; er hörte ihn leise pfeifen und erkannte das Geräusch des Löffels, der an der Wand des Schmortiegels kratzte; und dennoch waren die nämlichen Sinne gleichzeitig intensiv mit fast allen jenen Menschen beschäftigt, die er bisher kennengelernt hatte.

Als der Kaffee fertig war, stellte der Jude den Schmortiegel auf den Kamineinsatz. Einige Minuten lang stand er unentschlossen da, als wüßte er nicht recht, was er tun sollte; dann wandte er sich um, sah Oliver an und rief ihn bei seinem

Namen. Dieser antwortete jedoch nicht; allem Anschein nach schlief er noch.
Nachdem sich der Jude davon überzeugt hatte, ging er leise zur Tür und verriegelte sie. Dann zog er, wie es Oliver schien, aus einer Falltür im Fußboden ein Kästchen, das er vorsichtig auf den Tisch stellte. Seine Augen funkelten, als er den Deckel öffnete und hineinblickte. Dann zog er einen alten Stuhl an den Tisch, setzte sich nieder und entnahm dem Kästchen eine prächtige goldene Uhr, die von Edelsteinen blitzte.
»Haha«, sagte der Jude, während er die Schultern hochzog und ein scheußliches Grinsen seine Züge verzerrte. »Kluge Burschen, geschickte Kerle! Und dicht bis zum letzten! Haben dem alten Pfaffen nie verraten, wo sie her waren; haben den alten Fagin nie verpfiffen. Nu, warum auch? Es hätte den Knoten doch nicht gelöst und den Fall nicht aufgehalten, keine Minute! Nein, nein, nein! Feine Kerle, feine Kerle!«
Unter diesen und anderen gemurmelten Betrachtungen ähnlicher Art legte der Jude die Uhr wieder an ihren sicheren Platz zurück. Schließlich zog er aus demselben Kästchen noch ein halbes Dutzend andere einzeln hervor und betrachtete sie mit dem gleichen Vergnügen; außerdem noch Ringe, Broschen, Armbänder und andere Schmuckgegenstände aus solch prächtigem Material und von so kostbarer Verarbeitung, daß Oliver sie nicht einmal dem Namen nach kannte.
Nachdem er auch diese Schmucksachen wieder an ihren Platz gelegt hatte, nahm der Jude nun ein anderes Stück heraus, das so klein war, daß es auf seinem Handteller Platz hatte. Es schien eine winzige Inschrift zu tragen, denn der Jude legte es flach auf den Tisch, hielt die Hand davor und studierte lange und eifrig daran herum. Schließlich legte er es weg, als verzweifle er am Erfolg seiner Bemühungen, lehnte sich auf seinem Stuhl zurück und murmelte vor sich hin:

»Todesstrafe ist doch 'ne feine Sache! Tote bereuen nichts, Tote bringen keine unangenehmen Geschichten zutage. Ist 'ne feine Sache fürs Gewerbe! Fünfe der Reihe nach aufgehängt und keiner übrig, der ein falsches Spiel spielen oder feige werden könnt'!«
Als der Jude diese Worte sprach, fielen seine funkelnden schwarzen Augen, die zuvor gedankenlos ins Leere gestarrt hatten, auf Olivers Gesicht, und die Blicke des Knaben ruhten in stummer Verwunderung in den seinen. Es war nur ein flüchtiger Augenblick, wohl der kürzeste, der überhaupt denkbar ist – aber er genügte, um dem Alten zu zeigen, daß er beobachtet worden war. Er schloß den Deckel des Kästchens mit einem lauten Krach, griff nach seinem Brotmesser, das auf dem Tisch lag, und sprang wütend auf. Er zitterte jedoch heftig, denn trotz seines Schreckens konnte Oliver sehen, daß das Messer in der Luft bebte.
»Was soll das?« schrie der Jude. »Warum beobachtest du mich? Warum bist du wach? Was hast du gesehen? Sprich, Bursche! Schnell, schnell, es geht um dein Leben!«
»Ich konnte nicht länger schlafen, Sir!« antwortete Oliver bescheiden. »Es tut mir sehr leid, wenn ich Sie gestört habe, Sir.«
»Vor einer Stunde warst du noch nicht wach?« fragte der Jude und sah den Knaben mit scheelen Blicken wütend an.
»Nein! Nein, wirklich nicht!« entgegnete Oliver.
»Weißt du das genau?« schrie der Jude mit noch wütenderen Blicken als zuvor und mit drohender Gebärde.
»Auf Ehrenwort, ich war nicht wach, Sir«, erwiderte Oliver ernsthaft. »Wirklich nicht, Sir.«
»Ruhig, ruhig, mein Lieber«, sagte darauf der Jude, verfiel ganz plötzlich wieder in sein altes Benehmen und spielte noch ein wenig mit dem Messer, bevor er es wieder hinlegte, wohl um den Anschein zu erwecken, als habe er es nur so zum Spaß in die Hand genommen. »Natürlich weiß ich das, mein Lieber. Ich wollte dich mal erschrecken. Du bist ein

tapferer Junge. Haha – ein tapferer Junge, Oliver!« Der Jude rieb sich kichernd die Hände, blickte aber dennoch unruhig nach dem Kästchen.
»Hast du irgendwas von den hübschen Sachen da gesehen, mein Lieber?« fragte der Jude und legte nach einer kurzen Pause seine Hand auf das Kästchen.
»Ja, Sir«, antwortete Oliver.
»So?« sagte der Jude und wurde ziemlich blaß. »Sie – sie gehören mir, Oliver; sind mein ganzes bißchen Vergnügen – das einzige, was ich auf meine alten Tage zum Leben habe! Die Leute sagen, ich wäre ein Geizhals, mein Lieber – nur ein Geizhals, weiter nichts.«
Oliver dachte bei sich, der alte Mann müsse wohl bestimmt ein Geizhals sein, wenn er mit so vielen Uhren in einer so schmutzigen Wohnung lebte, aber da er meinte, daß ihn vielleicht seine Vorliebe für den Gannef und die andern Jungen eine ganze Menge Geld kostete, sah er den Juden nur mit einem ehrerbietigen Blick an und fragte, ob er aufstehen dürfe.
»Gewiß, mein Lieber, gewiß«, erwiderte der Alte. »Warte; in der Ecke an der Tür steht ein Krug mit Wasser. Bring ihn her, ich gebe dir ein Waschbecken, mein Lieber.«
Oliver stand auf, ging durch das Zimmer und bückte sich einen Augenblick, um den Krug hochzuheben. Als er sich wieder umdrehte, war das Kästchen verschwunden.
Er hatte sich gerade erst gewaschen und alles wieder ordentlich gemacht, indem er das Wasser aus dem Waschbecken entsprechend der Weisung des Juden zum Fenster hinausgeschüttet hatte, als der Gannef zurückkam. In seiner Begleitung befand sich ein sehr lebhafter junger Mann, den Oliver in der vergangenen Nacht mit hatte rauchen sehen, und der ihm nun offiziell als Charley Bates vorgestellt wurde. Sie setzten sich alle vier nieder und frühstückten; zum Kaffee gab es noch einige warme Brötchen mit Schinken, die der Gannef in seinem Hut mit nach Hause gebracht hatte.

»Nu«, sagte der Jude mit einem heimlichen Seitenblick auf Oliver zu dem Gannef, »ich hoffe, ihr seid heut früh schon bei der Arbeit gewesen, meine Lieben?«
»Aber feste«, antwortete der Gannef.
»Na und ob«, fügte Charley Bates hinzu.
»Gute Jungen, gute Jungen«, sagte der Jude. »Was hast *du* denn geschafft, Gannef?«
»Zwei Brieftaschen«, antwortete der junge Herr.
»Gespickt?« fragte der Jude begierig.
»Ganz schön«, erwiderte der Gannef und brachte zwei Brieftaschen, eine grüne und eine rote, zum Vorschein.
»Nicht so schwer, wie sie sein könnten«, meinte der Jude, nachdem er sie sorgsam von innen betrachtet hatte, »aber sehr hübsch und sauber gearbeitet. Ein geschickter Handwerker, nicht wahr, Oliver?«
»Ja, wirklich, sehr geschickt, Sir«, sagte Oliver. Darüber lachte Charley Bates schallend – sehr zum Erstaunen Olivers, der bei allem, was geschehen war, nichts Lächerliches fand.
»Und was hast du, mein Lieber?« wandte sich Fagin an Charley Bates.
»Putzlappen«, erwiderte Master Bates und wies gleichzeitig vier Taschentücher vor.
»Nu«, sagte der Jude und betrachtete sie eingehend, »die sind sehr gut, sehr gut. Aber du hast sie nicht gut gezeichnet; also müssen die Zeichen mit einer Nadel herausgetrennt werden, und wir werden Oliver beibringen, wie das gemacht wird. Wollen wir, Oliver, wie? Hahaha!«
»Wenn Sie so gut sein wollen, Sir«, antwortete Oliver.
»Du möchtest wohl auch so leicht Taschentücher machen können, wie Charley Bates, nicht wahr, mein Lieber?« fragte der Jude.
»Ja, sehr gern, Sir, wenn Sie mir's zeigen würden«, entgegnete Oliver. Master Bates sah in dieser Antwort etwas so ausgesucht Komisches, daß er abermals in ein Gelächter

ausbrach; und dieses Gelächter endete – da es mit dem Kaffee zusammentraf, den er gerade trank, und diesen in die falsche Kehle brachte – um ein Haar mit seinem vorzeitigen Erstickungstode.

»Er ist so hübsch grün«, sagte Charley, nachdem er sich erholt hatte, um sich bei der Gesellschaft für sein unhöfliches Benehmen zu entschuldigen.

Der Gannef sagte nichts, aber er strich Oliver die Haare über die Augen und meinte, er würde es allmählich schon besser verstehen lernen. Der alte Herr, der sah, daß Oliver rot wurde, wechselte daraufhin das Thema und fragte, ob am Morgen bei der Hinrichtung ein recht großes Gedränge gewesen sei. Darüber staunte Oliver nur noch mehr, denn aus den Antworten der zwei Jungen wurde ihm klar, daß beide dabeigewesen waren, und er wunderte sich natürlich darüber, wie sie dabei noch Zeit gefunden hatten, so fleißig zu sein. Als das Frühstück abgeräumt war, spielte der lustige alte Herr mit den beiden Jungen ein höchst seltsames und ungewöhnliches Spiel, das folgendermaßen vor sich ging: Der Alte steckte eine Schnupfdose in die eine Hosentasche und eine Brieftasche in die andere, eine Uhr, die er an einer Sicherheitskette um den Hals trug, in die Westentasche und eine unechte Brillantnadel in sein Hemd. Dann knöpfte er seinen Rock fest zu, verwahrte Brillenfutteral und Schnupftuch in seinen Taschen und ging mit einem Stock im Zimmer genauso auf und ab, wie alte Herren zu jeder Tageszeit auf den Straßen umherspazieren. Manchmal blieb er am Kamin stehen und manchmal an der Tür, wobei er so tat, als ob er mit großem Interesse Schaufenster betrachte. Bei solchen Gelegenheiten blickte er aus Angst vor Dieben beständig um sich und klopfte der Reihe nach alle seine Taschen ab, um sich zu vergewissern, daß er nichts verloren habe. Dies alles wirkte so komisch und echt, daß Oliver darüber lachte, bis ihm die Tränen übers Gesicht liefen. Die ganze Zeit über blieben die beiden Jungen dem Alten dicht auf den Fersen, und immer, wenn er sich umdrehte, verschwanden sie so flink aus seinem Blickfeld, daß es unmöglich war, ihre Bewegungen zu verfolgen. Schließlich trat der Gannef ihm auf die Zehen oder stolperte wie zufällig über seinen Schuh, während Charley Bates ihn von hinten anrempelte, und in diesem einen Augenblick nahmen sie ihm mit erstaunlichster Schnelligkeit Schnupfdose, Brieftasche, Uhr, Sicherheitskette, Vorstecknadel, Taschentuch und sogar das Brillenfutteral weg. Wenn der alte Herr eine Hand in irgendeiner seiner Taschen fühlte, so rief er, wo sie war, und dann begann das Spiel wieder ganz von vorn.

Als man diesen Scherz bereits viele Male getrieben hatte, kamen zwei junge Damen, um die jungen Herren zu besuchen; die eine von ihnen hieß Bet, die andere Nancy. Sie hatten üppiges Haar, das nicht gerade sorgfältig hinten hochgesteckt war, und auch um Schuhe und Strümpfe sahen sie ziemlich unordentlich aus. Sie waren vielleicht nicht direkt hübsch, aber sie hatten eine sehr kräftige Gesichtsfarbe und sahen recht gesund und munter aus. Da ihr Benehmen bemerkenswert freimütig und ansprechend war, meinte Oliver, sie seien wirklich sehr nette Mädchen – und das waren sie ohne Zweifel auch.

Dieser Besuch blieb ziemlich lange. Da eine der jungen Damen über innerliche Kälte klagte, wurde Branntwein herzugeholt, und die Unterhaltung wurde sehr lustig und angeregt. Schließlich gab Charley Bates der Meinung Ausdruck, daß es Zeit sei, zu trotten. Oliver schien es, als müsse das ein französischer Ausdruck für weggehen sein, denn unmittelbar danach brachen der Gannef, Charley und die beiden jungen Damen zusammen auf, nachdem sie der freundliche alte Jude liebenswürdigerweise noch mit Geld versehen hatte, das sie ausgeben durften.

»Nun, mein Lieber«, sagte Fagin, »ist das nicht ein angenehmes Leben? Für heute haben sie nun Ausgang.«

»Sind sie denn schon mit der Arbeit fertig?« fragte Oliver.

»Ja«, sagte der Jude, »das heißt, sofern sie nicht noch unerwartet etwas zu tun finden, wenn sie ausgegangen sind; denn wenn das der Fall ist, werden sie es nicht übersehen, darauf kannst du dich verlassen. Nimm sie dir zum Vorbild, mein Lieber. Nimm sie dir zum Vorbild«, und dabei klopfte er mit der Kohlenschaufel auf den Herd, um seinen Worten Nachdruck zu verleihen, »tue alles, was sie dir sagen, und folge in allen Dingen ihrem Rat, besonders dem des Gannefs, mein Lieber, der wird einmal ein großer Mann werden, und er wird auch dich dazu machen, wenn du ihn dir zum Vorbild nimmst.«

»Hängt mein Taschentuch aus meiner Tasche, mein Lieber?« fragte er dann plötzlich.

»Ja, Sir«, antwortete Oliver.

»Versuch mal, ob du's herausnehmen kannst, ohne daß ich's merke, so wie du's gesehen hast, als wir heute früh spielten.«

Oliver hob mit der einen Hand das untere Ende der Tasche an, wie er es vom Gannef gesehen hatte, und zog mit der anderen das Taschentuch flink heraus.

»Ist es weg?« rief der Jude.

»Hier ist es, Sir«, sagte Oliver und zeigte es in seiner Hand.

»Du bist ein geschickter Bursche, mein Lieber«, sagte der spaßhafte alte Herr und tätschelte Oliver beifällig den Kopf. »Ich habe noch nie einen schlaueren Jungen gesehen. Hier hast du einen Schilling. Wenn du so weitermachst, wirst du der größte Mann deiner Zeit werden. Und nun komm her, ich will dir zeigen, wie man die Zeichen aus den Taschentüchern entfernt.«

Oliver wunderte sich, was die Tatsache, daß er im Spiel dem alten Herrn die Tasche ausgeräumt hatte, mit seinen Aussichten, ein großer Mann zu werden, zu tun haben sollte. Aber da er meinte, der Jude, der ja soviel älter war als er, müsse es besser wissen, so folgte er ihm schweigend zum Tisch und war bald völlig in das Studium seiner neuen Tätigkeit vertieft.

ZEHNTES KAPITEL

Oliver wird mit dem Wesen seiner neuen Gefährten besser vertraut und erkauft seine Erfahrung teuer. Ein kurzes, aber sehr wichtiges Kapitel dieser Geschichte

Viele Tage blieb Oliver in der Stube des Juden, trennte die Namen aus den Taschentüchern (die in großer Zahl nach Hause gebracht wurden) und nahm nachmal an dem bereits beschriebenen Spiel teil, das die beiden Jungen und der Jude regelmäßig jeden Morgen spielten. Schließlich begann er, sich nach frischer Luft zu sehnen und bettelte den alten Herrn zu vielen Malen, er solle ihm doch erlauben, mit seinen zwei Gefährten auf Arbeit auszugehen.

Der Drang nach wirklicher Tätigkeit wurde in Oliver um so stärker, da er inzwischen einen Begriff von den strengen sittlichen Grundsätzen des alten Herrn bekommen hatte. Jedesmal, wenn der Gannef oder Charley Bates abends mit leeren Händen nach Hause kamen, pflegte er sich weitläufig und mit großer Heftigkeit über die unheilvollen Folgen von Faulheit und Müßiggang auszulassen und machte ihnen die Notwendigkeit eines arbeitsamen Lebens dadurch klar, daß er sie ohne Abendbrot zu Bett schickte. Einmal ging er tatsächlich sogar so weit, daß er die beiden eine Treppe hinabstieß, aber damit trieb er seine Tugendunterweisungen doch ungewöhnlich weit.

Eines Morgens schließlich erhielt Oliver die Erlaubnis, um die er sich so eifrig bemüht hatte. Seit zwei oder drei Tagen waren keine Taschentücher zu bearbeiten gewesen, und die Mahlzeiten waren ziemlich dürftig geworden. Vielleicht gab der alte Herr aus diesen Gründen seine Zustimmung – aber wie dem auch sei: jedenfalls ließ er Oliver gehen und gab ihn in die gemeinsame Obhut von Charley Bates und seinem Freund, dem Gannef. Die drei Jungen machten sich auf den Weg. Der Gannef hatte wie gewöhnlich die Rockärmel aufgekrempelt und den Hut schief aufgestülpt, Master Bates schlenderte mit den Händen in den Hosentaschen einher; und zwischen ihnen ging Oliver und dachte darüber nach, wo sie wohl hingingen und in welchem Erwerbszweig er wohl zuerst Unterricht bekommen würde.

Die Gangart, die sie anschlugen, war ein derart träger, häßlicher Bummelschritt, daß Oliver bald dachte, seine Gefährten wollten den alten Herrn betrügen und überhaupt nicht arbeiten. Der Gannef hatte zudem noch die boshafte Neigung, kleinen Jungen die Mützen vom Kopf zu ziehen und sie in die Lichtschächte vor den Kellerwohnungen zu werfen; Charley Bates bewies recht lockere Ansichten über das Eigentumsrecht, indem er ab und zu Äpfel und Zwiebeln von den Ständen am Straßenrande stibitzte und sie dann in seine Taschen stopfte, die so erstaunlich aufnahmefähig waren, daß sie seinen gesamten Anzug nach allen Seiten hin zu unterhöhlen schienen. Dies alles machte einen so schlechten Eindruck, daß Oliver eben erklären wollte, er habe die Absicht, sich, so gut es ginge, allein auf den Rückweg zu machen – da aber wurden seine Gedanken plötzlich durch eine höchst seltsame Veränderung im Verhalten des Gannefs in eine andere Richtung gelenkt.

Sie kamen gerade aus einem engen Hof heraus – es war in Clerkenwell, in der Nähe jenes freien Platzes, der noch heute durch irgendwelche seltsame Begriffsverwirrung »der Anger« heißt – als der Gannef plötzlich stehenblieb, den Finger an die Lippen legte und seine Gefährten mit größter Vorsicht und sehr behutsam wieder zurückzog.

»Was ist los?« fragte Oliver.

»Pst!« erwiderte der Gannef. »Siehst du den alten Knacker dort am Bücherladen?«

»Den alten Herrn da gegenüber?« meinte Oliver.

»Ja, den seh' ich.«

»Der ist richtig!« sagte der Gannef.

»Ein fetter Happen«, bemerkte Charley Bates.

Oliver blickte höchst erstaunt von einem zum andern, aber er kam nicht dazu, irgendwelche Fragen zu stellen; denn die beiden Burschen überquerten heimlich die Straße und schlichen sich dicht hinter den alten Herrn, der ihre Aufmerksamkeit erregt hatte. Oliver folgte ihnen einige Schritte, da er aber nicht wußte, ob er nun weitergehen oder sich zurückziehen sollte, so blieb er stehen und sah ihnen in stummer Verwunderung nach. Der alte Herr war eine höchst achtbare

Erscheinung mit gepudertem Haar und einer goldenen Brille. Er trug einen flaschengrünen Rock mit schwarzem Samtkragen und weiße Hosen, und unter seinem Arm klemmte ein eleganter Bambusstock. Er hatte ein Buch aus der Auslage genommen und stand nun da und las, und zwar so eifrig, als säße er im Lehnstuhl zu Hause in seinem Arbeitszimmer. Es ist sehr leicht möglich, daß er sich auch tatsächlich dort wähnte, denn er war offensichtlich so in Gedanken versunken, daß er weder den Bücherladen, noch die Straße oder die Jungen – kurzum, nichts als eben nur das Buch sah; und das las er auf der Stelle durch: Wenn er am Ende einer Seite angekommen war, so wendete er sie um, las auf der obersten Zeile der nächsten Seite weiter – und so trieb er es mit größtem Interesse und Eifer immer weiter.

Wer aber beschreibt Olivers Schrecken und Bestürzung, als er, wenige Schritte entfernt, mit so weit wie nur möglich aufgerissenen Augen zusehen mußte, wie der Gannef seine Hand in die Tasche des alten Herrn steckte und ein Taschentuch daraus hervorzog! Dann sah er noch, daß der Gannef es an Charley Bates weitergab und wie die beiden schließlich in größter Eile um die Ecke davonliefen.

Mit einem Schlage wurde dem Knaben das ganze Geheimnis um die Taschentücher, die Uhren, die Juwelen und den Juden klar. Der Schreck jagte ihm einen Augenblick lang das Blut derart durch die Adern, daß er das Gefühl hatte, mitten in einem brennenden Feuer zu stehen; dann lief er, verwirrt und verängstigt und nicht wissend, was er tat, davon, so schnell ihn seine Füße nur zu tragen vermochten.

Dies alles war das Werk einer Minute. Im gleichen Augenblick, als Oliver zu rennen begann, griff der alte Herr in seine Tasche, vermißte sein Taschentuch und drehte sich rasch um. Als er den Knaben mit solcher Geschwindigkeit davonlaufen sah, hielt er ihn ganz logischerweise für den Räuber; er schrie also aus Leibeskräften: »Haltet den Dieb!« und eilte mit dem Buche in der Hand, hinter ihm her.

Aber der alte Herr war nicht der einzige, der das Verfolgungsgeschrei anstimmte. Der Gannef und Master Bates hatten durchaus nicht die Absicht gehabt, die Straße hinunterzurennen und damit die Aufmerksamkeit der Leute zu erregen. Sie hatten sich also nur in den ersten besten Hausflur um die Ecke herum zurückgezogen. Kaum hörten sie den Schrei und sahen Oliver rennen, so erfaßten sie völlig richtig die Lage; sie stürzten also schnellstens hinaus, riefen gleichfalls: »Haltet den Dieb!« und beteiligten sich wie brave Bürger an der Verfolgung.

Obwohl Oliver von Philosophen erzogen worden war, so war er doch theoretisch nicht vertraut mit dem schönen Grundsatz, daß Selbsterhaltung das erste Gesetz der Natur ist. Hätte er ihn gekannt, wäre er vielleicht auf einen solchen Fall vorbereitet gewesen. So jedoch erschrak er nur noch mehr und lief wie der Wind davon; hinter ihm her, schreiend und rufend, der alte Herr und die beiden Jungen.

»Haltet den Dieb! – Haltet den Dieb!« – dieser Ruf wirkt wie ein Zauber. Der Kaufmann verläßt seinen Ladentisch und der Straßenhändler seinen Wagen; der Fleischer wirft seine Mulde hin, der Bäcker seinen Korb und der Milchmann seinen Kübel; der Laufbursche seine Pakete, der Schuljunge seine Murmeln; der Straßenarbeiter seine Spitzhacke und das Kind seine Fibel. Alle stürmen sie davon, wild durcheinander, Hals über Kopf; sie rasen, schreien und toben, überrennen die Passanten, wenn sie um die Ecken biegen, bringen die Hunde in Aufruhr, scheuchen das Federvieh auf – und Straßen, Plätze und Höfe hallen wider von dem Lärm.

»Haltet den Dieb! – Haltet den Dieb!« – von hundert Stimmen wird der Ruf aufgegriffen, und an jeder Straßenekke kommen mehr Menschen hinzu. Alle stürzen sie vorwärts, patschen durch Pfützen, klappern über das Pflaster; Fenster fliegen auf, Leute kommen aus den Häusern herausgestürzt, weiter wälzt sich die Volksmenge. Ein ganzer

Schwarm von Zuschauern verläßt das Kasperletheater, als die Handlung gerade auf dem Höhepunkt ist, schließt sich der dahinstürmenden Menge an, verstärkt noch das Geschrei und gibt dem Ruf: »Haltet den Dieb! – Haltet den Dieb!« neue Kraft.
»Haltet den Dieb! – Haltet den Dieb!« – die Leidenschaft, *irgend etwas zu jagen,* ist tief im Herzen des Menschen verwurzelt: Da versucht ein unglückliches, atemloses Kind, keuchend vor Erschöpfung, Entsetzen und Todesangst im Blick und mit schweißüberströmtem Gesicht, unter Anspannung aller Kräfte, seinen Verfolgern einen Vorsprung abzugewinnen. Jene aber, die seiner Spur folgen und ihm mit jedem Augenblick näher kommen, begrüßen das Nachlassen seiner Kräfte mit immer lauteren Rufen und heulen und johlen vor Freude. »Haltet den Dieb!« Ja, um Gottes willen, haltet ihn auf – und sei es nur aus Mitleid!
Endlich hat man ihn! Ein wohlgezielter Schlag, er liegt auf dem Pflaster und die Menge umdrängt ihn begierig. Jeder, der neu hinzukommt, stößt, schiebt und balgt sich mit den anderen herum, um einen Blick zu erhaschen. »Zurücktreten!« – »Laßt ihm doch auch ein bißchen Luft!« – »Unsinn! Verdient er ja gar nicht!« – »Wo ist der Herr?« – »Da kommt er die Straße herunter!« – »Macht Platz für den Herrn!« – »Ist das der Junge, Sir?« – »Ja!«
Als der alte Herr von den vordersten der Verfolger diensteifrig in den Kreis gezogen und gestoßen wurde, lag Oliver, mit Straßendreck und Staub bedeckt und aus dem Mund blutend, da und blickte wild in die Menge der ihn umgebenden Gesichter.
»Ja«, sagte der Herr, »ich fürchte, das ist der Knabe.«
»Fürchte?« murrte die Menge. »Na, das ist gut!«
»Armer Kerl!« sagte der Herr, »er hat sich verletzt!«
»Das war *ich*, Sir«, sagte ein großer, plumper Bursche, indem er vortrat, »prima hab' ich ihn mit den Knöcheln direkt auf den Mund getroffen. Ich hab' ihn aufgehalten, Sir!«

Grinsend legte der Bursche dabei die Hand an die Mütze und erwartete wohl etwas für seine Bemühungen. Der alte Herr aber sah ihn mißbilligend an und blickte ängstlich um sich, als überlegte er, ob er nicht selbst davonlaufen solle. Und es ist leicht möglich, daß er es auch versucht und damit eine erneute Jagd veranlaßt hätte – im selben Augenblick aber bahnte sich ein Polizist (der in solchen Fällen im allgemeinen als letzter erscheint) einen Weg durch die Menge und packte Oliver beim Kragen.
»Los, steh auf!« sagte er grob.
»Ich war es wirklich nicht, Sir. Wirklich und wahrhaftig, es waren zwei andere Jungen«, sagte Oliver, rang verzweifelt die Hände und blickte um sich. »Sie sind hier irgendwo.«
»O nein – hier sind sie nicht«, sagte der Schutzmann. Er meinte das wohl ironisch, aber es war zudem wahr – denn der Gannef und Charley Bates waren in den ersten passenden Hof eingeschwenkt, an dem sie vorbeigekommen waren. »Also los, steh auf!«
»Tun Sie ihm nicht weh«, sagte der alte Herr mitleidig.
»Nein, nein, ich tu ihm nicht weh«, erwiderte der Schutzmann und riß Oliver zum Beweis dafür fast die Jacke vom Leibe. »Komm, ich kenn' dich, mir kannst du nichts vormachen! Willst du wohl auf die Beine kommen, du kleiner Teufel?«
Oliver, der kaum stehen konnte, versuchte, sich auf die Füße zu stellen und wurde sogleich im Geschwindschritt am Rockkragen durch die Straßen gezerrt. Der Herr hielt sich neben dem Schutzmann, und alle die aus der Menge, die es zuwege brachten, liefen ein Stück voraus und gafften von Zeit zu Zeit auf Oliver zurück. Die Straßenjungen stimmten ein Triumphgeheul an, und so ging es weiter voran.

ELFTES KAPITEL

Handelt von Mr. Fang, dem Polizeirichter, und liefert eine kleine Probe von seiner Art, Recht zu sprechen

Die Missetat war innerhalb des Bezirkes, und zwar sogar in der unmittelbaren Nähe einer sehr bekannten Polizeiwache der Hauptstadt begangen worden. Die Menge hatte daher nur die Genugtuung, daß sie Oliver durch zwei oder drei Straßen und über einen Platz begleiten durfte, der Mutton Hill heißt. Dann wurde er durch die Hintertür unter einem niedrigen Torweg hindurch und über einen schmutzigen Hof hinweg zu jener Stätte geführt, wo für die Armen im Schnellverfahren Recht gesprochen wurde. Es war ein kleiner gepflasterter Hof, in den sie nun kamen, und hier trafen sie auf einen stämmigen Mann, der einen stattlichen Bart im Gesicht und ein stattliches Schlüsselbund in der Hand trug.

»Was gibt's denn?« fragte der Mann gleichgültig.

»Einen jungen Taschendieb«, antwortete der Schutzmann, der Oliver in Gewahrsam hatte.

»Sind Sie der Bestohlene, Sir?« fragte der Mann mit den Schlüsseln.

»Ja, der bin ich«, erwiderte der alte Herr; »aber ich bin nicht sicher, ob dieser Knabe wirklich das Taschentuch gestohlen hat. Ich – ich möchte den Fall lieber nicht weiter verfolgen.«

»Jetzt muß er vor den Richter, Sir«, antwortete der Mann. »Seine Gnaden werden in einer halben Minute frei sein. Vorwärts, du kleiner Galgenstrick!«

Dies war eine Aufforderung für Oliver, durch eine Tür hindurchzugehen, die der Mann bei diesen Worten aufschloß und die in eine ausgemauerte Zelle führte. Hier wurde er durchsucht und, nachdem man nichts bei ihm gefunden hatte, eingeschlossen. Die Zelle war in ihrer Form und Größe einem Lichtschacht ähnlich, nur war sie nicht so hell. Sie war unerträglich schmutzig, denn es war Montag früh; und seit Sonnabend abend waren sechs Betrunkene darin gewesen, die jetzt anderswo eingesperrt waren. Aber das besagt nicht viel. Auf unseren Polizeiwachen werden jede Nacht Frauen und Männer wegen der belanglosesten *Beschuldigungen* – das Wort ist zu beachten! – in Kerkerlöchern eingesperrt. Im Vergleich dazu sind die Zellen in Newgate, in denen die abscheulichsten Verbrecher sitzen, die verhört, für schuldig befunden und zum Tode verurteilt wurden, wahre Paläste. Man lasse jeden, der daran zweifelt, beide miteinander vergleichen!

Als der Schlüssel sich geräuschvoll im Schloß drehte, schaute der alte Herr fast genauso kläglich drein wie Oliver. Mit einem Seufzer wandte er sich wieder dem Buche zu, das der unschuldige Anlaß für all die Aufregung gewesen war.

»Da ist irgend etwas im Gesicht dieses Jungen«, sagte der alte Herr zu sich selbst, als er langsam davonging und nachdenklich mit dem Buchdeckel gegen sein Kinn klopfte, »etwas, das mich berührt und interessiert. *Kann* er denn unschuldig sein? Er sah so aus. – Apropos . . .«, rief der alte Herr aus, blieb plötzlich stehen und starrte gen Himmel, . . . »mein Gott, wo habe ich nur einen solchen Gesichtsausdruck schon früher mal gesehen?« Nachdem er einige Minuten darüber gegrübelt hatte, ging der alte Herr mit noch immer nachdenklichem Gesicht in ein Vorzimmer, das vom Hof her zu erreichen war. Dort setzte er sich in eine Ecke und ließ vor seinem geistigen Auge in weitem Rund eine ganze Galerie von Gesichtern erstehen, die viele Jahre lang ein dunkler Vorhang verhüllt hatte. »Nein«, sagte er dann und schüttelte den Kopf, »es muß eine Einbildung sein.«

Abermals ließ er sie an sich vorüberziehen. Er hatte sie in sein Bewußtsein zurückgerufen, und es war nun nicht so leicht, sie wieder mit der Hülle zu umgeben, die sie so lange verborgen hatte. Da waren die Gesichter von Freunden und Feinden und von vielen, die ihm fast fremd gewesen waren und ihn nun aus der Menge heraus zudringlich anblickten;

da waren die Gesichter junger blühender Mädchen, die jetzt alte Frauen waren. Da waren Gesichter, die der Tod schon verwandelt und über denen sich das Grab bereits geschlossen hatte – die Erinnerung jedoch, die stärker ist als der Tod, umkleidete sie noch mit ihrer ursprünglichen Frische und Schönheit; sie gab ihnen den Glanz der Augen zurück, das strahlende Lächeln, die leuchtende Kraft der Seele, die ihre irdische Hülle durchdringt; sie flüsterte und raunte von der Schönheit, die das Grab überdauert, die nur verwandelt worden sei, um erhöht zu werden, und die nur von der Erde genommen sei, um als ein sanftes, mildes Licht den Weg zum Himmelreich zu erhellen.

Der alte Herr konnte sich jedoch an kein Gesicht erinnern, mit dem Olivers Züge irgendwelche Ähnlichkeit zeigten. So stieß er denn einen Seufzer aus über die Erinnerungen, die er heraufbeschworen hatte; und da er zu seinem Glücke ein zerstreuter alter Herr war, begrub er sie wieder in den Seiten des muffigen alten Buches.

Er wurde aufgeschreckt durch eine Berührung an der Schulter und die Aufforderung des Mannes mit den Schüsseln, ihm in das Amtszimmer zu folgen. Eilends klappte er sein Buch zu und sah sich alsbald der eindrucksvollen Persönlichkeit des berühmten Mr. Fang gegenüber.

Das Amtszimmer war ein nach vorn gelegener Raum mit getäfelten Wänden. Mr. Fang saß am oberen Ende hinter einer Schranke; und an einer Seite war die Tür eine Art hölzerner Verschlag, in dem sich bereits der arme kleine Oliver befand, der angesichts des furchterregenden Schauplatzes am ganzen Leibe zitterte.

Mr. Fang war ein dürrer, steifer und halsstarriger Mann von mittlerer Größe; er hatte nur wenig Haare – und was er davon noch besaß, wuchs hinten und seitwärts auf seinem Kopfe. Sein Gesicht war finster und heftig gerötet. Wenn er etwa wirklich nicht die Angewohnheit hatte, wesentlich mehr zu trinken, als ihm gerade noch zuträglich war, so

hätte er gegen sein Gesicht eine Verleumdungsklage erheben können und wohl beträchtlichen Schadenersatz bekommen. Der alte Herr verbeugte sich respektvoll, trat auf den Richtertisch zu und überreichte mit den Worten: »Hier ist mein Name und meine Adresse, Sir«, seine Karte. Dann trat er einige Schritte zurück und wartete nach einer abermaligen höflichen Verbeugung darauf, daß man ihn befragte.
Nun traf es sich aber, daß Mr. Fang in diesem Augenblick gerade den Leitartikel einer Morgenzeitung las, der sich mit einem unlängst von ihm gefällten Urteil befaßte und ihn zum dreihundertundfünfzigsten Male der ganz besonderen Aufmerksamkeit des Innenministeriums empfahl. Er war deshalb übler Laune, blickte mürrisch auf und fragte:
»Wer sind Sie?«
Der alte Herr deutete mit einigem Erstaunen auf seine Karte.
»Schutzmann!« sagte Mr. Fang und schob die Karte mit der Zeitung verächtlich beiseite, »wer ist dieser Kerl?«
»Mein Name, Sir«, erwiderte der alte Herr und sprach dabei wie ein Mensch von Bildung und Anstand, »mein Name, Sir, ist Brownlow. Gestatten Sie mir dagegen die Frage nach dem Namen des Richters, der unter dem Schutze seines Amtes einen ehrbaren Menschen willkürlich und ohne Grund beleidigt.« Mit diesen Worten sah sich Mr. Brownlow im Amtszimmer um, als suche er jemanden, der ihm die gewünschte Auskunft geben könnte.
»Schutzmann!« sagte Mr. Fang und warf die Zeitung beiseite, »wessen ist dieser Kerl angeklagt?«
»Er ist überhaupt nicht angeklagt, Euer Gnaden«, erwiderte der Schutzmann, »er klagt gegen den Jungen, Euer Gnaden.«
Seine Gnaden wußten das ganz genau, aber es war ein guter und dabei sicherer Vorwand, den anderen zu kränken.
»Klagt gegen den Jungen? Soso!« sagte Mr. Fang und betrachtete Mr. Brownlow verächtlich von oben bis unten. »Vereidigen Sie ihn!«

»Ehe ich vereidigt werde, muß ich darum bitten, noch etwas sagen zu dürfen«, wandte Mr. Brownlow ein, »nämlich, daß ich, wenn ich es nicht eben selbst erlebt hätte, wirklich niemals geglaubt . . .«

»Halten Sie den Mund!« unterbrach ihn Mr. Fang befehlend.

»Das werde ich nicht tun, Sir!« erwiderte der alte Herr.

»Halten Sie augenblicklich den Mund, oder ich lasse Sie hinauswerfen!« drohte Mr. Fang. »Sie sind ein anmaßender, unverschämter Kerl. Wie können Sie es wagen, einen Richter so anzuschreien?«

»Was?« rief der alte Herr und wurde rot vor Zorn.

»Vereidigen Sie diesen Menschen!« sagte Fang zu dem Schreiber. »Ich will kein Wort mehr hören. Vereidigen Sie ihn.«

Mr. Brownlow war aufs höchste empört. Aber da er sich wohl überlegte, daß er dem Jungen nur schaden könnte, wenn er seinen Gefühlen freien Lauf ließe, so beherrschte er sich und unterzog sich sogleich der Vereidigung.

»Nun«, sagte Fang, »welche Anklage wird gegen den Jungen erhoben? Was haben Sie vorzubringen?«

»Ich stand in einem Buchladen –«, begann Mr. Brownlow.

»Halten Sie den Mund«, unterbrach Mr. Fang.

»Schutzmann! Wo ist der Schutzmann? Hier, vereidigen Sie diesen Schutzmann! Also, Schutzmann, was ist los?»

Der Schutzmann berichtete mit geziemender Unterwürfigkeit, wie er die Verhaftung vorgenommen habe, wie er Oliver durchsucht und nichts bei ihm gefunden habe und daß das alles sei, was er von der Sache wisse.

»Sind irgendwelche Zeugen da?« erkundigte sich Mr. Fang.

»Keine, Euer Gnaden«, erwiderte der Schutzmann.

Mr. Fang saß einige Minuten schweigend da, dann wandte er sich zu dem Kläger und sagte in höchster Erregung:

»Wollen Sie nun erklären, welche Anklage Sie gegen den Jungen erheben, oder nicht? Sie sind vereidigt worden. Wenn Sie es nun weiter ablehnen, Ihre Aussagen zu machen, werde ich Sie wegen Nichtachtung des Gerichts bestrafen; das werde ich, hol mich – – –«

Wer oder was ihn holen sollte, erfuhr niemand, denn der Schreiber und der Gefängniswärter husteten gerade im richtigen Moment ziemlich laut und der erstere ließ – rein zufällig natürlich – ein schweres Buch zu Boden fallen, und so konnte keiner das Wort hören.

Mit vielen Unterbrechungen und nach vielen Beleidigungen gelang es Mr. Brownlow schließlich doch, seinen Fall vorzubringen. Er legte dar, daß er in der Überraschung des Augenblicks hinter dem Knaben hergerannt sei, weil er ihn davonlaufen sah; und er gab seiner Hoffnung Ausdruck, daß das Gericht den Knaben mit aller nur möglichen Milde des Gesetzes behandeln möge, wenn es ihn zwar nicht für den Dieb selbst halte, ihn jedoch der Verbindung mit Dieben für schuldig befinde.

»Er ist bereits verletzt«, sagte der alte Herr zum Schluß, »und ich fürchte«, fügte er sehr energisch hinzu und blickte dabei zum Richtertisch, »ich fürchte wirklich, daß er krank ist.«

»Ja natürlich! Warum nicht gar!« sagte Mr. Fang höhnisch. »Komm, mach uns hier nichts vor, du kleiner Vagabund, es nützt dir doch nichts! Wie heißt du?«

Oliver versuchte zu antworten, aber seine Zunge gehorchte ihm nicht. Er war totenbleich, und der ganze Raum schien sich um ihn zu drehen.

»Wie heißt du, du verstockter Schurke?« fragte Mr. Fang abermals. »Polizeidiener, wie heißt er?«

Diese Frage war an einen stämmigen alten Mann gerichtet, der in der Nähe des Richtertisches stand. Er beugte sich zu Oliver nieder und wiederholte die Frage, sah aber, daß dieser wirklich nicht imstande war, sie zu verstehen. Da er jedoch wußte, daß weiteres Schweigen den Richter noch mehr erzürnen und das Urteil nur verschärfen würde, wagte er es, aufs Geratewohl einen Namen zu erfinden.

»Er sagt, er heißt Tom White, Euer Gnaden«, antwortete also der gutmütige Häscher.
»Ach, er will wohl nicht laut sprechen, wie?« fragte Fang. »Na schön, auch gut! Wo wohnt er?«
»Wo er kann, Euer Gnaden«, erwiderte der Polizeidiener und tat wieder so, als habe er diese Antwort von Oliver bekommen.
»Hat er noch Eltern?« fragte Mr. Fang weiter.
»Er sagt, sie wären in seiner frühesten Kindheit gestorben, Euer Gnaden«, antwortete der Polizist und versuchte es auf gut Glück mit der üblichen Auskunft.
An dieser Stelle des Verhörs hob Oliver den Kopf, sah mit flehenden Blicken um sich und bat mit schwacher Stimme um einen Schluck Wasser.
»Unsinn!« antwortete Mr. Fang darauf. »Versuch ja nicht, mich zum Narren zu halten!«
»Ich glaube, er ist wirklich krank, Euer Gnaden«, versuchte der Polizeidiener einzuwenden.
»Das weiß ich besser«, belehrte ihn Mr. Fang.
»Geben Sie acht auf ihn, Polizeidiener«, sagte der alte Herr und hob unwillkürlich die Hände, »er wird gleich umfallen!«
»Hände weg, Polizeidiener!« brüllte Mr. Fang. »Lassen Sie ihn fallen, wenn's ihm Spaß macht!«
Oliver machte sich diese freundliche Erlaubnis zunutze und fiel ohnmächtig zu Boden. Die Männer im Amtszimmer blickten einander an, aber keiner wagte, sich zu rühren.
»Ich wußte ja, daß er nur simuliert«, stellte Mr. Fang fest, als sei damit der unwiderlegbarste Beweis für diese Tatsache erbracht. »Lassen Sie ihn da liegen, er wird's bald überdrüssig sein!«
»Wie gedenken Sie in diesem Falle zu verfahren, Sir?« fragte der Gerichtsdiener leise.
»Summarisch«, erwiderte Mr. Fang. »Er wird zu drei Monaten verurteilt – Zwangsarbeit natürlich. Alles hinaus – marsch!«

Die Tür wurde zu diesem Zwecke geöffnet, und einige Männer wollten gerade den bewußtlosen Knaben in seine Zelle zurücktragen, als plötzlich ein älterer Mann von anständigem aber ärmlichem Aussehen, in einen alten schwarzen Anzug gekleidet, in das Amtszimmer hereinstürmte und auf den Richtertisch zueilte.
»Halt, halt! Bringen Sie ihn nicht weg! Um Gottes willen, warten Sie einen Augenblick!« rief der Neuankömmling, noch ganz außer Atem vom schnellen Laufen.
Obgleich die erlauchten Geister, die in einem Amtszimmer wie diesem den Vorsitz führten, eine unmittelbare und willkürliche Gewalt über die Freiheit und den guten Ruf, ja fast über das Leben der Untertanen Ihrer Majestät ausüben – und das besonders bei den ärmeren Volksschichten – und obgleich innerhalb dieser Mauern täglich so viele unglaubliche Dinge geschehen, daß die Engel im Himmel sich darüber die Augen blind weinen könnten, sind sie doch der Öffentlichkeit, abgesehen von der Vermittlung durch die Tageszeitungen, verschlossen.* Mr. Fang war infolgedessen nicht wenig aufgebracht, als er einen ungebetenen Besucher in solch unehrerbietiger Erregtheit eindringen sah.
»Was ist denn los? Wer ist das? Werft ihn hinaus! Alles 'raus, marsch!« brüllte Mr. Fang.
»Ich *will* aber sprechen«, rief der Mann, »ich lasse mich nicht hinauswerfen. Ich habe alles gesehen. Ich bin der Inhaber des Buchladens. Ich verlange, daß man mich vereidigt! Ich lasse mich nicht so abfertigen, Mr. Fang, Sie müssen mich anhören. Sie dürfen das nicht ablehnen, Sir!«
Der Mann war im Recht. Sein Auftreten zeigte Entschlossenheit, und die Angelegenheit begann fast zu ernst zu werden, als daß man sie hätte vertuschen können.
»Vereidigen Sie den Mann«, knurrte also Mr. Fang höchst ungnädig. »Also, was haben Sie auszusagen?«

* oder waren es zumindest damals tatsächlich.

»Folgendes«, erwiderte der Mann. »Ich sah drei Jungen, zwei andere und den Gefangenen hier; sie lungerten auf der anderen Straßenseite herum, während dieser Herr hier beim Lesen war. Der Diebstahl wurde von einem anderen Jungen verübt. Ich habe gesehen, wie es geschah, und ich sah auch, daß dieser Junge hier völlig überrascht und erschrocken darüber war.« Mittlerweile war der ehrenwerte Buchhändler wieder etwas zu Atem gekommen und berichtete nun zusammenhängender die näheren Begleitumstände des Diebstahls.

»Warum sind Sie nicht eher hergekommen?« fragte Mr. Fang nach einer Pause.

»Ich hatte keinen Menschen, der sich um den Laden kümmern konnte«, erwiderte der Mann. »Alle, die mir hätten helfen können, waren mit bei der Verfolgung. Bis vor etwa fünf Minuten konnte ich niemanden finden; den ganzen Weg bis hierher bin ich gerannt.«

»Der Kläger war beim Lesen, sagten Sie?« fragte Fang nach einer weiteren Pause.

»Jawohl«, antwortete der Mann. »In demselben Buch, das er noch in der Hand hat.«

»Ach, in diesem Buch?« sagte Fang. »Ist es bezahlt?«

»Nein – das allerdings nicht«, erwiderte der Mann lächelnd.

»Ach, du meine Güte, das habe ich ganz vergessen!« rief der zerstreute alte Herr harmlos aus.

»Das ist mir gerade der Richtige, um eine Klage gegen einen armen Jungen vorzubringen!« meinte Fang und machte komische Anstrengungen, menschenfreundlich auszusehen. »Ich stelle fest, Sir, daß Sie sich unter höchst verdächtigen und ehrenrührigen Umständen in den Besitz dieses Buches gebracht haben, und Sie können sehr von Glück reden, daß der Eigentümer es ablehnt, Anklage zu erheben. Lassen Sie sich das zur Lehre dienen, Mann, oder das Gericht wird sich doch noch mit Ihnen befassen müssen. Der Junge ist frei. Alles 'raus, marsch!«

»Verdammt!« schrie der alte Herr, den nun doch die lange beherrschte Wut überkam, »verdammt noch mal! Das werde ich . . .«

»Alles 'raus!« rief der Richter. »Polizeidiener, hören Sie nicht? Alles 'raus – marsch!«

Der Befehl wurde ausgeführt, und der empörte Mr. Brownlow – in der einen Hand das Buch, in der anderen den Bambusstock – wurde, vor Wut und Kampfeslust tobend, hinausbefördert.

Als er auf dem Hofe ankam, schwand seine Erregung augenblicklich. Der kleine Oliver lag mit dem Rücken auf dem Pflaster; sein Hemd hatte man aufgeknöpft, und seine Schläfen waren wie in Wasser gebadet; sein Gesicht war totenbleich, und kalte Schauer ließen seinen ganzen Körper erzittern.

»Armer Junge, armer Junge«, sagte Mr. Brownlow und beugte sich über ihn. »Würde jemand so gut sein, eine Kutsche zu holen? Bitte, möglichst schnell!«

Die Kutsche wurde besorgt, und nachdem man Oliver sorgsam auf den einen Sitz gebettet hatte, stieg der alte Herr ein und setzte sich auf den anderen.

»Darf ich Sie begleiten?« fragte der Buchhändler und blickte in den Wagen.

»Mein Gott – ja, natürlich, mein Lieber«, sagte Mr. Brownlow rasch. »Ich habe Sie ganz vergessen. Du meine Güte! Ich habe ja das unselige Buch immer noch! Steigen Sie ein! Der arme Kerl! Wir dürfen keine Zeit verlieren.«

Der Buchhändler kletterte in den Wagen, und so fuhren sie davon.

ZWÖLFTES KAPITEL

Oliver wird besser behandelt als je zuvor.
Die Erzählung wendet sich wieder dem lustigen alten Herrn und seinen jungen Freunden zu

Die Kutsche ratterte von dannen, und zwar fast durch dieselbe Gegend, die Oliver durchquert hatte, als er zum ersten Male in Begleitung des Gannefs nach London hereingekommen war. Als sie jedoch den »Angel« bei Islington erreichten, nahm sie einen anderen Weg und hielt schließlich vor einem sauberen Hause in einer ruhigen, schattigen Straße in der Nähe von Petonville. Hier wurde unverzüglich ein Lager bereitet, auf das Mr. Brownlow seinen jungen Schützling sorgsam und bequem betten ließ; und hier wurde er nun mit einer Freundlichkeit und Sorge umgeben, die keine Grenzen kannte.

Einige Tage lang jedoch kam Oliver all die Güte seiner neuen Freunde gar nicht zum Bewußtsein. Die Sonne ging auf und unter, sie wiederholte ihren Lauf noch viele Male – und immer noch lag der Knabe auf seinem Krankenlager und schwand unter der trockenen und zehrenden Hitze des Fiebers dahin. Der Wurm vollbringt sein Werk an einem Leichnam nicht zuverlässiger, als es dieses langsam schleichende Feuer am lebenden Körper tut.

Schwach, abgemagert und bleich erwachte Oliver schließlich wie aus einem langen, schweren Traum. Mühsam richtete er sich im Bett auf, stützte den Kopf auf den zitternden Arm und blickte ängstlich umher.

»Was ist das für ein Zimmer? Wo hat man mich hingebracht?« fragte er. »Das ist doch nicht der Ort, wo ich mich sonst schlafen legte.«

Er sprach diese Worte mit leiser Stimme, denn er war sehr matt und schwach – aber sie wurden sogleich gehört. Der Vorhang am Kopfende des Bettes wurde eilig zurückgezogen, und eine mütterliche, sehr sauber und adrett gekleidete alte Dame erhob sich dabei aus einem ganz in der Nähe stehenden Lehnstuhl, in dem sie bei einer Handarbeit gesessen hatte.

»Still, mein Liebling«, sagte die alte Dame sanft. »Du mußt ganz ruhig sein, sonst geht es dir wieder schlechter. Du bist nämlich sehr krank gewesen – so schlimm krank, daß es beinahe ganz schlimm gekommen wäre. Sei brav und leg dich wieder hin!«

Mit diesen Worten drückte sie Olivers Kopf ganz sanft wieder auf das Kissen zurück und strich ihm das Haar aus der Stirn. Dabei sah sie ihn so freundlich und liebevoll an, daß er unwillkürlich seine kleine magere Hand in die ihre schob und diese um seinen Hals legte.

»Mein Gott«, sagte die alte Dame mit Tränen in den Augen. »Was für ein dankbarer kleiner Kerl er ist! So ein netter Junge! Was würde wohl seine Mutter empfinden, wenn sie so wie ich bei ihm gesessen hätte und ihn jetzt sehen könnte!«

»Vielleicht sieht sie mich«, flüsterte Oliver und faltete die Hände, »vielleicht hat sie auch bei mir gesessen. Mir ist es fast so!«

»Das war das Fieber, mein Liebling«, sagte die alte Dame sanft.

»Ja, ich glaube es auch«, erwiderte Oliver, »denn der Himmel ist weit, weit weg, und dort sind sie so glücklich, daß sie wohl nicht herunter an das Bett eines armen Jungen kommen. Aber wenn sie gewußt hat, daß ich krank war, dann muß sie mich auch dort oben bedauert haben, denn sie war selbst sehr krank, ehe sie starb. Aber sie kann wohl gar nichts von mir wissen«, fügte er nach kurzem Schweigen hinzu, »denn wenn sie gesehen hätte, wie ich geschlagen wurde, wäre sie traurig geworden – und ihr Gesicht sah doch immer so sanft und glücklich aus, wenn ich von ihr geträumt habe.«

Die alte Dame gab darauf keine Antwort, sondern wischte

sich zunächst die Augen und putzte dann an ihrer Brille, die auf der Bettdecke lag, herum, als gehöre diese zu ihrem Gesicht. Dann brachte sie Oliver ein kühles Getränk, streichelte ihm die Wange und bedeutete ihm abermals, er müsse ganz ruhig liegen, da er sonst wieder krank würde.
So verhielt sich Oliver also ganz still, einesteils deshalb, weil er darauf bedacht war, der alten Dame in allem gehorsam zu sein, und zum anderen – um die Wahrheit zu sagen – deshalb, weil er von dem, was er bisher gesagt hatte, bereits völlig erschöpft war. Bald verfiel er in einen sanften Schlummer, aus dem er durch den Schein einer Kerze geweckt wurde. Sie war nahe an das Bett gebracht worden, und in ihrem Lichte gewahrte Oliver einen Herrn, der eine sehr große und laut tickende goldene Uhr in der Hand hielt, seinen Puls fühlte und dann sagte, es gehe ihm viel besser.
»Es geht dir doch wirklich viel besser, nicht wahr, mein Lieber?« fragte der Herr.
»Ja, danke, Sir«, antwortete Oliver.
»Gewiß, ich weiß es«, sagte der Herr. »Hunger hast du auch, nicht wahr?«
»Nein, Sir«, erwiderte Oliver.
»Hm!« sagte der Herr. »Ich weiß, daß du nicht hungrig bist. Er hat keinen Hunger, Mrs. Bedwin«, sagte er dann und schaute sehr klug drein.
Die alte Dame neigte respektvoll den Kopf, womit sie anscheinend sagen wollte, daß der Doktor ein sehr gescheiter Mann sei. Und der Doktor selbst schien davon gleichfalls sehr überzeugt zu sein.
»Du bist müde, nicht wahr, mein Lieber?« fragte er dann.
»Nein, Sir«, entgegnete Oliver.
»Nein«, sagte der Doktor und machte ein sehr scharfsinniges und zufriedenes Gesicht. »Du bist nicht müde. Und durstig bist du auch nicht, nicht wahr?«
»Doch, Sir, sehr durstig«, antwortete Oliver.
»Genau, wie ich es erwartet habe, Mrs. Bedwin«, sagte der

Doktor. »Es ist ganz natürlich, daß er Durst hat, Sie können ihm etwas Tee geben und ein bißchen trockenen Toast ohne Butter. Halten Sie ihn nicht zu warm, aber sorgen Sie bitte dafür, daß ihm nicht zu kalt wird.«
Die alte Dame machte einen Knicks. Der Doktor kostete von dem kühlen Trunk, äußerte sich einigermaßen zustimmend darüber und eilte von dannen. Als er die Treppen hinunterstieg, knarrten seine Schuhe, was einen höchst gewichtigen und wohlhabenden Eindruck machte.
Oliver schlief bald danach wieder ein; als er erwachte, war es beinahe Mitternacht. Kurze Zeit später wünschte ihm die alte Dame zärtlich gute Nacht und ließ ihn in der Obhut einer dicken alten Frau, die eben gekommen war. In einem Bündelchen hatte sie ein kleines Gebetbuch und eine große Nachtmütze mitgebracht. Diese stülpte sie sich nun auf den Kopf, legte das Gebetbuch auf den Tisch und sagte Oliver, daß sie gekommen sei, um bei ihm zu wachen. Dann zog sie ihren Stuhl dicht ans Feuer und verfiel bald in einen sanften Schlummer, der des öfteren dadurch unterbrochen wurde, daß sie immer wieder nach vorn taumelte und häufig stöhnte und röchelte. Das hatte jedoch weiter keine schlimmen Folgen; es veranlaßte sie nur dazu, sich heftig die Nase zu reiben – und dann schlief sie wieder ein.
So schlich die Nacht langsam dahin. Eine Zeitlang lag Oliver wach und zählte die kleinen Lichtkreise, die der Widerschein vom Schirm des Nachtlämpchens an die Zimmerdecke malte, oder er verfolgte mit müden Augen das verschlungene Muster der Tapete an der Wand. Die Dunkelheit und die tiefe Stille des Raumes hatten etwas sehr Feierliches; sie brachten den Knaben auf den Gedanken, daß der Tod viele Tage und Nächte lang hier über ihm geschwebt hatte und vielleicht auch jetzt noch den Raum mit der Düsternis und dem Grauen seiner furchtbaren Gegenwart erfülle. Darum barg er sein Gesicht in den Kissen und betete inbrünstig zu Gott. Allmählich fiel er in jenen tiefen, ruhigen Schlaf, den

allein die Befreiung von jüngst überwundenem Leiden gewährt; jenen sanften und friedlichen Schlummer, aus dem zu erwachen Schmerz bereitet. Wäre dies der Tod – wer wollte wohl daraus wieder erweckt werden zu all den Kämpfen und Wirrnissen des Lebens, zu all dem Sorgen für das Gegenwärtige, dem Bangen um die Zukunft und, schlimmer als all das, den quälenden Erinnerungen an die Vergangenheit!

Es war schon seit Stunden heller Tag, als Oliver die Augen öffnete; er fühlte sich froh und glücklich. Die Krisis der Krankheit war glücklich überstanden. Er war der Welt zurückgegeben.

Nach drei Tagen konnte er bereits, sorglich mit Kissen gestützt in einem Lehnstuhl sitzen, und da er zum Laufen noch zu schwach war, ließ ihn Mrs. Bedwin hinunter in das kleine Hausmeisterstübchen tragen, das sie bewohnte. Nachdem sie ihn dort neben dem Kaminfeuer zurechtgesetzt hatte, setzte sie sich selbst auch nieder und begann vor lauter Entzücken darüber, daß sie ihn so viel wohler sah, unverzüglich mit größter Heftigkeit zu weinen.

»Kümmere dich nicht darum, mein Liebling«, meinte die alte Dame. »Ich muß mich nur mal regelrecht ausweinen. So – jetzt ist alles vorüber, und ich fühl' mich wieder ganz wohl.«

»Sie sind sehr, sehr gütig zu mir, Madam«, sagte Oliver.

»Mach dir darüber nur keine Gedanken, mein Kind«, erwiderte die alte Dame, »das hat auch gar nichts mit deiner Suppe zu tun, und es ist höchste Zeit, daß du sie bekommst; der Doktor hat nämlich gesagt, Mr. Brownlow käme heute früh, um nach dir zu sehen, und da müssen wir unser bestes Gesicht aufsetzen, denn je besser wir aussehen, um so mehr wird er sich freuen.« Mit diesen Worten machte sich die alte Dame daran, in einem kleinen Schmortiegel eine Schüssel voll Suppe aufzuwärmen, von der Oliver meinte, sie müsse, bei niedrigster Schätzung, eine reichliche Mahlzeit für dreihundertfünfzig Armenhäusler abgeben, wenn man sie auf die übliche Stärke verdünnte.

»Hast du Bilder gern, Liebling?« fragte die alte Dame, als sie bemerkte, daß Oliver sehr aufmerksam ein Porträt betrachtete, das an der Wand gerade gegenüber seinem Stuhl hing.
»Ich weiß nicht recht, Madam«, sagte Oliver, ohne den Blick von dem Gemälde zu wenden; »ich habe so wenige gesehen, daß ich es kaum weiß. Wie schön und sanft das Gesicht dieser Dame ist!«
»Ach«, meinte die alte Dame, »die Maler machen die Frauen immer schöner, als sie sind, sonst würden sie wohl keine Kundschaft bekommen, mein Kind. Der Mann, der die Maschine erfunden hat, mit der man jemanden völlig ähnlich abbilden kann, hätte wissen können, daß er *damit* niemals Erfolg haben würde – es ist um einiges zu ehrlich – um einiges«, sagte sie und lachte sehr herzlich dabei über ihre eigene Schlauheit.
»Ist – ist das ein wirkliches Ebenbild, Madame?« fragte Oliver.
»Ja«, antwortete die alte Dame und blickte einen Augenblick von ihrer Suppe auf. »Das ist ein Porträt.«
»Von wem denn, Madame?« fragte Oliver weiter.
»Ja, mein Liebling, das weiß ich wirklich nicht«, erwiderte die alte Dame gutmütig. »Aber ich nehme an, es stellt jemanden dar, den wir beide nicht kennen. Es scheint dir zu gefallen, Liebling?«
»Es ist so wunderschön«, antwortete Oliver.
»Aber – du fürchtest dich doch nicht etwa davor?« meinte die alte Dame, als sie zu ihrer großen Überraschung bemerkte, daß das Kind das Bild mit scheuen Blicken betrachtete.
»O nein, nein«, entgegnete Oliver schnell, »aber die Augen blicken so traurig, und hier, wo ich sitze, scheinen sie gerade auf mich gerichtet zu sein. Mein Herz klopft«, fügte Oliver mit leiser Stimme hinzu, »mir ist, als wäre das Bild lebendig und wollte zu mir sprechen, könnte es aber nicht.«
»Gott behüte«, rief die alte Dame erschreckt aus, »sag nicht solche Dinge, Kind! Du bist schwach und nervös nach

deiner Krankheit. Komm, ich drehe deinen Stuhl hinüber auf die andere Seite, dann siehst du es nicht mehr. So!« meinte sie und ließ den Worten die Tat folgen, »jetzt siehst du es auf alle Fälle nicht mehr!«
Oliver jedoch sah es in Gedanken genauso deutlich, als hätte er seine Stellung gar nicht verändert; er hielt es aber für besser, die nette alte Dame nicht zu beunruhigen. Er lächelte

ihr also freundlich zu, wenn sie ihn ansah; und Mrs. Bedwin, befriedigt, daß er sich wohler fühlte, salzte ihre Suppe und brockte Stücke von geröstetem Brot hinein – und zwar mit all der rührigen Geschäftigkeit, die einer solch feierlichen Vorbereitung geziemt. Oliver wurde außerordentlich schnell damit fertig. Kaum hatte er den letzten Löffel voll hinuntergeschluckt, als ein leises Klopfen an der Tür ertönte. »Herein«, rief die alte Dame – und herein trat Mr. Brownlow.

Der alte Herr kam so heiter ins Zimmer, wie es die Situation erforderte, aber kaum hatte er seine Brille auf die Stirn geschoben und seine Hände unter die Schöße seines Schlafrocks gesteckt, um Oliver gründlich zu betrachten, als es in seinem Gesicht vielfältig und seltsam zu zucken begann. Oliver sah durch seine Krankheit sehr erschöpft und gleichsam wie sein eigener Schatten aus; aus Ehrfurcht vor seinem Wohltäter machte er einen erfolglosen Versuch aufzustehen, der lediglich damit endete, daß er wieder in den Stuhl zurücksank. Und um der Wahrheit die Ehre zu geben, sei es gesagt: Mr. Brownlows Herz, das für sechs alte Herren von durchschnittlicher Menschenfreundlichkeit groß und weit genug gewesen wäre, trieb ihm durch einen hydraulischen Druckvorgang, zu dessen Erklärung wir nicht genügend physikalisch gebildet sind, tatsächlich die Tränen in die Augen.

»Armer Junge, armer Junge!« sagte er und räusperte sich. »Ich bin heute früh ziemlich heiser, Mrs. Bedwin. Ich fürchte, ich habe mich erkältet!«

»Das will ich nicht hoffen, Sir«, antwortete Mrs. Bedwin. »Alle Ihre Sachen waren gut gelüftet und ganz trocken.«

»Ich weiß nicht, Mrs. Bedwin, ich weiß nicht –« meinte darauf Mr. Brownlow, »ich vermute fast, daß ich gestern mittag eine feuchte Serviette hatte –, aber machen Sie sich darüber keine Gedanken. Wie fühlst du dich, mein Lieber?«

»Sehr glücklich, Sir«, erwiderte Oliver. »Und ich bin Ihnen auch wirklich sehr dankbar für Ihre Güte!«

»Bist ein guter Junge«, sagte Mr. Brownlow, nun wieder gefaßt.
»Haben Sie ihm etwas zu essen gegeben, Mrs. Bedwin? Irgend so ein Krankensüppchen, wie?«
»Er hat gerade eine Schüssel herrliche kräftige Suppe gegessen, Sir«, erwiderte Mrs. Bedwin, wobei sie sich ein wenig in Positur setzte und starken Nachdruck auf das Wort »Suppe« legte, um damit zu bekunden, daß zwischen Krankensüppchen und einer gut zubereiteten Suppe keinerlei Ähnlichkeit oder Verbindung bestehe.
»Puh!« sagte Mr. Brownlow mit leichtem Schaudern, »ein paar Gläser Portwein hätten ihm wesentlich besser getan. Nicht wahr, Tom White?«
»Ich heiße Oliver, Sir«, antwortete der kleine Patient mit höchst erstauntem Blick.
»Oliver?« sagte Mr. Brownlow; »Oliver – und wie weiter? Oliver White?«
»Nein, Sir; Twist – Oliver Twist.«
»Seltsamer Name!« sagte der alte Herr. »Warum hast du dem Richter gesagt, du hießest White?«
»Das habe ich nie gesagt, Sir«, erwiderte Oliver verwirrt. Das klang so sehr nach Lüge, daß der alte Herr Oliver einigermaßen streng und forschend ins Gesicht sah. Es war jedoch unmöglich, ihm zu mißtrauen; aus jedem seiner zarten und abgemagerten Gesichtszüge sprach die Wahrheit.
»Ein Irrtum also«, meinte Mr. Brownlow. Aber wenn nun auch kein Grund mehr vorhanden war, Oliver forschend anzusehen, so ergriff ihn doch der alte Gedanke von der Ähnlichkeit dieser Züge mit irgendeinem vertrauten Gesicht so stark, daß er den Blick nicht abwenden konnte.
»Sie sind doch hoffentlich nicht böse auf mich, Sir?« sagte Oliver und blickte ihn flehend an.
»Nein, nein«, erwiderte der alte Herr. »Aber was ist denn das? Mrs. Bedwin, schauen Sie doch ...!«
Bei diesen Worten zeigte er rasch auf das Bild über Olivers

Kopf und dann auf das Gesicht des Knaben. Es war sein lebendiges Abbild. Die Augen, die Kopfform, der Mund – jeder Zug war der gleiche. Der Ausdruck war in diesem Augenblick so völlig ähnlich, daß auch die kleinste Linie mit überraschender Genauigkeit nachgebildet zu sein schien.
Oliver erfuhr den Grund für den plötzlichen Ausruf nicht; denn da er nicht stark genug war, um den Schreck zu ertragen, den dieser Ausruf ihm einjagte, sank er in Ohnmacht. Diese seine Schwäche bietet nun für die Erzählung eine Möglichkeit, den Leser aus seiner Ungewißheit über die beiden jungen Zöglinge des lustigen alten Herrn zu erlösen und folgendes zu berichten:
Als der Gannef und sein tüchtiger Freund, Master Bates, sich dem Verfolgungsgeschrei anschlossen, das hinter Oliver hertönte, nachdem sie, wie schon geschildert, einen ungesetzlichen Eingriff in Mr. Brownlows persönliches Eigentum verübt hatten, wurden sie von einem höchst löblichen und angemessenen Selbsterhaltungstriebe geleitet. Da nun die persönliche Freiheit des Staatsbürgers und die Achtung vor dem Willen des einzelnen zu den ersten und stolzesten Rechten gehören, deren sich jeder echte Engländer rühmt, so muß ich den Leser wohl kaum darauf hinweisen, daß diese Tat sie in den Augen aller um das Wohl der Allgemeinheit besorgten Menschen beinahe ebenso erheben mußte, wie dieser schlüssige Beweis ihres Strebens nach Selbsterhaltung und Sicherheit jenen kleinen Gesetzeskodex bekräftigt und bestätigt, den gewisse tiefdenkende und vernünftig urteilende Philosophen als den Ursprung allen Tuns und Handelns der Natur festgelegt haben. Die besagten Philosophen führen nämlich klugerweise die Handlungen der guten Dame Natur auf Leitsätze und Theorien zurück – und durch ein sehr artiges und schlaues Kompliment für ihre hohe Weisheit und Verständigkeit lassen sie jegliche Erwägungen des Herzens, der Großzügigkeit und des Gefühls völlig außer Betracht – denn das sind ja Dinge, die gänzlich unter der

Würde eines weiblichen Wesens liegen, das nach allgemeiner Übereinkunft hoch erhaben ist über all die zahlreichen kleinen Mängel und Schwächen seines Geschlechts.
Wenn ich noch einen weiteren Beweis dafür benötigte, daß das Verhalten der beiden jungen Herren in ihrer höchst peinlichen Situation auf streng philosophischer Grundlage beruhte, so fände ich ihn sofort in der Tatsache, daß sie (wie bereits in einem vorhergehenden Teil dieser Erzählung berichtet wurde), von der Verfolgung abließen, als die allgemeine Aufmerksamkeit auf Oliver gelenkt war, und sich sogleich auf dem kürzesten Wege nach Hause verfügten. Nun will ich zwar nicht behaupten, daß es bei berühmten Gelehrten üblich ist, den Weg zu einer großen Schlußfolgerung abzukürzen (ihr Bestreben ist es in Wahrheit eher, diesen Weg durch mannigfache Umschweife und unsicheres Umhertaumeln auf der Suche nach Beweisen nur noch zu verlängern; es geht ihnen gleichsam wie Betrunkenen unter dem Zwang eines allzugewaltigen Gedankenfluges). Dennoch möchte ich sagen – und ich spreche das mit aller Deutlichkeit aus –, daß es die unabänderliche Methode vieler großer Philosophen ist, bei der Verwirklichung ihrer Theorien ein großes Maß von Weisheit und Vorsicht zu bekunden, wenn es darum geht, sich gegen alles das zu wappnen, was ihnen etwa irgendwie zum Nachteil gereichen könnte. Man kann also, um eine große, rechtschaffene Tat zu vollbringen, getrost ein kleines Unrecht begehen, und man kann sich dabei aller Mittel bedienen, die das zu erreichende Ziel rechtfertigt; der Grad des Rechts oder des Unrechts, ja selbst die Unterscheidung zwischen beiden, bleibt dabei völlig dem betreffenden Philosophen überlassen, der alles durch die klare, umfassende und unparteiische Einsicht in seine eigensten Belange schlichtet und entscheidet.
Erst nachdem die beiden Jungen mit größter Geschwindigkeit ein höchst verworrenes Labyrinth enger Straßen und Höfe durcheilt hatten, wagten sie, unter einem niedrigen

und düsteren Torweg haltzumachen. Hier verharrten sie nur eben so lange schweigend, bis sie wieder Luft zum Reden geschöpft hatten – dann stieß der junge Herr Bates einen Schrei des Entzückens aus, bekam einen nicht zu bändigenden Lachkrampf, warf sich auf die Türschwelle nieder und wälzte sich vor Vergnügen.

»Was ist denn los?« fragte der Gannef.

»Ha! Ha! Ha!« brüllte Charley Bates.

»Halt's Maul!« ermahnte ihn der Gannef und blickte sich vorsichtig um. »Willst wohl geschnappt werden, Idiot?«

»Ich kann nicht«, grölte Charley, »ich kann nicht! Wenn ich dran denke, wie er davonsauste, um die Ecken wetzte, gegen die Laternenpfähle prallte und weiterrannte, als wäre er aus Eisen, genau wie sie – und ich, mit dem Nasenwischer in der Tasche, hinter ihm her mit Gebrüll –, ach, du meine Güte!«

Die blühende Phantasie Master Bates' ließ die Szene in zu kräftigen Farben vor ihm erstehen. Als er bei dem letzten Ausruf angelangt war, wälzte er sich von neuem auf der Schwelle herum und lachte lauter als zuvor.

Der Gannef nahm die nächste Atempause seines Freundes wahr und stellte die Frage: »Was wird Fagin sagen?«

»Was?« wiederholte Charley Bates.

»Ja – was?« meinte der Gannef.

»Nu, was wird er schon sagen?« fragte Charley und hielt plötzlich in seinem Gelächter inne, denn das Benehmen des Gannefs machte doch Eindruck auf ihn. »Was wird er schon sagen?«

Mr. Dawkins pfiff einige Minuten lang vor sich hin; dann nahm er seinen Hut ab, kratzte sich den Kopf und nickte dreimal.

»Was meinst du?« fragte Charley.

»Papperlapapp – Quatsch mit Soße! Soll er mir 'n Buckel 'naufsteigen!« bemerkte der Gannef mit einem Grinsen auf seinem pfiffigen Gesicht.

Das war aufschlußreich, aber nicht befriedigend. Master

Bates empfand es auch so und fragte abermals: »Was meinst du?«
Der Gannef gab keine Antwort. Er stülpte seinen Hut wieder auf, klemmte die langen Schöße seines Rocks unter die Arme, schob die Zunge von einer Backe in die andere, klopfte sich etwa ein halbes dutzendmal leicht aber bedeutungsvoll auf den Nasenrücken, drehte sich dann auf dem Absatz um und schlenderte den Hof hinunter. Master Bates folgte mit nachdenklichem Gesicht.
Einige Minuten nach dieser Unterredung schreckte das Geräusch von Schritten auf der knarrenden Treppe den lustigen alten Herrn auf, der mit einer Zervelatwurst und einem kleinen Laib Brot in der linken und einem Taschenmesser in der rechten Hand vor dem Feuer saß. Ein Bierkrug aus Zinn stand auf dem Dreifuß neben ihm. Ein spitzbübisches Lächeln huschte über sein bleiches Gesicht, als er sich umwandte, und aus seinen Augen schossen unter den dicken roten Augenbrauen durchdringende Blicke hervor, indes er sein Ohr zur Tür hinneigte, um zu lauschen. »Nanu, was ist das?« murmelte der Jude und wurde noch blasser. »Nur zwei? Wo ist der dritte? Sie werden doch nicht in Schwulitäten geraten sein? – Horch!«
Die Schritte kamen näher, jetzt erreichten sie den Treppenabsatz. Langsam öffnete sich die Tür; der Gannef und Charley Bates kamen herein und schlossen die Tür hinter sich.

DREIZEHNTES KAPITEL

Der verständige Leser macht einige neue Bekanntschaften; in Zusammenhang damit werden verschiedene amüsante Dinge berichtet, die zu dieser Geschichte gehören

»Wo ist Oliver?« fragte der Jude und erhob sich mit drohendem Blick. »Wo ist der Junge?«

Die kleinen Diebe betrachteten ihren Lehrmeister, als seien sie von dessen Heftigkeit eingeschüchtert, und blickten einander unbehaglich an; aber sie gaben keine Antwort.
»Was ist aus dem Jungen geworden?« Fragte der Jude, packte den Gannef fest beim Kragen und bedrohte ihn mit furchtbaren Verwünschungen. »Gib Antwort, oder ich erwürge dich!«
Mr. Fagin sah ganz danach aus, als ob er ernst machen wollte; und Charley Bates, der es in jedem Falle für klüger hielt, sich in Sicherheit zu bringen, und dem es keineswegs unmöglich schien, daß er als zweiter erwürgt werden sollte, warf sich auf die Knie und stimmte ein lautes und anhaltendes Gebrüll an – ein Mittelding etwa zwischen einem wildgewordenen Ochsen und einer angeblasenen Trompete.
»Willst du wohl reden?« donnerte der Jude und schüttelte den Gannef so heftig, daß es völlig rätselhaft schien, wie dieser dabei überhaupt in seinem weiten Rock bleiben konnte.
»Nu – die Polente hat ihn geschnappt, das ist alles«, sagte der Gannef verdrießlich. »So, und nun laß mich gefälligst los!«
Mit einem einzigen Ruck befreite der Gannef sich aus dem weiten Rock, den er in den Händen des Juden zurückließ, ergriff die Röstgabel und führte damit einen Angriff gegen die Weste des lustigen alten Herrn, der, wenn er erfolgreich gewesen wäre, diesem wohl etwas mehr Lustigkeit abgezapft hätte, als man so ohne weiteres hätte ersetzen können. Der Jude wich in dieser schwierigen Lage behender zurück, als man das bei einem Manne von so offensichtlicher Gebrechlichkeit vermuten konnte, griff nach dem Krug und wollte ihn seinem Angreifer an den Kopf werfen. – In diesem Augenblick jedoch lenkte Charley Bates durch ein ganz fürchterliches Gebrüll seine Aufmerksamkeit auf sich; er änderte deshalb plötzlich die Wurfrichtung und schleuderte den Krug mit voller Kraft nach diesem jungen Herrn.
»Nanu, was zum Teufel ist denn hier wieder los?« grollte da

eine tiefe Stimme. »Wer hat da nach mir geschmissen? Bloß gut, daß mich das Bier und nicht der Krug getroffen hat, sonst hätt' ich jemand kaltgemacht! Ich hätt' mir's ja denken können, denn niemand als so'n verteufelter, reicher, diebischer, spektakelnder alter Jude kann sich's leisten, irgendwas Trinkbares außer Wasser wegzuschmeißen – und das auch bloß, wenn er die Wasserhandelsgesellschaft um jeden Liter geprellt hat! Was ist denn eigentlich los, Fagin? Gott verd– – – – mich, wenn mein Halstuch nicht völlig mit Bier bekleckert ist! Komm 'rein, du schleichendes Ungeziefer, was bleibst du denn draußen, als ob du dich deines Herrn schämtest? Komm 'rein!«

Der Mann, der diese Worte grölte, war ein stämmiger Bursche von etwa fünfunddreißig Jahren; er trug einen schwarzen Samtrock, reichlich schmutzige gelbe Kniehosen, geschnürte Halbstiefel und graue baumwollene Strümpfe, die ein Paar kräftige Beine mit dicken Waden umschlossen – jene Sorte von Beinen, die in einem solchen Kostüm immer etwas unvollständig wirken, wenn sie nicht ein Paar Fesseln schmückt. Auf dem Kopfe hatte er einen braunen Hut, und um seinen Hals war ein schmutziggraues Taschentuch geschlungen, mit dessen langen zerrissenen Zipfeln er sich beim Sprechen das Bier aus dem Gesicht wischte. Als er damit zu Rande gekommen war, kam eine breite, grobe Visage mit einem drei Tage alten Bart und zwei schielenden Augen zum Vorschein, von denen das eine noch die vielfarbigen Spuren eines erst kürzlich erhaltenen Schlages zeigte.

»Willst du wohl 'reinkommen?« grölte dieser so einladend aussehende Schurke.

Ein zottiger weißer Hund, dessen Gesicht an etwa zwanzig Stellen Kratzer und Risse zeigte, schlich in das Zimmer.

»Warum bist du nicht gleich gekommen?« fragte der Mann. »Wirst wohl zu stolz, dich in meiner Gesellschaft sehen zu lassen? He? Leg dich!«

Diesem Befehl folgte ein Tritt, der das Tier in die andere

Ecke des Zimmers beförderte. Der Hund schien jedoch daran gewöhnt zu sein, denn er rollte sich ruhig in einer Ecke zusammen, ohne einen Laut von sich zu geben, zwinkerte in jeder Minute wohl zwanzigmal mit seinen häßlichen Augen und war augenscheinlich damit beschäftigt, sich einen Überblick über den Raum zu verschaffen.

»Was treibst du denn? Mißhandelst die Jungen, du spitzbübischer, geiziger, un-er-sätt-licher alter Hehler?« sagte der Mann und setzte sich bedächtig. »Wundert mich nur, daß sie dich nicht umbringen! Wenn ich sie wäre – ich tät's! Wär' ich dein Lehrling gewesen, ich hätt's schon längst getan und – nein, zu verkaufen wärest du hinterher nicht gewesen; man könnte dich höchstens als Sinnbild der Häßlichkeit in einer Glasflasche aufbewahren – aber ich glaube, so große Glasflaschen werden gar nicht hergestellt.«

»Pst, pst, Mr. Sikes«, sagte der Jude zitternd, »sprecht nicht so laut.«

»Hat sich was mit Mister«, antwortete der Spitzbube, »es hängt immer irgendein Unheil in der Luft, wenn du mir so kommst. Du weißt meinen Namen – also heraus damit! Ich werd' ihm keine Schande machen, wenn's an der Zeit ist!«

»Also gut – Bill Sikes«, sagte der Jude in kriecherischer Unterwürfigkeit. »Du hast anscheinend schlechte Laune, Bill.«

»Vielleicht«, erwiderte Sikes. »Aber man möchte dasselbe von dir vermuten. Oder meinst du's, wenn du mit Bierkannen um dich wirfst, genausowenig böse, wie wenn du aus der Schule plauderst und . . .«

»Bist du wahnsinnig?« rief der Jude, indem er den Mann beim Ärmel faßte und auf die Jungen zeigte.

Mr. Sikes begnügte sich damit, daß er unter seinem linken Ohr einen nicht vorhandenen Knoten knüpfte und seinen Kopf auf die rechte Schulter hinüberwarf – eine Zeichensprache, die der Jude offenbar ganz genau verstand. Dann verlangte er mit Ausdrücken aus der Ganovensprache, mit denen seine ganze Redeweise über und über gespickt war – die jedoch völlig unverständlich wären, wenn man sie hier wiedergeben wollte –, ein Glas Branntwein. »Daß du mir aber kein Gift 'reintust«, sagte Mr. Sikes und legte seinen Hut auf den Tisch.

Er hatte diese Worte im Scherz gesagt – hätte er jedoch den bösen Blick sehen können, mit dem sich der Jude auf die blassen Lippen biß, während er sich nach dem Wandschrank umwandte, so hätte er wohl die Vorsicht nicht so ganz für überflüssig gehalten, oder er hätte auf alle Fälle vermutet, daß der Wunsch, die Findigkeit des Destillateurs noch zu übertreffen, dem fröhlichen Herzen des Alten gar nicht so ferne war.

Nachdem er zwei oder drei Gläser Schnaps hinuntergestürzt hatte, geruhte Mr. Sikes, von den jungen Leuten Notiz zu nehmen; und aus dieser Gnadenbezeigung entspann sich eine Unterhaltung, in deren Ablauf Olivers Gefangennahme umständlich und in allen Einzelheiten erörtert wurde. Dabei nahm der Gannef, soweit es ihm nach Lage der Dinge ratsam schien, eine Anzahl Änderungen und Verbesserungen des wahren Tatbestandes vor.

»Ich befürchte, daß er Dinge sagt, die uns in Schwierigkeiten bringen«, meinte der Jude.

»Das ist höchstwahrscheinlich«, erwiderte Sikes mit hämischen Grinsen. »Du bist aufgeflogen, Fagin.«

»Und ich fürchte«, fügte der Jude hinzu, als hätte er die Unterbrechung gar nicht bemerkt, und sah die anderen dabei scharf an, »ich fürchte, wenn man uns das Handwerk legt, dann trifft es noch etliche mehr, und es endet für dich noch schlimmer als für mich, mein Lieber.«

Der Mann fuhr auf und wandte sich gegen den Juden. Aber der Alte hatte die Schultern bis zu den Ohren hochgezogen und seine Augen starrten ausdruckslos auf die gegenüberliegende Wand. Eine lange Pause entstand. Jeder einzelne der ehrenwerten Gesellschaft schien in seine eigenen Gedanken

versunken; sogar der Hund, der sich boshaft die Lippen leckte und wohl einen Angriff auf die Beine des ersten besten menschlichen Wesens plante, das ihm begegnen würde, wenn er wieder hinaus auf die Straße kam.
»Irgend jemand muß rauskriegen, was auf der Polizeiwache geschehen ist«, meinte Mr. Sikes und sprach dabei viel leiser, als er das bisher seit seiner Ankunft getan hatte.
Der Jude nickte zustimmend.
»Wenn er nicht gepetzt hat und verurteilt worden ist, dann ist ja nichts zu befürchten, bis er wieder rauskommt«, sagte Mr. Sikes, »und dann muß man auf ihn aufpassen. Du mußt ihn irgendwie wieder in die Hände kriegen.«
Abermals nickte der Jude.
Die Klugheit dieses Schlachtplanes war zwar offensichtlich, seine Durchführung jedoch stieß leider auf ein sehr schweres Hindernis: Der Gannef, Charley Bates, Fagin und auch Mr. William Sikes hatten nämlich zufällig allesamt eine heftige und tiefgründige Abneigung dagegen, aus irgendeinem Grunde auch nur in die Nähe einer Polizeiwache zu gehen.
Es ist schwer zu sagen, wie lange sie wohl so in einem nicht gerade angenehmen Zustand der Unsicherheit dagesessen und einander angesehen hätten. Es ist jedoch auch nicht nötig, darüber irgendwelche Vermutungen anzustellen, denn die Ankunft der zwei jungen Damen, die Oliver schon bei einer früheren Gelegenheit gesehen hatten, brachte die Unterhaltung wieder in Gang. »Das paßt ja großartig!« rief der Jude aus. »Bet wird hingehen, nicht wahr, mein Liebling?«
»Wo'n hin?« erkundigte sich die junge Dame.
»Nur mal auf die Polizeiwache, Liebling«, sagte der Jude schmeichelnd.
Um der Gerechtigkeit willen müssen wir feststellen, daß die junge Dame das Ansinnen nicht rundheraus ablehnte; sie äußerte lediglich sehr entschieden, sie wolle verdammt sein, wenn sie das täte: Das war eine höfliche und zartfühlende Umgehung der Frage, und somit der Beweis dafür, daß die

junge Dame jenes gewisse Maß von guter Erziehung besaß, das es nicht zuläßt, einem Mitmenschen den Schmerz einer direkten und entschiedenen Ablehnung zuzufügen.

Der Jude machte ein langes Gesicht und wendete sich von eben dieser jungen Dame, die mit einem roten Kleid, grünen Schuhen und gelben Haarwickeln bunt, um nicht zu sagen farbenprächtig gekleidet war, zu der anderen.

»Nancy, mein Schatz«, sagte der Jude schmeichlerisch zu ihr, »was meinst *du* denn dazu?«

»Daß es nicht geht, also hat's auch keinen Zweck, es zu versuchen, Fagin«, erwiderte Nancy.

»Was meinst du damit?« sagte Mr. Sikes und sah sie finster an.

»Das, was ich sage, Bill«, erwiderte die Dame gelassen.

»Du bist doch aber am besten dazu geeignet«, versuchte Mr. Sikes, sie zu überzeugen, »niemand hier in der Gegend weiß was von dir.«

»Und weil ich wünsche, daß es dabei bleibt«, entgegnete Nancy mit der gleichen Gelassenheit wie zuvor, »sage ich eher nein als ja dazu, Bill.«

»Sie wird gehen, Fagin«, sagte Sikes.

»Nein, sie geht nicht, Fagin«, entgegenete Nancy.

»Und sie geht doch, Fagin«, behauptete Sikes.

Und Mr. Sikes behielt recht. Mit abwechselnden Drohungen, Versprechungen und Bestechungen wurde die besagte Dame schließlich dazu überredet, den Auftrag zu übernehmen. Sie war allerdings auch nicht von den gleichen Überlegungen zurückgehalten worden wie ihre liebenswürdige Freundin; denn da sie erst kürzlich aus dem entlegenen aber vornehmen Vorort Ratcliff in die Gegend von Field Lane übersiedelt war, brauchte sie nicht die gleichen Befürchtungen zu hegen, daß sie von irgend jemand aus ihrer zahlreichen Bekanntschaft erkannt würde.

Also band sich Nancy eine weiße Schürze über ihr Kleid, stopfte ihre Lockenwickel unter einen Strohhut – beide

Kleidungsstücke wurden dem unerschöpflichen Vorrat des Juden entnommen – und machte sich bereit, ihren Auftrag auszuführen.
»Wart eine Minute, mein Liebling«, sagte der Jude und brachte einen kleinen Deckelkorb zum Vorschein. »Trag den in der einen Hand. Es sieht ehrbarer aus, mein Schatz.«
»Gib ihr einen Türschlüssel in die andere Hand, Fagin«, meinte Sikes, »das wirkt echt und solide.«
»Ja gewiß, mein Liebling, das tut es«, stimmte der Jude bei und hängte der jungen Dame einen großen Hausschlüssel an den Zeigefinger der rechten Hand. »So, sehr gut! Wirklich sehr gut, mein Liebling«, sagte er dabei und rieb sich die Hände.
»Ach, mein Bruder! Mein armer, lieber, guter, unschuldiger kleiner Bruder!« rief Nancy aus, fing an zu weinen und fuchtelte verzweifelt mit dem Körbchen und dem Hausschlüssel herum. »Was ist mit ihm geschehen? Wo haben Sie ihn hingeschafft? Ach, meine Herren, haben Sie doch Erbarmen und sagen Sie mir, was mit dem armen Jungen geschehen ist – bitte, bitte, meine Herren!«
Nachdem Nancy zum größten Vergnügen ihrer Zuhörer diese Worte in weinerlichsten und herzzerreißendem Tone von sich gegeben hatte, hielt sie inne, winkte der Gesellschaft zu, nickte lächelnd nach allen Seiten und verschwand.
»Ja, das ist ein kluges Mädchen, meine Lieben«, sagte der Jude, wandte sich zu seinen jungen Freunden und nickte ernsthaft mit dem Kopfe, als wolle er sie mit dieser stummen Gebärde dazu ermuntern, dem leuchtenden Beispiel nachzueifern, das sie eben erlebt hatten.
»Sie macht ihrem Geschlecht Ehre«, sagte Mr. Sikes, füllte sein Glas und hieb mit seiner gewaltigen Faust auf den Tisch. »Auf ihr Wohl – ich wünschte, es wären alle wie sie!«
Während die tüchtige Nancy mit diesen und mancherlei anderen Lobsprüchen bedacht wurde, begab sie sich auf kürzestem Wege nach der Polizeiwache; und wenn sie auch

verständlicherweise etwas ängstlich war, weil sie allein und schutzlos durch die Straßen gehen mußte, so kam sie doch bald darauf völlig wohlbehalten dort an.

Sie trat durch die Hintertür ein, klopfte leise mit dem Schlüssel an eine der Zellentüren und lauschte. Von drinnen kam kein Geräusch – so hüstelte sie und lauschte abermals. Als noch immer keine Antwort kam, begann sie zu sprechen: »Nolly! – Lieber Nolly!« flüsterte sie.

Drinnen in der Zelle befand sich niemand als ein armer Gefangener ohne Schuhe, den man wegen Flöteblasens aufgegriffen hatte und den Mr. Fang, da dieses Vergehen gegen die Gesellschaft klar erwiesen war, ordnungsgemäß zu einem Monat Haft in der Besserungsanstalt verurteilt hatte.

Dieser Entscheidung hatte er noch die höchst passende und ergötzliche Bemerkung hinzugefügt, wer so viel Atem übrig habe, solle ihn lieber nützlicher in der Tretmühle als für ein Musikinstrument verwenden.

Der Gefangene war mit seinen Gedanken noch bei dem Verlust seiner Flöte, die man zum Nutzen der Gemeinde beschlagnahmt hatte, und gab deshalb Nancy keine Antwort. Sie ging also weiter zur nächsten Zelle und klopft dort an.

»Ja?« rief eine klägliche, schwache Stimme.

»Ist da drin ein kleiner Junge?« fragte Nancy nach einem Schluchzen.

»Nein«, erwiderte die Stimme, »Gott behüte!«

Es war ein fünfundsechzigjähriger Landstreicher, der ins Gefängnis kommen sollte, weil er *nicht* Flöte gespielt hatte – oder, mit anderen Worten, weil er auf den Straßen gebettelt und seinen Lebensunterhalt nicht mit Arbeit verdient hatte. In der nächsten Zelle befand sich ein Mann, der in das gleiche Gefängnis mußte, weil er ohne Erlaubnis mit Zinnschüsseln hausiert hatte; er hatte somit also für seinen Lebensunterhalt gearbeitet – allerdings unter Nichtachtung des Stempelamtes. Da aber keiner von diesen Gefangenen auf den Namen Oliver hörte oder etwas von diesem wußte, begab sich Nancy geradewegs zu dem Gerichtsdiener in der gestreiften Weste und fragte unter mitleiderregendem Jammern und Klagen, das sie durch entsprechende Gebärden mit dem Körbchen und dem Hausschlüssel noch wirkungsvoll unterstützte, nach ihrem lieben Bruder.

»*Ich* hab' ihn nicht, mein Schatz«, sagte der alte Mann.

»Aber wo ist er denn dann?« jammerte Nancy verzweifelt.

»Der Herr hat ihn mitgenommen«, erwiderte der Gerichtsdiener.

»Was denn für ein Herr? Ach du gütiger Himmel! Was für ein Herr?« rief Nancy.

Als Antwort auf diese unzusammenhängenden Fragen teilte der alte Mann der tief betroffenen Schwester mit, daß Oliver auf der Polizeiwache krank geworden sei; man habe ihn freigesprochen, da ein Zeuge den Beweis erbrachte, daß nicht er, sondern ein anderer, nicht in Haft befindlicher Junge den Diebstahl verübt hatte. Der Kläger habe Oliver dann in bewußtlosem Zustand nach seiner eigenen Wohnung gebracht, über die er, der Gerichtsdiener, aber nur so viel wisse, daß sie irgendwo in Pentonville sei, denn das habe er aus der Weisung an den Kutscher herausgehört.

In einem furchtbaren Zustand des Zweifels und der Ungewißheit wankte das verängstigte junge Mädchen dem Tore zu; dort aber verwandelte sich ihr schwankender Gang in schnellen Lauf, und auf dem kompliziertesten Umweg, der ihr bekannt war, kehrte sie in die Wohnung des Juden zurück.

Kaum hatte Mr. Bill Sikes den Bericht über das Unternehmen gehört, als er auch schon eiligst den weißen Hund aufscheuchte, seinen Hut aufsetzte und sich schleunigst entfernte, wobei er sich nicht einmal die Zeit nahm, sich von den Anwesenden ordnungsgemäß zu verabschieden.

»Wir müssen wissen, wo er ist, meine Lieben; er muß gefunden werden«, sagte der Jude in höchster Erregung.

»Charley, du schlenderst jetzt so lange draußen umher, bis du eine Nachricht von ihm nach Hause bringst. Nancy, mein Liebling, er muß gefunden werden. Ich vertraue dir, mein Schatz – dir und dem Gannef, in jeder Hinsicht! – Wartet, wartet«, fügte er hinzu und schloß mit zitternder Hand eine Schublade auf, »hier ist Geld, meine Lieben. Ich mache heute abend hier den Laden dicht. – Ihr werdet schon wissen, wo ihr mich findet! Bleibt keine Minute länger hier! Keinen Augenblick länger, meine Lieben!« Mit diesen Worten schob er sie aus dem Zimmer, und nachdem er die Tür hinter ihnen sorgfältig zweimal verschlossen und verriegelt hatte, zog er die Schatulle aus ihrem Versteck, die er Oliver unfreiwillig hatte sehen lassen. Dann stopfte er hastig die Uhren und Juwelen unter seine Kleider.

Ein Klopfen an der Tür schreckte ihn aus seiner Beschäftigung auf. »Wer ist da?« rief er mit schriller Stimme.

»Ich«, antwortete die Stimme des Gannefs durch das Schlüsselloch.

»Was ist los?« rief der Jude ungeduldig.

»Nancy fragt, ob man ihn abfangen und in die andere Bude bringen sollte?« erkundigte sich der Gannef.

»Ja, sobald sie ihn zu fassen kriegt. Findet ihn, findet ihn nur, das ist die Hauptsache! Was dann zu tun ist, weiß ich schon – keine Sorge!«

Der Junge bekundete murmelnd seine Zustimmung und eilte die Treppen hinunter hinter seinen Gefährten her.

»Bis jetzt hat er also wenigstens nicht gepetzt«, sagte der Jude und fuhr in seiner Beschäftigung fort. »Wenn er uns aber bei seinen neuen Freunden verraten will, werden wir ihm wohl noch das Maul stopfen können.«

VIERZEHNTES KAPITEL

Enthält weitere Einzelheiten über Olivers Aufenthalt bei Mr. Brownlow; sowie die bemerkenswerte Voraussage, die ein gewisser Mr. Grimwig über ihn machte, als er sich auf einen Botengang begab

Oliver erholte sich bald von der Ohnmacht, in die er nach Mr. Brownlows unvermitteltem Ausruf gefallen war; sowohl der alte Herr als auch Mrs. Bedwin vermieden in dem nun aufkommenden Gespräch sorgfältig, das Gemälde zu erwähnen. Die Unterhaltung hatte auch keinerlei Beziehung zu Olivers Vergangenheit oder Zukunftsaussichten, sie drehte sich vielmehr lediglich um Dinge, die ihn unterhalten sollten, ohne ihn aufzuregen. Er war noch zu schwach, um sich zum Frühstück zu erheben; als er jedoch am nächsten Tage in das Zimmer der Haushälterin hinunterkam, warf er als erstes einen neugierigen Blick auf die Wand, in der Hoffnung, das Gesicht der schönen Dame wiederzusehen. Seine Erwartungen wurden jedoch enttäuscht, denn das Gemälde war entfernt worden.

»Ja«, sagte die Haushälterin, die Olivers Blickrichtung beobachtet hatte, »siehst du, es ist verschwunden.«

»Ich sehe es, Madame«, erwiderte Oliver, »warum ist es weggenommen worden?«

»Ja, weißt du, mein Kind, es ist heruntergenommen worden, weil Mr. Brownlow meinte, daß es dich beunruhigte und so vielleicht deiner Genesung hinderlich sein könnte«, entgegnete die alte Dame.

»Aber nein, es beunruhigte mich wirklich nicht, Madame«, sagte Oliver darauf. »Ich habe es gern gesehen; ich sah es sehr gern.«

»Schon gut«, erwiderte die alte Dame gutmütig, »jetzt wirst du erst mal so schnell wie möglich gesund, und dann wird es wieder aufgehängt. Das verspreche ich dir! So – und jetzt wollen wir von etwas anderem reden.«

Das war alles, was Oliver zu jener Zeit über das Bild erfahren sollte. Da die alte Dame während seiner Krankheit so gut zu ihm gewesen war, gab er sich Mühe, im Augenblick nicht mehr darüber nachzudenken. Aufmerksam hörte er den vielen Geschichten zu, die sie ihm erzählte: von ihrer liebenswürdigen und schönen Tochter, die mit einem liebenswürdigen und schönen Manne verheiratet war und auf dem Lande lebte; von einem Sohn, der Sekretär bei einem Kaufherrn in Westindien war und der auch ein so guter Junge sei und viermal im Jahr so liebevolle Briefe nach Hause schrieb, daß ihr die Tränen kamen, wenn sie nur davon sprach. Nachdem sich die alte Dame auf diese Weise lang und ausführlich über die Vorzüge ihrer Kinder und außerdem über die vortrefflichen Eigenschaften ihres lieben guten Mannes ausgesprochen hatte, der – die arme treue Seele! – schon sechsundzwanzig Jahre tot war, war es Zeit zum Tee geworden. Danach begann sie, Oliver Unterricht in Cribbage[1] zu geben, das er ebenso schnell erlernte, wie sie es ihm beizubringen vermochte.

Dieses Spiel trieben sie dann mit Eifer und großem Ernst so lange, bis es Zeit wurde, daß der kleine Patient etwas verdünnten warmen Wein und eine Scheibe trockenes Röstbrot bekam und sich dann behaglich zu Bett legte.

Diese Tage der Genesung waren für Oliver eine glückliche Zeit. Alles war so ruhig, sauber und wohlgeordnet, jedermann war freundlich und liebevoll – und nach all dem Lärm und der Unruhe, die ihn bisher ständig umgeben hatten, kam er sich nun vor wie im Himmel. Als er eben so weit gekräftigt war, daß er sich wieder richtig ankleiden konnte, ließ Mr. Brownlow ihm einen vollständigen neuen Anzug, eine neue Mütze und ein Paar neue Schuhe besorgen. Da man Oliver gesagt hatte, er könne mit den alten Sachen tun,

1 englisches Kartenspiel, meist zu 2 Personen mit 5 Whistkarten gespielt; vgl. auch Fußnote S. 254.

was er wolle, gab er sie einem Dienstmädchen, das sehr nett zu ihm gewesen war, mit der Weisung, sie an einen Juden zu verkaufen und den Erlös zu behalten. Das Mädchen tat es bereitwilligst; und als Oliver vom Wohnzimmerfenster aus sah, wie der Jude die Sachen zusammenrollte, in seinen Sack steckte und davonging, war er voller Freude bei dem Gedanken, daß sie nun mit Sicherheit weg waren und er nie wieder in die Gefahr kommen würde, sie noch einmal zu tragen. Es waren ja auch – um die Wahrheit zu sagen – recht traurige Fetzen, und Oliver hatte noch niemals zuvor einen neuen Anzug besessen.

Eines Abends – es war etwa eine Woche nach dem Vorfall mit dem Gemälde – saß er gerade im Gespräch mit Mrs. Bedwin zusammen, als Mr. Brownlow durch einen Diener sagen ließ, falls Oliver Twist sich hinreichend wohl fühle, möchte er sich gern in seinem Arbeitzimmer ein Weilchen mit ihm unterhalten.

»Ach du meine Güte! Wasch dir die Hände und laß dir die Haare ordentlich kämmen, Kind!« sage Mrs. Bedwin. »Herrje, wenn wir gewußt hätten, daß er nach dir fragen würde, hätten wir dir einen sauberen Kragen umgebunden und dich fein herausgeputzt!«

Oliver tat, was die alte Dame ihn geheißen hatte, und obgleich sie mittlerweile heftig darüber lamentierte, daß nicht einmal mehr Zeit genug sei, die kleine Halskrause an seinem Hemdkragen in frische Falten zu legen, sah er trotz dieses wesentlichen Mangels so hübsch und sauber aus, daß sie, nachdem sie ihn von oben bis unten mit großem Wohlgefallen betrachtet hatte, doch zu der Feststellung kam, er könne nach ihrer Meinung auch nach noch so langer Vorbereitung kaum wesentlich besser aussehen.

Solcherart ermutigt, klopfte Oliver an die Tür des Arbeitszimmers.

Mr. Brownlow rief ihn herein, und er trat in ein kleines Hinterzimmer, das gänzlich mit Büchern vollgestopft war und durch dessen Fenster man auf einige kleine, hübsche Gärten blickte. Vor dem Fenster stand ein Tisch, an dem Herr Brownlow saß und las. Als er Oliver bemerkte, schob er das Buch beiseite und forderte ihn auf, zum Tisch zu kommen und sich zu setzen. Oliver gehorchte und dachte verwundert darüber nach, wo wohl die Menschen zu finden wären, die eine solche Menge Bücher lesen könnten, die doch vermutlich zu dem Zwecke geschrieben waren, die Welt klüger zu machen. Auch Leute, die erfahrener sind als Oliver Twist, denken Tag für Tag von neuem voller Verwunderung über diese Frage nach.

»Eine ganz schöne Menge Bücher, nicht wahr, mein Junge?« sagte Mr. Brownlow, als er bemerkte, mit welcher Neugier Oliver die Regale betrachtete, die vom Fußboden bis zur Decke reichten.

»Eine große Menge, Sir«, erwiderte Oliver. »So viele habe ich noch nie gesehen.«

»Du darfst sie lesen, wenn du brav bist«, sagte der alte Herr freundlich, »und das wird dir mehr Spaß machen, als sie nur von außen zu betrachten – in einigen Fällen wenigstens; denn es gibt auch Bücher, bei denen der Rücken und der Deckel bei weitem das beste sind.«

»Das sind wahrscheinlich die schweren dort, Sir«, meinte Oliver und zeigte dabei auf einige große Quartbände mit reich vergoldetem Einband.

»Nicht immer«, erwiderte der alte Herr und streichelte Oliver lächelnd den Kopf; »es gibt andere, die genauso schwer, aber bei weitem nicht so umfangreich sind. Sag mal, möchtest du wohl, wenn du groß bist, ein gescheiter Mann werden und Bücher schreiben?«

»Ich glaube, ich würde sie lieber lesen, Sir«, antwortete Oliver.

»Was? Du möchtest kein Bücherschreiber werden?« fragte der alte Herr.

Oliver überlegte ein Weilchen und sagte schließlich, er hielte

es für viel besser, Buchhändler zu sein, worüber der alte Herr herzlich lachte und erklärte, er habe da etwas sehr Treffendes gesagt. Oliver war darüber sehr glücklich, obgleich er nicht wußte, was damit gemeint war.
»Nun gut«, meinte der alte Herr und wurde wieder ernster, »hab keine Angst! Wir wollen keinen Schriftsteller aus dir machen, solange man noch ein ehrliches Gewerbe erlernen oder Ziegelbrenner werden kann.«
»Danke, Sir«, sagte Oliver darauf.
Über die Ernsthaftigkeit dieser Antwort lachte der alte Herr abermals und sagte irgend etwas von einem seltsamen Instinkt, was Oliver jedoch nicht verstand und deshalb auch nicht sonderlich beachtete.
»Nun, mein Junge«, fuhr Mr. Brownlow fort und sprach, soweit das möglich war, noch freundlicher, aber gleichzeitig auch in einem wesentlich ernsteren Tone, als Oliver ihn je zuvor von ihm gehört hatte, »ich möchte, daß du sehr aufmerksam zuhörst, was ich dir jetzt sagen werde. Ich werde ganz offen mit dir reden, denn ich bin mir gewiß, daß du mich ebensogut verstehen kannst wie viele ältere Leute.«
»Oh, Sir, bitte sagen Sie nicht, daß Sie mich wegschicken wollen –«, rief Oliver, erschreckt von dem ernsten Ton, in dem der alte Herr begonnen hatte. »Weisen Sie mir nicht die Tür, damit ich nicht wieder in den Straßen umherirren muß! Lassen Sie mich hierbleiben und Ihnen zu Diensten sein. Schicken Sie mich nicht zurück an jene Stätte des Elends, woher ich gekommen bin. Haben Sie Mitleid mit einem armen Jungen, Sir!«
»Mein liebes Kind«, sagte der alte Herr, gerührt von der Innigkeit, die aus Olivers plötzlichem Flehen sprach, »du brauchst keine Angst zu haben, daß ich dich im Stich lasse, sofern du mir keinen Grund dazu gibst.«
»Das werde ich niemals, niemals tun, Sir«, beteuerte Oliver.

»Ich will es auch nicht hoffen«, entgegnete der alte Herr. »Ich glaube auch nicht, daß du es jemals tun wirst. Ich bin zwar früher schon in Fällen, wo ich Gutes tun wollte, enttäuscht worden, dennoch bin ich entschieden geneigt, dir zu trauen, und dein Wohlergehen interessiert mich mehr, als ich es mir selbst erklären kann. Die Menschen, denen meine ganze Liebe gegolten hat, ruhen in ihren Gräbern; aber wenn auch Glück und Freude meines Lebens mit ihnen zugleich begraben liegen, so habe ich doch aus meinem Herzen keinen Sarg gemacht und es nicht auf ewig für meine edelsten Empfindungen verschlossen. Großes Leid hat sie nur gestärkt und geläutert.« Der alte Herr hatte diese Worte mit leiser Stimme und mehr zu sich selbst als zu dem Knaben gesprochen, und da er noch eine kurze Zeit danach schweigend verharrte, saß auch Oliver ganz still.

»Ja, ja«, meinte der alte Herr schließlich wieder etwas heiterer, »ich sage das nur, weil du ja noch ein junges Herz hast, und wenn du weißt, daß ich viel Kummer und Schmerzen erlitten habe, wirst du vielleicht mehr darum besorgt sein, mich nicht abermals zu verletzen. Du sagst, du wärest ein Waisenkind und hättest keinen Freund auf der Welt; alle Nachforschungen, die ich anstellen konnte, bestätigen diese Behauptung. Erzähle mir deine Geschichte – wo du herkommst, wer dich erzogen hat und wie du in jene Gesellschaft geraten bist, in der ich dich fand. Sprich die Wahrheit, und du wirst, solange ich lebe, nicht ohne Freund sein.«

Oliver konnte vor Schluchzen einige Minuten lang nichts sagen; und als er dann gerade anfangen wollte zu berichten, wie er im Ziehhaus aufgewachsen und dann von Mr. Bumble ins Armenhaus gebracht worden sei, ertönte an der Haustür ein eigentümlich ungeduldiger, kurzer, doppelter Klopfton; ein Dienstmädchen kam eilends die Treppen herauf und meldete Mr. Grimwig.

»Kommt er herauf?« fragte Mr. Brownlow.

»Jawohl, Sir«, antwortete das Dienstmädchen. »Er fragte, ob

wir Butterbrötchen im Hause hätten, und als ich das bejahte, sagte er, er käme zum Tee.«

Mr. Brownlow lächelte, dann wandte er sich zu Oliver und erklärte ihm, daß Mr. Grimwig ein alter Freund von ihm sei. Oliver solle sich nichts daraus machen, wenn er ein wenig rauh im Umgang wäre, denn im Grunde sei er ein wertvoller Mensch; er, Mr. Brownlow, habe dafür Beweise.

»Soll ich nach unten gehen, Sir?« fragte Oliver.

»Nein«, erwiderte Mr. Brownlow. »Ich möchte, daß du hierbleibst.«

In diesem Augenblicke betrat den Raum ein kräftiger alter Herr, der sich auf einen dicken Stock stützte und auf einem Bein ziemlich stark hinkte. Er trug einen blauen Rock, eine gestreifte Weste, gelbe Baumwollhosen und Halbschuhe und einen breitrandigen weißen Hut, der an den Rändern mit grün abgesetzt war. Eine ganz feingefältelte Hemdkrause guckte aus seiner Weste hervor, und darunter baumelte lose eine reichlich lange, stählerne Uhrkette, an deren Ende lediglich ein Schlüssel hing. Die Enden seines weißen Halstuches waren zu einem Knoten verschlungen, der etwa die Größe einer Apfelsine hatte; der vielfältige Wechsel seines Mienenspiels jedoch war so verwickelt, daß er sich jeglicher Beschreibung entzieht. Er hatte die Angewohnheit, beim Sprechen den Kopf nach einer Seite zu drehen und gleichzeitig aus den Augenwinkeln um sich zu blicken, was jeden, der ihn beobachtete, unwiderstehlich an einen Papagei erinnerte.

Diese Haltung nahm er auch sogleich nach seinem Erscheinen ein, wies mit ausgestrecktem Arm ein kleines Stück Apfelsinenschale vor und rief mit grollender, mißmutiger Stimme: »Da! Sehen Sie das? Ist es nicht höchst wundersam und außergewöhnlich, daß ich kein Haus betreten kann, ohne auf der Treppe ein Stück von diesem erbärmlichen Verbündeten der Wundärzte zu finden? Durch eine Apfelsinenschale bin ich seinerzeit lahm geworden, und ich weiß es:

eine Apfelsinenschale wird einstmals mein Tod sein. Jawohl, Sir, eine Apfelsinenschale wird mein Tod sein – andernfalls bin ich bereit, meinen eigenen Kopf aufzuessen!«

Mit diesem freundlichen Angebot unterstützte und bekräftigte Mr. Grimwig beinahe jede Behauptung, die er aufstellte; und das war in seinem Falle besonders ungewöhnlich; denn wenn wir – nur um der Erörterung willen – auch die Möglichkeit einräumten, daß der Fortschritt der Wissenschaft den Menschen einmal dazu befähigen könnte, seinen eigenen Kopf aufzuessen, wenn ihm danach zumute wäre, so war doch Mr. Grimwigs Kopf von so besonderer Größe, daß selbst der Zuversichtlichste kaum die Hoffnung hegen durfte, ihn auf einen Sitz zu bewältigen – ganz zu schweigen davon, daß er von einer dicken Puderschicht überzogen war.

»Ich will meinen Kopf aufessen, Sir«, wiederholte Mr. Grimwig und stieß seinen Stock auf den Fußboden. Da fiel sein Blick auf Oliver. »Hallo, was ist denn das?« rief er und trat einige Schritte zurück.

»Das ist der kleine Oliver Twist, von dem wir uns unterhalten haben«, sagte Mr. Brownlow.

Oliver verbeugte sich.

»Sie wollen doch hoffentlich nicht sagen, daß das der Junge ist, der das Fieber hatte?« fragte Mr. Grimwig und wich noch etwas weiter zurück. »Halt! Warten Sie einen Augenblick! Sagen Sie nichts!« fuhr er dann plötzlich fort und verlor im Triumph über seine Entdeckung jegliche Angst vor dem Fieber, »das ist der Junge mit der Apfelsine! Wenn das nicht der Junge ist, der die Apfelsine gegessen hat und dieses Stückchen Schale auf die Treppe warf, so will ich meinen Kopf aufessen und seinen dazu!«

»Aber nein, er hat keine gegessen«, sagte Mr. Brownlow lachend. »Kommen Sie, legen Sie Ihren Hut ab und sprechen Sie mit meinem jungen Freund.«

»Die Angelegenheit regt mich mächtig auf«, erwiderte der

reizbare alte Herr, während er seine Handschuhe auszog. »In unserer Straße liegen auf dem Pflaster immer mehr oder weniger Apfelsinenschalen herum, und ich *weiß*, daß der Gehilfe des Wundarztes an der Ecke sie dahinwirft. Gestern abend glitt eine junge Frau auf einem Stückchen aus und fiel gegen das Gitter meines Gartens. Gerade, als sie sich wieder aufraffte, sah ich, wie sie nach seiner teuflischen roten Lampe mit ihren stummen Lichtzeichen hinblickte. ›Gehen Sie nicht zu dem‹, rief ich aus dem Fenster, ›er ist ein Mörder! Ein Menschenfänger!‹ Das ist er auch wirklich. Wenn nicht, so ...«

Hier stieß der jähzornige alte Herr mit seinem Stock heftig auf den Fußboden, was für seine Freunde immer gleichbedeutend mit seinem üblichen Angebot war, wenn es nicht mit Worten ausgedrückt wurde. Dann setzte er sich, wobei er noch immer seinen Stock in der Hand behielt, klappte ein Lorgnon auf, das er an einem breiten schwarzen Bande trug, und betrachtete Oliver. Der errötete, als er sah, daß er der Gegenstand der Betrachtung war, und verbeugte sich abermals.

»Das ist also der Junge?« fragte Mr. Grimwig schließlich.

»Ja, das ist er«, antwortete Mr. Brownlow.

»Wie geht es dir, Junge?« fragte Mr. Grimwig.

»Danke, Sir, wesentlich besser«, entgegnete Oliver.

Mr. Brownlow schien zu ahnen, daß sein eigenartiger Freund im Begriff stand, irgend etwas Unangenehmes zu sagen; er gab deshalb Oliver den Auftrag, nach unten zu gehen und Mrs. Bedwin auszurichten, daß sie bereit zum Tee wären. Oliver tat das sehr gern, denn das Benehmen des Besuchers gefiel ihm gar nicht sonderlich gut.

»Der Junge sieht doch nett aus, nicht wahr?« fragte Mr. Brownlow.

»Ich weiß es nicht«, erwiderte Mr. Grimwig mürrisch.

»Sie wissen es nicht?«

»Nein, ich weiß es nicht. Ich sehe bei Jungen keine Unterschiede. Ich kenne nur zwei Sorten: Jungen mit Mehlgesichtern und Jungen mit Rindfleischgesichtern.«

»Und wozu gehört Oliver?«

»Zu den Mehlgesichtern. Ich habe einen Freund, der hat einen Jungen mit einem Rindfleischgesicht; sie sagen, er wäre ein netter Junge mit rundem Kopf, roten Backen und glänzenden Augen – ein fürchterlicher Junge ist er, mit einem Körper und Gliedern, die aus den Nähten seines blauen Anzugs herauszuquellen scheinen, eine Stimme hat er wie ein Schiffslotse und Hunger wie ein Wolf. Ich kenne ihn, den Lump!«

»Na, diese Eigenschaften hat der kleine Oliver Twist nicht«, sagte Mr. Brownlow, »er braucht also auch nicht Ihren Zorn zu erregen.«

»Hat er die nicht«, erwiderte Mr. Grimwig, »so hat er vielleicht noch schlechtere.«

Bei diesen Worten räusperte sich Mr. Brownlow ungeduldig, was Mr. Grimwig ganz besonderes Vergnügen zu bereiten schien. »Er hat vielleicht noch schlimmere, habe ich gesagt«, wiederholte er. »Wo kommt er her? Wer ist er? Was ist er? Er hat Fieber gehabt. Was hat es damit auf sich? Haben anständige Leute etwa Fieber? Doch wohl nicht. Aber schlechte Menschen haben manchmal Fieber, nicht wahr? Ich habe einen Mann gekannt, der in Jamaika gehängt wurde, weil er seinen Herrn ermordet hatte. Der hatte sechsmal Fieber gehabt; ist deshalb auch nicht begnadigt worden. Pah – dummes Zeug!«

Nun war Mr. Grimwig in Wirklichkeit im tiefsten Innern seines Herzens durchaus geneigt zuzugeben, daß Olivers Aussehen und Benehmen ungewöhnlich sympathisch waren. Er hatte jedoch eine heftige Neigung zum Widerspruch, die in diesem Falle noch dadurch verstärkt wurde, daß er die Apfelsinenschale gefunden hatte; und da er entschlossen war, sich von keinem Menschen vorschreiben zu lassen, ob ein Junge sympathisch aussah oder nicht, hatte er sich von

Anfang an darauf eingestellt, seinem Freunde zu widersprechen. Als Mr. Brownlow zugab, daß er vorerst auf keine der aufgeworfenen Fragen eine befriedigende Antwort geben könne und daß er jegliche Nachforschung über Olivers bisheriges Schicksal so lange aufgeschoben habe, bis der Junge seiner Meinung nach stark genug sei, diese zu ertragen, kicherte Mr. Grimwig boshaft. Grinsend fragte er, ob die Haushälterin gewöhnt sei, abends das Tafelsilber nachzuzählen, denn wenn sie nicht eines schönen Morgens einen oder auch zwei Eßlöffel vermisse, so sei er bereit – – und so weiter.
Mr. Brownlow neigte zwar selbst etwas zur Heftigkeit, aber er kannte die Eigenheiten seines Freundes und ertrug sie mit viel Humor. Als dann Mr. Grimwig beim Tee gnädigst geruhte, den Butterbrötchen seinen ungeteilten Beifall zu zollen, ging weiterhin alles glatt, und auch Oliver, der mit dabei war, begann sich wohler zu fühlen, als er das vorher in der Gegenwart des grimmigen alten Herrn gekonnt hatte.
»Und wann werden Sie einen vollständigen, wahrheitsgetreuen und ausführlichen Bericht über Oliver Twists Leben und Abenteuer zu hören bekommen?« fragte Mr. Grimwig Mr. Brownlow nach Beendigung des Mahles mit einem Seitenblick auf Oliver und nahm damit das Thema wieder auf.
»Morgen früh«, entgegnete Mr. Brownlow. »Es ist mir lieber, wenn er dabei mit mir allein ist. Komm doch morgen früh um zehn Uhr zu mir herauf, mein Lieber.«
»Jawohl, Sir«, antwortete Oliver. Er tat es mit einigem Zögern, denn es verwirrte ihn, daß Mr. Grimwig ihn so streng ansah.
»Ich will Ihnen was sagen«, flüsterte jener Mr. Brownlow zu. »Er wird morgen früh nicht zu Ihnen heraufkommen. Ich habe gesehen, wie er zögerte. Er täuscht Sie, mein lieber Freund.«
»Ich möchte darauf schwören, daß er das nicht tut«, erwiderte Mr. Brownlow mit Wärme.

»Wenn er es nicht tut, so will ich – – –«, und schon stieß der Stock auf den Fußboden.
»Ich bürge mit meinem Leben für die Ehrlichkeit des Jungen!« sagte Mr. Brownlow und schlug auf den Tisch.
»Und ich mit meinem Kopf für seine Falschheit!« versetzte Mr. Grimwig und schlug gleichfalls auf den Tisch.
»Wir werden sehen«, sagte Mr. Brownlow und bezwang seinen aufsteigenden Unmut.
»Das werden wir«, erwiderte Mr. Grimwig mit einem aufreizenden Lächeln; »das werden wir.«
Das Schicksal wollte es, daß Mrs. Bedwin in diesem Augenblick ein kleines Paket Bücher hereinbrachte, die Mr. Brownlow am Morgen bei jenem Buchhändler gekauft hatte, der in dieser Geschichte schon einmal in Erscheinung getreten ist. Sie legte das Paket auf den Tisch und wollte das Zimmer wieder verlassen.
»Halten Sie den Boten auf, Mrs. Bedwin«, sagte da Mr. Brownlow, »er muß noch etwas mitnehmen.«
»Er ist schon fort«, erwiderte Mrs. Bedwin.
»Rufen Sie ihm nach«, sagte Mr. Brownlow. »Es ist wichtig. Der Mann ist arm, und die Bücher sind noch nicht bezahlt. Außerdem müssen auch einige Bücher wieder zurück.«
Die Haustür wurde geöffnet. Oliver rannte nach der einen Seite, das Dienstmädchen nach der anderen, und Mrs. Bedwin stand auf den Stufen und rief nach dem Boten – aber der war nicht mehr zu sehen. Oliver und das Mädchen kamen atemlos wieder und berichteten, daß keine Spur mehr von ihm zu finden sei.
»Du lieber Gott, das tut mir aber sehr leid«, rief Mr. Brownlow; »es war mir besonders darum zu tun, daß diese Bücher noch heute abend zurückgegeben wurden.«
»Schicken Sie doch Oliver damit«, sagte Mr. Grimwig mit ironischem Lächeln. »Er wird sie doch ganz bestimmt wohlbehalten abliefern.«

»Ach ja, lassen Sie mich sie hinbringen; bitte, Sir!« sagte Oliver. »Ich werde den ganzen Weg rennen, Sir.«
Der alte Herr war eben im Begriff, zu sagen, daß Oliver unter keinen Umständen außer Haus gehen dürfe, als ein höchst boshaftes Hüsteln von Mr. Grimwig ihn dazu bestimmte, seinen Entschluß zu ändern: Oliver sollte gehen, und durch die zuverlässige Erledigung des Auftrags sollte er, zumindest in diesem Punkte, die Ungerechtigkeit der Verdächtigungen Mr. Grimwigs auf der Stelle beweisen.
»Du *sollst* gehen, mein Lieber«, sagte deshalb der alte Herr. »Die Bücher liegen auf einem Stuhl neben meinem Tisch. Hol sie herunter.«
Oliver war froh darüber, sich nützlich machen zu können; unterm Arm brachte er die Bücher in größter Eile herunter und wartete mit der Mütze in der Hand darauf, welche Botschaft er überbringen sollte.
»Du wirst sagen«, erklärte Mr. Brownlow, während er Mr. Grimwig fest ansah, »du wirst also sagen, daß du diese Bücher hier zurückbringst und daß du gekommen bist, um die vier Pfund und zehn Schillinge zu bezahlen, die ich noch schulde. Hier ist eine Fünfpfundnote, du mußt mir also zehn Schillinge zurückbringen.«
»Ich werke kaum zehn Minuten wegbleiben, Sir«, antwortete Oliver eifrigst. Nachdem er den Geldschein in seine Jackentasche gesteckt und die Bücher sorgsam unter den Arm geklemmt hatte, machte er eine respektvolle Verbeugung und verließ das Zimmer. Mrs. Bedwin begleitete ihn bis zur Haustür und gab ihm noch viele Anweisungen über den nächsten Weg, den Namen des Buchhändlers und den Namen der Straße; und Oliver sagte, er habe alles richtig verstanden. Nachdem sie ihn noch obendrein vielmals ermahnt hatte, vorsichtig zu sein und sich nicht zu erkälten, ließ die alte Dame Oliver endlich gehen.
»Gott segne sein liebes Gesicht«, sagte sie und blickte ihm nach. »Ich kann es kaum ertragen, ihn aus den Augen zu

lassen.« In diesem Augenblick sah Oliver sich vergnügt um und winkte noch einmal, ehe er um die Ecke bog. Die alte Dame erwiderte lächelnd seinen Gruß, schloß die Tür und ging in ihr Zimmer zurück.

»Passen Sie auf – in spätestens zwanzig Minuten wird er wieder da sein«, sagte Mr. Brownlow, zog seine Taschenuhr und legte sie auf den Tisch. »Es wird dann schon dunkel sein.«

»Ach, Sie erwarten also wirklich, daß er zurückkommt?« fragte Mr. Grimwig.

»Sie wohl nicht?« erwiderte Mr. Brownlow lächelnd.

Der Geist des Widerspruchs regte sich in diesem Augenblick sehr lebhaft in Mr. Grimwigs Brust, und er wurde durch das vertrauensvolle Lächeln seines Freundes nur noch gestärkt.

»Nein«, sagte er und schlug mit der Faust auf den Tisch. »Ich nicht! Der Junge hat einen neuen Anzug auf dem Leibe, eine Anzahl wertvolle Bücher unter dem Arm und eine Fünfpfundnote in der Tasche. Er wird sich mit seinen alten Freunden, der Diebesbande, treffen und Sie auslachen. Wenn dieser Junge jemals wieder in dieses Haus zurückkehrt, Sir, will ich meinen Kopf aufessen.«

Mit diesen Worten zog er seinen Stuhl näher an den Tisch, und so saßen nun die beiden Freunde, die Uhr zwischen sich, in stummer Erwartung da.

Es ist bemerkenswert – denn es kennzeichnet die Bedeutung, die wir unseren eigenen Ansichten beimessen und den Hochmut, mit dem wir unsere übereiltesten Folgerungen aussprechen –, daß Mr. Grimwig, obwohl er keineswegs ein schlechtes Herz hatte und aufrichtig betrübt gewesen wäre, seinen geschätzten Freund betrogen und getäuscht zu sehen, in diesem Augenblick tatsächlich höchst ernsthaft und ganz fest hoffte, Oliver Twist möge nicht zurückkommen.

Es wurde so dunkel, daß die Zahlen auf dem Zifferblatt

kaum noch zu erkennen waren, aber noch immer saßen die beiden alten Herren, die Uhr zwischen sich, schweigend da.

FÜNFZEHNTES KAPITEL

Zeigt, wie sehr lieb der fröhliche alte Jude und Miss Nancy Oliver Twist hatten

In der düsteren Gaststube einer erbärmlichen Kneipe, in der schmutzigsten Gegend von Little Saffron Hill, einer trostlosen Spelunke, wo im Winter den ganzen Tag über eine flackernde Gaslampe brannte und im Sommer niemals ein Sonnenstrahl hinschien, saß vor einem kleinen zinnernen Maßkrug und einem Glas vor sich hinbrütend ein Mann, der stark nach Schnaps roch. Er trug einen Samtrock, graue Kniehosen, Halbschuhe und Strümpfe, und selbst bei dieser trübseligen Beleuchtung hätte kein erfahrener Polizeibeamter gezögert, in ihm Mr. William Sikes zu erkennen. Ihm zu Füßen saß ein Hund mit weißem Fell und roten Augen, der abwechselnd damit beschäftigt war, seinem Herrn mit beiden Augen gleichzeitig zuzublinzeln oder eine lange, frische Wunde an der einen Seite seiner Schnauze zu belecken, die offenbar das Ergebnis eines kürzlich ausgetragenen Kampfes war. »Sei ruhig, du Biest! Du sollst Ruhe geben!« sagte Mr. Sikes plötzlich und unterbrach damit sein Schweigen.

Ob seine Gedanken so tiefgründig waren, daß das Blinzeln des Hundes ihn dabei störte, oder ob seine Gefühle durch seine Überlegungen so in Aufregung versetzt worden waren, daß sie zu ihrer Besänftigung jener Erleichterung bedurften, die es gewährt, ein unschuldiges Tier zu treten, wäre zu erörtern und zu überlegen. Aber was auch immer die Ursache war – der Erfolg war ein Tritt und ein Fluch, die den Hund zu gleicher Zeit trafen.

Hunde sind im allgemeinen nicht dazu fähig, sich für Kränkungen zu rächen, die ihr Herr ihnen zufügt; Mr. Sikes' Hund jedoch hatte wohl einige Charakterfehler mit seinem Herrn gemeinsam und fühlte sich vielleicht in diesem Augenblick ganz besonders gekränkt – jedenfalls machte er keine langen Umstände, sondern grub seine Zähne sogleich in einen der Halbschuhe. Nachdem er ihn einmal herzhaft hin- und hergeschüttelt hatte, zog er sich knurrend unter eine Bank zurück und entging damit gerade noch dem Zinnkrug, mit dem Mr. Sikes nach seinem Kopfe gezielt hatte.

»Willst du wohl?« rief Sikes, griff mit der einen Hand den Feuerhaken und öffnete mit der anderen vorsichtig ein großes Klappmesser, das er aus der Tasche zog. »Komm her, du Teufelsbrut! Komm her! Hörst du?«

Der Hund hörte ihn zweifellos; denn Mr. Sikes legte die größtmögliche Schärfe in seine an sich schon sehr scharfe Stimme; aber er hatte anscheinend seltsamerweise etwas dagegen, sich den Hals abschneiden zu lassen. Er blieb also, wo er war und knurrte noch wütender als zuvor; gleichzeitig packte er das Ende des Feuerhakens mit seinen Zähnen und biß wie ein wildes Tier darauf los.

Dieser Widerstand machte Mr. Sikes nur noch wütender; er kniete nieder und begann einen heftigen Angriff auf das Tier. Der Hund sprang von rechts nach links und dann wieder von links nach rechts; er knurrte, bellte und biß um sich; der Mann stieß und fluchte, schlug und schimpfte – und die Sache drohte schon für den einen oder den anderen höchst kritisch zu werden. Da öffnete sich plötzlich die Tür, der Hund schoß wie ein Pfeil hinaus und ließ Bill Sikes mit dem Feuerhaken und dem Klappmesser in den Händen allein zurück.

Ein altes Sprichwort sagt, daß zu einem Streit immer zwei gehören. Der Hund hatte Mr. Sikes als Partner enttäuscht – also übertrug dieser dessen Anteil an dem Streit sogleich auf den Neuankömmling.

»Was zum Teufel mußt du hier dazwischenkommen und meinem Hund helfen?« fragte Sikes mit drohender Gebärde.
»Ich wußte doch von nichts, mein Lieber; ich wußte doch von nichts«, erwiderte Fagin unterwürfig – denn er war der Ankömmling.
»Wußtest von nichts, du feiger Spitzbube?« grollte Sikes. »Hast du den Lärm nicht gehört?«
»Keinen Ton, so wahr ich lebe, Bill!« antwortete der Jude.
»O nein! Du hörst nichts, natürlich nicht!« höhnte Sikes wütend. »Schleichst 'raus und 'rein und keiner hört, ob du kommst oder gehst! Ich wünschte, du wärest vor einer halben Minute der Hund gewesen, Fagin!«
»Warum?« fragte der Jude mit gezwungenem Lächeln.
»Weil die Regierung es zwar zuläßt, daß ein Mensch einen Hund nach Belieben umbringt, sich aber um das Leben eines Menschen von deinem Schlage sorgt, der nicht halb soviel Mut hat, wie ein Köter«, sagte Sikes und schloß mit einem vielsagenden Blick sein Messer; »deshalb!«
Der Jude rieb sich die Hände, setzte sich an den Tisch und tat so, als lache er über den Scherz seines Freundes; es war ihm jedoch offensichtlich nicht wohl dabei.
»Grinse nur«, sagte Sikes, indem er den Feuerhaken wieder an seinen Platz legte und den Juden mit grimmiger Verachtung ansah, »grinse du nur! Wirst ja doch nie über mich lachen können – höchstens dann, wenn dir der Henker die Mütze schon über den Kopf gezogen hat. Ich habe dich in der Hand, Fagin, und verd . . ., ich werde dich festhalten. So, nun weißt du's! Wenn ich hochgehe, gehst du mit. Also hüte dich vor mir!«
»Ja, ja, mein Lieber, das weiß ich alles; wir – wir haben gemeinsame Interessen, Bill – gemeinsame Interessen.«
»Hm!« brummte Sikes, als wollte er sagen, daß seiner Meinung nach das Interesse wesentlich mehr bei dem Juden als bei ihm läge. »Nun, was hast du mir zu berichten?«

»Es ist alles sehr glücklich durch den Schmelztiegel gegangen«, erwiderte Fagin, »und hier ist dein Anteil. Es ist etliches mehr, als es von Rechts wegen wäre, mein Lieber, aber da ich weiß, daß du mir ein andermal auch mal etwas zukommen lassen wirst, und . . .«
»Hör auf mit dem Humbug«, unterbrach ihn der Strolch ungeduldig. »Wo ist das Zeug? Her damit!«
»Ja doch, Bill; laß mir Zeit; laß mir doch Zeit!« antwortete der Jude beschwichtigend. »Hier ist es. Alles in Ordnung!« Mit diesen Worten zog er aus seiner Brusttasche ein altes baumwollenes Taschentuch hervor, knüpfte an einer Ecke einen großen Knoten auf und brachte ein kleines, in braunes Papier gewickeltes Päckchen zum Vorschein. Sikes nahm es ihm weg, öffnete es hastig und begann sogleich, die darin enthaltenen Geldstücke zu zählen. –
»Und das ist alles?« fragte er.
»Jawohl«, antwortete der Jude.
»Du hast das Päckchen nicht unterwegs etwa geöffnet und ein paar davon weggeschnappt?« forschte Sikes mißtrauisch. »Mach kein beleidigtes Gesicht bei dieser Frage; du hast das schon oft genug getan. Hau mal auf die Bimmel!«
In die normale Umgangssprache übersetzt, enthielten diese Worte die Aufforderung, die Glocke zu läuten. Daraufhin erschien ein anderer Jude, der zwar jünger war als Fagin, aber fast ebenso abstoßend und gemein aussah. Bill Sikes zeigte nur auf das leere Zinngefäß. Der Jude verstand diesen Hinweis sehr wohl und begab sich in den Hintergrund, um es wieder zu füllen; zuvor jedoch wechselte er einen bedeutungsvollen Blick mit Fagin, der, als habe er darauf gewartet, für einen Augenblick zu ihm aufsah und verneinend den Kopf schüttelte. Dies geschah jedoch so unauffällig, daß ein Dritter es kaum hätte wahrnehmen können. Sikes, der sich in diesem Moment gerade bückte, um seinen Schuhriemen wieder zusammenzubinden, den der Hund ihm zerrissen hatte, merkte jedenfalls nichts davon. Hätte er den kurzen

Blickwechsel beobachtet, so wäre ihm vielleicht der Gedanke gekommen, daß er nichts Gutes für ihn bedeutete.

»Ist jemand hier, Barney?« fragte Fagin und hielt, da Sikes jetzt wieder aufsah, den Blick fest zu Boden gerichtet.

»Keine Menschenseele«, antwortete Barney, dessen Worte, ob sie nun von Herzen kamen oder nicht, auf jeden Fall den Weg durch die Nase nahmen.

»Niemand?« fragte der Jude in überraschtem Ton, womit er vielleicht andeuten wollte, daß Barney die Wahrheit sagen dürfe.

»Niemand außer Miss Nancy«, antwortete Barney.

»Nancy?« rief Sikes aus. »Wo? Blind will ich werden, wenn ich vor dem Mädel wegen ihrer angeborenen Talente nicht alle Hochachtung habe!«

»Sie hat gerade in der Gaststube eine Portion gekochtes Rindfleisch gegessen«, erwiderte Barney.

»Schick sie her«, meinte Sikes und goß ein Glas Schnaps ein, »schick sie her!«

Barney sah unschlüssig auf Fagin, als wolle er dessen Erlaubnis einholen; da jedoch der Jude schwieg und nicht aufblickte, ging er. Gleich darauf kam er wieder zurück und schob Nancy, die noch immer mit Hut, Schürze, Korb und Hausschlüssel ausstaffiert war, zur Tür hinein.

»Du bist auf der Spur, nicht wahr, Nancy?« forschte Sikes und bot ihr das Glas an.

»Jawohl, Bill«, antwortete die junge Dame und trank das Glas aus, »und reichlich satt hab' ich's auch. Der kleine Balg ist krank gewesen und hatte Stubenarrest, und ...«

»Ach, meine liebe Nancy!« sagte Fagin und blickte auf.

Es ist nicht sonderlich wichtig, ob Miss Nancy, als der Jude seine roten Augenbrauen eigentümlich zusammenzog und seine tiefliegenden Augen halb schloß, darin eine Warnung sah, nicht allzu gesprächig zu sein: Uns kümmern hier nur die Tatsachen – und Tatsache ist, daß sie plötzlich innehielt, Mr. Sikes mehrmals huldvoll zulächelte und dann auf etwas anderes zu sprechen kam. Nach etwa zehn Minuten bekam Mr. Fagin einen Hustenanfall, woraufhin Nancy ihren Schal um die Schultern zog und erklärte, es sei Zeit, zu gehen. Mr. Sikes stellte fest, daß er ein kurzes Stück des Weges mit ihr gemeinsam habe und äußerte die Absicht, sie zu begleiten. So gingen sie also zusammen fort; in geringem Abstand folgte ihnen der Hund, der, sobald sein Herr außer Sicht war, aus einem Hinterhof auftauchte.

Als Sikes gegangen war, steckte der Jude den Kopf zur Zimmertür hinaus und blickte ihm nach, während er den dunklen Gang entlangging. Er schüttelte die geballte Faust, murmelte einen von Herzen kommenden Fluch und setzte sich dann mit einem fürchterlichen Grinsen wieder an den Tisch, wo er alsbald tief in die interessante Lektüre der Steckbriefe in der Polizeizeitung versunken war.

Inzwischen war Oliver Twist auf dem Wege zu der Buchhandlung und ließ es sich wohl kaum träumen, daß er sich in so unmittelbarer Nähe des lustigen alten Herrn befand. Als er nach Clerkenwell kam, bog er versehentlich in eine Nebenstraße ein, die nicht direkt zu seinem Weg gehörte. Er entdeckte seinen Fehler erst, als er etwa schon die Hälfte der Straße gegangen war; da er aber wußte, daß sie in der richtigen Richtung weiterführte, hielt er es nicht für nötig umzukehren, sondern ging, die Bücher unter den Arm geklemmt, so schnell er konnte weiter.

So ging er seines Weges und dachte darüber nach, wie glücklich und zufrieden er nun sein könnte und wieviel er wohl darum geben würde, wenn er nur noch einmal den armen kleinen Dick sehen dürfte, der in diesem Augenblick wohl, verhungert und geprügelt, bitterlich weinen mochte. Da schreckte ihn plötzlich der laute Ruf eines jungen Mädchens: »Oh, mein lieber Bruder!« aus seinen Gedanken auf. Kaum hatte er aufgeblickt, um zu sehen, was los sei, als ihn ein paar Arme festhielten, die sich eng um seinen Hals schlangen.

»Lassen Sie das!« rief Oliver und versuchte, sich zu befreien. »Lassen Sie mich los! Wer sind Sie denn? Weshalb halten Sie mich fest?«

Die einzige Antwort darauf war ein Schwall von lauten Klagerufen seitens des jungen Mädchens, das ihn umarmt hatte und das einen kleinen Korb und einen Hausschlüssel in der Hand hielt.

»Ach, du mein Gott!« rief das Mädchen, »ich habe ihn gefunden! Oh! Oliver! Oliver! Oh, du nichtsnutziger Junge, wie kannst du mir nur so viel Kummer machen! Komm mit nach Hause, Liebling, komm! Ach, ich habe ihn gefunden. Gott im Himmel sei Dank – ich hab' ihn gefunden!« Mit diesen unzusammenhängenden Ausrufen brach das junge Mädchen in erneutes Weinen aus und benahm sich dermaßen hysterisch, daß einige Frauen, die in diesem Augenblick dazukamen, einen Fleischerjungen, dessen Haar von Nierenfett glänzte und der gleichfalls gaffend dastand, fragten, ob er nicht besser täte, einen Arzt zu holen, worauf der Fleischerjunge – der anscheinend einen Hang zur Trägheit, um nicht zu sagen zur Gleichgültigkeit hatte – zur Antwort gab, das glaube er nicht.

»Ach nein, nein, bitte nicht!« sagte das junge Mädchen und ergriff Olivers Hand. »Es geht mir schon besser. Komm sofort mit nach Hause, du schrecklicher Junge! Komm!«

»Was ist denn eigentlich los?« erkundigte sich eine der Frauen.

»Ach, Madam«, erwiderte das junge Mädchen, »er ist vor fast einem Monat seinen Eltern, die arbeitsame und ehrbare Leute sind, davongelaufen, hat sich einer Bande von Dieben und Taugenichtsen angeschlossen und seiner Mutter fast das Herz gebrochen.«

»So ein kleiner Lump!« sagte eine der Frauen.

»Nun geh aber nach Hause, du kleines Scheusal!« meinte die andere.

»Das bin ich nicht!« rief Oliver, aufs höchste erregt. »Ich

kenne sie gar nicht. Ich habe keine Schwester, auch keinen Vater und keine Mutter. Ich bin ein Waisenkind und wohne in Pentonville.«

»Hören Sie nur, wie unverschämt er das behauptet«, schrie das junge Mädchen.

»Nanu – das ist ja Nancy!« rief darauf Oliver, der jetzt zum ersten Male ihr Gesicht sah, und schrak in unverhohlenem Erstaunen zurück.

»Sehen Sie, er kennt mich!« schrie Nancy und wandte sich dabei an die Umstehenden. »Er weiß sich nicht mehr zu helfen. Ihr Leute, seid so gut und bringt ihn dazu, daß er nach Hause zurückkommt, sonst bringt er noch Vater und Mutter ins Grab und bricht mir das Herz!«

»Zum Teufel, was ist denn das?« rief da ein Mann, der aus einer Kneipe herausgestürzt kam und dem ein weißer Hund auf den Fersen folgte. »Der kleine Oliver! Komm nach Hause zu deiner Mutter, du junger Schlingel! Komm sofort nach Hause!«

»Ich gehöre nicht zu ihnen! Ich kenne sie nicht. Hilfe, Hilfe!« schrie Oliver, der sich unter dem derben Griff des Mannes wand.

»Hilfe?« wiederholte der Mann, »jawohl, ich werde dir helfen, du kleiner Schurke! Wem gehören denn diese Bücher? Hast sie gestohlen, wie? Gib sie her!« Mit diesen Worten riß der Mann Oliver die Bücher unter dem Arm weg und schlug ihn auf den Kopf.

»So ist's richtig!« schrie ein Zuschauer aus einem Dachfenster herunter. »Das ist der einzige Weg, ihn wieder zur Besinnung zu bringen!«

»Ganz recht«, rief ein verschlafen aussehender Zimmermann und warf einen zustimmenden Blick nach dem Dachfenster hinauf.

»Das wird ihm gut tun!« sagten die beiden Frauen.

»Das kann er haben!« erwiderte der Mann, packte Oliver beim Kragen und versetzte ihm einen zweiten Schlag. »Vor-

wärts, du kleiner Schurke! Stierauge, hierher! Paß auf ihn auf, hörst du?«
Geschwächt von der eben erst überstandenen Krankheit, betäubt von den Schlägen und der Plötzlichkeit des Angriffs, verängstigt durch das wilde Knurren des Hundes und die Roheit des Mannes und überwältigt davon, daß die Umstehenden in ihm wirklich den verstockten kleinen Schuft sahen, als der er geschildert worden war – was sollte ein armer kleiner Junge allein da tun? Es war dunkel geworden; er befand sich in einer fragwürdigen Umgebung; keine Hilfe war in der Nähe; Widerstand war nutzlos. Einen Augenblick später wurde er durch ein Labyrinth von dunklen, engen Höfen geschleppt und in einem solchen Tempo durch diese hindurchgejagt, daß die wenigen Hilferufe, die er auszustoßen wagte, ungehört blieben. Es war indes auch von geringer Bedeutung, ob sie zu hören waren oder nicht, denn wären sie auch noch so laut gewesen – es war ja doch niemand da, der sich darum kümmerte.

Die Gaslampen wurden angezündet; Mrs. Bedwin wartete ängstlich an der offenen Tür; das Dienstmädchen war wohl zwanzigmal die Straße entlanggelaufen, um zu sehen, ob irgendeine Spur von Oliver zu entdecken sei – und noch immer saßen die beiden alten Herren, die Uhr zwischen sich, beharrlich in dem dunklen Wohnzimmer.

SECHZEHNTES KAPITEL

Berichtet, was mit Oliver Twist geschah, nachdem Nancy Anspruch auf ihn erhoben hatte

Die engen Straßen und Höfe endeten schließlich auf einem großen, offenen Platz, auf dem Tiergehege und andere Kennzeichen eines Viehmarktes umherstanden. Als sie diesen Ort erreicht hatten, verlangsamte Sikes seine Schritte, denn das Mädchen war nicht länger in der Lage, das schnelle Tempo mitzuhalten, das sie bisher angeschlagen hatten. Dann wandte er sich zu Oliver und befahl ihm in barschem Tone, Nancy bei der Hand zu fassen.

»Hast du gehört?« knurrte er, als Oliver zögerte und sich umsah.

Sie befanden sich in einem dunklen Winkel, völlig abseits vom Wege, und Oliver sah nur zu klar, daß Widerstand nutzlos sein würde. Er streckte also seine Hand aus, die Nancy mit festem Griff umfaßte.

»Gib mir die andere«, sagte Sikes und ergriff Olivers freie Hand.« Stierauge, hierher!«

Der Hund sah zu ihm auf und knurrte.

»Paß auf!« sagte Sikes und legte seine andere Hand um Olivers Kehle. »Wenn er auch nur das leiseste Wort spricht, faß ihn! Hörst du?«

Der Hund knurrte abermals, leckte sich die Lippen und betrachtete Oliver, als sei er gewillt, ihm unverzüglich an die Gurgel zu fahren.

»Er ist folgsam wie ein guter Christ; blind will ich werden, wenn er's nicht ist!« sagte Sikes und sah das Tier mit einer beinahe wilden und grimmigen Zustimmung an. »So, jetzt weißt du, was du zu erwarten hast, Bursche; schrei nur, sobald du willst – der Hund wird dir schon den Spaß verleiden. Vorwärts, Kleiner!«

Stierauge wedelte als Anerkennung für diese ungewöhnlich zärtliche Redeweise mit dem Schwanz, knurrte Oliver abermals drohend an und lief dann voraus.

Sie kamen jetzt durch Smithfield – es hätte aber ebensogut Grosvenor Square sein können, Oliver hätte es genausowenig gewußt. Die Nacht war dunkel und neblig. Die Lichter in den Läden konnten sich kaum noch durch den dicken Dunst hindurchkämpfen, der mit jedem Augenblick dichter wurde und Straßen und Häuser in Dunkelheit hüllte, wodurch die seltsame Gegend in Olivers Augen nur noch

seltsamer und seine Ungewißheit noch quälender und bedrückender wurde.
Sie waren eben einige Schritte weitergeeilt, als eine Kirchturmuhr mit tiefem Ton die Stunde schlug. Beim ersten Glockenschlag blieben Olivers Begleiter stehen und wandten die Köpfe nach der Richtung, aus der der Klang kam.
»Acht Uhr, Bill«, sagte Nancy, als die Glocke schwieg.
»Warum sagst du mir das? Ich kann es ja schließlich hören«, antwortete Sikes.
»Ich möchte nur wissen, ob *sie* es auch hören können«, meinte Nancy.
»Natürlich können sie 's«, erwiderte Sikes. »Es war gerade Bartholomäusnacht, als ich eingelocht wurde, und da gab es keine Pfennigtrompete, die ich nicht quäken hören konnte. Als ich dann über Nacht eingeschlossen war, machten der Lärm und das Getöse von draußen das verteufelte alte Kittchen so still, daß ich mir am liebsten an den Eisenplatten der Tür den Schädel eingerannt hätte.«
»Arme Kerle«, sagte Nancy, die ihr Gesicht noch immer nach der Richtung gewendet hielt, aus der die Glockentöne gekommen waren. »Ach, Bill, es waren so nette junge Kerle!«
»Ja, ja, das ist alles, woran ihr Weiber denkt«, antwortete Sikes. »Nette junge Kerle! Sie sind so gut wie tot – was nützt das da noch?«
Mit diesem Trost wollte Mr. Sikes anscheinend eine beginnende eifersüchtige Regung unterdrücken; dann faßte er Olivers Handgelenk fester und befahl ihm, wieder weiterzugehen.
»Wart einen Augenblick«, sagte das Mädchen. »Ich würde nicht vorübereilen, Bill, wenn du es wärest, der beim nächsten Achtuhrläuten herauskäme, um gehängt zu werden. Ich würde um den Platz herumlaufen, bis ich umfiele, auch wenn Schnee läge und ich kein Tuch hätte, um mich zuzudecken.«

»Und wozu sollte das gut sein?« fragte der ganz und gar nicht empfindsame Mr. Sikes. »Wenn du mir nicht eine Feile und zwanzig Meter handfesten Strick zuwerfen könntest, dürftest du meinetwegen fünfzig Meilen weit weglaufen – oder auch gar nicht, mir würde es so und so nichts nützen. Komm weiter und halt hier keine Predigten!«

Das Mädchen brach in ein Gelächter aus, zog ihr Tuch fester um sich, und sie gingen weiter. Oliver fühlte jedoch, wie ihre Hand zitterte; als sie an einer Gaslaterne vorüberkamen, sah er ihr ins Gesicht und bemerkte, daß es totenblaß geworden war. Eine volle halbe Stunde gingen sie so immer weiter, auf kaum benutzten und schmutzigen Wegen; dabei trafen sie nur einige wenige Menschen, und diese schienen ihrem Aussehen nach ungefähr zu der gleichen Gesellschaftsschicht zu gehören wie Mr. Sikes selbst. Schließlich bogen sie in eine sehr schmutzige, enge Straße ein, die fast nur aus Trödlerläden bestand. Der Hund rannte voraus, als wüßte er, daß seine Wachsamkeit nicht länger benötigt wurde, und blieb vor der Tür eines Ladens stehen, der geschlossen und allem Anschein nach unbenutzt war. Das Haus war verfallen; an die Tür war ein Brett genagelt, das aussah, als habe es schon viele Jahre da gehangen, und die Ankündigung trug, daß das Haus zu vermieten sei. »Alles in Ordnung«, rief Sikes und blickte sich vorsichtig um.

Nancy bückte sich unter den Fensterladen, und Oliver hörte den Ton einer Klingel. Sie gingen auf die gegenüberliegende Seite der Straße und standen dort einige Augenblicke unter einer Laterne. Dann wurde ein Geräusch hörbar, als ob ein Schiebefenster leise geöffnet würde, und bald darauf wurde behutsam die Tür geöffnet. Mr. Sikes packte den verängstigten Jungen ohne große Umstände beim Kragen, und schnell waren alle drei im Innern des Hauses.

Der Flur war völlig dunkel. Sie warteten, bis derjenige, der sie eingelassen hatte, die Tür verschlossen und verriegelt hatte. »Ist jemand da?« forschte Sikes.

»Nein«, erwiderte eine Stimme, von der Oliver meinte, er müsse sie schon früher einmal gehört haben. »Ist der Alte da?« fragte der Strolch.

»Ja«, antwortete die Stimme, »und ganz schön maulfaul ist er gewesen! Ob er sich wohl freuen wird, euch zu sehen? Ich glaub's nicht!«

Die Redeweise und auch die Stimme des Antwortenden schienen Oliver vertraut, aber es war unmöglich, auch nur die Umrisse des Sprechers zu erkennen.

»Mach mal 'ne Funzel an«, sagte Sikes, »sonst brechen wir noch den Hals oder treten den Hund. Wenn du das tust, dann bring deine Beine in Sicherheit!«

»Bleibt einen Moment stehen, ich hol' eine«, antwortete die Stimme. Man hörte, wie sich die Schritte des Sprechers entfernten, und eine Minute später erschien die Gestalt Mr. Jack Dawkins', alias der »Gannef«. In der rechten Hand trug er eine Talgkerze, die im Ende eines gespaltenen Stockes steckte. Der junge Herr hielt sich nicht weiter damit auf, Oliver zu bezeugen, daß er ihn wiedererkannte. Er begnügte sich mit einem spöttischen Grinsen, dann drehte er sich um und forderte die Ankömmlinge auf, ihm eine Treppe hinab zu folgen. Sie kamen durch eine leere Küche, und als sie die Tür eines niedrigen, modrig riechenden Raumes öffneten, der in einen kleinen Hinterhof eingebaut zu sein schien, wurden sie mit schallendem Gelächter empfangen.

»Ach, du gerechter Strohsack!« schrie Master Charley Bates, aus dessen Hals das Gelächter gekommen war, »da ist er ja! 's ist zum Schreien! Da ist er! Fagin! Guck ihn an! Guck ihn doch bloß an! Ich kann nicht mehr – das ist ein Mordsspaß! Ich kann nicht mehr! Haltet mich, ich muß schreien vor Lachen!«

Bei diesem unbezähmbaren Ausbruch von Heiterkeit warf sich Master Bates längelang auf den Fußboden und strampelte im Überschwang seine Freude fünf Minuten krampfhaft mit den Beinen. Dann sprang er auf die Füße, riß dem

Gannef den gespaltenen Stock weg, ging auf Oliver zu und betrachtete ihn von allen Seiten; indes der Jude seine Nachtmütze abnahm und eine Menge tiefer Verbeugungen vor dem verwirrten Jungen machte. Der Gannef hingegen, der weit weniger lebhaft von Natur war und selten etwas für Belustigungen übrig hatte, wenn es um Geschäfte ging, durchsuchte mit unbeirrbarem Eifer Olivers Taschen.

»Guck dir die Klamotten an, Fagin!« sagte Charley und hielt das Licht so nah an Olivers neue Jacke, daß diese fast Feuer fing. »Guck dir die Klamotten an! Allerfeinstes Tuch und hocheleganter Schnitt! Du meine Güte – so ein Spaß! Und die Bücher noch dazu! Ein feiner Herr durch und durch, Fagin!«
»Freut mich, daß du so fein aussiehst, mein Lieber«, sagte der Jude und verbeugte sich mit spöttischer Unterwürfigkeit. »Der Gannef wird dir einen anderen Anzug geben, damit du dir diese Sonntagsgarnitur nicht verdirbst. Warum hast du nicht geschrieben, mein Lieber, und angekündigt, daß du kommen würdest? Wir hätten doch was Warmes zum Abendessen besorgt.« Darüber brüllte Master Bates wieder vor Lachen, und zwar so laut, daß Fagin seinen gespielten Ernst vergaß und selbst der Gannef lächelte. Da dieser aber im gleichen Augenblick die Fünfpfundnote zutage förderte, ist es zweifelhaft, ob Fagins witziger Einfall oder die eben gemachte Entdeckung ihm Vergnügen bereitete.
»Hallo – was soll denn das?« fragte Sikes und trat auf den Juden zu, als dieser nach dem Geldschein griff. »Der gehört mir, Fagin!«
»Nein, nein, mein Lieber«, antwortete der Jude. »Mir gehört er, Bill, mir! Du sollst die Bücher haben.«
»Wenn der nicht mir gehört«, sagte Bill Sikes und setzte mit entschlossener Miene seinen Hut auf, »das heißt Nancy und mir, dann bringe ich den Jungen wieder zurück!«
Der Jude fuhr auf, desgleichen auch Oliver – dieser allerdings aus ganz anderem Grunde, denn er hoffte, der Streit könne tatsächlich damit enden, daß man ihn zurückbrächte.
»Also los, her damit! Wird's bald?« forderte Sikes.
»Das ist aber doch wohl nicht gerecht, Bill! Nicht wahr, Nancy, das ist nicht gerecht?« fragte der Jude.
»Gerecht oder nicht gerecht«, entgegnete Sikes, »her damit, sage ich! Denkst du denn, Nancy und ich haben mit unserer kostbaren Zeit nichts besseres zu tun, als jeden kleinen

Jungen aufzustöbern und zu entführen, der durch deine Schuld geschnappt wird? Her mit dem Geld, du geiziges altes Gerippe – vorwärts!«

Mit dieser sanften Ermahnung riß Sikes dem Juden den Geldschein aus den Fingern, faltete ihn klein zusammen und band ihn in sein Taschentuch, wobei er dem alten Manne kaltblütig ins Gesicht sah.

»Das ist für unseren Anteil an der Mühe«, sagte er dann, »und dabei noch nicht halb genug. Du kannst die Bücher behalten, wenn du Spaß am Lesen hast. Wenn nicht, dann verkauf sie.«

»Sie sind sehr hübsch«, sagte Charley Bates, der mit mannigfaltigen Grimassen so getan hatte, als lese er eines der erwähnten Bücher. »Schön geschrieben, nicht wahr, Oliver?« Als er den verzweifelten Gesichtsausdruck sah, mit dem Oliver seine Peiniger betrachtete, bekam Master Bates, der einen wachen Sinn für alles Lächerliche besaß, einen zweiten Lachkrampf, der noch heftiger verlief als der erste.

»Sie gehören dem alten Herrn«, sagte Oliver händeringend, »dem guten, freundlichen alten Herrn, der mich zu sich in sein Haus nahm und pflegen ließ, als ich durch das Fieber nahe am Sterben war. Ach bitte, schickt sie zurück, schickt ihm die Bücher und das Geld zurück. Behaltet mich mein ganzes Leben lang hier, aber bitte, bitte, schickt sie zurück. Er wird denken, ich hätte sie gestohlen; die alte Dame und alle, die so nett zu mir waren, werden denken, ich hätte sie gestohlen. Ach, habt doch Erbarmen mit mir und schickt sie zurück!«

Mit diesen Worten, die er mit der ganzen Kraft leidenschaftlichen Schmerzens hervorstieß, fiel Oliver vor den Füßen des Juden auf die Knie und rang in völliger Verzweiflung die Hände.

»Der Junge hat recht«, bemerkte Fagin, wobei er hinterlistig um sich blickte und seine buschigen Augenbrauen zu einem dichten Büschel zusammenzog. »Du hast recht, Oliver, völ-

lig recht, sie *werden* denken, daß du sie gestohlen hast. Ha! Ha!« kicherte er und rieb sich die Hände, »es konnte nicht besser klappen, wenn wir den Zeitpunkt selbst bestimmt hätten!«
»Konnte es auch nicht«, erwiderte Sikes, »ich wußte das in dem Moment, wo ich ihn mit den Büchern unterm Arm durch Clerkenwell kommen sah. Es ist alles in bester Ordnung. Die Leute sind weichherzige Psalmensinger, sonst hätten sie ihn überhaupt nicht aufgenommen; und sie werden nicht nach ihm fahnden vor lauter Angst, daß sie dann Klage erheben müßten und ihn so ins Kittchen bringen könnten. Jetzt ist er gut aufgehoben.«
Während diese Worte gesprochen wurden, hatte Oliver wie entgeistert von einem zum anderen geblickt, als könne er kaum verstehen, was vor sich ging. Als aber Bill Sikes zu reden aufgehört hatte, sprang er plötzlich auf und stürzte in wilder Hast aus dem Zimmer, wobei er um Hilfe rief, daß das leere alte Haus bis unters Dach davon widerhallte.
»Halt den Hund zurück, Bill«, schrie Nancy, sprang zur Tür und schloß sie, nachdem der Jude und seine zwei Zöglinge zur Verfolgung hinausgestürmt waren. »Halt den Hund zurück, er reißt sonst den Jungen in Stücke!«
»Geschäh ihm ganz recht!« brüllte Sikes und versuchte, sich dem Griff des Mädchens zu entwinden. »Laß mich los, oder ich schlag' dir den Schädel an der Wand ein!«
»Das ist mir gleich, Bill, völlig gleich«, kreischte das Mädchen im heftigen Kampfe mit dem Manne, »das Kind soll nicht von dem Hund zerrissen werden – erst müßtest du mich töten.«
»So!« sagte Sikes und knirschte mit den Zähnen, »das tu' ich auch, wenn du mich nicht losläßt!«
Als der Einbrecher das Mädchen eben von sich und bis ans äußerste Ende des Zimmers schleuderte, kehrten der Jude und die zwei Jungen zurück und zerrten Oliver mit sich.
»Was ist denn hier los?« fragte Fagin und sah sich um.

»Ich glaube, das Mädchen ist verrückt geworden«, antwortete Sikes wütend.
»Nein, ist sie nicht«, widersprach Nancy, noch bleich und atemlos von dem Handgemenge, »sie ist nicht verrückt geworden, Fagin – glaub das ja nicht.«
»Dann verhalt dich ruhig, verstehst du?« sagte der Jude mit drohendem Blick.
»Nein, das tu ich auch nicht«, schrie Nancy dagegen, »was denkt ihr euch eigentlich?«
Mr. Fagin war hinreichend vertraut mit den Manieren und Gewohnheiten jener gewissen Sorte von Menschen, zu denen Nancy gehörte, um nicht mit ziemlicher Sicherheit zu wissen, daß es im gegenwärtigen Moment einigermaßen gefährlich gewesen wäre, weiter mit ihr zu reden. Mit der Absicht, die Aufmerksamkeit der Anwesenden abzulenken, wandte er sich an Oliver.
»Du wolltest also davonlaufen, mein Lieber, wie?« sagte er und griff nach einem knorrigen Knüppel, der in einer Ecke beim Herd lag.
Oliver gab keine Antwort, aber er beobachtete die Bewegungen des Juden und atmete heftig.
»Wolltest dir wohl Hilfe holen; die Polizei rufen – wie?« höhnte der Jude und packte den Jungen am Arm. »Das werden wir dir austreiben, mein junges Herrchen!«
Er führte einen derben Schlag mit dem Knüppel auf Olivers Schultern und wollte eben zu einem zweiten ausholen, als das Mädchen auf ihn zustürzte, ihm den Knüppel entwand und diesen mit solcher Wucht ins Feuer schleuderte, daß einige der glühenden Kohlen im Zimmer umherflogen.
»Ich will nicht dabeistehen und zusehen, Fagin«, schrie das Mädchen. »Du hast den Jungen wiederbekommen – was willst du noch mehr? Laß ihn in Ruhe – laß ihn, oder ich gebe einigen von euch einen Denkzettel, der mich vorzeitig an den Galgen bringt!«
Das Mädchen stampfte heftig mit dem Fuß auf den Boden,

als sie diese Drohung ausstieß, und sah mit zusammengepreßten Lippen und geballten Fäusten abwechselnd den Juden und den anderen Gauner an; durch die leidenschaftliche Wut, in die sie sich allmählich hineingesteigert hatte, war jegliche Farbe aus ihrem Gesicht gewichen.

»Aber Nancy!« sagte der Jude nach einer Pause, während der Mr. Sikes und er einander verstört angesehen hatten, in beruhigendem Ton, »du – du bist ja heute abend geistreicher als je zuvor! Ha! Ha! Meine Liebe, du spielst deine Rolle wundervoll!«

»So?« sagte das Mädchen. »Nehmt euch in acht, daß ich sie nicht zu gut spiele! Wenn ich das nämlich tue, wird es nur dein Schaden sein, Fagin – ich geb' dir also beizeiten den guten Rat, mich in Ruhe zu lassen.«

Mit einer wütenden Frau hat es so seine Bewandtnis – besonders dann, wenn sich zu all ihren anderen heftigen Leidenschaften noch die starken Triebkräfte von Rücksichtslosigkeit und Verzweiflung gesellen – und es gibt nur wenige Männer, die geneigt wären, diesen Zustand herauszufordern. Der Jude sah ein, daß es sinnlos wäre, die Ernsthaftigkeit von Miss Nancys Wut weiterhin in Zweifel zu ziehen, und während er unwillkürlich einige Schritte zurückwich, warf er einen halb flehenden, halb verzagten Blick auf Sikes, als wollte er damit andeuten, daß dieser am ehesten dazu geeignet wäre, die Unterhaltung weiterzuführen.

Auf diese stumme Aufforderung hin stieß Mr. Sikes – der vermutlich fühlte, daß sein persönlicher Stolz und Einfluß auf dem Spiel standen, wenn er Miss Nancy nicht sogleich zur Vernunft brachte – etliche Dutzend Flüche und Drohungen aus, deren rasches Zustandekommen der Fruchtbarkeit seiner Erfindungsgabe alle Ehre machte. Da sie jedoch bei derjenigen, gegen die sie gerichtet waren, keinerlei sichtbaren Erfolg zeitigten, nahm Sikes seine Zuflucht zu handgreiflicheren Beweismitteln. »Was willst du damit sagen?«

fragte er und bekräftigte diese Frage noch mit einer sehr geläufigen Verwünschung, die, wenn sie auf je fünfzigtausendmal auch nur je einmal erhört würde, die Blindheit zu einer so häufigen Krankheit machen müßte wie die Masern. »Was soll das heißen?« fragte er weiter. »Hol mich der Henker! Weißt du eigentlich, wer du bist – und was du bist?«

»O ja, das weiß ich alles«, antwortete das Mädchen mit hysterischem Lachen und wiegte mit schlecht gespielter Gleichgültigkeit den Kopf von einer Seite zur anderen.

»Na also – dann schweig still«, versetzte Sikes in jenem grollenden Tone, den er anzuwenden gewöhnt war, wenn er mit seinem Hund redete, »oder ich bring' dich für eine ganze Weile zur Ruhe!«

Das Mädchen lachte abermals und noch unbeherrschter als zuvor, warf einen hastigen Blick auf Sikes, wandte das Gesicht ab und biß sich auf die Lippen, bis sie zu bluten begannen.

»Du bist mir die Richtige«, fuhr Sikes fort, während er sie verächtlich musterte, »die Edelmütige und Menschenfreundliche zu spielen! Eine hübsche Freundin für ›das Kind‹, wie du den Jungen nennst!«

»So wahr Gott der Allmächtige mir helfe – ja, das bin ich!« schrie das Mädchen leidenschaftlich erregt, »und ich hätte mich lieber auf der Straße erschlagen lassen oder mit denen tauschen sollen, an denen wir heute abend so nahe vorbeigekommen sind, ehe ich meine Hand dazu bot, ihn hierher zu bringen. Von heute Nacht an ist er ein Dieb, ein Lügner, ein Teufel und alles nur erdenkliche Schlechte – ist das nicht auch ohne Schläge genug für den alten Schuft da?«

»Laß gut sein, laß gut sein, Sikes«, sagte der Jude in ermahnendem Tone und zeigte dabei auf die Jungen, die eifrig alles beobachteten, was geschah, »wir müssen höflich bleiben – höflich bleiben, Bill!«

»Höflich bleiben!« schrie das Mädchen, das in seiner Erregung furchtbar anzusehen war. »Höflich bleiben, du Schurke? Ja, das verdienst du gerade von mir. Ich habe für dich gestohlen, als ich ein Kind und noch nicht halb so alt war die dieser da!« Sie zeigte auf Oliver. »Seit zwölf Jahren bin ich nun in dem gleichen Gewerbe, im gleichen Dienst. Weißt du das nicht? Sprich! Weißt du das nicht?«

»Na ja, natürlich«, erwiderte der Jude mit einem Versuch, den Frieden wiederherzustellen, »aber wenn schon – du lebst ja schließlich davon.«

»Ja, das tu' ich!« entgegnete ihm das Mädchen, wobei sie nicht mehr sprach, sondern die Worte in einem einzigen dauernden und heftigen Aufschrei hervorstieß. »Ich lebe davon, und die kalten, nassen und schmutzigen Straßen sind mein Zuhause; und du bist der Schuft, der mich vor langer Zeit dahin getrieben hat und der mich dort festhalten wird, Tag und Nacht – Tag und Nacht –, bis ich sterbe!«

»Ich tu' dir was an!« unterbrach sie der Jude, den diese Vorwürfe erbosten, »ich tu' dir noch was Schlimmeres an, wenn du halbwegs noch etwas sagst!«

Das Mädchen sagte nichts mehr. In einem Anfall leidenschaftlicher Wut raufte sie sich die Haare, zerriß ihre Kleider und stürzte sich mit solcher Heftigkeit auf den Juden, daß diesem wahrscheinlich deutliche Spuren ihrer Rache verblieben wären, hätte nicht Sikes sie im rechten Augenblick bei den Handgelenken gepackt. Sie leistete einigen nutzlosen Widerstand und wurde dann ohnmächtig.

»Jetzt ist sie gut aufgehoben«, sagte Sikes und legte sie in eine Ecke. »Sie hat unheimliche Kraft in den Armen, wenn sie so aufgeregt ist.«

Der Jude wischte sich die Stirn und lächelte, als wäre er erleichtert, daß die Störung vorüber war, aber weder er noch Sikes, noch der Hund, noch die Jungen schienen darin etwas anderes zu sehen als einen belanglosen Zwischenfall, wie er im Geschäft gelegentlich vorkommen konnte.

»Das ist das Schimmste, wenn man's mit Weibern zu tun

hat«, sagte der Jude und legte den Knüppel wieder an seinen Platz, »aber sie sind schlau, und wir kommen ohne sie in unserer Branche nicht voran. Charley, bring Oliver zu Bett!«

»Ich glaube, es ist besser, wenn er morgen nicht seine besten Sachen trägt – oder was meinst du, Fagin?« fragte Charley Bates.

»Gewiß nicht«, antwortete der Jude und erwiderte das Grinsen, mit dem Charley seine Frage gestellt hatte. Master Bates, dem sein Auftrag offensichtlich großes Vergnügen machte, nahm den gespaltenen Stock und führte Oliver in eine angrenzende Küche, wo sich zwei oder drei von den Betten befanden, auf denen Oliver schon früher einmal geschlafen hatte. Hier brachte Charley unter wiederholten haltlosen Lachsalven dieselben alten Kleider zum Vorschein, von denen Oliver bei Mr. Brownlow gemeint hatte, er sei sie glücklich losgeworden. – Zufällig hatte sie nämlich der Jude, der sie damals gekauft hatte, Fagin angeboten und diesem damit den ersten Anhaltspunkt für Olivers Aufenthaltsort gegeben. »Zieh das feine Zeug aus«, sagte Charley. »Ich werd' es Fagin zum Aufbewahren geben. So ein Spaß!«

Wider Willen gehorchte der arme Oliver. Master Bates rollte die neuen Sachen zusammen, klemmte sie unter den Arm und verließ den Raum; dann schloß er die Tür hinter sich zu und ließ Oliver in der Dunkelheit allein.

Der Lärm von Charleys Gelächter und die Stimme von Miss Betsy, die gerade gelegen kam, um ihre Freundin mit Wasser zu überschütten und ihr andere weibliche Dienste zur Förderung ihrer Wiederbelebung zu leisten, hätten unter glücklicheren Umständen, als sie Oliver beschieden waren, so manchen Menschen wach gehalten. Er aber war krank und müde und fiel bald in tiefen Schlaf.

SIEBZEHNTES KAPITEL

Olivers Schicksal verläuft weiterhin ungünstig und führt einen großen Mann nach London, um seinem Rufe zu schaden

Auf der Bühne ist es in allen blutrünstigen Schauerdramen üblich, daß die tragischen und die komischen Szenen in regelmäßigem Wechsel, etwa so wie die roten und die weißen Streifen in einer durchwachsenen Speckseite, aufeinander folgen. Von der Last seiner Fesseln und seiner Mißgeschicke niedergedrückt, sinkt der Held auf sein Strohlager – in der nächsten Szene ergötzt sein getreuer aber ahnungsloser Knappe das Publikum mit einem lustigen Lied. Mit klopfendem Herzen sehen wir die Heldin in der Gewalt eines stolzen und grausamen Grafen; ihre Tugend und ihr Leben sind gleichermaßen in Gefahr; sie zieht ihren Dolch, um die eine auf Kosten des anderen zu schützen, und just in dem Augenblick, da unsere Erwartungen auf das höchste gespannt sind, ertönt ein Pfiff, und wir werden geradewegs in die große Halle des Schlosses versetzt, wo ein grauhaariger Hofmarschall ein lustiges Chorlied mit einem noch lustigeren Trupp von Bediensteten singt, die allerorten – sei es nun in Kirchen oder Palästen – zwanglos erscheinen und unaufhörlich singend haufenweise umherziehen.

Solche Wandlungen erscheinen absurd; aber sie sind nicht so unnatürlich, wie sie uns auf den ersten Blick vorkommen mögen. Im wirklichen Leben sind die Übergänge von einer reichgedeckten Tafel zum Totenbett und von Trauerkleidern zu Festgewändern nicht einen Deut weniger überraschend; nur sind wir dabei geschäftigte Mitwirkende und nicht nur müßige Zuschauer – und das ist ein himmelweiter Unterschied. Die Darsteller in der Schweinwelt des Theaters sind blind gegenüber gewaltsamen Übergängen und jähen Ausbrüchen des Gefühls oder der Leidenschaft, die, wenn sie

sich den Augen eines bloßen Zuschauers darbieten, sogleich als übertrieben und unnatürlich verdammt werden.
Da ja plötzliche Szenenwechsel und rasche Veränderungen der Zeit und des Ortes in Büchern nicht nur durch langjährige Gewohnheit sanktioniert sind, sondern von vielen als die hohe Kunst der Schriftstellerei angesehen werden, und die Geschicklichkeit und Kunstfertigkeit eines Autors von solchen Kritikern in erster Linie danach eingeschätzt wird, in welchen schwierigen Situationen er seine Gestalten am Ende eines jeden Kapitels verbleiben läßt, mag die kurze Einleitung zu dem vorliegenden Kapitel vielleicht als unnötig empfunden werden. Wenn dem so ist, so wolle man sie als eine zarte Andeutung von seiten des Chronisten ansehen, daß er sich jetzt in jene Stadt zurückbegibt, in der Oliver geboren wurde. Der Leser darf dabei überzeugt sein, daß gute und gewichtige Gründe für diese Reise vorliegen – andernfalls würde er nicht dazu eingeladen, sich an solch einem Unternehmen zu beteiligen.
Am frühen Morgen trat Mr. Bumble aus dem Tor des Armenhauses und schritt in würdevoller Haltung und gebieterischen Schrittes die Hauptstraße hinauf. Er präsentierte sich im vollen Glanz und Stolz seiner Würde als Gemeindediener; sein dreispitziger Hut und sein Rock glänzten in der Morgensonne, und er umfaßte seinen Stock mit jener Kraft, die Gesundheit und Macht ihm verliehen. Mr. Bumble trug immer den Kopf hoch, an diesem Morgen jedoch trug er ihn noch höher als gewöhnlich. Sein Blick war geistesabwesend, seine Miene erhaben, und ein aufmerksamer Beobachter hätte daraus entnehmen können, daß im Kopf des Gemeindedieners Gedanken umgingen, die zu bedeutend waren, um in Worte gefaßt zu werden.
Mr. Bumble hielt sich nicht damit auf, ein Gespräch mit den kleinen Krämern und anderen Leuten zu beginnen, die ihn im Vorübergehen ehrerbietig ansprachen. Er erwiderte ihren Gruß herzlich mit einem Wink seiner Hand und gab sein

würdevolles Schreiten nicht auf, bis er das Ziehhaus erreichte, wo Mrs. Mann die Waisenkinder mit gemeindeamtlicher Sorgfalt betreute. »Zum Teufel mit diesem Gemeindediener«, sagte Mrs. Mann, als sie das wohlbekannte Rütteln am Gartentor vernahm. »Kommt der doch wahrhaftig schon zu dieser frühen Morgenstunde!« – »Herrje! Mr. Bumble – sind Sie es wirklich? Ach du liebe Güte, das ist aber wirklich eine Freunde! Bitte, kommen Sie doch ins Wohnzimmer, Sir!«

Der erste Satz war für Susanne bestimmt, die Ausrufe des Entzückens hingegen wurden an Mr. Bumble gerichtet, als die gute Dame das Gartentor aufschloß und ihn mit großer Aufmerksamkeit und Ehrerbietung ins Haus geleitete.

»Mrs. Mann«, sagte Mr. Bumble, wobei er sich nicht auf einen Stuhl setzte und auch nicht in einen Sessel fallen ließ, wie das jeder gewöhnliche Lackaffe getan hätte, sondern sich langsam und allmählich in einen Sessel hineinsinken ließ, »Mrs. Mann, ich wünsche einen guten Morgen!«

»Schönen Dank – und einen guten Morgen auch *Ihnen*, Sir«, erwiderte Mrs. Mann, »und ich hoffe, es geht Ihnen gut, Sir!«

»Na ja, so leidlich, Mrs. Mann«, antwortete der Gemeindediener. »Im Dienste der Gemeinde ist man nicht auf Rosen gebettet, Mrs. Mann.«

»Ja, ja, das ist man wahrhaftig nicht, Mr. Bumble«, stimmte die alte Dame zu – und alle Waisenkinder hätten diese Zustimmung mit vollem Recht im Chore wiederholen können, wenn sie sie gehört hätten.

»Ein Leben im Dienste der Gemeinde, Madam«, fuhr Mr. Bumble fort, wobei er mit seinem Stock auf den Tisch schlug, »ist ein Leben voller Plackerei, Ärgernis und Ausdauer. Aber alle bekannten Persönlichkeiten – so darf ich wohl sagen – sind Anfeindungen ausgesetzt.«

Mrs. Mann, die nicht recht wußte, was der Gemeindediener meinte, hob mit einem Blick voller Mitgefühl die Hände und seufzte.

»Ja, ja, Sie haben Grund zu seufzen, Mrs. Mann«, sagte der Gemeindediener.
Mrs. Mann merkte, daß sie das Richtige getan hatte, und seufzte abermals; offensichtlich zur Zufriedenheit der »bekannten Persönlichkeit«, die ein selbstgefälliges Lächeln durch einen starren Blick auf den Dreispitz unterdrückte und sagte:
»Mrs. Mann, ich fahre nach London.«
»Was Sie nicht sagen, Mr. Bumble!« rief Mrs. Mann und schrak förmlich zurück.
»Ja, nach London, Madam«, wiederholte der unbeugsame Gemeindediener, »und zwar in einer Kutsche. Ich und zwei Armenhäusler, Mrs. Mann! Es ist ein Prozeß im Gange wegen des Unterstützungswohnsitzes, und der Gemeinderat hat mich dazu bestimmt – mich, Mrs. Mann! – auf der Vierteljahressitzung der Friedensrichter in Clerkenwell unter Eid dazu auszusagen. Und es ist noch die große Frage«, fügte Mr. Bumble hinzu und warf sich in die Brust, »ob die Herren in Clerkenwell nicht schon merken werden, daß sie auf dem Holzwege sind, ehe ich noch mit meinen Ausführungen zu Ende bin.«
»Oh, Sie sollten ihnen aber nicht gar so hart zusetzen, Sir«, sagte Mrs. Mann begütigend.
»Die Herren in Clerkenwell haben es sich selbst zuzuschreiben, Madam«, erwiderte Mr. Bumble, »und wenn die Herren in Clerkenwell feststellen, daß sie schlechter wegkommen, als sie es erwartet haben, so können die Herren in Clerkenwell sich dafür nur bei sich selbst bedanken!«
In dem drohenden Ton, in dem Mr. Bumble diese Worte von sich gab, lag so viel Tatkraft und Entschlossenheit, daß Mrs. Mann davon völlig eingeschüchtert schien. Schließlich sagte sie:
»Sie fahren mit der Kutsche, Sir? Ich dachte, es wäre allgemein üblich, die Armenhäusler in Karren zu transportieren.«
»Ja, wenn sie krank sind, Mrs. Mann«, sagte der Gemeinde-

diener. »Bei Regenwetter packen wir die kranken Armenhäusler in offene Karren, damit sie sich nicht erkälten.«
»Ach so!« sagte Mrs. Mann.
»Die Konkurrenzkutsche übernimmt die beiden billlig«, erklärte Mr. Bumble. »Sie sind alle zwei ziemlich hinfällig, und wir haben ausgerechnet, daß es zwei Pfund billiger ist, sie abzuschieben, als sie zu begraben. – Das heißt, wenn wir sie einer anderen Gemeinde aufhalsen können; und ich denke, daß uns das gelingt, wenn sie nicht uns zum Trotz unterwegs sterben. Ha, ha, ha!«
Als Mr. Bumble ein Weilchen gelacht hatte, trafen seine Blicke wieder den dreispitzigen Hut, und er wurde ernst:
»Wir vergessen die Geschäfte, Madam«, sagte er, »hier ist Ihr Gehalt von der Gemeinde für diesen Monat.« Mr. Bumble entnahm seiner Brieftasche etwas in Papier eingerolltes Silbergeld und verlangte eine Quittung, die Mrs. Mann ihm ausschrieb.
»Sie ist tüchtig verkleckst, Sir«, sagte die Ziehmutter der Kinder, »aber ich denke doch, daß sie der Form genügt. Besten Dank, Mr. Bumble, ich bin Ihnen wirklich verbunden, Sir!«
Mr. Bumble dankte mit freundlichem Nicken für Mrs. Manns Höflichkeit und erkundigte sich, wie es den Kindern ginge.
»Gott segne die kleinen Herzchen!« sagte Mrs. Mann gerührt, »es geht ihnen so gut wie nur möglich, den lieben Kleinen! Natürlich außer den zweien, die vorige Woche gestorben sind – und dem kleinen Dick.«
»Geht es dem Jungen noch nicht besser?« fragte Mr. Bumble.
Mrs. Mann schüttelte den Kopf.
»Das ist ein boshaftes, verderbtes und schlecht veranlagtes Gemeindekind«, sagte Mr. Bumble ärgerlich. »Wo ist er denn?«
»Ich schaff' ihn Ihnen sofort her, Sir«, erwiderte Mrs. Mann.

»Hallo – Dick!«
Nach einigem Rufen wurde Dick gefunden. Nachdem sein Gesicht unter die Pumpe gehalten und an Mrs. Manns Kleid abgetrocknet worden war, wurde er Mr. Bumble, dem gefürchteten Gemeindediener, vorgeführt.
Das Kind war bleich und mager, seine Wangen waren eingesunken und seine Augen groß und glänzend. Der kärgliche Armenhauskittel, dieses Gewand seines Elends, hing lose um seinen schmächtigen Körper, und seine jungen Glieder waren abgezehrt wie die eines Greises.
So war das kleine Wesen beschaffen, das nun zitternd vor Mr. Bumbles Blicken stand, nicht wagte, die Augen vom Boden zu erheben, und sich sogar davor fürchtete, des Gemeindedieners Stimme zu hören.
»Kannst du den Herrn nicht ansehen, du widerspenstiger Junge?« sagte Mrs. Mann.
Das Kind hob zaghaft den Blick und sah in Mr. Bumbles Augen.
»Was ist denn los mit dir, Gemeinde-Dick?« fragte Mr. Bumble mit angemessener Scherzhaftigkeit.
»Nichts, Sir«, antwortete das Kind mit schwacher Stimme.
»Das wollte ich auch meinen«, sagte Mrs. Mann, die natürlich über Mr. Bumbles Scherz herzlich gelacht hatte. »Dir fehlt doch gewiß nichts.«
»Ich möchte gern . . .«, stammelte das Kind.
»Oho!« unterbrach ihn Mrs. Mann. »Ich glaube gar, du willst sagen, daß du *doch* einen Wunsch hast, wie? Nun, du kleiner Schuft –«
»Halt, Mrs. Mann, halt!« sagte der Gemeindediener und hob gebieterisch die Hand.« Was möchtest du denn, he?«
»Ich möchte gern«, stotterte das Kind, »daß jemand, der schreiben kann, für mich ein paar Worte auf ein Stück Papier schreibt, es zusammenfaltet und versiegelt, und es für mich aufbewahrt, wenn ich begraben worden bin.«
»Nanu – was meint denn der Junge damit?« rief Mr. Bum-

ble, auf den das ernste Wesen und das blasse Aussehen des Kindes einen gewissen Eindruck gemacht hatten, so sehr er auch an dergleichen Dinge gewöhnt war. »Was meinst du damit, he?«

»Ich möchte gern«, antwortete das Kind, »dem armen Oliver Twist meine innigsten Grüße hinterlassen und ihm davon Kenntnis geben, wie oft ich allein dagesessen und geweint habe, wenn ich daran dachte, daß er in dunklen Nächten umherirrt und niemanden hat, der ihm hilft. Und ich möchte ihm sagen«, fuhr das Kind fort, wobei es die kleinen Hände zusammenpreßte und mit großer Inbrunst sprach, »daß ich froh darüber war, sehr jung zu sterben, denn wenn ich es erlebt hätte, ein Mann zu werden, und wäre alt geworden, so könnte vielleicht meine kleine Schwester, die im Himmel ist, mich vergessen oder mir nicht mehr ähnlich sein – und es wäre doch so viel schöner, wenn wir beide als Kinder dort zusammen wären.«

Mr. Bumble betrachtete den kleinen Sprecher von oben bis unten mit unbeschreiblichem Erstaunen, dann wandte er sich an die Ziehmutter und sagte: »Es ist immer dasselbe Lied, Mrs. Mann. Dieser abscheuß-liche Oliver hat sie alle demogalíziert!«

»Ich hätte es nicht für möglich gehalten, Sir!« sagte Mrs. Mann mit erhobenen Händen und einem unheildrohenden Blick auf Dick. »Solch ein verstockter kleiner Schuft ist mir noch nicht vorgekommen!«

»Führen Sie ihn hinweg, Madam«, sagte Mr. Bumble hoheitsvoll. »Das muß dem Gemeinderat berichtet werden, Mrs. Mann.«

»Ich hoffe doch, die Herren werden einsehen, daß es nicht meine Schuld ist, Sir?« jammerte Mrs. Mann.

»Sie werden es einsehen, Madam, sie werden mit dem wahren Sachverhalt vertraut gemacht werden«, sagte Mr. Bumble darauf, »aber führen Sie ihn jetzt hinweg, ich kann seinen Anblick nicht ertragen.«

Sogleich wurde Dick hinausgebracht und in den Kohlenkeller gesperrt. Bald darauf entfernte sich Mr. Bumble, um sich auf seine Reise vorzubereiten.

Am nächsten Morgen um sechs Uhr vertauschte Mr. Bumble seinen Dreispitz mit einem runden Hut, hüllte seine gewichtige Persönlichkeit in einen blauen Mantel mit einer Kapuze, nahm samt den beiden Übeltätern, um deren Unterstützungswohnsitz der Streit ging, auf den Außensitzen der Kutsche Platz und traf auch zur festgesetzten Zeit mit ihnen in London ein. Unterwegs hatte er weiter kein Ungemach zu erdulden als jenes, das sich aus dem eigensinnigen Verhalten der beiden Armenhäusler ergab, die beständig zitterten und über die Kälte klagten, wovon, wie Mr. Bumble erklärte, ihm selbst die Zähne klapperten und er sich höchst unbehaglich fühlte, obwohl er einen Mantel anhatte.

Nachdem er sich für die Nacht dieser böswilligen Menschen entledigt hatte, ließ sich Mr. Bumble in dem Gasthause nieder, vor dem die Kutsche gehalten hatte, und genehmigte sich ein bescheidenes Mahl aus einigen Beefsteaks, Austernsoße und Porter. Auf den Kaminsims stellte er ein Glas, das ein Gemisch aus Wacholderschnaps und heißem Wasser enthielt, zog seinen Stuhl ans Feuer und schickte sich unter allerhand moralisierenden Betrachtungen über die allzu verbreitete Sünde der Unzufriedenheit und Beschwerdesucht an, die Zeitung zu lesen.

Das allererste, worauf Mr. Bumbles Blick fiel, war die folgende Anzeige:

»Fünf Guineen Belohnung«

»Letzten Donnerstagabend ist ein kleiner Junge namens Oliver Twist von seiner Wohnung in Pentonville entlaufen oder entführt worden und seitdem verschwunden. Die obige Belohnung wird an jegliche Person ausgezahlt, die Angaben macht, welche zur Auffindung des besagten Oliver Twist führen oder geeignet sind, irgendwelche Aufklärung über sein früheres Schicksal zu geben, an dem der Unterzeichnete lebhaft interessiert ist.«

Danach folgten eine genaue Beschreibung von Olivers Kleidung, Gestalt und Aussehen und nähere Angaben über sein Verschwinden, sowie Mr. Brownlows voller Name und seine genaue Adresse. Mr. Bumble riß seine Augen auf, las die Anzeige dreimal langsam und sorgfältig durch und war in reichlich fünf Minuten auf dem Wege nach Pentonville – in seiner Erregung hatte er wahrhaftig das Glas mit Wasser und Wacholderschnaps unberührt stehenlassen.

»Ist Mr. Brownlow zu Hause?« fragte Mr. Bumble das Mädchen, das die Tür öffnete.

Auf diese Frage gab ihm das Mädchen die nicht ungewöhnliche, aber ziemlich ausweichende Antwort: »Ich weiß nicht – woher kommen Sie?«

Kaum hatte Mr. Bumble zur Erklärung über den Zweck seines Kommens Olivers Namen erwähnt, als auch schon Mrs. Bedwin, die an der Wohnzimmertür gehorcht hatte, atemlos in den Hausflur gestürzt kam.

»Kommen Sie herein – kommen Sie nur herein«, sagte die alte Dame, »ich wußte, daß wir von ihm hören würden. Der arme liebe Junge! Ich hab's doch gewußt! Ganz bestimmt wußte ich's! Gott segne ihn! Ich hab's die ganze Zeit schon gesagt!«

Nach diesen Worten eilte die ehrenwerte alte Dame zurück ins Wohnzimmer, setzte sich aufs Sofa und brach in Tränen aus. Das Mädchen, das nicht ganz so leicht zur Rührung neigte, war inzwischen die Treppe hinaufgeeilt und kam nun mit dem Bescheid zurück, daß Mr. Bumble ihr sogleich folgen möge, was dieser denn auch tat.

Er wurde in das kleine, nach hinten gelegene Arbeitszimmer geführt, wo Mr. Brownlow und sein Freund Mr. Grimwig zusammensaßen. Jeder hatte eine Karaffe und ein Glas vor sich. Der letztere rief sogleich aus:

»Ein Gemeindediener – ein Büttel –, oder ich will meinen Kopf aufessen!«

»Bitte, reden Sie doch gerade jetzt nicht dazwischen«, bat Mr. Brownlow. »Bitte, wollen Sie nicht Platz nehmen!«

Mr. Bumble, der durch Mr. Grimwigs seltsames Benehmen völlig verwirrt war, setzte sich. Mr. Brownlow rückte die Lampe so zurecht, daß er dem Gemeindediener ungehindert ins Gesicht sehen konnte, und sagte etwas ungeduldig:

»Also, Sie kommen, weil Sie die Anzeige gelesen haben?«

»Jawohl, Sir«, sagte Mr. Bumble.

»Und Sie *sind* wirklich ein Büttel, nicht wahr?« erkundigte sich Mr. Grimwig.

»Ich bin ein Kirchgemeindediener, meine Herren«, entgegnete Mr. Bumble stolz.

»Natürlich«, sagte Mr. Grimwig leise zu seinem Freunde, »ich hab's doch gewußt. Ein Büttel, wie er leibt und lebt!«

Mr. Brownlow schüttelte leicht den Kopf, um seinen Freund zum Schweigen zu bringen, und fuhr fort: »Wissen Sie, wo der arme Junge jetzt ist?«

»Ebensowenig wie sonstwer«, antwortete Mr. Bumble.

»Ja, was wissen Sie *denn sonst* über ihn?« fragte der alte Mann. »Sprechen Sie sich aus, wenn Sie irgend etwas zu sagen haben. Was also wissen Sie *wirklich* von ihm?«

»Sie wissen nicht zufällig etwas Gutes über ihn, nicht wahr?« fragte Mr. Grimwig bissig, nachdem er Mr. Bumbles Gesichtszüge aufmerksam betrachtet hatte.

Mr. Bumble griff diese Frage sofort auf und schüttelte mit unheildrohender Feierlichkeit den Kopf.

»Sehen Sie!« sagte Mr. Grimwig und sah Mr. Brownlow siegesbewußt an.

Mr. Brownlow blickte besorgt in Mr. Bumbles verkniffenes Gesicht und forderte ihn auf, so kurz wie möglich zu berichten, was er über Oliver wisse.

Mr. Bumble legte seinen Hut weg, knöpfte seinen Mantel auf, verschränkte die Arme, neigte den Kopf, als wolle er

Rückschau auf die Vergangenheit halten, und begann nach einigen Minuten des Nachdenkens seine Erzählung.
Es wäre langweilig, wollte man sie hier mit des Gemeindedieners eigenen Worten wiedergeben, denn so, wie er sie vortrug, dauerte sie gute zwanzig Minuten. Ihr Ergebnis und Hauptinhalt aber war, daß Oliver ein Findling sei und von schlechten und lasterhaften Eltern stamme. Schon von seiner Geburt an habe er keine besseren Eigenschaften gezeigt als Treulosigkeit, Undankbarkeit und Bosheit. Seine kurze Laufbahn in seinem Geburtsort habe er mit einem blutdürstigen und feigen Angriff auf einen wehrlosen Jungen beendet und sei dann bei Nacht aus dem Hause seines Lehrherrn davongelaufen. Zum Beweis dafür, daß er selbst auch derjenige sei, als der er sich vorgestellt hatte, legte Mr. Bumble die Papiere auf den Tisch, die er mit in die Stadt gebracht hatte. Dann verschränkte er wiederum die Arme und wartete, was Mr. Brownlow dazu sagen würde.
»Ich fürchte, es ist alles nur allzu wahr«, sagte der alte Herr bekümmert, nachdem er die Papiere durchgesehen hatte. »Dies hier ist nicht viel für Ihre Mitteilungen, aber ich hätte Ihnen herzlich gern das Dreifache gegeben, wenn sie für den Jungen günstig ausgefallen wären.«
Es ist nicht unwahrscheinlich, daß Mr. Bumble seinem kurzen Bericht eine wesentlich andere Färbung gegeben hätte, wenn ihm diese Information zu einem früheren Zeitpunkt der Unterredung zuteil geworden wäre. Jetzt war es jedoch dazu zu spät; er schüttelte also ernst den Kopf, steckte die fünf Guineen ein und entfernte sich.
Mr. Brownlow ging einige Minuten im Zimmer auf und ab; er war von der Erzählung des Gemeindedieners offensichtlich so sehr erschüttert, daß selbst Mr. Grimwig davon absah, ihn weiter zu ärgern.
Schließlich blieb er stehen und zog heftig die Klingel.
»Mrs. Bedwin«, sagte Mr. Brownlow, als die Haushälterin erschien, »dieser Oliver ist ein Betrüger.«

»Das kann nicht sein, Sir! Es kann nicht sein!« sagte die alte Dame mit Nachdruck.
»Ich sage Ihnen, er ist einer«, widersprach der alte Herr. »Wir haben eben einen vollständigen Bericht über ihn, von seiner Geburt an, gehört: er ist sein Leben lang ein ausgemachter kleiner Bösewicht gewesen.«
»Ich werde es nie glauben, Sir«, antwortete die alte Dame entschlossen. »Niemals!«
»Ihr alten Weiber glaubt überhaupt an nichts als an Quacksalber und verlogene Romane«, brummte Mr. Grimwig. »Ich hab's ja gleich gewußt. Warum haben Sie nicht von vornherein meinen Rat befolgt? Ich nehme an, Sie hätten es getan, wenn er nicht Fieber gehabt hätte – wie? Aber er war interessant – nicht wahr? Interessant! Pah!« Und Mr. Grimwig schürte schwungvoll im Feuer herum.
»Er war ein liebes, dankbares und sanftes Kind, Sir«, widersprach Mrs. Bedwin aufgebracht. »Ich kenne mich mit Kindern aus, Sir, und das nun schon seit vierzig Jahren; und Leute, die das von sich nicht behaupten können, sollten darüber überhaupt kein Wort verlieren. Das ist meine Meinung!«
Das war ein scharfer Hieb gegen Mr. Grimwig, der Junggeselle war. Da er diesem jedoch lediglich ein Lächeln entlockte, warf die alte Dame ihren Kopf zurück und glättete ihre Schürze als Vorbereitung zu einer weiteren Rede, an der sie jedoch durch Mr. Brownlow gehindert wurde.
»Ruhe!« sagte der alte Herr und täuschte eine Entrüstung vor, die er in Wirklichkeit ganz und gar nicht empfand. »Lassen Sie mich den Namen dieses Jungen nie wieder hören. Um Ihnen das zu sagen, habe ich geläutet. Niemals – und unter keinem Vorwand irgendwelcher Art! Merken Sie sich das! Sie können jetzt gehen, Mrs. Bedwin. Denken Sie an meine Worte! Ich meine es ernst!«
In dieser Nacht gab es im Brownlowschen Hause traurige Herzen.

Auch Oliver wurde das Herz schwer, wenn er an seine lieben, gütigen Freunde dachte, und es war gut für ihn, daß er nicht wissen konnte, was sie vernommen hatten, denn sonst wäre es ihm wohl auf der Stelle gebrochen.

ACHTZEHNTES KAPITEL

Wie Oliver in der veredelnden Gesellschaft seiner ehrenwerten Freunde seine Zeit verbrachte

Am nächsten Tage gegen Mittag, als der Gannef und Master Bates fortgegangen waren, um ihre gewohnte Tätigkeit auszuüben, nutzte Mr. Fagin die Gelegenheit und hielt Oliver eine lange Strafpredigt über die schreiende Sünde der Undankbarkeit, deren sich Oliver bewiesenermaßen weitestgehend schuldig gemacht habe: Absichtlich sei er aus der Gesellschaft seiner besorgten Freunde entwichen und habe sogar noch versucht, ihnen zu entfliehen, nachdem man soviel Mühe und Kosten aufgewandt hatte, ihn wiederzufinden. Mr. Fagin legte großen Wert auf die Tatsache, daß er Oliver aufgenommen und für ihn gesorgt habe, als dieser ohne seine rechtzeitige Hilfe vor Hunger umgekommen wäre. Dann erzählte er die traurige und rührende Geschichte eines jungen Burschen, dem er in seiner Menschenfreundlichkeit unter gleichen Umständen beigestanden hatte, der sich jedoch seines Vertrauens unwürdig erwies und die Neigung zeigte, mit der Polizei in Verbindung zu treten, wofür er dann unglücklicherweise eines Morgens in Old Bailey[1] gehängt wurde. Mr. Fagin versuchte nicht, seinen Anteil an dem traurigen Ausgang der Sache zu verhehlen, jammerte jedoch mit Tränen in den Augen darüber, daß das querköpfige und verräterische Verhalten des besagten jungen Menschen es notwendig gemacht hätte, ihn gewissen

1 Sitz des Hauptkriminalgerichts, mitten in London.

belastenden Zeugenaussagen zu opfern. Diese wären zwar nicht absolut wahr, aber für seine (Mr. Fagins) Sicherheit und die einiger auserwählter Freunde unbedingt notwendig gewesen. Mr. Fagin schloß damit, daß er ein ziemlich unerfreuliches Bild von den Unannehmlichkeiten des Gehängtwerdens entwarf, und gab mit großem Wohlwollen sehr höflich dem dringenden Wunsche Ausdruck, daß er nie gezwungen sein möge, Oliver Twist dieser unerquicklichen Prozedur zu überliefern.

Dem kleinen Oliver erstarrte das Blut in den Adern, als er den Worten des Juden lauschte und, wenn auch unvollkommen, die düsteren Drohungen begriff, die darin verborgen waren. Daß es selbst der Justiz möglich war, den Unschuldigen mit dem Schuldigen zu verwechseln, wenn beide zufällig beisammen waren, wußte er bereits; und daß der Jude tatsächlich schon mehr als einmal schlaue Pläne ersonnen und auch ausgeführt hatte, um unliebsame Mitwisser oder allzu redselige Kumpane zu vernichten, hielt er keineswegs für unwahrscheinlich, wenn er an den üblichen Inhalt der Auseinandersetzungen zwischen Fagin und Mr. Sikes dachte, die auf irgendeine vorausgegangene Verschwörung dieser Art hinzudeuten schienen. Als er scheu aufsah und den forschenden Blicken des Juden begegnete, fühlte er, daß diesem schlauen Alten sein bleiches Gesicht und seine zitternden Gieder weder entgangen waren noch mißfielen. Der Jude lächelte abscheulich, tätschelte Oliver den Kopf und sagte, wenn er sich ruhig verhielte und sich dem Geschäft widmete, sähe er es kommen, daß sie noch sehr gute Freunde werden würden. Dann setzte er seinen Hut auf, zog einen alten, mit Flicken besetzten Wintermantel über, ging aus dem Zimmer und schloß die Tür hinter sich zu.

Und so blieb Oliver diesen ganzen Tag und den größten Teil vieler folgender Tage eingesperrt, sah vom frühen Morgen bis Mitternacht keine Menschenseele und war in diesen langen Stunden nur seinen Gedanken überlassen. Diese aber waren wahrlich traurig genug, denn sie kehrten immer und immer wieder zurück zu seinen gütigen Freunden und zu der Meinung, die sie nun seit langem von ihm haben mußten.

Nachdem etwa eine Woche vergangen war, ließ der Jude die Zimmertür unverschlossen, und Oliver stand es nun frei, im Hause umherzugehen.

Es war ein sehr schmutziges Haus. Die oberen Räume hatten große und hohe Kaminsimse aus Holz, breite Türen, getäfelte Wände und Randleisten an den Decken, die zwar durch Staub und Vernachlässigung schwarz, jedoch auf mannigfaltige Art verziert waren. Aus all diesen Anzeichen folgerte Oliver, daß es vor langer Zeit, ehe noch der alte Jude geboren war, besseren Leuten gehört hatte und vielleicht schön und freundlich gewesen war, so traurig und öde es jetzt auch aussah.

Spinnen hatten ihre Netze in den Winkeln zwischen den Wänden und Decken gebaut; und manchmal, wenn Oliver leise einen Raum betrat, huschten die Mäuse über den Fußboden und rannten erschreckt zurück in ihre Löcher. Außer diesen jedoch war keinerlei lebendes Wesen zu sehen oder zu hören, und oftmals, wenn es dunkel wurde und Oliver des Wanderns von Zimmer zu Zimmer müde geworden war, kauerte er sich in einer Ecke des Flurs nahe der Haustür zusammen, um so nahe wie möglich bei lebenden Menschen zu sein; und dort blieb er, indes er lauschte und die Stunden zählte, bis der Jude oder die Jungen zurückkehrten.

In allen Räumen waren die morschen Fensterläden geschlossen; die Riegel, die sie hielten, waren fest in das Holz eingeschraubt; das einzige Licht, das Einlaß fand, stahl sich durch runde Löcher im obersten Teil der Läden und machte dadurch die Räume noch düsterer und erfüllte sie mit wunderlichen Schatten. Nach hinten heraus befand sich ein Dachfenster, das von außen durch ein rostiges Gitter gesichert war, aber keine Läden hatte, und aus diesem schaute Oliver oft stundenlang mit schwermütigem Gesicht – aber es war von hier aus nichts weiter zu sehen als ein Gewirr und Gedränge von Dächern, verrußten Schornsteinen und Giebelwänden. Hin und wieder mochte wohl tatsächlich ein grauer Kopf zu sehen sein, der über die Brustwehr eines entfernten Hauses lugte, aber schnell wieder zurückgezogen wurde; und da das Fenster an Olivers Ausguck zugenagelt und vom Regen und Rauch vieler Jahre getrübt war, so konnte er allenfalls die Umrisse verschiedener Dinge draußen erkennen, aber nicht den Versuch machen, selbst gehört oder gesehen zu werden – die Möglichkeit dazu war etwa ebensogroß, als wenn er sich im Innern des Turmknopfes der St.-Pauls-Kathedrale befunden hätte.

Eines Nachmittags, als der Gannef und Master Bates für den Abend etwas vorhatten, setzte der erstgenannte junge Herr es sich in den Kopf, einige Sorge um seine äußere Aufmachung zu bekunden (um ihm Gerechtigkeit widerfahren zu lassen, sei festgestellt, daß dies bei ihm keineswegs eine übliche Schwäche war), und zu diesem Zwecke beorderte er Oliver gnädigerweise dazu, ihm unverzüglich bei seiner Toilette behilflich zu sein. Oliver war nur zu froh, sich nützlich machen zu können; er war zu glücklich, einige Gesichter zu sehen, mochten sie auch noch so böse sein; und es verlangte ihn zu sehr danach, seine Umgebung versöhnlich zu stimmen, sofern er das auf ehrliche Weise konnte – er setzte also diesem Ansinnen keinerlei Widerspruch entgegen. Er bekundete vielmehr sogleich seine Bereitwilligkeit, und während der Gannef auf dem Tisch saß, kniete er sich auf den Boden nieder, nahm dessen Fuß in seinen Schoß und widmete sich einer Beschäftigung, die Mr. Dawkins als »Trittchen wienern« bezeichnete. In der normalen Umgangssprache heißt das soviel wie Schuhe putzen.

War es nun das Gefühl der Freiheit und Unabhängigkeit, das

ein vernünftiges Wesen vermutlich empfindet, wenn es in lässiger Haltung auf einem Tisch sitzt, Pfeife raucht, mit einem Bein sorglos hin- und herbaumelt und die ganze Zeit über seine Schuhe geputzt bekommt, ohne daß es sich vorher die Mühe machen mußte, sie aus- oder später wieder anzuziehen und so in seinen Gedanken gestört zu werden; war es die Güte des Tabaks, welche den Gannef milder stimmte, oder war es der liebliche Geschmack des Bieres, der seine Gedanken besänftigte – jedenfalls hatte er für den

Augenblick einen Hang zur Romantik und Begeisterung, der seinem eigentlichen Wesen fremd war. Mit nachdenklicher Miene sah er kurze Zeit auf Oliver herab, dann hob er den Kopf, stieß einen leisen Seufzer aus und sagte, halb zu sich selber und halb zu Master Bates:

»Eigentlich schade, daß er kein Goldzieher[1] ist!«

»Na ja«, sagte Master Charley Bates, »er weiß eben nicht, was gut für ihn ist.«

Der Gannef seufzte abermals und widmete sich wieder dem Genuß seiner Pfeife. Charley Bates tat desgleichen; und so rauchten beide schweigend einige Sekunden lang.

»Ich glaube, du weißt nicht mal, was ein Goldzieher ist?« sagte der Gannef bekümmert.

»Doch, ich glaube, ich weiß es«, entgegnete Oliver aufblikkend.

»Es ist ein D – –, du bist einer, nicht wahr?« fragte Oliver, sich selbst unterbrechend.

»Ich bin einer«, erwiderte der Gannef, »und ich möchte gar nichts anderes sein.«

Nachdem er dieser Meinung Ausdruck verliehen hatte, setzte Mr. Dawkins mit einem grimmigen Ruck seinen Hut schief und sah Mr. Bates an, als wollte er damit andeuten, daß es ihm gerade recht wäre, wenn der irgend etwas Gegenteiliges sagte. »Ja, ich bin einer«, wiederholte er dann, »und Charley auch. Und Fagin und Sikes und Nancy und Bet. Wir alle sind welche bis hinunter zu dem Hund. Und der ist der Geriebenste von der ganzen Bande!«

»Und am wenigsten zum Verpfeifen bereit!« fügte Charley Bates hinzu.

»Der würde im Zeugenstand nicht mal bellen aus Angst, sich selbst zu verraten; nicht mal dann, wenn man ihn darin festbinden und vierzehn Tage ohne Futter drinlassen würde«, sagte der Gannef.

1 Gaunerausdruck für »Taschendieb«.

»Nicht die Spur«, bemerkte Charley.
»Er ist ein komischer Hund. Guckt er etwa nicht jeden Fremden böse an, der in Gesellschaft lacht oder singt?« fuhr der Gannef fort. »Knurrt er etwa überhaupt nicht, wenn er eine Geige hört? Und haßt er etwa nicht andere Hunde, die nicht zu seiner Rasse gehören? I wo!«
»Er ist durch und durch ein Christ«, sagte Charley.
Das war lediglich als gebührende Anerkennung für die Fähigkeiten des Tieres gedacht; aber es wäre auch in anderm Sinne eine passende Bemerkung gewesen, wenn Master Bates das nur gewußt hätte – denn es gibt sehr viele Damen und Herren, die vortreffliche Christen sein wollen und zwischen denen und Mr. Sikes' Hund starke und auffallende Ähnlichkeiten bestehen.
»Ganz schön und gut«, sagte der Gannef und kehrte mit jener Achtsamkeit seines Berufs, die all seine Handlungen beeinflußte, zu dem Punkt des Gesprächs zurück, von dem aus sie abgeschweift waren. »Das hat aber alles nichts mit dem jungen Grünschnabel hier zu tun.«
»Das hat's auch nicht«, sagte Charley.
»Warum willst du denn nicht für Fagin arbeiten, Oliver?«
»Und im Handumdrehen dein Glück machen? fügte der Gannef grinsend hinzu.
»Und dann vom Vermögen leben und den feinen Herrn spielen, wie ich's im viertnächsten Schaltjahr am zweiundvierzigsten Dienstag in der Trinitatiswoche vorhabe«, sagte Charley Bates.
»Es gefällt mir nicht«, sagte Oliver zaghaft, »ich wünschte, man ließe mich gehen. Ich – ich möchte lieber fort.«
»Und Fagin möchte es *lieber* nicht«, erwiderte Charley.
Oliver wußte das nur zu gut; aber er meinte, es könnte gefährlich sein, seine Gefühle offener auszusprechen; also seufzte er nur und nahm seine Schuhputzerarbeit wieder auf.
»Fort willst du?« rief der Gannef aus. »Ja, hast du denn

gar keinen Mut? Hast du kein bißchen Stolz im Leibe? Möchtest du gehen und von deinen Freunden abhängig sein?«

»Hol's der Teufel«, sagte Master Bates, zog zwei oder drei seidene Taschentücher aus seiner Tasche und warf sie in einen Schrank. »Das ist wirklich zu gemein!«

»Ich brächte es nicht fertig«, meinte der Gannef, und aus seiner Miene sprachen Hochmut und Abscheu.

»Aber ihr bringt es fertig, eure Freunde im Stich zu lassen«, sagte Oliver mit halbem Lächeln, »und laßt sie für etwas bestrafen, was ihr selbst getan habt.«

»Das war alles nur wegen Fagin«, erwiderte der Gannef und schwenkte seine Pfeife, »denn die Polente weiß, daß wir zusammenarbeiten, und er hätte in Schwulitäten kommen können, wenn wir uns nicht aus dem Staube gemacht hätten. Das war der Grund, nicht wahr, Charley?«

Master Bates nickte zustimmend und wollte wohl etwas sagen, aber die Erinnerung an Olivers Flucht überkam ihn so plötzlich, daß der Rauch, den er einatmete, mit einem Gelächter in Kollision geriet: er stieg ihm in den Kopf und in die Kehle und brachte es mit sich, daß Charley etwa fünf Minuten lang in einem Hustenanfall herumzappelte und -trampelte.

»Sieh mal!« sagte der Gannef und brachte eine Handvoll Schillinge und Halbpennystücke zum Vorschein. »Das nenn' ich ein fideles Leben! Was liegt daran, wo's herkommt? Hier, greif zu, wo die her sind, ist noch viel mehr. Du willst nicht, wie? O du großer Narr!«

»Es ist unrecht, nicht wahr, Oliver?« fragte Charley Bates. »Er wird dafür baumeln müssen, wie?«

»Ich weiß nicht, was das bedeutet«, antwortete Oliver.

»Ungefähr sowas, alter Junge«, sagte Charley. Bei diesen Worten faßte er ein Ende seines Halstuchs, hob es senkrecht in die Höhe, ließ seinen Kopf auf die Schulter fallen und stieß einen seltsamen Laut durch die Zähne: so demon-

strierte er durch eine lebensnahe pantomimische Vorführung, daß baumeln und hängen dasselbe sei.
»Das bedeutet es!« sagte Charley. »Guck nur, wie er glotzt, Jack! So'n famosen Kumpan wie diesen Burschen da hab' ich noch nie gesehen – der wird nochmal mein Tod sein, soviel weiß ich!« Und nachdem er abermals herzlich gelacht hatte, widmete sich Master Charley Bates mit Tränen in den Augen wieder seiner Pfeife.
»Du bist schlecht erzogen worden«, meinte der Gannef und betrachtete mit großer Genugtuung seine Stiefel, die Oliver geputzt hatte. »Aber Fagin wird trotzdem was aus dir machen – oder du wärest von allen, die je in seine Hände kamen, der erste, der nichts einbrächte. Es ist besser, du fängst gleich an, denn schneller als du denkst kommst du ja doch ins Geschäft und verlierst also nur Zeit, Oliver!«
Master Bates bekräftigte diesen Rat noch mit allerlei moralischen Ermahnungen eigener Prägung, und als diese erschöpft waren, erging er sich samt seinem Freund Dawkins in glühenden Schilderungen all der zahlreichen Annehmlichkeiten, die ihnen ihr derzeitiges Leben bot. Zwischendurch gaben sie Oliver durch vielerlei Hinweise zu verstehen, daß es für ihn das beste sei, unverzüglich Fagins Gunst zu gewinnen und sich dabei der gleichen Mittel zu bedienen, die sie selbst einst zu diesem Zwecke angewandt hatten.
»Und eines schreib dir ein für allemal hinter die Ohren, Nolly«, sagte der Gannef, als er den Juden draußen die Tür aufschließen hörte, »wenn du die Lappen und Lubber nicht nimmst . . .«
»Was hat das denn für Zweck, wenn du so mit ihm redest«, unterbrach ihn Master Bates, »er weiß ja doch nicht, was du meinst.«
»Wenn du die Taschentücher und Uhren nicht nimmst«, sagte der Gannef und paßte damit seine Ausdrucksweise dem Auffassungsvermögen Olivers an, »so nimmt sie ein anderer; also haben die, denen sie abhanden kommen, den

Schaden, und du hast auch nur Schaden – aber keiner hat auch nur für einen halben Penny Nutzen davon – außer den Burschen, die sie erwischen; und du hast darauf genausogut ein Recht wie andere.«

»Gewiß, ganz gewiß!« sagte der Jude, der hereingekommen war, ohne daß Oliver ihn bemerkt hatte. »Das ist alles ganz leicht zu begreifen, mein Lieber, ganz leicht – auf den Gannef kannst du dich verlassen. Ha, ha, ha! Der versteht sich auf sein Handwerk!«

Der alte Herr rieb sich fröhlich die Hände, als er mit diesen Worten die Beweisführung des Gannefs bekräftigte und kicherte vor Vergnügen über die Fortschritte, die sein Zögling gemacht hatte.

Die Unterhaltung wurde für diesmal nicht weitergeführt, denn der Jude war mit Miss Betsy und einem Herrn nach Hause gekommen, den Oliver noch nie zuvor gesehen hatte. Er hatte sich erst noch etwas auf der Treppe verweilt, um der Dame einige Komplimente zu machen, und als er nun auf der Bildfläche erschien, wurde er von dem Gannef mit Tom Chitling angeredet.

Mr. Chitling war älter an Jahren als der Gannef: er mochte etwa achtzehn Lenze zählen; aber in seinem Verhalten diesem jungen Herrn gegenüber lag ein Respekt, der wohl darauf schließen ließ, daß er sich bezüglich Begabung und beruflicher Fähigkeiten einer gewissen Unterlegenheit bewußt war. Er hatte kleine, blinzelnde Augen und ein pokkennarbiges Gesicht, trug eine Pelzkappe, eine dunkle Manchesterjacke, schmierige baumwollene Hosen und eine Schürze. Seine Garderobe war, ehrlich gesagt, in ziemlich schlechtem Zustand, aber er entschuldigte sich bei den Anwesenden damit, daß seine »Zeit« erst vor einer Stunde abgelaufen sei; und da er die letzten sechs Wochen Uniform getragen habe, wäre er noch nicht dazu gekommen, sich um seine Zivilkleidung zu kümmern. Mit deutlichen Zeichen heftiger Entrüstung fügte Mr. Chitling hinzu, daß die »dort drüben« geübte Methode, die Kleider auszuräuchern, verteufelt gesetzwidrig sei, denn es würden dabei Löcher hineingebrannt und es gäbe kein Mittel, die Regierung dafür verantwortlich zu machen. Im gleichen Sinne wendete er sich auch gegen die vorgeschriebene Art des Haarschnitts, die er für entschieden ungesetzlich hielt. Mr. Chitling beendete seine Bemerkungen mit der Feststellung, daß er in zweiundvierzig endlos langen, harten Arbeitstagen nicht einen einzigen Tropfen von irgend etwas Trinkbarem angerührt hätte, und er »wolle krepieren, wenn er nicht ausgetrocknet sei wie ein Kalkfaß«.

»Was meinst du wohl, wo der Herr herkommt, Oliver?« fragte der Jude grinsend, während die anderen Jungen eine Flasche Schnaps auf den Tisch stellten.

»Ich – ich weiß nicht, Sir«, antwortete Oliver.

»Wer ist denn das?« fragte Tom Chitling und warf Oliver einen geringschätzigen Blick zu.

»Ein junger Freund von mir, mein Lieber«, erwiderte der Jude.

»Da hat er ja Glück«, sagte der junge Mann mit einem vielsagenden Blick auf Fagin. »Kümmere dich nicht darum, wo ich herkomme, mein Junge; ich wette eine Krone darauf, daß du bald genug deinen Weg dorthin finden wirst!«

Die Jungen lachten über diesen Witz; nach etlichen weiteren Scherzen zu dem gleichen Thema flüsterten sie einige Worte mit Fagin und verschwanden.

Der Neuangekommene und Fagin sprachen nun zunächst noch leise einiges miteinander; dann zogen sie ihre Stühle ans Feuer, der Jude forderte Oliver auf, sich neben ihn zu setzen und lenkte die Unterhaltung auf jene Dinge, die am meisten dazu angetan waren, das Interesse seiner Zuhörer zu wecken. Das waren die großen Vorteile ihres Gewerbes, die Tüchtigkeit des Gannefs, die liebenswürdige Art von Charley Bates und schließlich die Großzügigkeit des Juden selbst. Als sich dann endlich die Themen sämtlich als erschöpft erwiesen, war Mr. Chitling ebenso erschöpft – denn die Besserungsanstalt wirkt nach ein bis zwei Wochen ermüdend. Infolgedessen zog sich Miss Betsy zurück und überließ die andern ihrer Ruhe.

Von diesem Tage an wurde Oliver selten allein gelassen, sondern in fast ständiger Verbindung mit den beiden Jungen gehalten, die Tag für Tag mit dem Juden das alte Spiel trieben: ob zu ihrer eigenen oder zu Olivers Ausbildung – das wußte Mr. Fagin am besten. Bei anderer Gelegenheit erzählte der Alte wohl auch Geschichten von Räubereien, die er selbst in seiner Jugend verübt hatte, und er mischte so viel Drolliges und Absonderliches hinein, daß Oliver nicht umhin kommte, herzlich zu lachen und – wenn auch wider sein besseres Empfinden – sein Vergnügen daran zu bekunden.

Kurzum: der schlaue alte Jude hatte den Jugen in seinen Netzen. Hatte er dessen Gemüt durch Einsamkeit und Gram zunächst so weit gebracht, daß der Junge jedwede andere Gesellschaft derjenigen seiner eigenen traurigen Gedanken an solch trübseligem Orte vorzog, so flößte er ihm nun langsam jenes Gift ein, von dem er hoffte, es werde seine Seele trüben und für immer verwandeln.

NEUNZEHNTES KAPITEL

Worin ein bemerkenswerter Plan erörtert und beschlossen wird

Es war eine kalte, neblige und windige Nacht, als der Jude seinen Mantel fest über seinem welken Körper zuknöpfte, den Kragen bis über die Ohren hochschlug, um so die untere Hälfte seines Gesichts im Dunkel verschwinden zu lassen, und seine Höhle verließ. Auf der Schwelle blieb er stehen, indes die Tür hinter ihm verschlossen und verriegelt wurde, lauschte so lange, bis die Jungen alles dicht gemacht hatten und ihre sich entfernenden Schritte nicht mehr hörbar waren, und schlich dann, so schnell er konnte die Straße hinunter.

Das Haus, in das man Oliver gebracht hatte, lag in der Nähe von Whitechapel. An der Ecke der Straße blieb der Jude einen Augenblick stehen, sah sich argwöhnisch um, überquerte dann die Straße und entfernte sich in der Richtung nach Spitalfields.

Die Pflastersteine waren dicht mit Schlamm bedeckt, schwarzer Nebel hing über den Straßen, langsam rieselte der Regen hernieder, und alles fühlte sich kalt und feucht an. Für ein solches Wesen wie den Juden war es anscheinend gerade die geeignete Nacht, um unterwegs zu sein. Wie er so im Schutze der Mauern und Torwege verstohlen schleichend dahinkroch, glich der scheußliche Alte einem ekelhaften Reptil, gezeugt in Schlamm und Finsternis, durch die er sich jetzt dahinbewegte, und nächtlicherweise umherkriechend, auf der Suche nach einem fetten Opfer zum Mahle.

Durch viele gewundene und enge Gassen verfolgte er seinen Weg, bis er Bethnal Green erreichte; dann wendete er sich plötzlich nach links und geriet bald in ein Labyrinth jener erbärmlichen und schmutzigen Straßen, die es in diesem engen und dichtbevölkerten Viertel im Überfluß gibt.

Der Jude war offenbar mit der Gegend, die er durchquerte, bereits so gut vertraut, daß ihn weder die Dunkelheit der Nacht noch die Schwierigkeiten des Wegen irgendwie beirren konnten. Er eilte durch mehrere Gassen und Straßen und bog schließlich in ein Gäßchen ein, das nur durch eine einzige Lampe am äußersten Ende beleuchtet war. An der Tür eines Hauses in dieser Gasse klopfte er, wechselte mit dem Individuum, das ihm öffnete, einige gemurmelte Worte und stieg die Treppe hinauf. Als er die Klinke einer Zimmertür berührte, knurrte ein Hund, und eine männliche Stimme fragte, wer da sei.

»Ich bin's bloß, Bill, ich bin's, mein Lieber«, sagte der Jude und guckte durch die Tür.

»Na, dann herein mit deinem Leichnam«, antwortete Silkes. »Kusch dich, du blödes Vieh! Kennst du den Teufel nicht, wenn er einen Mantel anhat?«

Augenscheinlich hatte sich der Hund durch Fagins Mantel zunächst täuschen lassen, denn als der Jude diesen auszog und über eine Stuhllehne warf, zog sich das Tier wieder in die Ecke zurück, aus der es hervorgekommen war, und wedelte dabei mit dem Schwanz zum Zeichen der Zufriedenheit – soweit diese überhaupt in seiner Natur lag.

»Nun?« sagte Sikes.

»Ja, mein Lieber«, erwiderte der Jude. – »Ah, da ist ja Nancy!«

Die Verlegenheit, die aus diesem Ausruf herauszuhören war, ließ erkennen, daß Mr. Fagin über die Aufnahme, die seine Worte finden würden, im Zweifel war; denn er und seine junge Freundin hatten sich noch nicht wieder gesehen, seitdem sie sich für Oliver ins Mittel gelegt hatte. Alle Bedenken in dieser Angelegenheit – wenn er solche überhaupt gehabt hatte – wurden jedoch durch das Verhalten des jungen Mädchens schnell behoben. Sie nahm die Füße vom Kamingitter, schob ihren Stuhl zurück und bedeutete Fagin ohne weitere Worte, den seinen näher heranzuziehen – denn es war ohne Zweifel eine kalte Nacht.

»Es ist wirklich kalt, meine liebe Nancy«, sagte der Jude, als er seine mageren Hände über dem Feuer wärmte. »Es geht einem schier durch und durch«, fügte der Alte hinzu und hielt sich die Seiten.

»Das muß schon ein Bohrer sein, wenn's durch *dein* Herz geht«, sagte Mr. Sikes. »Gib ihm was zu trinken, Nancy. Zum Teufel, mach schnell! Es kann einem ja übel werden, wenn man das dürre alte Gerippe da klappern sieht wie ein böses Gespenst, das eben aus dem Grabe gekommen ist!«

Nancy brachte schnell eine Flasche aus dem Schrank, in dem

noch viele andere standen, die ihrem unterschiedlichen Aussehen nach wohl mit verschiedenen Sorten von Schnaps gefüllt waren. Sikes füllte ein Glas mit Branntwein und forderte den Juden auf, es auszutrinken.

»Genug, völlig genug; danke schön, Bill«, erwiderte der Jude und setzte das Glas ab, nachdem er es kaum an die Lippen gebracht hatte.

»Was? Hast du etwa Angst, wir könnten dich unterkriegen?« forschte Sikes und fixierte den Juden mit seinen Blicken. »Hu!«

Mit einem verächtlichen heiseren Grunzen ergriff Mr. Sikes das Glas und schüttete den restlichen Inhalt in die Asche – um es nämlich für sich selbst wieder füllen zu können –, was er denn auch sogleich tat.

Während sein Kumpan das zweite Glas hinunterkippte, sah sich der Jude im Zimmer um: nicht aus Neugierde – denn er hatte es früher schon öfter gesehen –, sondern so unruhig und argwöhnisch, wie es nun einmal seine Art war. Es war ein schäbig ausgestatteter Raum, in dem nichts außer dem Inhalt des Schrankes die Vermutung wecken konnte, daß sein Bewohner alles andere als ein arbeitsamer Mensch sei; an verdächtigen Gegenständen war nicht mehr zu sehen als zwei oder drei schwere, keulenförmige Knüttel, die in einer Ecke standen, und ein »Totschläger«, der über dem Kaminsims hing.

»So«, sagte Sikes und leckte sich die Lippen. »Jetzt bin ich bereit.«

»Zum Geschäft?« fragte der Jude.

»Jawohl, zum Geschäft«, erwiderte Sikes. »Also sag, was du auf dem Herzen hast.«

»Es ist wegen der Fahrt[1] in Chertsey, Bill«, sagte der Jude, zog seinen Stuhl nach vorn und sprach sehr leise.

»Na und, was ist damit?« forschte Sikes.

1 Gaunerausdruck für »Diebstahlsunternehmen«.

»Ach, du weißt doch, was ich meine, mein Lieber«, antwortete der Jude. »Nicht wahr, Nancy, er weiß, was ich meine?«
»Nein, er weiß es nicht«, höhnte Sikes. »Oder er will nichts wissen, und das ist dasselbe. Heraus mit der Sprache, und nenn die Dinge beim rechten Namen; sitz nicht blinzelnd und zwinkernd da herum und sprich nicht so in Andeutungen mit mir, als ob du nicht der allererste gewesen wärest, der an diesen Raubzug gedacht hat. Was meinst du also?«
»Pst, Bill, sei ruhig!« erwiderte der Jude, der vergebens versucht hatte, diesen Ausbruch des Unwillens aufzuhalten. »Es könnte uns jemand hören, mein Lieber! Es könnte uns jemand hören!«
»Soll er hören!« sagte Sikes. »Ich mach' mir nichts draus.« Aber da Mr. Sikes sich bei genauerem Überlegen doch etwas daraus machte, sprach er diese Worte schon leiser und wurde ruhiger.
»Na also, na also«, sagte der Jude beschwichtigend. »Es war nur Vorsicht von mir, weiter nichts. Nun also: wann kann's losgehen mit der Fahrt in Chertsey, Bill? Wann kann's losgehen? Dieses Silbergeschirr, mein Lieber – dieses Silbergeschirr!« Der Jude rieb sich die Hände und zog in freudiger Erwartung die Augenbrauen in die Höhe.
»Gar nicht«, antwortete Sikes kalt.
»Gar nicht?« wiederholte der Jude und lehnte sich in seinen Stuhl zurück.
»Nein, gar nicht«, versetzte Sikes. »Zum mindesten wird's keine abgekartete Sache, wie wir es uns dachten.«
»Dann ist es nicht richtig angepackt worden«, sagte der Jude und wurde blaß vor Ärger. »Das kannst du mir nicht erzählen!«
»Aber ich werd' dir was erzählen«, entgegnete Sikes. »Wer bist du denn, daß du dir willst nichts erzählen lassen? Ich sage dir, Toby Crackit hat sich vierzehn Tage lang an Ort und Stelle herumgetrieben, und er hat keinen von der Dienerschaft gewinnen können.«

»Willst du damit sagen, Bill«, fragte der Jude besänftigend, da der andere in Hitze geriet, »daß keiner von den beiden Dienern im Hause zu überreden ist?«
»Ja, das will ich allerdings«, antwortete Sikes. »Die alte Dame hat sie seit zwanzig Jahren, und du könntest ihnen fünfhundert Pfund bieten – sie würden nicht mitmachen.«
»Aber willst du denn behaupten, mein Lieber«, wandte der Jude ein, »daß die Frauen auch nicht zu überreden sind?«
»Keine Spur!« erwiderte Sikes.
»Nicht mal von dem schicken Toby Crackit?« fragte der Jude ungläubig. »Bedenk doch, wie die Weiber sind, Bill.«
»Nein, nicht mal von dem schicken Toby Crackit«, beharrte Sikes. »Er sagt, er hätte sich einen falschen Backenbart angeklebt und eine kanariengelbe Weste angezogen und sich die ganze Zeit dort so herumgetrieben – aber es nützte alles nichts.«
»Er hätte es mit einem Schnurrbart und einer Militärhose versuchen sollen, mein Lieber«, sagte der Jude darauf.
»Hat er gleichfalls versucht«, gab ihm Sikes zur Antwort. »Aber sie haben genau nicht mehr genützt als der andere Schwindel.«
Der Jude machte ein verdutztes Gesicht ob dieser Nachricht. Das Kinn auf die Brust gesenkt, saß er einige Minuten nachdenklich da, dann hob er den Kopf und sagte mit einem tiefen Seufzer, falls Toby Crackit wahrheitsgetreu berichtet habe, so fürchte er, daß das Spiel verloren sei.
»Und trotzdem«, sagte der Alte und ließ seine Hände auf die Knie sinken, »es ist eine traurige Angelegenheit, mein Lieber, so viel zu verlieren, wenn man sein Herz daran gehängt hat.«
»Stimmt«, erwiderte Mr. Sikes. »Ist eben Pech!«
Darauf folgte ein langes Schweigen, in dessen Verlauf der Jude in tiefes Nachdenken versank, wobei sein Gesicht den Ausdruck wahrhaft teuflischer Schurkerei annahm. Sikes sah ihn von Zeit zu Zeit verstohlen an. Nancy, die offenbar fürchtete, den Einbrecher zu reizen, starrte unentwegt ins

Feuer und saß da, als sei sie taub für alles, was vor sich ging.
»Fagin«, sagte Sikes und unterbrach damit plötzlich die herrschende Stille, »ist es fünfzig Goldstücke extra wert, wenn es von außen her mit Sicherheit bewerkstelligt wird?«
»Ja«, antwortete der Jude und richtete sich im selben Moment auf.
»Abgemacht?« fragte Sikes.
»Ja, mein Lieber, ja«, erwiderte der Jude; seine Augen funkelten und jeder Muskel seines Gesichts arbeitete – so hatte ihn diese Frage in Erregung versetzt.
»Wenn's so ist«, sagte Sikes und schob die Hand des Juden wie angewidert beiseite, »kann's losgehen, sobald du willst. Toby und ich sind vorgestern nacht mal über die Gartenmauer gestiegen und haben die Füllungen an der Tür und den Fensterladen untersucht. Die Bude ist nachts verbarrikadiert wie ein Gefängnis, aber eine Stelle gibt's, wo wir sicher und leise einbrechen können.«
»Und welche ist das, Bill?« fragte der Jude begierig.
»Nun –«, flüsterte Sikes, »wenn du quer über den Rasen kommst – –«
»Ja?« sagte der Jude und beugte seinen Kopf vor, aus dem die Augen beinahe herausspringen wollten.
»Ach was!« sagte Sikes und hielt plötzlich inne, als das Mädchen, fast ohne den Kopf zu bewegen, zu ihm hinsah und für einen Augenblick auf das Gesicht des Juden zeigte. »Was kümmert's dich, welche Stelle das ist! Ich weiß, daß du's ohne mich nicht machen kannst – aber wenn man's mit dir zu tun hat, ist es besser, man geht auf sicher.«
»Wie du willst, mein Lieber, ganz wie du willst«, antwortete der Jude. »Ist außer dir und Toby niemand dazu nötig?«
»Weiter nichts«, meinte Sikes, »als ein Zentrumbohrer und ein Junge. Das erste haben wir alle beide, das zweite mußt du uns beschaffen.«
»Einen Jungen!« rief der Jude aus. »Oha, dann ist's also eine Füllung, wie?«

»Kümmere dich nicht drum, was es ist!« entgegnete Sikes. »Ich brauche einen Jungen, und er darf nicht groß sein. Mein Gott«, fuhr er nachdenklich fort, »hätt' ich doch bloß den Kleinen von Ned, dem Schornsteinfeger, bekommen! Er hat ihn absichtlich kurz gehalten und lieh ihn gelegentlich aus. Aber der Alte ist geschnappt worden, und nun kommt der Fürsorgeverein für jugendliche Verbrecher, nimmt den Jungen von einem Gewerbe weg, wo er Geld verdient, bringt ihm Lesen und Schreiben bei und macht mit der Zeit einen Lehrjungen aus ihm. Und so machen sie's weiter«, fuhr Mr. Sikes fort, wobei sich sein Zorn mit der Erinnerung an den ihm zugefügten Schaden immer mehr steigerte, »so machen sie's weiter; und wenn sie genug Geld hätten (was Gott sei Dank nicht der Fall ist), so hätten wir in ein bis zwei Jahren kaum noch ein halbes Dutzend Jungen im ganzen Gewerbe!«

»Mehr bestimmt nicht«, stimmte der Jude bei, der während dieser Rede nachgedacht und nur den letzten Satz aufgeschnappt hatte. »Bill!«

»Was denn?« fragte Sikes.

Der Jude machte mit dem Kopf ein Zeichen nach Nancy hin, die immer noch ins Feuer starrte, und gab damit zu verstehen, daß Sikes sie aus dem Zimmer schicken sollte. Sikes zuckte ungeduldig die Achseln, als halte er die Vorsichtsmaßnahme für überflüssig, kam aber doch Fagins Wunsch nach, indem er Miss Nancy den Auftrag gab, ihm einen Krug Bier zu holen.

»Du brauchst kein Bier«, sagte Nancy, verschränkte die Arme und blieb ganz ruhig sitzen.

»Und ich sag' dir, ich will welches haben«, erwiderte Sikes.

»Quatsch«, sagte das Mädchen kalt. »Red weiter, Fagin. Ich weiß, was er sagen will, Bill – er braucht meinetwegen keine Bedenken zu haben.«

Der Jude zögerte noch. Sikes blickte einigermaßen überrascht von einem zu anderen.

»Na, du wirst doch vor dem alten Mädchen keine Angst haben, nicht wahr, Fagin?« fragte er schließlich. »Du kennst sie doch lange genug, oder 's müßte mit dem Teufel zugehen! Sie ist doch keine, die petzt. Nicht wahr, Nancy?«

»Wohl kaum!« erwiderte die junge Dame, zog ihren Stuhl an den Tisch heran und stützte die Ellenbogen darauf.

»Nein, nein, meine Liebe, ich weiß, daß du das nicht tust«, sagte der Jude, »aber . . .«, und abermals hielt der Alte inne.

»Aber was?« fragte Sikes.

»Ich weiß nicht, ob sie nicht vielleicht wieder so'n Rappel kriegt, weißt du, mein Lieber, wie neulich abend«, entgegnete der Jude.

Bei diesem Geständnis brach Miss Nancy in ein schallendes Gelächter aus, stürzte ein Glas Branntwein hinunter, schüttelte trotzig den Kopf und rief: »Nur immer los! Nicht aufgeben!« und dergleichen mehr. Dies schien die beiden Herren zu beruhigen, denn der Jude nahm mit zufriedenem Kopfnicken seinen Platz wieder ein, und Mr. Sikes folgte seinem Beispiel.

»Nun, Fagin«, meinte Nancy lachend, »red nur gleich mit Bill wegen Oliver!«

»Ha, du bist wirklich schlau, meine Liebe; das gescheiteste Mädchen, das ich je gesehen habe!« sagte der Jude und klopfte ihr auf die Schulter. »Ich wollte tatsächlich über Oliver sprechen, ganz bestimmt, ha, ha, ha!«

»Was ist mit ihm?« fragte Sikes.

»Er ist der richtige Junge für dich, mein Lieber«, erwiderte der Jude in heiserem Flüsterton, legte den Finger seitlich an die Nase und griente fürchterlich.

»Der?« rief Sikes aus.

»Nimm ihn, Bill!« sagte Nancy. »Ich an deiner Stelle tät's. Er ist zwar noch nicht so raffiniert wie die andern, aber darauf kommt's ja nicht an, wenn er bloß 'ne Tür für dich aufmachen soll. Jedenfalls ist er zuverlässig – verlaß dich drauf!«

»Das ist er!« bekräftigte Fagin. »Er ist die letzten Wochen in einer guten Schule gewesen, und es wird Zeit, daß er anfängt, sich sein Brot zu verdienen. Außerdem sind die andern alle zu groß.«

»Allerdings, er hat gerade die Größe, die ich brauche«, sagte Mr. Sikes nachdenklich.

»Und er wird alles tun, was du verlangst, mein lieber Bill«, warf Fagin ein, »er kann gar nicht anders. – Du mußt ihm nur genügend Angst machen.«

»Angst machen?« wiederholte Sikes. »Da gibt's gar kein Angst machen zum Spaß, verlaß dich darauf. Sind wir erst mal bei der Arbeit und 's ist irgendwas faul mit ihm – dann heißt's: Wer A sagt, muß auch B sagen! Dann siehst du ihn nicht lebend wieder, Fagin. Denk daran, bevor du ihn mir schickst. Merk dir meine Worte!« schloß der Räuber und hob abwägend ein Brecheisen, das er unter der Bettstelle vorgezogen hatte.

»Hab' ich alles bedacht«, sagte der Jude mit Nachdruck. »Ich – ich habe ihn beobachtet, meine Lieben, ganz genau – ganz genau. Laßt ihn nur einmal fühlen, daß er einer von uns ist, bring ihm nur einmal zum Bewußtsein, daß er ein Dieb gewesen ist – und er gehört uns! Sein ganzes Leben lang! Haha! Besser hätt' es gar nicht kommen können!« Der Alte kreuzte die Arme über der Brust, zog den Kopf zwischen die Schultern und umarmte sich buchstäblich selber vor Freude.

»Uns?« sagte Sikes. »Dir, meinst du wohl!«

»Vielleicht, mein Lieber«, antwortete der Jude mit schrillem Kichern. »Also mir, wenn du meinst, Bill!«

»Und warum«, fragte Sikes und blickte seinen sympathischen Freund finster und drohend an, »warum gibst du dir so viel Mühe mit diesem kreidebleichen Bengel, wenn du doch weißt, daß Nacht für Nacht in Commongarden an die fünfzig Jungen pennen, unter denen du nur zu wählen brauchst?«

»Weil sie mir nichts nützen, mein Lieber«, erwiderte der

Jude etwas verwirrt. »Sie sind nicht der Mühe wert. Ihre Blicke verraten sie, sobald sie mal in Schwulitäten kommen, und ich verliere sie alle. Aber wenn dieser Junge richtig behandelt wird, meine Lieben, so könnte ich mit ihm das schaffen, was ich mit zwanzig von denen nicht schaffte. Außerdem«, meinte der Jude und gewann seine Selbstbeherrschung wieder, »hätte er uns jetzt in der Hand, wenn er sich noch mal aus dem Staube machte, also *muß* er mit uns im gleichen Kahn sitzen. Wie er dazu gekommen ist, bleibt sich gleich – damit ich ihn in der Gewalt habe, genügt es, daß er bei einem Einbruch dabei war –, mehr will ich nicht. Nun, ist das nicht viel besser, als wenn wir gezwungen wären, den armen kleinen Burschen aus dem Wege zu räumen? – Das wäre gefährlich und außerdem nur ein Verlust für uns.«
»Wann soll's denn losgehen?« fragte Nancy und verhinderte damit einen heftigen Ausbruch Mr. Sikes', mit dem dieser seinem Widerwillen gegen Fagins geheuchelte Menschenfreundlichkeit Ausdruck verleihen wollte.
»Ja, richtig«, sagte der Jude, »wann soll's losgehen, Bill?«
»Ich hatte mich mit Toby für übermorgen nacht verabredet«, antwortete Sikes mürrisch, »wenn er nichts anderes von mir hört.«
»Gut«, meinte der Jude, »es ist kein Mondschein.«
»Nein«, entgegnete Sikes.
»Es ist doch alles vorbereitet, damit die Beute wegkommt, nicht wahr?« fragte der Jude.
Sikes nickte.
»Und wegen . . .«
»Ja, ja, ist alles vorbereitet«, unterbrach ihn Sikes. »Kümmere dich nicht um die Einzelheiten. Es ist besser, wenn du den Jungen morgen abend herbringst. Eine Stunde nach Tagesanbruch mach' ich mich auf die Socken. Dann halt du nur die Klappe und mach den Schmelztiegel fertig! Das ist alles, was du zu tun hast!«
Nach einigem Hinundherreden, woran sich alle drei lebhaft

beteiligten, wurde beschlossen, daß Nancy am nächsten Abend nach Einbruch der Dunkelheit zu dem Juden gehen und Oliver von dort abholen sollte. Fagin macht nämlich die schlaue Bemerkung, daß Oliver, falls er irgendwelche Abneigung gegen die Aufgabe bekundete, doch wohl dem Mädchen, das sich erst kürzlich so für ihn eingesetzt hatte, eher als irgendeinem anderen folgen würde. Weiterhin wurde feierlich festgelegt, daß der arme Oliver zum Zwecke des geplanten Unternehmens ohne jeglichen Vorbehalt der Fürsorge und Aufsicht von Mr. William Sikes übergeben werden sollte; weiterhin, daß besagter Sikes nach seinem Gutdünken mit ihm verfahren solle und daß der Jude ihn nicht verantwortlich machen dürfe für irgendwelches Unglück, das Oliver widerführe, oder für jegliche Strafe, die etwa über ihn verhängt werden müsse. Um den Vertrag in dieser Hinsicht verbindlich zu machen, wurde vereinbart, daß alle von Mr. Sikes bei seiner Rückkehr gemachten Angaben in allen wesentlichen Einzelheiten durch das Zeugnis des schikken Toby Crackit bestätigt werden müßten.

Nachdem diese Vorarbeiten erledigt waren, ging Mr. Sikes dazu über, gewaltige Mengen Schnaps zu trinken und bedrohlich das Stemmeisen zu schwingen, wobei er gleichzeitig recht unmelodische Bruchstücke von Liedern grölte und zwischendurch wilde Flüche ausstieß. Zuletzt bestand er in einem Anfall von Berufsbegeisterung darauf, den Kasten mit seinen Einbrecherwerkzeugen vorzuführen; doch kaum war er damit hereingestolpert und hatte ihn geöffnet, um Wesen und Eigenheiten der verschiedenen darin enthaltenen Geräte und die besonderen Reize ihrer Konstruktion zu erklären, als er über den Kasten hinweg auf die Erde fiel und an Ort und Stelle einschlief.

»Gute Nacht, Nancy!« sagte der Jude und mummte sich wieder ein wie zuvor.

»Gute Nacht!«

Ihre Blicke trafen sich, und der Jude sah das Mädchen scharf

und prüfend an. Sie wich seinem Blick nicht aus. Aufrichtig und ernsthaft war sie bei der Sache, wie es Toby Crackit nicht mehr hätte sein können.
Der Jude wünschte ihr nochmals gute Nacht, versetzte, während sie ihm den Rücken zukehrte, dem auf der Erde liegenden Mr. Sikes einen leichten Tritt und tastete sich die Treppe hinunter.
»Immer dasselbe!« murmelte der Jude vor sich hin, als er sich auf den Heimweg machte. »Das Schlimmste an diesen Weibern ist, daß eine ganze Kleinigkeit dazu genügt, ein längst vergessenes Gefühl wieder zu erwecken; und das Beste an ihnen ist, daß es niemals lange dauert. Haha! Der Mann gegen den Jungen – für einen Sack voll Gold!«
Während er sich die Zeit mit solch erfreulichen Gedanken vertrieb, nahm Mr. Fagin seinen Weg durch Schlamm und Kot zurück zu seiner düsteren Behausung, wo der Gannef noch wach war und ungeduldig seine Rückkehr erwartete.
»Schläft Oliver schon? Ich muß mit ihm sprechen«, sagte der Jude als erstes, als sie die Treppe hinaufstiegen.
»Schon stundenlang«, erwiderte der Gannef und öffnete die Tür. »Da ist er!«
Der Knabe lag in tiefem Schlaf auf einem rohen Lager zu ebener Erde; Angst, Traurigkeit und die Enge seines Gefängnisses hatten ihn so blaß gemacht, daß er wie der Tod aussah – nicht so, wie er uns in Sarg und Leichenhemd erscheint, sondern in jener Gestalt, die er annimmt, wenn das Leben grade entwichen ist; wenn eine junge und zarte Seele sich eben erst zum Himmel emporgeschwungen hat und die rauhe Luft der Welt noch nicht Zeit hatte, ihren Hauch über jenen vergänglichen Staub zu breiten, den sie heiligte.
»Nicht jetzt«, sagte der Jude und wandte sich leise wieder ab. »Morgen – morgen.«

ZWANZIGSTES KAPITEL

in dem Oliver Mr. William Sikes übergehen wird

Als Oliver am nächsten Morgen erwachte, war er nicht wenig überrascht, daß ein Paar neue Schuhe mit festen, dicken Sohlen neben seinem Bett standen und daß seine alten Schuhe verschwunden waren. Zunächst freute er sich über diese Entdeckung, da er hoffte, es könne ein Vorzeichen seiner Freilassung sein; solcherlei Gedanken wurden jedoch rasch zerstört, als er sich mit dem Juden zum Frühstück niedersetzte; denn dieser erklärte ihm in einem Ton, der seine Erregung noch vergrößerte, daß er am gleichen Abend in die Behausung Bill Sikes' gebracht werden müsse.

»Und – und dort soll ich bleiben, Sir?« fragte Oliver ängstlich.

»Nein, nein, mein Lieber, dortbleiben sollst du nicht«, antwortete der Jude. »Wir möchten dich nicht verlieren. Hab keine Angst, Oliver; du kommst wieder zu uns zurück. Hahaha! Wir werden doch nicht so grausam sein und dich wegschicken, mein Lieber. Nein – o nein!«

Der alte Jude, der sich über das Feuer beugte, um ein Stück Brot zu rösten, sah sich nach Oliver um, während er ihn derart hänselte, und kicherte, als wollte er zeigen, daß er wohl wüßte, wie gern Oliver wegginge, wenn er nur könnte.

»Ich vermute«, sagte er dann und sah Oliver scharf an, »du wirst wissen wollen, warum du zu Bill kommen sollst, nicht wahr, mein Lieber?«

Oliver errötete unwillkürlich, als er sah, daß der alte Spitzbube seine Gedanken erraten hatte; sagte aber kühn, ja, er wolle es gern wissen.

»Was denkst du denn, warum?« fragte Fagin ausweichend.

»Ich weiß es wirklich nicht, Sir«, erwiderte Oliver.

»Pah!« sagte der Jude enttäuscht und wandte seinen Blick wieder von Olivers Gesicht ab. »Dann warte nur, bis Bill dir's sagt.«

Der Jude schien sehr ärgerlich darüber, daß Oliver keine größere Neugier zu dieser Frage bekundete; tatsächlich jedoch empfand Oliver zwar eine heftige bange Neugier, aber die begierige Arglist in Fagins Blicken und seine eigenen Gedanken verwirrten ihn so sehr, daß er im Augenblick keine weiteren Fragen zu stellen vermochte. Eine andere Gelegenheit hatte er dazu nicht mehr; denn der Jude blieb sehr mürrisch und still, bis er sich am Abend fertigmachte um fortzugehen.

»Du kannst eine Kerze anbrennen«, sagte er dann und legte eine auf den Tisch. »Und hier hast du ein Buch zum Lesen, bis du abgeholt wirst. Gute Nacht!«

»Gute Nacht!« antwortete Oliver leise.

Der Jude ging zur Tür und blickte im Gehen über die Schulter zurück nach dem Jungen. Plötzlich blieb er stehen und rief ihn bei seinem Namen.

Oliver sah auf; der Jude zeigte auf die Kerze und bedeutete ihm, sie anzuzünden. Er tat es, und als er die Kerze auf den Tisch stellte, sah er, daß der Jude ihn von dem dunklen Ende des Zimmers her mit gesenkten und zusammengezogenen Brauen unverwandt anstarrte.

»Nimm dich in acht, Oliver, nimm dich in acht!« sagte der Alte und drohte ihm warnend mit der erhobenen Rechten. »Er ist ein roher Mensch und scheut kein Blutvergießen, wenn sein eigenes Blut in Wallung kommt. Was auch geschieht, sage nichts und tu, was er dir befiehlt. Denk daran!«

Die letzten Worte sprach er mit großen Nachdruck; dann verzogen sich seine Züge zu einem geisterhaften Grinsen; er nickte mit dem Kopf und verließ das Zimmer.

Während der Alte verschwand, stützte Oliver seinen Kopf in die Hand und grübelte mit zitterndem Herzen über die Worte, die er soeben gehört hatte. Aber je mehr er über die Ermahnung des Juden nachdachte, um so weniger vermochte er deren wirklichen Sinn und Zweck zu ergründen. Er konnte sich nicht vorstellen, daß man ihn zu Sikes schickte, um ihm dort etwas Böses zuzufügen, was ihm nicht ebensogut hätte widerfahren können, wenn er bei Fagin blieb; und nachdem er lange darüber nachgedachte hatte, kam er zu dem Ergebnis, daß man ihn wohl dazu ausersehen habe, irgendwelche gewöhnlichen Dienstbotenarbeiten für den Einbrecher zu verrichten, bis man dafür einen anderen, besser geeigneten Jungen gefunden hätte. Er war zu sehr an Leiden gewöhnt und hatte da, wo er war, schon zu viel erduldet, als daß er die Aussicht auf eine Veränderung sonderlich ernsthaft beklagt hätte. Einige Minuten lang blieb er in Gedanken versunken, dann putzte er mit einem tiefen Seufzer das Licht, nahm das Buch, das ihm der Jude dagelassen hatte, und begann zu lesen.

Zunächst blätterte er unachtsam darin, dann jedoch erhellte sich sein Gesicht, als ein Abschnitt seine Aufmerksamkeit erregte, und bald begann ihn das Buch zu interessieren. Es war ein Bericht über das Leben und die Taten großer Verbrecher, und die Seiten waren beschmutzt und abgegriffen vom häufigen Gebrauch. Hier las er von furchtbaren Verbrechen, die das Blut erstarren ließen; von heimlichen Mordtaten, die auf einsamen Wegen begangen worden waren, von Leichen, die vor den Blicken der Menschen in tiefen Gruben und Brunnen verborgen wurden; aber so tief diese auch waren – sie hatten ihre Opfer nicht behalten wollen, sondern sie schließlich, nach vielen Jahren, wieder herausgegeben und durch diesen Anblick die Mörder derart zum Wahnsinn getrieben, daß sie in ihrem Entsetzen ihre Schuld bekannt und nach dem Galgen geschrien hatten, damit er ihre Seelenpein beende. Hier las er auch von Menschen, die in der Totenstille der Nacht in ihren Betten lagen und – wie sie sagten – von ihren eigenen bösen Gedanken zu derart furchtbaren Bluttaten verführt und angeleitet worden waren, daß einem schon bei dem Gedanken daran schauderte und die Glieder zitterten. Die furchtbaren Schilderungen waren so wahrheitsgetreu und lebendig, daß die vergilbten Seiten sich von geronnenem Blut rot zu färben schienen; und es war ihm, als würden ihm die darauf gedruckten Worte in dumpfem Gemurmel von den Geistern der Toten in die Ohren geflüstert.

Von Furcht und Schrecken wie von einem Krampf geschüttelt, schlug der Knabe das Buch zu und warf es von sich. Dann fiel er auf die Knie nieder und bat zum Himmel, er möge ihn vor solchen Taten bewahren und ihn lieber auf der Stelle sterben lassen, als ihn zu solch furchtbaren, schauderhaften Verbrechen zu bestimmen. Allmählich wurde er ruhiger und flehte mit leiser und gebrochener Stimme darum, daß er aus den ihn jetzt umgebenden Gefahren errettet werden möge; und wenn es für einen armen, ausgestoßenen Jungen, der niemals die Liebe von Freunden und Verwandten kennengelernt hätte, überhaupt eine Hilfe gäbe, so möge sie ihm jetzt zuteil werden, da er verzweifelt und verlassen inmitten von Schurkerei und Schuld allein stünde.

Er hatte sein Gebet beendet, hielt jedoch noch sein Gesicht in den Händen vergraben, als ihn ein raschelndes Geräusch aufschreckte.

»Was ist?« rief er, fuhr hoch und sah eine Gestalt an der Tür stehen. »Wer ist da?«

»Ich – ich bin's bloß«, entwortete eine zitternde Stimme.

Oliver hob die Kerze über den Kopf und sah nach der Tür. Es war Nancy.

»Nimm das Licht herunter«, sagte das Mädchen und wandte den Kopf ab. »Es tut meinen Augen weh.«

Oliver sah, daß sie sehr blaß war, und fragte freundlich, ob sie krank sei. Das Mädchen warf sich mit dem Rücken zu ihm in einen Stuhl und rang die Hände, gab jedoch keine Antwort.

»Gott, vergib mir!« schrie sie nach einer Weile.

»Daran habe ich nie gedacht!«

»Ist irgend etwas geschehen?« fragte Oliver. »Kann ich dir helfen? Ich tu's, wenn ich kann! Ich tu's wirklich.«

Sie warf sich hin und her, griff sich an die Kehle, stieß einen gurgelnden Laut aus und rang nach Luft.
»Nancy!« rief Oliver, »was ist los?«
Das Mädchen hämmerte mit ihren Händen auf die Knie und mit den Füßen auf den Boden; plötzlich jedoch hielt sie inne, zog ihren Schal fest um sich und zitterte vor Kälte.
Oliver schürte das Feuer. Sie zog ihren Stuhl näher heran und saß kurze Zeit da, ohne zu sprechen; schließlich aber hob sie den Kopf und sah sich um.
»Ich weiß nicht, was manchmal über mich kommt«, sagte sie und gab sich den Anschein, als sei sie eifrig damit beschäftigt, ihr Kleid in Ordnung zu bringen, »ich glaube, das macht dieser dunstige, schmutzige Raum. Nun, mein lieber Nolly, bist du fertig?«
»Soll ich mit dir gehen?« fragte Oliver.
»Ja, ich komme von Bill«, entgegenete das Mädchen.
»Du sollst mit mir kommen.«
»Wozu?« fragte Oliver zurückweichend.
»Wozu?« fragte das Mädchen und hob den Blick, wendete ihn jedoch wieder ab, sobald er das Gesicht des Jungen traf.
»Oh, zu nichts Bösem.«
»Das glaube ich nicht«, sagte Oliver, der sie genau beobachtet hatte.
»Halt's, wie du willst«, sagte das Mädchen mit erkünsteltem Lachen. »Dann also zu nichts Gutem.«
Oliver spürte, daß er eine gewisse Macht über die besseren Gefühle des Mädchens hatte und dachte einen Augenblick lang daran, sie um Mitleid mit seiner hilflosen Lage anzuflehen. Dann aber schoß ihm der Gedanke durch den Kopf, daß es ja kaum erst elf Uhr war und daß sich noch viele Leute auf der Straße befanden, unter denen bestimmt einige sein würden, die seiner Erzählung Glauben schenkten. Bei dieser Überlegung trat er auf Nancy zu und sagte mit einer gewissen Hast, er sei fertig.
Seiner Gefährtin war weder sein kurzes Nachdenken noch

dessen Bedeutung entgangen. Sie betrachtete ihn aufmerksam, während er sprach, und warf ihm einen verständnisvollen Blick zu, der deutlich genug zeigte, daß sie erraten hatte, was in seinen Gedanken vorgegangen war.

»Still!« sagte das Mädchen, beugte sich zu ihm nieder, zeigte nach der Tür und sah sich vorsichtig um. »Du kannst dir nicht helfen. Ich hab' schon alles für dich versucht, aber es war umsonst. Du bist von allen Seiten umstellt. Wenn du überhaupt jemals wieder von hier loskommen solltest, so ist jedenfalls jetzt nicht die Zeit dafür.«

Betroffen von ihrem energischen Verhalten, sah Oliver ihr mit großem Erstaunen ins Gesicht. Sie schien die Wahrheit zu sagen; ihr Antlitz war blaß und erregt, und sie zitterte vor Eifer.

»Ich habe dich schon einmal vor Mißhandlungen geschützt, ich werde es immer wieder tun, und ich tue es auch jetzt«, fuhrt das Mädchen laut fort, »denn diejenigen, die dich geholt hätten, wenn ich es nicht getan hätte, wären bestimmt viel roher gewesen als ich. Ich habe dafür gebürgt, daß du ruhig und brav sein würdest – wenn du es nicht bist, schadest du nur dir und mir und bist vielleicht schuld an meinem Tode. Schau her! All das habe ich bereits für dich ertragen, so wahr Gott hier mein Zeuge ist!«

Sie zeigte hastig auf einige blaue Flecken an Hals und Armen und fuhr in großer Hast fort:

»Denke daran! Und laß mich jetzt nicht noch mehr für dich erdulden. Wenn ich dir helfen könnte, würde ich es tun, aber ich habe nicht die Macht dazu. Sie wollen dir nichts Böses antun; wozu sie dich auch immer zwingen, ist nicht deine Schuld. Still! Jedes Wort von dir ist ein Schlag für mich. Gib mir deine Hand. Mach schnell! Deine Hand!«

Sie ergriff die Hand, die Oliver ihr instinktiv entgegenstreckte, blies das Licht aus und zog ihn hinter sich her die Stufen hinab. Die Tür wurde von jemandem, den die Dunkelheit verbarg, rasch geöffnet und ebenso schnell wieder geschlossen, als die draußen waren. Eine offene Mietkutsche erwartete sie; mit derselben Heftigkeit, mit der das Mädchen zu Oliver gesprochen hatte, zog sie ihn mit sich da hinein und schloß die Vorhänge. Der Kutscher bedurfte keiner Anweisungen, sondern trieb seine Pferde unverzüglich zu höchster Eile an. Das Mädchen hielt Oliver fest bei der Hand und fuhr fort, ihm die Warnungen und Versicherungen ins Ohr zu flüstern, die sie ihm schon vorher erteilt hatte. Alles geschah in solch hastender Eile, daß er kaum Zeit fand, sich zu besinnen, wo er war oder wie er dahin kam, als auch schon die Kutsche vor dem Hause hielt, zu dem der Jude am Abend vorher seine Schritte gelenkt hatte.

Für einen kurzen Augenblick warf Oliver einen hastigen Blick die leere Straße entlang, und ein Hilferuf schwebte ihm auf den Lippen. Aber in seinem Ohr klang die Stimme des Mädchens, die ihn in solch verzweifelten Tönen anflehte, doch an sie zu denken, daß er nicht den Mut fand, ihn laut werden zu lassen. Während er noch zögerte, war die Gelegenheit auch schon vorüber; er befand sich bereits im Innern des Hauses, und die Tür wurde geschlossen.

»Hier entlang!« sagte das Mädchen und ließ zum ersten Male Olivers Hand los. »Bill!«

»Hallo!« sagte Sikes, der am oberen Ende der Treppe mit einer Kerze erschien. »Oha! Ihr kommt zur rechten Zeit. Nur herauf!« Das war für einen Menschen von Mr. Sikes' Temperament eine sehr heftige Beifallsäußerung und ein ungewöhnlich herzlicher Willkommensgruß. Nancy, die darob offenbar sehr befriedigt war, begrüßte ihn freundschaftlich.

»Stierauge ist mit zu Tom nach Hause gegangen«, bemerkte Sikes, als er ihnen nach oben leuchtete. »Der wäre bloß im Wege gewesen.«

»Stimmt«, erwiderte Nancy.

»Du hast also den Jungen«, sagte Sikes, als sie alle in seinem Zimmer waren, und schloß bei diesen Worten die Tür.

»Ja, hier ist er«, antwortete Nancy.
»Ist er ruhig mitgegangen?« forschte Sikes.
»Wie ein Lamm«, bestätigte Nancy.
»Freut mich zu hören«, sagte Sikes und sah Oliver grimmig an. »Freut mich für seinen kleinen Kadaver, denn dem wär's sonst schlecht ergangen! Komm her, Bursche; ich muß dir eine Vorlesung halten, und das geschieht am besten jetzt gleich.«
Während Mr. Sikes seinen neuen Zögling solchermaßen anredete, zog er Oliver die Mütze herunter und warf sie in eine Ecke; dann faßte er ihn bei der Schulter, setzte sich selbst am Tisch nieder und stellte den Jungen vor sich hin.
»Erstens: Weißt du, was das hier ist?« fragte Sikes und nahm eine Taschenpistole zur Hand, die auf dem Tische lag.
Oliver bejahte es.
»Gut, also dann sieh her«, fuhr Sikes fort. »Das ist Pulver; das hier ist eine Kugel; und das hier ist ein Stückchen von einem alten Hut als Ladestöpsel.«
Oliver gab leise zu verstehen, daß er die verschiedenen gezeigten Dinge begriffen habe; und Mr. Sikes machte sich mit großer Sorgfalt und Gemächlichkeit daran, die Pistole zu laden.
»Jetzt ist sie geladen«, konstatierte er, als er damit fertig war.
»Ja, ich sehe es, Sir«, erwiderte Oliver.
»Gut«, sagte der Räuber, ergriff Oliver beim Handgelenk und hielt ihm den Lauf so dicht an die Schläfe, daß er diese berührte, und der Knabe eine erschreckte Bewegung machte. »Wenn du mit mir aus diesem Hause 'raus bist und sagst auch nur ein Wort, ohne daß ich dich gefragt habe, dann hast du diese Ladung ohne weitere Umstände im Schädel. Wenn du also vorhast, ungefragt zu reden, dann sprich vorher noch dein Gebet.«
Um die Wirkung dieser Warnung zu erhöhen, sah Mr. Sikes sein Opfer noch mit einem finsteren Blick an und fuhr dann fort: »Soviel ich weiß, gibt's niemand, der sonderlich interes-

siert nach dir fragen würde, *wenn* du verschwändest; also brauch' ich mir eigentlich verdammt gar nich die Mühe machen, dir das alles zu erklären – ich tu's nur zu deinem eigenen Nutzen. Hörst du?«

»Der langen Rede kurzer Sinn also –«, sagte Nancy darauf sehr nachdrücklich und mit leichtem Stirnrunzeln zu Oliver hin, um diesem den Ernst ihrer Worte anzudeuten, »wenn er dir bei dem Geschäft, das du vorhast, einen Strich durch die Rechnung macht, so wirst du ihn daran hindern, jemals etwas zu verraten, indem du ihm eine Kugel durch den Kopf jagst; und du riskierst es, dafür gehängt zu werden, wie du es von Geschäfts wegen jeden Monat deines Lebens für soundso vieles andere tust.«

»Genau das!« bemerkte Mr. Sikes zustimmend. »Frauen sagen die Dinge doch immer mit den kürzesten Worten – außer, wenn's bei ihnen qualmt; dann zieh'n sie alles furchtbar in die Länge. So, jetzt ist er vollends im Bilde, und nun wollen wir was essen und noch ein bißchen schlafen, ehe wir losgehen.«

Um diesem Wunsche nachzukommen, deckte Nancy schnell den Tisch; danach verschwand sie für einige Minuten und kam dann mit einem Krug Porterbier und einer Schüssel mit gebackenem Hammelkopf wieder. Dies gab Mr. Sikes Gelegenheit zu etlichen munteren Witzeleien, die auf dem merkwürdigen Zusammentreffen beruhten, daß in der gemeinen Umgangssprache »jemmies« ein üblicher Name für gebackenen Hammelkopf ist, zugleich aber auch ein sehr sinnreiches Werkzeug bezeichnet, das von Einbrechern häufig benutzt wird. Tatsächlich war der ehrenwerte Herr – vielleicht angeregt durch die unmittelbare Aussicht, ans Werk gehen zu können – sehr munter und guter Dinge; zum Beweise dafür sei hier festgestellt, daß er höchst vergnügt das gesamte Bier auf einen Zug austrank, und, grob gerechnet, während des ganzen Mahles nicht mehr als achtzig Flüche von sich gab. Als das Essen beendet war – man kann sich gut vorstellen, daß Oliver keinen besonderen Appetit zeigte –, genehmigte Mr. Sikes sich noch einige Gläser Branntwein mit Wasser, warf sich dann auf sein Bett und befahl Nancy, ihn genau um fünf Uhr zu wecken, wobei er sie im voraus heftig verwünschte, falls sie es vergessen sollte. Oliver streckte sich auf Befehl seines neuen Herrn in seinen Kleidern auf eine Matratze auf dem Fußboden aus, und das Mädchen brachte das Feuer wieder in Gang und setzte sich dann davor, um die beiden zur festgesetzten Zeit zu wecken.

Lange Zeit lag Oliver wach, denn er hielt es nicht für unmöglich, daß Nancy die Gelegenheit benutzen würde, ihm einige weitere Ratschläge zuzuflüstern; das Mädchen jedoch saß in Gedanken versunken vor dem Feuer und bewegte sich lediglich ab und zu, um das Licht zu putzen. Von Wachen und Angst ermüdet, schlief er schließlich ein.

Als er erwachte, war der Tisch mit Teegeschirr gedeckt, und Sikes stopfte verschiedene Dinge in die Taschen seines Mantels, der über einer Stuhllehne hing. Nancy war eifrig damit beschäftigt, das Frühstück zu bereiten. Es war noch nicht Tag, denn die Kerze brannte noch, und draußen war es völlig dunkel. Außerdem peitschte ein heftiger Regen gegen die Fensterscheiben, und der Himmel war schwarz und von Wolken verhangen. »Na, los nun!« knurrte Sikes, als Oliver sich aufrichtete. »Halb sechs! Halt dich 'ran, sonst kriegst du kein Frühstück. 's ist schon spät genug!«

Oliver brauchte nicht lange zum Anziehen; nachdem er etwas gefrühstückt hatte, antwortete er auf eine mürrische Frage von Sikes, daß er fertig sei.

Nancy, die den Knaben kaum ansah, warf ihm ein Taschentuch zu, das er sich um den Hals binden sollte, und Sikes hängte ihm einen weiten groben Umhang über die Schultern. So ausgerüstet, reichte er dem Räuber die Hand; er zeigte ihm nur noch mit drohender Gebärde, daß er die bewußte Pistole in einer Seitentasche seines Mantels hatte, nahm dann

mit festem Griff die dargebotene Hand, verabschiedete sich von Nancy und zog den Knaben mit sich fort.
Als sie an die Tür kamen, wandte sich Oliver einen Augenblick lang um, in der Hoffnung, noch einen Blick des Mädchens zu erhaschen. Sie aber hatte ihren alten Platz vor dem Feuer wieder eingenommen und saß vollkommen bewegungslos da.

EINUNDZWANZIGSTES KAPITEL

Auf dem Wege

Es war ein trostloser Morgen, als sie auf die Straße hinunter kamen; es stürmte und regnete heftig, und die Wolken hingen düster am Himmel. Über Nacht war es sehr naß geworden: große Wasserpfützen hatten sich auf der Straße gesammelt, und die Rinnsteine flossen über. Am Himmel verkündete ein schwacher Schimmer den nahenden Tag, aber er machte die Trübseligkeit des Schauplatzes eher noch deutlicher, statt sie zu mildern, denn das fahle Licht diente nur dazu, den Schein der Straßenlaternen noch bleicher zu machen, ohne daß es den nassen Giebeldächern und den traurigen Straßen eine wärmere Färbung gegeben hätte. In diesem Stadtviertel schien noch niemand aus den Federn zu sein, die Fenster der Häuser waren alle fest verschlossen und die Straßen, durch die die beiden gingen, still und leer.
Als sie in Bethnal Green Road einbogen, hatte es allmählich zu dämmern begonnen. Viele Lampen waren bereits erloschen, einige Bauernwagen rollten langsam nach London hinein; ab und zu ratterte eine mit Schmutz bedeckte Postkutsche eilig vorbei, wobei der Postkutscher nicht versäumte, dem Frachtfuhrmann einen mahnenden Peitschenhieb zu versetzen, wenn dieser auf der falschen Straßenseite gefahren war und ihn damit in die Gefahr gebracht hatte, eine Viertel-

minute nach der Zeit am Postamt anzukommen. Die Wirtshäuser, in denen die Gaslampen brannten, waren schon offen. Allmählich wurden auch andere Geschäfte geöffnet, und hin und wieder begegnete man einem Menschen. Dann kamen verstreute Gruppen von Arbeitern, die an ihr Tagewerk gingen; dann wieder Männer und Frauen mit Fischkörben auf den Köpfen; Eselskarren, die mit Gemüse beladen waren, zweirädrige Wagen mit lebendem Vieh oder ganzen geschlachteten Tierleibern, Milchfrauen mit Kübeln – ein ununterbrochener Strom von Menschen, die mit den verschiedensten Lebensmitteln nach den östlichen Vororten der Stadt unterwegs waren. Als sie sich der Innenstadt näherten, wurden Lärm und Verkehr immer stärker, und als sie sich durch die Straßen zwischen Shoreditch und Smithfield hindurchwanden, war daraus ein einziges Brüllen und Tosen geworden. Es war so hell, wie es eben sein konnte, bis die Nacht wieder herannahte, und der geschäftige Morgen hatte für die Hälfte der Londoner Bevölkerung begonnen.

Mr. Sikes nahm seinen Weg die Sun Street und die Crown Street hinunter, überquerte Finsbury Square und gelangte über die Chiswell Street nach Barbican; von da aus nach Long Lane und weiter nach Smithfield, von wo ihnen ein mißtönendes Getöse entgegenscholl, das Oliver Twist mit höchstem Erstaunen erfüllte.

Es war Markttag. Der Erdboden war beinahe knöcheltief mit Schlamm und Kot bedeckt, und dicke Dampfwolken, die unablässig von den Leibern der Schlachttiere aufstiegen und sich mit dem Nebel mischten, der auf den Schornsteinkappen zu lagern schien, hingen schwer in der Luft. Alle Gehege inmitten des weiten Platzes und noch so viele behelfsmäßige, wie nur irgend in den verbleibenden Raum hineingepfercht werden konnten, waren mit Schafen angefüllt, und an den Pfählen der Außenseite waren in langen Reihen Kühe und Ochsen zu dritt oder zu viert hintereinander angebunden. Bauern, Fleischer, Viehtreiber, Hausierer,

Laufburschen, Diebe, Müßiggänger und Herumtreiber aus allen niederen Klassen waren zu einem dichten Menschenknäuel zusammengedrängt. Das Pfeifen der Viehtreiber, das Bellen der Hunde, das Brüllen und Stampfen der Ochsen, das Blöken der Schafe, das Grunzen und Quieken der Schweine, das Geschrei der Hausierer, das Rufen, Fluchen und Streiten von allen Seiten, Geklingel und Stimmgebrüll, das aus jedem Wirtshaus drang, das Drängen, Schieben, Drücken, Stoßen, Rufen und Kreischen, der entsetzliche und mißtönende Lärm, der von jeder Ecke des Marktes widerhallte, und die ungewaschenen, unrasierten, schmutzigen und verkommenen Gestalten, die ständig hin und her liefen, in die Menge hinein- und aus ihr wieder herausdrängten – das alles vereinte sich zu einem solch überwältigenden und verwirrenden Schauspiel, daß es einem völlig die Sinne benahm.

Mr. Sikes, der Oliver hinter sich herzog, bahnte sich mit den Ellenbogen den Weg durch das dickste Gedränge und schenkte den vielen Erscheinungen und Geräuschen, die den Knaben so in Erstaunen versetzten, nur sehr wenig Aufmerksamkeit. Zwei- oder dreimal nickte er einem vorüberkommenden Freund zu, wehrte ebenso viele Aufforderungen ab, einen Morgenschnaps zu genehmigen, drängte ständig vorwärts, bis sie aus dem Getümmel heraus und durch Hosier Lane nach Holborn gelangt waren.

»Na, Bürschchen«, sagte Sikes und sah nach der Uhr der St.-Andreas-Kirche hinauf, »'s geht scharf auf sieben! Du mußt einen Schritt zulegen. Los, bleib nicht jetzt schon zurück, du Faulpelz!«

Mr. Sikes begleitete diese Rede mit einem Ruck am Handgelenk seines kleinen Begleiters, und Oliver, der seinen Schritt zu einer Gangart beschleunigte, die etwa halbwegs zwischen schnellem Laufen und Rennen lag, behauptete sich neben den raumgreifenden Schritten des Einbrechers, so gut er konnte. Sie blieben bei diesem Tempo, bis sie an der Ecke des Hydeparks vorüber und auf dem Wege nach Kensington waren; hier verlangsamte Sikes seinen Schritt, bis ein leerer Wagen, der in einiger Entfernung hinter ihnen war, sie eingeholt hatte. Als er sah, daß »Hounslow« darauf geschrieben stand, fragte er den Kutscher mit aller ihm zu Gebote stehenden Höflichkeit, ob er sie wohl bis Isleworth mitnehmen würde.

»Steigt auf!« sagte der Mann. »Ist das Euer Junge?«

»Ja, das ist mein Junge«, erwiderte Sikes, sah Oliver scharf an und steckte seine Hand wie zufällig in die Tasche, in der sich die Pistole befand.

»Dein Vater läuft ein bißchen zu schnell für dich, nicht wahr, kleiner Mann?« fragte der Kutscher, als er sah, daß Oliver außer Atem war.

»Keine Spur«, fiel Sikes ihm ins Wort. »Daran ist er gewöhnt. Hier, faß mich bei der Hand, Ned! Hinauf mit dir!«

Mit diesen Worten half er Oliver auf den Karren, wo der Kutscher auf einen Haufen Säcke zeigte und ihm bedeutete, er solle sich dort niederlegen und ausruhen.

Sie fuhren an verschiedenen Meilensteinen vorbei, und Oliver fragte sich immer verwunderter, wohin sein Gefährte ihn wohl bringen wollte. Kensington, Hammersmith, Chiswick, Kew Bridge, Brentford lagen schon hinter ihnen, und noch immer ging es so unbeirrt weiter, als hätten sie ihre Reise eben erst begonnen. Schließlich kamen sie an ein Wirtshaus, das ›Zu Pferd und Wagen‹ hieß, und kurz hinter dem ein anderer Weg abzubiegen schien. Hier hielt der Wagen.

Sikes stieg in großer Eile aus, wobei er Oliver ständig an der Hand hielt, hob ihn dann schnell herunter, warf ihm einen wütenden Blick zu und klopfte mit der Faust bedeutungsvoll an seine Seitentasche.

»Auf Wiedersehen, mein Junge!« sagte der Mann.

»Er ist eigensinnig«, versetzte Sikes und gab Oliver einen Stoß. »Eigensinnig wie ein junger Hund. Machen Sie sich nichts draus!«

»Bestimmt nicht«, erwiderte der andere und stieg in seinen Wagen. »Na, wenigstens schönes Wetter heute.« Und damit fuhr er davon.

Sikes wartete, bis er nahezu verschwunden war; dann sagte er zu Oliver, er könne sich einmal umsehen, wenn er wolle, und führte ihn darauf wieder weiter seines Weges.

Sie wandten sich kurz hinter dem Wirtshaus nach links, dann nahmen sie einen Weg, der nach rechts führte und liefen lange Zeit weiter; sie kamen an vielen großen Gärten und Herrenhäusern zu beiden Seiten des Weges vorbei und rasteten nur einmal, um einen Schluck Bier zu trinken, bis sie schließlich die Stadt erreichten. Hier sah Oliver an der Mauer eines Hauses in ziemlich großen Buchstaben das Wort »Hampton« angeschrieben. Einige Stunden lang schlenderten sie in den Feldern umher. Endlich kamen sie in die Stadt zurück, kehrten in einem alten Wirtshaus mit einem verwitterten Aushängeschild ein und bestellten in der Küche etwas zu essen.

Die Küche war ein alter niedriger Raum, durch dessen Decke sich in der Mitte ein mächtiger Balken zog; nahe beim Feuer standen Bänke mit hohen Lehnen, und auf diesen saßen trinkend und rauchend etliche derbe Männer in Arbeitskitteln. Sie nahmen von Oliver keine und von Sikes nur wenig Notiz, und da Sikes auch sie nur wenig beachtete, saßen er und sein junger Gefährte für sich allein in einer Ecke, ohne von der Gesellschaft sonderlich gestört zu werden.

Sie aßen etwas kaltes Fleisch zu Mittag und blieben dann noch lange sitzen, indes Mr. Sikes sich drei oder vier Pfeifen Tabak genehmigte; so daß Oliver sich schon ziemlich sicher war, daß die Reise nicht weiterginge. Da er von der Wanderung und vom frühen Aufstehen sehr müde war, dämmerte er zunächst ein wenig vor sich hin und schlief schließlich vor Müdigkeit und Tabakqualm fest ein.

Als er von Sikes mit einem Stoß geweckt wurde, war es

völlig dunkel. Oliver richtete sich zum Sitzen auf, und als er sich umsah, gewahrte er, daß sein ehrenwerter Begleiter mit einem Arbeiter kameradschaftlich und in ein angeregtes Gespräch vertieft bei einem Kruge Bier zusammensaß.
»Ihr wollt also weiter nach Halliford Lower, wie?« fragte Sikes.
»Jawohl«, erwiderte der Mann, der mehr oder weniger betrunken zu sein schien, »und zwar nicht etwa langsam. Mein Pferd hat auf dem Rückweg keine Last hinter sich wie am Morgen bei der Herfahrt; da wird's nicht lange brauchen. Prost! Auf sein Wohl! 's ist ein braves Tier!«
»Könntet Ihr meinen Jungen und mich bis dahin mitnehmen?« fragte Sikes und schob seinem neuen Freund den Bierkrug zu.
»Wenn Ihr gleich aufbrecht, kann ich das«, sagte der Mann und hob sein Gesicht aus dem Bierkrug. »Wollt Ihr nach Halliford?«
»Weiter nach Shepperton«, antwortete Sikes.
»Ich nehme Euch mit, so weit ich fahre«, erwiderte der andere. »Ist alles bezahlt, Becky?«
»Jawohl, der andere Herr hat gezahlt«, antwortete das Mädchen.
»Na, aber«, sagte der Mann mit trunkener Würde, »das geht denn doch nicht!«
»Warum denn nicht?« fragte Sikes. »Ihr nehmt uns mit – warum sollte ich mich also nicht zum Beispiel mit einem Krug Bier revanchieren?«
Der Fremde dachte mit tiefernstem Gesicht über diese Feststellung nach; dann ergriff er Sikes bei der Hand und erklärte, er sei wirklich ein guter Kerl. Mr. Sikes antwortete darauf, er scherze wohl – und wäre der andere nüchtern gewesen, so hätten wohl sehr gute Gründe für diese Vermutung gesprochen. Nachdem sie noch etliche Komplimente gewechselt hatten, wünschten sie den Anwesenden eine gute Nacht und gingen hinaus; das Mädchen räumte indes die

Krüge und Gläser weg und schlenderte dann mit vollen Händen zur Tür, um die Gesellschaft abfahren zu sehen.

Das Pferd, auf dessen Wohl man in seiner Abwesenheit getrunken hatte, stand draußen fertig angeschirrt vor dem Wagen. Oliver und Sikes kletterten ohne weitere Umstände hinein, und der Mann, dem das Pferd gehörte, stieg gleichfalls auf, nachdem er erst noch einige Zeit damit vertrödelt hatte, seinem Pferd den Aufsatzzügel straffer zu ziehen, damit es den Kopf recht hoch tragen sollte, um den Stallknecht samt der ganzen Welt herauszufordern, ihm ein Pferd zu bringen, das dem seinen gleich wäre. Dann erhielt der Stallknecht den Auftrag, die Zügel loszulassen – doch kaum spürte das Pferd die Freiheit, so machte es auch sogleich höchst unliebsamen Gebrauch davon: hochmütig warf es den Kopf in die Luft und rannte in die Fensterscheiben der Gaststube auf der anderen Straßenseite. Nachdem es diese Heldentat vollbracht und sich noch kurze Zeit auf seinen Hinterbeinen hoch aufgebäumt hatte, stürmte es mit größter Geschwindigkeit davon und rasselte wie ein echtes Ritterroß zur Stadt hinaus.

Die Nacht war sehr dunkel. Ein feuchter Nebel stieg vom Flusse und vom sumpfigen Boden ringsum auf und breitete sich über die öden Felder. Außerdem war es schneidend kalt; alles war düster und unheildrohend. Kein Wort wurde gesprochen, denn der Fuhrmann war schläfrig geworden, und Sikes war nicht in der Stimmung, ein Gespräch mit ihm herbeizuführen. Oliver saß zusammengekauert in einer Ecke des Wagens; Furcht und Argwohn hatten ihn verwirrt, und in seiner Einbildung sah er seltsame Dinge in den dürren Bäumen, deren Zweige sich in einem phantastischen Freudenrausch über die Verlassenheit und Öde der Gegend unheimlich hin und her bewegten.

Als sie an der Kirche von Sunbury vorüberkamen, schlug die Turmuhr sieben. Aus dem Fenster des gegenüberliegenden Fährhauses schien ein Licht über den Weg und hüllte eine

Eibe, unter der sich einige Gräber befanden, in noch tieferen Schatten. Von unweit her drang das dumpfe Rauschen herabströmenden Wassers, und die Blätter des alten Baumes regten sich leise im Nachtwind: es schien wie eine gedämpfte Begleitmusik für die Ruhe der Toten.
Sunbury wurde durchfahren, und sie kamen wieder auf die einsame Landstraße. Nach weiteren zwei oder drei Meilen hielt der Wagen. Sikes stieg aus, nahm Oliver bei der Hand, und wieder gingen sie zu Fuß weiter.
In Shepperton kehrten sie nicht ein, wie es der müde Knabe erwartet hatte, sondern sie wanderten in Schmutz und Dunkelheit immer weiter fort durch düstere Hohlwege und über kalte, weite Einöden, bis in geringer Entfernung die Lichter einer Stadt in Sicht kamen. Als Oliver angestrengt nach vorn sah, gewahrte er, daß sich unmittelbar vor ihnen ein Gewässer befand und daß sie an eine Brücke kamen.
Sikes ging gerade darauf zu, bis sie dicht vor der Brücke waren; dann wendete er sich plötzlich nach links zum Ufer hinunter.
Das Wasser! dachte Oliver und ihm wurde ganz elend vor Angst. Er hat mich an diesen einsamen Ort gebracht, um mich zu ermorden!
Er war schon nahe daran, sich zu Boden zu werfen und um sein junges Leben zu kämpfen, als er bemerkte, daß sie vor einem einsamen, völlig verfallenen Hause standen. Zu beiden Seiten des baufälligen Eingangs befand sich ein Fenster, darüber war ein Stockwerk, aber kein Licht war zu sehen. Das Haus war dunkel, wie zum Abbruch bestimmt und allem Anschein nach unbewohnt.
Sikes, der Oliver noch immer an der Hand hielt, näherte sich leise der niedrigen Tür und drückte auf die Klinke. Die Tür gab dem Druck nach, und die beiden traten ein.

ZWEIUNDZWANZIGSTES KAPITEL

Der Einbruch

»Hallo!« rief eine laute, heisere Stimme, sobald sie in den Hausflur getreten waren.

»Mach nicht solchen Lärm«, meinte Sikes und verriegelte die Tür. »Bring mal 'ne Funsel, Toby!«

»Aha! Mein Kumpan!« rief dieselbe Stimme. »'ne Funsel, Barney, 'ne Funsel! Führ den Herrn herein, Barney; aber vorher wach gefälligst mal auf!«

Der Sprecher schien einen Stiefelknecht oder dergleichen nach dem Angesprochenen zu werfen, um ihn aus seinem Schlummer zu wecken; denn man hörte das Geräusch eines heftig niederfallenden hölzernen Gegenstandes und danach ein undeutliches Murmeln wie von einem Menschen zwischen Schlaf und Wachsein.

»Hörst du?« rief abermals dieselbe Stimme. »Im Flur draußen ist Bill Sikes, und niemand macht ihm die Honneurs – und du schläfst, als hätt'st du zum Essen Opium genommen, wenn nicht noch was Stärkeres! Bist du jetzt ein bißchen munterer, oder brauchst du erst den eisernen Leuchter, damit du vollends aufwachst?«

Auf diese Frage hin schlurften ein Paar in Latschen steckende Füße hastig über den nackten Fußboden des Raumes, und in einer Tür zur Rechten erschien zuerst eine schwach leuchtende Kerze und danach die Gestalt desselben Individuums, von dem schon früher berichtet wurde, daß es durch die Nase sprach und im Wirtshaus von Saffron Hill als Kellner fungierte.

»Mister Sikes!« rief Barney in ehrlicher oder gespielter Freude aus. »Kommt herein, Sir, kommt herein!«

»Los, geh du voran!« sagte Sikes und schob Oliver nach vorn. »Schneller! Oder ich tret' dir auf die Hacken!«

Mit einem Fluch über die Langsamkeit des Jungen stieß

Sikes Oliver vor sich her, und sie betraten einen niedrigen, dunklen Raum mit einem rauchenden Feuer, zwei oder drei zerbrochenen Stühlen, einem Tisch und einem sehr alten Ruhebett, auf dem, die Beine viel höher als der Kopf, ein Mann in ganzer Länge ausgestreckt lag und eine lange Tonpfeife rauchte. Er trug einen elegant geschnittenen schnupftabakfarbenen Rock mit großen Messingknöpfen, ein orangefarbenes Halstuch, eine grobe, helle, türkisch gemusterte Weste und mausgraue Kniehosen. Mr. Crackit (denn dieser war es) hatte nicht sonderlich viel Haare, weder auf dem Kopf noch im Gesicht, aber die er besaß, waren von rötlicher Farbe und zu langen Korkzieherlocken zusammengedreht, durch die er gelegentlich mit sehr schmutzigen Fingern, die mit großen, billigen Ringen geschmückt waren, hindurchfuhr.

Er war ein wenig über mittelgroß und offenbar ziemlich schwach auf den Beinen; diese Tatsache beeinträchtigte ihn jedoch ganz und gar nicht in der selbstgefälligen Bewunderung seiner Stulpenstiefel, die er in ihrer erhöhten Lage mit lebhafter Zufriedenheit betrachtete.

»Bill, mein Junge!« sagte diese Gestalt und wandte den Kopf nach der Tür zu, »freu' ich mich, dich zu sehen! Hatte schon befürchtet, du hätt'st es aufgegeben; in diesem Fall hätt' ich's auf eigne Faust riskiert. Hallo!«

Dieser Ausruf erfolgte im Ton höchster Überraschung, denn Mr. Toby Crackits Blick war auf Oliver gefallen. Sogleich richtete er sich zum Sitzen auf und fragte, wer denn das sei.

»Der Junge. Nur der Junge!« antwortete Sikes und zog einen Stuhl ans Feuer.

»Einer von Mr. Fagins Jungen«, ließ sich Barney mit einem Grinsen vernehmen.

»Ach, von Fagin?« rief Toby und betrachtete Oliver. »Welch ein unschätzbarer Knabe für die Taschen der alten Damen in der Kirche! Seine Fratze ist ein Vermögen für ihn!«

»Schluß – genug davon!« unterbrach ihn Sikes ungeduldig, beugte sich zu seinem Freund nieder und flüsterte ihm einige Worte ins Ohr. Darüber lachte Mr. Crackit schallend und beehrte Oliver mit einem langen, erstaunten Blick.

»So«, sagte Sikes, als er sich wieder setzte, »wenn du jetzt noch, während wir warten, was zu essen und zu trinken für uns hast, so wird uns das etwas Mumm in die Knochen geben – mir wenigstens auf jeden Fall. Setz dich hier ans Feuer, junger Mann, und ruh dich aus, denn du mußt heute nacht noch mal mit uns hinaus, wenn auch nicht sehr weit weg.«

Oliver sah Sikes mit schweigender und ängstlicher Verwunderung an, zog einen Stuhl ans Feuer, setzte sich nieder und stützte den schmerzenden Kopf in die Hände – kaum wissend, wo er war, noch was um ihn her geschah.

»Da«, sagte Toby, als der junge Jude einige Speisereste und eine Flasche auf den Tisch stellte, »auf erfolgreiche Fahrt!« Er erhob sich zu Ehren dieses Trinkspruchs und stellte seine leere Pfeife vorsichtig in eine Ecke, dann trat er an den Tisch, füllte ein Glas mit Branntwein und trank es aus. Mr. Sikes tat es ihm nach.

»Einen Schluck für den Jungen«, sagte Toby und füllte ein Weinglas zur Hälfte. »Hinunter damit, du Unschuldslamm!«

»Nein, wirklich . . .«, stammelte Oliver und sah kläglich nach oben in des Mannes Gesicht, »wirklich, ich . . .«

»Hinunter damit!« wiederholte Toby. »Denkst du, ich weiß nicht, was dir guttut? Sag ihm, daß er trinken soll, Bill!«

»Ich möcht's ihm raten!« sagte Sikes und klopfte mit der Hand auf seine Tasche. »Hol mich der Henker, wenn der einem nicht mehr zu schaffen macht, als eine ganze Familie von Gannefs. Trink, du störrischer Teufel, trink!«

Von den drohenden Gebärden der beiden Männer eingeschüchtert, schluckte Oliver hastig den Inhalt des Glases hinunter und bekam gleich darauf einen heftigen Hustenanfall, was Toby Crackit und Barney königlich amüsierte und sogar dem grimmigen Mr. Sikes ein Lächeln entlockte.

Als dies geschehen war und Sikes seinen Appetit gestillt hatte (Oliver konnte nichts essen außer einer dünnen Brotrinde, die sie ihm hineinzwangen), streckten sich die beiden Männer zu einem kurzen Schlummer auf den Stühlen aus. Oliver blieb auf seinem Schemel beim Feuer sitzen, Barney wickelte sich in eine Decke und legte sich dicht vor dem Kamin auf den Fußboden.

Eine Zeitlang schliefen sie oder schienen wenigstens zu schlafen; niemand regte sich außer Barney, der ein- oder zweimal aufstand, um Kohlen ins Feuer zu werfen. Oliver verfiel in einen tiefen Schlummer, und es war ihm, als wandere er durch düstere Hohlwege, über den dunklen Friedhof oder andere Schauplätze vom Tage zuvor, bis er dadurch geweckt wurde, daß Toby Crackit aufsprang und erklärte, es sei halb zwei Uhr. Im Nu waren die beiden andern auf den Beinen, und alle waren heftig mit Vorbereitungen beschäftigt. Sikes und sein Kumpan umwickelten sich Hals und Kinn mit großen dunklen Schals und zogen ihre Mäntel an; Barney öffnete einen Schrank und holte daraus einige Gegenstände hervor, die er hastig in die Taschen stopfte.

»Meine Schießeisen, Barney«, sagte Toby Crackit.

»Hier sind sie«, antwortete Barney und brachte zwei Pistolen zum Vorschein. »Ihr habt sie selbst geladen.«

»In Ordnung!« erwiderte Toby und steckte sie ein.

»Die Brecheisen?«

»Hab' ich!« stellte Sikes fest.

»Masken, Nachschlüssel, Zentrumbohrer, Blendlaternen – nichts vergessen?« fragte Toby und befestigte ein kleines Brecheisen an einer Schlinge innen am Futter seines Rockes.

»Alles in Ordnung!« meinte sein Kumpan. »Barney, gib die Hölzer her! 's ist an der Zeit!«

Mit diesen Worten nahm er aus Barneys Händen einen

dicken Knüppel in Empfang; einen zweiten hatte dieser Toby gegeben und war nun bemüht, Olivers Umhang zuzuknöpfen.

»Also los!« sagte Sikes und streckte seine Hand aus.

Oliver, der von der ungewohnten Anstrengung, von der Luft und von dem Trunk, den man ihm aufgezwungen hatte, völlig benommen war, legte mechanisch seine Hand in jene, die Sikes ihm zu diesem Zwecke entgegenhielt.

»Nimm ihn bei der anderen Hand, Toby«, sagte Sikes. »Barney, sieh dich mal draußen um.«

Barney ging zur Tür und kam zurück, um zu melden, daß alles ruhig sei. Die zwei Räuber nahmen Oliver in die Mitte und verließen mit ihm das Haus. Barney machte alles dicht, rollte sich in seine Decke wie zuvor und war bald wieder eingeschlafen. Es herrschte jetzt völlige Dunkelheit. Der Nebel war viel dichter, als zu Beginn der Nacht, und die Luft war so feucht, daß, obwohl es nicht regnete, Olivers Haare und Augenbrauen bereits wenige Minuten, nachdem sie das Haus verlassen hatten, von dem halbgefrorenen Dunst ringsum starr und steif geworden waren. Sie überquerten die Brücke und gingen auf die Lichter zu, die Oliver schon vorher gesehen hatte. Diese waren nicht weit entfernt, und da sie ziemlich energisch ausschritten, kamen sie bald in Chertsey an.

»Geradezu durch die Stadt«, flüsterte Sikes, »heute nacht wird niemand unterwegs sein, der uns sieht.«

Toby war einverstanden, und sie durcheilten die Hauptstraße der kleinen Stadt, die zu so später Stunde völlig menschenleer war. Ab und zu schien trübes Licht aus einem Schlafzimmerfenster, und heiseres Hundegebell durchbrach dann und wann die Stille der Nacht. Aber niemand war unterwegs. Als die Kirchturmuhr zwei schlug, hatten sie die Stadt bereits hinter sich.

Sie beschleunigten ihre Schritte und bogen in eine Straße zur Linken ein. Nachdem sie etwa eine Viertelmeile gegangen waren, machten sie vor einem einzelnstehenden Haus halt, das von einer Mauer umgeben war. Toby Crackit nahm sich kaum Zeit zum Verschnaufen, sondern war im Nu auf diese Mauer hinaufgeklettert.

»Jetzt erst mal den Jungen«, sagte er dann. »Heb ihn hoch, ich halt' ihn schon fest.«

Ehe Oliver noch Zeit fand, sich umzusehen, hatte Sikes ihn bereits unter den Armen gefaßt, und binnen drei oder vier Sekunden lagen Toby und er auf der andern Seite im Grase. Sikes folgte ihnen unverzüglich, und dann schlichen sie vorsichtig auf das Haus zu.

Und jetzt erst erkannte Oliver, der vor Kummer und Schrecken schier von Sinnen war, daß Einbruch und Raub, wenn nicht gar Mord, das Ziel dieser Unternehmung waren. Er schlug die Hände zusammen und stieß unwillkürlich einen unterdrückten Schrei des Entsetzens aus. Ein Nebel umfing seine Augen und kalter Schweiß stand auf seinem aschfahlen Gesicht; seine Beine versagten ihm, und er sank auf die Knie nieder. »Steh auf!« murmelte Sikes zitternd vor Wut und zog die Pistole aus der Tasche. »Steh auf, oder ich verstreu' dein Gehirn hier übers Gras!«

»Oh! Um Gottes willen, laßt mich gehen!« jammerte Oliver. »Laßt mich davonlaufen und auf den Feldern sterben. Ich werde nie wieder in die Nähe von London kommen – nie, nie wieder! Ach, bitte, habt doch Erbarmen mit mir und zwingt mich nicht zum Stehlen. Um all der strahlenden Engel willen, die im Himmel wohnen – habt Erbarmen mit mir!«

Der Mann, an den diese flehenden Worte gerichtet waren, stieß einen fürchterlichen Fluch aus und hatte schon die Pistole gespannt, aber Toby schlug sie ihm aus der Hand, hielt dem Knaben den Mund zu und zerrte ihn nach dem Haus hin.

»Still!« sagte er dabei, »das nützt hier nichts. Aber wenn du noch ein Wort sagst, dann besorg' ich dir's selber mit einem

Schlag über'n Schädel. Das macht keinen Lärm, ist genauso sicher und obendrein noch zünftiger. Hier, Bill, stemm den Laden auf. Der hier ist jetzt zahm genug, dafür garantier' ich. Ich hab' schon Erfahrenere in seinem Alter gesehen, die sich in einer kalten Nacht vorübergehend auch mal so gebärdet haben.«

Sikes, der furchtbare Verwünschungen auf Fagins Haupt herniederbeschwor, weil er Oliver mit einer solchen Aufgabe betraut hatte, handhabte kräftig, aber mit wenig Geräusch das Brecheisen. Nach einiger Zeit und mit etwas Nachhilfe von Toby öffnete sich der erwähnte Fensterladen in seinen Angeln.

Es war ein kleines Gitterfenster, etwa fünfeinhalb Fuß über dem Erdboden an der Rückseite des Hauses, das zu einer Spülküche oder einer kleinen Hausbrauerei am Ende des Flurs gehörte. Die Öffnung war so schmal, daß die Einwohner es wohl nicht der Mühe wert gefunden hatten, es besser zu sichern, aber es war immerhin groß genug, um einen Jungen von Olivers Größe hindurchzulassen. Eine sehr kurze Probe von Mr. Sikes Kunstfertigkeit genügte, die Befestigung des Gitters zu lösen, und bald stand es ebenfalls weit offen.

»Jetzt hör zu, du kleiner Taugenichts«, flüsterte Sikes, zog eine Blendlaterne aus der Tasche und richtete ihren Schein voll auf Olivers Gesicht. »Ich werde dich jetzt hier durchschieben. Nimm die Lampe, geh leise die Stufen direkt vor dir hinauf und durch die kleine Vorhalle bis zur Haustür, riegle sie auf und laß uns 'rein.«

»Am oberen Ende der Tür ist ein Riegel, den wirst du nicht erreichen können. Steig auf einen von den Stühlen in der Vorhalle. Es sind drei da, Bill, mit einem ganz hübsch großen blauen Einhorn und einer goldenen Heugabel drauf – das ist das Wappen der alten Gnädigen.«

»Halt die Klappe, verstanden?« erwiderte Sikes mit einem drohenden Blick. »Die Küchentür ist doch offen?«

»Weit offen«, sagte Toby, nachdem er hineingeschaut hatte, um sich zu vergewissern. »Der Witz dabei ist, daß sie die Tür immer mit einem Schnapper offenlassen, damit der Hund, der drinnen sein Lager hat, in dem Gang hin- und herlaufen kann, wenn ihm nicht nach Schlafen zumute ist. Ha! Ha! Barney hat ihn heute nacht weggelockt. Sauber hat er das gemacht!«
Obwohl Mr. Crackit in kaum hörbarem Flüsterton sprach und lautlos lachte, befahl ihm Sikes gebieterisch, still zu sein und an die Arbeit zu gehen. Toby gehorchte; zunächst zog er seine Laterne hervor und stellte sie auf die Erde, dann stemmte er sich fest mit dem Kopf gegen die Mauer unterhalb des Fensters und stützte die Hände auf die Knie, so daß sein Rücken als Trittfläche dienen konnte. Kaum war das geschehen, so stieg Sikes auf ihn hinauf, schob Oliver behutsam mit den Füßen zuerst durch das Fenster und setzte ihn, ohne seinen Rockkragen loszulassen, drinnen sicher zu Boden.
»Nimm diese Laterne«, sagte Sikes und sah in den Raum hinein. »Siehst du die Stufen da vor dir?«
»Ja«, hauchte Oliver, mehr tot als lebendig. Sikes zeigte mit dem Pistolenlauf auf die Haustür und gab ihm kurz zu verstehen, daß er immer in Schußweite sei und auf der Stelle tot umfallen würde, wenn er versagte.
»In einer Minute ist es erledigt«, sagte Sikes noch immer in demselben leisen Flüsterton. »Sobald ich dich loslasse, gehst du an die Arbeit. – – Horch!«
»Was ist das?« flüsterte der andere.
Sie lauschten angespannt.
»Nichts!« sagte Sikes und ließ Oliver los. »Vorwärts!«
In der kurzen Zeit, die dem Knaben verblieb, um seine Sinne zu sammeln, hatte er sich fest dazu entschlossen, die Treppe von der Vorhalle aus hinaufzustürzen und die Hausbewohner zu alarmieren – sollte er bei diesem Versuch nun sterben oder nicht. Von diesem Gedanken erfüllt, begann er sogleich, jedoch leise, voranzugehen.

»Komm zurück!« rief Sikes plötzlich laut. »Zurück! Zurück!«

Erschreckt durch die plötzliche Unterbrechung der Totenstille im Hause und durch einen lauten Schrei, der gleich darauf folgte, ließ Oliver seine Laterne fallen und wußte nicht, ob er weiter vorwärtsgehen oder entfliehen solle.

Der Schrei wiederholte sich – ein Licht erschien–, vor seinen Augen standen verschwommen wie eine Vision zwei erschrockene, halbangekleidete Männer am oberen Ende der

Treppe – ein Blitz – ein lauter Knall – Rauch – ein Krachen, von dem er nicht wußte, woher es kam – und dann taumelte er zurück.
Sikes war einen Augenblick lang verschwunden, aber er war sofort wieder da und hatte Oliver beim Kragen gefaßt, ehe noch der Rauch sich verzogen hatte. Er feuerte seine eigene Pistole auf die Männer ab, die sich bereits wieder auf dem Rückzug befanden, und zog den Knaben nach oben.
»Drück deine Arme fester an dich«, sagte Sikes, als er Oliver durch das Fenster zog. »Gib einen Schal her! Sie haben ihn getroffen. Schnell! Wie der Junge blutet!«
Danach ertönte das laute Klingeln einer Glocke, untermischt mit dem Lärm von Feuerwaffen, dem Geschrei von Menschen, und Oliver hatte das Gefühl, als würde er mit großer Geschwindigkeit über unebenen Boden getragen. Dann jedoch verschwammen die Geräusche in der Ferne, ein kaltes Gefühl der Todesnähe durchschauerte das Herz des Knaben – und er sah und hörte nichts mehr.

DREIUNDZWANZIGSTES KAPITEL

Welches den hauptsächlichen Inhalt einer erbaulichen Unterhaltung zwischen Mr. Bumble und einer Dame enthält und zeigt, daß auch ein Gemeindediener in gewisser Hinsicht empfindsam sein kann

Die Nacht war bitter kalt. Der Schnee lag zu einer harten, dicken Kruste gefroren auf der Erde, so daß nur die Haufen, die in Seitenwegen und Ecken zusammengetrieben worden waren, von dem scharfen Wind erfaßt wurden, der darüberhin heulte. Als wollte er seine ganze Wut an dieser Beute auslassen, so riß der Sturmwind den Schnee in Wolken wild empor und wirbelte ihn wie tausend feuchte Nebelschleier ringsum durch die Luft. Rauh, finster und schneidend kalt war es – so recht eine Nacht, in der jene, die satt waren und ein sicheres Dach über dem Kopf hatten, am hellen Feuer zusammenrückten und Gott dankten, daß sie daheim waren – und in der die Heimatlosen, die Elenden, die am Verhungern waren, sich zum Sterben niederlegten. Viele vom Hunger verzehrte Ausgestoßene schließen in solchen Nächten bei uns auf offener Straße die Augen für immer – und was auch immer ihr Verbrechen gewesen sein mag, sie können sie kaum in einer schlimmeren Welt wieder öffnen.

So sah es draußen aus, als Mrs. Corney, die Vorsteherin des Armenhauses, das unsere Leser bereits als den Geburtsort Oliver Twists kennen, sich in ihrem kleinen Zimmer bei einem lustig brennenden Feuer niederließ und mit beträchtlichem Wohlgefallen einen kleinen runden Tisch betrachtete, auf dem ein Tablett von entsprechender Größe mit allem Nötigen bereitstand, was zur erklärten Lieblingsmahlzeit älterer Damen gehört. Mrs. Corney war nämlich im Begriff, sich mit einer Tasse Tee zu erquicken. Als sie vom Tisch zum Kamin hinblickte, wo der kleinstmögliche aller Teekessel mit leiser Stimme ein zartes Liedchen sang, wuchs ihre innere Zufriedenheit offensichtlich – und tatsächlich so weit, daß Mrs. Corney lächelte.

»Ach ja», sagte die alte Dame, stützte ihren Ellenbogen auf den Tisch und schaute nachdenklich in das Feuer, »wir haben sicher alle vieles, wofür wir dankbar sein können, vieles – wenn wir's nur immer wüßten! Ach ja!«

Mrs. Corney schüttelte traurig den Kopf, als beklagte sie die geistige Blindheit jener Armen, die das nicht wußten, senkte einen silbernen Löffel (ihr privates Eigentum) tief in das Innere einer zwei Unzen fassenden zinnernen Teebüchse und machte sich an die Zubereitung des Tees.

Welch geringfügige Dinge doch das Gleichgewicht unserer schwachen Gemüter stören können! Der schwarze Teetopf, der sehr klein und im Nu voll war, lief über, indes Mrs. Corney moralische Betrachtungen anstellte, und das Wasser verbrühte ihr ein wenig die Hand.

»Verwünschter Topf!« sagte die würdige alte Dame, indem sie ihn schnellstens auf den Kamineinsatz niederstellte, »so ein dummes kleines Ding, das nur zwei Tassen faßt! Wem nützt das überhaupt was? Höchstens –«, meinte Mrs. Corney nach einer Pause, »höchstens einem armen verlassenen Wesen wie mir. Ach du lieber Himmel . . .!«

Mit diesen Worten ließ sich die alte Dame in ihren Stuhl sinken, stützte abermals den Ellenbogen auf den Tisch und dachte über ihr einsames Los nach. Der kleine Teetopf und die einzelne Tasse hatten in ihr traurige Erinnerungen an Mr. Corney geweckt (der erst fünfundzwanzig Jahre tot war), und Rührung übermannt sie.

»Nie wieder kriege ich einen«, sagte Mrs. Corney verdrießlich, »nie wieder kriege ich einen – wie ihn!«

Ob diese Bemerkung sich auf ihren Mann oder den Teetopf bezog, ist ungewiß. Sie hätte dem letzteren gelten können, denn Mrs. Corney betrachtete ihn, während sie sprach, und nahm ihn danach in die Hand. Sie hatte gerade ihre erste Tasse gekostet, als sie durch ein leises Klopfen an der Zimmertür gestört wurde. »Nur herein mit Euch!« sagte Mrs. Corney ärgerlich. »Da ist vermutlich wieder eins von den alten Weibern am Sterben. Die sterben immer, wenn ich gerade beim Essen bin. Steht doch nicht da herum und laßt die Kälte herein! Also, was ist los – he?«

»Nichts, Madam, nichts!« erwiderte eine männliche Stimme.

»Ach, du meine Güte!« rief die alte Dame, in wesentlich sanfterem Ton. »Sind Sie's, Mr. Bumble?«

»Zu Diensten, Madam«, sagte Mr. Bumble, der draußen stehengeblieben war, um sich die Schuhe abzuputzen und den Schnee von seinem Mantel zu schütteln, und der nun, den Dreispitz in der einen und ein Bündel in der anderen Hand, auf der Bildfläche erschien. »Soll ich die Tür schließen, Madam?«

Die Dame zögerte verschämt mit der Antwort; sie fürchtete wohl, es könne unschicklich sein, eine Unterredung mit Mr. Bumble bei geschlossenen Türen zu führen. Mr. Bumble nutzte ihr Zögern, und da es ihm selbst sehr kalt war, schloß er die Tür ohne Erlaubnis.

»Ein häßliches Wetter, Mr. Bumble«, sagte die alte Dame.

»Wirklich häßlich, Madam!« antwortete der Gemeindediener. »Ein Wetter zum Schaden der Kirchgemeinde ist das, Madam. Wir haben heute an diesem einzigen gottgesegneten Nachmittag an die zwanzig Viertellaibe Brot und anderthalben Käse ausgegeben, Mrs. Corney – und diese Armen sind immer noch nicht zufrieden!«

»Natürlich nicht. Wann wären die das, Mr. Bumble?« sagte die alte Dame und trank ihren Tee.

»Ja, Madam, wann wohl?« stimmte Mr. Bumble ihr zu. »Da ist zum Beispiel ein Mann, der in Anbetracht seiner Frau und seiner großen Familie einen Viertellaib Brot und ein reichliches Pfund Käse bekommen hat. Ist er dankbar, Madam? Ist er dankbar? Nicht für'n Fünfer! Bettelt der doch tatsächlich noch um ein paar Kohlen, Madam, wenn's auch nur ein Taschentuch voll wäre, hat er gesagt! Kohlen! Was will der wohl mit Kohlen? Seinen Käse damit rösten und dann kommen und mehr verlangen – – So geht das mit diesen Leuten, Madam: Geben Sie ihnen heute eine Schürze voll Kohlen, und sie kommen übermorgen wieder und verlangen mit größter Unverschämtheit noch eine!«

Die alte Dame bekundete ihre vollste Zustimmung zu diesem verständlichen Beispiel, und der Gemeindediener fuhr fort:

»Aber«, sagte er, »was ich jetzt erlebt habe, das war denn doch der Gipfel! Kommt doch vorgestern ein Mann – Sie sind verheiratet gewesen, Madam, da darf ich wohl zu Ihnen darüber sprechen –, also ein Mann, der kaum mehr einen Fetzen auf dem Leibe hatte (hier blickte Mrs. Corney zu Boden), zu unserem Aufseher an die Tür, als der gerade

Gäste zum Mittagessen dahatte, und sagt, er brauche eine Unterstützung. Da er nicht weggehen wollte und die Gesellschaft sehr belästigte, schickt ihm unser Aufseher ein Pfund Kartoffeln und ein halbes Maß Hafermehl hinaus. ›Du meine Güte‹, sagt da der undankbare Schurke, ›was soll mir *das* denn nützen? Da konntet Ihr mir ebensogut eine eiserne Brille geben!‹ ›Auch gut‹, meint unser Aufseher und nimmt ihm die Sachen wieder weg, ›was anderes wirst du hier nicht kriegen!‹ ›Dann sterbe ich auf offener Straße‹, sagt der Strolch. ›O nein, das wirst du nicht tun!‹ antwortet unser Aufseher.«

»Haha! Das ist sehr gut! Echt Mr. Grannett, nicht wahr?« rief die alte Dame aus. »Na, und – Mr. Bumble?«

»Nun, Madam«, erwiderte der Gemeindediener, »er ging fort – und er starb tatsächlich auf offener Straße. Können Sie sich so was von einem eigensinnigen Armen vorstellen?«

»Das übertrifft alles, was ich für möglich gehalten hätte«, stellte die alte Dame mit Nachdruck fest. »Aber halten Sie nicht auch Unterstützung außer Haus irgendwie für sehr schlecht, Mr. Bumble? Sie sind ein Mann mit Erfahrung und müßten darüber doch Bescheid wissen. Also, was meinen Sie?«

»Mrs. Corney«, sagte der Gemeindediener und lächelte, wie Menschen lächeln, die sich darüber klar sind, daß sie es besser wissen, »Unterstützung außer Haus, richtig gehandhabt – richtig gehandhabt, Madam – ist die Rettung für die Gemeinde. Der oberste Grundsatz für die Unterstützung außer Haus ist, daß man den Armen genau das gibt, was sie nicht brauchen können; dann werden sie es müde, wiederzukommen.«

»Mein Gott!« rief Mrs. Corney aus, »das ist allerdings auch gut!«

»Jawohl. Unter uns gesagt, Madam«, erwiderte Mr. Bumble, »das ist der oberste Grundsatz; und das ist auch der Grund, warum Sie, wenn Sie mal irgendwelche Fälle betrachten, die in jene ausverschämten Zeitungen geraten, immer feststellen werden, daß kranke Familien mit Käsescheiben unterstützt worden sind. Das ist jetzt im ganzen Lande so üblich, Mrs. Corney. Jedoch aber«, sagte der Gemeindediener und hielt inne, um sein Bündel auszupacken, »das sind Amtsgeheimnisse, Madam, über die nicht gesprochen werden darf, außer, wenn ich so sagen darf, unter Gemeindebeamten, wie wir es sind. Das hier ist der Portwein, Madam, den der Gemeinderat für die Krankenstube bestimmt hat; richtiger, frischer, echter Portwein, heute vormittag erst vom Faß abgefüllt; glockenklar und ohne Bodensatz!«

Nachdem er die erste Flasche gegen das Licht gehalten und gut geschüttelt hatte, um ihre Güte zu prüfen, stellte Mr. Bumble beide Flaschen auf eine Kommode, faltete das Taschentuch zusammen, in das sie eingewickelt gewesen waren, steckte es sorgfältig in die Tasche und nahm seinen Hut, als wollte er gehen.

»Sie werden einen sehr kalten Weg haben, Mr. Bumble«, sagte die alte Dame.

»Es weht ein Wind, Madam«, sagte Mr. Bumble und schlug seinen Mantelkragen hoch, »der einem schier die Ohren abschneidet.«

Die alte Dame blickte von dem kleinen Kessel zu dem Gemeindediener, der sich nach der Tür zu bewegte; und als der Gemeindediener sich mit einem Räuspern anschickte, ihr gute Nacht zu wünschen, fragte sie verschämt, ob – ob er nicht eine Tasse Tee trinken wolle?

Mr. Bumble schlug augenblicklich seinen Kragen wieder herunter, legte seinen Hut und Stock auf einen Stuhl und zog einen anderen Stuhl an den Tisch heran.

Als er sich langsam niedersetzte, sah er dabei die alte Dame an; diese wiederum hielt ihre Blicke auf den kleinen Teekessel gerichtet. Mr. Bumble räusperte sich abermals und lächelte leise.

Mrs. Corney erhob sich, um eine zweite Tasse aus dem

Wandschrank zu holen. Als sie sich setzte, trafen ihre Blicke abermals die des galanten Gemeindedieners; sie errötete und widmete sich der Aufgabe, den Tee zuzubereiten. Wiederum räusperte sich Mr. Bumble – diesmal lauter als je zuvor.

»Süß, Mr. Bumble?« fragte die alte Dame und griff nach der Zuckerdose.

»Sehr süß – wirklich, Madam«, erwiderte Mr. Bumble. Als er dies sagte, richtete er seinen Blick fest auf Mrs. Corney, und wenn je ein Gemeindediener zärtlich ausgesehen hat, so war es Mr. Bumble in diesem Augenblick.

Der Tee wurde schweigend zubereitet und kredenzt. Mr. Bumble hatte sich ein Taschentuch über die Knie gebreitet, damit die Krumen nicht etwa die Pracht seiner Hosen gefährdeten, und begann nun zu essen und zu trinken. Gelegentlich unterbrach er diese angenehme Beschäftigung durch einen tiefen Seufzer, der jedoch seinen Appetit keineswegs beeinträchtigte, sondern im Gegenteil seiner Beschäftigung mit Tee und Toast eher noch förderlich zu sein schien.

»Wie ich sehe, haben Sie eine Katze, Madam«, sagte Mr. Bumble und blickte auf das besagte Tier, das inmitten seiner Nachkommen in einem Korb vor dem Feuer lag. »Und Junge noch dazu!«

»Sie können sich gar nicht vorstellen, wie lieb ich sie habe, Mr. Bumble«, entgegnete die alte Dame. »Sie sind *so* glücklich, *so* vergnügt und *so* munter, daß sie gerade die richtige Gesellschaft für mich sind.«

»Sehr nette Tiere, Madam«, sagte Mr. Bumble zustimmend, »und so sehr häuslich.«

»O ja«, stimmte die alte Dame begeistert zu, »sie sind so gern zu Hause, daß es wahrhaftig eine reine Freude ist.«

»Mrs. Corney – Madam«, sagte Mr. Bumble langsam und schlug dabei mit dem Teelöffel den Takt, »ich möchte sagen, daß jede Katze oder jedes junge Kätzchen, das mit Ihnen

zusammen leben könnte, Madam, und *nicht* gern zu Hause wäre, ein Esel sein müßte, Madam.«
»Oh, Mr. Bumble!« protestierte Mrs. Corney.
»Es hat keinen Zweck, Tatsachen zu verheimlichen, Madam«, sagte Mr. Bumble und schwenkte den Teelöffel langsam mit einer Art verliebter Würde, die ihn doppelt eindrucksvoll machte, »ich würde so ein Tier höchstpersönlich mit Vergnügen ertränken.«

»Dann sind Sie ein grausamer Mann«, sagte die alte Dame lebhaft, während sie ihre Hand nach der Tasse des Gemeindedieners ausstreckte, »und ein sehr hartherziger dazu.«

»Hartherzig, Madam?« erwiderte Mr. Bumble. »Hart?« Ohne ein weiteres Wort reichte er ihr seine Tasse, drückte Mrs. Corneys kleinen Finger, als sie sie ihm abnahm, klopfte sich mit der flachen Hand zweimal auf seine mit Schnüren besetzte Weste, stieß einen heftigen Seufzer aus und rückte seinen Stuhl ein ganz kleines Stück vom Feuer weg.

Es war ein runder Tisch, und da Mrs. Corney und Mr. Bumble vor dem Feuer und mit nur wenig Zwischenraum einander gegenüber saßen, so wird ersichtlich, daß Mr. Bumble, wenn er vom Feuer wegrückte und dennoch am Tisch blieb, die Entfernung zwischen sich und Mrs. Corney vergrößerte. Etliche kluge Leser werden zweifellos geneigt sein, dieses Verhalten zu bewundern und es als eine äußerst heldenhafte Tat Mr. Bumbles zu betrachten: denn er war ja in mancher Hinsicht durch Zeit, Ort und Gelegenheit in Versuchung geführt, gewisse zärtliche Nichtigkeiten zu äußern; diese aber, so gut sie sich auch von den Lippen leichtfertiger und gedankenloser Menschen ausnehmen mögen, scheinen unermeßlich tief unter der Würde eines Gemeindedieners, der (wie ja allgemein bekannt ist) der ernsteste und unbeugsamste von ihnen allen sein sollte.

Welcher Art jedoch auch Mr. Bumbles Absichten sein mochten (und ohne Zweifel waren sie die besten): unglücklicherweise traf es sich so, daß der Tisch, wie schon früher zweimal festgestellt wurde, rund war; infolgedessen begann Mr. Bumble, als er seinen Stuhl ganz allmählich weiterrückte, die Entfernung zwischen sich und der alten Dame bald zu verringern, und da er so immer weiter am äußeren Rande der Kreisfläche entlangwanderte, brachte er seinen Stuhl mit der Zeit nahe an jenen heran, auf dem die alte Dame saß. Tatsächlich berührten sich die beiden Stühle schließlich, und als das der Fall war, hielt Mr. Bumble inne.

Hätte nun die alte Dame ihren Stuhl nach rechts bewegt, so wäre sie vom Feuer versengt worden, rückte sie aber nach links, so hätte sie in Mr. Bumbles Arme fallen müssen; deshalb blieb sie (da sie eine besonnene alte Dame war und ohne Zweifel diese Konsequenzen mit einem Blick überschaute), wo sie war und reichte Mr. Bumble eine zweite Tasse Tee.

»Hartherzig, Mrs. Corney?« sagte Mr. Bumble, rührte in seinem Tee und sah der alten Dame ins Gesicht.

»Sind *Sie* hartherzig, Mrs. Corney?«

»Du meine Güte!« rief die alte Dame aus, »welch seltsame Frage von einem ledigen Mann! Warum wollen Sie denn das wissen, Mr. Bumble?«

Der Gemeindediener trank seinen Tee bis zum letzten Tropfen aus, aß ein Stück Toast auf, fegte die Krumen von seinen Knien, wischte sich die Lippen ab und gab der alten Dame bedächtig einen Kuß.

»Mr. Bumble!« rief die besonnene Dame im Flüsterton, denn sie war so sehr erschrocken, daß sie völlig ihre Stimme verloren hatte, »Mr. Bumble, ich werde schreien!«

Mr. Bumble gab keine Antwort, sondern legte langsam und würdevoll seinen Arm um die Taille der alten Dame.

Da diese die Absicht bekundet hatte zu schreien, so hätte sie das angesichts dieser zusätzlichen Kühnheit natürlich auch getan; aber diese Bemühung wurde durch ein hastiges Klopfen an der Tür unnötig gemacht. Als es ertönte, eilte Mr. Bumble behende zu den Weinflaschen und begann, sie sehr heftig abzustauben, indes die alte Dame mit scharfer Stimme fragte, wer denn da wäre.

Als ein seltsames physiologisches Beispiel dafür, wie eine plötzliche Überraschung höchster Furcht entgegenwirken kann, ist es bemerkenswert, daß ihre Stimme all ihre amtliche Schärfe völlig wiedergewonnen hatte.

»Ach, Verzeihung, Frau Vorsteherin«, sagte eine abgezehrte, abschreckend häßliche alte Armenhäuslerin und steckte den

Kopf zur Tür hinein, »mit der alten Sally geht's schnell zu Ende.«
»Na, und was geht das mich an?« fragte die alte Dame ärgerlich. »Kann ich sie vielleicht am Leben erhalten?«
»Nein, nein, Frau Vorsteherin«, erwiderte die Alte, »das kann keiner; bei der ist schon alle Hilfe umsonst. Ich hab' schon viele Menschen sterben sehen; kleine Kinder und große, starke Männer, und ich weiß gut genug, wann der Tod kommt. Aber ihr liegt noch was auf der Seele, und wenn sie nicht gerade ihre Anfälle hat – und das ist nicht oft, denn sie stirbt sehr schwer –, dann sagt sie, sie hätte noch was zu erzählen, was Sie hören müßten. Bevor Sie nicht kommen, wird sie nicht ruhig sterben.«
Bei dieser Nachricht murmelte die ehrenwerte Mrs. Corney diverse Anzüglichkeiten über alte Frauen, die nicht einmal sterben könnten, ohne ihre Vorgesetzten mit Vorbedacht zu belästigen; dann wickelte sie sich in einen dicken Schal, den sie hastig aufgegriffen hatte, und bat Mr. Bumble kurz, doch zu bleiben, bis sie zurückkäme, falls irgend etwas Besonderes geschehen sollte. Dann befahl sie der Botin, sie solle rasch vorangehen und nicht die ganze Nacht auf der Treppe herumhumpeln, und verließ in äußerst übler Laune hinter ihr das Zimmer.
Mr. Bumbles Verhalten, als er nun so sich selbst überlassen blieb, war ziemlich unerklärlich. Er öffnete den Wandschrank, zählte die Teelöffel, wog die Zuckerzange in der Hand, betrachtete angelegentlich ein silbernes Milchkännchen, um sich von seiner Echtheit zu überzeugen; und als er seine diesbezügliche Neugier befriedigt hatte, stülpte er seinen Dreispitz verquer auf den Kopf und tanzte höchst würdevoll genau viermal um den Tisch herum. Nachdem er diese höchst eigenartige Leistung vollbracht hatte, nahm er den Dreispitz wieder ab, pflanzte sich mit dem Rücken zum Feuer vor dem Kamin auf und schien damit beschäftigt zu sein, in Gedanken eine genaue Bestandsaufnahme des gesamten Mobiliars zu machen.

VIERUNDZWANZIGSTES KAPITEL

Handelt von einem höchst armseligen Wesen.
Es ist jedoch kurz und wird sich in dieser Geschichte als wichtig erweisen

Es war keine ungeeignete Botin des Todes, die die Ruhe im Zimmer der Vorsteherin gestört hatte. Ihr Körper war vom Alter gebeugt, ihre gelähmten Glieder zitterten, und ihr Gesicht, das zu einer muffelnden, schiefen Fratze verzerrt war, glich eher der grotesken Schöpfung eines entfesselten Pinsels als einem Werke der Natur.

Ach, wie wenige von den Gesichtern, die die Natur erschuf, bleiben unberührt, um uns durch ihre Schönheit zu erfreuen! Die Sorgen, Kümmernisse und Entbehrungen des Lebens verändern sie, wie sie die Herzen verändern; und erst, wenn diese Empfindungen schlummern oder für immer ihre Macht verloren haben, verziehen sich die trüben Wolken und lassen das klare Antlitz des Himmels erscheinen. Es ist durchaus nichts Ungewöhnliches, daß die Gesichter der Toten, selbst in diesem Zustand der Erstarrung, den längst vergessenen Ausdruck eines schlafenden Kindes annehmen und wieder ganz zurückfinden zu jenem Aussehen, das sie am Beginn ihres Lebens hatten; so ruhig und friedlich werden sie wieder, daß jene, die sie in ihrer glücklichen Kindheit kannten, ehrfurchtsvoll zur Seite des Sarges knien und, noch auf Erden, schon das verklärte Bild eines Engels vor sich sehen.

Die alte Frau humpelte durch die Gänge und über die Stiegen und murmelte einige undeutliche Antworten auf das Gekeife ihrer Begleiterin; und als sie schließlich einmal haltmachen mußte, um zu verschnaufen, drückte sie dieser das Licht in die Hand und blieb zurück, um nach Belieben zu folgen, während ihre rüstigere Vorgesetzte auf den Raum zuschritt, wo die kranke Frau lag.

Es war eine kahle Bodenkammer, an deren hinterem Ende

ein trübes Licht brannte. Eine zweite alte Frau hielt am Bett Wache; nahe dem Feuer stand der Gehilfe des Gemeindeapothekers und schnitt aus einem Federkiel einen Zahnstocker.
»Eine kalte Nacht, Mrs. Corney«, sagte der junge Mann, als die alte Dame eintrat.
»Wirklich, sehr kalt, Sir«, erwiderte diese in höflichstem Tone und machte dazu einen Knicks.
»Sie sollten von ihren Lieferanten bessere Kohlen fordern«, sagte der Abgesandte des Apothekers, während er einen Klumpen Kohle mitten im Feuer mit dem rostigen Feuerhaken zerkleinerte. »Das hier ist absolut nicht das Richtige für eine kalte Nacht!«
»Der Gemeinderat sucht sie aus, Sir«, erwiderte die alte Dame.
»Das mindeste, was die Herren tun könnten, wäre, es uns einigermaßen warm zu machen; unsere Arbeit ist schon schwer genug.« Hier wurde die Unterhaltung von einem Seufzer der kranken Frau unterbrochen.
»Oh!« sagte der junge Mann und wandte sein Gesicht dem Bett zu, als habe er zuvor die Kranke völlig vergessen gehabt. »Hier geht's zu Ende, Mrs. Corney.«
»Tut es das wirklich, Sir?« fragte die alte Dame.
»Wenn sie noch ein paar Stunden überlebt, sollte mich das wundern«, sagte der Apothekerlehrling und betrachtete angelegentlich die Spitze des Zahnstockers. »Es ist ein völliger Zusammenbruch. Schläft sie jetzt, Alte?«
Die Wärterin beugte sich über das Bett, um sich zu vergewissern, und nickte zustimmend.
»Dann wird sie vielleicht so hinübergehen, wenn Ihr keinen Lärm macht«, sagte der junge Mann. »Stellt das Licht auf den Fußboden. Dort sieht sie es nicht.«
Die Wärterin tat, was ihr befohlen wurde, schüttelte jedoch dabei den Kopf, um zu bedeuten, daß die Frau so leicht nicht sterben würde; danach nahm sie wieder ihren Platz neben

der anderen Wärterin ein, die inzwischen zurückgekehrt war. Die Vorsteherin wickelte sich mit sichtbarer Ungeduld in ihren Schal und setzte sich an das Fußende des Bettes.
Der Apothekergehilfe, der mit der Herstellung des Zahnstochers fertig geworden war, stellte sich vor das Feuer und machte es sich noch etwa zehn Minuten zunutze; da er dann anscheinend ziemlich schläfrig wurde, wünschte er Mrs. Corney gute Verrichtung zu ihrem Auftrag und schlich sich auf Zehenspitzen davon.
Als sie einige Zeit schweigend dagesessen hatten, standen die beiden alten Frauen von ihrem Platz neben dem Bett auf, beugten sich über das Feuer und streckten ihre welken Hände aus, um etwas von der Wärme abzubekommen. Die Flammen warfen ein geisterhaftes Licht auf ihre eingeschrumpften Gesichter und ließen sie in ihrer Häßlichkeit furchterregend erscheinen, als sie sich nun in dieser Stellung leise zu unterhalten begannen.
»Hat sie noch irgend etwas gesagt, Anny, während ich weg war?« fragte die Botin.
»Kein Wort«, erwiderte die andere. »Sie zog und zerrte kurze Zeit an ihren Armen herum, aber ich hielt ihre Hände, und da hat sie es bald bleibenlassen. Sie hat nicht mehr viel Kraft in sich, ich konnte sie also leicht ruhighalten. Für 'ne alte Frau bin ich gar nicht so schwach, wenn ich auch bloß auf die Gemeindekost angewiesen bin – nein, nein!«
»Hat sie den heißen Wein getrunken, den der Doktor ihr verordnet hat?« fragte die erste.
»Ich hab' versucht, in ihr hinunterzuzwingen«, erwiderte die andere. »Aber ihre Zähne waren fest zusammengebissen, und sie umklammerte den Becher so fest, daß ich alle Mühe hatte, ihn ihr wieder wegzunehmen. So hab' *ich* ihn dann getrunken, und er hat mir gut getan!«
Die beiden häßlichen alten Weiber blickten sich vorsichtig um, um sicher zu sein, daß sie nicht belauscht wurden; dann kauerten sie sich dichter an das Feuer und kicherten ver-

gnügt. »Ich entsinne mich noch der Zeit«, sagte die erste, »wo sie dasselbe getan und sich hinterher köstlich darüber amüsiert hätte.«

»Ja, das hätte sie«, erwiderte die andere, »Sie hatte ein fröhliches Gemüt. Viele, viele schöne Leichen hat sie zurechtgemacht – hübsch und akkurat wie Wachsfiguren. Mit meinen alten Augen hab' ich sie gesehen, jawohl, und mit diesen alten Händen hab' ich sie auch angefaßt, denn ich hab' ihr oft genug dabei geholfen.«

Während sie diese Worte sprach, streckte die Alte ihre Hände aus und schüttelte sie triumphierend vor ihrem Gesicht; dann suchte sie in ihrer Tasche, brachte eine alte, abgegriffene zinnerne Schnupftabakdose zum Vorschein, schüttete daraus ihrer Gefährtin einige Körnchen in die ausgestreckte Hand und dann einige mehr in ihre eigene. Während sie damit beschäftigt waren, kam die Vorsteherin, die ungeduldig darauf gewartet hatte, daß die Sterbende aus ihrer Ohnmacht erwachen sollte, zu ihnen ans Feuer und fragte bissig, wie lange sie denn noch warten solle.

»Nicht mehr lange, Herrin«, antwortete die zweite Frau und sah ihr ins Gesicht. »Niemand von uns hat lange auf den Tod zu warten. Geduld, Geduld! Er wird für uns alle früh genug dasein!«

»Halt den Mund, du kindischer Schwachkopf!« sagte die Vorsteherin streng. »Martha, sag du mir: ist sie schon früher in dieser Verfassung gewesen?«

»Schon oft«, antwortete die erste Frau.

»Aber sie wird es nicht noch einmal sein«, fügte die zweite hinzu, »sie wird nämlich nur noch einmal aufwachen – und das wird nur für kurze Zeit sein. Bedenken Sie das, Herrin!«

»Kurz oder lang«, erwiderte die Vorsteherin schnippisch, »sie wird mich nicht hier vorfinden, wenn sie erwacht. Nehmt euch in acht, ihr beiden, wenn ihr mich noch einmal für nichts und wieder nichts stört. Es gehört nicht zu meinen Pflichten, alle alten Frauen in diesem Hause sterben zu sehen

– und, was wichtiger ist, ich will es auch nicht. Merkt euch das, ihr unverschämten alten Hexen. Wenn ihr mich noch einmal zum Narren haltet, werde ich euch das schon austreiben – das garantiere ich euch!«

Sie wollte eben davonstürmen, als ein Schrei der beiden Frauen, die sich dem Bett zugewendet hatten, sie veranlaßte, sich umzusehen. Die Kranke hatte sich aufgerichtet und streckte ihre Arme nach ihnen aus.

»Wer ist das?« rief sie mit hohler Stimme.

»Pst! Pst!« machte eine der Frauen und beugte sich über sie, »leg dich hin, leg dich!«

»Ich werde mich nie wieder lebendig hinlegen«, sagte die Frau abwehrend. »Ich *will* es ihr sagen! Kommen Sie her! Näher! Ich will es Ihnen ins Ohr flüstern.«

Sie faßte die Vorsteherin am Arm, nötigte sie auf einen Stuhl, der neben dem Bett stand, und wollte eben zu sprechen beginnen, als sie, sich umsehend, die beiden alten Frauen gewahrte, die sich neugierig lauschend vorgebeugt hatten.

»Schicken Sie die weg«, sagte die Kranke matt, »schnell, schnell!«

Die beiden alten Weiber stimmten gemeinsam ein jämmerliches Wehklagen darüber an, daß die Ärmste schon so weit hinüber sei, daß sie ihre besten Freundinnen nicht mehr kenne; unter mannigfachen Beteuerungen versicherten sie, daß sie sie niemals verlassen würden – bis sie die Vorsteherin schließlich aus dem Zimmer drängte, die Tür verschloß und sich wieder dem Bett zuwandte. Als sie sich so ausgeschlossen sahen, änderten die beiden alten Damen ihre Tonart und schrien durch das Schlüsselloch, die alte Sally sei betrunken – was in der Tat nicht unwahrscheinlich war, denn zu einer mäßigen Dosis Opium, die ihr der Apotheker verordnet hatte, kamen noch die Nachwirkungen eines letzten Tropfens von verdünntem Wacholderschnaps, den ihr die beiden ehrenwerten alten Damen in ihrer Gutmütigkeit selbst heimlich verabreicht hatten.

»Hören Sie mich jetzt an«, sagte die Sterbende so laut, als wolle sie mit größter Anstrengung einen letzten verborgenen Funken von Lebenskraft in sich entfachen.

»In diesem Zimmer hier – in diesem selben Bett – habe ich einst ein hübsches junges Ding gepflegt, das mit völlig staub- und blutbedeckten Füßen, die vom Laufen aufgerissen und zerschunden waren, hier ins Haus gebracht worden war. Sie gebar einen Knaben und starb. Lassen Sie mich nachdenken – in welchem Jahre war es doch gleich?«

»Laß doch das Jahr«, versetzte die ungeduldige Zuhörerin. »Was war mit ihr?«

»Ach ja«, murmelte die Kranke und verfiel wieder in ihren früheren Dämmerzustand, »was war mit ihr? – Was war – – Ich weiß es!« rief sie und bäumte sich wild auf. Ihr Gesicht glühte, und die Augen traten ihr fast aus den Höhlen. »Ich hab' sie beraubt – ja, das hab' ich getan! Sie war noch nicht kalt – ich sage Ihnen, sie war noch nicht kalt, als ich es stahl!«

»Was, um Gottes willen?« rief die Vorsteherin mit einer Gebärde, als wollte sie um Hilfe rufen.

»Es!« antwortete die Frau und legte der anderen die Hand auf den Mund. »Das einzige, was sie hatte. Sie brauchte Kleider, um sich zu wärmen und Nahrung, um etwas zu essen zu haben – aber sie hatte es aufbewahrt und in ihrem Busen verborgen gehalten. Es war Gold, sage ich Ihnen! Pures Gold, das ihr hätte das Leben retten können!«

»Gold!« wiederholte die Vorsteherin und beugte sich begierig über die Frau, als diese zurücksank. »Weiter – weiter – ja – was war damit? Wer war die Mutter? Wann war es?«

»Sie gab mir den Auftrag, es sicher aufzubewahren«, erwiderte die Kranke stöhnend, »und vertraute mir, der einzigen Frau, die in ihrer Nähe war. Ich stahl es schon in Gedanken, als sie es mir das erste Mal an ihrem Halse zeigte; und vielleicht bin ich auch am Tode des Kindes schuld! Man hätte es besser behandelt, wenn man alles gewußt hätte!«

»Was gewußt?« fragte die andere. »Sprich!«
»Der Knabe wurde seiner Mutter so ähnlich«, sprach die Frau abschweifend weiter und achtete nicht auf die Frage, »daß ich es nicht vergessen konnte, wenn ich sein Gesicht sah. Das arme Mädchen! Das arme Mädchen! Und sie war noch so jung! Ein so sanftes Lämmchen! Warten Sie, es gibt noch mehr zu erzählen. Ich habe Ihnen noch nicht alles erzählt, nicht wahr?«
»Nein, nein«, erwiderte die Vorsteherin und beugte ihren Kopf tief nieder, um die Worte zu erfassen, die immer schwächer aus dem Munde der Sterbenden kamen. »Mach schnell, es könnte sonst zu spät sein!«
»Die Mutter«, sagte die Frau und machte noch größere Anstrengungen als zuvor, »die Mutter flüsterte mir, als die ersten Todesqualen sie überfielen, ins Ohr: Wenn ihr Kind lebend geboren und heranwachsen würde, so könne wohl einmal der Tag kommen, an dem es sich nicht mehr schämen müßte, den Namen seiner armen jungen Mutter zu hören. ›Und, o gütiger Himmel‹, sagte sie und faltete dabei ihre mageren Hände, ›mag es ein Junge oder ein Mädchen sein – gib ihm ein paar Freunde in dieser Welt voll Kummer und Sorge und hab Mitleid mit einem einsamen, verlassenen Kind, das allein auf Gnade und Barmherzigkeit angewiesen ist!‹«
»Und der Name des Knaben?« fragte die Vorsteherin.
»Man *nannte* ihn Oliver«, antwortete die Frau leise. »Das Gold, das ich stahl, war – – –«
»Nun – was?« rief die andere.
Sie beugte sich begierig über die Frau, um deren Antwort zu hören, fuhr aber unwillkürlich zurück, als diese sich nochmals langsam und steif zum Sitzen aufrichtete, dann die Bettdecke mit beiden Händen umkrallte, einige unverständliche Laute murmelte und leblos auf das Bett zurückfiel.

»Mausetot«, sagte eine der alten Frauen, die hereindrängten, sobald die Tür geöffnet wurde.

»Und hatte letzten Endes nichts zu sagen«, versetzte die Vorsteherin und ging gleichgültig davon.
Die zwei alten Weiber waren allem Anschein nach viel zu sehr mit den Vorbereitungen für ihre schreckliche Arbeit beschäftigt, um irgendeine Antwort darauf zu geben, und blieben, über die Leiche gebeugt, allein.

FÜNFUNDZWANZIGSTES KAPITEL

Worin diese Erzählung sich wieder Fagin und seinen Gefährten zuwendet

Während diese Dinge sich in dem Armenhaus auf dem Lande zutrugen, saß Mr. Fagin in der alten Spelunke – der nämlichen, aus der Oliver von dem Mädchen weggeholt worden war – und brütete über einem düsteren, rauchigen Feuer. Auf den Knien hielt er einen Blasebalg, mit dem er anscheinend versucht hatte, es zu etwas lustigerem Aufflammen zu bringen; er war jedoch in tiefes Nachdenken versunken; seine Arme hatte er auf die Knie gestützt, das Kinn ruhte auf seinen Daumen und seine Augen waren geistesabwesend auf das rostige Gitter des Kamins gerichtet.
An einem Tisch hinter ihm saßen der Gannef, Master Charley Bates und Mr. Chitling; sie alle waren in eine Partie Whist[1] vertieft, wobei der Gannef mit dem Strohmann gegen Master Bates und Mr. Chitling spielte. Der Gesichtsausdruck des Erstgenannten, der sowieso schon immer besondere Intelligenz verriet, wurde noch interessanter durch die große Aufmerksamkeit, mit der er das Spiel verfolgte, und durch die sorgsame Beobachtung von Mr. Chitlings Hand, der er von Zeit zu Zeit, je nach Gelegenheit, verschiedene ernste Blicke widmete: nach dem, was ihm die Einsicht in

1 englisches Kartenspiel mit französischer Karte (52 Blatt), zu 4 Personen oder zu dritt mit »Strohmann« gespielt.

seines Nachbars Karten offenbart hatte, richtete er dann klug sein eigenes Spiel. Es war eine kalte Nacht, und der Gannef hatte, wie es tatsächlich oft seine Gewohnheit war, auch im Zimmer den Hut aufbehalten. Zudem hielt er eine Tonpfeife zwischen den Zähnen, die er nur für kurze Zeit herausnahm, wenn es ihm nötig schien, zur Erfrischung nach einem Viertelmaßkrug zu greifen, der, mit verdünntem Wacholderschnaps gefüllt, zur gefälligen Benutzung für die ganze Gesellschaft bereitstand.

Master Bates verfolgte ebenfalls aufmerksam das Spiel; da er jedoch leichter erregbar war als sein trefflicher Freund, so konnte man feststellen, daß er öfter nach dem Wacholderschnaps griff; außerdem erlaubte er sich allerhand Späße und nicht zur Sache gehörende Bemerkungen, was alles bei einem kunstgerechten Robber durchaus unangebracht ist. Der Gannef nahm denn auch, im Vertrauen auf ihre enge Freundschaft, mehr als einmal Gelegenheit, seinem Gefährten diese Ungehörigkeiten ernstlich zu verweisen; Master Bates nahm diese Ermahnungen alle höchst gutmütig hin, meinte allenfalls, sein Freund möge sich zum Teufel scheren oder seinen Kopf in einen Sack stecken, oder aber er antwortete mit irgendwelchen ähnlichen wohlgedrechselten Witzworten, deren treffende Anwendung bei Mr. Chitling erhebliche Bewunderung erweckte. Es war bemerkenswert, daß der letztere und sein Partner beständig verloren und daß dieser Umstand Master Bates keineswegs ärgerte, sondern ihm vielmehr höchstes Vergnügen zu bereiten schien, denn am Ende einer jeden Partie stimmte er ein brüllendes Gelächter an und behauptete, in seinem ganzen bisherigen Leben habe er noch niemals ein so lustiges Spiel gesehen.

»Das wären also zwei Doubles[1] und der Robber[1]«, sagte Mr. Chitling und machte ein sehr langes Gesicht, während er ein Halbkronenstück aus seiner Westentasche zog. »Einen Kerl

1 Partiebezeichnungen beim Whistspiel.

wie dich hab' ich noch nie gesehen, Jack. Du gewinnst immer. Selbst wenn Charley und ich gute Karten haben, können wir nichts damit anfangen.«

Entweder der Gegenstand oder der Ton dieser Bemerkung, die höchst wehmütig vorgebracht wurde, amüsierten Charley dermaßen, daß sein anhaltendes Gelächter den Juden aus seinen Träumereien aufschreckte und ihn zu der Frage veranlaßte, was denn los sei.

»Was los ist, Fagin?« brüllte Charley. »Ich wünschte, du hättest das Spiel beobachtet. Tommy Chitling hat nicht einen einzigen Punkt gewonnen, und ich habe mit ihm gegen den Gannef und den Strohmann gespielt.«

»Soso!« sagte der Jude mit einem Grinsen, das hinlänglich bewies, daß es ihm nicht schwerfiel, die Ursache zu erraten. »Versuch's noch mal, Tom – versuch's noch mal!«

»Nee, danke, mir reicht's, Fagin«, erwiderte Mr. Chitling. »Ich hab' genug davon. Der Gannef da hat so 'ne Glückssträhne, daß man gegen ihn nicht aufkommen kann.«

»Haha! – mein Lieber!« antwortete der Jude. »Du mußt schon sehr zeitig aufstehen, wenn du gegen den Gannef gewinnen willst!«

»Zeitig?« sagte Charley Bates. »Du mußt über Nacht die Stiefel anbehalten, an jedem Auge ein Fernrohr und ein Opernglas zwischen den Schultern haben, wenn du mit *dem* fertig werden willst!«

Mr. Dawkins nahm diese schmeichelhaften Komplimente mit großer Gelassenheit entgegen und erbot sich, bei je einem Schilling Einsatz gegen jeden der Anwesenden als erster eine Bildkarte abzuheben. Da jedoch keiner die Wette annahm und seine Pfeife eben ausgeraucht war, begann er sich damit zu vergnügen, mit dem Stück Kreide, das ihm als Ersatz für Spielmarken gedient hatte, einen Grundriß von Newgate auf den Tisch zu zeichnen, wobei er in schrillen Tönen pfiff.

»Wie herrlich schwermütig du bist, Tommy!« meinte der

Gannef, nach einer längeren Stille plötzlich innehaltend, zu Mr. Chitling. »Was meinst du, Fagin, woran er denkt?«
»Wie soll ich das wissen, mein Lieber?« erwiderte der Jude und sah sich um, während er den Blasebalg handhabte. »Vielleicht an seine Verluste oder an den kleinen Landaufenthalt, von dem er gerade zurückgekommen ist, wie? Haha! Ist es so, mein Lieber?«
»Keine Spur davon«, entgegnete der Gannef und schnitt Mr. Chitling, der eben antworten wollte, das Wort ab. »Was meinst *du* dazu, Charley?«
»Ich würde sagen«, antwortete Master Bates mit einem Grinsen, »daß er ungewöhnlich zärtlich mit Betsy war. Sieh, wie er rot wird! Oh, du meine Güte! Ist das ein toller Spaß! Tommy Chitling verliebt! Oh, Fagin, Fagin – welch ein Hauptspaß!«
Völlig überwältigt von der Feststellung, daß Mr. Chitling ein Opfer zärtlicher Leidenschaft geworden sei, warf sich Master Bates mit solcher Heftigkeit in seinen Stuhl zurück, daß er das Gleichgewicht verlor und hintenüber zu Boden fiel, wo er (da der Unfall seine Fröhlichkeit keineswegs beeinträchtigt hatte) der Länge lang liegenblieb, bis sein Lachanfall vorüber war. Danach nahm er seine vorige Stellung wieder ein und begann von neuem zu lachen.
»Scher dich nicht um ihn, mein Lieber«, sagte der Jude, gab Mr. Dawkins einen Wink und Master Bates einen mißbilligenden Klaps mit der Spitze des Blasebalgs. »Betsy ist ein nettes Mädchen. Halt nur zu ihr, Tom. Halt zu ihr!«
»Ich möchte nur feststellen, Fagin«, erwiderte Mr. Chitling mit hochrotem Gesicht, »daß das hier niemand etwas angeht.«
»Ganz recht«, versicherte der Jude. »Charley muß eben was zu reden haben. Laß ihn, mein Lieber, kümmere dich nicht darum. Betsy ist ein nettes Mädchen. Tu, was sie dir sagt, Tom, und du wirst dein Glück machen.«
»Ich tue ja schon, was sie sagt«, entgegnete Mr. Chitling.

»Hätt' ich nicht ihren Rat befolgt, wär' ich nicht eingelocht worden. Aber für dich wurde ein gutes Geschäft daraus, Fagin, nicht wahr? Und was bedeuten schon sechs Wochen? Irgendwann muß es ja doch mal kommen; und warum denn dann nicht im Winter, wo man ja sowieso nicht soviel Lust zum Spazierengehen hat, wie, Fagin?«

»Ja, sicher, mein Lieber«, antwortete der Jude.

»Du würdest dir auch ein zweites Mal nichts daraus machen, Tom, nicht wahr«, fragte der Gannef und gab Charley und dem Juden einen Wink, »wenn mit Betsy alles in Ordnung wäre?«

»Das will ich meinen«, erwiderte Tom ärgerlich. »Na und? Den möcht' ich sehen, der das von sich auch sagen könnte, was, Fagin?«

»Da gibt's keinen«, entgegnete der Jude, »keinen einzigen, Tom. Ich wüßte keinen außer dir, der das tun würde, keinen, mein Lieber.«

»Ich wäre davongekommen, wenn ich sie verpfiffen hätte, stimmt's, Fagin?« fuhr der arme, törichte Gimpel ärgerlich fort. »Ein Wort von mir hätte genügt, nicht wahr, Fagin?«

»Bestimmt, mein Lieber«, antwortete der Jude.

»Aber ich hab's nicht gesagt, stimmt's, Fagin?« beharrte Tom, der mit großer Zungenfertigkeit Frage auf Frage folgen ließ.

»Nein, nein, gewiß nicht«, erwiderte der Jude, »dazu warst du zu mutig, etwas zu mutig, mein Lieber!«

»Vielleicht war ich das«, entgegnete Tom und sah sich um, »und wenn ich's war, was gibt's da zu lachen, wie, Fagin?«

Der Jude, der bemerkte, daß Mr. Chitling beträchtlich aufgebracht war, beeilte sich, ihm zu versichern, daß niemand lache; und um die Ernsthaftigkeit der Gesellschaft zu beweisen, rief er Master Bates, den Hauptsünder zum Zeugen an. Charley jedoch, der eben den Mund zu der Antwort auftun wollte, daß ihm niemals in seinem Leben ernsthafter zumute gewesen sei, sah sich unglücklicherweise außerstande, ein

Gelächter zu unterdrücken, und dieses fiel derart heftig aus, daß der gekränkte Mr. Chitling ohne jegliche Vorankündigung quer durch das Zimmer auf seinen Beleidiger zustürzte, um ihm einen Schlag zu versetzen. Der jedoch, geübt, einem Angriff auszuweichen, duckte sich, um ihm zu entgehen. Er hatte den Zeitpunkt so günstig gewählt, daß der Schlag auf dem Brustkasten des vergnügten alten Herrn landete, der daraufhin gegen die Wand taumelte, wo er nach Atem ringend stehenblieb, während Mr. Chitling höchst bestürzt dreinsah.

»Horch!« rief in diesem Augenblick der Gannef. »Ich hab' die Klingel läuten hören.« Dann nahm er das Licht und stieg behutsam die Stufen hinauf.

Abermals wurde, etwas ungeduldig, die Klingel geläutet, während die Gesellschaft sich im Dunkeln befand. Nach einer kurzen Pause erschien der Gannef wieder und flüsterte Fagin geheimnisvoll etwas zu.

»Was!« rief der Jude aus, »allein?«

Der Gannef nickte zustimmend, und indes er die Flamme der Kerze mit seiner Hand abschirmte, gab er Charley Bates durch stumme Zeichen einen vertraulichen Wink, daß er besser täte, eben jetzt keine Scherze zu machen. Nachdem er diesen Freundesdienst vollbracht hatte, richtete er seine Blicke auf das Gesicht des Juden und erwartete seine Anweisungen.

Der alte Mann biß sich auf seine gelben Finger und dachte einige Sekunden nach, wobei sein Gesicht vor Erregung zuckte, als ob er vor etwas Angst hätte und befürchtete, das Schlimmste zu erfahren. Schließlich hob er den Kopf.

»Wo ist er?« fragte er.

Der Gannef zeigte nach dem Korridor hinauf und machte eine Bewegung, als wollte er das Zimmer verlassen.

»Ja«, sagte der Jude als Antwort auf die stumme Frage, »bring ihn herunter. Pst! Ruhig, Charley! Leise, Tom! Los, verduftet!«

Dieser kurzen Anweisung an Charley Bates und seinen vorherigen Gegner wurde geräuschlos und unverzüglich Folge geleistet. Kein Laut verriet mehr ihre Anwesenheit, als der Gannef mit der Kerze in der Hand die Stufen herabkam; ihm folgte ein Mann in einem groben Kittel, der sich zunächst mit einem eiligen Blick im Zimmer umsah und dann ein großes Umschlagtuch beiseite zog, das den unteren Teil seines Gesichtes verborgen hatte und nun das abgemagerte, ungewaschene und unrasierte Antlitz des schicken Toby Crackit enthüllte.

»Wie geht dir's, Fagy?« fragte dieser Ehrenmann und nickte dem Juden zu. »Stopf das Tuch in meinen Hut, Gannef, damit ich weiß, wo ich's finde, wenn ich wieder abhaue – so steht die Sache! Du wirst jetzt noch eher als der alte Schlaufuchs ein prächtiger Einbrecher werden.«

Mit diesen Worten zog er den Kittel aus, band ihn sich um die Hüften, zog einen Stuhl zum Feuer und stellte seine Füße auf den Kaminvorsatz.

»Da schau her, Fagy«, sagte er und zeigte betrübt auf seine Stulpenstiefel. »Seit wer weiß wann kein bißchen Schuhwichse, keine Spur von Schwärze, bei Gott! Aber sieh mich nicht so an, Mensch. Alles zu seiner Zeit. Ich kann nicht über Geschäfte reden, solang ich nichts gegessen und getrunken habe. Also schaff was Nahrhaftes herzu und laß mich zum ersten Male seit drei Tagen wieder in Ruhe ordentlich auffüllen!«

Der Jude bedeutete dem Gannef aufzutischen, was Eßbares vorhanden war, setzte sich dem Einbrecher gegenüber und wartete darauf, daß der sich bequemte zu erzählen.

Allem Anschein nach hatte es Toby jedoch absolut nicht eilig, mit der Unterhaltung zu beginnen. Zunächst begnügte sich der Jude damit, geduldig das Gesicht seines Gegenübers zu beobachten, als wollte er aus dessen Ausdruck irgendwelchen Aufschluß darüber gewinnen, welche Nachrichten er brächte; aber das war vergeblich. Toby sah müde und erschöpft aus, aber seine Züge zeigten die gleiche selbstgefällige Ruhe wie immer, und durch Schmutz, Bartstoppeln und Backenbart hindurch drang noch immer unvermindert das selbstzufriedene Grinsen des schicken Toby Crackit. Mit fiebernder Ungeduld beobachtete der Jude nun, während er in nicht zu bezähmender Erregung im Zimmer auf und ab lief, jeden Bissen, den Toby in den Mund steckte. Es war alles zwecklos. Toby setzte mit äußerster Gleichgültigkeit seine Mahlzeit fort, bis er nichts mehr zu essen vermochte; dann befahl er dem Gannef hinauszugehen, schloß die Tür, mischte sich ein Glas Schnaps mit Wasser und machte sich zum Erzählen bereit.

»Zuerst und vor allem, Fagy . . .«, sagte er.

»Ja, ja!« unterbrach der Jude und zog seinen Stuhl näher.

Mr. Crackit hielt inne, um einen Schluck von dem Schnaps zu nehmen und zu verkünden, daß der Wacholder ausgezeichnet wäre; dann stellte er seine Füße wieder auf die niedrige Kamineinfassung, um seine Stiefel etwa auf gleiche Höhe mit seinen Augen zu bringen, und fuhr ruhig fort:

»Zuerst und vor allem, Fagy«, sagte er, »was ist mit Bill?«

»Was?« schrie der Jude und sprang vom Stuhl auf.

»Du willst doch nicht etwa sagen – – –«, begann Toby und wurde blaß.

»Was will ich?« rief der Jude und stampfte wütend mit dem Fuß auf. »Wo sind sie? Sikes und der Junge! Wo sind sie? Wo sind sie geblieben? Wo halten sie sich versteckt? Warum sind sie nicht hier?«

»Der Einbruch ist schiefgegangen«, sagte Toby matt.

»Ich weiß schon«, erwiderte der Jude, zog eine Zeitung aus der Tasche und wies darauf. »Und was sonst?«

»Sie schossen und trafen den Jungen. Wir türmten nach rückwärts über die Felder, den Jungen zwischen uns – immer geradeaus wie beim Krähenflug –, über Stock und Stein. Sie verfolgten uns. Verdammt! Die ganze Gegend war auf den Beinen, und die Hunde hinter uns her.«

»Und der Junge?«
»Bill hatte ihn auf dem Rücken und sauste wie der Wind. Wir machten halt, um ihn zwischen uns zu nehmen, sein Kopf hing herunter, und er war ganz kalt. Sie waren uns dicht auf den Fersen; da ist jeder sich selbst der Nächste und bringt sich vor dem Galgen in Sicherheit! Wir trennten uns also und ließen den Jungen in einem Graben liegen. Ob lebend oder tot – das ist alles, was ich von ihm weiß.«
Der Jude wollte nichts mehr hören; er stieß einen lauten, gellenden Schrei aus, raufte sich die Haare und stürzte aus dem Zimmer und zum Hause hinaus.

SECHSUNDZWANZIGSTES KAPITEL

In welchem eine geheimnisvolle Gestalt auf der Bildfläche erscheint und mancherlei Dinge geschehen, die mit dieser Erzählung untrennbar verbunden sind

Der alte Mann hatte die Straßenecke erreicht, ehe er sich von der Wirkung von Toby Crackits Nachricht zu erholen begann. Er hatte seine ungewohnte Geschwindigkeit noch nicht vermindert, sondern stürmte weiter wild und kopflos vorwärts, als ein plötzlich vorbeirasender Wagen und das laute Geschrei der Fußgänger, die gesehen hatten, in welcher Gefahr er schwebte, ihn auf den Fußweg zurücktrieb. Soweit wie möglich vermied er alle Hauptstraßen und schlich sich nur durch Nebenstraßen und Gassen vorwärts, bis er schließlich Snow Hill erreicht hatte. Nun schritt er fast noch schneller aus als zuvor und hielt auch nicht eher an, bis er wiederum in einen Hof eingebogen war; hier erst, als sei er sich plötzlich bewußt geworden, daß er sich nun wieder in seinem eigentlichen Element befinde, verfiel er in seinen üblichen schlürfenden Gang und schien wieder freier zu atmen.

Nahe der Stelle, wo Snow Hill und Holborn Hill zusammentreffen, zweigt, wenn man von der Innenstadt herkommt, zur Rechten eine enge und dunkle Gasse ab, die nach Saffron Hill führt. In ihren schmutzigen Läden werden dicke Bündel von gebrauchten Seidentaschentüchern aller Größen und Muster zum Verkauf angeboten, denn hier hausen die Händler, die sie von Taschendieben aufkaufen. Hundert dieser Taschentücher flattern, von Klammern gehalten, vor den Schaufenstern oder wehen an den Türpfosten, und in den Regalen drinnen liegen sie zu Stapeln. Wenn auch der Platz in Field Lane beschränkt ist, so hat es doch seinen Barbierladen, sein Kaffeehaus, seine Bierschenke und seine Fischbratküche. Es ist eine Handelsniederlassung für sich, der Marktplatz der kleinen Diebe, der am frühen Morgen und bei Einbruch der Dämmerung von schweigenden Kaufleuten aufgesucht wird, die in düsteren Hinterstuben ihren Handel treiben und die auf ebenso seltsame Weise wieder verschwinden, wie sie gekommen sind. Hier legen die Kleidertrödler, die Flickschuster und die Lumpenhändler ihre Waren als Aushängeschilder für die kleinen Diebe aus, hier verrotten Berge von Alteisen und Knochen und zu Haufen modernde Reste von Wolle und Leinenzeug in den von Schmutz starrenden Kellern.
Dorthin wendete der Jude seine Schritte. Er war den bleichen Bewohnern dieser Gasse wohlbekannt; denn jene, die darauf auswaren, zu kaufen oder zu verkaufen, nickten ihm vertraulich zu, als er vorüberging. Er beantwortete ihren Gruß in gleicher Weise, hielt sich jedoch nirgends länger auf, bis er das hintere Ende der Gasse erreicht hatte; dort blieb er stehen und sprach einen Handelsmann von kleiner Statur an, der in ein Kinderstühlchen so viel von seinem Körper hineingezwängt hatte, wie der Stuhl nur eben zu fassen vermochte, und vor der Tür seines Ladens ein Pfeifchen rauchte.
»Ei, Euer Anblick, Mister Fagin, könnte böse Augen hei-

len!« gab der ehrbare Händler zur Antwort, als der Jude sich nach seinem Befinden erkundigte.

»Die Nachbarschaft war ein bißchen zu heiß, Lively«, sagte Fagin, wobei er die Augenbrauen hochzog und die Hände über den Schultern kreuzte.

»Ja, diese Klage hab' ich schon früher ein- oder zweimal gehört«, erwiderte der Trödler, »aber es kühlt sich bald wieder ab, finden Sie nicht auch?«

Fagin nickte zustimmend. Er zeigte in Richtung von Saffron Hill und fragte, ob da unten heute abend jemand da wäre.

»Bei den Krüppeln?« fragte der Mann.

Der Jude nickte.

»Warten Sie mal«, sagte der Händler überlegend. »Ja, etwa ein Halbdutzend von ihnen ist hineingegangen, soviel weiß ich. Ich glaub' aber nicht, daß Ihr Freund dort ist.«

»Sikes ist vermutlich nicht dort?« fragte der Jude mit enttäuschtem Gesicht.

»*Non is ventus*, wie die Advokaten sagen«, entgegnete der kleine Mann, schüttelte den Kopf und machte ein erstaunlich schlaues Gesicht dazu. »Haben Sie heute abend irgend etwas für mich?«

»Heute abend nichts«, sagte der Jude und wandte sich zum Gehen.

»Gehen Sie zu den ›Krüppeln‹, Fagin?« rief der Kleine hinter ihm her. »Warten Sie; ich hätte nichts dagegen, dort noch ein Schlückchen mit Ihnen zu trinken!«

Da aber der Jude sich umsah und durch einen Wink mit der Hand zu verstehen gab, daß er es vorzöge, allein zu sein, und da der kleine Mann sich überdies nicht so leicht aus seinem Stuhl befreien konnte, mußte das Wirtshaus ›Zu den Krüppeln‹ noch für einige Zeit auf die Anwesenheit von Mr. Lively verzichten. Als er endlich auf den Füßen stand, war der Jude verschwunden; und nachdem er sich erfolglos auf die Zehenspitzen gestellt hatte, da er hoffte, den Juden so noch zu sehen, zwängte sich Mr. Lively abermals in sein

Stühlchen, tauschte mit einer Dame in dem gegenüberliegenden Laden kopfschüttelnde Blicke, die Zweifel und Mißtrauen deutlich verrieten, und widmete sich mit tiefem Ernst wieder seiner Pfeife.

›Die drei Krüppel‹ oder einfach nur ›Die Krüppel‹ – denn unter diesem Namen war das Unternehmen bei seinen Gönnern wohlbekannt – das war jenes Wirtshaus, in welchem wir Mr. Sikes und seinen Hund bereits kennengelernt haben. Fagin gab lediglich einem Mann an der Theke ein Zeichen und ging dann geradewegs nach oben, öffnete die Tür eines Zimmers, trat behutsam ein und sah sich unruhig um, wobei er seine Augen mit der Hand beschattete, als ob er jemand suche.

Das Zimmer war von zwei Gaslampen erhellt, deren Schein durch die geschlossenen Fensterläden und fest zugezogene, verschlossene rote Vorhänge nicht nach draußen dringen konnte. Die Decke war schwarz gestrichen, damit der Ruß der Lampen ihrer Farbe nicht schaden konnte, und der Raum war dermaßen von dichtem Tabakrauch erfüllt, daß es zuerst kaum möglich war, irgend etwas anderes wahrzunehmen. Allmählich jedoch, als sich etliches davon durch die offene Tür verzog, konnte man von ungefähr eine Ansammlung von Köpfen unterscheiden, die einen ebenso großen Wirrwarr darstellten wie die Töne, die einem an das Ohr drangen; und als sich das Auge mehr und mehr an das Bild gewöhnt hatte, konnte der Betrachter mit der Zeit die Anwesenheit einer zahlreichen Gesellschaft von Männern und Frauen feststellen. Sie alle saßen dicht gedrängt um einen langen Tisch herum, an dessen oberem Ende ein Vorsitzender mit einem Hammer in der Hand seinen Platz hatte, während ein professioneller Musiker mit bläulicher Nase und einem wegen Zahnschmerzen verbundenen Gesicht in einer entfernten Ecke an einem Klimperkasten von Klavier seines Amtes waltete.

Als Fagin leise eintrat, hatte der Klavierspieler gerade seine

Finger präludierend über die Tasten gleiten lassen und damit den allgemeinen Wunsch nach einem Lied ausgelöst; als Ruhe eingetreten war, begann eine junge Dame, die Gesellschaft mit einer Ballade in vier Strophen zu unterhalten, zwischen denen der Begleiter jedesmal die gesamte Melodie so laut er konnte, wiederholte. Als dies vorüber war, brachte der Vorsitzende einen Trinkspruch aus, worauf die beiden Kollegen, die rechts und links neben ihm saßen, ein Duett anstimmten, das großen Beifall erntete.

Es war interessant, einige Gesichter zu beobachten, die sich deutlich von den übrigen abhoben. Da war der Vorsitzende selbst (der Wirt des Hauses), ein grobschlächtiger, roher Kerl, der, während die Lieder gesungen wurden, seine Augen hin und her rollen ließ, sich anscheinend ganz der Lustbarkeit ergab, aber dabei Augen und Ohren – und zwar scharfe! – für alles hatte, was getan und gesprochen wurde. In seiner unmittelbaren Nachbarschaft waren die Sänger, die mit berufsmäßigem Gleichmut den Beifall der Gesellschaft entgegennahmen und sich der Reihe nach einem Dutzend von Gläsern mit verdünntem Schnaps widmeten, die ihnen von den stürmischeren unter ihren Bewunderern gereicht wurden. Deren Gesichter spiegelten beinahe jedes Laster in fast allen erdenklichen Graden und zogen durch ihre abstoßende Häßlichkeit unwiderstehlich die Aufmerksamkeit auf sich. Gerissenheit, Brutalität und alle Stadien der Trunkenheit waren hier in krassesten Beispielen vertreten; und dazu Frauen: einige mit dem letzten schwachen Hauch früherer Frische, der fast unter dem Blick dahinzuschwinden schien; andere, die jegliches Kennzeichen ihres Geschlechts völlig verloren hatten und nur noch ein Abscheu erregendes, wüstes Bild der Ausschweifung und des Verbrechens boten; einige kaum erst junge Mädchen, andere höchstens junge Frauen, darunter keine, die den Frühling des Lebens schon überschritten hatte – sie bildeten den dunkelsten und traurigsten Teil dieses düsteren Gemäldes.

Fagin, auf den das alles keinen Eindruck machte, schaute begierig von einem Gesicht zum anderen, während diese Ereignisse ihren Fortgang nahmen; aber allem Anschein nach fand er nicht, was er suchte. Als es ihm schließlich gelang, den Blick des Mannes auf sich zu lenken, der den Vorsitz führte, gab er ihm ein unauffälliges Zeichen und verließ, leise wie er gekommen war, wieder den Raum.

»Was kann ich für Sie tun, Mr. Fagin?« fragte der Mann, nachdem er ihm auf den Treppenpodest gefolgt war. »Wollen Sie nicht zu uns hereinkommen? Sie würden sich alle freuen.«

Der Jude schüttelte ungeduldig den Kopf und fragte flüsternd: »Ist *er* hier?«

»Nein«, antwortete der Mann.

»Und keine Nachricht von Barney?« forschte Fagin.

»Keine«, erwiderte der Wirt von den ›Krüppeln‹, denn der war es. »Er wird sich nicht eher rühren, bis alles sicher ist. Verlassen Sie sich drauf, die sind ihnen dort unten auf der Spur; und wenn er sich regte, würde er die ganze Chose bloß sofort hochgehen lassen. Er ist bestimmt in Sicherheit, der Barney; andernfalls hätt' ich schon von ihm gehört. Ich wette ein Pfund darauf, daß Barney die Sache richtig anfaßt. Lassen Sie ihn nur machen.«

»Kommt *er* heute nacht her?« fragte der Jude und legte den gleichen Nachdruck auf das Fürwort wie zuvor.

»Monks meinen Sie?« fragte der Gastwirt zögernd.

»Pst! – Ja!« sagte der Jude.

»Gewiß«, sagte der Mann und zog eine goldene Uhr aus der Tasche. »Ich erwartete ihn schon früher hier. Wenn Sie zehn Minuten warten wollen, wird er . . .«

»Nein, nein«, sagte der Jude heftig, als sei er, so sehr er danach verlangte, den Betreffenden zu sehen, dennoch durch seine Abwesenheit erleichtert. »Sagen Sie ihm, daß ich hergekommen sei, um ihn zu treffen und daß er heute nacht zu mir kommen müsse. Nein, sagen Sie morgen. Da er nicht hier ist, hat es bis morgen Zeit.«

»Gut«, meinte der Mann. »Sonst weiter nichts?«

»Kein Wort jetzt«, antwortete der Jude und stieg die Stufen hinunter.

»Hören Sie«, sagte der andere, indem er über das Geländer blickte und in heiserem Flüsterton sprach, »'s wär' eine großartige Gelegenheit für ein Geschäft! Phil Barker ist hier und so besoffen, daß ihn ein Kind 'reinlegen könnte.«

»Aha! Aber Phil Barker ist noch nicht dran«, antwortete der Jude und blickte nach oben. »Phil muß noch einiges mehr tun, ehe wir es uns leisten können, ihn aus den Fingern zu lassen. Also gehen Sie zu der Gesellschaft zurück, mein Lieber, und sagen Sie ihnen, sie sollen sich ein vergnügtes Leben machen – *solange sie noch eins haben.* Hahaha!«

Der Gastwirt stimmte in das Gelächter des alten Mannes ein und kehrte zu seinen Gästen zurück. Kaum war der Jude wieder allein, so nahm sein Gesicht abermals seinen früheren unruhigen und nachdenklichen Ausdruck an. Nach kurzem Überlegen rief er einen Mietwagen herbei und befahl dem Kutscher, nach Bethnal Green zu fahren. Etwa eine Viertelmeile vor der Wohnung von Mr. Sikes entließ er ihn und legte den kurzen Rest des Weges zu Fuß zurück.

»Nun«, murmelte der Jude, als er an die Tür klopfte, »wenn hier ein hinterhältiges Spiel im Gange ist, werde ich es schon herausbekommen, mein Kind – so schlau du auch sein magst.«

Sie wäre in ihrem Zimmer, sagte die Frau. Fagin kroch leise die Stufen hinauf und trat ohne weiteres ein. Das Mädchen war allein und lag mit dem Kopf, um den das Haar unordentlich herumhing, auf dem Tisch.

»Sie hat getrunken«, dachte der Jude kalt. »oder vielleicht ist sie auch nur unglücklich.«

Bei diesem Gedanken wandte sich der alte Mann zurück, um die Tür zu schließen; das Geräusch, das dabei entstand, schreckte das Mädchen auf. Sie betrachtete sein verschlagenes Gesicht aufmerksam, während sie sich erkundigte, ob es etwas Neues gäbe, und auch, als sie seinen Bericht von Toby Crackits Erlebnis anhörte. Als er damit zu Ende war, sank sie in ihre vorige Stellung zurück, sagte jedoch kein Wort. Ungeduldig stieß sie die Kerze beiseite, und ein- oder zweimal, während sie fieberhaft ihre Stellung wechselte, scharrte sie mit den Füßen auf dem Boden – aber das war alles.

Während dieses Schweigens sah sich der Jude ruhelos im Zimmer um, als wollte er sich überzeugen, ob keine Anzeichen darauf hindeuteten, daß Sikes etwa heimlich zurückgekehrt wäre. Offenbar war er mit dem Ergebnis seiner Untersuchung zufrieden; er hüstelte zwei- oder dreimal und versuchte ebensooft, eine Unterhaltung in Gang zu bringen, aber das Mädchen beachtete ihn sowenig, als wäre er aus Stein. Schließlich machte er noch einmal einen Versuch; er rieb sich die Hände und sagte in höchst versöhnlichem Ton:

»Und was meinst du wohl, mein Liebling, wo Bill jetzt sein könnte?«

Das Mädchen antwortete stöhnend und kaum verständlich, daß sie es nicht wisse; und nach den erstickten Lauten, die sie von sich gab, schien sie zu weinen.

»Und der Junge!« sagte der Jude und strengte seine Augen an, um einen flüchtigen Blick auf ihr Gesicht zu werfen. »Der arme kleine Kerl! Denk nur, Nancy: einfach in einem Graben liegengelassen!«

»Der Junge«, sagte das Mädchen und hob plötzlich den Kopf, »ist dort, wo er ist, besser aufgehoben, als bei uns; und wenn Bill daraus kein Unheil entsteht, so will ich nur hoffen, daß er tot in dem Graben liegt, und daß seine jungen Knochen dort vermodern.«

»Was?« rief der Jude bestürzt.

»Ja, das hoffe ich«, entgegnete das Mädchen und sah ihm ins Gesicht. »Ich will froh sein, wenn er mir aus den Augen ist und ich weiß, daß das Schlimmste vorbei ist. Ich kann es nicht ertragen, ihn um mich zu haben. Sein Anblick reizt mich gegen mich selbst und gegen euch alle auf.«

»Dummes Zeug!« sagte der Jude verächtlich. »Du bist betrunken!«

»Bin ich das?« schrie das Mädchen erbittert. »Deine Schuld ist's nicht, wenn ich's nicht bin! Wenn's nach dir ginge, würdest du mich ja niemals anders haben wollen – außer eben jetzt. Meine Stimmung gefällt dir nicht – wie?«

»Nein!« erwiderte der Jude wütend, »allerdings nicht!«

»Ändere sie doch!« antwortete das Mädchen mit einem Lachen.

»Ändern?« rief der Jude, der durch die unerwartete Widerspenstigkeit des Mädchens und den Verdruß dieser Nacht über die Maßen gereizt war, »ich *werde* sie ändern! Hör zu, du Dirne! Hör auf einen, der mit sechs Worten Sikes so sicher die Luft abdrehen kann, als ob er die Kehle seines Hundes hier zwischen den Fingern hätte. Wenn er wiederkommt und den Jungen allein zurückgelassen hat, wenn er davongekommen ist und ihn mir nicht tot oder lebendig zurückbringt – dann bring ihn nur selbst um, wenn du willst, daß er dem Henker entgeht. Und tu es, sobald er dieses Zimmer betritt, sonst ist es zu spät – merk dir das!«

»Was bedeutet das alles?« rief das Mädchen unwillkürlich aus.

»Was es bedeutet?« fuhr Fagin, rasend vor Wut, fort. »Der Junge ist mir etliche hundert Pfund wert. Soll ich das, was der Zufall mir als sicheren Gewinn in den Weg geworfen hat, durch die Launen einer besoffenen Bande verlieren, der ich glatt das Lebenslicht ausblasen könnte? Und soll ich mich außerdem an einen geborenen Teufel binden, der nur zu wollen braucht und der die Macht hat, um ...«

Nach Atem ringend, suchte der Alte stammelnd nach einem passenden Wort; im selben Augenblick aber zügelte er seinen rasenden Zorn und änderte sein Benehmen völlig. Noch einen Augenblick zuvor hatte er mit geballten Händen in der Luft herumgefuchtelt, die Augen waren ihm aus den Höhlen getreten, und sein Gesicht war vor Erregung fahl geworden: jetzt aber sank er in einen Stuhl, fiel in sich zusammen und zitterte bei dem Gedanken, eine geheime Schurkerei selbst enthüllt zu haben. Nach kurzem Schweigen wagte er es, sich nach dem Mädchen umzusehen. Er schien etwas beruhigt, als er sie in der gleichen teilnahmslosen Haltung gewahrte, aus der er sie zuvor aufgeschreckt hatte.

»Nancy, mein Liebling!« krächzte der Jude mit seiner gewohnten Stimme. »Hast du mir zugehört?«

»Quäl mich jetzt nicht, Fagin!« antwortete das Mädchen und hob kraftlos den Kopf.« Wenn's Bill diesmal nicht geschafft hat, dann schafft er's ein andermal. Er hat manches gute Ding für dich gedreht, und er wird noch manches mehr tun, wenn er kann; und wenn er's nicht kann, dann eben nicht – also Schluß jetzt damit.«

»Aber der Junge, Liebling?« sagte der Jude und rieb nervös die Handflächen gegeneinander.

»Der Junge muß ebenso seinem Geschick überlassen bleiben wie die anderen«, unterbrach Nancy hastig, »und ich sag' es noch einmal, ich hoffe, er ist tot und allem Unheil – und euch – entronnen; das heißt, wenn Bill nichts passiert. Aber wenn Toby davongekommen ist, dann ist Bill höchstwahrscheinlich auch in Sicherheit, denn Bill ist allemal doppelt soviel wert wie Toby.«

»Und was das betrifft, was ich vorhin sagte, mein Liebling? . . .« bemerkte der Jude und sah sie mit funkelnden Augen unverwandt an.

»Du mußt alles noch mal sagen, wenn ich was für dich tun soll«, erwiderte Nancy, »und wenn, so tätest du besser, damit bis morgen zu warten. Du hast mich für 'ne Minute aufgemuntert, aber jetzt bin ich schon wieder ganz benommen.«

Fagin stellte noch einige weitere Fragen, alle mit dem gleichen Ziel, sich zu vergewissern, ob das Mädchen aus seinen unbedachten Bemerkungen etwas herausgehört hätte, aber sie antwortete ihm so bereitwillig und blieb überdies seinen durchdringenden Blicken gegenüber so völlig gelassen, daß er seinen ersten Eindruck, sie sei ziemlich betrunken, bestätigt fand. Nancy war auch tatsächlich nicht frei von jenem Fehler, der unter den weiblichen Zöglingen des Juden ziemlich verbreitet war und zu dem man sie in ihren frühen Jugendjahren eher noch ermutigt hatte, statt ihm Einhalt zu gebieten. Ihr unordentliches Aussehen und ein sehr starker Geruch nach Wacholderschnaps, der das Zimmer erfüllte, lieferten den schlüssigen Beweis dafür, daß die Vermutung des Juden berechtigt war; außerdem verfiel sie nach dem oben beschriebenen heftigen Ausbruch zunächst in dumpfe Trägheit und dann in einen wechselhaften Gemütszustand, unter dessen Einfluß sie in einem Augenblick Tränen vergoß, im nächsten jedoch Ausrufe wie »nur keine Angst« von sich gab und Betrachtungen darüber anstellte, daß ja schließlich doch alles egal wäre, solange man nur glücklich sei – und daraus ersah Mr. Fagin, der in seinem Leben beträchtliche Erfahrungen in solchen Dingen gesammelt hatte, zu seiner großen Zufriedenheit, daß sie tatsächlich schon ziemlich weit war.

Durch diese Feststellung fühlte er sich sehr erleichtert, und da er den doppelten Zweck seines Kommens, nämlich dem Mädchen mitzuteilen, was er in dieser Nacht erfahren hatte, und sich mit eigenen Augen zu überzeugen, daß Sikes nicht zurückgekehrt war, erreicht hatte, machte Mr. Fagin sich wieder auf den Heimweg und ließ seine junge Freundin, mit dem Kopf auf dem Tisch liegend, schlafend zurück.

Es war eine Stunde vor Mitternacht. Da es draußen dunkel und schneidend kalt war, hatte Fagin wenig Lust, sich irgendwie aufzuhalten. Der scharfe Wind, der durch die Straßen fegte, schien sie ebenso von Menschen wie von Staub und Schmutz gesäubert zu haben, denn es waren nur wenig Leute unterwegs, und die waren allem Anschein nach eilig auf dem Heimweg begriffen.

Für den Juden wehte der Wind jedoch von der richtigen Seite, und so ließ er sich von ihm treiben, wenn er auch zitterte und schauderte, da jeder neue Windstoß ihn roh auf seinem Weg vorwärts stieß.

Er hatte die Ecke seiner eigenen Straße erreicht und suchte schon in seiner Tasche nach dem Hausschlüssel, als aus einem vorspringenden Eingangstor, das tief im Schatten lag, eine dunkle Gestalt hervorkam, die Straße überquerte und sich unbemerkt an ihn heranschlich.

»Fagin!« flüsterte eine Stimme dicht an seinem Ohr.

»Oh!« sagte der Jude und wandte sich rasch um. »Ist das . . .«

»Ja!« unterbrach ihn der Fremde. »Ich warte schon seit zwei Stunden hier. Wo zum Teufel bist du denn gewesen?«

»Mit deinen Angelegenheiten beschäftigt, mein Lieber«, antwortete der Jude, sah seinen Gefährten unruhig an und verlangsamte beim Sprechen seine Schritte. »Den ganzen Abend mit deinen Angelegenheiten beschäftigt!«

»Ja, natürlich!« sagte der Fremde höhnisch. »Und was ist dabei herausgekommen?«

»Nichts Gutes«, erwiderte der Jude.

»Aber auch nichts Schlechtes, hoffe ich?« sagte darauf der Fremde, blieb plötzlich stehen und sah den anderen mit einem bestürzten Blick an.

Der Jude schüttelte den Kopf und wollte eben antworten, als der Fremde ihn unterbrach, auf das Haus wies, vor dem sie in diesem Augenblick angekommen waren, und erklärte, er möge, was er zu berichten habe, lieber da drinnen sagen, denn sein Blut sei vom langen Herumstehen wie erstarrt und der Wind habe ihn ganz durchgeblasen.

Fagin machte ein Gesicht, als hätte er sich nur zu gern davor gedrückt, einen Besucher zu so unpassender Stunde mit in sein Haus zu nehmen und murmelte auch tatsächlich so etwas wie er habe kein Feuer; aber da sein Gefährte seine Forderung nachdrücklich wiederholte, öffnete er die Tür und bat ihn, sie leise zu schließen, während er ein Licht holen ginge. »Es ist dunkel wie im Grabe hier«, sagte der Mann und tastete sich einige Schritte vorwärts. »Mach schnell!«

»Schließ die Tür!« flüsterte Fagin vom Ende des Ganges her. Während er noch sprach, fiel sie mit lautem Geräusch ins Schloß.

»Das war ich nicht«, sagte der andere und suchte tastend seinen Weg. »Der Wind hat sie zugeschlagen, oder sie fiel von selbst zu – eins von beiden. Beeil dich mit dem Licht, oder ich renn' mir noch den Schädel an irgendwas ein in diesem verdammten Loch.«

Fagin stieg leise die Küchentreppe hinunter. Kurze Zeit später kam er zurück mit einer brennenden Kerze und mit der Nachricht, Toby Crackit schliefe unten in dem hinteren Zimmer, und die Jungen wären in dem vorderen. Er bedeutete dem Mann, ihm zu folgen und führte ihn die Treppe hinauf. »Die paar Worte, die wir uns zu sagen haben, können wir hier drin sprechen, mein Lieber«, sagte der Jude, indem er eine Tür im ersten Stock öffnete, »und da Löcher in den Fensterläden sind und wir unsere Nachbarn nie Licht sehen lassen, werden wir die Kerze auf die Stufen stellen. So!«

Mit diesen Worten beugte sich der Jude nieder und stellte die Kerze auf eine der obersten Treppenstufen genau gegenüber der Zimmertür. Nachdem dies geschehen war, ging er voran in den Raum, der außer einem zerbrochenen Lehnstuhl und einem alten Sofa ohne Bezug, das hinter der Tür stand, keinerlei Einrichtungsgegenstände weiter aufwies. Auf dieses Möbelstück setzte sich der Fremde mit der Miene eines Erschöpften; der Jude rückte den Lehnstuhl herzu, und so saßen sie nun einander von Angesicht zu Angesicht gegenüber. Es war nicht völlig dunkel, die Tür war ein Stück offen, und die Kerze warf einen schwachen Schein auf die gegenüberliegende Wand.

Eine Zeitlang unterhielten sie sich im Flüsterton. Obwohl außer ein paar unzusammenhängenden Worten nichts von der Unterhaltung zu verstehen war, hätte ein Zuhörer leicht feststellen können, daß Fagin sich gegen einige Bemerkungen des Fremden zu verteidigen schien und daß letzterer sich in einem Zustand beträchtlicher Erregung befand. So mochten sie etwa eine Viertelstunde oder länger miteinander gesprochen haben, als Monks – mit diesem Namen hatte der Jude den fremden Mann etliche Male im Verlauf ihrer Unterredung angesprochen – mit etwas lauterer Stimme sagte: »Ich sag' es dir noch einmal, es war schlecht geplant. Warum hast du ihn nicht hier bei den andern behalten und gleich einen schleichenden, rotznäsigen Taschendieb aus ihm gemacht?«

»Hör' sich einer das an!« rief der Jude und zuckte die Achseln.

»Du willst doch nicht etwa sagen, daß dir das nicht gelungen wäre, wenn du gewollt hättest?« fragte Monks streng. »Hast du es nicht mit anderen Jungen Dutzende von Malen fertiggebracht? Hättest du allenfalls ein Jahr Geduld gehabt, wäre es dann nicht möglich gewesen, es so weit zu bringen, daß er überführt und sicher außer Landes gebracht wurde – vielleicht auf Lebenszeit?«

»Und wem wäre damit gedient gewesen?« fragte der Jude bescheiden.

»Mir«, erwiderte Monks.

»Aber mir nicht«, sagte der Jude unterwürfig. »Er hätte mir ja nützlich werden können. Wenn zwei Partner an einem Geschäft beteiligt sind, so ist es nur recht und billig, daß die Interessen beider berücksichtigt werden, nicht wahr, mein lieber Freund?«

»Na, und?« fragte Monks.

»Ich sah, daß es nicht leicht war, ihn für das Geschäft abzurichten«, erwiderte der Jude. »Er war nicht wie andere Jungen unter den gleichen Verhältnissen.«

»Verdammt, nein!« murmelte der Mann. »Sonst wäre er schon lange vorher ein Dieb geworden.«

»Ich hatte keine Macht über ihn, um ihm schlechter zu machen«, fuhr der Jude fort und beobachtete unruhig das Gesicht seines Gegenübers. »Er hatte nichts auf dem Gewissen. Es gab nichts, womit ich ihm Angst einjagen konnte, und so was müssen wir im Anfang immer haben, oder wir bemühen uns vergebens. Was konnte ich also tun? Ihn mit dem Gannef und Charley hinausschicken? Davon hatten wir schon beim ersten Mal genug, mein Lieber; ich habe um uns alle gezittert.«

»*Das* war nicht meine Schuld«, stellte Monks fest.

»Nein, nein, mein Lieber«, fuhr der Jude fort. »Und ich will jetzt auch nicht mehr darüber rechten, denn wäre es nicht geschehen, dann hättest du den Jungen niemals zu Gesicht bekommen und die Entdeckung machen können, daß er es war, den du suchtest. Nun, ich habe ihn mit Hilfe des Mädchens für dich zurückgeholt; und jetzt beginnt *sie,* für ihn einzutreten.«

»Erwürg doch das Mädchen!« sagte Monks ungeduldig.

»Nein, das können wir uns gerade jetzt nicht leisten, mein Lieber«, erwiderte der Jude lächelnd, »und außerdem liegen uns dergleichen Dinge nicht, sonst wäre ich eines Tages wohl froh, wenn ich es getan hätte. Aber ich kenne dieses Mädchen sehr gut, Monks. Sobald der Junge anfängt, hart zu werden, wird sie sich um ihn nicht mehr kümmern als um einen Holzklotz. Du willst, daß ein Dieb aus ihm wird. Wenn er noch lebt, kann ich von jetzt an einen aus ihm machen; und wenn – wenn . . .«, sagte der Jude und rückte näher an den andern heran, »wohlgemerkt – es ist nicht wahrscheinlich –, aber wenn das Allerschlimmste eintritt und er tot ist . . .«

»Ich bin nicht dran schuld, wenn er's ist!« unterbrach ihn der andere mit entsetztem Blick und faßte mit zitternden Händen den Arm des Juden. »Denk daran, Fagin! Ich hab'

meine Hände nicht im Spiel gehabt. Alles – nur nicht seinen Tod –, das hab' ich dir von Anfang an gesagt. Ich will kein Blut vergießen; es kommt immer an den Tag, und außerdem verfolgt es einen. Wenn sie ihn erschossen haben, dann hab' ich nicht die Veranlassung dazu gegeben, hörst du? Hol der Teufel diese vermaledeite Bude! Was ist da los?»
»Was?« schrie der Jude und umfaßte den Feigling mit beiden Armen, als dieser aufsprang. »Wo?«
»Dort!« erwiderte der Mann und starrte an die gegenüberliegende Wand. »Der Schatten! Ich sah den Schatten einer Frau mit Mantel und Hut wie einen Hauch über die Wandtäfelung hingleiten!«
Der Jude ließ ihn los, und beide stürzten wie wild aus dem Zimmer. Die Kerze, die im Luftzug flackerte, stand noch an ihrem Platz. Sie zeigte ihnen lediglich die leere Treppe und ihre eigenen weißen Gesichter. Sie lauschten angespannt: im ganzen Hause herrschte tiefe Stille.
»Es war nur deine Einbildung«, sagte der Jude, nahm die Kerze auf und wandte sich zu seinem Gefährten um.
»Ich möchte schwören, daß ich's gesehen habe!« erwiderte Monks zitternd. »Als ich's zuerst sah, beugte es sich nach vorn, und als ich sprach, eilte es davon.«
Der Jude blickte verächtlich in das bleiche Gesicht seines Kumpans, sagte ihm, er könne nachkommen, wenn er wolle, und stieg die Stufen hinab. Sie sahen in alle Zimmer: sie waren kalt, kahl und leer. Sie stiegen in den Hausflur hinunter und von dort aus in die darunterliegenden Keller. Grüner Schimmel hing an den niedrigen Wänden; die Spuren von Schnecken glitzerten im Licht der Kerze – aber alles war totenstill.
»Was meinst du nun?« sagte der Jude, als sie den Hausflur wieder erreicht hatten. »Außer uns selbst ist kein lebendes Wesen im Hause, abgesehen von Toby und den Jungen, und die sind sicher genug. Schau her!«
Als Beweis zog der Jude zwei Schlüssel aus seiner Tasche

und erklärte, er habe sie eingeschlossen, als er das erste Mal nach unten gegangen sei, um jegliche Störung ihrer Unterredung zu verhindern.
Diese mehrfachen Beweise machten Mr. Monks denn doch wankend. Seine Beteuerungen wurden schwächer und schwächer, je länger sie ihre Nachforschungen fortsetzten, ohne etwas zu entdecken, und schließlich lachte er einige Male grimmig auf und gab zu, daß es wohl nur seine erregte Phantasie gewesen sein könnte. Er lehnte jedoch eine Fortsetzung ihrer Unterredung für diese Nacht ab, als er sich plötzlich daran erinnerte, daß es schon nach ein Uhr war – und so trennte sich denn das liebenswürdige Paar.

SIEBENUNDZWANZIGSTES KAPITEL

Macht die Unhöflichkeit eines früheren Kapitels wieder gut, das eine Dame ohne alle Förmlichkeit allein ließ

Es würde sich für einen unbedeutenden Autor keineswegs geziemen, eine so gewichtige Persönlichkeit wie einen Gemeindediener, mit dem Rücken zum Feuer und die Schöße seines Rockes unter die Arme geklemmt, solange warten zu lassen, bis es ihm beliebt, ihn zu erlösen; und es wäre seiner Stellung beziehungsweise seiner Höflichkeit noch weniger zuträglich, in gleicher Weise eine Dame zu vernachlässigen, auf der jener Gemeindediener sein Auge mit Zärtlichkeit und Zuneigung hatte ruhen lassen und in deren Ohr er süße Worte geflüstert hatte, die, von einem solchen Mann kommend, wohl das Herz jedweden Mädchens oder jeglicher reiferen Frau erbeben lassen würden. Der Chronist, dessen Feder diese Worte niederschreibt, darf sich wohl zutrauen, daß er seine Position kennt und daß er jenen, denen auf Erden Rang und Bedeutung zuteil wurden, die gebührende Achtung zollt; er beeilt sich also, ihnen jene Ehrfurcht zu erweisen, die ihre Stellung fordert, und sie mit aller jener pflichtschuldigen Höflichkeit zu behandeln, die ihr hoher Rang und (folglich) ihre großen Tugenden gebieterisch von ihm verlangen. Zu diesem Zwecke hatte er tatsächlich beabsichtigt, an dieser Stelle eine Abhandlung über das Gottesgnadentum der Gemeindediener einzufügen und daraus zu erklären, daß die Gemeindediener niemals einen Fehler begehen können. Dies hätte für den wohlmeinenden Leser nur angenehm und nützlich sein können – unglücklicherweise ist der Verfasser jedoch genötigt, dies aus Mangel an Raum und Zeit bis zu einer passenderen und günstigeren Gelegenheit aufzuschieben. Bietet sich diese, so ist er darauf vorbereitet, zu zeigen, daß ein ordnungsgemäß eingesetzter Gemeindediener – das heißt also, ein Gemeindediener eines Kirchspiels, der einem Gemeindearmenhaus zugeordnet ist und in dieser seiner amtlichen Eigenschaft auch der Gemeindekirche zu Diensten steht – kraft seines Amtes alle Vorzüge und besten Eigenschaften der Menschlichkeit in sich vereinigt und daß auf keinen dieser Vorzüge einfache Vereins-, Gerichts- oder selbst Filialkirchendiener (allenfalls die letzteren, und auch diese nur in sehr geringem und unbedeutendem Grade) den mindesten, vertretbaren Anspruch erheben können.

Mr. Bumble hatte abermals die Teelöffel gezählt, hatte abermals die Zuckerzange gewogen, das Milchkännchen näher betrachtet und den Zustand der Möbel sogar bis hinunter zu den Roßhaarsitzen der Stühle auf das Genaueste überprüft; und er hatte jeden dieser Vorgänge wohl ein halbdutzendmal wiederholt, ehe es ihm in den Sinn kam, daß es für Mrs. Corney eigentlich Zeit würde, zurückzukommen. Ein Gedanke zeugt den anderen – und da keinerlei Geräusch die Rückkehr Mrs. Corneys ankündigte, so kam Mr. Bumble auf den Einfall, daß es doch ein unschuldiger und tugendhafter Zeitvertreib sei, wenn er weiterhin seine Neugier durch einen flüchtigen Blick auf den Inhalt von Mrs. Corneys Kommode beschwichtigte.

Nachdem er am Schlüsselloch gehorcht hatte, um sich zu vergewissern, daß sich niemand dem Zimmer näherte, begann Mr. Bumble, sich von unten nach oben mit dem Inhalt der drei Schubfächer bekannt zu machen; sie waren mit verschiedenen Kleidungsstücken von gutem Schnitt und Material angefüllt, die sorgsam zwischen zwei Lagen von Zeitungspapier und mit getrocknetem Lavendel bestreut aufbewahrt waren, was Mr. Bumble außerordentlich zu befriedigen schien. Als er im Laufe der Zeit bei der rechten oberen Schublade anlangte (an der der Schlüssel steckte) und darin eine kleine, mit einem Vorhängeschloß gesicherte Kassette erblickte, die, wenn man sie schüttelte, ein angenehmes Geräusch wie das Geklimper von Münzen von sich gab, kehrte Mr. Bumble gewichtigen Schrittes zum Kamin zurück, nahm seine frühere Haltung wieder ein und sagte mit entschlossenem Gesichtsausdruck: »Ich werde es tun!« Nach dieser bemerkenswerten Erklärung wiegte er etwa zehn Minuten lang vergnügt den Kopf, als wolle er sich selbst beweisen, was er doch für ein Teufelskerl sei, und betrachtete seine Beine von der Seite, was ihm offenbar viel Vergnügen bereitete und ihn sehr interessierte.

Er war noch stillvergnügt in diese Betrachtung vertieft, als Mrs. Corney in das Zimmer gestürzt kam, sich atemlos in einen Stuhl am Kamin warf, mit der einen Hand ihre Augen bedeckte, die andere auf ihr Herz legte und nach Luft rang.

»Mrs. Corney«, sagte Mr. Bumble und beugte sich über sie, »was ist Ihnen? Ist irgend etwas geschehen? Ich bitte Sie, antworten Sie mir, ich stehe wie auf . . .«

In seiner Aufregung kam Mr. Bumble nicht gleich auf das Wort »Kohlen« und sagte deshalb: »zerbrochenen Flaschen.«

»Oh, Mr. Bumble!« jammerte die Dame, »ich bin so furchtbar aus der Fassung gebracht worden!«

»Aus der Fassung, Madam?« rief Mr. Bumble aus. »Wer hat gewagt –? Ich weiß schon!« sagte er dann und bezähmte sich mit der ihm angeborenen Würde. »Das war dieses boshafte Armengesindel!«

»Es ist furchtbar, daran zu denken!« sagte die Dame schaudernd.

»Also denken Sie *nicht* daran, Madam«, erwiderte Mr. Bumble.

»Ich kann nicht anders«, wimmerte die Dame.

»Dann nehmen Sie doch etwas zu sich, Madam«, sagte Mr. Bumble beruhigend. »Ein Schlückchen von dem Wein?«

»Nicht um die Welt!« antwortete Mrs. Corney. »Ich könnte nicht – oh! Das oberste Fach rechts in der Ecke – oh!« Während sie diese Worte stammelte, wies die gute Frau verstört auf den Schrank und verfiel in heftige, krampfartige Zuckungen. Mr. Bumble stürzte zu dem Schrank, langte eine grüne Halbliterflasche aus dem ihm so ungefähr bezeichneten Fach, füllte eine Teetasse daraus und hielt diese der Dame an die Lippen.

»Jetzt fühle ich mich wohler«, sagte Mrs. Corney und sank zurück, nachdem sie die Hälfte getrunken hatte.

Mr. Bumble wandte seinen Blick in Dankbarkeit fromm zur Zimmerdecke, senkte ihn dann wieder bis zum Rand der Tasse und hob diese dann an seine Nase.

»Pfefferminz«, erklärte Mrs. Corney mit schwacher Stimme und lächelte dem Gemeindediener beim Sprechen freundlich zu.

»Versuchen Sie es – es ist noch ein bißchen – ein bißchen was anderes mit drin.«

Mr. Bumble kostete die Medizin mit zweifelndem Blick, schmatzte mit den Lippen, kostete nochmals und setzte die Tasse leer wieder hin.

»Es ist sehr stärkend«, sagte Mrs. Corney.

»Wirklich, sehr, Madam«, antwortete der Gemeindediener. Während er sprach, schob er einen Stuhl neben die Dame und fragte zärtlich, was sie denn so aus der Fassung gebracht habe.

»Ach, nichts«, erwiderte Mrs. Corney. »Ich bin ein närrisches, leicht erregbares, schwaches Geschöpf.«
»Nicht schwach«, widersprach Mr. Bumble und zog seinen Stuhl etwas näher. »Sind Sie wirklich ein schwaches Geschöpf, Mrs. Corney?«
»Wir sind alle schwache Geschöpfe«, sagte Mrs. Corney und traf damit eine allgemeine Feststellung.
»Das sind wir«, bestätigte der Gemeindediener.
Während der nächsten ein oder zwei Minuten sagte keiner von beiden etwas. Nach Ablauf dieser Zeit hatte Mr. Bumble die Lage dadurch geklärt, daß er seinen linken Arm, der bisher auf der Lehne von Mrs. Corneys Stuhl gelegen hatte, von dort wegnahm und auf Mrs. Corneys Schürzenband legte, in das er sich allmählich verfing.
»Wir sind alle schwache Geschöpfe«, meinte Mr. Bumble.
Mrs. Corney seufzte.
»Seufzen Sie nicht, Mrs. Corney«, sagte Mr. Bumble.
»Ich kann nicht anders«, sagte Mrs. Corney. Und sie seufzte abermals.
»Das ist ein sehr behagliches Zimmer, Madam«, sagte Mr. Bumble und sah sich um. »Noch ein Raum zu diesem dazu, das wäre vollkommen.«
»Es wäre zuviel für eine Person«, murmelte die Dame.
»Aber nicht für zwei, Madam«, entgegnete Mr. Bumble sanft.
»Nun, Mrs. Corney?«
Als der Gemeindediener dies sagte, senkte Mrs. Corney den Kopf, und der Gemeindediener senkte den seinen gleichfalls, um einen Blick in Mrs. Corneys Gesicht tun zu können. Mrs. Corney wandte sehr züchtig ihren Kopf zur Seite, machte ihre Hand los, um nach ihrem Taschentuch zu langen, legte sie jedoch unbewußt wieder in Mr. Bumbles Hand zurück.
»Die Gemeinde gewährt Ihnen freie Heizung, nicht wahr,

Mrs. Corney?« forschte der Gemeindediener und rückte ihr zärtlich die Hand.
»Und Kerzen«, antwortete Mrs. Corney und erwiderte sanft den Händedruck.
»Heizung, Licht und Miete frei«, sagte Mr. Bumble. »Oh, Mrs. Corney, was sind Sie für ein Engel!«
Gegen diesen Gefühlsausbruch war die Dame nicht gefeit. Sie sank in Mr. Bumbles Arme, und dieser ehrenwerte Herr drückte in seiner Aufregung einen Kuß auf ihre keusche Nase.
»Welche Vollkommenheit!« rief Mr. Bumble ungestüm aus. »Sie wissen doch, Sie bezauberndes Wesen, daß es Mr. Slout heute abend schlechter geht?«
»Ja«, erwiderte Mrs. Corney verschämt.
»Der Doktor sagt, er wird kaum noch eine Woche leben«, fuhr Mr. Bumble fort. »Er ist der Vorsteher dieses Hauses. Mit seinem Tod wird eine Stelle frei – und diese Stelle muß neu besetzt werden. Oh, Mrs. Corney, welche Aussichten eröffnen sich dadurch! Welch eine Gelegenheit, zwei Herzen und zwei Haushalte zu vereinigen!«
Mrs. Corney schluchzte.
»Das kleine Wort?« sagte Mr. Bumble und neigte sich über die verschämte Schöne. »Das eine kleine, kleine, kleine Wort, meine geliebte Corney?«
»J – ja – a«, seufzte die ehrenwerte Dame.
»Eins noch«, fuhr der Gemeindediener fort, »laß deine mir so teuren Gefühle mir nur noch eines sagen: Wann soll es sein?« Zweimal versuchte Mrs. Corney zu sprechen – und zweimal mißlang es ihr. Schließlich nahm sie allen Mut zusammen, schlang ihre Arme um Mrs. Bumbles Nacken und sagte, es könne sein, sobald er nur wolle, und er sei ein »unwiderstehlicher Schatz«.
Nachdem die Dinge so freundschaftlich und befriedigend geregelt waren, wurde die Übereinkunft mit einer weiteren Tasse der Pfefferminzmischung feierlich besiegelt, was sich

als um so notwendiger erwies, da die Gefühle der Dame in heftige Erregung geraten waren. Während man sich den Trank einverleibte, unterrichtete Mrs. Corney Mr. Bumble von dem Ableben der alten Frau.
»Sehr gut«, sagte der ehrenwerte Herr und schlürfte seinen Pfefferminz. »Ich werde auf dem Heimweg mit zu Sowerberry gehen und ihm sagen, daß er morgen früh herschicken soll. War es das, was dich so aus der Fassung gebracht hat, Liebling?«
»Es war nichts Besonderes, Liebster«, sagte die Dame ausweichend.
»Es muß doch irgend etwas gewesen sein, Liebling«, drängte Mr. Bumble. »Willst du es deinem inniggeliebten B. nicht sagen?«
»Nicht jetzt«, erwiderte sie, »demnächst, wenn wir verheiratet sind, Liebster.«
»Wenn wir verheiratet sind!« rief Mr. Bumble aus. »Es war doch nicht etwa irgendeine Unverschämtheit von einem der Männer im Armenhaus, der . . .«
»Nein, nein, Liebster!« unterbrach sie ihn hastig.
»Wenn ich mir vorstelle, es wäre so etwas gewesen . . .«, fuhr Mr. Bumble fort, »wenn ich mir vorstelle, daß einer von ihnen es gewagt hätte, seine gemeinen Augen zu diesem lieblichen Angesicht zu erheben . . .«
»Sie hätten nicht gewagt, es zu tun, Liebster«, erwiderte Mrs. Corney.
»Sie tun auch besser daran!« sagte Mr. Bumble und ballte die Faust. »Laß mich den Mann sehen, er sei aus der Gemeinde oder von außerhalb, der es wagen würde, das zu tun; und ich sage dir, er täte es nicht ein zweites Mal!«
Wäre dies nicht von heftigen Gebärden begleitet gewesen, so hätte es wohl als ein nicht eben großes Kompliment für die Reize der Dame erscheinen können; da aber Mr. Bumble zu seiner Drohung vielerlei angriffslustige Gesten machte, war Mrs. Corney gerührt von diesem Beweis seiner Zuneigung

und stellte in aufrichtiger Bewunderung fest, daß er wahrlich ein liebes Täubchen sei.
Das Täubchen schlug alsdann seinen Mantelkragen hoch, stülpte seinen Dreispitz auf und setzte sich, nachdem es mit seiner künftigen Gefährtin eine lange und zärtliche Umarmung ausgetauscht hatte, abermals mutig dem kalten Abendwind aus. Wenige Minuten nur hielt er sich in dem Saal der männlichen Insassen des Armenhauses auf, um mit diesen ein wenig herumzuschimpfen und sich damit selbst die Gewißheit zu verschaffen, daß er das Amt eines Armenhausvorstehers mit der nötigen Strenge ausüben könne. Von seinen Fähigkeiten überzeugt, verließ Mr. Bumble leichten Herzens das Gebäude; in lichten Bildern sah er seine künftige Beförderung voraus, und diese Vorahnungen beschäftigten seinen Geist, bis er bei dem Laden des Leichenbestatters anlangte.
Nun waren Mr. und Mrs. Sowerberry zu Tee und Abendessen ausgegangen, und da Noah Claypole zu keiner Zeit geneigt war, mehr an körperlicher Anstrengung auf sich zu nehmen, als man zu gemächlichem Essen und Trinken aufwenden muß, war der Laden noch nicht geschlossen, obwohl die übliche Ladenschlußzeit bereits vorüber war. Mr. Bumble klopfte mehrere Male mit seinem Spazierstock auf den Ladentisch; da er jedoch keine Beachtung fand und durch das Glasfenster des kleinen Raumes im Hintergrund ein Licht schimmern sah, nahm er sich die Freiheit hineinzuspähen, um zu sehen, was da drinnen vor sich ging – und als er dann sah, *was* da vor sich ging, war er nicht wenig überrascht.
Der Tisch war zum Abendessen gedeckt, Brot und Butter, Teller und Gläser sowie ein Porterkrug und eine Weinflasche standen darauf. Am oberen Ende des Tisches lümmelte Mr. Noah Claypole nachlässig in einem Lehnstuhl; er hatte die Beine über eine der Armlehnen gelegt, in der einen Hand hielt er ein offenes Klappmesser und in der anderen ein

riesengroßes Stück Butterbrot. Dicht neben ihm stand Charlotte und öffnete Austern aus einem Fäßchen, die Mr. Claypole mit bemerkenswerter Gier zu verschlingen geruhte. Eine mehr als übliche Röte in der Nasengegend des jungen Herrn und eine Art stetiges Blinzeln in seinem rechten Auge bezeugten, daß er leicht angetrunken war; diese Anzeichen wurden noch bekräftigt durch das tiefe Wohlbehagen, mit dem er sich seine Austern einverleibte und für das lediglich die große Wertschätzung ihrer kühlenden Eigenschaften in Fällen von innerlichem Fieber eine ausreichende Begründung geben konnte.

»Hier ist eine köstliche, fette, lieber Noah«, sagte Charlotte, »versuch sie doch mal, nur noch diese eine.«

»Was ist so 'ne Auster für 'ne leckere Sache!« konstatierte Mr. Claypole, nachdem er sie hinuntergeschlungen hatte. »Es ist nur jammerschade, daß einem übel werden könnte, wenn man viel davon gegessen hat, nicht wahr, Charlotte?«

»Direkt grausam ist es«, sagte Charlotte.

»Stimmt«, bestätigte Mr. Claypole. »Magst du keine Austern?«

»Nicht sonderlich«, erwiderte Charlotte. »Ich sehe lieber zu, wenn du sie ißt, Noah, als daß ich sie selbst esse.«

»Mein Gott!« meinte Noah nachdenklich, »wie komisch!«

»Nimm noch eine«, sagte Charlotte. »Hier ist eine mit einem so schönen, köstlichen Bart!«

»Ich kann nicht mehr«, antwortete Noah. »Tut mir sehr leid. Komm her, Charlotte, ich will dich küssen.«

»Wie?« rief Mr. Bumble und stürmte in das Zimmer. »Sag das noch einmal, Bursche!«

Charlotte stieß einen Schrei aus und verbarg das Gesicht in ihrer Schürze. Mr. Claypole, der seine Stellung nur eben so weit veränderte, daß seine Füße den Boden erreichten, sah in trunkenem Entsetzen den Gemeindediener an.

»Sag das noch einmal, du nichtswürdiger, unverschämter

Kerl!» sagte Mr. Bumble. »Wie kannst du es wagen, so etwas auszusprechen! Und wie kannst du ihn dazu ermutigen, du freche Dirne? Sie küssen!« rief Mr. Bumble in heftiger Entrüstung aus. »Pfui!«
»Ich wollte es ja gar nicht wirklich tun!« stotterte Noah. »Sie küßt mich ja immer, ob ich will oder nicht.«
»Oh, Noah!« rief Charlotte vorwurfsvoll.
»Tust du ja; weißt es ganz genau, daß du's tust!« erwiderte Noah. »Sie tut das immer, Mr. Bumble, sie faßt mich unterm

Kinn, bitte sehr, Sir, und liebkost mich auf alle mögliche Art!«

»Ruhe!« brüllte Mr. Bumble streng. »Scher dich nach unten, Mamsell. Noah, du schließt den Laden zu und sprichst kein Wort mehr, bis dein Meister nach Hause kommt, sonst passiert was! Und wenn er nach Hause kommt, so sag ihm, daß Mr. Bumble bestellt hat, er solle morgen nach dem Frühstück einen Armensarg für eine alte Frau schicken. Hörst du? – Küssen!« rief Mr. Bumble aus und schlug die Hände überm Kopf zusammen. »Die Sündhaftigkeit und Verderbtheit der niederen Klassen in diesem Gemeindebezirk ist erschreckend! Wenn die Regierung sich nicht bald mit ihrem abscheulichen Lebenswandel befaßt, ist dieses Land ruiniert und die Ehrbarkeit der Landbevölkerung für immer dahin!« Mit diesen Worten verließ der Gemeindediener mit hochmütiger und düsterer Miene den Laden des Leichenbestatters.

Und nun, nachdem wir ihn so weit auf seinem Heimweg begleitet und alle nötigen Vorbereitungen für das Begräbnis der alten Frau getroffen haben, wollen wir einige Nachforschungen nach dem kleinen Oliver Twist anstellen und uns vergewissern, ob er immer noch in dem Graben liegt, wo Toby Crackit ihn zurückließ.

ACHTUNDZWANZIGSTES KAPITEL

Befaßt sich mit Oliver
und berichtet weiter über seine Abenteuer

»Daß euch die Wölfe die Gurgel zerrissen!« murmelte Sikes und knirschte mit den Zähnen. »Ich wollte, ich wäre unter euch, dann solltet ihr noch heiserer heulen!«

Während Sikes diese Verwünschung mit der größten Wildheit, deren seine verwegene Natur fähig war, ausstieß, legte er den Körper des verwundeten Jungen über seine gebeugten

Knie und wandte einen Augenblick seinen Kopf, um sich nach seinen Verfolgern umzusehen.

Vor Nebel und Dunkelheit war wenig zu erkennen, aber das laute Rufen von Männern ließ die Luft erzittern, und das Bellen der Hunde in der Nachbarschaft, die der Klang der Alarmglocke aufgeschreckt hatte, erklang aus allen Richtungen.

»Halt, du feiger Hund!« rief der Räuber Crackit nach, der bestmöglichen Gebrauch von seinen langen Beinen machte und schon ein Stück voraus war. »Halt!«

Die Wiederholung dieses Wortes brachte Toby augenblicklich zum Stehen. Er war sich nämlich nicht ganz sicher, daß er sich außer Reichweite eines Pistolenschusses befände; und Sikes war nicht in der Verfassung, daß er mit sich spaßen ließ. »Hilf dem Jungen mit!« rief Sikes und winkte wütend seinem Kumpan zu. »Komm zurück!«

Toby machte Miene umzukehren, wagte jedoch mit leiser, vor Atemnot stockender Stimme seine beträchtliche Abneigung zu verstehen zu geben, während er langsam näher kam.

»Schneller!« brüllte Sikes, legte den Jungen in einen trockenen Graben zu seinen Füßen und zog eine Pistole aus der Tasche. »Halt mich nicht zum Narren!«

In diesem Augenblick wurde der Lärm lauter. Sikes sah sich abermals um und konnte erkennen, daß die Männer, die sie verfolgt hatten, bereits über das Gatter des Feldes kletterten, auf dem er stand, und zwei Hunde ihnen einige Schritte voraus waren.

»Es ist aus, Bill!« rief Toby. »Laß den Jungen liegen und gib Fersengeld!« Mit diesem Rat zum Abschied machte Mr. Crackit auf der Stelle kehrt – denn er zog die Möglichkeit, von seinem Freund erschossen zu werden der Gewißheit vor, von seinen Feinden gefangen zu werden – und stürmte in größter Eile davon. Sikes knirschte mit den Zähnen, blickte einmal um sich, warf über Olivers hingestreckte Gestalt den Umhang, in den er in der Eile gehüllt worden war, rannte an der Hecke entlang, als wollte er die Aufmerksamkeit derer, die hinter ihm her waren, von der Stelle ablenken, wo der Junge lag, blieb eine Sekunde lang vor einer zweiten Hecke stehen, die im rechten Winkel auf die erste traf, warf seine Pistole hoch in die Luft, sprang mit einem Satz über das Hindernis und war verschwunden.

»He, he! Hierher!« rief eine zittrige Stimme im Hintergrund. »Pincher! Neptun! Hierher, hierher!«

Die Hunde, die ebenso wie ihre Herren keinen sonderlichen Geschmack an dieser Jagd zu finden schienen, gehorchten bereitwillig dem Befehl. Drei Männer, die mittlerweile schon ein Stück in das Feld vorgedrungen waren, blieben stehen, um miteinander zu beraten.

»Mein Rat, oder– so möchte ich wenigstens sagen – mein *Befehl* ist, daß wir augenblicklich wieder nach Hause gehen«, sagte der Dickste von ihnen.

»Mir ist alles recht, was Mr. Giles recht ist«, sagte ein Kleinerer, der keineswegs schlank war, mit sehr bleichem Gesicht und äußerst höflich, wie es ängstliche Menschen oftmals sind.

»Ich möchte nicht unhöflich erscheinen, meine Herren«, sagte der dritte, der die Hunde zurückgerufen hatte, »Mr. Giles wird es am besten wissen.«

»Gewiß«, erwiderte der Kleinere, »und was Mr. Giles auch sagen mag, es steht uns nicht zu, ihm zu widersprechen. Nein, nein, ich kenne meine Sitewation, Gott sei Dank, ich kenne meine Sitewation.«

Um die Wahrheit zu sagen: Der kleine Mann schien seine Situation tatsächlich zu kennen, und er schien sehr gut zu wissen, daß sie keineswegs eine beneidenswerte war, denn er klapperte mit den Zähnen, während er sprach.

»Sie haben Angst, Brittles«, sagte Mr. Giles.

»Hab' ich nicht«, sagte Brittles.

»Doch!« sagte Giles.

»Das ist nicht wahr, Mr. Giles«, sagte Brittles.
»Sie lügen, Brittles«, sagte Mr. Giles.
Dieser Wortwechsel war aus Mr. Giles' Stichelei entstanden; und Mr. Giles' Stichelei war aus seinem Unwillen darüber entstanden, daß man ihm unter dem Deckmantel eines Kompliments die Verantwortung dafür zuschieben wollte, daß man wieder nach Hause ging. Der dritte Mann machte dem Streit auf höchst philosophische Weise ein Ende.
»Ich will Ihnen sagen, was los ist, meine Herren«, sagte er, »wir haben alle Angst.«
»Sprechen Sie für sich selbst, Sir«, sagte Mr. Giles, der der blasseste von allen war.
»Das tue ich auch«, antwortete der andre. »Unter solchen Umständen ist es ganz natürlich und richtig, Angst zu haben. *Ich* habe welche.«
»Ich auch«, sagte Brittles, »aber das ist noch kein Anlaß, es einem Menschen so unverblümt ins Gesicht zu sagen.«
Diese freimütigen Eingeständnisse besänftigten Mr. Giles, der sogleich zugab, daß auch *er* Angst hätte; daraufhin machten sie alle drei kehrt und rannten in bestem Einvernehmen wieder zurück, bis Mr. Giles (der der kurzatmigste von ihnen war und außerdem eine Heugabel zu tragen hatte) sehr höflich darauf bestand, haltzumachen, um sich für seine übereilten Worte zu entschuldigen.
»Aber es ist wunderbar«, sagte Mr. Giles, als er seine Erklärungen beendet hatte, »was ein Mensch vermag, wenn sein Blut in Wallung kommt. Ich hätte einen Mord begangen – *ich* bestimmt, das weiß ich –, wenn wir einen von diesen Schurken zu fassen gekriegt hätten.«
Da die beiden anderen ähnliche Gefühle gehegt hatten und da ihr Blut, wie das seine, wieder völlig abgekühlt war, stellten sie einige Betrachtungen über die Ursache dieses plötzlichen Stimmungsumschwunges an.
»Ich weiß, was schuld war«, sagte Mr. Giles, »es war das Gatter.«

»Ich würde mich nicht wundern, wenn es das gewesen wäre«, rief Brittles, der den Gedanken aufgriff.
»Sie können sich darauf verlassen«, sagte Giles, »daß dieses Gatter die Flut der Erregung aufhielt. Ich fühlte jedenfalls, wie die meinige plötzlich schwand, als ich darüberkletterte.«
Durch ein merkwürdiges Zusammentreffen hatten die beiden anderen das gleiche unangenehme Gefühl in genau dem gleichen Augenblick gehabt. Es war also ganz offensichtlich, daß es das Gatter gewesen war, besonders auch deshalb, da es keinen Zweifel über den Zeitpunkt gab, zu dem der Umschwung stattgefunden hatte, denn alle drei erinnerten sich, daß es geschehen war, als sie die Räuber zu Gesicht bekommen hatten.
Dieses Gespräch fand statt zwischen den beiden Männern, die die Einbrecher überrascht hatten, und einem wandernden Kesselflicker, der in einem Nebengebäude geschlafen hatte und samt seinen beiden Bastardkötern geweckt worden war, damit er sich an der Verfolgung beteiligte. Mr. Giles versah bei der alten Dame, der das Haus gehörte, den doppelten Dienst eines Haus- und Kellermeisters; Brittles war ein Hausdiener für alle möglichen Arbeiten, der schon als Kind seinen Dienst bei ihr angetreten hatte und noch immer als ein hoffnungsvoller junger Mann behandelt wurde, obwohl er bereits etwas über dreißig Jahre alt war.
Während sie sich mit derartigen Gesprächen gegenseitig Mut machten, aber dennoch dicht beieinander blieben und sich argwöhnisch umsahen, sooft ein frischer Windstoß durch die Zweige fuhr, eilten die drei Männer zu einem Baum zurück, hinter dem sie ihre Laterne hatten stehenlassen, damit der Lichtschein den Dieben nicht zeigen sollte, in welcher Richtung sie schießen müßten. Sie ergriffen die Laterne und machten sich in kräftigem Trab so schnell sie konnten auf den Heimweg; und als ihre schattenhaften Gestalten schon lange nicht mehr zu erkennen waren, sah man das Licht in der Ferne noch tanzen und schimmern, als

sei es ein Gebilde des feuchten und trüben Dunstes, durch den es schnell dahingetragen wurde. Die Luft wurde kühler, als der Tag langsam heraufdämmerte, und der Nebel zog wie eine dichte Rauchwolke über den Boden hin. Das Gras war naß, die Wege und die tieferliegenden Stellen waren voll Schlamm und Wasser; der feuchte Hauch eines ungesunden Windes strich mit hohlem Ächzen kraftlos darüber hin. Immer noch lag Oliver regungslos und ohne Bewußtsein auf der Stelle, wo Sikes ihn zurückgelassen hatte.

Der Morgen rückte immer näher. Die Luft wurde schärfer und durchdringender, als sein erster fahler Schimmer – eher dem Tod der Nacht, als der Geburt des Tages vergleichbar – zaghaft am Himmel aufdämmerte. Die Dinge, die in der Dunkelheit düster und schrecklich ausgesehen hatten, wurden mehr und mehr unterscheidbar und nahmen allmählich ihre gewohnte Gestalt an. Der Regen fiel in dichten Strömen und klatschte geräuschvoll in die kahlen Büsche. Oliver jedoch fühlte nicht, wie es auf ihn herniederrauschte, denn noch immer lag er hilflos und ohne Bewußtsein auf seinem Bett aus Lehm ausgestreckt.

Endlich durchbrach ein leiser Schmerzensruf die herrschende Stille, und mit diesem erwachte der Knabe. Sein linker Arm, der ohne sonderliche Sorgfalt mit einem Halstuch verbunden war, hing schwer und unbeweglich an seiner Seite herunter; der Verband war durch und durch mit Blut getränkt. Oliver war so schwach, daß er sich kaum zum Sitzen aufrichten konnte; als er es zustande gebracht hatte, sah er sich matt nach Hilfe um und stöhnte vor Schmerzen. Vor Kälte und Erschöpfung an allen Gliedern zitternd, versuchte er, auf die Beine zu kommen, aber er erschauerte vom Kopf bis zu den Füßen und fiel der Länge nach zu Boden.

Nach einem kurzen Rückfall in die Ohnmacht, die ihn solange umfangen hatte, schien ihm eine schleichende Übelkeit in seinem Herzen zu sagen, daß er gewiß sterben müßte, wenn er hier liegenbliebe, und unter dem Zwang dieses

Gefühls stand er auf und versuchte zu gehen. Sein Kopf war benommen, und er schwankte hin und her wie ein Trunkener. Aber er hielt sich dennoch aufrecht und stolperte, den Kopf tief auf die Brust geneigt, vorwärts, ohne zu wissen, wohin.

Nun aber bedrängten beängstigende und verwirrte Gedanken in Scharen seinen Sinn. Es schien ihm, als ginge er noch immer zwischen Sikes und Crackit, die ärgerlich miteinander stritten – denn sogar die Worte, die sie sprachen, klangen in seinen Ohren; und als er gleichsam auf sich selbst aufmerksam wurde, da er heftige Anstrengungen machen mußte, um nicht zu fallen, stellte er fest, daß er selbst mit ihnen sprach. Dann wieder war er allein mit Sikes und trottete mit ihm dahin wie am Tage zuvor; und als schattenhafte Gestalten an ihnen vorübergingen, fühlte er des Räubers Griff an seinem Handgelenk. Plötzlich fuhr er zurück vor dem Knall von Schußwaffen, laute Schreie und Rufe klangen auf, Lichter schimmerten vor seinen Augen, überall um ihn war Lärm und Tumult, während eine unsichtbare Hand ihn eilends hinwegführte. Durch all diese rasch wechselnden Trugbilder hindurch aber drang ein unbestimmtes, lästiges Schmerzempfinden, das ihn unaufhörlich quälte und schwächte.

So wankte er vorwärts, kroch beinahe, ohne zu wissen, was er tat, zwischen den Stangen der Gatter und durch die Lücken in den Hecken hindurch, die ihm in den Weg kamen, bis er eine Straße erreichte. Hier begann es so heftig zu regnen, daß er davon zu sich kam.

Er blickte um sich und sah, daß nicht weit entfernt ein Haus stand, das er vielleicht erreichen konnte. Möglicherweise würde man dort ob seines bedauernswerten Zustandes Mitleid mit ihm haben, und wenn nicht, so meinte er, es wäre immer noch besser, in der Nähe von Menschen zu sterben als auf einsamem, freiem Felde. Er nahm also alle seine Kräfte zu einem letzten Versuch zusammen und ging mit wankenden Schritten auf das Haus zu.

Als er näher herankam, hatte er das Gefühl, als habe er dieses Haus schon vorher einmal gesehen. Er erinnerte sich nicht an Einzelheiten, aber Form und Aussehen des Gebäudes kamen ihm bekannt vor.

Diese Gartenmauer! Auf dem dahinterliegenden Rasen war er in der letzten Nacht auf seine Knie gefallen und hatte die zwei Männer um Gnade angefleht. Es war dasselbe Haus, in das sie hatten einbrechen wollen.

Als Oliver dies erkannte, empfand er eine solche Furcht, daß er für einen Augenblick den Schmerz seiner Wunde vergaß und nur an Flucht dachte. Flucht! – Er konnte kaum auf den Beinen stehen; und wäre er auch im Vollbesitz seiner jugendlichen Kräfte gewesen: wohin konnte er denn fliehen? Er drückte gegen das Gartentor; es war unverschlossen und drehte sich in seinen Angeln. Er torkelte über den Rasen, stieg die Stufen hinauf, klopfte leise an die Tür – dann aber verließen ihn all seine Kräfte, und er sank an einer der Säulen der kleinen Vorhalle nieder.

Es traf sich, daß zu eben dieser Zeit Mr. Giles, Brittles und der Kesselflicker sich in der Küche bei Tee und mancherlei Zubrot von den Strapazen und Schrecknissen der Nacht erholten. Es war zwar durchaus nicht Mr. Giles' Art, den einfachen Dienstboten gegenüber allzu große Vertraulichkeit aufkommen zu lassen; eher pflegte er ihnen mit einer gewissen würdevollen Leutseligkeit zu begegnen, die ihnen Freude bereitete, sie jedoch nachdrücklich an seine höhere gesellschaftliche Stellung gemahnte. Aber Tod, Feuer und Einbruch machen alle Menschen gleich; und so saß denn also Mr. Giles mit ausgestreckten Beinen vor dem Küchenherd und hatte seinen linken Arm auf den Tisch gelegt, während er mit dem rechten gestikulierend eine umständliche und genaue Schilderung des Einbruchs untermalte, der seine Zuhörer (besonders aber die Köchin und das Hausmädchen, die mit zugegen waren) mit atemloser Spannung lauschten.

»Es war gegen halb drei«, sagte Mr. Giles, »ich will's aber

nicht beschwören, ob es nicht schon etwas mehr auf drei zuging; da wachte ich auf, drehte mich in meinem Bett herum, etwa so (dabei drehte sich Mr. Giles in seinem Stuhl auf die andere Seite und zog die Ecke des Tischtuchs über sich, um damit die Bettdecke darzustellen), und vermeinte, ein Geräusch zu hören.«

An dieser Stelle des Berichtes wurde die Köchin blaß und bat das Hausmädchen, die Tür zu schließen; diese bat Brittles darum, dieser den Kesselflicker – und dieser tat, als hätte er nichts gehört.

». . . vermeinte, ein Geräusch zu hören«, fuhr Mr. Giles fort. »Zunächst sagte ich mir: ›Das ist Einbildung‹, und wollte mich eben anschicken, wieder einzuschlafen, als ich das Geräusch abermals, diesmal deutlich, vernahm.«

»Was für ein Geräusch?« fragte die Köchin.

»Eine Art Krachen«, antwortete Mr. Giles und sah um sich.

»Es klang eher so, als wenn man eine Eisenstange auf einer Muskatnußreibe zu Pulver zerreibt«, meinte Brittles.

»Das war, als *Sie* es hörten«, erwiderte Mr. Giles; »zu dem genannten Zeitpunkt aber klang es wie ein Krachen. Ich schlug die Bettdecke zur Seite«, fuhr er fort und rollte das Tischtuch zurück, »setzte mich im Bett auf und lauschte.«

»Gerechter Gott!« riefen die Köchin und das Hausmädchen zu gleicher Zeit aus und rückten ihre Stühle näher zusammen.

»Ich hörte es nun ganz deutlich«, fuhr Mr. Giles fort. »›Da öffnet jemand mit Gewalt eine Tür oder ein Fenster‹, sagte ich mir, ›was ist da zu tun? Ich werde Brittles, den armen Kerl wecken und ihn davor bewahren, daß er im Bett ermordet wird, sonst wird ihm womöglich die Kehle vom rechten bis zum linken Ohr durchgeschnitten‹, sagte ich zu mir, ›ohne daß er es überhaupt merkt‹.«

Hier richteten sich alle Augen auf Brittles, der die seinigen auf den Sprecher heftete und ihn mit weit offenem Mund anstarrte, wobei sein Gesicht höchstes Entsetzen widerspiegelte.

»Ich schleuderte die Bettdecke weg«, sagte Giles, warf das Tischtuch von sich und sah die Köchin und das Hausmädchen ganz fest an, »stieg leise aus dem Bett, zog meine . . .«

»Es sind Damen anwesend, Mr. Giles«, murmelte der Kesselflicker.

». . .*Schuhe* an«, sagte Giles, richtete seinen Blick auf den Kesselflicker und legte großen Nachdruck auf das Wort, »ergriff die Pistole, die immer mit dem Silberkorb nach oben kommt, und ging auf Zehenspitzen in sein Zimmer. ›Brittles‹, sagte ich, als ich ihn geweckt hatte, ›haben Sie keine Angst!‹«

»Ja, das sagten Sie«, bemerkte Brittles mit leiser Stimme.

»›Ich glaube, wir sind des Todes, Brittles‹, sagte ich, ›aber haben Sie keine Angst‹.«

»*Hatte* er denn Angst?« fragte die Köchin.

»Kein bißchen«, erwiderte Mr. Giles. »Er war so standhaft – beinahe so standhaft wie ich.«

»Wenn ich es gewesen wäre, ich wär' sicher auf der Stelle gestorben«, bemerkte das Hausmädchen.

»Sie sind eine Frau«, sagte Brittles und raffte sich ein wenig auf.

»Brittles hat recht«, sagte Mr. Giles und nickte zustimmend mit dem Kopf, »von einer Frau wäre auch nichts anderes zu erwarten gewessen. Wir als Männer aber nahmen eine Blendlaterne, die auf Brittles' Kaminaufsatz stand, und tasteten uns im Stockdunkeln die Treppe hinunter – ungefähr so.«

Mr. Giles war von seinem Stuhl aufgestanden und hatte mit geschlossenen Augen zwei Schritte vorwärts getan, um seine Schilderung entsprechend anschaulich zu machen, als er, ebenso wie alle Anwesenden, heftig erschrak und zu seinem Stuhl zurückeilte. Die Köchin und das Hausmädchen schrien auf.

»Es hat geklopft«, sagte Mr. Giles und gab sich den Anschein völliger Ruhe. »Es muß jemand die Tür öffnen.«

Niemand regte sich.

»Es scheint doch sehr seltsam, daß zu so früher Stunde jemand klopft«, meinte Mr. Giles, der die bleichen Gesichter ringsum betrachtete und selbst sehr blaß aussah, »aber die Tür muß aufgemacht werden. Hört denn keiner?«
Bei diesen Worten sah Mr. Giles Brittles an, aber da der junge Mann von Natur aus bescheiden war, hielt er sich wahrscheinlich für niemand und meinte deshalb, die Aufforderung könne ihm nicht gelten; jedenfalls gab er keine Antwort. Mr. Giles sah den Kesselflicker ermunternd an, der aber war plötzlich eingeschlafen. Die Frauen kamen nicht in Frage.
»Wenn Brittles die Tür lieber unter Zeugen öffnen würde«, sagte Mr. Giles nach kurzem Schweigen, »so wäre ich bereit, einen davon abzugeben.«
»Ich auch«, erwiderte der Kesselflicker, der ebenso plötzlich aufwachte, wie er eingeschlafen war.
Unter diesen Bedingungen streckte Brittles die Waffen, und da die Anwesenden durch die Tatsache, daß es inzwischen taghell war (was man beim Öffnen der Fensterläden festgestellt hatte), einigermaßen beruhigt waren, stiegen sie alle, die Hunde voran, die Treppe hinauf. Die zwei Frauen, die sich fürchteten, unten zu bleiben, kamen hinterdrein. Dem Rate von Mr. Giles folgend, sprachen sie alle sehr laut, um jedem Übelgesinnten draußen klarzumachen, daß sie ihrer viele wären, und durch einen meisterhaften Schachzug, der dem Hirn desselben erfinderischen Herrn entstammte, wurden die Hunde heftig in den Schwanz gezwickt, damit sie ein wildes Gebell anstimmten. Nach diesen Vorsichtsmaßnahmen hielt Mr. Giles den Kesselflicker am Arm fest (um zu verhindern, daß er davonliefe, wie er scherzend meinte) und gab den Befehl, die Tür zu öffnen. Brittles gehorchte – und als einer dem andern furchtsam über die Schulter blickte, gewahrten sie nichts Schrecklicheres, als den armen kleinen Oliver Twist, der sie sprachlos und erschöpft anblickte und schweigend ihr Mitleid erflehte.

»Ein Knabe!« rief Mr. Giles und schob den Kesselflicker mutig nach hinten. »Was ist los mit – – He! Brittles! – Schau'n Sie mal her – kennen Sie ihn nicht?«

Kaum hatte Brittles, der sich hinter die Tür verzogen hatte, um sie zu öffnen, Oliver gesehen, als er einen lauten Schrei ausstieß. Mr. Giles ergriff den Knaben bei einem Bein und einem Arm (glücklicherweise nicht bei dem verwundeten), zog ihn schnell in die Vorhalle und legte ihn hier der Länge nach auf den Boden. »Da ist er!« brüllte er in großer Erregung die Treppe hinauf. »Hier ist einer der Diebe, Madam! Ein Dieb, gnädiges Fräulein! Ich hab' ihn getroffen, gnädiges Fräulein, und Brittles hat das Licht gehalten.«

» – in einer Laterne, gnädiges Fräulein«, rief Brittles und legte eine Hand an den Mund, um seine Stimme tragfähiger zu machen.

Die beiden weiblichen Dienstboten liefen die Treppe hinauf, um die Nachricht zu überbringen, daß Mr. Giles einen Räuber gefangen habe, und der Kesselflicker war eifrig darum bemüht, Oliver wieder zu sich zu bringen, damit er nicht etwa stürbe, bevor man ihn hängen könnte. Inmitten von all diesem Lärm und Tumult ließ sich eine sanfte weibliche Stimme vernehmen, die im Nu alles beschwichtigte.

»Giles!« flüsterte die Stimme vom oberen Ende der Treppe her.

»Hier bin ich, gnädiges Fräulein«, erwiderte Giles. »Haben Sie keine Angst, gnädiges Fräulein – ich bin nicht weiter verletzt. Er hat sich nicht sonderlich heftig zur Wehr gesetzt, gnädiges Fräulein! Ich war ihm sehr bald überlegen.«

»Pst!« antwortete die junge Dame, »ihr erschreckt sonst meine Tante ebensosehr wie die Diebe vorher. Ist das arme Wesen schwer verletzt?«

»Sehr schwer, gnädiges Fräulein«, erwiderte Giles mit unbeschreiblicher Selbstgefälligkeit.

»Er sieht aus, als ob's mit ihm zu Ende ginge, gnädiges Fräulein«, brüllte Brittles ebenso laut wie zuvor. »Möchten Sie nicht mal herunterkommen und ihn sich ansehen, gnädiges Fräulein, falls er . . .«

»Ich bitt euch, seid ruhig – tut's mir zuliebe!« entgegnete die junge Dame. »Wartet nur einen Augenblick ruhig ab, bis ich mit meiner Tante gesprochen habe.«

Mit Schritten, die ebenso sanft und leise waren wie ihre Stimme, eilte sie davon. Bald jedoch kehrte sie zurück mit der Weisung, daß der Verwundete behutsam nach oben in Mr. Giles' Zimmer getragen werden sollte; Brittles sollte das Pony satteln, sich sofort nach Chertsey verfügen und von dort mit größtmöglicher Eile einen Polizisten und einen Arzt herbeordern.

»Aber wollen Sie ihn sich nicht wenigstens vorher mal ansehen, gnädiges Fräulein?« fragte Mr. Giles mit soviel Stolz, als sei Oliver irgendein seltener Vogel, den er kunstgerecht erlegt hätte. »Nicht mit einem einzigen kurzen Blick, gnädiges Fräulein?«

»Nicht jetzt, nicht um die Welt!« erwiderte die junge Dame. »Der arme Kerl! Oh! Behandeln Sie ihn recht sanft, Giles – mir zuliebe!«

Der alte Diener sah ihr, als sie sich entfernte, mit einem Blick so voller Stolz und Bewunderung nach, als wäre sie sein eigenes Kind. Dann beugte er sich über Oliver und half mit der Behutsamkeit und Fürsorge einer Frau, ihn nach oben zu tragen.

NEUNUNDZWANZIGSTES KAPITEL

Enthält einen einführenden Bericht über die Bewohner des Hauses, in das Oliver seine Zuflucht nahm

In einem hübschen Zimmer, dessen Einrichtung allerdings eher nach altmodischer Behaglichkeit als nach moderner Eleganz aussah, saßen zwei Damen an einem gut gedeckten Frühstückstisch. Mr. Giles, der mit peinlicher Sorgfalt ganz in Schwarz gekleidet war, stand zu ihrer Bedienung bereit. Er hatte etwa in der Mitte zwischen der Anrichte und dem Frühstückstisch Aufstellung genommen; sein Körper war zu ganzer Höhe aufgerichtet, der Kopf in den Nacken geworfen und eine ganze Kleinigkeit nach der einen Seite geneigt, das linke Bein vorgestellt, die rechte Hand in die Weste gesteckt, indes die linke seitlich herabhing und einen Präsentierteller umfaßte – so bot er das Bild eines Menschen, der in dem sehr angenehmen Bewußtsein seiner eigenen Verdienste und seiner Wichtigkeit seine Arbeit tat.

Die eine der beiden Damen war schon in recht vorgeschrittenem Alter, aber sie war nicht minder aufrecht als der hochlehnige Eichenstuhl, in dem sie saß. Ihre Kleidung war von äußerster Sorgfalt, sie bot eine eigenartige Mischung aus der Mode früherer Zeiten mit einigen kleinen Zugeständnissen an den derzeit herrschenden Geschmack, die eher dazu dienten, den alten Stil angenehm zu betonen, als etwa seine Wirkung zu mindern; so saß die alte Dame würdevoll da und hielt ihre Hände vor sich auf dem Tisch gefaltet. Ihre Augen (denen das Alter nur wenig von ihrem Glanz genommen hatte) waren aufmerksam auf ihre junge Gefährtin gerichtet.

Die jüngere Dame stand in der lieblichen Blütezeit, im Frühling ihrer Weiblichkeit, in jenem Alter, von dem man, ohne eine Sünde zu begehen, sagen kann: Sollte es Gott in guter Absicht jemals gefallen, Engel Menschengestalt annehmen zu lassen, so müßten sie wohl der ihrigen gleichen.

Sie war nicht älter als siebzehn. Ihre Gestalt war so schlank und vollkommen, so sanft und zart, so rein und schön, daß es schien, als sei die Erde nicht ihre Heimat und als seien deren rohe Bewohner nicht die passende Gesellschaft für sie. Die ausgeprägte Klugheit, die aus ihren tiefblauen Augen leuchtete und ihr auf der edlen Stirn geschrieben stand, schien kaum zu ihrem Alter zu passen noch überhaupt von dieser Welt zu sein; und doch waren der wechselnde Ausdruck von Sanftmut und Frohsinn, die tausend Lichter, die auf ihrem Antlitz spielten und keinen Schatten darauf bestehen ließen, vor allem aber ihr Lächeln, wie geschaffen für die Häuslichkeit, für Glück und Frieden am heimischen Herd. Sie war eifrig mit den kleinen Handreichungen bei Tisch beschäftigt. Wenn sie zufällig, indes die ältere Dame sie beobachtete, den Blick hob, so strich sie spielerisch ihr Haar zurück, das sie in schlichten Flechten um ihre Stirn trug, und legte in ihren strahlenden Blick einen solchen Ausdruck der Zuneigung und ungekünstelter Lieblichkeit, daß selbst selige Geister bei ihrem Anblick gelächelt hätten.

»Und Brittles ist schon länger als eine Stunde fort, nicht wahr?« fragte die alte Dame nach einer Pause.

»Eine Stunde und zwölf Minuten, Madam«, erwiderte Mr. Giles und deutete auf eine silberne Uhr, die er an einem schwarzen Bande hervorzog.

»Er ist immer langsam«, bemerkte die alte Dame.

»Brittles war immer ein langsamer Junge, Madam«, antwortete der Diener. Und wenn man – nebenbei bemerkt – in Betracht zieht, daß Brittles mehr als dreißig Jahre ein langsamer Junge gewesen war, so war es nicht sonderlich wahrscheinlich, daß er noch jemals ein flinker werden würde.

»Ich glaube, es wird immer schlechter mit ihm statt besser«, sagte die ältere Dame.

»Es wäre höchst unverzeihlich von ihm, wenn er sich unterwegs aufhielte, um mit anderen Jungen zu spielen«, sagte die junge Dame lächelnd.

Mr. Giles erwog offenbar gerade, ob es schicklich wäre, selbst ehrerbietig mitzulächeln, als eine Kutsche am Gartentor vorfuhr, aus der ein dicker Herr heraussprang. Er eilte geradewegs auf die Tür zu, gelangte auf wundersame Art und Weise schnell ins Haus, stürmte ins Zimmer und überrannte beinahe Mr. Giles mitsamt dem Frühstückstisch.

»So was hab' ich denn doch noch nie gehört!« rief der dicke Herr. »Meine liebe Mrs. Maylie – da hört sich doch alles auf! – Und das noch in der Stille der Nacht – so was hab' ich wirklich noch nie gehört!«

Mit diesen Beileidsbezeigungen schüttelte der dicke Herr den beiden Damen die Hände, zog sich einen Stuhl heran und fragte nach ihrem Befinden.

»Sie könnten tot sein, regelrecht gestorben vor Schreck«, meinte er dann. »Warum haben Sie nicht nach mir geschickt? Du meine Güte – mein Diener wäre binnen einer Minute gekommen und ich desgleichen; meinem Assistenten wäre es ein Vergnügen gewesen und jedem anderen sicher ebenso unter diesen Umständen. Du lieber Gott! So unverhofft! Und das auch noch in der Stille der Nacht!«

Der Doktor schien besonders von der Tatsache betroffen, daß der Einbruch unverhofft und bei Nacht versucht worden war – als wäre es eine feststehende Gewohnheit der Herren Einbrecher, ihrem Gewerbe um die Mittagszeit nachzugehen und sich einen oder zwei Tage zuvor per Post anzumelden.

»Und Sie, Miss Rose«, sagte der Doktor und wendete sich der jungen Dame zu, »ich ...«

»Oh, mir geht es wirklich recht gut«, fiel ihm Rose ins Wort, »aber oben liegt ein armes Wesen, und Tante möchte, daß Sie nach dem einmal sehen.«

»Ah, gewiß!« erwiderte der Doktor, »allerdings, ja. Es war Ihr Werk, Giles, wie ich hörte?«

Mr. Giles, der fieberhaft damit beschäftigt war, die Teetassen zurechtzurücken, errötete heftig und sagte ja, er habe die Ehre gehabt.

»Die Ehre? So?« sagte der Doktor. »Nun – ich weiß nicht –, vielleicht ist es ebenso ehrenhaft, einen Dieb in einer Aufwaschküche zu treffen, als wenn man seinen Gegner auf zwölf Schritt Entfernung trifft. Stellen Sie sich also vor, er hätte in die Luft geschossen, und Sie haben ein Duell ausgefochten, Giles.«

Mr. Giles der in dieser leichtfertigen Behandlung der Angelegenheit einen unberechtigten Versuch zur Minderung seines Ruhmes erblickte, antwortete respektvoll, daß es ihm wohl nicht zustände, darüber zu urteilen, aber er möchte wohl glauben, daß es für die Gegenseite kein Spaß gewesen sei.

»Mein Gott, ja, da haben Sie recht«, sagte der Doktor. »Wo ist er? Zeigen Sie mir den Weg. Ich schau' noch mal herein, wenn ich herunterkomme, Mrs. Maylie. Das ist das kleine Fenster, durch das er hereingekommen ist, wie? Hätt' ich nicht für möglich gehalten!«

Unter ständigem Reden folgte er Mr. Giles die Treppe hinauf; und während er das tut, soll der Leser erfahren, daß Mr. Losberne, ein Wundarzt aus der Nachbarschaft, der im Umkreis von zehn Meilen nur als »der Doktor« bekannt war, mehr durch seine gute Laune als durch gutes Leben dick geworden war und daß er ein so gutmütiger und gemütlicher, dabei jedoch ebenso wunderlicher alter Junggeselle war, wie ihn kein sterblicher Forscher in einem fünfmal größeren Umkreis hätte noch einmal auftreiben können.

Der Doktor war viel länger abwesend, als er oder die Damen vermutet hatten. Ein großer flacher Kasten wurde aus der Kutsche geholt; die Schlafzimmerklingel ertönte sehr oft, und die Bediensteten liefen unaufhörlich treppauf und treppab, woraus man mit Recht schließen konnte, daß oben etwas Wichtiges vor sich ging. Schließlich kam der Doktor zurück, machte als Antwort auf eine ängstlich besorgte Frage nach seinem Patienten ein sehr geheimnisvolles Gesicht und schloß sorgfältig die Tür.

»Dies ist ein höchst außergewöhnlicher Fall, Mrs. Maylie«, sagte er und blieb mit dem Rücken gegen die Tür gelehnt stehen, als wollte er sie zuhalten.

»Er ist hoffentlich nicht in Gefahr?« fragte die alte Dame.

»Nun, das wäre unter den gegebenen Umständen *nichts* Außergewöhnliches«, erwiderte der Doktor, »obgleich ich es nicht glaube. Haben Sie sich diesen Dieb mal angesehen?«

»Nein«, entgegnete die alte Dame.

»Oder haben Sie irgend etwas über ihn gehört?«

»Nein.«

»Verzeihung, gnädige Frau«, wandte Mr. Giles ein, »aber ich

war gerade im Begriff, Ihnen von ihm zu erzählen, als Doktor Losberne hereinkam.«
Tatsache war, daß Mr. Giles sich zunächst nicht hatte zu dem Zugeständnis bereitfinden können, daß er lediglich einen Knaben mit seinem Schuß getroffen hatte. Seiner Tapferkeit war so viel Lob zuteil geworden, daß er sich um sein Leben nicht versagen konnte, die Erklärung noch um einige kostbare Minuten hinauszuschieben, in denen er auf der Höhe eines kurzen Ruhmes als unerschrockener Held geglänzt hatte.
»Rose wollte den Mann sehen«, sagte Mrs. Maylie, »aber ich wollte es nicht erlauben.«
»Hm!« erwiderte der Doktor. »Es ist nichts sonderlich Beängstigendes an ihm. Haben Sie etwas dagegen, ihn sich in meiner Gegenwart anzusehen?«
»Wenn es nötig ist, gewiß nicht«, antwortete die alte Dame.
»Dann halte ich es für nötig«, sagte der Doktor; »auf jeden Fall bin ich sicher, daß Sie zutiefst bedauern würden, es nicht getan zu haben, wenn Sie es auf später verschieben. Er ist jetzt völlig ruhig und fühlt sich ganz wohl. Gestatten Sie – Miss Rose, darf ich bitten? Bei meiner Ehre, es besteht nicht der mindeste Grund zur Furcht!«

DREISSIGSTES KAPITEL

Berichtet, was Olivers neue Besucher von ihm dachten

Mit vielen wortreichen Versicherungen, daß sie beim Anblick des Verbrechers angenehm überrascht sein würden, bot der Doktor der jüngeren Dame seinen Arm, reichte Mrs. Maylie seine freie Hand und geleitete sie mit viel Förmlichkeit und Würde die Treppe hinauf.
»Nun wollen wir mal sehen, was Sie von ihm halten«, sagte er flüsternd, als er leise die Klinke der Schlafzimmertür niederdrückte. »Er ist nicht gerade frisch rasiert, aber er sieht

trotzdem keineswegs wild aus. Doch halt! Lassen Sie mich erst nachschauen, ob er sich in empfangsfähigem Zustande befindet.« Er vertrat ihnen den Weg und sah in das Zimmer. Dann bedeutete er ihnen näher zu treten, schloß die Tür hinter ihnen und zog behutsam die Bettvorhänge beiseite: Da lag anstatt des bösartigen, finster blickenden Bösewichtes, den zu sehen sie erwartet hatten, nur ein Kind, von Schmerz und übermäßiger Anstrengung erschöpft und in tiefen Schlaf versunken. Sein verwundeter Arm lag verbunden und geschient auf seiner Brust; sein Kopf ruhte auf dem andern Arm, der halb von dem langen Haar verdeckt wurde, das sich über das Kissen breitete.
Der wackere Doktor hielt den Vorhang in der Hand und sah etwa eine Minute lang schweigend auf dieses Bild. Während er so den Patienten beobachtete, glitt die jüngere Dame leise an ihm vorüber, setzte sich auf einen Stuhl neben dem Bett und strich Oliver das Haar aus dem Gesicht. Als sie sich über ihn beugte, fielen ihre Tränen auf seine Stirn.
Der Knabe regte sich und lächelte im Schlaf, als hätten diese Zeichen des Mitleids einen schönen Traum von Liebe und Zuneigung in ihm geweckt, die er nie kennengelernt hatte. So mögen eine zarte Melodie, das Gekräusel der Wellen auf einem stillen Gewässer, der Duft einer Blume oder die Erwähnung eines vertrauten Wortes manchmal plötzlich dunkle Erinnerungen an Ereignisse wachrufen, die niemals in diesem Leben Wirklichkeit waren, die wie ein Hauch dahinschwinden, die ein kurzes Erinnern an ein längst vergangenes, glücklicheres Leben geweckt zu haben schien und die keine bewußte Willensanstrengung jemals wieder heraufzubeschwören vermag.
»Was kann das bedeuten?« rief die ältere Dame. »Dieses arme Kind kann doch niemals der Helfer von Einbrechern gewesen sein?«
»Die Verderbtheit findet in mancherlei Tempeln ihre Wohnstatt«, seufzte der Wundarzt und zog den Vorhang wieder

zu, »wer kann wohl sagen, daß sie sich nicht hinter einer schönen Außenseite verbirgt?«

»Aber in so zartem Alter?« wandte Rose zweifelnd ein.

»Meine liebe junge Dame«, erwiderte der Arzt und schüttelte traurig den Kopf, »das Verbrechen ist ebenso wie der Tod nicht nur den Alten und Lebensmüden vorbehalten. Die Jüngsten und Schönsten sind nur allzuoft seine bevorzugten Opfer.«

»Aber können Sie – oh! –, können Sie wirklich glauben, daß dieser zarte Knabe der freiwillige Verbündete des schlimmsten Abschaums der menschlichen Gesellschaft gewesen ist?« fragte Rose.

Der Arzt wiegte den Kopf, als wollte er damit sagen, daß er dergleichen durchaus leicht für möglich hielte; und mit der Bemerkung, man könne hier den Patienten stören, ging er voraus in ein Nebenzimmer.

»Aber selbst wenn er schlecht gewesen wäre«, fuhr Rose fort, »so bedenken Sie doch, wie jung er ist, bedenken Sie, daß er vielleicht nie die Liebe einer Mutter oder das Glück der Häuslichkeit kennengelernt hat; Mißhandlungen und Schläge haben ihn vielleicht getrieben, sich zu Menschen zu gesellen, die ihn zum Verbrechen gezwungen haben. Tante, liebe Tante, bitte denk daran, eh du es zuläßt, daß dieses kranke Kind in ein Gefängnis geschleppt wird, in dem auf jeden Fall alle seine Aussichten auf Besserung begraben werden. Du liebst mich doch und weißt, daß ich durch deine Güte und Zuneigung niemals den Verlust der Eltern empfunden habe; aber er hätte auch mir bewußt werden können, und ich wäre dann vielleicht ebenso hilflos und unbehütet gewesen wie dieses arme Kind – darum hab Mitleid mit ihm, ehe es zu spät ist!«

»Mein liebes Kind«, sagte die ältere Dame und drückte das weinende Mädchen an ihre Brust, »glaubst du denn, ich könnte ihm auch nur ein Haar krümmen?«

»O nein!« erwiderte Rose voller Eifer.

»Nein, gewiß nicht«, sagte die alte Dame; »mein Leben geht seinem Ende zu – möge mir die Barmherzigkeit zuteil werden, die ich andern erweise! Was kann ich tun, um ihn zu retten, Sir?«
»Lassen Sie mich nachdenken, gnädige Frau«, sagte der Doktor, »lassen Sie mich nachdenken.«
Mr. Losberne steckte die Hände in die Taschen und ging mehrmals im Zimmer auf und ab, wobei er des öfteren stehenblieb, auf den Zehenspitzen wippte und fürchterlich die Stirn runzelte. Nachdem er mehrmals ausgerufen hatte: »Jetzt hab' ich's!« und dann wieder: »Nein, doch nicht«, und nachdem er ebensooft erneut auf und ab gegangen war und die Stirn gerunzelt hatte, blieb er schließlich stehen und ließ sich folgendermaßen vernehmen:
»Ich glaube, es läßt sich machen, wenn Sie mir unbeschränkte Vollmacht geben, Giles und Brittles, den kleinen Jungen, ein wenig ins Bockshorn zu jagen. Ich weiß, Giles ist ein treuer Kerl und ein alter Diener, aber Sie können es ja auf tausenderlei Art und Weise wiedergutmachen und ihn außerdem dafür belohnen, daß er ein so guter Schütze ist. Sie haben doch nichts dagegen?«
»Nein, sofern es keinen anderen Weg gibt, das Kind zu retten«, erwiderte Mrs. Maylie.
»Es gibt keinen anderen«, beteuerte der Doktor. »Wirklich nicht, auf mein Ehrenwort.«
»Dann gibt Ihnen meine Tante alle Vollmachten«, sagte Rose und lächelte unter Tränen. »Aber ich bitte Sie, gehen Sie nicht härter mit den armen Burschen um, als unbedingt nötig ist.«
»Sie scheinen zu glauben, Miss Rose«, erwiderte der Doktor, »daß heute alle außer Ihnen zur Hartherzigkeit neigen. Ich will im Interesse der heranwachsenden männlichen Jugend nur hoffen, daß der erste annehmbare junge Mann, der Sie um Erhörung anfleht, Sie in ebenso empfindsamer und weichherziger Gemütsverfassung antrifft; und ich wünschte,

ich wäre selbst ein junger Mann, um auf der Stelle eine so günstige Gelegenheit wie die jetzige dafür nutzen zu können.«

»Sie sind ein ebenso großer Junge wie der arme Brittles«, antwortete Rose errötend.

»Na«, meinte der Doktor herzlich lachend, »dazu gehört nicht sehr viel. Aber um auf den Jungen zurückzukommen: Der Hauptpunkt unserer Abmachung kommt erst noch. In etwa einer Stunde, möchte ich sagen, wird er aufwachen; und wenn ich auch dem Dickschädel von Polizisten unten gesagt habe, daß niemand den Jungen berühren oder ansprechen dürfe, ohne sein Leben zu gefährden, so glaube ich doch, daß wir uns ohne Gefahr mit ihm unterhalten können. Ich mache nur zur Bedingung, daß ich ihm in Ihrer Gegenwart einige Fragen stellen darf, und wenn wir nach dem, was er sagt, zu dem Schluß kommen und ich Ihnen bei ruhiger Überlegung hinlänglich beweisen kann, daß er wirklich und durch und durch schlecht ist (was sehr wohl möglich sein kann) – so soll er ohne jede weitere Einmischung meinerseits auf alle Fälle seinem Schicksal überlassen bleiben.«

»O nein, Tante!« bat Rose.

»O ja, Tante!« sagte der Doktor. »Abgemacht!«

»Er kann nicht ganz und gar schlecht sein«, behauptete Rose, »es ist unmöglich.«

»Sehr gut«, erwiderte der Doktor, »um so mehr Grund, meinen Vorschlag anzunehmen.«

Schließlich wurde denn auch der Vertrag geschlossen, und danach setzten sich alle Beteiligten nieder, um mit einiger Ungeduld Olivers Erwachen abzuwarten.

Die Geduld der beiden Damen sollte auf eine längere Probe gestellt werden, als Dr. Losberne ihnen vorausgesagt hatte, denn Stunde um Stunde verging, und noch immer lag Oliver in tiefem Schlummer. Es war tatsächlich Abend geworden, als der gutherzige Doktor ihnen die Nachricht brachte, daß Oliver nun endlich genügend ausgeruht sei und man mit ihm sprechen könne. Der Knabe sei zwar noch sehr krank und durch den Blutverlust geschwächt, sagte er, aber er zeige ein so heftiges Verlangen, sein Herz von irgend etwas zu erleichtern, daß es wohl besser sei, ihm dazu Gelegenheit zu geben, als darauf zu bestehen, daß er sich bis zum nächsten Morgen ruhig verhalte, was der Doktor andernfalls wohl getan hätte.

Die Unterredung dauerte ziemlich lange. Oliver erzählte ihnen seine ganze einfache Lebensgeschichte, und oftmals zwangen ihn Schmerzen und Schwäche, eine Pause zu machen. Es war ein ernstes, feierliches Erlebnis, in dem dunklen Zimmer die schwache Stimme des kranken Knaben zu vernehmen, die einen trostlosen Bericht von all dem Unheil und Elend gab, das böse Menschen über ihn gebracht hatten. Oh, daß wir doch, wenn wir unsere Mitmenschen unterdrücken und mißhandeln, nur einen einzigen Augenblick jener düsteren Zeugnisse menschlichen Irrtums gedächten, die, langsam zwar, doch unabwendbar, wie dunkle, schwere Wolken zum Himmel aufsteigen, um ihre Vergeltung über unsere Häupter zu ergießen; daß wir nur einmal in Gedanken jene feierliche Offenbarung der Stimmen der Toten vernähmen, die keine Macht ersticken und kein Hochmut von sich weisen kann! Wo blieben dann wohl alle die Kränkungen und Beleidigungen, all das Leid und Elend, all die Grausamkeit und Schlechtigkeit, die jeder Tag des Lebens mit sich bringt?

In dieser Nacht glätteten sanfte Hände Olivers Kissen, und Lieblichkeit und Tugend bewachten seinen Schlaf. Er fühlte sich ruhig und glücklich und hätte ohne Klage sterben können.

Kaum war diese folgenschwere Unterredung beendet und Oliver wieder zur Ruhe gebracht, so ging der Doktor, nachdem er sich die Augen gewischt und darüber gescholten hatte, daß sie mit einem Male schwach geworden wären, nach unten, um Mr. Giles gründlich den Kopf zu waschen. Da er aber im Wohnzimmer niemand vorfand, so kam ihm der Gedanke, daß er die Prozedur womöglich mit größerem Erfolg in der Küche vornehmen könnte – und so begab er sich also in die Küche.

In diesem Unterhaus des häuslichen Parlaments waren die weiblichen Dienstboten, Mr. Brittles, Mr. Giles, der Kesselflicker (den man in Anbetracht seiner geleisteten Dienste eingeladen hatte, sich für den Rest des Tages gütlich zu tun) und der Polizist versammelt. Der letztere hatte einen großen Knüttel, einen großen Kopf, ein breites Gesicht und große Halbstiefel, und es sah aus, als hätte er sich eine entsprechende Menge Bier einverleibt – was auch tatsächlich der Fall war.

Die Abenteuer der vergangenen Nacht waren noch immer Gegenstand der Unterhaltung, denn als der Doktor eintrat, sprach Mr. Giles eben lang und breit über seine Geistesgegenwart, und Mr. Brittles, der einen Krug Bier in der Hand hielt, bestätigte alles, bevor sein Vorgesetzter es überhaupt ausgesprochen hatte.

»Sitzen bleiben!« sagte der Doktor mit einer entsprechenden Handbewegung.

»Danke, Sir«, antwortete Mr. Giles. »Die gnädige Frau hatte Anweisungen gegeben, Bier auszuschenken, und da mein kleines Zimmer mir nicht behagte und ich gern Gesellschaft haben wollte, so trinke ich es eben hier mit den anderen.«

Brittles murmelte leise etwas vor sich hin, und die Anwesenden nahmen dies zum Anlaß, ihre Dankbarkeit für Mr. Giles' Herablassung kundzutun. Mit gönnerhafter Miene blickte Mr. Giles in die Runde, als wollte er sagen, daß er sie niemals im Stich lassen würde, solange sie sich anständig benähmen.

»Wie geht es dem Patienten heute nacht, Sir?« fragte Giles.

»Na, so leidlich«, erwiderte der Doktor. »Ich fürchte, Sie haben sich da etwas eingebrockt, Giles.«

»Ich hoffe, Sir, Sie wollen damit nicht sagen, daß er sterben wird«, sagte Mr. Giles zitternd, »wenn ich daran denke,

könnte ich nie wieder froh sein. Ich würde keinen kleinen Jungen umbringen, nicht mal den Brittles hier – nicht für alle Reichtümer im ganzen Land, Sir.«
»Darum geht es nicht«, erwiderte der Doktor geheimnisvoll. »Mr. Giles, sind Sie Protestant?«
»Ich hoffe ja, Sir«, stotterte Giles, der sehr blaß geworden war.
»Und was bist *du*, mein Junge?« fragte der Doktor und wandte sich mit strengem Ton an Brittles.
»Gott behüte, Sir«, antwortete Brittles und zuckte heftig zusammen, »ich – ich bin dasselbe wie Mr. Giles.«
»Dann sagt mir folgendes – alle beide! Seid Ihr bereit, zu beschwören, daß der Junge da oben derselbe ist, der in der vergangenen Nacht durch das kleine Fenster geschoben wurde? Heraus mit der Sprache! Los! Wir warten auf Antwort!«
Der Doktor, der allgemein als einer der gutmütigsten Menschen auf Gottes Erde galt, stellte diese Frage in einem so furchtbar zornigen Ton, daß Giles und Brittles, die durch das Bier und die Aufregung beträchtlich verwirrt waren, einander bestürzt ansahen.
»Bitte, geben Sie acht auf die Antwort, Wachtmeister«, sagte der Doktor, hob höchst feierlich seinen Zeigefinger und legte ihn an die Nase, um damit den Polizisten zu größter Aufmerksamkeit zu ermahnen. »Über kurz oder lang wird manches davon abhängen.«
Der Polizist sah so klug drein, wie er nur konnte, und nahm seinen Knüttel zur Hand, der unbeachtet in der Kaminecke gelehnt hatte.
»Es handelt sich einfach um eine Feststellung der Person, wie Sie bemerken werden«, sagte der Doktor.
»Jawohl, Sir«, erwiderte der Polizist und räusperte sich heftig, denn er hatte sein Bier hastig ausgetrunken und etwas davon in die falsche Kehle bekommen.
»Hier ist ein Einbruch in ein Haus verübt worden«, erklärte

der Doktor, »und im Pulverrauch und in der Verwirrung, die Aufregung und Dunkelheit verursachten, haben ein paar Männer einen Augenblick lang einen Jungen gesehen. Am nächsten Morgen kommt nun ein Junge in dasselbe Haus, und weil zufällig sein Arm verbunden ist, nehmen ihn diese Männer mit Gewalt gefangen – wodurch sie sein Leben in große Gefahr bringen – und beschwören, daß er der Dieb ist. Die Frage ist nun, ob diese Männer durch die Ereignisse dazu berechtigt sind – wenn nicht, so erhebt sich die andere Frage, in welche Lage sie sich damit gebracht haben.«

Der Polizist nickte tiefsinnig und meinte, wenn das nicht Recht und Gesetz entspräche, so möchte er gern wissen, was sonst Anspruch darauf hätte.

»Ich frage Sie nochmals«, donnerte der Doktor, »sind Sie bereit, es auf Ihren heiligen Eid zu nehmen, daß dies derselbe Junge ist?«

Brittles blickt zweifelnd auf Mr. Giles – Mr. Giles blickt zweifelnd auf Brittles. Der Polizist spitzte die Ohren, um die Antwort zu verstehen; die beiden Frauen und der Kesselflikker beugten sich vor, um zu horchen, und der Doktor blickte erwartungsvoll um sich. In diesem Augenblick klingelte es am Tor, und man hörte das Geräusch von rollenden Rädern.

»Das sind die Londoner Polizisten«, rief Brittles, offenbar merklich erleichtert.

»Wer?« fragte der Doktor, nun seinerseits erschrocken.

»Die Beamten von Bow Street[1]«, erwiderte Brittles und griff nach einer Kerze. »Ich und Mr. Giles haben sie heute früh rufen lassen.«

»Was?« schrie der Doktor.

»Jawohl«, antwortete Brittles. »Ich habe durch den Postkutscher Bescheid sagen lassen, und ich wundere mich nur, daß sie nicht eher hier waren, Sir.«

1 Straße in London, in der sich das Polizeigericht befindet.

»So – haben Sie das getan? Dann hol der Teufel Ihre langsamen Postkutschen – mehr hab' ich dazu nicht zu sagen!« meinte der Doktor und ging von dannen.

EINUNDDREISSIGSTES KAPITEL

Enthält eine kritische Situation

»Wer ist da?« fragte Brittles, öffnete die Tür bei vorgelegter Kette ein wenig und spähte hinaus, wobei er die Kerze mit der Hand verdeckte.

»Öffnen Sie«, erwiderte ein Mann von draußen, »es sind die Polizisten von Bow Street, nach denen heute geschickt worden ist.«

Höchst beruhigt durch diese Versicherung öffnete Brittles die Tür nunmehr ganz und sah sich einem stattlichen Manne in einem langen Mantel gegenüber, der ohne jedes weitere Wort hereinkam und sich die Schuhe so gelassen auf der Fußmatte abputzte, als sei er hier zu Hause.

»Schicken Sie doch bitte mal jemand hinaus, der meinen Kollegen ablöst, junger Mann«, sagte der Beamte, »er ist in der Kutsche und hält das Pferd. Haben Sie einen Wagenschuppen, wo wir sie für fünf oder zehn Minuten unterstellen können?«

Als Brittles diese Frage bejahte und ihm das Gebäude zeigte, ging der stattliche Mann zurück zum Gartentor und half seinem Gefährten, die Kutsche unterzustellen, während Brittles ihnen voller Bewunderung dabei leuchtete. Nachdem dies geschehen war, gingen sie wieder ins Haus und wurden in ein Empfangszimmer geführt, wo sie ihre Hüte und Mäntel ablegten und sich als das zeigten, was sie waren.

Der Mann, der an die Tür geklopft hatte, war von stämmiger, mittelgroßer Gestalt und etwa fünfzig Jahre alt; er hatte glänzendes schwarzes Haar, das ziemlich kurz geschnitten war, einen halblangen Backenbart, ein rundes Gesicht und scharfblickende Augen. Der andere war ein rothaariger, hagerer Mann mit Stulpenstiefeln; er hatte ein ziemlich häßliches Gesicht und eine nichts Gutes verkündende Stulpsnase.

»Sagen Sie bitte Ihrem Herrn, daß Blathers und Duff hier sind«, sagte der stämmigere, strich sich das Haar glatt und legte ein Paar Handschellen auf den Tisch. »Ah, guten Abend, Herr! Kann ich bitte ein paar Worte mit Ihnen allein sprechen?«

Diese Anrede galt Dr. Losberne, der eben eingetreten war. Er bedeutete Brittles, sich zurückzuziehen, holte die beiden Damen herein und schloß die Tür.

»Dies ist die Dame des Hauses«, sagte er dann und deutete auf Mrs. Maylie.

Mr. Blathers machte eine Verbeugung. Als er gebeten wurde, Platz zu nehmen, legte er seinen Hut auf den Fußboden, nahm sich einen Stuhl und gab Duff durch ein Zeichen zu verstehen, er möge das gleiche tun. Letzterer, der entweder nicht so sehr an gute Gesellschaft gewöhnt war oder sich darin nicht so recht wohl fühlte, setzte sich, nachdem er mit seinen Gliedmaßen etliche Verrenkungen vollführt hatte, und zwängte sich einigermaßen verlegen den Knauf seines Stockes in den Mund.

»Nun, um auf den Einbruch zu sprechen zu kommen, Herr«, sagte Blathers, »wie ist der Tatbestand?«

Mr. Losberne, dem es offenbar darum zu tun war, Zeit zu gewinnen, gab einen sehr ausführlichen und weitschweifigen Bericht. Die Herren Blathers und Duff machten dazu sehr verständnisvolle Gesichter und nickten einander hin und wieder zu.

»Ich kann natürlich nichts Bestimmtes sagen, bevor ich nicht die Arbeit selbst gesehen habe«, meinte Blathers, »aber ich bin von vornherein der Meinung – und soweit kann ich mich getrost festlegen –, daß das kein Jokel vollbracht hat; nicht wahr, Duff?«

»Bestimmt nicht« erwiderte Duff.
»Um den Damen das Wort ›Jokel‹ zu erklären, darf ich wohl Ihre Meinung dahingehend deuten, daß dieser Versuch von keinem Bewohner der ländlichen Umgebung hier gemacht wurde?« sagte Mr. Losberne lächelnd.
»Stimmt genau, Herr«, entgegnete Blathers. »Und das ist also alles, was über den Einbruch zu sagen ist?«
»Ja, das ist alles«, antwortete der Doktor.
»Und was ist nun mit dem Jungen, von dem die Dienstboten sprachen?« fragte Blathers.
»Absolut nichts«, erwiderte der Doktor. »Einer der erschrockenen Diener beliebte es sich in den Kopf zu setzen, daß er etwas mit dem versuchten Einbruch in diesem Haus zu schaffen habe, aber das ist Unsinn – völliger Unsinn.«
»Wenn das stimmt, sind wir damit sehr schnell fertig«, bemerkte Duff.
»Was er sagt, ist völlig richtig«, konstatierte Blathers, nickte zustimmend mit dem Kopf und spielte nachlässig mit den Handschellen, als wären es ein Paar Kastagnetten. »Wer ist der Junge? Was hat er über sich selbst zu berichten? Wo ist er hergekommen? Er fiel doch wohl nicht vom Himmel, nicht wahr, Herr?«
»Natürlich nicht«, antwortete der Doktor mit einem nervösen Blick auf die beiden Damen. »Ich kenne seine ganze Geschichte, aber darüber können wir nachher gleich reden. Ich nehme an, Sie möchten zunächst gern die Stelle sehen, wo die Diebe ihren Einbruchsversuch unternahmen?«
»Gewiß«, entgegnete Mr. Blathers. »Es ist besser, wir besichtigen erst die Örtlichkeiten und verhören dann die Dienerschaft. Das ist der übliche Gang der Dinge.«
Es wurden Lichter herbeigeschafft, und die Herren Blathers und Duff begaben sich, begleitet von dem Ortspolizisten, Brittles, Giles – kurz gesagt, von allen anderen Anwesenden – in den kleinen Raum am Ende des Hausflurs und sahen durch das kleine Fenster hinaus; dann gingen sie außen

herum über den Rasen und sahen durch das kleine Fenster hinein; danach ließen sie sich eine Kerze reichen, um damit die Fensterläden genau zu untersuchen; danach eine Laterne, um damit die Fußspuren zu verfolgen, und danach eine Heugabel, um damit in den Büschen herumzustochern. Als dies unter der atemlosen Anteilnahme aller Zuschauer geschehen war, kamen sie wieder herein, und Mr. Giles und Brittles mußten ihren Anteil an den Abenteuern der vergangenen Nacht ausführlich schildern. Dies taten sie etwa sechsmal hintereinander, wobei sie sich beim ersten Mal nur in einem einzigen wichtigen Punkt, beim letzten Mal jedoch in einem ganzen Dutzend widersprachen. Als man damit zu Ende gekommen war, verließen Blathers und Duff das Zimmer und hatten eine lange Unterredung miteinander, gegen die, was Heimlichkeit und Feierlichkeit anbelangt, eine Beratung großer Ärzte über das schwierigste medizinische Problem ein wahres Kinderspiel gewesen wäre.

Inzwischen ging der Doktor höchst beunruhigt im Nebenzimmer auf und ab, und Mrs. Maylie und Rose sahen ihm mit ängstlichen Gesichtern zu.

»Auf Ehrenwort, ich weiß kaum noch, was ich tun soll«, sagte er und blieb, nachdem er viele Male sehr schnell hin- und hergelaufen war, plötzlich stehen.

»Sicher wird die Geschichte des armen Knaben, wenn man sie diesen Männern getreulich wiederholt, genügen, um ihn zu entlasten«, meinte Rose.

»Das bezweifle ich, meine liebe junge Dame«, sagte der Doktor und schüttelte den Kopf. »Ich glaube, das würde ihn nicht entlasten – weder bei denen hier noch bei höhergestellten Justizbeamten. ›Was ist er denn schließlich?‹ würden sie sagen. ›Ein Ausreißer! Wenn man sie allein nach irdischen Gesichtspunkten und Möglichkeiten beurteilt, ist seine Geschichte höchst zweifelhaft.‹«

»Aber Sie glauben sie doch sicher?« unterbrach ihn Rose.

»*Ich* glaube sie, so seltsam sie auch ist; und vielleicht bin ich ein alter Narr, daß ich es tue«, erwiderte der Doktor. »Trotzdem aber nehme ich nicht an, daß es gerade die richtige Geschichte für einen erfahrenen Polizeibeamten ist.«

»Warum nicht?« fragte Rose.

»Nun, meine hübsche Fragestellerin«, entgegnete der Doktor, »weil, mit dessen Augen gesehen, viele dunkle Punkte darin sind; der Junge kann nur das beweisen, was nachteilig für ihn ist, aber nichts von dem, was für ihn spricht. Hol der Teufel diese Burschen – aber sie *wollen* immer das Warum und Wieso wissen und sehen nichts als erwiesen an. Schauen Sie: Seiner eigenen Aussage nach ist er eine Zeitlang der Gefährte von Dieben gewesen, man hat ihn unter der Anklage, er habe einem Herrn etwas aus der Tasche gestohlen, auf eine Polizeiwache gebracht; er ist aus dem Hause dieses Herrn mit Gewalt weggeholt und an einen Ort gebracht worden, den er weder beschreiben noch zeigen kann und von dessen Lage er nicht die entfernteste Vorstellung hat. Er ist, ob er nun wollte oder nicht, von Männern, die anscheinend eine heftige Vorliebe für ihn hatten, hierher nach Chertsey gebracht worden, um ein Haus auszurauben; und haargenau in dem Augenblick, wo er die Bewohner alarmieren und so genau das tun will, was ihn voll und ganz rechtfertigen würde, läuft ihm solch ein tölpelhafter Hausmeister ohne Lebensart in den Weg und schießt auf ihn! Als wollte er mit Absicht verhindern, daß der Junge etwas für ihn selbst Nützliches tun konnte! Sehen Sie all das nicht?«

»Natürlich sehe ich es«, meinte Rose und lächelte über des Doktors Ungestüm, »aber ich sehe dennoch darin immer noch nichts, was man dem armen Kind als Verbrechen anrechnen könnte.«

»Nein«, antwortete der Doktor, »naütlich nicht! Gott segne die klaren Augen Ihres Geschlechts! Sie sehen niemals, sei es nun zum Guten oder zum Bösen, mehr als eine Seite irgendeiner Angelegenheit, und das ist immer jene, die sich ihnen zuerst darbietet.«

Nachdem er diesen Erfahrungssatz von sich gegeben hatte, streckte der Doktor die Hände in die Taschen und ging mit noch größerer Schnelligkeit als zuvor im Zimmer auf und ab.

»Je mehr ich darüber nachdenke«, sagte er dann, »um so mehr sehe ich, daß es endlose Mühen und Schwierigkeiten heraufbeschwören wird, wenn wir den beiden Männern die wahre Geschichte mitteilen. Ich bin sicher, sie werden sie nicht glauben; und wenn sie ihm auch am Ende nichts tun können: schon daß man sie ans Licht zerrt und all die Zweifel an die Öffentlichkeit kommen, mit denen man sie betrachten wird, dürfte Ihren wohlwollenden Plan, den Jungen aus seinem Elend zu retten, erheblich beeinträchtigen.«

»Oh, was ist da nur zu tun?« rief Rose aus. »Mein Gott, mein Gott! – Warum hat man nur diese Leute holen lassen?«

»Ja wirklich – warum wohl?« stimmte Mrs. Maylie zu. »Ich hätte sie um alles in der Welt nicht hier haben mögen!«

»Mir ist nur so viel klar«, meinte Mr. Losberne schließlich und setzte sich mit gleichsam verzweifelter Ruhe nieder, »daß wir versuchen müssen, die Sache mit frecher Stirn durchzufechten. Es geschieht zu einem guten Zweck, und das muß uns entschuldigen. Der Junge zeigt heftige Fiebersymptome und ist absolut nicht mehr in der Verfassung, daß man mit ihm sprechen kann; das ist immerhin ein Trost. Wir müssen das Beste aus dieser Lage herausholen – und wenn etwas Schlimmes daraus wird, so ist es nicht unsere Schuld. – Herein!«

»Nun, Herr«, sagte Blathers, trat mit seinem Kollegen ein und schloß die Tür, ehe er weitersprach, »das war kein abgekartetes Spiel.«

»Und was, zum Teufel, ist ein abgekartetes Spiel?« fragte der Doktor ungeduldig.

»Wir nennen einen Einbruch ein abgekartetes Spiel, meine Damen«, erklärte Blathers und wendete sich den beiden Frauen zu, als ob er Mitleid mit ihrer Unwissenheit habe, die

des Doktors jedoch verachte, »wenn die Dienerschaft davon etwas weiß.«
»Die hat in diesem Falle niemand verdächtigt«, bemerkte Mrs. Maylie.
»Sehr wahrscheinlich nicht, Madam«, entgegnete Blathers, »aber trotz alledem hätte sie ihre Hände im Spiel haben können.«
»Eben aus diesem Grunde um so wahrscheinlicher«, konstatierte Duff.
»Wir sind der Ansicht, daß es jemand aus der Stadt war«, fuhr Blathers in seinem Bericht fort, »denn die Arbeitsweise ist erstklassig.«
»Wirklich, sehr hübsch«, bemerkte Duff halblaut.
»Es sind ihrer zwei gewesen«, sagte Blathers weiter, »und sie hatten einen Jungen bei sich; das ist nach der Größe des Fensters klar. Mehr läßt sich momentan nicht dazu sagen. Wenn es Ihnen recht ist, möchten wir uns jetzt gleich mal den Jungen ansehn, den Sie da oben haben.«
»Vielleicht möchten die Herren zuerst etwas trinken, Mrs. Maylie?« meinte der Doktor, und sein Gesicht strahlte, als sei ihm damit ein neuer Gedanke gekommen.
»Aber ja, sicher!« rief Rose eifrig. »Sie sollen sogleich etwas haben, wenn sie mögen.«
»Danke, gern, gnädiges Fräulein«, sagte Blathers und wischte sich mit seinem Rockärmel den Mund. »Diese Art Dienst ist 'ne trockene Arbeit. Irgendwas, was Sie grade zur Hand haben, Fräulein, machen Sie sich wegen uns keine Umstände.«
»Was darf's denn sein?« fragte der Doktor und trat zu der jungen Dame an den Wandschrank.
»Ein Tröpfchen Schnaps, Herr, wenn's nichts ausmacht«, erwiderte Blathers. »Es ist 'ne kalte Fahrt von London hierher, Madam, und ich finde immer, ein Schnäpschen wärmt die Gemüter am besten auf.«
Diese interessante Mitteilung war an Mrs. Maylie gerichtet,

die sie sehr gnädig aufnahm. Während dies geschah, schlüpfte der Doktor aus dem Zimmer.

»Ah!«, sagte Mr. Blathers, der sein Glas nicht am Stiel faßte, sondern den Fuß zwischen Daumen und Zeigefinger der linken Hand nahm und es vor die Brust hielt, »ich hab' im Leben schon eine ganze Menge Arbeit von dieser Sorte gesehen, meine Damen.«

»Etwa den Einbruch unten in der Hintergasse von Edmonton, Blathers«, meinte Duff, um dem Gedächtnis seines Kollegen nachzuhelfen.

»Das war so was in der Art, nicht wahr?« erwiderte Mr. Blathers, »das Ding hatte bestimmt Conkey Chickweed gedreht.«

»Du hast das immer ihm in die Schuhe geschoben«, antwortete Duff, »aber ich sage dir, es war die Familie Pet. Conkey hatte damit nicht mehr zu tun, als ich selber.«

»Dummes Zeug!« widersprach Mr. Blathers, »das weiß ich besser. Aber erinnerst du dich noch daran, wie Conkey seinerzeit sein Geld gestohlen wurde? Das war ein Ding! Besser als jeder Roman, den *ich* je gelesen habe!«

»Wie war denn das?« fragte Rose, die ängstlich darauf bedacht war, jedes Zeichen von guter Laune bei den ungebetenen Besuchern zu fördern.

»Das war ein Gaunerstück, hinter das kaum einer je gekommen wäre«, sagte Blathers. »Der besagte Conkey Chickweed . . .«

»Conkey heißt soviel wie Schnüffler, Madam«, erklärte Duff.

»Das weiß die Dame natürlich, nicht wahr?« fragte Mr. Blathers. »Immer mußt du mich unterbrechen, Kollege! Also, dieser besagte Conkey Chickweed, gnädiges Fräulein, besaß eine Kneipe in der Nähe von Battlebridge, und er hatte einen Keller, wo eine ganze Menge vornehmer junger Leute hinkamen, um Hahnenkämpfe, Dachshetzen und dergleichen zu sehen, denn das wurde dort recht vernünftig betrieben, ich hab' oft zugesehen. Er war zu jener Zeit noch nicht von der Zunft, und eines Nachts wurden ihm dreihundertsiebenundzwanzig Guineen in einem Leinensack geraubt, die ihm mitten in der Nacht ein großer Mann mit einem schwarzen Pflaster auf dem Auge aus seinem Schlafzimmer stahl. Er hatte sich unter dem Bett versteckt und sprang, nachdem er den Raub verübt hatte, wie der Blitz aus dem Fenster, das nur ein Stockwerk hoch lag. Er war sehr flink dabei – aber Conkey war ebenso flink; er war nämlich durch das Geräusch wach geworden, fuhr aus dem Bett, feuerte mit einer alten Donnerbüchse hinter ihm her und weckte damit die Nachbarn. Sie nahmen sogleich mit großem Geschrei die Verfolgung auf, und als sie dazukamen, sich umzusehen, stellten sie fest, daß Conkey den Räuber getroffen haben mußte, denn auf dem ganzen Wege bis zu einigen Zaunpfählen in etlicher Entfernung waren Blutspuren vorhanden, die sich dann dort aber verloren. Der Räuber jedoch war mit dem Gelde entkommen, und infolgedessen erschien der Name von Mr. Chickweed, Schenkwirt, in der Zeitung inmitten der anderen, die in Konkurs geraten waren. Alle möglichen Sammlungen und Spenden und was weiß ich nicht alles wurden für den armen Mann aufgebracht, der über seinen Verlust tief niedergeschlagen war; denn drei oder vier Tage lang lief er die Straßen auf und ab und raufte sich derart verzweifelt die Haare, daß viele Leute befürchteten, er könnte sich noch das Leben nehmen. Eines Tages kam er in höchster Eile auf das Polizeiamt und hatte eine private Unterredung mit dem Vorsteher. Der läutet nach vielerlei Hin und Her, beordert Jem Spyers herein (Jem war ein rühriger Beamter) und gibt ihm Anweisungen, er solle gehen und Mr. Chickweed helfen, den Mann zu fassen, der in dessen Haus eingebrochen hatte. ›Spyers‹, sagte Chickweed, ›ich hab' ihn gestern früh an meinem Haus vorbeigehen sehen.‹ ›Warum sind Sie denn nicht aufgesprungen und haben ihn beim Kragen gepackt?‹ fragte Spyers. ›Ich war dermaßen bestürzt‹, sagt der arme Mann, ›daß Sie mir hätten den Schädel mit einem Zahnstocher einschlagen können; aber wir kriegen ihn sicher, denn zwischen zehn und elf Uhr nachts kommt er wieder vorbei.‹ Kaum hatte Spyers das gehört, da packte er etwas reine Wäsche und einen Kamm in seine Tasche, falls er einen oder zwei Tage bleiben müßte, geht los und setzt sich in der Kneipe an eins der Fenster hinter die kleine rote Gardine, den Hut auf dem Kopf und bereit, im nächsten Augenblick hinauszustürmen. Am späten Abend rauchte er hier gerade seine Pfeife, als Chickweed plötzlich losbrüllt: ›Da ist er! Haltet den Dieb! Mord!‹ Jem Spyers stürzt hinaus und sieht Chickweed laut schreiend die Straße hinunterlaufen. Spyers hinter ihm her, Chickweed immer weiter vornweg, die Leute drehen sich um, alles brüllt: ›Diebe!‹ und Chickweed selbst schreit die ganze Zeit immer weiter wie verrückt. Eine Minute lang verliert Spyers ihn aus den Augen, als er um eine Ecke biegt; er schießt hinterher, sieht eine kleine Gruppe von Menschen, stürzt sich dazwischen: ›Welcher ist der Kerl?‹ ›Verd . . .!‹ sagt Chickweed, ›ich hab' ihn wieder verloren!‹ Es war eine merkwürdige Sache, aber er war nirgends mehr zu sehen – also gingen sie zurück in die Kneipe. Spyers nahm seinen alten Platz wieder ein und guckte hinter der Gardine vor nach einem großen Mann mit einem schwarzen Pflaster auf dem Auge, bis ihn selbst seine beiden Augen schmerzten. Schließlich blieb ihm nichts anderes übrig, als sie mal zu schließen, um ihnen für eine Minute Ruhe zu gönnen – und im gleichen Augenblick, als er das tat, hört er Chickweed losbrüllen: ›Da ist er!‹ Wieder stürzt er los und sieht Chickweed halben Weges voraus die Straße hinunterrennen, und nachdem sie zweimal so weit wie am Tage zuvor gelaufen sind, ist der Mann wieder verschwunden. Dasselbe geschah noch ein- oder zweimal, bis die eine Hälfte der Nachbarschaft behauptete, Mr. Chickweed sei vom Teufel beraubt worden, der ihn nachträglich zum Narren hielte, während die andere Hälfte meinte, der arme Chickweed sei vor Kummer wahnsinnig geworden.«

»Und was sagte Jem Spyers?« fragte der Doktor, der kurz nach dem Beginn der Erzählung zurückgekommen war.

»Jem Spyers«, fuhr der Polizist fort, »sagte lange Zeit gar nichts und hörte auf alles, ohne es sich merken zu lassen, was bewies, daß er sein Fach verstand. Eines Morgens jedoch kam er in die Gaststube, zog seine Schnupfdose heraus und sagte: ›Chickweed, ich habe herausbekommen, wer den Raub hier verübt hat!‹ ›Wirklich?‹ sagte Chickweed, ›oh, mein lieber Spyers, lassen Sie mich meine Rache haben, und ich will zufrieden sterben! Oh, mein lieber Spyers, wo ist der Schurke?‹ ›Kommen Sie!‹ antwortete Spyers, ›machen Sie nicht solchen Humbug. Sie haben es selbst getan!‹ So war es auch tatsächlich, und er hatte obendrein ein schönes Stück Geld dabei verdient – und keiner hätte es je herausbekommen, wenn er nicht so furchtbar ängstlich darauf bedacht gewesen wäre, den Schein zu wahren!« sagte Mr. Blathers, setzte sein Glas hin und klappte die Handschellen zusammen.

»Sehr merkwürdig, wirklich«, bemerkte der Doktor, »wenn es Ihnen beliebt, können Sie jetzt nach oben gehen.«

»Wenn es *Ihnen* beliebt, bitte«, erwiderte Mr. Blathers. Die beiden Beamten folgten Mr. Losberne auf dem Fuße und stiegen hinauf in Olivers Schlafzimmer; Mr. Giles ging ihnen mit einer brennenden Kerze voraus.

Oliver hatte geschlafen, aber er hatte höheres Fieber und sah schlechter aus als vorher. Mit Hilfe des Doktors gelang es ihm, sich etwa eine Minute lang im Bett aufzusetzen; er sah die Fremden an, ohne im mindesten zu verstehen, was da vor sich ging; tatsächlich schien er sich weder zu erinnern, wo er sich befand noch was vorher geschehen war.

»Dies«, sagte Mr. Losberne leise, jedoch trotzdem mit großem Nachdruck, »dies ist der Junge, der bei irgendwelchem Bubenstreich auf dem Grundstück des Mr. Dingsda dort hinten durch einen Selbstschuß verwundet wurde. Er kam heute morgen hier ans Haus, um Hilfe zu erbitten, und sogleich hat ihn dieser geistreiche Herr hier, der die Kerze in der Hand hält, ergriffen und so mißhandelt, daß er damit sein Leben in beträchtliche Gefahr gebracht hat, was ich als Fachmann bezeugen kann.«

Die Herren Blathers und Duff blickten auf Mr. Giles, der solcherart ihrer Beachtung empfohlen wurde.

Der verwirrte Hausverwalter sah mit einer höchst drolligen Mischung von Furcht und Verblüffung zu Mr. Losberne.

»Ich nehme an, Sie werden das nicht leugnen wollen?« sagte der Doktor und legte Oliver sanft wieder in die Kissen zurück.

»Es geschah alles in der – in der besten Absicht, Sir!« antwortete Giles. »Ich habe bestimmt geglaubt, es wäre der Junge, sonst hätte ich mich gar nicht um ihn gekümmert. Ich bin kein Unmensch, Sir.«

»Sie dachten, es wäre welcher Junge?« fragte der ältere Beamte.

»Der Junge von den Einbrechern, Sir!« antwortete Giles. »Sie – sie hatten bestimmt einen Jungen bei sich.«

»Na, und? Glauben Sie das auch jetzt noch?« forschte Blathers.

»Was auch jetzt noch?« erwiderte Giles und sah den Fragesteller mit leerem Blick an.

»Daß es derselbe Junge ist, Dummkopf!« versetzte Blathers ungeduldig.

»Ich weiß nicht – ich weiß es wirklich nicht«, antwortete Giles mit jämmerlicher Miene. »Beschwören könnte ich es nicht.«

»Und was denken Sie?« fragte Blathers.

»Ich weiß nicht, was ich denken soll«, erwiderte der arme Giles. »Ich denke nicht, daß es der Junge ist, wirklich, ich bin fast sicher, daß er es nicht ist. Sie wissen doch, es kann gar nicht sein.«

»Hat der Mann etwas getrunken, Sir?« fragte Blathers und wendete sich an den Doktor.
»Was sind Sie doch für ein prächtiger Quatschkopf«, sagte Duff mit der äußersten Geringschätzung zu Mr. Giles.
Während dieser kurzen Unterhaltung hatte Mr. Losberne dem Patienten den Puls gefühlt; jetzt aber erhob er sich von

dem Stuhl, der neben dem Bett stand und bemerkte, wenn die Beamten noch irgendwelche Zweifel in dieser Angelegenheit hätten, so möchten sie sich doch bitte in das Nebenzimmer verfügen und sich dort Brittles vornehmen.
Die Polizisten gingen auf diesen Vorschlag ein und begaben sich in einen benachbarten Raum. Man rief Mr. Brittles herein, und er verwickelte sich und seinen ehrenwerten Vorgesetzten in ein wundervolles Gewirr neuer Widersprüche und Unmöglichkeiten, aus dem nichts anderes erhellte als seine eigene heftige Verwirrung. Eine Ausnahme bildeten allenfalls seine Erklärungen, daß er den richtigen nicht erkennen würde, wenn er ihm in diesem Augenblicke gegenüberstände; daß er Oliver lediglich für diesen gehalten hätte, weil Mr. Giles gesagt hatte, daß er es sei und daß Mr. Giles noch vor fünf Minuten in der Küche zugegeben hätte, er fange an zu fürchten, daß er etwas zu voreilig gewesen sei.
Unter anderen geistreichen Vermutungen wurde dann die Frage aufgeworfen, ob Mr. Giles denn wirklich jemand getroffen hätte, und als man das Gegenstück zu jener Pistole überprüfte, mit der er geschossen hatte, stellte sich heraus, daß deren verderbliche Ladung lediglich aus Schießpulver und Packpapier bestand – eine Entdeckung, die auf alle einen beträchtlichen Eindruck machte, nur nicht auf den Doktor, der etwa zehn Minuten vorher die Kugel herausgezogen hatte. Auf niemand aber war der Eindruck größer als auf Mr. Giles selbst, den etliche Stunden lang die Angst geplagt hatte, er habe einen Mitmenschen tödlich verwundet, und der nun begierig diesen neuen Gedanken aufgriff und alles nur mögliche tat, um ihn zu unterstützen. – Schließlich ließen die Beamten – ohne sich noch sonderlich um Oliver zu kümmern – den Polizisten aus Chertsey im Hause zurück, bezogen für die Nacht ein Quartier in der Stadt und versprachen, am nächsten Morgen zurückzukehren.
Am nächsten Morgen nun verbreitete sich ein Gerücht, daß im Gefängnis von Kingston sich zwei Männer und ein Junge

befänden, die man in der Nacht unter verdächtigen Umständen aufgegriffen hatte – und demzufolge begaben sich die Herren Blathers und Duff nach Kingston. Aus den verdächtigen Umständen ergab sich bei genauerer Nachforschung jedoch als einzige Tatsache, daß man die drei schlafend unter einem Heuhaufen gefunden hatte, was zwar ein großes Verbrechen ist, aber nur mit Haft bestraft werden kann, da das barmherzige Auge des englischen Gesetzes in seiner umfassenden Liebe für alle Untertanen des Königs darin in Ermangelung anderer Zeugnisse keinen ausreichenden Beweis dafür erblickt, daß der oder die Schläfer einen Einbruch in Tateinheit mit Anwendung roher Gewalt begangen und sich somit des Todes schuldig gemacht hätten. Also kamen die Herren Blathers und Duff genauso klug zurück, wie sie gegangen waren.

Kurzum: nach etlichen weiteren Untersuchungen und vielerlei Hinundherreden fand sich ein Polizeirichter aus der Nachbarschaft bereit, die gemeinsame Bürgschaft von Mrs. Maylie und Mr. Losberne dafür anzunehmen, daß Oliver vor Gericht erscheinen würde, falls jemals eine Vorladung erfolgen sollte; und Blathers und Duff, die jeder einige Guineen als Belohnung erhielten, kehrten mit geteilten Meinungen über den Gegenstand ihrer Dienstreise nach London zurück. Letzterer neigte nach reiflicher Überlegung aller Umstände zu der Ansicht, daß der Einbruchsversuch von der Familie Pet ausgegangen sei, während der erstere gleichermaßen geneigt war, das volle Verdienst dafür dem trefflichen Mr. Conkey Chickweed zuzuerkennen.

Inzwischen erholte sich Oliver allmählich unter der vereinten Pflege von Mrs. Maylie, Rose und dem gutherzigen Mr. Losberne. Wenn inbrünstige Gebete aus einem von Dankbarkeit übervollen Herzen im Himmel erhört werden – und welche sollten es, wenn nicht diese? –, so mußten die Segnungen, die der verwaiste Knabe auf sie herabflehte, ihre Seelen mit Frieden und Glück erfüllen.

ZWEIUNDDREISSIGSTES KAPITEL

Von dem glücklichen Leben, das Oliver bei seinen gütigen Freunden zu führen begann

Olivers Leiden waren weder leicht noch waren es wenige. Zu den Schmerzen und dem langen Krankenlager, das ein gebrochenes Glied mit sich bringt, kamen durch Nässe und Kälte, denen er ausgesetzt gewesen war, auch Fieber und Schüttelfrost hinzu, die ihm viele Wochen lang zu schaffen machten und ihn arg herunterbrachten. Schließlich jedoch begann er, sich ganz allmählich zu erholen und konnte schon manchmal unter Tränen mit einigen Worten zum Ausdruck bringen, wie tief er die Güte der beiden freundlichen Damen empfand und wie sehr er hoffte, daß er etwas tun könne, um seine Dankbarkeit zu bekunden, wenn er erst wieder gesund und kräftig wäre – irgend etwas nur, woraus sie die Liebe und Ehrerbietung sehen könnten, die sein Herz erfüllten; irgend etwas, und sei es noch so wenig, was ihnen beweisen könnte, daß ihre sanfte Güte nicht weggeworfen gewesen war, sondern daß der arme Knabe, den ihre Barmherzigkeit vor Elend oder Tod bewahrt hatte, darauf brannte, ihnen mit ganzem Herzen und ganzer Seele zu dienen.

»Armer Kerl«, sagte Rose, als Oliver eines Tages den schwachen Versuch gemacht hatte, die Worte der Dankbarkeit auszusprechen, die sich ihm auf seine blassen Lippen drängten, »du sollst viele Möglichkeiten haben, uns dienstbar zu sein, wenn du es willst. Wir gehen aufs Land, und meine Tante hat den Wunsch, daß du uns begleiten sollst. Die ruhige Gegend, die reine Luft und all die Freuden und Schönheiten des Frühlings werden dich in wenigen Tagen wieder gesund machen. Wir werden dich auf hunderterlei Weise beschäftigen, sobald du der Anstrengung gewachsen bist.«

»Der Anstrengung?« rief Oliver. »Oh, liebes Fräulein, wenn

ich nur für Sie arbeiten könnte; wenn ich Ihnen nur damit Freude machen könnte, Ihre Blumen zu gießen, Ihre Vögel zu bewachen oder den ganzen Tag hin und her laufen, um Sie glücklich zu machen; was gäbe ich dafür, das für Sie tun zu können!«
»Du sollst gar nichts geben«, sagte Miss Maylie lächelnd, »denn wie ich dir schon vorhin sagte, werden wir dich auf hunderterlei Weise beschäftigen, und wenn du dich nur halb so sehr bemühst, uns zu erfreuen, wie du es jetzt versprichst, so wirst du mich wahrlich sehr glücklich machen.«
»Glücklich, Madam?« rief Oliver aus. »Wie gütig von Ihnen, daß Sie das sagen!«
»Du wirst mich glücklicher machen, als ich es dir sagen kann«, erwiderte die junge Dame. »Der Gedanke, daß meine liebe gute Tante dazu helfen konnte, einen Menschen aus solchem Elend zu erretten, wie du es uns geschildert hast, wäre mir schon eine unaussprechliche Freude; aber zu wissen, daß der, dem ihre Güte und Mitleid galten, dafür aufrichtig dankbar und ergeben ist, würde mir größeres Entzücken bereiten, als du dir überhaupt vorstellen kannst. Verstehst du mich?« fragte sie und betrachtete Olivers nachdenkliches Gesicht.
»O ja, Madam, ja!« erwiderte Oliver eifrig. »Ich dachte nur eben daran, daß ich jetzt undankbar bin.«
»Gegen wen denn?« forschte die junge Dame.
»Gegen den netten Herrn und die liebe alte Haushälterin, die zuvor so besorgt um mich waren«, antwortete Oliver.« Wenn sie wüßten, wie glücklich ich bin, würden sie sich gewiß freuen.«
»Bestimmt würden sie das«, sagte seine Wohltäterin, »und Mr. Losberne war bereits so freundlich, zu versprechen, daß er dich zu einem Besuch zu ihnen bringen will, wenn du kräftig genug bist, die Reise zu überstehen.«
»Hat er das versprochen, Madam?« rief Oliver, und sein Gesicht strahlte vor Freude. »Ich weiß nicht, was ich vor

Glück tun werde, wenn ich ihre freundlichen Gesichter noch einmal wiedersehe!«

In kurzer Zeit hatte sich Oliver so weit erholt, daß er die Anstrengung dieser Reise auf sich nehmen konnte. Eines Morgens also fuhren er und Mr. Losberne in einem kleinen Wagen los, der Mrs. Maylie gehörte. Als sie bei Chertsey Bridge ankamen, wurde Oliver sehr blaß und stieß einen lauten Schrei aus.

»Was ist mit dem Jungen los?« rief der Doktor geschäftig wie immer. »Siehst du – hörst du oder fühlst du irgend etwas – wie?«

»Da – Sir!« schrie Oliver und zeigte aus dem Wagenfenster. »Das Haus da!«

»Ja und? – Was ist damit? He, Kutscher, halten Sie hier!« befahl der Doktor. »Was ist denn mit dem Haus, mein Junge?«

»Die Diebe – das ist das Haus, wo sich mich hinbrachten!« flüsterte Oliver.

»Zum Teufel!« schrie der Doktor. »He! Hallo! Lassen Sie mich 'raus!«

Aber ehe der Kutscher noch von seinem Bock heruntersteigen konnte, war der Doktor bereits irgendwie aus der Kutsche herausgekommen, rannte auf das verlassene Haus zu und begann, wie ein Irrer gegen die Tür zu treten.

»Holla!« sagte ein kleiner, häßlicher, buckliger Mann, der die Tür so plötzlich öffnete, daß der Doktor von der Wucht seines letzten Trittes beinahe nach vorn in den Hausflur fiel. »Was ist denn hier los?«

»Was los ist?« schrie der andere und packten ihn, ohne einen Augenblick zu überlegen, beim Kragen. »Eine ganze Menge! Ein Raub ist geschehen!«

»Es wird gleich auch noch ein Mord geschehen«, erwiderte der Bucklige kalt, »wenn Sie Ihre Hände nicht wegnehmen. Haben Sie gehört?«

»Ich hab's gehört«, meinte der Doktor und schüttelte seinen Gefangenen kräftig hin und her. »Wo ist – wie heißt doch der verdammte Kerl? – Ach so, ja – Sikes! Wo ist Sikes, du Gauner?«

Der Bucklige starrte ihn aufs äußerste erstaunt und unwillig an, dann entwand er sich geschickt dem Griff des Doktors, stieß eine Flut von Verwünschungen aus und zog sich in das Haus zurück. Noch ehe er jedoch die Tür schließen konnte, war Mr. Losberne ohne weitere Verhandlung an ihm vorbei in das Zimmer geschlüpft und sah sich neugierig darin um – aber nicht ein einziges Möbelstück, keine Spur von irgend etwas Lebendigem oder Leblosem, ja nicht einmal die Stellung der Schränke stimmte mit Olivers Beschreibung überein!

»Nun«, sagte der Bucklige, der ihn scharf beobachtet hatte, »was soll das bedeuten, daß Sie hier so gewaltsam in mein Haus eindringen? Wollen Sie mich berauben oder ermorden? Was von beidem?«

»Hast du schon einmal erlebt, daß ein Mensch zu solchem Zweck in einem Zweispänner vorfährt, du lächerlicher alter Vampir?« gab der reizbare Doktor darauf zur Antwort.

»Was suchen Sie dann also hier?« fragte der Bucklige. »Scheren Sie sich fort, ehe ich Ihnen was antue! Verdammt noch mal!«

»Sobald es mir paßt, ja«, meinte Mr. Losberne und warf einen Blick in das andere Zimmer, das ebenso wie das erste keinerlei Ähnlichkeit mit Olivers Schilderung aufwies. »Eines Tages werde ich euch schon auf die Schliche kommen, mein Freund.«

»So, werden Sie das?« höhnte der ungestalte Krüppel. »Wenn Sie jemals was von mir wollen, ich bin hier. Ich habe nicht fünfundzwanzig Jahre lang hier allein und wie ein Irrer gelebt, um mir jetzt von Ihnen einen Schreck einjagen zu lassen. Dafür sollen Sie mir zahlen!« Und damit stieß der

häßliche kleine Dämon ein gellendes Geschrei aus und begann, wild den Boden zu stampfen, als sei er vor Wut toll geworden.
»Blödsinnig genug, das«, murmelte der Doktor vor sich hin, »der Junge muß sich hier geirrt haben. Hier, steck das in deine Tasche und schließ dich wieder ein.« Mit diesen Worten warf er dem Buckligen ein Geldstück hin und ging zu dem Wagen zurück.
Der Mann folgte ihm bis zur Wagentür, wobei er die düstersten Flüche und Verwünschungen ausstieß; als sich Mr. Losberne jedoch umdrehte, um mit dem Kutscher zu sprechen, warf er einen Blick in den Wagen und sah Oliver einen Moment lang mit einem so durchdringenden, wilden und zugleich rachsüchtigen Blick an, daß der Knabe ihn noch Monate später weder im Wachen noch im Schlaf vergessen konnte. Bis der Kutscher wieder auf seinen Sitz gestiegen war, fuhr der Bucklige fort, die fürchterlichsten Verwünschungen von sich zu geben, und als sie bereits wieder unterwegs waren, konnten sie ihn noch in etlicher Entfernung hinter sich sehen, wie er in echter oder gespielter Wut mit den Füßen den Boden stampfte und sich die Haare raufte.
»Ich bin ein Esel!« meinte der Doktor nach langem Schweigen. »Hast du das schon früher gewußt, Oliver?«
»Nein, gnädiger Herr.«
»Dann vergiß es nicht wieder.«
»Ein Esel«, sagte der Doktor abermals, nachdem er wiederum einige Minuten geschwiegen hatte. »Selbst wenn es das richtige Haus gewesen wäre und die Richtigen noch dringesteckt hätten – was hätte ich allein schon tun können? Und wenn ich auch Hilfe gehabt hätte, so sehe ich nicht, was ich hätte Gutes tun können. Ich hätte mich allenfalls selbst bloßgestellt und die Art und Weise, wie ich diese ganze Sache vertuscht habe, wäre unweigerlich ans Licht gekommen. Wär' mir auch ganz recht geschehen. Immer wieder

gerate ich in diese oder jene Patsche, weil ich so impulsiv handle. Vielleicht wär's mir eine Lehre gewesen.«
Nun war es allerdings eine Tatsache, daß der wackere Doktor sein ganzes Leben lang nie anders als impulsiv gehandelt hatte, und es stellte den Regungen, die ihn dabei beherrschten, kein schlechtes Zeugnis aus, daß er, statt ständig in Scherereien und Mißhelligkeiten zu geraten, die wärmste Hochachtung aller genoß, die ihn kannten. Um die Wahrheit zu sagen: Er war für einige Augenblicke etwas aus der Fassung geraten, weil es ihm zu seiner Enttäuschung nicht gelungen war, bei der ersten sich überhaupt bietenden Gelegenheit stichhaltige Beweise für Olivers Erzählung zu erbringen. Bald jedoch hatte er sich wieder gefangen, und da er die Feststellung machte, daß Olivers Antworten auf seine Fragen genauso aufrichtig und bestimmt und mit der gleichen offenkundigen Ehrlichkeit und Wahrheitsliebe wie immer gegeben wurden, so beschloß er, ihnen von nun an für immer vollen Glauben zu schenken.
Da Oliver den Namen der Straße wußte, in der Mr. Brownlow wohnte, konnten sie direkt dorthin fahren. Als die Kutsche dann in diese Straße einbog, klopfte das Herz des Knaben so heftig, daß er kaum zu atmen vermochte.
»Nun, mein Junge, welches Haus ist es?« fragte Mr. Losberne.
»Das! Das da!« antwortete Oliver und zeigte eifrig aus dem Fenster. »Das weiße Haus! Oh, machen Sie schnell! Bitte, machen Sie schnell! Mir ist, als müßte ich sterben; ich zittre am ganzen Leibe!«
»Na, na!« sagte der gute Doktor und klopfte ihm auf die Schulter. »Du wirst sie gleich sehen, und sie werden überglücklich sein, dich gesund und wohlbehalten wiederzusehen.«
»Oh, das hoffe ich!« rief Oliver. »Sie waren so gut, so sehr gut zu mir.«
Die Kutsche rollte weiter. Sie hielt. Nein – das war das

falsche Haus; die nächste Tür. Sie fuhr einige Schritte weiter und hielt abermals. Oliver sah zu den Fenstern hinauf, und Tränen froher Erwartung liefen ihm über das Gesicht.
Aber ach! – Das weiße Haus war leer, und am Fenster hing ein Zettel: »Zu vermieten!«
»Klopf an der nächsten Tür!« rief Mr. Losberne und faßte Oliver am Arm. »Wissen Sie wohl, was aus Mr. Brownlow geworden ist, der im Nachbarhaus wohnte?«
Das Dienstmädchen wußte es nicht, aber sie wollte hineingehen und fragen. Bald schon kam sie zurück und berichtete, daß Mr. Brownlow all seinen Besitz verkauft habe und vor sechs Wochen nach Westindien abgereist sei. Oliver rang die Hände und sank vor Schwäche rückwärts.
»Ist seine Haushälterin auch mitgefahren?« fragte Mr. Losberne nach einer kurzen Pause.
»Ja, Sir«, erwiderte das Dienstmädchen. »Der alte Herr, die Haushälterin und ein Herr, der mit Mr. Brownlow befreundet war – sie sind alle zusammen abgereist.«
»Dann fahren Sie wieder heimwärts«, sagte Mr. Losberne zu dem Kutscher, »und lassen Sie die Pferde nicht eher verschnaufen, bis sie aus diesem verdammten London heraus sind!«
»Und der Buchhändler, Sir?« meinte Oliver. »Ich weiß den Weg zu ihm. Bitte, Sir, suchen Sie ihn auf. Bitte!«
»Mein armer Junge, das ist Enttäuschung genug für einen Tag«, sagte der Doktor. »Völlig genug für uns alle beide. Wenn wir jetzt zu dem Buchhändler fahren, werden wir sicher feststellen, daß er gestorben ist, sein Haus angezündet hat oder davongelaufen ist. Nein – geradenwegs wieder nach Hause!«
Und so fuhren sie, gehorsam der Eingebung des Doktors folgend, heimwärts.
Diese bittere Enttäuschung bereitete Oliver selbst mitten in seinem Glück viel Kummer und Sorge, denn während seiner Krankheit hatte er sich viele Male daran erfreut, sich vorzu-

stellen, was Mr. Brownlow und Mrs. Bedwin alles zu ihm sagen würden und welche Freude es sein würde, ihnen zu erzählen, wie viele lange Tage und Nächte er damit verbracht hatte, darüber nachzudenken, was sie für ihn getan hatten, und seine grausame Trennung von ihnen zu beklagen. Die Hoffnung, sich möglicherweise auch vor ihnen rechtfertigen und ihnen erklären zu können, wie er gewaltsam entführt worden war, hatte ihn in vielen seiner nun überstandenen Prüfungen aufrecht erhalten und ihm Kraft gegeben; und nun war der Gedanke, daß sie so weit fortgereist waren und der Ansicht sein könnten, er sei ein Betrüger und Dieb – eine Ansicht, die wohl bis zu seinem Tode unwiderlegt bleiben würde – fast mehr, als er zu ertragen vermochte.

Dieser Vorfall änderte jedoch nichts an dem Verhalten seiner Wohltäter. Nach weiteren vierzehn Tagen, als die schöne, warme Witterung begonnen hatte und jeder Baum und jede Blume ihre jungen Blätter und reichen Blüten hervorstreckten, trafen sie Vorbereitungen, um das Haus in Chertsey für einige Monate zu verlassen. Das Silber, das Fagins Habgier so sehr gereizt hatte, wurde auf die Bank gegeben, Giles und ein anderer Diener blieben zur Bewachung des Hauses zurück; und dann fuhren sie in ein Landhaus in der weiteren Umgebung und nahmen Oliver mit.

Wer vermag die Freude und das Entzücken, den Seelenfrieden und die sanfte Ruhe zu schildern, die der schwächliche Knabe in der balsamischen Luft und inmitten der grünen Hügel und üppigen Wälder in einem englischen Dorf empfand! Wer kann mit Worten sagen, wie Bilder des Friedens und der Ruhe in die Seelen jener erschöpften Bewohner dichtbevölkerter und geräuschvoller Gebiete eindringen und ihre eigene Frische tief in die abgehetzten Herzen hineintragen! Von Menschen, die ein ganzes arbeitsreiches Leben lang in dichtbevölkerten, engen Straßen gewohnt und niemals nach einer Veränderung verlangt haben; von Menschen, denen die Gewohnheit wahrhaft schon zur zweiten Natur geworden ist und die fast gelernt haben, jeden Stein und jeden Ziegel zu lieben, die die engen Begrenzungen ihrer täglichen Wege bildeten, ja selbst von jenen, auf denen schon die Hand des Todes ruhte, weiß man, daß sie letztlich doch nach einem kurzen Blick in das Antlitz der Natur schmachteten, und sie schienen alsbald neu aufzuleben, wenn man sie von dem Schauplatz ihrer alten Leiden und Freuden hinwegbrachte. Tag für Tag schleppten sie sich mühsam zu irgendeinem grünen, sonnigen Fleckchen hin, und der Anblick des Himmels, der Hügel und Ebenen und des glitzernden Wassers weckte Erinnerungen in ihnen, daß ein Vorgeschmack des Himmels selbst ihren schnellen Verfall hinderte; und sie sanken dann so friedlich in ihre Gräber, wie die Sonne, deren Untergang sie noch wenige Stunden zuvor von ihrem einsamen Kammerfenster aus beobachteten, ihrem matten, brechenden Auge entschwand. Die Erinnerungen, die friedliche, ländliche Bilder heraufbeschwören, sind nicht von dieser Welt und haben nichts gemein mit ihren Gedanken und Hoffnungen. Ihr sanfter Einfluß mag uns lehren, frische Kränze für die Gräber derer zu winden, die wir liebten; er mag unsere Gedanken läutern und alte Feindschaft und eingefleischten Haß überwinden – hinter all dem aber schlummert auch in einem Gemüt, das kaum zur Nachdenklichkeit neigt, ein undeutlich umrissenes Bewußtsein dessen, daß es solcherlei Gefühle lange zuvor, in einer fernen früheren Zeit bereits einmal gehegt hat, dies aber weckt feierliche Gedanken an ferne, kommende Zeiten und zwingt Hochmut und Weltlichkeit vor sich in die Knie.

Der Ort, nach dem sie reisten, war ein liebliches Fleckchen. Oliver, der seine Tage bisher unter schmutzigem, gemeinem Volk und umgeben von Lärm und Zank zugebracht hatte, schien hier ein neues Leben zu beginnen. Rosen und Geißblatt rankten sich an den Mauern des Häuschens empor, der Efeu kroch um die Stämme der Bäume, und die Gartenblumen erfüllten die Luft mit köstlichen Düften. Ganz in der Nähe war ein kleiner Friedhof; er war nicht mit hohen, häßlichen Grabsteinen überladen, sondern voll von schlichten Erdhügeln, die mit frischem Rasen und Moos bedeckt waren und unter denen die alten Leute des Dorfes zur letzten Ruhe gebettet waren. Hier ging Oliver oft spazieren, und wenn er an das armselige Grab dachte, in dem seine Mutter lag, setzte er sich wohl manchmal nieder und schluchzte ungesehen; wenn er jedoch seinen Blick zu dem tiefblauen Himmel droben erhob, so dachte er nicht mehr daran, daß sie in der Erde lag, und weinte traurig, doch ohne Schmerz um sie.

Es war eine glückliche Zeit. Die Tage waren friedlich und heiter, die Nächte brachten weder Furcht noch Sorge; kein Schmachten in einem erbärmlichen Kerker oder Beisammensein mit erbärmlichen Menschen; nichts als angenehme und glückliche Gedanken. Jeden Morgen ging er zu einem weißhaarigen alten Herrn, der nahe bei der kleinen Kirche wohnte; er lehrte ihn besser lesen und schreiben, sprach so freundlich mit ihm und gab sich so viel Mühe, daß Oliver sich gar nicht genugtun konnte, ihm Freude zu machen. Dann wieder ging er mit Mrs. Maylie und Rose spazieren und hörte sie über Bücher sprechen, oder er saß wohl auch neben ihnen an einem schattigen Ort und hörte zu, wenn die junge Dame vorlas – das hätte er tun mögen, bis es zu dunkel wurde, um die Buchstaben zu erkennen. Dann hatte er seine eigenen Aufgaben für den nächsten Tag vorzubereiten, und daran arbeitete er fleißig in einem kleinen Zimmer, das nach dem Garten zu lag, bis langsam der Abend kam. Um diese Zeit pflegten die Damen abermals mit ihm spazierenzugehen; mit Vergnügen lauschte er auf alles, was sie sagten; wie glücklich war er, wenn sie nach einer Blume verlangten, nach der er klettern konnte, um sie zu erreichen, oder wenn sie etwas vergessen hatten, wonach er laufen konnte, um es zu holen – und immer ging es ihm nicht schnell genug. War es dann ganz dunkel geworden und sie kehrten nach Hause zurück, so setzte sich die junge Dame wohl ans Klavier und spielte eine schöne Melodie, oder sie sang mit leiser und sanfter Stimme ein altes Lied, das ihre Tante gern hörte. Bei solchen Gelegenheiten wurden keine Kerzen angezündet, und Oliver saß dann in völliger Verzückung an einem Fenster und lauschte der herrlichen Musik.

Und wenn der Sonntag kam: wie anders, als Oliver ihn früher verlebt hatte, wurde dann dieser Tag verbracht; und wie glücklich verging er, ebenso wie alle anderen Tage in dieser glücklichen Zeit! Da gab es am Morgen die kleine Kirche; vor ihren Fenstern bewegten sich die grünen Blätter hin und her, draußen sangen die Vögel, und durch das niedrige Portal drang die süß duftende Luft und erfüllte das trauliche Gebäude mit ihrem Wohlgeruch. Die armen Leute sahen so sauber und ordentlich aus und knieten so andächtig nieder, um zu beten, daß ihre Zusammenkunft hier nicht eine lästige Pflicht, sondern eine reine Freude zu sein schien; und mochte ihr Gesang auch ungeübt klingen, so kam er doch vom Herzen und klang (zumindest in Olivers Ohren) harmonischer als jeder andere, den er je in einer Kirche gehört hatte. Dann kamen wieder die üblichen Spaziergänge und mancherlei Besuche in den sauberen Häuschen der Landleute, und am Abend las Oliver ein oder zwei Kapitel der Bibel, die er die ganze Woche über studiert hatte, und dabei fühlte er sich stolzer und glücklicher, als wenn er der Pfarrer selbst gewesen wäre.

Am Morgen war Oliver gewöhnlich um sechs Uhr unterwegs, sammelte ringsum in Hecken und Feldern Sträuße von wildwachsenden Blumen, kam damit nach Hause und verwendete sie mit größter Sorgfalt dazu, den Frühstückstisch so schön wie möglich zu zieren. Auch frisches Kreuzkraut brachte er mit und schmückte damit sehr geschickt die Käfige von Miss Maylies Vögeln, wie er es unter Anleitung des Dorfschreibers gelernt hatte. Waren dann die Vögel den

Tag über sauber und gut versorgt, so gab es gewöhnlich einen kleinen Auftrag im Dienste der Wohltätigkeit, im Dorfe zu besorgen; bedurfte es dessen nicht, so folgte manchmal, wenn auch selten, ein Kricketspiel auf dem Rasen, andernfalls war immer etwas im Garten oder in den Anpflanzungen zu tun, und Oliver (der auch dies unter Anleitung des gleichen Lehrers, der von Beruf Gärtner war, gelernt hatte) übernahm diese Aufgabe mit größter Bereitwilligkeit, bis Miss Rose erschien und tausenderlei zu dem zu sagen wußte, was er getan hatte.

So gingen drei Monate dahin; drei Monate, die auch im Leben der glücklichsten aller Sterblichen ungetrübte Freude bedeutet hätten und die in Olivers Leben lautere Seligkeit waren. Bei der reinsten und liebevollsten Großmut auf der einen und der wahrhaftigsten, herzlichsten und von ganzer Seele empfundenen Dankbarkeit auf der anderen Seite war es kein Wunder, daß Oliver Twist am Ende dieser kurzen Zeit völlig mit der alten Dame und ihrer Nichte vertraut war und daß die innige Anhänglichkeit seines jungen und empfindsamen Herzens mit Stolz und Zuneigung belohnt wurde.

DREIUNDDREISSIGSTES KAPITEL

Worin das Glück Olivers und seiner Freunde plötzlich getrübt wird

Wie im Fluge verging der Frühling, und der Sommer kam. War das Dorf schon vorher schön gewesen, so stand es nun in voller Blüte. Die großen Bäume, die in den vergangenen Monaten noch knorrig und nackt ausgesehen hatten, strotzten jetzt von Leben und Gesundheit, sie breiteten nun ihre grünenden Arme über die dürstende Erde aus und verwandelten dürre Stellen in köstliche, schattige Schlupfwinkel, von denen man hinausblickte auf das weite Land, das im Schein der Sonne ausgebreitet lag. Die Erde hatte ihr Ge-

wand aus hellstem Grün angelegt und strömte ihren köstlichsten Duft aus. Das Jahr war jung und voller Kraft, alles stand in Pracht und Blüte.
In dem stillen Landhaus jedoch ging das gleiche geruhsame Leben weiter, und bei seinen Bewohnern herrschte die gleiche heitere Gemütsruhe. Oliver war schon längst gesund und kräftig geworden, aber seine herzliche Zuneigung zu jenen, die um ihn waren, wurde nicht von Gesundheit oder Krankheit bestimmt, obwohl das bei sehr vielen Menschen der Fall ist. Er war noch immer das sanfte, anhängliche und liebevolle Geschöpf, das er gewesen war, als Schmerz und Leiden an seinen Kräften gezehrt hatten und als er um jeder kleinen Aufmerksamkeit und Bequemlichkeit willen von denen abhängig war, die ihn pflegten.
Eines schönen Abends hatten sie einen längeren Spaziergang gemacht, als es sonst ihre Gewohnheit war, denn der Tag war ungewöhnlich warm gewesen; es war strahlender Mondschein, und ein leichter Wind hatte sich aufgemacht, der außerordentlich erfrischend wirkte. Rose war zudem in bester Laune gewesen, und sie waren in vergnügter Unterhaltung immer weiter gelaufen, bis sie ihre üblichen Grenzen weit überschritten hatten. Da Mrs. Maylie müde geworden war, gingen sie um einiges langsamer heimwärts. Die junge Dame legte dann nur ihren schlichten Hut ab und setzte sich wie gewöhnlich ans Klavier. Einige Minuten lang ließ sie zerstreut ihre Finger über die Tasten gleiten, danach ging sie in eine leise und sehr feierliche Melodie über, und während sie diese spielte, klang es, als ob sie dabei weinte.
»Rose, mein Liebling, was ist dir?« fragte die alte Dame.
Rose gab keine Antwort, sondern spielte ein wenig schneller, als hätten die Worte sie aus schmerzlichen Gedanken aufgeschreckt.
»Rose, Liebste!« rief Mrs. Maylie, stand rasch auf und beugte sich über sie. »Was ist das? Tränen? Mein liebes Kind, was bekümmert dich?«

»Nichts, Tante, nichts«, erwiderte das junge Mädchen. »Ich weiß nicht, was es ist, ich kann es nicht beschreiben, aber ich fühle . . .«

»Du bist doch nicht krank?« unterbrach sie Mrs. Maylie.

»Nein, nein! O nein, nicht krank!« antwortete Rose und erzitterte, als überkäme sie ein tödlicher Frostschauer, indes sie sprach. »Es wird mir gleich wieder besser sein. Bitte, schließe doch das Fenster!«

Oliver eilte, ihren Wunsch zu erfüllen. Die junge Dame bemühte sich, ihre Heiterkeit wiederzugewinnen und eine lebhafte Melodie zu spielen, aber ihre Finger fielen kraftlos auf die Tasten nieder. Sie bedeckte ihr Gesicht mit den Händen, sank auf ein Sofa und ließ den Tränen, die sie nun nicht länger zu unterdrücken vermochte, freien Lauf.

»Mein Kind«, sagte die alte Dame und schlang den Arm um sie, »so habe ich dich doch noch nie gesehen?«

»Ich wollte dich nicht erschrecken, wenn ich es irgend vermeiden konnte«, erwiderte Rose, »aber ich kann es nicht mehr, sosehr ich mich auch bemüht habe. Ich fürchte, ich *bin* krank, Tante.«

Sie war es auch tatsächlich, denn als Kerzen gebracht wurden, sah man, daß sich in der kurzen Zeit, die seit ihrer Heimkehr verstrichen war, die Farbe ihres Gesichts in eine marmorne Blässe verwandelt hatte. Ihre Züge hatten nichts von ihrer Schönheit eingebüßt, aber sie hatten sich gewandelt, und das sanfte Gesicht hatte einen angstvollen, verstörten Ausdruck angenommen, den es nie zuvor gezeigt hatte. Eine Minute später war es von purpurner Röte übergossen, und in den sanften blauen Augen spiegelte sich wilde Heftigkeit. Auch dies verschwand wieder gleich dem Schatten einer vorüberziehenden Wolke, und abermals wurde sie totenblaß.

Oliver, der die alte Dame ängstlich beobachtete, bemerkte, wie beunruhigt sie von diesen Erscheinungen war, und in der Tat war er selbst es nicht minder; da er jedoch sah, daß sie sich den Anschein gab, als nähme sie die Sache leicht, so bemühte er sich, es ihr gleichzutun, und das gelang ihnen beiden auch insoweit, daß Rose, als sie auf Zureden ihrer Tante zu Bette ging, in besserer Stimmung war. Es schien sogar, als fühle sie sich wohler, denn sie versicherte ihnen, daß sie gewiß am nächsten Morgen völlig gesund wieder aufstehen würde.

»Ich hoffe, es ist nichts Ernstliches?« sagte Oliver, als Mrs. Maylie zurückkam. »Sie sieht heute abend nicht gut aus, aber . . .«

Die alte Dame gab ihm ein Zeichen, nicht zu sprechen, setzte sich in eine dunkle Ecke des Zimmers und blieb einige Zeit schweigsam. Schließlich sagte sie mit zitternder Stimme:

»Ich will es nicht hoffen, Oliver. Ich bin einige Jahre mit ihr sehr glücklich gewesen – zu glücklich vielleicht. Es mag wohl an der Zeit sein, daß mir ein Unglück widerfährt – aber ich hoffe, daß es nicht das ist.«

»Was?« fragte Oliver.

»Der schwere Schlag«, sagte die alte Dame, »das geliebte Mädchen, das so lange mein Trost und mein Glück war, zu verlieren.«

»Oh, das wolle Gott verhüten!« rief Oliver rasch aus.

»Dazu sage ich Amen, mein Kind«, erwiderte die alte Dame und rang die Hände.

»Es ist doch sicher keine Gefahr, daß etwas so Schreckliches geschieht?« meinte Oliver fragend. »Vor zwei Stunden war sie noch völlig wohlauf.«

»Jetzt ist sie sehr krank«, antwortete Mrs. Maylie, »und ich bin sicher, es wird noch schlimmer werden mit ihr. Meine liebe, liebe Rose! Oh, was sollte ich ohne sie tun?«

Sie gab sich einem so heftigen Schmerz hin, daß Oliver seine eigene Erregung bezwang; er wagte es sogar, ihr Vorstellungen zu machen und sie ernstlich zu bitten, sie möge doch um der lieben jungen Dame willen ruhiger werden.

»Bedenken Sie doch, Madam«, sagte er, als ihm trotz aller

Bemühungen, es zu verhindern, die Tränen in die Augen traten, »oh, bedenken Sie, wie jung und gut sie ist und wieviel Freude und Trost sie allen spendet, die um sie sind. Ich bin gewiß – ganz, ganz sicher –, daß sie nicht sterben wird – um Ihretwillen, die Sie selbst so gut sind, um ihrer selbst willen und um aller derer willen, die sie so glücklich macht. Der Himmel wird sie so jung niemals sterben lassen!«

»Pst!« sagte Mrs. Maylie und legte ihre Hand auf Olivers Kopf. »Du denkst wie ein Kind, mein armer Junge. Aber du hast mir dennoch gezeigt, was meine Pflicht ist. Einen Augenblick lang hatte ich sie vergessen, Oliver, aber ich hoffe, es wird mir vergeben werden, denn ich bin alt und habe genug Krankheit und Tod gesehen, um zu wissen, welch bitterer Schmerz es ist, sich von dem, was man liebt, trennen zu müssen. Ich habe auch genug gesehen, um zu wissen, daß es nicht immer die Jüngsten und Besten sind, die denen, die sie lieben, erhalten bleiben; aber wir sollten darin Trost in unserem Kummer finden, denn der Himmel ist gerecht, und dergleichen Dinge lehren uns eindrucksvoll, daß es eine lichtere Welt gibt als diese und daß der Übergang dorthin sehr rasch erfolgen kann. Gottes Wille geschehe! Ich liebe sie, und Er weiß wie sehr!«

Oliver war überrascht, zu sehen, wie Mrs. Maylie bei diesen Worten mit einem Male ihren Klagen Einhalt gebot; sie richtete sich dabei auf und wurde ruhig und gefaßt. Noch erstaunter war er darüber, daß diese Fassung dann auch anhielt und daß Mrs. Maylie bei allem Sorgen und Wachen, das in der Folgezeit notwendig wurde, immer gelassen und bereit war und die ihr auferlegten Pflichten standhaft und allem äußeren Anschein nach sogar freudig erfüllte. Aber Oliver war jung und wußte noch nicht, was ein starkes Gemüt in Stunden der Prüfung vermag. Wie auch hätte er es wissen sollen, wenn sich selbst jene, denen es zu eigen ist, dessen nur selten bewußt sind?

Eine sorgenvolle Nacht folgte. Als der Morgen kam, hatten

sich Mrs. Maylies Voraussagen nur zu gut erfüllt: Rose lag im ersten Stadium eines hohen und gefährlichen Fiebers.

»Wir müssen unsere Arbeit tun und dürfen uns nicht nutzlosem Kummer hingeben«, sagte Mrs. Maylie, legte den Finger an die Lippen und sah Oliver fest ins Gesicht. »Dieser Brief muß auf schnellstem Wege an Mr. Losberne geschickt werden. Er muß zu dem Marktflecken gebracht werden, der keine vier Meilen von hier entfernt ist, wenn man den Fußweg über die Felder benutzt; und von dort muß ihn ein reitender Eilbote direkt nach Chertsey bringen. Die Leute im Gasthaus werden das übernehmen, und ich weiß, ich kann mich auf dich verlassen: Du wirst darauf sehen, daß es richtig geschieht.«

Oliver konnte nicht antworten, aber man sah es ihm an, daß er darauf brannte, sich sogleich auf den Weg zu machen.

»Hier ist noch ein Brief«, sagte Mrs. Maylie und machte dann eine Pause, um nachzudenken, »aber ich weiß nicht recht, ob ich ihn jetzt abschicken oder damit noch warten soll, bis ich sehe, wie es Rose weiterhin geht. Ich möchte ihn erst dann abschicken, wenn das Schlimmste zu befürchten ist.«

»Geht er auch nach Chertsey, Madam?« fragte Oliver voller Ungeduld, seinen Auftrag auszuführen, und streckte seine zitternde Hand nach dem Brief aus.

»Nein«, sagte die alte Dame und reichte ihm wie geistesabwesend den Umschlag hin. Oliver warf einen Blick darauf und sah, daß er an Herrn Harry Maylie auf einem großen Herrensitz auf dem Lande gerichtet war, wo jedoch, konnte er nicht erkennen.

»Soll er abgeschickt werden?« fragte er und blickte ungeduldig auf.

»Ich glaube nicht«, antwortete Mrs. Maylie und nahm ihn zurück. »Ich will bis morgen damit warten.«

Mit diesen Worten gab sie Oliver ihre Geldbörse, und er machte sich ohne weitere Verzögerung auf den Weg.

Schnell lief er durch die Felder und über die kleinen Rasenflächen, die sie ab und zu voneinander trennten; einmal verschwand er fast hinter dem hochstehenden Korn zu beiden Seiten, ein andermal lief er über ein freies Feld, wo die Leute eifrig mit Mähen und Heuwenden beschäftigt waren, und der rastete nirgends länger als ab und zu ein paar Sekunden, um Atem zu schöpfen, bis er schließlich sehr erhitzt und von Staub bedeckt auf dem kleinen Marktplatz des Fleckens ankam.
Hier blieb er stehen und schaute sich nach dem Gasthaus um. Er sah ein weißes Leihhaus, eine rote Brauerei, ein gelbes Rathaus, und in einer Ecke stand ein großes Haus, an dem alles, was aus Holz war, einen grünen Anstrich hatte und vor dem ein Schild mit der Aufschrift ›Zum Georg‹ hing. Sobald er das erblickt hatte, eilte Oliver darauf zu.
Er sprach einen Postboten an, der unter der Toreinfahrt vor sich hin döste, und dieser verwies ihn, als er hörte, was sein Begehren war, an den Hausknecht. Dieser wiederum ließ sich alles noch einmal erzählen und schickte Oliver dann zu dem Gastwirt, einem großen Mann mit blauem Halstuch, weißem Hut, gelben Kniehosen und dazu passenden Stulpenstiefeln, der nahe der Stalltür an einer Pumpe lehnte und mit einem silbernen Zahnstocher in seinen Zähnen herumbohrte.
Dieser Herr begab sich höchst gemächlich in die Gaststube, um die Rechnung auszuschreiben, wozu er ziemlich lange brauchte, und als sie fertig und bezahlt war, mußte ein Pferd gesattelt werden und ein Mann sich anziehen, was weitere gute zehn Minuten dauerte. Inzwischen befand sich Oliver in einem solch verzweifelten Zustand der Ungedsld und Angst, daß er am liebsten selbst hätte aufs Pferd springen mögen, um im vollen Galopp zur nächsten Station zu reiten. Endlich aber war alles fertig; das kleine Päckchen war mit vielen Ermahnungen, es schnell zu befördern, dem Boten übergeben worden, der gab seinem Pferde die Sporen, klap-

perte über das holprige Pflaster des Marktplatzes, war binnen weniger Minuten aus der Stadt heraus und galoppierte die Chaussee entlang.
Da er nun einigermaßen sicher sein konnte, daß Hilfe geholt wurde und keine Zeit verloren worden war, eilte Oliver etwas leichteren Herzens über den Hof des Gasthauses. Als er durch den Torweg hinauslief, stieß er unversehens gegen einen großen Mann, der in einen Mantel gehüllt war und in diesem Augenblick aus der Tür des Gasthauses trat.
»Ha!« schrie der Mann, sah Oliver scharf an und fuhr plötzlich zurück. »Was zum Teufel ist das?«
»Verzeihung, Sir«, sagte Oliver, »ich hatte es sehr eilig, nach Hause zu kommen, und habe Sie nicht gesehen.«
»Tod und Teufel!« murmelte der Mann vor sich hin und starrte den Jungen mit großen dunklen Augen an. »Wer hätte das gedacht? Zur Hölle mit ihm! Er würde noch aus einem steinernen Sarg auferstehn, um mir über den Weg zu laufen!«
»Es tut mir leid«, stammelte Oliver, verwirrt von dem wilden Blick des seltsamen Mannes. »Ich habe Ihnen hoffentlich nicht weh getan?«
»Hol dich der Henker!« murmelte der Mann in schrecklichem Zorn zwischen zusammengebissenen Zähnen hervor. »Wenn ich nur den Mut gehabt hätte, das Wort auszusprechen, so wäre ich dich in einer Nacht losgewesen. Fluch und Pest über dich, du Wicht! Was hast du hier zu schaffen?«
Der Mann schüttelte die Fäuste, während er diese unzusammenhängenden Worte hervorstieß. Er ging auf Oliver zu, als hätte er die Absicht, ihm einen Schlag zu versetzen; plötzlich jedoch fiel er heftig zu Boden, Schaum trat ihm vor den Mund, und er krümmte sich in einem krampfhaften Anfall.
Oliver starrte einen Augenblick entgeistert auf die Zuckungen des Wahnsinnigen (denn dafür hielt er ihn) und stürzte dann ins Haus, um Hilfe zu holen. Nachdem er sich vergewissert hatte, daß der Fremde sicher in den Gasthof gebracht

worden war, machte er sich auf den Heimweg; er lief, so schnell er konnte, um die verlorene Zeit aufzuholen, und dachte mit großer Verwunderung und etwas Furcht an das ungewöhnliche Verhalten des Menschen, den er soeben verlassen hatte.

Der Vorfall blieb ihm jedoch nicht lange in Erinnerung, denn als er das Landhaus erreicht hatte, gab es genügend andere Dinge, die ihn beschäftigten und alle eigenen Betrachtungen völlig aus seinem Gedächtnis verbannten.

Rose Maylies Zustand hatte sich mit großer Schnelligkeit verschlechtert; noch vor Mitternacht hatte sie begonnen zu phantasieren. Ein Arzt, der im Ort wohnte, war ständig bei ihr, und nach einem ersten Blick auf die Kranke hatte er Mrs. Maylie beiseite genommen und erklärt, daß der Zustand der Patientin höchst beunruhigend sei. »Es wäre beinahe ein Wunder, wenn sie sich wieder erholte«, hatte er dabei gesagt. Wie oft stand Oliver in dieser Nacht von seinem Bett auf, schlich mit lautlosen Schritten zur Treppe und lauschte auf das leiseste Geräusch aus dem Krankenzimmer! Wie oft überlief ein Zittern seinen Körper und trat kalter Angstschweiß auf seine Stirn, wenn plötzlich Schritte hörbar wurden und ihn fürchten ließen, daß gerade jetzt etwas geschehen sei, was zu furchtbar war, um es auch nur zu denken! Und was war die Inbrunst aller Gebete, die er je gesprochen hatte, im Vergleich zu jenen, die er nun stammelte und in denen er angsterfüllt und voller Leidenschaft um Leben und Gesundheit jenes anmutigen Wesens flehte, das jetzt am Rande des Grabes taumelte!

Oh, diese Ungewißheit – diese furchtbare, schmerzhafte Ungewißheit, wenn man müßig beiseite stehen muß, während ein Mensch, den man innig liebt, zwischen Tod und Leben schwebt! Oh, diese quälenden Gedanken, die die Seele bedrängen, die das Herz stürmisch schlagen und den Atem stocken lassen, das verzweifelte Bemühen, *etwas zu tun,* um die Qual zu lindern oder die Gefahr zu mindern,

was doch nicht in unserer Macht liegt; die Trostlosigkeit, die aus dem traurigen Bewußtsein unserer Hilflosigkeit erwächst – welche Qualen sind ihnen vergleichbar, welche Überlegungen und Bemühungen können sie in der fieberhaften Erregung des Augenblicks mildern?
Der Morgen kam, und das kleine Landhaus war einsam und still. Die Menschen sprachen im Flüsterton, von Zeit zu Zeit erschienen ängstliche Gesichter am Gartentor; Frauen und Kinder gingen weinend von dannen. Den ganzen Tag über und noch stundenlang nach Einbruch der Dunkelheit lief Oliver leise im Garten auf und ab, blickte aller Augenblicke hinauf zu dem Krankenzimmer und schauderte, wenn er das verdunkelte Fenster sah, hinter dem der Tod zu lauern schien. Spät in der Nacht kam Mr. Losberne. »Es ist hart«, sagte der gute Doktor und wandte sich bei diesen Worten ab, »so jung, so sehr geliebt – und dennoch: es ist nur sehr wenig Hoffnung!«
Und wieder ein Morgen. Hell schien die Sonne – so hell, als träfe ihr Strahl weder Elend noch Sorge; jedes Blatt und jede Blume traf ihr Schein in voller Pracht; Leben, Gesundheit, Bilder und Klänge der Freude waren ringsumher – und inmitten dessen lag da ein junges, schönes Menschenkind und schwand schnell dahin. Oliver schlich sich davon, ging auf den alten Friedhof, setzte sich auf einen der grünen Hügel und weinte und betete stumm.
Diese Umgebung atmete so viel Frieden und Schönheit; so viel Heiterkeit und Frohsinn lag über der sonnigen Landschaft; in dem Sang der Sommervögel klang so viel fröhliche Musik; so frei zogen die Saatkrähen dahin; ringsum war Leben und Freude – und als der Knabe seine schmerzenden Augen aufschlug und um sich blickte, kam ihm unwillkürlich der Gedanke, daß dies keine Zeit für den Tod wäre: sicher könne Rose niemals sterben, solange geringere Wesen so froh und glücklich wären – Gräber wären dem kalten und freudlosen Winter vorbehalten und paßten nicht zu Sonnen-

licht und Blumenduft. Fast schien es ihm, als seien Leichentücher nur für die Alten und Verwelkten bestimmt und könnten nie und nimmer junge, anmutige Wesen in ihren grausigen Falten bergen.
Jäh unterbrach der Klang der Kirchenglocke diese kindlichen Gedanken. Wieder einer! – Und noch einer! Man läutete zu einem Begräbnis. Eine schlichte Gruppe von Leidtragenden trat durch das Tor, sie trugen weiße Kranzschleifen, denn ein junger Mensch wurde zu Grabe getragen. Entblößten Hauptes standen sie um das Grab, und eine Mutter – die einst eine Mutter gewesen war – stand unter den Weinenden. Aber die Sonne schien hell, und die Vögel sangen weiter ihr Lied.
Oliver ging nach Hause; er dachte an die vielen Beweise der Liebe, die er von Rose empfangen hatte, und wünschte, es möchte die Zeit kommen, wo er ihr ohne Unterlaß beweisen könnte, wie dankbar und ergeben er ihr war. Er hatte keinen Grund, sich wegen Nachlässigkeit oder Mangel an Aufmerksamkeit Selbstvorwürfe zu machen, denn er hatte ihr getreulich gedient; und doch erinnerte er sich an hunderterlei kleine Anlässe, bei denen er, wie er meinte, eifriger und sorgfältiger hätte sein können, und er wünschte nun, er wäre es gewesen.
Wir sollten sorgsam sein im Umgang mit unseren Mitmenschen; ein jeder Todesfall bringt einem kleinen Kreis von Überlebenden zum Bewußtsein, wie vieles versäumt und wie wenig getan wurde – wie so vieles wurde vergessen, und noch wieviel mehr hätte gutgemacht werden können! Keine Reue ist so tief wie jene, die sich als nutzlos erweist – laßt uns dies beizeiten bedenken, wenn wir von ihren Qualen verschont bleiben wollen!
Als Oliver nach Hause kam, saß Mrs. Maylie in dem kleinen Wohnzimmer. Als er sie erblickte, sank ihm der Mut, denn sie war nie vom Bett ihrer Nichte gewichen, und er zitterte bei dem Gedanken, welche Veränderung sie von dort wegge-

trieben haben könnte. Er erfuhr, daß Rose in einen tiefen Schlaf gesunken war, aus dem sie entweder erwachen würde, um zu leben und zu genesen, oder aber, um für immer von ihnen Abschied zu nehmen und zu sterben.

Stundenlang saßen sie lauschend da und wagten nicht zu sprechen. Das Essen wurde unberührt wieder hinausgetragen; mit Blicken, die zeigten, daß ihre Gedanken anderswo weilten, beobachteten sie, wie die Sonne tiefer und tiefer sank, bis sie schließlich über Himmel und Erde jenes leuchtende Farbenspiel breitete, das ihren Untergang ankündigt.

Plötzlich vernahmen die beiden angespannt Lauschenden das Geräusch nahender Schritte, und beide stürzten unwillkürlich zur Tür, als Mr. Losberne eintrat.

»Was ist mit Rose?« schrie die alte Dame. »Sagen Sie es mir sofort! Ich kann alles ertragen, nur keine Ungewißheit! Um Himmels willen – sagen Sie es mir!«

»Sie müssen sich fassen«, sagte der Doktor und stützte sie. »Bitte, liebe gnädige Frau, beruhigen Sie sich!«

»Lassen Sie mich – in Gottes Namen! Mein liebes Kind! Sie ist tot! Sie liegt im Sterben!«

»Nein!« rief der Doktor in heftiger Erregung. »Da Er gütig und gnädig ist, wird sie am Leben bleiben, um uns alle noch viele Jahre zu beglücken!«

Die alte Dame fiel nieder auf die Knie und versuchte, die Hände zu falten; aber die Kraft, die sie so lange aufrecht erhalten hatte, entfloh mit dem ersten Dankesgebet gen Himmel, und sie sank in die Freundesarme, die ausgebreitet waren, um sie aufzunehmen.

VIERUNDDREISSIGSTES KAPITEL

Enthält einige einleitende Einzelheiten,
die sich auf einen jungen Herrn beziehen,
der nunmehr auf der Bildfläche erscheint,
und dazu ein neues Abenteuer,
das Oliver widerfuhr

Es war fast zuviel des Glücks, um es ertragen zu können. Oliver kam sich vor wie betäubt von dieser unerwarteten Nachricht, er konnte weder weinen noch sprechen, noch Ruhe finden. Kaum hatte er die Kraft, irgend etwas von dem zu begreifen, was geschehen war, bis nach langem Umherwandern in der stillen Abendluft ein Tränenstrom ihm Erleichterung brachte und ihm ganz plötzlich zum vollen Bewußtsein kam, welch glückliche Wendung sich ereignet hatte, und welch beinahe unerträgliche Last der Angst von seiner Brust genommen worden war.

Die Nacht brach schnell herein, als er, beladen mit Blumen, die er mit besonderer Sorgfalt zum Schmücken des Krankenzimmers gepflückt hatte, nach Hause zurückkehrte. Während er mit raschen Schritten die Straße entlangwanderte, hörte er hinter sich das Geräusch eines Fahrzeugs, das sich mit großer Geschwindigkeit näherte. Als er sich umsah, stellte er fest, daß es eine Postkutsche war, die in schnellem Tempo angefahren kam, und da die Pferde galoppierten und die Straße schmal war, lehnte er sich an ein Gatter, um die Kutsche an sich vorbeizulassen.

Während sie vorüberjagte, konnte Oliver einen Blick hineinwerfen und gewahrte einen Mann mit einer weißen Nachtmütze, dessen Gesicht ihm bekannt vorkam, aber alles ging so schnell, daß er die Person nicht genau zu erkennen vermochte. Ein bis zwei Sekunden später jedoch fuhr die Nachtmütze zum Wagenfenster heraus, und eine dröhnende Stimme befahl dem Kutscher zu halten, was dieser denn auch tat, sobald er seine Pferde zum Stehen bringen konnte.

Daraufhin erschien die Nachtmütze abermals, und die gleiche Stimme rief Oliver bei seinem Namen.

»He! Oliver!« rief die Stimme, »was gibt es Neues? Wie geht's Miss Rose? Master O-li-ver!«

»Sind Sie es, Giles?« fragte Oliver und lief zur Tür der Kutsche.

Giles steckte wiederum seine Nachtmütze heraus und schickte sich eben an, zu antworten, als er plötzlich von einem jungen Mann zurückgezogen wurde, der in der anderen Ecke der Kutsche saß und begierig zu wissen verlangte, was es denn Neues gäbe.

»Nur ein Wort!« rief der Herr.

»Besser oder Schlechter?«

»Besser – viel besser!« erwiderte Oliver eifrig.

»Gott sei Dank! Weißt du das bestimmt?«

»Ganz bestimmt, Sir«, antwortete Oliver. »Die Wendung ist erst vor wenigen Stunden eingetreten, und Mr. Losberne hat gesagt, daß nun alle Gefahr vorüber ist.«

Der Herr sagte kein Wort weiter, sondern öffnete die Tür der Kutsche, sprang heraus, ergriff Oliver hastig beim Arm und führte ihn beiseite.

»Du bist ganz sicher? Ein Fehler deinerseits ist unmöglich, nicht wahr, mein Junge?« fragte der Herr mit zitternder Stimme. »Täusch mich nicht, indem du Hoffnungen erweckst, die sich nicht erfüllen.«

»Das tät' ich nicht um alles in der Welt, Sir«, erwiderte Oliver, »wirklich, Sie können mir glauben. Mr. Losberne hat gesagt, sie würde am Leben bleiben, um uns alle noch viele Jahre zu beglücken. Das waren seine Worte – ich hab' es selbst gehört.«

Oliver standen die Tränen in den Augen, als er sich dieser Szene erinnerte, die der Anfang so vielen Glückes gewesen war, und der Herr wandte sein Gesicht ab und verharrte einige Minuten lang in Schweigen. Oliver schien es mehrmals, als hörte er ihn schluchzen, aber er fürchtete, ihn durch eine weitere Bemerkung zu stören – denn er konnte seine Gefühle wohl erraten –, und so blieb er abseits stehen und tat so, als sei er mit seinem Blumenstrauß beschäftigt.

Während dieser ganzen Zeit hatte Mr. Giles mit der weißen Nachtmütze auf dem Kopf auf dem Trittbrett der Kutsche gesessen, die Ellenbogen auf die Knie gestützt und sich mit einem blauen, weißgepunkteten Baumwolltaschentuch die Augen gewischt. Daß der ehrliche Bursche seine Erregung nicht geheuchelt hatte, wurde hinreichend bewiesen durch die heftig geröteten Augen, mit denen er den jungen Herrn betrachtete, als dieser sich umwendete und ihn ansprach.

»Ich glaube, es ist besser, Giles, Sie fahren mit der Kutsche weiter zu meiner Mutter«, sagte er. »Ich selbst möchte lieber langsam zu Fuß gehen, damit ich noch etwas Zeit gewinne, ehe ich sie sehe. Sie können ihr sagen, daß ich komme.«

»Verzeihung, Mr. Harry«, antwortete Giles und wischte sich mit dem Taschentuch ein letztes Mal über sein zerknittertes Gesicht, »aber ich wäre Ihnen sehr dankbar, wenn Sie es dem Postboten überlassen wollten, das auszurichten. Es wäre nicht schicklich, wenn mich die Dienstmädchen in diesem Zustand sähen – täten sie es, so wäre es mit meiner Autorität bei ihnen für immer vorbei.«

»Gut«, erwiderte Harry Maylie lächelnd, »machen Sie das, wie Sie wollen. Lassen Sie ihn mit dem Gepäck weiterfahren, wenn Sie mögen, und kommen Sie mit uns. Aber vertauschen Sie erst einmal diese Nachtmütze mit einer passenderen Kopfbedeckung, sonst hält man uns noch für Verrückte.«

Mr. Giles, der sich so an seine unschickliche Aufmachung erinnert sah, riß die Nachtmütze vom Kopf, steckte sie ein und setzte dafür einen ernst und sachlich aussehenden Hut auf, den er aus der Kutsche holte. Nachdem dies geschehen war, fuhr der Postbote davon, und Giles, Mr. Maylie und Oliver folgten gemächlich.

Im Gehen blickte Oliver von Zeit zu Zeit mit viel Interesse

und Neugier auf den Fremden. Er schien ungefähr fünfundzwanzig Jahre alt zu sein, war etwa mittelgroß, hatte hübsche, offene Gesichtszüge und ein natürliches, gewinnendes Benehmen. Trotz des Altersunterschieds war er der alten Dame so ähnlich, daß es Oliver nicht sonderlich schwergefallen wäre, ihre Verwandtschaft auch dann zu erraten, wenn er nicht schon vorher von ihr als von seiner Mutter gesprochen hätte.

Mrs. Maylie wartete bereits ungeduldig auf ihren Sohn, als er bei dem Landhaus anlangte, und die Begegnung verlief auf beiden Seiten nicht ohne tiefe Rührung.

»Mutter«, flüsterte der junge Mann, »warum hast du nicht eher geschrieben?«

»Ich hatte es getan«, erwiderte Mrs. Maylie, »aber nach einigem Überlegen entschloß ich mich, den Brief zurückzuhalten, bis ich Mr. Losbernes Meinung gehört hatte.«

»Aber warum«, fragte der junge Mann, »warum hast du es darauf ankommen lassen, daß das eintrat, was beinahe geschehen wäre? Wenn Rose – ich kann das Wort jetzt nicht aussprechen –, wenn also diese Krankheit anders ausgegangen wäre, wie hättest du dir jemals verzeihen können? Und wie hätte ich je wieder glücklich sein können?«

»Wenn das wirklich der Fall gewesen wäre, Harry«, sagte Mrs. Maylie, »so wäre, fürchte ich, dein Glück gründlich zerstört worden, und es wäre sehr, sehr unwichtig gewesen, ob du einen Tag früher oder später hier angekommen wärest.«

»Und wen sollte es verwundern, wenn es so wäre, Mutter?« entgegnete der junge Mann. »Aber warum sage ich überhaupt: *Wenn* –? Es ist so – es ist so – du weißt es, Mutter – du mußt es wissen!«

»Ich weiß, daß sie die größte und reinste Liebe verdient, die ein Männerherz zu bieten vermag«, sagte Mrs. Maylie, »ich weiß, daß ihre hingebungsvolle und zärtliche Natur keine gewöhnliche Erwiderung verlangt, sondern eine tiefe und dauernde. Wenn ich das nicht fühlte und nicht außerdem wüßte, daß eine Veränderung im Benehmen eines Menschen, den sie liebt, ihr das Herz brechen würde, so käme mir meine Aufgabe nicht so schwer vor, und ich hätte nicht so viele Kämpfe in meinem eigenen Herzen zu bestehen, wenn ich das tue, was ich als meine gebieterische Pflicht empfinde.«

»Das ist nicht lieb von dir, Mutter«, erwiderte Harry. »Glaubst du noch immer, daß ich ein Knabe bin, der nicht weiß, was er will, und der sich in den Regungen seines eigenen Herzens täuscht?«

»Mein lieber Sohn«, antwortete Mrs. Maylie und legte ihre Hand auf seine Schulter, »ich glaube, daß die Jugend viele großmütige Regungen kennt, die nicht von Dauer sind, und daß es darunter etliche gibt, die um so leichter entschwinden, wenn sie Befriedigung finden. Vor allem aber«, fuhr die alte Dame fort und blickte ihrem Sohn fest ins Gesicht, »glaube ich eines: Wenn ein begeisterter, feuriger und ehrgeiziger Mann eine Frau heiratet, an deren Namen ein Makel haftet, der zwar nicht von ihr selbst verschuldet wurde, jedoch von herzlosen und niederträchtigen Menschen ihr und auch seinen Kindern vorgeworfen wird, und der auch ihn um so mehr treffen wird, je mehr Erfolg er im Leben hat, und dann Anlaß zu verächtlichen Bemerkungen über ihn bietet – wenn das der Fall ist, so wird er, mag er von Natur aus noch so großmütig und gut sein, eines Tages die Verbindung bereuen, die er in früher Jugend geschlossen hat. Und sie hat dann vielleicht die Qual, zu wissen, daß er das tut.«

»Mutter«, sagte der junge Mann geduldig, »wer so handelt, wäre ein selbstsüchtiges Scheusal, das weder den Namen Mann noch die Frau verdiente, von der du gesprochen hast.«

»So denkst du jetzt, Harry«, entgegnete die Mutter.

»Und so werde ich immer denken!« antwortete der junge Mann. »Die Seelenqualen, die ich in den letzten zwei Tagen durchlitten habe, zwingen mich jetzt, dir eine Leidenschaft zu gestehen, die, wie du weißt, nicht erst seit gestern besteht und bestimmt nicht aus Leichtsinn erwachsen ist. An Rose, dem holden, lieblichen Mädchen, hängt mein Herz so fest, wie nur je eines Mannes Herz an einer Frau gehangen hat. Kein Denken, kein Erwägen und kein Hoffen ist in meinem Leben, das nicht ihr gilt; und wenn du dich hier, wo ich alles einsetze, gegen mich stellst, so nimmst du meinen Frieden und mein Glück in deine Hände und verstreust sie in alle Winde. Gewinne eine bessere Meinung von alledem, Mutter, und auch von mir; und verkenne nicht das Glück, das du so geringzuachten scheinst.«

»Harry«, sagte Mrs. Maylie, »gerade, weil ich warme und empfindsame Herzen so hochschätze, möchte ich ihnen Wunden ersparen. Aber wir haben jetzt genug, mehr als genug über diese Dinge gesprochen.«

»So überlaß Rose die Entscheidung«, schlug Harry vor. »Du wirst doch mit deinen übertriebenen Ansichten nicht so weit gehen, mir ein Hindernis in den Weg zu legen?«

»Das werde ich nicht tun«, entgegnete Mrs. Maylie »aber ich möchte dich bitten zu überlegen . . .«

»Ich *habe* überlegt!« war die ungeduldige Antwort. »Jahrelang habe ich überlegt, Mutter. Seit ich fähig bin, ernsthaft nachzudenken, habe ich überlegt. Meine Gefühle haben sich nicht geändert und werden auch immer die gleichen bleiben; warum also sollte ich mich damit quälen, sie länger zu verbergen, woraus doch weiß Gott für niemand etwas Gutes erwachsen kann? Ehe ich wieder von hier fortgehe, soll Rose mich anhören.«

»Das soll sie«, sagte Mrs. Maylie.

»Aus der Art, wie du das sagst, Mutter, könnte man fast entnehmen, daß sie mich mit Kälte anhören wird?« erwiderte der junge Mann.

»Nicht mit Kälte«, entgegnete die alte Dame, »ganz und gar nicht.«

»Wie denn sonst?« drängte Harry. »Sie hat sich doch nicht etwa schon anderweitig gebunden?«
»Nein, absolut nicht«, antwortete ihm seine Mutter. »Wenn ich mich nicht irre, hast du schon viel zu fest von ihrem Herzen Besitz ergriffen. Was ich aber sagen wollte«, fuhr die alte Dame fort und wehrte ihrem Sohn, der im Begriff war, etwas einzuwenden, »ist dies: Ehe du alles auf diese Möglichkeit setzt, ehe du dich auf den höchsten Gipfel der Hoffnung tragen läßt, mein liebes Kind, denke einige Augenblicke über Roses Lebensgeschichte nach und überlege dir, welchen Einfluß die Kenntnis von ihrer zweifelhaften Herkunft auf ihre Entscheidung haben kann – denn sie ist uns mit aller Kraft ihrer edlen Seele zugetan, und völlige Selbstaufopferung in allen kleinen und großen Dingen war ihr seit jeher eigen.«
»Was meinst du damit?«
»Das zu ergründen, überlasse ich dir«, erwiderte Mrs. Maylie. »Ich muß wieder zu ihr gehen. Gott segne dich!«
»Ich sehe dich doch heute abend noch einmal?« fragte der junge Mann dringend.
»Ja, nachher«, antwortete die alte Dame, »wenn ich von Rose zurückkomme.«
»Du wirst ihr doch sagen, daß ich da bin?« fragte Harry.
»Aber natürlich«, erwiderte Mrs. Maylie.
»Und auch, wie besorgt ich um sie war, wie ich gelitten habe und wie ich mich danach sehne, sie zu sehen. Du wirst mir das doch nicht abschlagen, Mutter?«
»Nein«, sagte die alte Dame, »ich werde ihr alles erzählen.« Dann drückte sie ihrem Sohn zärtlich die Hand und eilte aus dem Zimmer.
Während diese hastige Unterredung stattfand, hatten Mr. Losberne und Oliver sich am anderen Ende des Zimmers aufgehalten. Der Doktor streckte nun Harry Maylie die Hand entgegen, und zwischen beiden wurden herzliche Begrüßungsworte gewechselt. Dann gab Mr. Losberne auf

die mannigfachen Fragen seines jungen Freundes einen genauen Bericht über den Zustand seiner Patientin, der ebenso tröstlich und vielversprechend war, wie Harry es nach Olivers Mitteilungen zu hoffen gewagt hatte, und auch Mr. Giles, der so tat, als sei er eifrig mit dem Gepäck beschäftigt, lauschte begierig auf jedes Wort.

»Haben Sie in letzter Zeit irgendwas Besonders geschossen, Giles?« fragte der Doktor, als er mit seinem Bericht zu Ende war.

»Nichts Besonderes, Sir«, antwortete Giles und wurde rot bis über die Ohren.

»Auch keine Diebe gefangen oder Einbrecher identifiziert?« forschte Mr. Losberne weiter.

»Nichts dergleichen, Sir«, erwiderte Giles höchst würdevoll.

»Nun«, meinte der Doktor, »das tut mir leid zu hören, denn solche Sachen machen Sie bewundernswert. Und wie geht es Brittles?«

»Dem Jungen geht es sehr gut, Sir«, antwortete Giles, der seinen gewohnten gönnerhaften Ton wiedergefunden hatte, »und er läßt Sie ergebenst grüßen.«

»Das ist recht«, sagte Mr. Losberne. »Da ich Sie gerade hier sehe, Mr. Giles, denke ich an etwas: Einen Tag, bevor ich so eilig weggerufen wurde, habe ich auf Wunsch Ihrer gütigen Herrin einen kleinen Auftrag in Ihrem Interesse erledigt. Wollen Sie bitte mal einen Augenblick hier in die Ecke kommen?«

Mr. Giles begab sich höchst gewichtig und etwas verwundert in die Ecke, und der Doktor erwies ihm die Ehre einer kurzen Unterredung im Flüsterton, nach deren Beendigung Giles eine Vielzahl von Verbeugungen machte und sich mit ungewöhnlich hoheitsvollen Schritten zurückzog. Das Thema dieser Unterhaltung wurde im Zimmer nicht bekannt, die Küche aber wurde schnellstens darüber unterrichtet; denn Mr. Giles begab sich geradewegs dorthin, und nachdem er einen Krug Ale[1] verlangt hatte, verkündete er mit hoheitsvoller Miene, die ihre Wirkung nicht verfehlte, es habe seiner Herrin in Anerkennung seines tapferen Verhaltens bei dem Einspruchsversuch beliebt, bei der örtlichen Sparkasse zu seiner alleinigen Verfügung die Summe von fünfundzwanzig Pfund zu deponieren. Die beiden Hausmädchen hoben daraufhin die Hände und Augen zum Himmel und gaben der Vermutung Ausdruck, daß Mr. Giles wohl nun anfangen würde, mächtig stolz zu werden; dieser jedoch zupfte an seiner Hemdkrause, sagte: »Nein, nein«, und meinte, wenn sie bemerkten, daß er sich seinen Untergebenen gegenüber irgendwie hochmütig benähme, so wäre er ihnen dankbar, wenn sie es ihm sagen würden. Danach machte er noch zahlreiche andere Bemerkungen, die nicht minder dazu angetan waren, seine Bescheidenheit ins rechte Licht zu rücken; sie wurden mit gleicher Gunst und Zustimmung aufgenommen und waren im übrigen ebenso originell und zweckentsprechend, wie es die Bemerkungen großer Männer im allgemeinen zu sein pflegen.

In den oberen Räumen verging der Rest des Abends in vergnügter Stimmung, denn der Doktor war in bester Laune, und wenn Harry Maylie auch anfänglich müde und nachdenklich gewesen war, konnte er doch dem prächtigen Humor des ehrenwerten Mannes nicht widerstehen, der sich in zahllosen witzigen Einfällen, beruflichen Erinnerungen und einer Fülle von kleinen Späßen entfaltete. Oliver erschien das alles als das Komischste, was er je gehört hatte, und er mußte dementsprechend lachen – zur sichtlichen Zufriedenheit des Doktors, der unbändig über sich selbst lachte und es so weit brachte, daß Harry schon aus reiner Sympathie fast ebenso herzlich mitlachte. So waren sie eine so vergnügte Gesellschaft, wie sie es unter den gegebenen Umständen nur immer sein konnte; und es war spät geworden, als sie

1 helles englisches Starkbier.

schließlich mit leichten und dankerfüllten Herzen auseinandergingen, um sich zur Ruhe zu legen, deren sie nach den unlängst durchlebten Sorgen und Ängsten dringend bedurften.

Oliver stand am nächsten Morgen mit leichterem Herzen auf und erledigte seine gewohnten ersten Arbeiten mit mehr Hoffnung und Freude, als er sie seit vielen Tagen gekannt hatte. Die Vögel wurden wieder an ihre alten Plätze hinaus ins Freie gehängt, damit sie dort sängen, und die lieblichsten Feldblumen, die zu finden waren, wurden wieder gesammelt, um Rose mit ihrer Schönheit zu erfreuen. Die Schwermut, die in den traurigen Augen des geängstigten Knaben tagelang über allen Dingen, mochten sie auch noch so schön sein, gelegen hatte, war wie durch Zauber verjagt worden. Der Tau schien heller auf den grünen Blättern zu funkeln, die Luft mit süßeren Tönen durch das Laub der Bäume zu fahren, und selbst der Himmel schien blauer und heller zu leuchten. Solch großen Einfluß hat der Zustand unseres eigenen Gemütes selbst auf das Erscheinungsbild äußerlicher Dinge. Wenn Menschen beim Betrachten der Natur und ihrer Mitmenschen in ein Geschrei ausbrechen, daß alles düster und trübe sei, so haben sie recht – aber die dunklen Farben sind die Widerspiegelung ihrer eigenen scheelsüchtigen Augen und Herzen. Die wahren Farben jedoch sind licht und zart und erfordern einen ungetrübten Blick.

Es ist wert, hier vermerkt zu werden, und auch Oliver entging es damals nicht, daß er seine morgendlichen Ausflüge nicht länger allein unternahm. Harry Maylie wurde nach dem allerersten Morgen, an dem er Oliver beladen heimkommen sah, von einer solchen Leidenschaft für Blumen ergriffen und entfaltete ein derartiges Geschick in ihrer Anordnung, daß er darin seinen jungen Gefährten weit übertraf. Wenn Oliver jedoch in dieser Hinsicht im Nachteil war, so wußte er wiederum, wo die schönsten zu finden waren, und Morgen für Morgen durchstreiften sie gemeinsam die Umgebung und brachten von allem, was da blühte, das Schönste mit nach Hause. Das Fenster im Zimmer der jungen Dame wurde nun geöffnet, denn sie liebte es, wenn die köstliche Sommerluft hereinströmte und sie mit ihrer Frische neu belebte. Unmittelbar hinter dem Fenstergitter jedoch stand immer ein besonderer kleiner Strauß im Wasser, der jeden Morgen mit großer Sorgfalt erneuert wurde. Oliver konnte nicht umhin zu bemerken, daß die verwelkten Blumen niemals weggeworfen wurden, obwohl die kleine Vase regelmäßig frisch gefüllt wurde, und er beobachtete auch, daß der Doktor, wenn er in den Garten kam, jedesmal einen Blick in jene besondere Ecke warf und höchst bedeutsam mit dem Kopfe nickte, wenn er dann seinen Morgenspaziergang begann. Unter solchen Beobachtungen verflogen die Tage, und Rose erholte sich schnell.

Nun wurde Oliver die Zeit nicht mehr lang, wenn auch die junge Dame ihr Zimmer noch nicht verlassen hatte und noch keine Abendspaziergänge wieder unternommen wurden, höchstens dann und wann ein kurzer mit Mrs. Maylie. Mit verdoppeltem Eifer widmete sich Oliver den Unterweisungen des weißhaarigen alten Herrn, und er arbeitete so fleißig, daß seine schnellen Fortschritte sogar ihn selbst überraschten. Während er so mit Lernen beschäftigt war, geriet er durch ein völlig unerwartetes Ereignis in höchste Bestürzung und Bedrängnis.

Das kleine Zimmer, in dem er sich gewöhnlich aufhielt, wenn er voller Eifer über seinen Büchern saß, lag im Erdgeschoß des Hauses nach hinten heraus. Es war ein richtiges Landhausstübchen mit einem Gitterfenster, das von Jasmin und Geißblatt umrankt war, die an den Fensterrahmen emporkrochen und den Raum mit ihrem köstlichen Duft erfüllten. Die Aussicht ging auf den Garten, von dort aus führte ein Pförtchen zu einem kleinen, eingehegten Rasenplatz, und jenseits davon waren nun schöne Wiesen und Wald. Kein anderes Wohnhaus lag in dieser Richtung in der Nähe, und man hatte weithin freie Sicht.

Eines schönen Abends, als die ersten Schatten der Dämmerung sich auf die Erde zu senken begannen, saß Oliver, emsig mit seinen Büchern beschäftigt, an diesem Fenster. Er hatte schon einige Zeit fleißig studiert, und da der Tag ungewöhnlich schwül gewesen war und er ziemlich angestrengt gearbeitet hatte, bedeutet es keine Schande für die Verfasser (wer sie auch immer gewesen sein mögen), wenn man feststellt, daß Oliver langsam und allmählich einschlief.

Es gibt eine Art von Schlaf, die uns manchmal überkommt, und die zwar den Körper gefangenhält, den Sinnen aber nicht das Empfinden für die Umwelt nimmt und sie nach Belieben frei umherschweifen läßt. Wenn eine überwältigende Mattigkeit, ein Erschlaffen der Kräfte und eine völlige Unfähigkeit, unsere Gedanken und Bewegungen zu beherrschen, Schlaf genannt werden kann, so ist dieser Zustand Schlaf; dennoch aber nehmen wir alles wahr, was um uns herum vorgeht, und wenn wir in solchem Falle träumen, so vereinen sich wirklich gesprochene Worte oder Geräusche, die in diesem Augenblick tatsächlich vorhanden sind, mit überraschender Bereitwilligkeit mit unseren Traumgesichten, bis schließlich Wirklichkeit und Einbildung so seltsam miteinander verquickt sind, daß es nachträglich fast unmöglich ist, beide wieder voneinander zu trennen. Dies ist jedoch noch nicht das Überraschendste an diesem Zustand. Es ist eine feststehende Tatsache, daß, wenn auch unsere Fähigkeit, zu fühlen und zu sehen, vorübergehend erstorben ist, unsere schlummernden Sinne und die Traumbilder, die an uns vorüberziehen, schon von der *bloßen stillen Gegenwart* äußerlicher Dinge beeinflußt, und zwar wesentlich beeinflußt werden; dabei brauchen diese Dinge nicht um uns gewesen zu sein, als wir unsere Augen schlossen, und wir

müssen im wachen Zustand ihre Nähe auch nicht wahrgenommen haben.
Oliver wußte sehr wohl, daß er sich in seinem eigenen kleinen Stübchen befand, daß seine Bücher vor ihm auf dem Tisch lagen und daß die süße Luft draußen durch die Kletterpflanzen strich – und dennoch schlief er. Plötzlich änderte sich das Bild; die Luft wurde dumpf und schwül, und er glaubte mit heftigem Erschrecken, daß er wieder im Hause des Juden wäre. Da saß der abscheuliche Alte in seiner gewohnten Ecke, zeigte auf ihn und flüsterte mit einem anderen Manne, der mit abgewandtem Gesicht neben ihm saß.
»Pst, mein Lieber!« glaubte Oliver den Juden sagen zu hören, »er ist es, wahrhaftig! Kommen Sie fort von hier.«
»Er ist's«, schien der andere zu antworten, »meint Ihr, ich könnte ihn verkennen? Wenn eine Horde von Geistern seine Gestalt annähme und er stände mitten unter ihnen, so gibt es doch etwas, wodurch ich ihn herauszufinden wüßte. Wenn Ihr ihn fünfzig Fuß tief verscharrtet und führtet mich über sein Grab, würde ich auch ohne jedes Zeichen wohl wissen, daß er da begraben liegt!«
Der Mann schien diese Worte mit einem solch furchtbaren Haß auszusprechen, daß Oliver vor Angst darüber aufwachte und in die Höhe fuhr.
Gütiger Himmel! Was war das, was ihm das Blut so hämmernd zum Herzen trieb und ihm Stimme und Bewegungskraft raubte? Da – da – am Fenster, dicht vor ihm, stand, den Blick ins Zimmer gerichtet und ihn anstarrend – – der Jude! Und neben ihm, bleich vor Angst und Wut, vielleicht auch vor beidem, erblickte Oliver das finstere Gesicht jenes Mannes, mit dem er im Hofe des Gasthauses zusammengestoßen war.
Es war nur ein Moment; ein Blick, ein Blitz vor seinen Augen – und weg waren sie. Aber sie hatten ihn ebenso erkannt wie er sie; und ihr Bild hatte sich so fest in sein

Gedächtnis eingeprägt, als hätte es, tief in Stein gehauen, seit seiner Geburt vor seinen Augen gestanden. Einen Augenblick lang stand er wie angenagelt – dann sprang er durch das Fenster in den Garten und rief laut um Hilfe.

FÜNFUNDDREISSIGSTES KAPITEL

Enthält das unbefriedigende Ergebnis von Olivers Abenteuer und eine einigermaßen bedeutsame Unterhaltung zwischen Harry Maylie und Rose

Als die Bewohner des Hauses auf Olivers Hilferufe herbeieilten, fanden sie ihn bleich und aufgeregt; er zeigte in Richtung der Wiesen hinter dem Haus und war kaum fähig, die Worte: »Der Jude! Der Jude!« zu stammeln.

Mister Giles konnte sich nicht erklären, was dieser Ausruf bedeutete, aber Harry Maylie, dessen Geist etwas rascher arbeitete und der von seiner Mutter Olivers Geschichte gehört hatte, verstand ihn sofort.

»In welcher Richtung ist er verschwunden?« fragte er und griff sich einen derben Stock, der in einer Ecke stand.

»Dorthin«, sagte Oliver und wies den Weg, den die Männer genommen hatten. »Ich habe sie im Nu aus den Augen verloren.«

»Dann sind sie in dem Graben«, sagte Harry. »Folgt mir und bleibt so dicht wie möglich bei mir.« Mit diesen Worten sprang er über die Hecke und stürmte mit einer Geschwindigkeit davon, die es den anderen außerordentlich schwer machte, in seiner Nähe zu bleiben.

Giles folgte ihm, so gut er konnte, desgleichen Oliver; und ein oder zwei Minuten später stolperte auch Mr. Losberne, der einen Spaziergang gemacht hatte und eben zurückgekommen war, über die Hecke hinter ihnen her, raffte sich schneller, als man es ihm zugetraut hätte, wieder auf, schlug mit einer nicht zu verachtenden Geschwindigkeit den gleichen Weg ein und schrie dabei erstaunlicherweise noch fortwährend, um zu erfahren, was eigentlich los sei.

So stürmten sie alle dahin, hielten kaum einmal inne, um Atem zu schöpfen, bis ihr Anführer an einer von Oliver bezeichneten Ecke abbog und begann, den Graben und die angrenzende Hecke gründlich zu untersuchen, wodurch die

übrigen Gelegenheit hatten, heranzukommen, und Oliver Mr. Losberne die Umstände erklären konnte, die zu einer so energischen Verfolgung geführt hatten.
Die Sache war völlig vergeblich. Nicht einmal die Spuren frischer Fußstapfen waren zu sehen. Sie standen jetzt auf dem höchsten Punkt eines kleinen Hügels, von dem aus man das freie Gelände nach allen Richtungen hin auf drei bis vier Meilen übersehen konnte. Links in der Talsenke lag das Dorf, aber um das zu erreichen, hätten die Männer, wenn sie den von Oliver bezeichneten Weg gegangen wären, um die offenen Felder herumlaufen müssen, und das hätten sie in so kurzer Zeit unmöglich schaffen können. In der anderen Richtung begrenzte ein dichter Wald das Wiesengelände, aber diese Deckung konnten sie aus dem gleichen Grunde auch nicht erreicht haben.
»Es muß ein Traum gewesen sein, Oliver«, sagte Harry Maylie.
»O nein, Sir, wirklich nicht«, erwiderte Oliver und schauderte allein schon bei der Erinnerung an das Gesicht des alten Schuftes, »dafür habe ich ihn zu genau gesehen. Ich sah sie beide so deutlich, wie ich Sie jetzt sehe.«
»Wer war der andere?« fragten Harry und Mr. Losberne gleichzeitig.
»Es war derselbe Mann, von dem ich Ihnen erzählt habe und mit dem ich in dem Gasthof so plötzlich zusammenstieß. Wir haben uns ganz fest angesehen, und ich könnte darauf schwören, daß er es war.«
»Und sie haben diesen Weg eingeschlagen?« forschte Harry. »Weißt du das bestimmt?«
»Ebenso bestimmt, wie ich weiß, daß die Männer an dem Fenster waren«, erwiderte Oliver und zeigte bei diesen Worten nach der Hecke, die den Garten des Landhauses von der Wiese trennte. »Der große Mann sprang genau dort hinüber, und der Jude rannte erst ein paar Schritte nach rechts und kroch dann durch dieses Loch.«

Die beiden Herren beobachteten Olivers ernsthaftes Gesicht, während er dies sagte, sahen sich dann gegenseitig an und schienen von der Genauigkeit seiner Angaben befriedigt zu sein. Und dennoch waren in keiner Richtung irgendwelche Anzeichen dafür zu finden, daß hier Menschen in eiliger Flucht vorübergekommen wären. Das Gras war lang, aber es war nur dort niedergetreten, wo die Schritte der Verfolger selbst es umgelegt hatten. Die Seitenwände und die Ränder der Gräben bestanden aus feuchtem Lehm, aber an keiner Stelle konnten sie die Spur von Männerschuhen oder das geringste Zeichen dafür entdecken, daß in den letzten Stunden irgendein Fuß diesen Boden betreten hätte.

»Das ist seltsam«, sagte Harry.

»Seltsam?« wiederholte der Doktor. »Selbst Blathers und Duff könnten daraus nicht klug werden.«

Trotz der offensichtlichen Nutzlosigkeit ihres Suchens gaben sie es nicht eher auf, bis das Hereinbrechen der Nacht weitere Nachforschungen hoffnungslos machte, und selbst dann nahmen sie nur zögernd davon Abstand. Giles wurde mit der bestmöglichen Beschreibung, die Oliver von Aussehen und Kleidung der Fremden zu geben vermochte, in die diversen Wirtshäuser des Dorfes geschickt. Von den beiden war der Jude auf alle Fälle bemerkenswert genug, daß man sich seiner erinnern konnte, falls man ihn etwa beim Trinken oder beim Herumlungern gesehen hatte – aber Giles kehrte ohne jegliche Nachricht zurück, die geeignet gewesen wäre, das Rätsel zu lösen oder es wenigstens einer Lösung näher zu bringen.

Am nächsten Tage wurde erneut gesucht und nachgeforscht, aber mit keinem besseren Ergebnis. Am übernächsten Tage begaben sich Oliver und Mr. Maylie nach dem Marktflekken, in der Hoffnung, dort etwas von den Männern zu sehen oder zu hören, aber auch dieses Bemühen war fruchtlos. Einige Tage später begann die Angelegenheit in Vergessenheit zu geraten, wie es mit den meisten Dingen geschieht, wenn das Verwundern über sie keine Nahrung erhält und so von selbst erstirbt.

Inzwischen erholte sich Rose rasch. Sie hatte ihr Zimmer verlassen, konnte bereits ausgehen, und sobald sie wieder in den Kreis der Familie zurückkehrte, erfüllte sie alle Herzen mit Freude.

Aber obgleich diese glückliche Wendung eine sichtbare Wirkung auf den kleinen Kreis ausübte und fröhliche Stimmen und herzliches Lachen wieder in dem kleinen Landhaus erklangen, entging es Oliver nicht, daß zuzeiten auf einigen von ihnen, sogar auf Rose selbst, ein ungewohnter Zwang lag. Mrs. Maylie und ihr Sohn zogen sich oft lange gemeinsam zurück, und mehr als einmal erschien Rose mit Spuren von Tränen auf ihrem Gesicht. Nachdem Mr. Losberne den Tag seiner Rückreise nach Chertsey festgelegt hatte, mehrten sich diese Anzeichen, und es wurde offenkundig, daß etwas im Gange war, was den inneren Frieden der jungen Dame – und zugleich den eines anderen Menschen – beeinträchtigte.

Eines Morgens schließlich, als Rose sich allein im Frühstückszimmer befand, trat Harry Maylie ein und bat mit einigem Zögern um die Erlaubnis, einige Augenblicke mit ihr sprechen zu dürfen.

»Einige wenige – ganz wenige – Augenblicke werden genügen, Rose«, sagte der junge Mann und rückte seinen Stuhl an ihre Seite. »Was ich zu sagen habe, ist Ihnen schon zum Bewußtsein gekommen, die kühnsten Hoffnungen meines Herzens sind Ihnen nicht unbekannt, obgleich sie vor Ihnen noch nie über meine Lippen gekommen sind.«

Schon bei seinem Eintreten hatte Rose sehr blaß ausgesehen, aber das konnte die Nachwirkung ihrer eben erst überstandenen Krankheit sein. Sie nickte nun, beugte sich über einige Pflanzen, die in ihrer Nähe standen, und wartete schweigend darauf, daß er fortfahren würde.

»Ich – ich – hätte eher wieder von hier abreisen sollen«, sagte Harry.
»Das hätten Sie wirklich tun sollen«, antwortete Rose. »Verzeihen Sie, daß ich das sage, aber ich wünschte, Sie hätten es getan.«
»Die schrecklichste und quälendste aller Befürchtungen hat mich hierhergebracht«, fuhr der junge Mann fort, »nämlich die Angst, jenes eine liebe Wesen zu verlieren, an dem all mein Wünschen und Hoffen hängt. Sie waren dem Tode nahe – schwankten zwischen Erde und Himmel. Wir wissen, daß junge, schöne und gute Menschen, wenn Krankheit sie befällt, unbewußt ihren reinen Geist der lichten Heimat des ewigen Friedens zuwenden; und – der Himmel stehe uns bei! – wir wissen auch, daß die besten und schönsten unseres Menschengeschlechtes nur allzuoft in der Blüte ihrer Jahre dahinwelken.«
Bei diesen Worten standen Tränen in den Augen des sanften Mädchens, und als eine von ihnen auf die Blume fiel, über die Rose sich eben beugte, hell in deren Kelch aufblitzte und sie so noch schöner machte, schien es, als wollte dieser Erguß eines jugendfrischen Herzens seine Wesensverwandtschaft mit den lieblichsten Dingen der Natur geltend machen.
»Ein Wesen«, fuhr der junge Mann leidenschaftlich fort, »ein Wesen, so hold und unschuldsvoll, wie einer von Gottes Engeln selbst, schwebte zwischen Leben und Tod. Oh, wer konnte hoffen, daß es zu den Sorgen und Nöten dieser Welt zurückkehren würde, da doch jene ferne Welt, der es verwandt war, sich schon halb seinen Blicken eröffnete! Rose, Rose – zu wissen, daß Sie dahinschwanden wie ein sanfter Schatten, den ein Licht von droben auf die Erde hernieder wirft; keine Hoffnung zu haben, daß Sie jenen erhalten bleiben würden, die hier unten dahinschmachteten; kaum einen Grund zu wissen, warum das hätte geschehen sollen; zu fühlen, daß Sie jenen lichten Sphären zugehörten, zu

denen schon so viele der Schönsten und Besten ihren Flug genommen haben, und dennoch unter all diesen Tröstungen zu beten, daß Sie denen wiedergegeben werden möchten, die Sie lieben – dies alles führte zu einer Verzweiflung, die kaum mehr zu ertragen war. Ich litt Tag und Nacht unter ihr, und mit ihr kam eine wilde Flut von Befürchtungen, Angstvorstellungen und selbstsüchtigen Klagen, Sie könnten etwa sterben, ohne jemals erfahren zu haben, wie innig ich Sie liebte, daß ich dabei fast Sinne und Verstand verlor. – Sie genasen. Tag für Tag, ja beinahe Stunde um Stunde kehrte ein Tropfen Gesundheit in Sie zurück, vermischte sich mit dem erschöpften und schwachen Strom der Lebenskraft, der noch matt in Ihnen kreiste, und schwellte ihn wieder zu hoher, ungestümer Flut. Ich habe es mit Augen, die vor heftigem Verlangen und tiefer Zuneigung fast blind waren, verfolgt, wie Sie, schon dem Tode nahe, ins Leben zurückkehrten. Sagen Sie nicht, daß Sie wünschten, ich hätte all dies nicht erlebt, denn es hat mein Herz allen Menschen gegenüber sanfter gestimmt.«

»Das habe ich auch nicht gemeint«, sagte Rose weinend, »ich wünschte nur, Sie wären früher von hier fortgegangen, um sich wieder hohen und edlen Zielen zu widmen – Zielen, die Ihrer wohl würdig sind.«

»Es gibt kein Ziel, das meiner, ja des edelsten lebenden Wesens würdiger wäre, als der Kampf darum, ein Herz wie das Ihre zu gewinnen«, sagte der junge Mann und ergriff ihre Hand.

»Rose, meine einzige, geliebte Rose! Seit Jahren, ja, seit Jahren liebe ich Sie; ich habe gehofft, Ruhm zu erringen und wollte dann nach Hause kommen, um Ihnen zu sagen, daß ich nur deshalb danach getrachtet habe, damit Sie ihn mit mir teilen könnten. In meinen wachen Träumen stellte ich mir vor, wie ich Sie in diesem glücklichen Augenblick an jene zahlreichen stummen Zeichen erinnern würde, die ich Ihnen schon als Knabe gab, und wie ich um Ihre Hand bitten wollte wie zur Einlösung eines alten, stillschweigend geschlossenen Vertrages, der zwischen uns beiden schon besiegelt war. Dieser Zeitpunkt ist nicht gekommen; ich habe keinen Ruhm erlangt, und keines der jugendlichen Traumbilder ist verwirklicht worden – aber hier biete ich Ihnen jenes Herz, das schon so lange Ihr Eigen ist, und setze mein alles auf die Worte, mit denen Sie dieses Anerbieten aufnehmen.«

»Sie waren mir gegenüber immer freundlich und edel«, sagte Rose und kämpfte ihre heftige Erregung nieder. »Und da Sie ja wohl glauben, daß ich nicht gefühllos oder undankbar bin, so hören Sie meine Antwort.«

»Sie lautet, daß ich mich bemühen soll, Sie zu verdienen, nicht wahr, liebe Rose?«

»Sie lautet«, erwiderte Rose, »daß Sie sich bemühen müssen, mich zu vergessen – nicht als Ihre alte und Ihnen von Herzen zugetane Gefährtin; denn das würde mich tief verletzten, wohl aber als den Gegenstand Ihrer Liebe. Schauen Sie hinaus in die Welt; denken Sie daran, wie viele Herzen es gibt, die zu gewinnen Sie stolz sein würden. Machen Sie mich zur Vertrauten einer anderen Leidenschaft, wenn Sie mögen, und ich will Ihnen die ehrlichste, wärmste und treuste Freundin sein.«

Darauf folgte eine Pause, in der Rose ihr Gesicht mit der einen Hand bedeckte und ihren Tränen freien Lauf ließ. Ihre andere Hand hielt Harry noch immer fest.

»Und Ihre Gründe, Rose?« fragte er schließlich mit leiser Stimme. »Ihre Gründe für diese Entscheidung?«

»Sie haben ein Recht darauf, sie zu erfahren«, antwortete Rose. »Aber Sie können nichts sagen, was meinen Entschluß zu ändern vermöchte. Es ist eine Pflicht, die ich erfüllen muß – das bin ich mir selbst und anderen schuldig.«

»Ihnen selbst?«

»Ja, Harry. Ich bin es mir selbst schuldig, daß ich, ein Mädchen ohne Verwandten und ohne Mitgift, Ihren

Freunden keinen Anlaß zu der Vermutung gebe, ich hätte aus niedrigen und gemeinen Gründen Ihrer ersten Leidenschaft nachgegeben und mich wie ein Klotz an Ihre Hoffnungen und Pläne gehängt. Ich bin es Ihnen und den Ihrigen schuldig, Sie daran zu hindern, daß Sie in Ihrer Warmherzigkeit und Großmütigkeit Ihrem Vorwärtskommen in der Welt dieses große Hindernis entgegenstellen.«

»Wenn Ihre Neigung mit Ihrem Pflichtgefühl in Einklang steht . . .«, begann Harry.

»Das tut sie nicht«, antwortete Rose und errötete tief.

»Dann erwidern Sie also meine Liebe?« fragte Harry. »Sagen Sie mir nur dies, liebe Rose, sagen Sie mir nur dies und mildern Sie die Bitterkeit dieser schweren Enttäuschung!«

»Wenn ich das hätte tun können, ohne dem, den ich liebte, schweres Unrecht zu tun«, entgegnete Rose, »so hätte ich . . .«

». . . diese Erklärung wesentlich anders aufnehmen dürfen?« unterbrach Harry sie. »Verbergen Sie wenigstens das nicht vor mir, Rose!«

»Ja«, sagte Rose. »Aber genug davon!« fügte sie hinzu und entzog Harry ihre Hand. »Warum sollen wir diese schmerzliche Unterhaltung noch länger fortsetzen? Ja, sie ist höchst schmerzlich für mich, und dennoch bringt sie mir dauerndes Glück – denn es *wird* ein Glück für mich sein, zu wissen, daß ich einmal so hoch von Ihnen geschätzt wurde, wie es jetzt der Fall ist; und jeder Erfolg, den Sie im Leben erringen, wird mir neue Kraft und Festigkeit geben. Leben Sie wohl, Harry! So wie wir heute einander gegenübergestanden haben, werden wir uns nie wieder begegnen, aber in jeder anderen Beziehung als jener, in die diese Unterredung uns zueinander gebracht hätte, können wir lange und glücklich verbunden bleiben; und jeder Segen, den die Gebete eines treuen und aufrichtigen Herzens vom Quell aller Treue und Wahrhaftigkeit herniederflehen können, möge Sie ermuntern und beglücken!«

»Ein Wort noch, Rose«, antwortete Harry. »Ihre Gründe – mit Ihren eigenen Worten – von Ihren eigenen Lippen möchte ich sie hören!«

»Die Aussichten, die vor Ihnen liegen«, erwiderte Rose fest, »sind glänzend. Alle Ehren, zu denen große Begabung und mächtige Bekannte einem Menschen im öffentlichen Leben verhelfen können, sind für Sie bereit. Aber diese Bekannten sind hochmütig – und ich will mich nicht unter jene mischen, die die Mutter verachten, welche mir das Leben gab; oder Unehre und Mißerfolg über den Sohn derjenigen bringen, die so gut die Stelle meiner Mutter vertreten hat. Mit einem Wort«, fuhr sie fort und wendete sich ab, da ihre bisherige Festigkeit sie verließ, »es haftet ein Makel an meinem Namen, den die Welt Unschuldige entgelten läßt. Ich will ihn nicht auf fremdes Blut übertragen, und die Schande soll mich allein treffen.«

»Und noch ein Wort mehr, Rose. Teuerste Rose – nur eines noch!« rief Harry aus und warf sich vor ihr auf die Knie. »Wenn ich weniger – weniger vom Glück begünstigt wäre, wie das die Welt wohl nennt – wenn mir ein Leben in Verborgenheit – in Ruhe und Frieden bestimmt gewesen wäre – wenn ich arm, krank und hilflos wäre – hätten Sie sich dann von mir gewendet? Oder hat nur mein möglicher Aufstieg zu Reichtum und Ehren diese Bedenken aufkommen lassen?«

»Zwingen Sie mich nicht zu antworten«, erwiderte Rose, »zu dieser Frage besteht kein Grund, und er wird auch nie bestehen. Es ist unrecht, ja beinahe lieblos, darauf zu beharren.«

»Wenn Ihre Antwort so lautete, wie ich es fast zu hoffen wage«, entgegnete ihr Harry, »so würde sie einen Schimmer des Glücks auf meinen einsamen Weg werfen und ihn erhellen. Es ist kein müßiges Beginnen, mit einigen kurzen Worten so viel für einen Menschen zu tun, der sie über alles liebt. Oh, Rose! Bei meiner heißen und innigen Liebe, bei allem, was ich um Sie gelitten habe und was Sie mir noch zu erdulden bestimmt haben, beschwöre ich Sie: Beantworten Sie mir diese eine Frage!«

»Nun denn«, erwiderte Rose, »wenn Ihnen ein anderes Los zuteil geworden wäre, selbst wenn Sie ein wenig, aber nicht so hoch, über mir gestanden hätten; wenn ich Ihnen hätte Trost und Hilfe in einem einfachen Leben in Frieden und Zurückgezogenheit sein können und nicht ein Makel und Hindernis in der ehrgeizigen und vornehmen Gesellschaft, so wäre mir diese Prüfung erspart geblieben. Ich habe allen Grund, jetzt glücklich, sehr glücklich zu sein – aber dann, Harry, das gestehe ich, wäre ich noch glücklicher gewesen.«

Erinnerungen an alte Hoffnungen, die sie als ganze junges Mädchen gehegt hatte, stürmten bei diesem Geständnis auf Rose ein, aber sie brachten Tränen mit sich, wie das eben bei alten Hoffnungen ist, wenn sie, dahingewelkt, noch einmal vor uns auftauchen – und das erleichterte sie.

»Ich kann gegen diese Schwäche nicht aufkommen, und sie bestärkt mich nur in meinem Vorsatz«, stellte Rose fest und streckte ihre Hand aus. »Jetzt muß ich Sie aber wirklich verlassen.«

»Ich bitte Sie noch um eines«, sagte Harry. »Erlauben Sie mir noch einmal, nur ein einziges Mal noch – vielleicht in einem Jahr, vielleicht auch schon viel früher – und damit zum letzten Male mit Ihnen über diese Frage zu sprechen!«

»Aber nicht, um mich zu drängen, daß ich meine als richtig erkannte Entscheidung ändere«, antwortete Rose mit einem schwermütigen Lächeln. »Es wäre nutzlos.«

»Nein«, versicherte Harry, »nur, um sie noch einmal von Ihnen zu hören, wenn Sie wollen – zum letztenmal! Ich will Ihnen zu Füßen legen, was immer ich dann an Stellung und Vermögen besitzen mag; und wenn Sie noch immer auf Ihrem jetzigen Entschluß beharren, werde ich weder mit Worten noch mit Taten trachten, ihn zu ändern.«

»Also gut – sei's drum«, entgegnete Rose. »Es ist nur ein

schmerzhafter Stich mehr, und bis dahin werde ich wohl besser imstande sein, ihn zu ertragen.«
Abermals streckte sie ihre Hand aus. Der junge Mann jedoch umfing sie, zog sie an seine Brust, drückte einen Kuß auf ihre schöne Stirn und eilte aus dem Zimmer.

SECHSUNDDREISSIGSTES KAPITEL

Ist sehr kurz und mag an dieser Stelle nicht sonderlich wichtig erscheinen. Es sollte aber trotzdem gelesen werden, und zwar als Fortsetzung des vorigen und als Schlüssel zu einem anderen, das zu gegebener Zeit folgen wird

»Sie haben sich also entschlossen, heute morgen mein Reisegefährte zu sein, wie?« sagte der Doktor, als Harry Maylie sich zu ihm und Oliver an den Frühstückstisch setzte. »Nun, Sie ändern ja Ihre Meinungen und Absichten alle halben Stunden!«
»Sie werden eines Tages anders von mir denken«, erwiderte Harry und errötete ohne ersichtlichen Anlaß.
»Ich hoffe, daß ich dazu guten Grund haben werde«, meinte Mr. Losberne, »aber ich gebe zu, daß ich nicht daran glaube. Gestern früh erst hatten Sie sich in aller Eile entschlossen, hierzubleiben und als gehorsamer Sohn Ihre Mutter an die See zu begleiten. Vor Mittag noch verkündeten Sie mir, daß Sie mir die Ehre erweisen würden, mich zu begleiten, soweit wir auf Ihrem Weg nach London gemeinsam zu fahren hätten. Und am Abend schließlich drängten Sie mich höchst geheimnisvoll, doch abzufahren, ehe die Damen aufgestanden seien. Die Folge davon ist, daß der kleine Oliver hier wie angebunden vor seinem Frühstück sitzt, während er viel lieber die Wiesen nach botanischen Seltenheiten aller Art durchstreifen möchte. Zu dumm, nicht wahr, Oliver?«
»Es hätte mir sehr leid getan, wenn ich bei Ihrer und Mr.

Maylies Abreise nicht zu Hause gewesen wäre, Sir«, antwortete Oliver.

»Bist ein braver Bursche«, meinte der Doktor. »Wenn du wieder nach Chertsey kommst, mußt du mich besuchen. Aber, um ernst zu sprechen, Harry: Hat irgendwelche Nachricht von den hohen Herren den Anlaß dazu gegeben, daß Ihnen so plötzlich an einer raschen Abreise gelegen ist?«

»Die hohen Herren«, entgegnete Harry, »zu denen Sie, wie ich annehme, meinen höchst ehrenwerten Onkel zählen, haben mir, solange ich hier bin, keinerlei Nachricht zukommen lassen; es ist auch um diese Jahreszeit nicht anzunehmen, daß irgend etwas geschehen könnte, was meine sofortige Anwesenheit bei ihnen notwendig machte.«

»Na schön«, meinte der Doktor, »Sie sind ein komischer Kauz. Aber natürlich werden sie Sie bei den Wahlen vor Weihnachten ins Parlament bringen, und diese plötzlichen Meinungs- und Sinnesänderungen sind gar keine so schlechte Vorbereitung für das politische Leben. Das hat etwas für sich! Gutes Training ist immer vorteilhaft, mag das Rennen nun um Stellungen, Pokale oder Geldpreise gehen.«

Harry Maylie sah aus, als wäre er imstande gewesen, zu diesem kurzen Gespräch noch ein oder zwei Bemerkungen hinzuzufügen, die den Doktor nicht wenig verblüfft hätten, aber er begnügte sich damit, daß er sagte: »Wir werden ja sehen«, und verfolgte das Thema nicht weiter. Kurze Zeit später hielt die Postkutsche vor der Tür, Giles kam herein, um das Gepäck zu holen, und der gute Doktor eilte geschäftig hinaus, um aufzupassen, daß es richtig verstaut wurde.

»Oliver«, sagte Harry Maylie leise, »ich muß ein Wort mit dir reden.«

Oliver begab sich in die Fensternische, wohin ihn Mr. Maylie durch einen Wink gewiesen hatte, und war höchst überrascht über die Mischung von Traurigkeit und Ungestüm, die dessen ganzes Verhalten verriet.

»Du kannst doch jetzt schon gut schreiben?« fragte Harry und legte ihm die Hand auf den Arm.
»Ich hoffe es, Sir«, antwortete Oliver.
»Ich werde vermutlich auf einige Zeit nicht wieder nach Hause kommen, und ich möchte, daß du mir schreibst – sagen wir, alle vierzehn Tage einmal, jeden zweiten Montag, und zwar hauptpostlagernd nach London. Willst du das tun?«
»O gewiß, Sir; ich werde stolz darauf sein«, rief Oliver höchst entzückt über diesen Auftrag.
»Ich möchte gern wissen, wie es meiner Mutter und Miss Maylie geht«, sagte der junge Mann, »und du kannst einen Bogen darüber vollschreiben, was ihr für Spaziergänge macht, worüber ihr euch unterhaltet und ob sie – sie beide, meine ich – glücklich und wohlauf sind. Verstehst du?«
»O ja, Sir, vollkommen!« erwiderte Oliver.
»Es wäre mir lieber, wenn du es ihnen gegenüber nicht erwähntest«, bemerkte Harry und ging hastig über diese Worte hinweg, »denn es könnte meine Mutter veranlassen, mir öfter zu schreiben, und ich weiß, daß ihr das Mühe und Beschwerden macht. Laß es ein Geheimnis zwischen dir und mir bleiben und vergiß nicht, mir alles zu berichten! Ich verlasse mich auf dich.«
Oliver fühlte sich im Bewußtsein seiner Wichtigkeit hoch erhoben und geehrt, und er versprach getreulich, verschwiegen und in seinen Mitteilungen recht ausführlich zu sein. Mr. Maylie verabschiedete sich mit vielen Zusicherungen seiner Gunst und Freundschaft von ihm.
Der Doktor saß bereits in der Kutsche, Giles (der vereinbarungsgemäß zurückbleiben sollte) hielt den Wagenschlag offen, und die Dienstmädchen standen im Garten und sahen zu. Harry warf noch einen raschen Blick auf das vergitterte Fenster und sprang in den Wagen.
»Los geht's«, rief er, »vorwärts, Galopp! Nichts, was nicht Flügel hat, soll heute mit mir Schritt halten!«

»Hallo!« schrie der Doktor, ließ das vordere Wagenfenster in größter Eile herunter und rief dem Postillion zu: »Und mit *mir* soll nur Schritt halten, was keine Flügel hat – verstanden?«

Ratternd und klappernd rollte das Gefährt, fast völlig in eine Wolke von Staub gehüllt, auf der Straße dahin, bis die Entfernung sein Geräusch unhörbar werden ließ und seine rasche Fahrt nur noch dem Auge wahrnehmbar blieb. Einmal verschwand es gänzlich, dann kam es wieder zum Vorschein, je nachdem, ob etwas die Sicht behinderte oder wie es die Windungen der Straße ermöglichten. Erst als auch die Staubwolke nicht mehr zu sehen war, gingen die gaffenden Dienstboten ins Haus zurück.

Nur eine Zuschauerin hielt ihre Blicke noch lange auf die Stelle gerichtet, wo der Wagen verschwunden war, selbst dann noch, als er schon meilenweit entfernt war; denn hinter der weißen Gardine, die sie vor Harrys Augen verborgen hatte, als er nach dem Fenster blickte, saß Rose.

»Er scheint glücklich und guter Dinge zu sein«, sagte sie schließlich. »Eine Zeitlang fürchtete ich, es könnte anders sein. Ich habe mich geirrt und bin sehr, sehr froh darüber.«

Tränen sind ebenso Zeichen der Freude wie des Kummers; jene aber, die über Roses Gesicht liefen, als sie nachdenklich am Fenster saß und immer noch in die gleiche Richtung starrte, schienen mehr von Sorgen als von Freude zu künden.

SIEBENUNDDREISSIGSTES KAPITEL

In welchem der Leser einen Gegensatz bemerken wird, der im Eheleben nicht ungewöhnlich ist

Mr. Bumble saß in seinem Wohnzimmer im Armenhaus und starrte verdrießlich auf den trostlos aussehenden Kamin, von dem, da es Sommer war, kein hellerer Schimmer ausging als der Widerschein einiger kraftloser Sonnenstrahlen, die sich an seiner kalten und glänzenden Oberfläche brachen. Von der Decke herab hing ein Fliegenfänger, auf den er in düsterem Nachdenken hin und wieder seine Blicke richtete, und immer, wenn die arglosen Insekten die verderbenbringende Falle umkreisten, stieß er einen tiefen Seufzer aus, und ein noch schwererer Schatten flog über sein Gesicht. Mr. Bumble grübelte; es mochte sein, daß die Fliegen ihm einen schmerzlichen Abschnitt seines früheren Lebens ins Gedächtnis zurückriefen.

Mr. Bumbles Trübsinn war jedoch nicht das einzige, was im Herzen eines Zuschauers mitleidige Teilnahme hätte erregen können. Es fehlte nicht an anderen Anzeichen, die mit seiner eigenen Person eng verknüpft waren und davon Kunde gaben, daß eine große Veränderung im Stand seiner Angelegenheiten stattgefunden hatte. Der betreßte Rock und der Dreispitz – wo waren sie? Er trug zwar noch Kniehosen und dunkle Baumwollstrümpfe an seinen unteren Gliedmaßen, aber es waren nicht mehr die Kniehosen von ehedem. Der Rock hatte lange Schöße und glich in dieser Hinsicht seinem früheren, aber, oh, wie anders war er doch! Der prächtige Dreispitz war durch einen schlichten runden Hut ersetzt worden. Mr. Bumble hatte aufgehört, ein Gemeindediener zu sein.

Es gibt im Leben etliche Stellungen, die unabhängig von den wesentlichen Vergütungen, die sie bieten, ihre besondere Geltung und Würde durch die mit ihnen verbundenen Röcke und Westen erlangen. Ein Feldmarschall hat seine Uniform, ein Bischof seinen Seidenschurz, ein Advokat seine seidene Robe – und ein Gemeindediener seinen Dreispitz. Nehmt dem Bischof seinen Schurz oder dem Gemeindediener seinen Hut und seine Tressen – was sind sie dann? Menschen – nur noch Menschen. Würde, und manchmal selbst Heiligkeit, sind mehr eine Frage des Rockes und der Weste, als manche Leute denken.

Mr. Bumble hatte Mrs. Corney geheiratet und war Herr des

Armenhauses. Ein anderer Gemeindediener war zur Macht gekommen. Auf ihn waren der Dreispitz, der goldbetreßte Rock und der Amtsstab übergegangen.
»Und morgen sind es zwei Monate, daß es geschah!« sagte Mr. Bumble seufzend. »Es scheint wie ein Menschenalter.«
Mr. Bumble konnte damit gemeint haben, daß für ihn ein ganzes Leben voller Glückseligkeit in dem kurzen Zeitraum von acht Wochen zusammengedrängt gewesen sei – aber der Seufzer! In diesem Seufzer lag eine tiefe Bedeutung.
»Ich habe mich verkauft«, sagte Mr. Bumble und spann seine Gedanken weiter, »für sechs Teelöffel, eine Zuckerzange und ein Milchkännchen, einige wenige gebrauchte Möbel und zwanzig Pfund in barem Geld. Ich war sehr wohlfeil zu haben. Billig – spottbillig!«
»Billig?« schrie eine schrille Stimme in Mr. Bumbles Ohr. »Du wärest für jeden Preis teuer gewesen, und teuer genug hab' ich für dich gezahlt, das weiß Gott im Himmel!«
Mr. Bumble wandte sich um und sah in das Antlitz seiner anziehenden Lebensgefährtin, die zwar die wenigen Worte, die sie von dem Klagelied ihres Gatten auffing, nicht genau verstanden, aber die eben erwähnte Bemerkung aufs Geratewohl gemacht hatte.
»Aber Mrs. Bumble!« sagte Mr. Bumble mit empfindsamem Ernst.
»Nun?!« schrie sie dagegen.
»Sei so gut und sieh mich an«, sagte Mr. Bumble und richtete seinen Blick auf sie. (›Wenn sie einem Blick wie diesem standhält‹, meinte Mr. Bumble zu sich selbst, ›dann kann sie allem standhalten. Bei den Armen hat dieser Blick nie versagt. Wenn er bei ihr nicht wirkt, ist meine Macht dahin.‹)
Ob nun schon der geringste Blick genügte, Arme zu drükken, die nur spärlich ernährt werden und daher nicht sonderlich widerstandsfähig sind, oder ob die frühere Mrs. Corney gegen Adlerblicke besonders gefeit war, ist Ansichtssache. Tatsache aber ist, daß die ehrwürdige Dame von

Mr. Bumbles finsterem Blick keineswegs überwältigt war, sondern ihn im Gegenteil mit großer Geringschätzung aufnahm und sogar ein Gelächter darüber anstimmte, das durchaus echt klang.
Als Mr. Bumble diese höchst unerwarteten Laute hörte, blickte er zuerst ungläubig und dann verblüfft drein. Danach verfiel er erneut in seinen vorherigen Zustand und raffte sich erst dann wieder auf, als seine Aufmerksamkeit abermals von der Stimme seiner Ehehälfte geweckt wurde.
»Willst du eigentlich den ganzen Tag lang dasitzen und schnarchen?« fragte Mrs. Bumble.
»Ich werde so lange hier sitzen, wie ich es für richtig halte, Madam«, erwiderte Mr. Bumble, »und obwohl ich *nicht* geschnarcht habe, werde ich auch schnarchen, gähnen, niesen, lachen oder weinen, wie es mir gerade paßt, denn das ist mein gutes Recht.«
»*Dein* gutes Recht?« höhnte Mrs. Bumble mit unaussprechlicher Verachtung.
»So sagte ich, Madam«, bemerkte Mr. Bumble. »Das gute Recht eines Mannes ist es, zu befehlen.«
»Und was, um Himmels willen, ist das gute Recht einer Frau?« rief die hinterlassene Witwe des seligen Mr. Corney.
»Zu gehorchen, Madam«, donnerte Bumble. »Dein unglücklicher verstorbener Mann hätte es dich lehren sollen, dann wäre er vielleicht jetzt noch am Leben. Ich wünschte, er wäre es, der arme Mann!«
Mrs. Bumble sah mit einem Blick, daß nun der entscheidende Augenblick gekommen war und daß ein Schlag um die Herrschaft von der einen wie von der anderen Seite notwendigerweise der letzte und entscheidende sein müßte. Kaum hatte sie also diese Anspielung auf den Verstorbenen gehört, so ließ sie sich in einen Stuhl niederfallen, stimmte ein lautes Geschrei an, daß Mr. Bumble ein hartherziges Scheusal sei, und verfiel in einen Weinkrampf.
Aber Tränen waren nicht geeignet, den Weg in Mr. Bumbles

Seele zu finden; sein Herz war wasserdicht. Wie waschbare Biberhaarhüte im Regen nur besser werden, so machten Tränen seine Nerven nur stärker und widerstandsfähiger, denn er hielt sie für ein Zeichen der Schwäche und somit für ein schweigendes Zugeständnis seiner eigenen Macht, und das erfreute und labte ihn. Er betrachtete sein Eheweib mit großer Befriedigung und ermunterte sie, sie solle nur aus Leibeskräften heulen, denn das sei eine Übung, die von Fachleuten als höchst zuträglich für die Gesundheit angesehen werde.

»Es weitet die Lungen, wäscht das Gesicht, stärkt die Augen und besänftigt das Gemüt«, meinte Mr. Bumble. »Also heul nur weiter!«

Nachdem er diesen Witz von sich gegeben hatte, nahm er seinen Hut vom Haken, setzte ihn ziemlich verwegen schief aufs Ohr, wie es ein Mann wohl tut, wenn er fühlt, daß er seine Überlegenheit geziemend bewiesen hat; dann steckte er die Hände in die Taschen und schlenderte auf die Tür zu, wobei sein ganzes Wesen Behagen und Schalkhaftigkeit atmete.

Nun hatte die ehemalige Mrs. Corney es mit Tränen versucht, da diese weniger anstrengend waren als ein tätlicher Angriff; sie war jedoch völlig darauf vorbereitet, es auch mit der letzteren Methode zu versuchen, wie Mr. Bumble sehr bald feststellen sollte.

Den ersten Beweis dafür erhielt er durch einen dumpfen Ton, wonach unverzüglich sein Hut bis an das andere Ende des Zimmers flog. Nachdem diese vorbereitende Maßnahme seinen Kopf entblößt hatte, packte die erfahrene Dame ihn mit einer Hand fest um den Hals und ließ mit der anderen einen Hagel von Schlägen (die alle mit besonderer Kraft und Geschicklichkeit geführt wurden) auf ihn herniederprasseln. Als dies geschehen war, sorgte sie für etwas Abwechslung, indem sie ihm das Gesicht zerkratzte und ihn an den Haaren riß; und da sie ihn nun ihrer Meinung nach so gestraft hatte,

wie es sein beleidigendes Verhalten erforderte, stieß sie ihn in einen Stuhl, der zu diesem Zweck glücklicherweise bereitstand, und forderte ihn auf, er sollte doch noch einmal von seinem guten Recht reden, wenn er es wagte.
»Steh auf!« sagte sie in befehlendem Ton, »und scher dich weg von hier, wenn du nicht willst, daß ich eine Verzweiflungstat begehe.«
Mr. Bumble erhob sich mit höchst kläglichem Gesichtsausdruck und dachte angestrengt darüber nach, was wohl eine Verzweiflungstat sein könnte. Er hob seinen Hut auf und sah nach der Tür.
»Gehst du?« fragte Mrs. Bumble.
»Gewiß, meine Liebe, gewiß«, antwortete Mr. Bumble und machte eine schnellere Bewegung auf die Tür zu. »Ich hatte nicht die Absicht zu ... Ich gehe schon, meine Liebe. Du bist so furchtbar heftig, daß ich wirklich ...«
In diesem Augenblick tat Mrs. Bumble einen raschen Schritt vorwärts, um den Teppich wieder zurechtzurücken, der bei dem Handgemenge in Unordnung geraten war. Sogleich stürzte Mr. Bumble aus dem Zimmer, ohne auch nur noch einen Gedanken auf seinen unvollendeten Satz zu verwenden, und überließ der einstmaligen Mrs. Corney allein das Feld.
Mr. Bumble war zu Recht überrumpelt und zu Recht geschlagen worden. Er hatte eine ausgesprochene Neigung zur Großmäuligkeit, empfand erhebliches Vergnügen an kleinen Grausamkeiten und war demzufolge (was zu betonen überflüssig ist) ein Feigling. Dies ist keineswegs eine Herabwürdigung seines Charakters, denn viele hochgestellte Persönlichkeiten, die große Ehrfurcht und Bewunderung genießen, leiden unter ähnlichen Schwächen. Die Feststellung wird tatsächlich eher zu seinen Gunsten als aus anderen Gründen getroffen, und zwar, damit sie dem Leser den rechten Eindruck davon vermittelt, wie gut geeignet Mr. Bumble für sein Amt war.

Aber das Maß seiner Erniedrigung war noch nicht voll. Nachdem er einmal um das Haus herumgegangen war und zum ersten Male darüber nachgedacht hatte, daß die Armengesetze doch wohl etwas zu hart wären und daß man Männer, die von ihren Frauen wegliefen und diese der Fürsorge der Gemeinde überließen, von Rechts wegen überhaupt nicht bestrafen dürfte, sondern sie eher als verdienstvolle Märtyrer belohnen sollte, kam Mr. Bumble in einen Raum, in dem einige der Armen für gewöhnlich damit beschäftigt waren, die Wäsche für die Gemeinde zu waschen. Von dort her hörte er mehrere Stimmen in eifrigem Gespräch.

»Hem!« machte Mr. Bumble und nahm all seine ihm angeborene Würde zusammen. »Diese Weiber wenigstens sollten auch weiterhin meine Vorrechte achten. He! Hallo! Ihr da! Was soll dieser Lärm, ihr liederlichen Hexen?«

Mit diesen Worten öffnete Mr. Bumble die Tür und betrat den Raum mit höchst grimmiger und ärgerlicher Miene, die sich jedoch sogleich in eine recht bescheidene und demütige wandelte, als seine Blicke völlig unerwartet der Gestalt seiner Frau Gemahlin begegneten.

»Ach, meine Liebe, ich wußte nicht, daß du hier bist«, sagte Mr. Bumble.

»Wußtest nicht, daß ich hier bin?« wiederholte Mrs. Bumble. »Und was machst du denn hier?«

»Ich dachte, sie schwatzten etwas zuviel, um ihre Arbeit ordentlich tun zu können, meine Liebe«, erwiderte Mr. Bumble, wobei er zerstreut auf ein paar alte Weiber blickte, die am Waschtrog standen und verwundert ihre Meinungen über die Demut des Armenhausvorstehers austauschten.

»*Du* dachtest, sie schwatzten zuviel?« fragte Mrs. Bumble. »Was geht das denn dich an?«

»Nun, meine Liebe . . . «, versuchte Mr. Bumble untertänigst zu bemerken.

»Was das dich angeht, will ich wissen!« fragte Mrs. Bumble abermals.

»Natürlich, es stimmt; hier bist du die Herrin im Hause, meine Liebe«, gab Mr. Bumble demütig zu, »aber ich glaubte, du wärest gerade nicht anwesend.«
»Ich will dir mal was sagen, Bumble«, entgegenete ihm seine Gemahlin, »wir brauchen deine Einmischung nicht. Du steckst viel zu gern deine Nase in Dinge, die dich nichts

angehen; sobald du den Rücken kehrst, lacht jeder im Hause darüber und du machst dich selbst damit jederzeit lächerlich. Also mach, daß du weiterkommst!«
Mit qualvollen Gefühlen sah Mr. Bumble das Vergnügen der beiden alten Armenhäuslerinnen, die höchst erfreut miteinander kicherten, und zögerte einen Augenblick. Mrs. Bumble jedoch, deren Geduld keine Verzögerung ertrug, ergriff einen Topf mit Seifenlauge, wies nach der Tür und befahl Mr. Bumble, sich augenblicklich zu entfernen, sonst würde seine stattliche Persönlichkeit mit dem Inhalt des Topfes Bekanntschaft machen.
Was sollte Mr. Bumble tun? Er blickte niedergeschlagen um sich und schlich sich davon, und als er die Tür erreicht hatte, schwoll das Gekicher der Armenhäuslerinnen zu einem schrillen triumphierenden Gelächter an, das sich nicht unterdrücken ließ. Das hatte ihm gerade noch gefehlt! Er war in ihren Augen gedemütigt, hatte selbst vor den Armen Rang und Ansehen verloren; er war von all der Würde und dem Glanz seiner Stellung als Gemeindediener hinabgestürzt in die tiefsten Tiefen des verächtlichsten Pantoffelheldentums.
»Und das alles in zwei Monaten!« sagte Mr. Bumble, von schmerzlichen Gedanken gepeinigt. »Zwei Monate! Noch vor zwei Monaten war ich nicht nur mein eigener Herr, sondern auch Herr über jeden, soweit er zum Gemeindearmenhaus gehörte. Und jetzt . . .?!«
Es war zuviel! Mr. Bumble gab dem Jungen, der ihm das Gitter öffnete (denn er war in seiner Versunkenheit am Tor angelangt) eine Ohrfeige und ging zerstreut auf die Straße hinaus.
Er lief die Straßen auf und ab, bis die Bewegung die erste Heftigkeit seines Kummers gemildert hatte, und dann machte dieser Umschwung der Gefühle ihn durstig. Er ging an vielen Wirtshäusern vorüber, blieb aber schließlich vor einem in einer Seitengasse stehen, dessen Gaststube, wie er sich durch einen schnellen Blick über die Vorhänge hinweg

überzeugt hatte, bis auf einen einsamen Kunden leer war. In diesem Augenblick begann es heftig zu regnen, und das festigte Mr. Bumbles Entschluß. Er trat ein, bestellte im Vorübergehen an der Theke etwas zu trinken und betrat den Raum, in den er von der Straße aus hineingesehen hatte.

Der Mann, der dort saß, war groß und dunkel und trug einen weiten Mantel. Er sah aus wie ein Fremder und schien, wie man nach einer gewissen Abgespanntheit in seinen Zügen und nach dem Staub auf seinen Kleidern vermuten konnte, von ziemlich weither zu kommen. Er betrachtete Bumble mißtrauisch, als dieser eintrat, geruhte jedoch kaum, auf dessen Gruß mit dem Kopf zu nicken.

Mr. Bumble hatte genügend Würde für zwei – selbst für den Fall, daß der Fremde sich vertraulicher gezeigt hätte. Er trank also schweigend seinen mit Wasser verdünnten Wacholderschnaps und las mit großem Aufwand und sehr umständlich die Zeitung.

Es kam jedoch so, wie es oft kommt, wenn Menschen unter solchen Umständen zusammentreffen: Mr. Bumble fühlte ab und zu ein heftiges und unwiderstehliches Verlangen, einen verstohlenen Blick auf den Fremden zu werfen; und jedesmal, wenn er das tat, wendete er sich ziemlich verwirrt wieder ab, da er feststellte, daß der Fremde im gleichen Augenblick zu ihm herübersah. Mr. Bumbles Verlegenheit wurde noch vermehrt durch den höchst eigenartigen Ausdruck in den Augen des Fremden, die blitzend und kühn, aber doch mit einem Schatten von Mißtrauen und Argwohn dreinblickten, wie er es noch nie zuvor wahrgenommen hatte und wobei ihm recht unheimlich zumute wurde.

Als sich auf diese Weise mehrmals ihre Blicke gekreuzt hatten, brach der Fremde mit harter, tiefer Stimme das Schweigen.

»Haben Sie mich gesucht, als Sie durchs Fenster guckten?« fragte er.

»Nicht, daß ich wüßte, es sei denn, Sie wären Mr. . . .« Hier

hielt Bumble plötzlich inne, denn er war neugierig, den Namen des Fremden zu erfahren, und dachte in seiner Ungeduld, jener würde ihn nun nennen.
»Ich sehe, Sie haben mich nicht gesucht«, sagte der Fremde, und ein Ausdruck stummen Spottes spielte um seinen Mund, »sonst wüßten Sie ja meinen Namen. Da Sie ihn nicht kennen, würde ich Ihnen raten, nicht danach zu fragen.«
»Ich habe es nicht böse gemeint, junger Mann«, bemerkte Mr. Bumble hoheitsvoll.
»Sie haben ja auch nichts Böses getan«, antwortete der Fremde.
Nach dieser kurzen Unterhaltung trat wieder Stille ein, die abermals von dem Fremden unterbrochen wurde.
»Ich glaube, ich habe Sie schon früher einmal gesehen«, stellte er fest. »Sie waren damals anders gekleidet, und ich ging nur auf der Straße an Ihnen vorüber, aber ich sollte meinen, ich erkenne Sie wieder. Sie waren doch früher hier Gemeindediener, nicht wahr?«
»Ganz recht«, sagte Mr. Bumble einigermaßen überrascht, »Gemeindediener des Kirchspiels.«
»Genau das«, erwiderte der andere und nickte mit dem Kopf. »In dieser Eigenschaft habe ich Sie auch gesehen. Was sind Sie jetzt?«
»Vorsteher des Armenhauses«, antwortete Mr. Bumble langsam und eindrucksvoll, um jegliche unangebrachte Vertraulichkeit, die der Fremde etwa wagen könnte, zu unterbinden. »Vorsteher des Armenhauses, junger Mann.«
»Sie sind doch wohl ohne Zweifel noch genauso auf Ihren Vorteil bedacht wie früher?« begann der andere wieder und sah Mr. Bumble scharf an, als der bei dieser Frage erstaunt aufblickte. »Antworten Sie mir getrost ganz offen; Sie sehen, ich kenne Sie sehr gut.«
»Ich nehme an«, sagte Mr. Bumble, indem er seine Augen mit der Hand beschattete und den Fremden sichtlich verblüfft von oben bis unten ansah, »ein verheirateter Mann ist

nicht abgeneigter als ein Junggeselle, sein Geld ehrlich zu verdienen, wenn er kann. Gemeindebeamte werden nicht so gut bezahlt, daß sie es sich leisten könnten, jeden kleinen Nebenverdienst auszuschlagen, wenn er sich ihnen auf anständige Art und Weise bietet.«

Der Fremde lächelte und nickte abermals mit dem Kopfe, als wollte er sagen, er habe sich in seinem Gegenüber nicht getäuscht. Dann läutete er.

»Noch eins«, sagte er zu dem Wirt und reichte ihm Mr. Bumbles Glas. »Aber stark und heiß. So mögen Sie es doch, nicht wahr?«

»Nicht zu stark«, erwiderte Mr. Bumble und hüstelte höflich.

»Sie verstehen, was das heißt, Herr Wirt«, meinte der Fremde trocken.

Der Wirt lächelte, verschwand und kam kurze Zeit darauf mit einem dampfenden Glas zurück, dessen Inhalt Mr. Bumble beim ersten Schluck das Wasser in die Augen trieb.

»Hören Sie mir jetzt zu«, sagte der Fremde, nachdem er Tür und Fenster geschlossen hatte. »Ich bin heute hierhergekommen, um Sie ausfindig zu machen, und durch einen jener glücklichen Zufälle, die der Teufel seinen Freunden manchmal in den Weg wirft, kamen Sie gerade in das Zimmer, in dem ich saß und eben intensiv an Sie dachte. Ich brauche eine Auskunft von Ihnen. Ich verlange sie nicht umsonst, so geringfügig sie auch sein mag. Stecken Sie das für den Anfang mal ein.«

Während er das sagte, schob er seinem Gegenüber vorsichtig einige Goldstücke über den Tisch, als wollte er vermeiden, daß man das Klingen der Münzen draußen hörte. Als Mr. Bumble sie sorgfältig auf ihre Echtheit geprüft und höchst befriedigt in seine Westentasche gesteckt hatte, fuhr der Fremde fort:

»Lassen Sie mal Ihre Gedanken zurückwandern – warten Sie –, etwa um zwölf Jahre, vom letzten Winter an gerechnet.«

»Das ist eine lange Zeit«, meinte Mr. Bumble. »Also gut – ist geschehen.«
»Schauplatz: Das Armenhaus.«
»Gut!«
»Zeit: Nachts.«
»Jawohl!«
»Und der Ort der Handlung: Jenes baufällige Loch dort irgendwo, in dem lebende Schlampen Leben und Gesundheit zeugten, die sie selbst oft dabei einbüßten, indem sie winselnde Kinder in die Welt setzten, die dann die Gemeinde ernähren mußte, und ihre eigene Schande – hol sie der Teufel! – im Grabe verbargen!«
»Sehr vermutlich das Wöchnerinnenzimmer?« sagte Mr. Bumble, der der erregten Beschreibung des Fremden nicht ganz folgen konnte.
»Ja«, antwortete dieser. »Ein Junge wurde dort geboren.«
»Viele Jungen«, bemerkte Mr. Bumble und schüttelte mutlos den Kopf.
»Zum Henker mit der ganzen Teufelsbrut«, schrie der Fremde. »Ich spreche nur von einem; einem schwächlichen, blassen Jungen, der hier im Orte zu einem Sargtischler in die Lehre gegeben wurde – ich wünschte, er hätte seinen eigenen Sarg schon gemacht und sich selber hineingelegt – und der später nach London durchbrannte, wie man annahm.«
»Ach, Sie meinen Oliver? Den kleinen Twist?« sagte Mr. Bumble. »Natürlich erinnere ich mich an den! Es gab doch keinen widerspenstigeren kleinen Schurken ...«
»Von ihm selbst will ich nichts hören – ich weiß schon genug von ihm«, versetzte der Fremde und verhinderte damit, daß Mr. Bumble einen Redeschwall über die Lasterhaftigkeit des armen Oliver begann. »Es handelt sich um eine Frau, um die alte Hexe, die seine Mutter gepflegt hat. Wo ist die?«
»Wo sie ist?« sagte Mr. Bumble, den der Wacholdergrog witzig gemacht hatte. »Das dürfte schwer zu sagen sein. Wo

sie auch hingegangen sein mag, da werden keine Hebammen benötigt – also wird sie vermutlich arbeitslos sein.«

»Was meinen Sie damit?« fragte der Fremde finster.

»Daß sie vorigen Winter gestorben ist«, entgegenete Mr. Bumble.

Als er diese Auskunft erteilt hatte, sah ihn der Mann starr an, und obwohl er auch noch einige Zeit danach seinen Blick nicht abwandte, wurde dieser doch allmählich leer und wie geistesabwesend, und der Fremde schien in Gedanken versunken zu sein. Eine Zeitlang sah es so aus, als wisse er nicht recht, ob er durch diese Nachricht erleichtert oder enttäuscht sein sollte, schließlich aber atmete er freier, wandte seinen Blick von Mr. Bumble und meinte, es habe weiter nichts auf sich. Damit stand er auf und wollte offenbar aufbrechen.

Mr. Bumble jedoch war schlau genug, sogleich zu erkennen, daß sich hier eine Gelegenheit bot, ein Geheimnis gewinnbringend zu verwerten, das sich im Besitz seiner besseren Hälfte befand. Er gedachte sehr wohl jener Nacht, in der die alte Sally gestorben war, denn die Ereignisse dieses Tages hatten ihm Grund genug gegeben, sich daran zu erinnern, daß er bei dieser Gelegenheit um Mrs. Corneys Hand angehalten hatte. Und wenn auch diese besagte Dame ihm niemals anvertraut hatte, was sie damals als einzige Zeugin erfuhr, so hatte er doch genug gehört, um zu wissen, daß es sich auf etwas bezog, was sich ereignet hatte, während die Alte als Armenhauspflegerin die junge Mutter Oliver Twists betreute. Rasch rief sich Mr. Bumble diese Zusammenhänge ins Gedächtnis zurück und berichtete dem Fremden mit geheimnisvoller Miene, daß eine Frau mit jener alten Hexe kurz vor deren Tod eine geheime Unterredung gehabt hätte; und er hätte guten Grund zu der Annahme, daß diese einiges Licht in die Dinge bringen könne, nach denen der Fremde forschte.

»Wie kann ich sie finden?« fragte dieser, wobei er alle

Zurückhaltung fallenließ und deutlich zu erkennen gab, daß alle seine Befürchtungen (welcher Art sie auch sein mochten) durch diese Nachricht von neuem geweckt wurden.
»Nur durch mich«, erwiderte Mr. Bumble.
»Wann?« rief der Fremde hastig.
»Morgen«, antwortete Bumble.
»Um neun Uhr abends«, sagte der Fremde, brachte ein Stück Papier zum Vorschein und schrieb mit einer Handschrift, die seine Erregung verriet, darauf eine undeutliche Adresse am Flußufer, »um neun Uhr abends bringen Sie sie zu mir dahin. Ich brauche Ihnen nicht zu sagen, daß Sie darüber schweigen sollen. Es ist in Ihrem Interesse.«
Mit diesen Worten ging er voraus zur Tür, wobei er sich nur noch einmal kurz aufhielt, um die genossenen Getränke zu bezahlen. Dann stellte er kurz angebunden fest, daß sie nicht den gleichen Weg hätten, wiederholte abermals nachdrücklich den Zeitpunkt der Verabredung für die kommende Nacht und ging ohne weitere Umstände von dannen.
Als Mr. Bumble sich die Adresse ansah, stellte er fest, daß der Name fehlte. Der Fremde war noch nicht weit gegangen, also lief er ihm nach, um ihn danach zu fragen.
»Was wollen Sie?« rief der Mann und wandte sich rasch um, als Bumble ihn am Arm faßte. »Warum laufen Sie mir nach?«
»Ich wollte nur noch wissen«, sagte Mr. Bumble und deutete auf das Stück Papier, »nach welchem Namen ich fragen soll?«
»Monks!« antwortete der Fremde und ging eilig davon.

ACHTUNDDREISSIGSTES KAPITEL

Enthält einen Bericht darüber, was sich zwischen Mr. und Mrs. Bumble und Mr. Monks bei ihrer nächtlichen Zusammenkunft ereignete

Es war ein dumpfer, schwüler und bedeckter Sommerabend. Die Wolken, die den ganzen Tag über gedroht hatten, breiteten sich als dichte, träge Dunstschicht am Himmel aus, sie ließen bereits dicke Regentropfen fallen und schienen ein heftiges Gewitter anzukündigen, als Mr. und Mrs. Bumble von der Hauptstraße der Stadt abbogen und auf eine Gruppe verstreuter baufälliger Häuser zugingen, die ungefähr anderthalb Meilen entfernt in einer ungesunden Sumpfniederung am Ufer des Flusses lagen.

Die beiden waren in alte, schäbige Mäntel gehüllt, die vermutlich dem doppelten Zweck dienen sollten, sie vor dem Regen zu schützen und vor beobachtenden Blicken zu verbergen. Mr. Bumble trug eine Laterne, die jedoch noch kein Licht verbreitete, und ging einige Schritte voraus, als wollte er – da der Weg schmutzig war – seiner Frau die Erleichterung schaffen, daß sie in seine breiten Fußtapfen treten konnte. Sie gingen in tiefem Schweigen ihres Weges; dann und wann verlangsamte Mr. Bumble seinen Schritt und wandte den Kopf, als wollte er sich vergewissern, daß seine Gattin ihm folgte, und wenn er dann feststellte, daß sie ihm dicht auf den Fersen war, schritt er wieder rascher aus und strebte mit beträchtlicher Geschwindigkeit ihrem Ziele zu.

Dieses war durchaus keine zweifelhafte Gegend, denn es war längst bekannt, daß dort nur verkommenes Gesindel hauste, das unter mancherlei Vorwänden ehrlicher Arbeit hauptsächlich von Diebstahl und Verbrechen lebte. Es war nicht mehr als ein Haufen elender Hütten, einige schnell aus losen Ziegelsteinen gebaut, andere aus alten, wurmstichigen Schiffsplanken; und sie waren ohne den geringsten Versuch einer planvollen Ordnung wild durcheinander und meist nur wenige Meter vom Flußufer entfernt errichtet worden. Einige lecke Boote, die auf den Morast gezogen und an der angrenzenden Kaimauer festgemacht waren, und hier und da ein Ruder oder ein zusammengerolltes Tau schienen zunächst anzudeuten, daß die Bewohner dieser elenden Hütten irgendeiner Beschäftigung auf dem Flusse nachgingen; aber ein Blick auf den verwahrlosten und unbrauchbaren Zustand der da herumliegenden Dinge hätte ohne große Schwierigkeit auf die Vermutung gebracht, daß sie mehr zum Schein da aufgestellt waren als mit der Absicht, wirklich benutzt zu werden.

Inmitten dieses Barackenhaufens und so dicht am Fluß, daß die oberen Stockwerke über ihn hinweghingen, stand ein großes Gebäude, das früher als irgendeine Art von Fabrik gedient hatte. Hier hatten damals vermutlich die Bewohner der umliegenden Behausungen ihre Arbeit gehabt, aber es war schon lange zur Ruine geworden. Ratten, Würmer und die Einwirkung der Feuchtigkeit hatten die Grundpfeiler, auf denen es ruhte, mürbe gemacht, und ein beträchtlicher Teil des Gebäudes war bereits im Wasser versunken, während der Rest, schwankend und über den dunklen Strom geneigt, nur auf eine günstige Gelegenheit zu warten schien, seinem Vorgänger zu folgen und das gleiche Schicksal zu erleiden.

Vor diesem verfallenen Gebäude blieb das ehrenwerte Paar stehen, als der erste ferne Donner die Luft erschütterte und der Regen heftig herniederzuprasseln begann.

»Hier irgendwo müßte es sein«, sagte Bumble und sah auf ein Stück Papier, das er in der Hand hielt.

»Hallo, Sie da!« ertönte eine Stimme von oben.

Mr. Bumble hob den Kopf nach der Richtung, aus der der Ruf gekommen war, und gewahrte einen Mann, der in Brusthöhe aus einer Tür im zweiten Stockwerk heraussah.

»Warten Sie eine Minute«, rief die Stimme, »ich bin gleich

bei Ihnen.« Mit diesen Worten verschwand der Kopf, und die Tür wurde geschlossen.

»Ist das der Mann?« fragte Mr. Bumbles Eheweib.

Mr. Bumble nickte zustimmend.

»Dann denk daran, was ich dir gesagt habe«, sagte die ehrenwerte Dame, »und sei vorsichtig; sag sowenig wie möglich, sonst verrätst du uns auf der Stelle.«

Mr. Bumble, der das Gebäude mit höchst kläglichen Blicken betrachtet hatte, war anscheinend gerade nahe daran, einige Zweifel darüber zu äußern, ob es überhaupt ratsam sei, das Abenteuer weiterzuführen, wurde aber durch das Erscheinen von Monks daran gehindert, der eine kleine Tür dicht neben ihnen öffnete und sie aufforderte einzutreten.

»Kommen Sie herein!« rief er ungeduldig und stampfte mit dem Fuß auf. »Halten Sie mich hier nicht auf!«

Die Frau, die zunächst gezögert hatte, trat beherzt ein, ohne eine weitere Einladung abzuwarten. Mr. Bumble, der sich entweder schämte oder fürchtete zurückzubleiben, folgte ihr; ihm war offensichtlich gar nicht wohl dabei, und von der bemerkenswerten Würde, die sonst gewöhnlich ein Hauptmerkmal seines Wesens bildete, war kaum etwas zu verspüren.

»Was zum Teufel hat Sie denn bewogen, da in der Nässe herumzustehen?« wandte sich Monks fragend an Mr. Bumble, nachdem er die Tür hinter ihnen geschlossen hatte.

»Wir – wir haben uns nur ein wenig abgekühlt«, erklärte Bumble und sah sich argwöhnisch um.

»Abgekühlt?« antwortete Monks. »Sämtlicher Regen, der je gefallen ist und noch fallen wird, wäre nicht imstande, das höllische Feuer zu löschen, das ein Mensch in sich herumtragen kann. Sie werden sich so leicht nicht abkühlen, glauben Sie das ja nicht!«

Mit dieser erfreulichen Feststellung wandte sich Monks plötzlich zu der Vorsteherin um und sah sie so lange an, bis selbst sie, die nicht so leicht einzuschüchtern war, sich gezwungen sah, den Blick abzuwenden und die Augen niederzuschlagen.

»Das ist die Frau, nicht wahr?« fragte Monks.

»Hm, ja, das ist sie«, erwiderte Mr. Bumble vorsichtig, wie es seine Frau ihm geraten hatte.

»Sie denken vermutlich, Frauen können niemals ein Geheimnis für sich behalten?« fragte die Vorsteherin dazwischen und erwiderte dabei den forschenden Blick, mit dem Monks sie betrachtet hatte.

»Ich weiß nur, daß sie *eins* immer so lange bewahren, bis es herauskommt«, meinte Monks.

»Und welches wäre das?« fragte Mrs. Bumble.

»Der Verlust ihres eigenen guten Namens«, antwortete Monks.

»Und wenn eine Frau um ein Geheimnis weiß, das ihr den Galgen oder die Deportation einbringen kann, so bin ich jedenfalls aus demselben Grunde nicht bange darum, daß sie's doch irgendwem verrät. – Verstehen Sie das, Madam?«

»Nein«, erwiderte die Vorsteherin, wobei sie leicht errötete.

»Natürlich nicht!« stellte Monks fest. »Wie sollten Sie auch!«

Er betrachtete seine beiden Gefährten mit einem halblächelnden, halb finsteren Blick, forderte sie nochmals auf, ihm zu folgen und ging eilig durch das ziemlich geräumige, aber niedrige Gemach. Eben wollte er eine Treppe oder vielmehr eine Stufenleiter emporsteigen, die zu der nächst höheren Etage von Lagerräumen führte, als ein greller Blitz durch die Öffnung herniederfuhr, dem ein Donnerschlag folgte, der das verfallene Gebäude bis in die Grundfesten erschütterte.

»Hören Sie nur!« schrie Monks. »Hören Sie nur! Es rollt und kracht, als käme der Widerhall aus tausend Höhlen, in denen sich die Teufel davor verbergen. Ich hasse dieses Geräusch!«

Einige Augenblicke blieb er still, dann nahm er plötzlich die Hände vom Gesicht, und Mr. Bumble gewahrte mit unaussprechlicher Verwirrung, daß es völlig verzerrt und bleich war.

»Diese Anfälle habe ich ab und zu«, sagte Monks, der Mr. Bumbles Erschrecken bemerkt hatte, »und wenn es donnert, kommen sie manchmal. Kümmern Sie sich nicht um mich, für diesmal ist's schon vorüber.«

Mit diesen Worten stieg er voran, die Leiter hinauf, schloß eilig die Fensterläden des Raumes, zu dem sie führte, und ließ eine Laterne herunter, die am Ende eines Seilzuges von einem der schweren Deckenbalken herabhing und ein trübes Licht auf einen darunterstehenden alten Tisch und drei Stühle warf.

»So«, sagte Monks, als alle drei Platz genommen hatten. »Je eher wir zu unserem Geschäft kommen, um so besser für alle. Die Frau weiß, worum es geht, nicht wahr?«

Die Frage war an Bumble gerichtet, aber seine Gattin nahm ihm die Antwort vorweg und erklärte, daß sie vollkommen im Bilde sei.

»Es stimmt doch, wenn er sagt, daß Sie mit dieser alten Hexe in der Nacht, als sie starb, zusammen waren und daß sie Ihnen etwas erzählte . . .«

»Ja, über die Mutter des Jungen, den Sie erwähnten«, unterbrach ihn die Vorsteherin.

»Die erste Frage ist, welcher Art ihre Mitteilung war?« sagte Monks.

»Das ist die zweite«, bemerkte die Frau mit reiflicher Überlegung. »Die erste ist, wieviel diese Mitteilung wert sein dürfte?«

»Wer zum Teufel kann das sagen, ohne zu wissen, welcher Art sie ist?« fragte Monks.

»Niemand besser als Sie, davon bin ich überzeugt«, antwortete Mrs. Bumble, der es nicht an Mut fehlte, wie ihr Ehegefährte zur Genüge bestätigen konnte.

»Hm!« meinte Monks bedeutungsvoll und mit gierig fragendem Blick, »da könnte wohl Geld damit zu verdienen sein, wie?«

»Vielleicht«, war die besonnene Antwort.

»Man hat ihr wohl etwas weggenommen«, forschte Monks, »etwas, das sie bei sich trug? Etwas – – –«

»Sie täten besser, ein Angebot zu machen«, unterbrach ihn Mrs. Bumble. »Ich habe bereits genug gehört, um zu wissen, daß Sie der Mann sind, mit dem ich sprechen müßte.«

Mr. Bumble, dem seine bessere Hälfte bisher noch nicht mehr von dem Geheimnis verraten hatte, als er von Anfang an wußte, lauschte diesem Gespräch mit vorgerecktem Hals und mit weit aufgerissenen Augen; in unverhohlenem Erstaunen blickte er abwechselnd auf seine Frau und auf Monks; und dieses wurde, wenn möglich, noch größer, als der letztere finster fragte, welche Summe für die Enthüllung des Geheimnisses gefordert würde.

»Wieviel ist es Ihnen wert?« fragte die Frau ebenso besonnen wie zuvor.

»Vielleicht nichts – vielleicht zwanzig Pfund«, erwiderte Monks. »Sprechen Sie, und lassen Sie mich wissen, woran ich bin.«

»Legen Sie zu der genannten Summe noch fünf Pfund zu, geben Sie mir fünfundzwanzig Pfund in Gold«, sagte Mrs. Bumble, »dann sage ich Ihnen alles, was ich weiß. Eher nicht.«

»Fünfundzwanzig Pfund?« rief Monks und schrak zurück.

»Ich habe mich so klar wie möglich ausgedrückt«, erwiderte Mrs. Bumble. »Übrigens ist es nicht viel.«

»Nicht viel – für ein lumpiges Geheimnis, das vielleicht wertlos sein mag, wenn es ausgesprochen ist, und das zwölf Jahre oder länger begraben gelegen hat?« schrie Monks ungeduldig.

»Solche Dinge halten sich gut und verdoppeln ihren Wert oft im Laufe der Zeit wie guter Wein«, antwortete die Vorste-

herin und bewahrte noch immer ihre entschlossene Gleichgültigkeit. »Und was das Begrabenliegen betrifft, so gibt es nach Ihrer oder meinen Kenntnis manches, was zwölftausend oder zwölf Millionen Jahre begraben liegt und schließlich doch noch seltsame Dinge zu berichten weiß.«
»Und was ist, wenn ich für nichts bezahle?« fragte Monks zögernd.
»Sie können das Geld leicht wieder wegnehmen«, entgegnete die Vorsteherin. »Ich bin nur eine Frau, allein und ohne Schutz.«
»Weder allein noch ohne Schutz, meine Liebe«, versicherte Mr. Bumble, und seine Stimme zitterte dabei vor Angst. »*Ich* bin ja hier, meine Liebe. Und außerdem«, sagte er zähneklappernd, »ist Mr. Monks viel zu ehrenwert, um gegen Beamte der Gemeinde Gewalt anzuwenden. Mr. Monks weiß, meine Liebe, daß ich kein junger Mann mehr und sozusagen auch schon ein wenig über die Blüte meiner Jahre hinaus bin, aber er hat erfahren – ich meine, ich zweifle nicht daran, meine Liebe, daß er davon gehört hat –, daß ich ein sehr entschlossener Beamter mit höchst ungewöhnlichen Kräften bin, wenn ich einmal gereizt werde. Man braucht mich nur ein wenig zu reizen – das ist alles.«
Während Mr. Bumble dies sagte, machte er einen kläglichen Versuch, seine Laterne mit wilder Entschlossenheit zu umklammern, und jeder Zug seines angstverzerrten Gesichtes zeigte deutlich, daß er tatsächlich – und nicht nur ein wenig – gereizt werden mußte, ehe er sich irgendwie angriffslustig zeigte – es sei denn gegen Insassen des Armenhauses oder andere, die entsprechend darauf vorbereitet waren.
»Du bist ein Narr«, erwiderte Mrs. Bumble darauf, »und du tätest besser, deine Zunge zu hüten.«
»Man hätte sie ihm lieber ausreißen sollen, ehe er herkam, wenn er nicht leiser sprechen kann«, meinte Monks grimmig. »Er ist also Ihr Mann, wie?«

»Der – mein Mann?« kicherte die Vorsteherin ausweichend.
»Ich glaubte es wenigstens, als Sie hereinkamen«, antwortete Monks, der den ärgerlichen Blick bemerkt hatte, den die Vorsteherin ihrem Gatten bei dessen Worten zugeworfen hatte. »Um so besser – ich habe weniger Bedenken, mit zwei Menschen zu verhandeln, wenn ich merke, daß beide dasselbe wollen. Ich meine es ernst. Sehen Sie her!«
Er griff in eine Seitentasche, zog einen Leinwandbeutel hervor, zählte fünfundzwanzig Goldstücke auf den Tisch und schob sie der Frau zu.
»So«, sagte er, »stecken Sie das ein, und wenn das verdammte Donnerwetter vorüber ist, das nach meinem Gefühl gerade über diesem Hause niedergehen wird, lassen Sie Ihre Geschichte hören.«
Als das Gewitter vorüber war, das tatsächlich immer näher zu kommen und über ihren Köpfen niederzubrechen schien, blickte Monks vom Tisch auf und beugte sich vor, um zu hören, was die Frau sagen würde. Die Gesichter der drei berührten sich fast, als die beiden Männer sich begierig über den schmalen Tisch lehnten, und die Frau sich ebenso darüber beugte, um ihr Flüstern vernehmbar zu machen. Die matten Strahlen der Hängelampe fielen direkt auf sie und verschärften noch die Blässe und die ängstliche Gespanntheit ihrer Gesichter, die bei der ringsum herrschenden Dunkelheit so gespenstisch wie möglich aussahen.
»Als jene Frau starb, die wir die alte Sally nannten«, begann die Vorsteherin, »war ich mit ihr ganz allein.«
»War sonst niemand dabei?« fragte Monks in dem gleichen dumpfen Flüsterton, »keine Kranke oder Verrückte in einem anderen Bett? Niemand, der etwas hören oder vielleicht verstehen konnte?«
»Keine Menschenseele«, erwiderte die Frau. »Wir waren allein. *Ich* stand allein neben ihr, als der Tod eintrat.«
»Gut«, sagte Monks und betrachtete sie aufmerksam.» Fahren Sie fort.«

»Sie sprach von einem jungen Geschöpf«, fuhr die Vorsteherin fort, »das einige Jahre zuvor ein Kind geboren hatte, nicht nur in dem gleichen Raum, sondern sogar in demselben Bett, in dem sie nun im Sterben lag.«

»Ha!« rief Monks mit zitternden Lippen und blickte um sich. »Hölle und Teufel! Wie alles sich fügt!«

»Das Kind war das gleiche, das Sie ihm gestern abend nannten«, sagte die Vorsteherin und wies lässig auf ihren Mann. »Und seine Mutter wurde von dieser Wärterin bestohlen.«

»Als sie noch lebte?« fragte Monks.

»Als sie tot war«, sagte die Vorsteherin, als schauderte es sie. »Sie stahl es der Toten, als sie kaum gestorben war – das, was die tote Mutter ihr mit ihrem letzten Atemzug für ihr Kind anvertraut hatte.«

»Verkaufte sie es?« schrie Monks mit verzweifelter Gier. »Verkaufte sie es? Wo? Wann? An wen? Wie lange ist das her?«

»Als sie mir das mit größter Mühe berichtet hatte«, sagte die Vorsteherin, »sank sie zurück und starb.«

»Ohne noch etwas zu sagen?« stieß Monks mit einer Stimmer hervor, die noch wütender wirkte, da er sie zu dämpfen versuchte. »Das ist eine Lüge! Ich lasse mich nicht zum Narren halten. Sie hat mehr gesagt. Und wenn ich euch beiden die Seele aus dem Leibe reißen müßte – ich will wissen, was es war!«

»Sie sprach kein Wort weiter«, sagte die Frau, auf die (ganz im Gegensatz zu Mr. Bumble) allem Anschein nach die Heftigkeit des seltsamen Mannes keinen Eindruck machte; »aber sie faßte mich mit der einen Hand, die halb geschlossen war, am Kleide; und als ich sah, daß sie tot war und ich deshalb die Hand gewaltsam öffnen mußte, fand ich darin ein Stückchen schmutziges Papier.«

»Und es enthielt . . .«, unterbrach sie Monks und beugte sich vor.

»Nichts«, erwiderte Mrs. Bumble; »es war ein Pfandschein.«

»Worüber?« fragte Monks.

»Das werde ich Ihnen zu gegebener Zeit schon sagen«, meinte die Frau. »Ich vermute, sie hatte das Schmuckstück in der Hoffnung, es günstiger umsetzen zu können, eine Zeitlang aufbewahrt und es dann verpfändet; dann hat sie Geld gespart oder sonstwie zusammengekratzt, um Jahr für Jahr dem Pfandleiher seine Zinsen bezahlen zu können und zu verhindern, daß es verfiel, damit es jederzeit wieder eingelöst werden konnte, falls jemand danach fragen sollte. Es hat aber niemand danach gefragt, und, wie ich Ihnen gesagt habe, ist sie mit dem völlig zerknitterten und zerrissenen Fetzen Papier in der Hand gestorben. Zwei Tage später war der Verfalltag; und weil ich dachte, es könnte eines Tages doch noch etwas dabei herauskommen, löste ich das Pfand ein.«

»Wo ist es jetzt?« fragte Monks schnell.

»Hier«, erwiderte Mrs. Bumble. Und als wäre sie froh, es loszuwerden, warf sie hastig ein kleines Lederbeutelchen auf den Tisch, das kaum groß genug für eine Taschenuhr war; Monks stürzte sich gierig darüber und riß es mit zitternden Fingern auf. Es enthielt ein kleines goldenes Medaillon, und in diesem befanden sich zwei Haarlocken und ein einfacher goldener Trauring.

»Auf der Innenseite ist das Wort ›Agnes‹ eingraviert«, sagte Mrs. Bumble. »Für den Familiennamen ist eine Stelle frei gelassen, und dann folgt das Datum, das ein Jahr vor der Geburt des Kindes liegt. Das habe ich herausgefunden.«

»Und das ist alles?« fragte Monks, nachdem er den Inhalt des kleinen Päckchens gründlich und begierig untersucht hatte.

»Ja«, antwortete die Frau.

Mr. Bumble holte tief Atem, als wäre er froh, daß die Geschichte vorüber und kein Wort von der Zurücknahme der fünfundzwanzig Pfund gefallen war. Jetzt faßte er auch den Mut, sich den Schweiß abzuwischen, der ihm während der ganzen vorangegangenen Unterhaltung ungehindert über seine Nase gelaufen war.

»Ich weiß von der Geschichte nichts außer dem, was ich vermute«, sagte seine Frau nach kurzem Schweigen zu Monks, »und ich möchte auch nichts davon wissen, denn das ist sicherer. Aber darf ich Ihnen wohl zwei Fragen stellen?«

»Fragen Sie«, sagte Monks etwas überrascht, »aber ob ich darauf antworte, ist eine andere Frage.«

»Das wären also drei«, bemerkte Mr. Bumble mit einem Versuch, witzig zu sein.

»War es das, was Sie von mir erwartet hatten?« fragte die Vorsteherin.

»Jawohl«, antwortete Monks. »Und die andere Frage?«

»Was wollen Sie damit tun? Kann es gegen mich verwendet werden?«

»Niemals«, antwortete Monks, »und auch gegen mich nicht. Sehen Sie her. Aber bewegen Sie sich keinen Schritt vorwärts, sonst ist Ihr Leben keinen Pfifferling wert.«

Bei diesen Worten schob er plötzlich den Tisch zur Seite, zog an einem Eisenring im Fußboden und öffnete dicht vor Mr. Bumbles Füßen eine große Falltür, vor der dieser in größter Eile einige Schritte zurückwich.

»Sehen Sie hinunter«, sagte Monks und ließ die Laterne in die Öffnung hinab. »Haben Sie keine Angst. Ich hätte Sie ganz still und leise hinunterbefördern können, als Sie darauf saßen, wenn ich das gewollt hätte.«

Nach dieser Ermutigung trat die Vorsteherin nahe an den Rand heran, und selbst Mr. Bumble wagte, von Neugier getrieben, es ihr gleichzutun. Das trübe Wasser, das von dem heftigen Regen noch angeschwollen war, strömte da unten rasch dahin, und alle anderen Geräusche gingen in seinem Klatschen und Gurgeln an den grünbemoosten, glitschigen Pfeilern unter. Da unten war früher einmal eine Wasser-

mühle gewesen; die Fluten schäumten und brandeten um die wenigen noch vorhandenen, völlig verrotteten Pfähle und Maschinenreste und schienen dann mit neuer Kraft vorwärts zu schießen, wenn sie von den Hindernissen befreit waren, die vergeblich versucht hatten, ihren ungestümen Lauf aufzuhalten.

»Wenn Sie einen menschlichen Körper da hinunterwerfen,

wo würde der wohl morgen früh sein?« fragte Monks und schwenkte die Laterne in dem dunklen Loch hin und her.
»Zwölf Meilen flußabwärts und außerdem in Stücke zerrissen«, erwiderte Bumble und schauderte bei dem Gedanken.
Monks nahm das kleine Päckchen aus seiner Brusttasche, wohin er es in der Eile gesteckt hatte, befestigte es an einem Bleigewicht, das ein Teil irgendeines Aufzugs gewesen war und auf dem Fußboden herumlag, und warf es in den Strom. Es fiel schnurgerade wie ein Senklot hinab, teilte mit kaum hörbarem Klatschen das Wasser und war verschwunden.
Die drei sahen sich gegenseitig an und schienen freier zu atmen.
»So!« sagte Monks und schloß die Falltür, die mit schwerem Schlag in ihre alte Lage zurückfiel. »Wenn die See ihre Toten wieder herausgibt, wie die Bücher behaupten, so behält sie doch Gold und Silber für sich – und damit auch diesen Plunder. Wir haben uns nichts mehr zu sagen und können unsere nette Zusammenkunft beenden.«
»Aber gewiß doch«, stellte Mr. Bumble sehr lebhaft fest.
»Sie werden hübsch den Mund halten, verstanden?« sagte Monks mit drohendem Blick. »Wegen Ihrer Frau habe ich keine Angst.«
»Sie können sich auf mich verlassen, junger Mann«, antwortete Mr. Bumble und näherte sich unter den höflichsten Verbeugungen allmählich der Leiter. »Es ist für jeden besser so, junger Mann, und auch für mich selbst, verstehen Sie, Mr. Monks!«
»Es freut mich für Sie, das zu hören«, bemerkte Monks. »Zünden Sie Ihre Laterne an! Und machen Sie sich so schnell wie möglich von hier fort.«
Es war ein Glück, daß die Unterhaltung an dieser Stelle zu Ende war; andernfalls wäre Mr. Bumble, der sich unter Verbeugungen bis auf sechs Zoll der Leiter genähert hatte,

unfehlbar Hals über Kopf in den darunterliegenden Raum gestürzt. Er zündete seine Laterne an jener an, die Monks von dem Seil losgeknüpft hatte und nun in der Hand trug, bemühte sich nicht länger um eine Fortsetzung der Unterredung und stieg, von seinem Weibe gefolgt, schweigend hinab. Monks kam hinterher, nachdem er noch einmal auf den Stufen stehengeblieben war, um sich zu vergewissern, daß außer dem Rauschen des Regens draußen und dem Strömen des Wassers keine anderen Geräusche zu hören waren.

Langsam und vorsichtig durchquerten sie den unteren Raum, denn Monks erschrak über jeden Schatten, und Mr. Bumble, der seine Laterne einen Fußbreit über dem Boden hielt, ging nicht nur sehr vorsichtig, sondern für einen Mann von seiner Figur mit einem bewundernswerten leichten Schritt und sah sich nervös nach verborgenen Falltüren um. Leise entriegelte und öffnete Monks die Tür, durch die sie hereingekommen waren, dann nickten die beiden Ehegatten ihrem geheimnisvollen Bekannten nur noch einmal zu und verschwanden nach draußen in die Nässe und Dunkelheit.

Kaum waren sie gegangen, als Monks, der eine unüberwindliche Abneigung dagegen zu haben schien, allein zu bleiben, nach einem Jungen rief, der sich irgendwo unten versteckt gehalten hatte. Er befahl ihm, voranzugehen und das Licht zu tragen, und kehrte dann in den Raum zurück, den er eben verlassen hatte.

NEUNUNDDREISSIGSTES KAPITEL

Stellt einige achtbare Personen vor, die dem Leser bereits bekannt sind, und zeigt, wie Monks und der Jude ihre ehrenwerten Köpfe zusammensteckten

An dem Abend, der jenem folgte, an dem die drei ehrbaren, im vorigen Kapitel erwähnten Herrschaften ihr dort erwähntes kleines Geschäft zum Abschluß gebracht hatten, erwachte Mr. William Sikes von einem Schläfchen und fragte brummig, wie spät es wäre.

Das Zimmer, in dem Mr. Sikes diese Frage stellte, war keins von denen, die er vor dem Unternehmen in Chertsey bewohnt hatte, obwohl es in demselben Stadtviertel und nicht weit von seinen früheren Quartieren entfernt lag. Es war dem Aussehen nach keine so angenehme Unterkunft wie seine einstigen Behausungen, denn es war ein armseliges, schlecht möbliertes Zimmer von sehr beschränkter Größe, das nur von einem Fenster in dem schrägen Dach erhellt wurde und nach einer engen und schmutzigen Gasse zu lag. Es fehlte auch sonst nicht an Anzeichen dafür, daß es mit dem ehrenwerten Herrn in letzter Zeit bergab gegangen war, denn die Kärglichkeit des Hausrates, der völlige Mangel an Bequemlichkeit und die Tatsache, daß die gesamte bewegliche Habe wie Kleider und Wäsche zum Wechseln verschwunden war, kündeten von einem Zustand äußerster Armut; und das abgemagerte und heruntergekommene Aussehen von Mr. Sikes selbst hätte diese Anzeichen vollends bestätigt, wenn sie dessen überhaupt noch bedurft hätten.

Der Einbrecher lag in seinem weißen Mantel, der ihm als Schlafrock diente, auf dem Bett, und die krankhafte Leichenblässe seiner Züge sowie eine schmutzige Nachtmütze und ein etwa eine Woche alter, starker schwarzer Stoppelbart trugen keineswegs dazu bei, sein Aussehen zu verbessern. Sein Hund saß neben dem Bett und betrachtete entweder seinen Herrn mit nachdenklichem Blick, oder er spitzte die Ohren und ließ ein leises Knurren hören, wenn ein Geräusch auf der Straße oder im unteren Teil des Hauses seine Aufmerksamkeit erregte. Am Fenster saß ein weibliches Wesen, eifrig damit beschäftigt, eine alte Weste zu flicken, die zu der üblichen Kleidung des Einbrechers gehörte. Nachtwachen und Entbehrungen hatten diese Frau so bleich und elend gemacht, daß es ziemlich schwierig gewesen wäre, in ihr die gleiche Nancy wiederzuerkennen, die in dieser Erzählung schon in Erscheinung getreten ist; wenn nicht die Stimme es verraten hätte, mit der sie auf Mr. Sikes' Frage antwortete.

»Kurz nach sieben«, sagte das Mädchen. »Wie fühlst du dich heute abend, Bill?«

»Flau wie Wasser«, erwiderte Mr. Sikes und verwünschte dann seine Augen und Glieder. »Komm, hilf mir mal, damit ich irgendwie aus diesem verdammten Bett herauskomme.«

Die Krankheit hatte Mr. Sikes' Gemütsverfassung durchaus nicht verbessert, denn als das Mädchen ihm aufhalf und ihn zu einem Stuhl führte, murmelte er etliche Flüche über ihre Ungeschicklichkeit und schlug sie.

»Heulen willst du?« sagte Sikes. »Komm, steh nicht so kläglich da herum. Wenn du nichts Besseres tun kannst, dann scher dich ganz fort! Hast du gehört?«

»Ich hab's gehört«, entgegnete das Mädchen, wandte ihr Gesicht ab und zwang sich zu einem Lachen. »Was hast du dir da wieder für einen Unfug in den Kopf gesetzt?«

»Oh, du hast dir's also anders überlegt, wie?« brummte Sikes, als er die Tränen bemerkte, die in ihren Augen zitterten. »Um so besser für dich, wenn es so ist.«

»Du willst doch nicht etwa sagen, daß du heute abend böse zu mir sein willst?« fragte das Mädchen und legte ihm die Hand auf die Schulter.

»Nein!« schrie Sikes. »Aber warum nicht?«

»So viele Nächte«, sagte das Mädchen mit einem Anflug weiblicher Zärtlichkeit, die selbst ihrer Stimme einen sanften

Ton gab, »so viele Nächte hab' ich geduldig bei dir gewacht und dich gepflegt, als wärest du ein Kind. Heute abend sehe ich dich zum ersten Male wieder, wie du sonst warst. Wenn du daran gedacht hättest, hättest du mich nicht so wie eben jetzt behandelt, nicht wahr? Bitte, sag, daß du es nicht getan hättest!«

»Also gut«, erwiderte Mr. Sikes, »ich hätt' es nicht getan. Verdammt nochmal, nun weint das Mädchen doch schon wieder!«

»Es ist nichts«, sagte das Mädchen und warf sich auf einen Stuhl. »Kümmere dich nicht um mich, es ist bald vorüber.«

»Was ist vorbei?« fragte Mr. Sikes in wütendem Ton. »Was hast du nun wieder für Dummheiten vor? Steh auf und mach dir was zu schaffen und komm mir nicht wieder mit deinem Weiberquatsch!«

Zu jeder anderen Zeit hätten diese Worte und der Ton, in dem sie gesagt wurden, den gewünschten Erfolg gehabt; aber da das Mädchen tatsächlich schwach und erschöpft war, ließ sie ihren Kopf nach rückwärts über die Stuhllehne sinken und wurde ohnmächtig, ehe noch Mr. Sikes einige passende Flüche hervorbringen konnte, mit denen er bei ähnlichen Gelegenheiten seine Drohungen auszuschmücken beliebte. Da er jedoch nicht recht wußte, was er in dieser ungewöhnlichen Situation tun sollte, da Miss Nancys hysterische Anfälle für gewöhnlich von jener heftigen Art waren, die der Kranke ohne viel Hilfe selbst überwindet, versuchte es Mr. Sikes mit ein bißchen Gotteslästerung, und als er diese Behandlungsweise völlig wirkungslos fand, rief er um Hilfe.

»Was ist denn los hier, mein Lieber?« fragte Fagin und blickte zur Tür herein.

»Kannst du denn nicht mal dem Mädchen helfen?« antwortete Sikes ungeduldig. »Steh doch nicht quasselnd da herum und grinse mich nicht so an!«

Mit einem Ausruf der Überraschung eilte Fagin dem Mädchen zu Hilfe, während Mr. John Dawkins (auch der Gannef genannt), der nach seinem ehrwürdigen Freund ins Zimmer gekommen war, schnell ein Bündel, mit dem er beladen war, auf den Boden setzte, Master Charley Bates, der ihm auf dem Fuße folgte, eine Flasche aus der Hand riß, sie im Nu mit den Zähnen entkorkte und der Ohnmächtigen einen Schluck des Inhalts in den Mund goß – wobei er zuvor selbst eine Kostprobe nahm, um Irrtümer zu vermeiden.

»Mach ihr mit dem Blasebalg ein bißchen frische Luft, Charley«, meinte Mr. Dawkins, »und du, Fagin, klopf ihr die Hände, während Bill ihr die Kleider aufmacht.«

Diese vereinten Wiederbelebungsversuche wurden mit großem Eifer durchgeführt – besonders, was die Aufgabe betraf, die Master Bates zugefallen war, der seinen Anteil am Geschehen für einen unvergleichlichen Spaß zu halten schien –, und sie hatten auch bald den gewünschten Erfolg. Das Mädchen kam allmählich wieder zu sich, wankte zu einem Stuhl neben dem Bett, barg ihr Gesicht in dem Kopfkissen und überließ die Begrüßung der Ankömmlinge Mr. Sikes, der über ihr unerwartetes Erscheinen einigermaßen überrascht war.

»Nanu, welcher widrige Wind hat dich denn hierher geblasen?« fragte er Fagin.

»Gar kein widriger Wind, mein Lieber; denn widrige Winde wehen niemandem etwas Gutes zu – und ich habe etwas Gutes mitgebracht, das du mit Freuden sehen wirst. Mein lieber Gannef, öffne doch das Bündel und gib Bill die Kleinigkeiten, für die wir heute früh unser ganzes Geld ausgegeben haben.«

Der Gannef öffnete auf diese Anweisung Fagins sein Bündel, das ziemlich groß war und aus einem alten Tischtuch bestand; dann übergab er die darin befindlichen Dinge eins nach dem anderen an Charley Bates, der sie mit diversen Lobpreisungen über ihre Güte und Seltenheit auf den Tisch stellte.

»Hier eine Pastete aus Kaninchenfleisch, Bill«, rief er und

brachte eine große Fleischpastete zum Vorschein, »köstliche Tierchen, mit so zarten Gliedern, Bill, daß sogar die Knochen dir im Munde zergehen und du gar nicht dazu kommst, sie abzunagen; dann ein halbes Pfund grüner Tee, das Pfund zu siebeneinhalb Schilling, wunderbar stark; wenn du den mit kochendem Wasser aufbrühst, wirft er dir fast den Deckel von der Teekanne; hier anderthalb Pfund Rohzukker, an dem die Neger kein bißchen gearbeitet haben, ehe sie ihn zu solcher Vollkommenheit brachten – o nein! Hier zwei Zweipfundbrote, ein Pfund feine Tafelbutter, ein Stück doppelfetter Gloucesterkäse und schließlich noch etwas von der besten Sorte, die du je gesoffen hast!«

Bei dieser letzten Lobpreisung brachte Master Bates aus einer seiner umfangreichen Taschen eine sorgfältig verkorkte große Weinflasche zum Vorschein, während Mr. Dawkins im gleichen Moment aus der Flasche, die er trug, ein Weinglas voll puren Branntwein goß, den der Kranke im Nu hinunterstürzte.

»Ah!« sagte Fagin und rieb sich mit großer Zufriedenheit die Hände, »jetzt wird's besser mit dir, Bill; jetzt wird's besser!«

»Besser?« rief Mr. Sikes aus. »Es hätte mehr als zwanzigmal mit mir vorbei sein können, ehe du etwas getan hättest, um mir zu helfen. Was soll das heißen, du treuloser Lump, daß du einen Menschen länger als drei Wochen in diesem Zustand läßt?«

»Nun hört ihn bloß, Jungens!« sagte Fagin und zuckte die Achseln. »Und da kommen wir und bringen ihm all diese herrlichen Dinge.«

»Die Sachen an sich sind ja ganz gut«, bemerkte Mr. Sikes, nachdem ein Blick über den Tisch ihn ein wenig besänftigt hatte, »aber was hast du zu deiner eigenen Entschuldigung zu sagen? Warum hast du mich krank, niedergeschlagen, ohne Geld und alles übrige hier liegenlassen und die ganze Zeit über nicht mehr Notiz von mir genommen, als wäre ich der Hund da? – Jag ihn weg, Charley!«

»Ich hab' noch nie einen so drolligen Hund gesehen wie den«, rief Master Bates, während er der Aufforderung nachkam. »Der riecht das Futter wie eine alte Dame, die auf den Markt geht. Der Hund könnte auf der Bühne sein Glück machen und obendrein das Drama wieder zum Leben erwecken.«

»Halt die Schnauze!« brüllte Sikes, als der Hund sich noch

immer ärgerlich knurrend unter das Bett verkroch. »Also, was hast du zu deiner Entschuldigung zu sagen, du ausgemergelter alter Hehler, wie?«
»Ich war über eine Woche lang in Geschäften von London weg, mein Lieber«, erwiderte der Jude.
»Und die übrigen vierzehn Tage?« fragte Sikes. »Was ist mit den übrigen vierzehn Tagen, in denen du mich hast hier wie eine kranke Ratte in ihrem Loch liegen lassen?«
»Ich konnte es nicht ändern, Bill. Ich kann dir hier vor den anderen keine langen Erklärungen geben, aber ich konnte wirklich nicht anders, bei meiner Ehre!«
»Bei deiner was?« knurrte Sikes mit äußerstem Widerwillen. »He, einer von euch Jungens! Schneidet mir doch mal ein Stück von der Pastete ab, damit ich den Geschmack von seiner Ehre aus dem Munde kriege, sonst ersticke ich noch daran.«
»Sei nicht so hitzig, mein Lieber«, redete der Jude ihm unterwürfig zu. »Ich hab' dich nie vergessen, Bill, nicht ein einziges Mal.«
»Nein! Ich wette ein Pfund, daß du es nicht getan hast«, antwortete Sikes mit bitterem Lachen. »Jede Stunde, die ich zitternd und fiebernd hier lag, hast du Pläne und Entwürfe gemacht: Bill sollte das tun und Bill sollte jenes tun; und Bill sollte was alles spottbillig tun, sobald er nur wieder gesund würde, denn er war ja arm genug, um für dich zu arbeiten. Wenn nicht das Mädchen gewesen wäre, hätte ich sterben mögen.«
»Na also, Bill«, erwiderte der Jude und griff begierig das Wort auf, »wenn nicht das Mädchen gewesen wäre! Wer anders als der arme alte Fagin hat dir denn dazu verholfen, daß du so ein anstelliges Mädchen um dich hast?«
»Da hat er wirklich recht«, meinte Nancy, die eilends hinzukam. »Laß ihn, laß ihn in Frieden!«
Nancys Eingreifen gab der Unterhaltung eine neue Wendung, denn die Jungen, die einen heimlichen Wink von dem

schlauen alten Juden bekommen hatten, fingen an, das Mädchen mit Schnaps zu traktieren, dem sie jedoch nur sehr mäßig zusprach; Fagin indessen zeigte sich ungewöhnlich aufgeräumt und brachte Mr. Sikes allmählich dadurch in bessere Stimmung, daß er so tat, als sähe er dessen Drohungen als eine amüsante kleine Neckerei an, und außerdem sehr herzhaft über ein oder zwei rohe Späße lachte, die Sikes, nachdem er wiederholt der Schnapsflasche zugesprochen hatte, zu machen geruhte.

»Es ist alles ganz schön und gut«, sagte er dann, »aber ich muß heute abend etwas Geld von dir haben.«

»Ich hab' keinen Pfennig bei mir«, antwortete der Jude.

»Dann hast du's haufenweise zu Hause«, hielt ihm Sikes entgegen, »und ich muß davon etwas haben.«

»Haufenweise!« schrie Fagin und hob seine Hände empor. »Ich habe nicht so viel, daß . . .«

»Ich weiß nicht, wieviel du hast, und ich wage zu behaupten, daß du es selber kaum weißt, denn es würde eine ziemliche Zeit dauern, wenn man es zählen wollte«, sagte Sikes, »aber ich brauche heute abend noch etwas, soviel ist klar!«

»Na gut«, antwortete Fagin, »ich werde den Gannef gleich hinschicken.«

»Das wirst du nicht tun«, widersprach Mr. Sikes. »Der Gannef ist ein bißchen zu schlau und würde vergessen wiederzukommen oder sich verlaufen oder von der Polizei geschnappt werden und deshalb nicht kommen können – oder er hätte sonst irgendeine Ausrede, wenn du ihm den Auftrag gibst. Nancy soll auf deine Bude gehen und es holen, das ist wenigstens sicher; und während sie weg ist, will ich mich hinlegen und ein bißchen pennen.«

Nach vielem Feilschen und Zetern handelte Fagin den verlangten Vorschuß von fünf Pfund auf drei Pfund und viereinhalb Schilling herunter, wobei er mehrmals feierlich betonte, daß ihm nun nur noch achtzehn Pence für seinen Haushalt verblieben. Mr. Sikes bemerkte daraufhin verdrießlich, wenn er nicht mehr kriegen könnte, so müßte er sich eben damit zufriedengeben, und Nancy machte sich fertig, um Fagin nach Hause zu begleiten, während der Gannef und Master Bates die Eßwaren in den Schrank räumten. Dann verabschiedete sich der Jude von seinem getreuen Freund und ging mit Nancy und den beiden Jungen nach Hause, Mr. Sikes jedoch warf sich auf sein Bett, um die Zeit bis zur Rückkehr der jungen Dame zu verschlafen.

Als Fagin und seine Begleiter in dessen Behausung ankamen, fanden sie Toby Crackit und Mr. Chitling in ihre fünfzehnte Partie Cribbage vertieft, wobei es kaum nötig ist zu erwähnen, daß der letztere verlor und damit sein fünfzehntes und letztes Sixpencestück einbüßte, worüber sich seine jungen Freunde mächtig amüsierten. Mr. Crackit schämte sich offensichtlich ein wenig, daß man ihn dabei antraf, wie er sich mit einem Menschen die Zeit vertrieb, der ihm in bezug auf Stellung und Geist so beträchtlich unterlegen war; er gähnte, fragte nach Sikes und griff nach seinem Hut, um zu gehen.

»Ist niemand hier gewesen, Toby?« fragte Fagin.

»Keine Menschenseele«, antwortete Mr. Crackit und zog seinen Kragen hoch, »es war langweilig und fade wie Dünnbier. Du müßtest eigentlich einen ordentlichen ausgeben, Fagin, als Entschädigung dafür, daß ich dir so lange das Haus gehütet habe! Verdammt, ich bin matt wie ein Geschworener nach der Sitzung, und ich hätte fest wie die Mauern von Newgate geschlafen, wenn ich nicht so gutmütig gewesen wäre, diesen jungen Mann hier zu unterhalten. Furchtbar öde war's – hol mich der Teufel, wenn's nicht stimmt!«

Mit diesen und ähnlichen Äußerungen strich Mister Crackit seinen Gewinn ein und verstaute ihn mit hochmütiger Miene in seiner Westentasche, als seien solche kleinen Silbermünzen für einen Mann seines Schlages völlig bedeutungslos. Nachdem dies geschehen war, stolzierte er so elegant und kavaliersmäßig aus dem Zimmer, daß Mr. Chitling seinen

Beinen und Schuhen, bis diese außer Sicht waren, bewundernde Blicke nachsandte und den Anwesenden versicherte, die Bekanntschaft dieses Mannes sei mit fünfzehn Sixpencestücken für eine Begegnung nicht zu teuer bezahlt, und seine Verluste kümmerten ihn keinen Pfifferling.
»Ein komischer Kerl bist du, Tom!« sagte Master Bates, höchlichst belustigt ob dieser Erklärung.
»Keine Spur«, erwiderte Mr. Chitling. »Nicht wahr, Fagin?«
»Ein sehr kluger Bursche bist du, mein Lieber«, sagte Fagin und klopfte ihm auf die Schulter, während er seinen anderen Zöglingen zublinzelte.
»Und Mr. Crackit ist doch wirklich ein Mordskerl, nicht wahr, Fagin?« fragte Tom.
»Ganz ohne Zweifel, mein Lieber.«
»Und es ist doch wirklich eine Ehre, mit ihm bekannt zu sein, nicht wahr, Fagin?« fuhr Tom fort.
»Eine sehr große Ehre, mein Lieber. Die sind nur eifersüchtig, Tom, weil er sich mit ihnen nicht abgibt.«
»Aha!« rief Tom triumphierend. »Das ist es also! Er hat mich ausgenommen – aber ich kann ja gehen und wieder was verdienen, wenn ich will, nicht wahr, Fagin?«
»Sicher kannst du das; und je eher du gehst, Tom, um so besser ist es; also hol deinen Verlust nur gleich wieder 'rein und verlier keine Zeit mehr. Gannef! Charley! Es ist Zeit, daß ihr an die Arbeit geht. Los! Es ist schon fast zehn Uhr, und es ist noch nichts getan.«
Die Jungen gehorchten diesem Winke, nickten Nancy zu, nahmen ihre Hüte und verließen das Zimmer. Beim Weggehen machten der Gannef und sein quicklebendiger Freund noch zahlreiche Witze auf Kosten von Mr. Chitling, an dessen Verhalten, wie man gerechterweise feststellen muß, nichts sonderlich Verdächtiges oder Eigenartiges war; denn eine große Anzahl gebildeter junger Leute in dieser Stadt zahlen einen viel höheren Preis, als Mr. Chitling dafür, daß man sie in guter Gesellschaft sieht; und eine große

Zahl feiner Herren (aus denen sich die vorerwähnte gute Gesellschaft zusammensetzt) bauen ihren Ruf auf einer sehr ähnlichen Grundlage auf wie der schicke Toby Crackit.

»Also«, sagte Fagin, als sie das Zimmer verlassen hatten, »ich gehe jetzt und hole dir das Geld, Nancy. Das hier, mein liebes Kind, ist nur der Schlüssel zu einem kleinen Schrank, wo ich einige kuriose Dinge aufbewahre, die die Jungen so erwischen. Mein Geld verschließe ich nie, mein liebes Kind – ha, ha, ha! – denn ich habe gar keins zu verschließen – gar keins! Es ist ein armseliges Geschäft und man hat nichts davon. Aber ich habe die jungen Burschen gern um mich, und dafür ertrage ich alles! – Pst!« sagte er plötzlich und barg den Schlüssel an seiner Brust. »Wer ist das? Hör mal!« Das Mädchen, das mit verschränkten Armen am Tisch saß, schien absolut kein Interesse dafür zu haben, wer da kam; es war ihr gleichgültig, ob die betreffende Person kam oder ging, bis das Gemurmel einer männlichen Stimme an ihr Ohr drang. Sobald sie dieses vernahm, riß sie mit Blitzesschnelle ihren Hut und ihren Schal herunter und warf beides unter den Tisch. Als der Jude kurz darauf sich ihr zuwendete, beklagte sie sich murmelnd über die Hitze, und zwar in einem schläfrigen Tone, der in höchst auffälligem Gegensatz zu der großen Eile und Heftigkeit ihrer Bewegung stand; diese hatte Fagin jedoch nicht bemerkt, da er zu diesem Zeitpunkt mit dem Rücken zu ihr gewendet stand.

»Pah!« flüsterte der Jude, als sei er verärgert über die Unterbrechung, »das ist der Mann, den ich schon vorher erwartete, er kommt die Treppe herunter. Kein Wort über das Geld, solange er hier ist, Nancy. Er wird nicht lange bleiben, keine zehn Minuten, meine Liebe.«

Er legte seinen knochigen Zeigefinger an die Lippen und ging mit einer Kerze zur Tür, als draußen auf der Treppe der Schritt eines Mannes hörbar wurde. Im gleichen Augenblick, als er die Tür erreicht hatte, trat der Besucher eilig ins Zimmer und stand bereits dicht vor Nancy, ehe er sie noch bemerkt hatte.

Es war Monks.

»Nur eine meiner jungen Zöglinge«, sagte Fagin, da ihm auffiel, daß Monks zurückschreckte, als er ein fremdes Gesicht vor sich sah. »Bleib ruhig sitzen, Nancy.«

Das Mädchen rückte näher an den Tisch, sah Monks gleichgültig und flüchtig an und wendete dann ihren Blick beiseite. Als er sich jedoch zu Fagin umdrehte, blickte sie ihn nochmals verstohlen an, und zwar so scharf, prüfend und bedeutungsvoll, daß ein Beobachter dieser Veränderung – sofern er vorhanden gewesen wäre – kaum hätte glauben mögen, daß beide Blicke von derselben Person ausgingen.

»Irgendwas Neues?« forschte Fagin.

»Vieles.«

»Und – und – Gutes?« fragte Fagin zögernd, als fürchtete er, den anderen durch zu große Zuversichtlichkeit zu verärgern.

»Jedenfalls nicht Schlechtes«, erwiderte Monks lächelnd. »Ich bin diesmal schnell genug gewesen. Laß uns ein Wort unter vier Augen sprechen.«

Das Mädchen rückte noch näher an den Tisch heran und machte keine Anstalten, das Zimmer zu verlassen, obwohl sie sehen konnte, daß Monks auf sie deutete. Der Jude, der vielleicht fürchtete, sie könnte etwas über das Geld verlauten lassen, wenn er versuchte, sie fortzuschicken, zeigte nach oben und ging mit Monks aus dem Zimmer.

»Aber nicht in das verfluchte Loch, in dem wir damals waren«, konnte sie den Mann noch sagen hören, als die beiden die Treppe hinaufgingen. Fagin lachte, gab eine Antwort, die sie nicht verstehen konnte, und schien dann, wie man aus dem Knarren der Stufen hören konnte, seinen Besucher in das zweite Stockwerk hinaufzuführen.

Noch ehe der Widerhall ihrer Schritte im Hause verklungen war, hatte das Mädchen sich bereits ihrer Schuhe entledigt –

zog ihr Kleid lose über den Kopf, wickelte ihre Arme darein und stand in atemloser Spannung lauschend an der Tür. Sobald das Geräusch nicht mehr zu hören war, glitt sie aus dem Zimmer, stieg unglaublich behutsam und lautlos die Stufen hinauf und verschwand oben in der Dunkelheit.

Eine Viertelstunde oder länger blieb das Zimmer leer, dann kehrte das Mädchen mit ebenso unirdisch leichten Schritten zurück, und unmittelbar darauf hörte man die beiden Männer herunterkommen. Monks ging sogleich hinaus auf die Straße, und der Jude kroch wieder nach oben, um das Geld zu holen. Als er zurückkehrte, rückte das Mädchen gerade ihren Schal und ihren Hut zurecht, als wäre sie im Begriff aufzubrechen.

»Nanu, Nancy«, rief der Jude aus und fuhr zurück, als er die Kerze niedersetzte, »du bist ja ganz blaß!«

»Blaß?« wiederholte das Mädchen und beschattete ihre Augen mit der Hand, als wollte sie ihn fest ansehen.

»Ganz fürchterlich. Was hast du denn getan?«

»Nichts, soviel ich weiß – außer daß ich wer weiß wie lange hier in dieser dumpfen Bude gesessen habe«, antwortete das Mädchen gleichgültig. »Komm, sei so gut und laß mich wieder gehen.«

Mit einem Seufzer bei jedem Geldstück zählte Fagin ihr den Betrag in die Hand. Dann wechselten sie nur noch einen Gutenachtgruß und trennten sich ohne weitere Worte.

Als das Mädchen hinaus auf die Straße kam, setzte sie sich auf eine Türschwelle und schien für einige Augenblicke völlig verwirrt und unfähig, ihren Weg fortzusetzen. Plötzlich stand sie auf, lief in einer Richtung davon, die jener, in der Sikes ihre Rückkehr erwartete, völlig entgegengesetzt war, und beschleunigte ihren Schritt, bis sie allmählich in heftiges Laufen geriet. Nachdem sie völlig erschöpft war, blieb sie stehen, um Atem zu holen; sie schien sich plötzlich zu besinnen, und als beklagte sie ihre Unfähigkeit, einen

gefaßten Entschluß auszuführen, rang sie die Hände und brach in Tränen aus.
Es mochte sein, daß ihre Tränen sie erleichterten oder daß sie die ganze Hoffnungslosigkeit ihrer Lage fühlte, denn sie kehrte um, eilte mit fast ebenso großer Geschwindigkeit in entgegengesetzter Richtung weiter – einesteils, um die verlorene Zeit aufzuholen, und zum anderen, um mit dem ungestümen Lauf ihrer eigenen Gedanken Schritt zu halten – und erreichte bald die Behausung, in der sie den Einbrecher zurückgelassen hatte.
Wenn sie irgendwelche Erregung verriet, als sie Mr. Sikes gegenübertrat, so bemerkte dieser es nicht, denn er fragte lediglich, ob sie das Geld mitgebracht hätte, und als er eine bejahende Antwort erhielt, ließ er ein zufriedenes Brummen hören, legte seinen Kopf auf das Kissen und setzte seinen Schlummer fort, in dem ihn die Ankunft des Mädchens gestört hatte.
Es war ein Glück für sie, daß ihn der Besitz von Geld am nächsten Tag so sehr mit Essen und Trinken beschäftigt hielt und sich überdies so segensreich beschwichtigend auf sein rauhes Gemüt auswirkte, daß er weder Zeit noch Neigung hatte, ihr Benehmen und Befinden sonderlich zu beachten. Dem luchsäugigen Fagin wäre es nicht entgangen, daß sie das geistesabwesende und nervöse Verhalten eines Menschen zeigte, der vor einem kühnen und gewagten Schritt steht, zu dem er sich erst nach ungewöhnlichem Kampf entschlossen hat – und das hätte höchstwahrscheinlich sofort seinen Argwohn geweckt; Mr. Sikes aber besaß diesen scharfen Spürsinn nicht, und da er keine besonderen Besorgnisse weiter kannte als jene, die sich in einem rüpelhaften Benehmen gegen jedermann äußerten, und er sich außerdem, wie bereits bemerkt, in einer ungewöhnlich liebenswürdigen Stimmung befand, sah er in dem Benehmen des Mädchens nichts Ungewöhnliches und machte sich tatsächlich so wenig Gedanken über sie, daß ihre Erregung höchstwahrscheinlich

selbst dann keinen Verdacht in ihm geweckt hätte, wenn sie noch weit deutlicher sichtbar gewesen wäre, als sie es ohnehin war.

Als dieser Tag sich seinem Ende zuneigte, wurde die Aufregung des Mädchens noch heftiger, und als die Nacht hereinbrach und sie dasaß und wartete, bis der Einbrecher sich in Schlaf getrunken hätte, lag eine ungewöhnliche Blässe auf ihren Wangen, und ihre Augen zeigten ein Feuer, das selbst Mr. Sikes mit Erstaunen bemerkte.

Er lag, noch geschwächt vom Fieber, im Bett und trank seinen Wacholderschnaps mit heißem Wasser, um dessen erhitzende Wirkung zu mindern, und hatte Nancy eben sein Glas hingeschoben, um es zum dritten oder vierten Male füllen zu lassen, als ihm diese Anzeichen zum ersten Male auffielen.

»Hol mich der Teufel«, sagte er und stützte sich mit den Händen auf, während er dem Mädchen ins Gesicht sah, »du siehst wie eine auferstandene Leiche aus. Was ist los?«

»Was los ist?« antwortete das Mädchen. »Nichts. Warum starrst du mich denn so an?«

»Was sind das für Dummheiten?« fragte Sikes, packte sie beim Arm und schüttelte sie grob. »Was ist los? Was hast du vor? Woran denkst du?«

»An vielerlei, Bill«, erwiderte das Mädchen zitternd und preßte dabei die Hände auf die Augen. »Aber, du lieber Gott, was macht das schon?«

Der Ton erzwungener Heiterkeit, in dem die letzten Worte gesprochen wurden, schien auf Sikes einen tieferen Eindruck zu machen als der wilde und starre Blick, der ihnen vorausgegangen war.

»Ich werde dir sagen, was los ist«, sagte er, »wenn du nicht das Fieber erwischt hast und es dich jetzt überkommt, dann liegt was Außergewöhnliches in der Luft und obendrein was Gefährliches. Du wirst doch nicht etwa ... Verdammt – nein! Das würdest du doch nicht tun!«

»Was denn?« fragte das Mädchen.
»Es gibt doch«, murmelte Sikes vor sich hin, während er Nancy fest ansah, »es gibt doch kein zuverlässigeres Mädchen; sonst hätte ich ihr schon vor drei Monaten die Kehle durchgeschnitten. Sie kriegt das Fieber, das ist alles.«
Mit dieser Zuversicht gewappnet, leerte Sikes das Glas bis zum Grunde und rief dann mit mancherlei gemurmelten Verwünschungen nach seiner Medizin. Das Mädchen sprang höchst eilfertig auf, goß sie ein, wobei sie ihm den Rücken zuwandte, und hielt ihm dann das Glas an die Lippen, das er sogleich austrank.
»Nun komm her«, sagte er dann, »setz dich an meine Seite und mach wieder dein übliches Gesicht, sonst verändere ich dir's so, daß du es nicht wiedererkennst, wenn du es auch noch so gern möchtest.«
Das Mädchen gehorchte. Sikes umfaßte ihre Hand, sank auf das Kissen zurück und blickte ihr ins Gesicht. Seine Augen schlossen sich, öffneten sich wieder, schlossen sich abermals und öffneten sich wiederum. Ruhelos wechselte er seine Lage, und nachdem er einige Male für zwei oder drei Minuten eingeschlafen und ebensooft mit erschrockenem Blick aufgesprungen war und wie geistesabwesend um sich geblickt hatte, verfiel er plötzlich, als er eben wieder im Begriff war, sich aufzurichten, in einen tiefen und schweren Schlaf. Der Griff seiner Hand lockerte sich, der erhobene Arm fiel schlaff an seiner Seite herunter, und Sikes lag nun wie in tiefer Betäubung da.
»Endlich hat das Opium gewirkt«, murmelte das Mädchen, als es von der Bettkante aufstand. »Jetzt kann es aber vielleicht schon zu spät sein.«
Eilig setzte sie ihren Hut auf, band den Schal um und blickte sich von Zeit zu Zeit ängstlich um, als erwarte sie trotz des Schlaftrunkes jeden Augenblick den Druck von Sikes' schwerer Hand auf ihrer Schulter zu verspüren; dann beugte sie sich sanft über das Bett, küßte den Räuber auf die

Lippen, öffnete und schloß geräuschlos die Zimmertür und eilte aus dem Hause.
In einer dunklen Gasse, durch die sie hindurch mußte, um die Hauptstraße zu erreichen, verkündete ein Nachtwächter gerade, daß es halb zehn geschlagen habe.
»Ist es schon lange halb zehn vorbei?« fragte das Mädchen.
»In einer Viertelstunde wird es zehn schlagen«, sagte der Mann und leuchtete ihr mit der Laterne ins Gesicht.
»Und ich brauche mindestens eine Stunde oder mehr, um hinzukommen«, murmelte Nancy, huschte schnell an dem Mann vorbei und eilte die Straße hinunter.
In den Seiten- und Hauptstraßen, durch die sie auf ihrem Weg von Spitalsfield nach dem Westen von London kam, wurden schon viele Läden geschlossen. Als es zehn schlug, wuchs des Mädchens Ungeduld noch mehr. Sie stürmte auf dem schmalen Fußweg dahin, stieß rechts und links die Vorübergehenden mit den Ellbogen beiseite und überquerte, fast unter den Köpfen der Pferde hinweg, dichtgedrängte Straßen, während eine dichte Menschenmenge begierig auf die Möglichkeit wartete, es ihr gleichzutun.
»Das Weibsbild ist verrückt!« meinten die Leute, die sich umdrehten, um ihr nachzusehen, wie sie so davonstürzte.
Als sie die besseren Viertel der Stadt erreichte, waren die Straßen verhältnismäßig menschenleer, und hier erregte ihr ungestümes Dahinstürmen bei jenen späten Bummlern, an denen sie vorübereilte, noch größeres Aufsehen. Einige folgten ihr mit beschleunigtem Schritt, als wollten sie sehen, wohin sie wohl in solch ungewöhnlicher Hast unterwegs sei, einige überholten sie und blickten sich überrascht um, als sie ihre unverminderte Hast bemerkten; aber einer nach dem andern blieb zurück, und als sie sich ihrem Ziele näherte, war sie allein.
Es war ein Familienhotel in einer stillen, aber hübschen Straße in der Nähe des Hydeparks. Als das helle Licht der Lampe, die vor der Tür brannte, ihr den Weg wies, schlug es

elf Uhr. Einige Schritte lang hatte sie gezögert, als wäre sie unschlüssig und überlegte noch, ob sie weitergehen sollte; aber der Klang der Turmuhr veranlaßte sie dann doch, die Vorhalle zu betreten. Der Pförtnerplatz war leer. Unsicher blickte sie sich um und ging auf die Treppe zu.

»Nun, junge Frau«, sagte ein schmuck gekleidetes Mädchen, das hinter ihr aus einer Tür heraussah, »zu wem wollen Sie denn hier?«

»Zu einer Dame, die in diesem Hause wohnt«, antwortete Nancy.

»Zu einer Dame?« war die Antwort, die von einem verächtlichen Blick begleitet war. »Zu welcher Dame?«

»Zu Miss Maylie«, sagte Nancy.

Das Mädchen, das sie inzwischen gemustert hatte, antwortete lediglich mit einem Blick voll tugendhafter Geringschätzung und rief einen Diener herbei, der ihr Auskunft geben sollte. Diesem wiederholte Nancy ihr Anliegen.

»Welchen Namen soll ich nennen?« fragte der Diener.

»Es hat keinen Zweck, einen zu nennen«, antwortete Nancy.

»Auch nicht den Grund Ihres Kommens?« fragte der Mann weiter.

»Nein, auch den nicht«, erwiderte das Mädchen. »Ich muß die Dame selbst sehen.«

»Nichts da!« sagte der Mann und schob sie zur Tür. »Scheren Sie sich fort!«

»Wenn ich gehen soll, müssen Sie mich hinaustragen«, antwortete das Mädchen heftig, »und ich kann dafür sorgen, daß das eine Arbeit wird, die zwei von Ihrer Sorte nicht gern täten. Ist denn niemand hier«, fragte sie und blickte um sich, »der für ein armes verzweifeltes Wesen wie mich eine einfache Nachricht überbringt?«

Dieser Ausruf tat seine Wirkung bei einem gutmütig aussehenden Koch, der mit einigen andern Dienstboten zugesehen hatte und sich nun einmischte.

»Kannst du's denn nicht für sie erledigen, Joe?« fragte er.

»Was hat das schon für Zweck«, erwiderte der andere. »Du glaubst doch nicht etwa, daß die junge Dame so eine wie die da empfängt?«

Diese Anspielung auf Nancys zweifelhafte Erscheinung weckte ein beträchtliches Maß keuscher Empörung in den Herzen von vier Hausmädchen, die mit großem Eifer feststellten, daß dieses Geschöpf eine Schande für ihr Geschlecht sei, und heftig dafür eintraten, daß man das Mädchen unbarmherzig in die Gosse werfen sollte.

»Machen Sie mit mir, was Sie wollen«, sagte Nancy und wandte sich wieder den Männern zu, »aber tun Sie zuerst, worum ich Sie bitte – und ich bitte Sie um des allmächtigen Gottes willen, diese Botschaft zu übermitteln.«

Der weichherzige Koch wiederholte seine Fürsprache, und das Ergebnis war, daß der zuerst erschienene Mann den Auftrag übernahm.

»Was soll ich ausrichten?« fragte er, schon mit einem Fuß auf der Treppe.

»Daß ein junges Mädchen dringend darum bittet, Miss Maylie allein zu sprechen«, sagte Nancy, »und daß das Fräulein schon bei dem ersten Wort, das ich ihr zu sagen habe, wissen wird, ob sie mich anhört oder als Betrügerin hinauswerfen läßt.«

»Ich muß schon sagen, Sie trumpfen ganz schön auf«, meinte der Mann.

»Übermitteln Sie die Nachricht«, sagte das Mädchen entschlossen, »und bringen Sie mir die Antwort.«

Der Diener lief die Treppe hinauf. Nancy blieb blaß und fast außer Atem zurück und hörte mit bebenden Lippen auf die sehr vernehmlichen Ausdrücke der Verachtung, in denen die Dienstmädchen sehr erfinderisch waren und die sich noch steigerten, als der Diener zurückkam und vermeldete, das junge Mädchen solle nach oben kommen.

»Es hat keinen Zweck, wenn man in dieser Welt anständig ist«, bemerkte das erste Dienstmädchen.

»Messing gilt mehr, als im Feuer erprobtes Gold«, sagte die zweite.
Die dritte begnügte sich mit der verwunderten Feststellung, »was wohl eine vornehme Dame sei«, und die vierte übernahm die erste Stimme, als die Jungfern abschließend im Quartett bemerkten: »Es ist eine Schande!«
Ohne sich um all das zu kümmern – denn ihr lagen wichtigere Dinge am Herzen – folgte Nancy dem Diener mit zitternden Gliedern in ein kleines Vorzimmer, das durch eine von der Decke herabhängende Lampe erleuchtet wurde. Hier ließ der Mann sie allein.

VIERZIGSTES KAPITEL

Eine seltsame Unterredung, die eine Folge des vorigen Kapitels ist

Das Mädchen hatte ihr Leben auf den Straßen und in den ekelhaftesten Bordells und Spelunken Londons vergeudet, aber etwas vom wahren Wesen des Weibes war dennoch in ihr verblieben; und als sie leichte Schritte vernahm, die sich der gegenüberliegenden Tür näherten, und an den großen Gegensatz dachte, den der kleine Raum im nächsten Augenblick umschließen sollte, empfand sie drückend die Last ihrer eigenen tiefen Schande und schauderte, als könnte sie kaum die Gegenwart derjenigen ertragen, deren Begegnung sie doch gesucht hatte.
Gegen diese besseren Gefühle jedoch kämpfte der Stolz – jenes Laster, das den Niedrigsten und Verworfensten ebenso eigen ist wie den Hochgestellten und Selbstsicheren. Die elende Gefährtin von Dieben und Lumpen, die tief gesunkene Verstoßene aus gemeinen Schlupfwinkeln, die Verbündete des Abschaums der Gefängnisse und Galeeren, die selbst im Schatten des Galgens lebte – dieses erniedrigte Wesen sogar fühlte sich zu stolz, auch nur einen Schimmer weibli-

chen Empfindens zu bekunden, das sie als eine Schwäche ansah, obwohl es das einzige war, was sie noch mit jener Menschlichkeit verband, von der ihr wüstes Leben schon in früher Kindheit so viele Spuren verwischt hatte.

Sie hob ihre Augen gerade so weit, um erkennen zu können, daß die Gestalt, die nun erschien, die eines zarten und schönen Mädchens war; dann senkte sie den Blick wieder, warf den Kopf mit geheuchelter Gleichgültigkeit zurück und sagte: »Es ist schwer, Sie zu Gesicht zu bekommen, Fräulein. Hätte ich mich beleidigt gefühlt und wäre weggegangen, wie es viele andere getan hätten, so wäre es Ihnen eines Tages leid gewesen, und das nicht ohne Grund.«

»Es tut mir sehr leid, wenn irgend jemand grob zu Ihnen gewesen ist«, antwortete Rose. »Denken Sie nicht weiter daran. Sagen Sie mir, warum Sie mich zu sprechen wünschten – ich bin diejenige, nach der Sie gefragt haben.«

Der freundliche Ton dieser Antwort, die sanfte Stimme und das vornehme Wesen ohne jede Spur von Hochmut oder Unwillen überraschten das Mädchen völlig, und sie brach in Tränen aus.

»Ach, Fräulein, Fräulein!« rief sie und schlug leidenschaftlich erregt die Hände vors Gesicht. »Wenn es mehr Menschen wie Sie gäbe – es gäbe weniger solche wie mich! Bestimmt – ganz bestimmt!«

»Setzen Sie sich«, sagte Rose ernst. »Wenn Sie in Not oder Bedrängnis sind, so soll es mich wirklich freuen, Sie davon zu befreien, wenn ich es kann – wirklich und wahrhaftig. Setzen Sie sich nur.«

»Lassen Sie mich stehen bleiben, Fräulein«, sagte das Mädchen, noch immer weinend, »und sprechen Sie nicht so freundlich mit mir, ehe Sie mich besser kennen. Es wird spät. Ist – ist die Tür dort geschlossen?«

»Ja«, sagte Rose und trat einige Schritte zurück, um einer Hilfe näher zu sein, falls sie deren bedürfe. »Warum?«

»Weil ich im Begriff bin, mein Leben und das anderer in Ihre

Hände zu geben«, sagte Nancy. »Ich bin das Mädchen, das Oliver an jenem Abend, als er das Haus in Pentonville verließ, zu dem alten Fagin zurückgeschleppt hat.«

»Sie?« fragte Rose Maylie.

»Ja, ich, Fräulein«, antwortete das Mädchen. »Ich bin jenes unselige Geschöpf, von dem Sie gehört haben, das unter Dieben lebt und das, seit es zum ersten Male die Straßen von London mit Augen und Sinnen bewußt wahrnahm, nie ein besseres Leben oder freundlichere Worte kennengelernt hat, als Sie mir boten – so wahr mir Gott helfe! Scheuen Sie sich nicht, offen vor mir zurückzuweichen. Ich bin jünger, als Sie nach meinem Aussehen vermuten würden – aber ich bin daran gewöhnt. Die ärmsten Weiber weichen mir aus, wenn ich auf der Straße im Gedränge an ihnen vorübergehe.«

»Was sind das für furchtbare Dinge!« sagte Rose und wich unwillkürlich vor ihrer seltsamen Besucherin zurück.

»Danken Sie dem Himmel auf den Knien, liebes Fräulein«, rief das Mädchen aus, »daß Sie Freunde hatten, die in Ihrer Kindheit für Sie sorgten und Sie umhegten, und daß Sie niemals Hunger und Kälte, Verbrechen und Trunksucht und – und etwas noch weit Schlimmeres erlebt haben, wie ich es von der Wiege an kenne. Ich darf dieses Wort wohl gebrauchen, denn die Straße und die Gosse waren meine Wiege, und sie werden auch mein Totenbett sein.«

»Ich bedaure Sie«, sagte Rose mit gebrochener Stimme. »Es drückt mir das Herz ab, wenn ich Sie so sprechen höre.«

»Der Himmel segne Sie für Ihre Güte!« antwortete das Mädchen. »Wenn Sie wüßten, was ich zuweilen bin, so würden Sie mich wahrlich bedauern. Aber ich habe mich von jenen hinweggeschlichen, die mich mit Sicherheit umbringen würden, wenn sie wüßten, daß ich hier gewesen bin, um Ihnen zu erzählen, was ich gehört habe. Kennen Sie einen Mann namens Monks?«

»Nein«, sagte Rose.

»Er kennt Sie aber«, entgegnete Nancy, »und wußte, daß Sie

hier sind; denn dadurch, daß ich ihn dieses Haus nennen hörte, habe ich Sie gefunden.«

»Ich habe den Namen nie gehört«, sagte Rose.

»Dann nennt er sich bei uns anders«, antwortete das Mädchen, »was ich schon früher ziemlich sicher annahm. Vor einiger Zeit, bald nachdem Oliver in der Nacht des Einbruchs in Ihr Haus kam, belauschte ich, da ich diesen Mann verdächtigte, eine Unterredung, die er in der Dunkelheit mit Fagin hatte. Aus dem, was ich hörte, entnahm ich, daß Monks – der Mann, nach dem ich Sie fragte, wissen Sie . . .«

»Ja«, sagte Rose, »ich verstehe.«

». . . daß Monks«, fuhr das Mädchen fort, »Oliver zufällig an dem Tage, als wir ihn das erste Mal verloren, mit zweien von unseren Jungen gesehen hat und in ihm sogleich das Kind erkannt hatte, das er suchte – warum, konnte ich allerdings nicht herausbekommen. Er traf ein Abkommen mit Fagin, der eine bestimmte Summe erhalten sollte, wenn er Oliver wiederbekäme; und er sollte noch mehr haben, wenn er aus Oliver einen Dieb machte, woran dieser Monks aus irgendeinem persönlichen Grunde interessiert war.«

»Aus welchem Grunde?« fragte Rose.

»Er sah meinen Schatten an der Wand, als ich lauschte, weil ich hoffte, das zu erfahren«, sagte Nancy; »und es gibt nicht viele außer mir, die ihnen rechtzeitig entkommen wären, um einer Entdeckung zu entgehen. Mir aber gelang es, und ich habe ihn bis zur vergangenen Nacht nicht wiedergesehen.«

»Und was geschah da?«

»Ich werde es Ihnen erzählen, Fräulein. Vorige Nacht kam er wieder. Wieder gingen sie nach oben, und ich vermummte mich so, daß mein Schatten mich nicht verraten konnte und lauschte wieder an der Tür. Die ersten Worte, die ich Monks sagen hörte, waren: ›Der einzige Beweis für die Identität des Jungen liegt also auf dem Grunde des Flusses, und die alte Hexe, die ihn von der Mutter erhielt, modert in ihrem Sarg.‹

Sie lachten, sprachen über den damit erzielten Erfolg, und Monks, der weiter von dem Jungen redete und dabei sehr erregt wurde, meinte, wenn er nun auch das Geld des jungen Teufels in Sicherheit hätte, wäre es ihm anders lieber gewesen; es hätte ihm einen Mordsspaß bereitet, das prahlerische Testament des Vaters dadurch zu Fall zu bringen, daß man den Jungen durch alle Gefängnisse der Stadt schleifte und ihn dann für irgendein Kapitalverbrechen aufknüpfte, was Fagin leicht hätte bewerkstelligen können, nachdem er zuvor noch einen guten Gewinn dabei herausgeschlagen hätte.«

»Was bedeutet das alles?« fragte Rose.

»Es ist die Wahrheit, Fräulein, wenn es auch von meinen Lippen kommt«, antwortete Nancy. »Dann sagte er unter Flüchen, die meinen Ohren vertraut genug, Ihren jedoch ungewohnt sind, wenn er seinen Haß befriedigen und den Jungen umbringen könnte, ohne seinen eigenen Hals dabei zu riskieren, so würde er es tun; da er das aber nicht könnte, so würde er darauf bedacht sein, ihn im Leben nicht aus den Augen zu lassen, und wenn er etwa aus seiner Geburt und seiner Lebensgeschichte Vorteile ziehen wollte, so würde er ihm doch noch etwas antun. ›Kurzum, Fagin‹, sagte er, ›du bist zwar ein Jude, aber solche Schlingen hast du noch nie gelegt, wie ich sie für meinen jüngeren Bruder Oliver ersinnen werde.‹«

»Seinen Bruder?« rief Rose aus.

»Das waren seine Worte«, sagte Nancy und sah sich ängstlich um, wie sie es seit Beginn ihrer Erzählung fast unaufhörlich getan hatte, da sie der Gedanke an Sikes beständig verfolgte. »Und mehr noch! Als er von Ihnen und der anderen Dame sprach und meinte, Gott oder der Teufel müßte sich gegen ihn verschworen haben, daß Oliver in Ihre Hände gekommen sei, da lachte er und sagte, es läge ja auch ein gewisser Trost darin; denn wieviel Tausende, ja Hunderttausende von Pfunden würden Sie wohl – wenn Sie sie hätten – geben, um zu wissen, wer Ihr zweibeiniges Schoßhündchen eigentlich ist.«

»Sie wollen doch wohl nicht behaupten«, sagte Rose und wurde sehr blaß dabei, »daß das ernst gemeint war?«

»Wenn je ein Mann in bitterem Ernst sprach, so war es es«, erwiderte das Mädchen. »Wenn es ums Hassen geht, ist's ihm bitter ernst. Ich kenne viele, die Schlimmeres tun, aber ich würde sie alle lieber ein Dutzendmal davon sprechen hören als diesen Monks nur einmal. Es wird spät, ich muß wieder nach Hause kommen, ohne daß man Verdacht schöpft, weshalb ich unterwegs war. Ich muß schnell wieder gehen.«

»Aber was kann ich tun?« fragte Rose. »Was soll mir diese Mitteilung ohne Ihre Hilfe nützen? – Sie wollen zurück? Warum wollen Sie wieder zu Menschen, die Sie in solch schrecklichen Farben geschildert haben? Wenn Sie diese Mitteilungen in Gegenwart eines Herrn wiederholen, den ich im Augenblick aus dem Nebenzimmer herbeirufen kann, so können Sie binnen einer halben Stunde an einen Ort gebracht werden, wo Sie in Sicherheit sind.«

»Ich möchte zurück«, sagte das Mädchen. »Ich muß, weil – wie soll ich einem unschuldigen Fräulein wie Ihnen dergleichen erklären? –, weil unter den Männern, von denen ich Ihnen erzählt habe, einer ist – der Verzweifeltste von allen –, und den kann ich nicht verlassen; auch dann nicht, wenn ich mich damit aus dem Leben retten könnte, das ich jetzt führe.«

»Daß Sie sich schon früher für diesen lieben Jungen eingesetzt haben«, erwiderte Rose, »daß Sie unter so großen Schwierigkeiten hierhergekommen sind, um mir zu erzählen, was Sie gehört haben; Ihr Verhalten, das mich von der Wahrheit dessen überzeugt, was Sie sagen; Ihre offensichtliche Zerknirschung und das Bewußtsein Ihrer Schande – alles das veranlaßt mich zu glauben, daß Sie noch zu retten sind. Ach, bleiben Sie nicht taub für das Flehen eines Menschen, der eine Frau ist wie Sie«, sagte das aufrichtige Mädchen und faltete die Hände, während ihr die Tränen über die Wangen liefen, »des ersten Menschen, der, wie ich glaube, voll Erbarmen und Mitleid zu Ihnen spricht. Hören Sie auf meine Worte und lassen Sie mich Ihnen zu einem besseren Leben verhelfen.«

»Fräulein«, rief das Mädchen und sank auf die Knie, »liebes, süßes, engelgleiches Fräulein, Sie *sind* die erste, die mich jemals mit solchen Worten beglückt hat, und wenn sie mir vor Jahren zu Ohren gekommen wären, so hätten sie mich vielleicht vor einem Leben in Sünde und Kummer bewahrt – aber es ist zu spät – es ist zu spät!«

»Es ist niemals zu spät für Reue und Sühne«, sagte Rose.

»Es ist zu spät!« rief das Mädchen und wand sich in Verzweiflung. »Ich kann ihn jetzt nicht verlassen! Ich kann nicht die Schuld an seinem Tode auf mich nehmen!«

»Warum sollten Sie das?« fragte Rose.

»Nichts könnte ihn retten«, erwiderte Nancy. »Wenn ich anderen erzählte, was ich Ihnen berichtet habe, und sie dadurch verhaftet würden, so wäre das sein sicherer Tod. Er ist der Kühnste, und er ist so grausam gewesen!«

»Ist es möglich«, rief Rose, »daß Sie für einen solchen Mann auf jegliche Zukunftshoffnung und die Gewißheit sofortiger Rettung verzichten könnten? Das ist Wahnsinn!«

»Ich weiß nicht, was es ist«, antwortete das Mädchen, »ich weiß nur, daß es so ist, und es geht nicht nur mir so, sondern Hunderten, die ebenso elend und schlecht sind wie ich. Ich muß zurück. Ob es Gottes Zorn über das Böse ist, was ich getan habe, weiß ich nicht; aber trotz allem Leid und aller Mißhandlung zieht es mich zu ihm zurück; und ich glaube, es wäre auch dann so, wenn ich wüßte, daß ich schließlich durch seine Hand sterben müßte.«

»Was soll ich tun?« fragte Rose. »So dürfte ich Sie nicht von mir gehen lassen.«

»Sie dürfen es, Fräulein«, erwiderte Nancy und erhob sich,

»und ich weiß, Sie werden es tun. Sie werden mich nicht hindern, zu gehen, denn ich habe Ihrer Güte vertraut und kein Versprechen von Ihnen gefordert, wie ich's hätte tun können.«

»Welchen Zweck hat denn das, was Sie mir mitgeteilt haben?« fragte Rose. »Dieses Geheimnis muß ergründet werden, wie soll sonst seine Enthüllung Oliver nützen, dem Sie doch helfen wollen?«

»Sie müssen einen wohlwollenden Herrn um sich haben, dem Sie es anvertrauen können und der Ihnen rät, was zu tun ist«, erwiderte das Mädchen.

»Aber wo finde ich Sie, wenn es nötig ist?« fragte Rose. »Ich will nicht wissen, wo diese fürchterlichen Menschen leben, aber wo sind Sie zu einer bestimmten Zeit anzutreffen?«

»Versprechen Sie mir, daß mein Geheimnis streng gewahrt wird und daß Sie allein oder nur mit dem kommen, der darum weiß, und daß ich weder beobachtet noch verfolgt werde?« fragte Nancy.

»Ich verspreche es Ihnen feierlich«, antwortete Rose.

»Jeden Sonntag von elf bis zwölf Uhr nachts«, sagte das Mädchen ohne Zögern, »werde ich, wenn ich am Leben bin, auf der London Bridge sein.«

»Bleiben Sie noch einen Augenblick«, bat Rose, als das Mädchen eilends auf die Tür zuging. »Denken Sie noch einmal an Ihre eigene Lage und an die Möglichkeit, die Sie haben, ihr zu entrinnen. Sie haben ein Recht auf meine Hilfe – nicht nur als die freiwillige Überbringerin dieser Nachricht, sondern auch als eine Frau, die schon fast rettungslos verloren ist. Wollen Sie zu dieser Räuberbande und zu diesem Mann zurückkehren, wenn ein einziges Wort Ihnen Rettung bringen kann? Welche Verzauberung ist das, die Sie zurückkehren und an Bosheit und Elend festhalten läßt? Gibt es denn keine Saite in Ihrem Herzen, an die ich zu rühren vermag? Ist nichts geblieben, woran ich mich gegen diese furchtbare Verblendung wenden kann?«

»Wenn Frauen, die so jung, so gütig und schön sind wie Sie«, erwiderte das Mädchen fest, »ihr Herz verschenken, so wird die Liebe sie zu allem fähig machen – selbst solche Frauen wie Sie, die Heimat, Freunde, Verehrer und alles sonst Erdenkliche haben, was sie auszufüllen vermag. Wenn solche wie ich, die außer dem Sargdeckel kein sicheres Dach kennen und die in Krankheit und Tod keinen anderen Freund haben als die Spitalschwester, ihre verderbten Herzen an einen Mann hängen und ihm den Platz einräumen, der ihr ganzes elendes Leben lang leer gewesen ist – wer kann dann hoffen, sie zu heilen? Bedauern Sie uns, Fräulein – bedauern Sie uns, daß uns nur ein einziges weibliches Empfinden geblieben ist und daß auch das noch durch ein hartes Geschick aus Trotz und Stolz zu einem weiteren Quell des Leidens und der Schändung wurde.«

»Sie werden doch«, sagte Rose nach einer Pause, »etwas Geld von mir annehmen, das es Ihnen möglich macht, ohne Schande zu leben – wenigstens solange, bis wir uns wiedersehen?«

»Keinen Pfennig«, erwiderte das Mädchen mit einer abwehrenden Handbewegung.

»Verschließen Sie Ihr Herz nicht gegen all meine Bemühungen, Ihnen zu helfen«, sagte Rose und ging freundlich auf Nancy zu. »Ich möchte Ihnen wirklich so gern beistehen.«

»Sie würden mir am besten helfen, Fräulein«, antwortete das Mädchen und rang die Hände, »wenn Sie mich auf der Stelle umbringen könnten, denn ich habe heute abend bei dem Gedanken daran, was ich bin, mehr Kummer gelitten als je zuvor, und es würde schon viel bedeuten, nicht in dieser Hölle zu sterben, in der ich gelebt habe. Gott segne Sie, liebes Fräulein, und gebe Ihnen so viel Glück, wie ich Schande über mich gebracht habe!«

Mit diesen Worten und unter lautem Schluchzen ging das unglückliche Wesen davon, indes Rose Maylie, überwältigt von dieser außergewöhnlichen Begegnung, die mehr einem flüchtigen Traum als einem wirklichen Erlebnis glich, in einen Stuhl sank und versuchte, ihre umherirrenden Gedanken zu sammeln.

EINUNDVIERZIGSTES KAPITEL

Enthält neue Entdeckungen und zeigt, daß Überraschungen, ebenso wie Mißgeschicke selten allein kommen

Roses Lage war in der Tat ungewöhnlich verantwortungsvoll und schwierig. Sie fühlte zwar den brennenden Wunsch, das Geheimnis zu lüften, in das Olivers Geschichte gehüllt war, fühlte sich jedoch verpflichtet, das Vertrauen nicht zu enttäuschen, das die Unglückliche, mit der sie soeben gesprochen hatte, in sie, ein junges, argloses Mädchen, setzte. Ihre Worte und ihr Wesen hatten Rose Maylies Herz gerührt, und mit der Liebe für ihren jungen Schützling vermischte sich nicht minder wahrhaftig und dringend ihr inniger Wunsch, der Ausgestoßenen Reue und Hoffnung wieder zu erschließen.

Sie hatten beabsichtigt, lediglich drei Tage in London zu bleiben, um dann für einige Wochen nach einer entfernteren Gegend an der Küste zu reisen. Es war jetzt um die Mitternacht des ersten Tages. Zu welchem Entschluß konnte sie gelangen, der sich innerhalb von achtundvierzig Stunden ausführen ließ? Oder wie konnte sie einen Aufschub der Reise erwirken, ohne Verdacht zu erregen?

Mr. Losberne war bei ihnen und würde auch die nächsten zwei Tage dasein; aber Rose war das Ungestüm dieses prächtigen Mannes nur zu gut bekannt, und sie sah zu klar voraus, mit welchem Zorn er im ersten Ausbruch seiner Empörung das Werkzeug von Olivers Entführung betrachten würde, um ihm das Geheimnis anzuvertrauen, wenn ihre Fürsprache für das Mädchen nicht durch einen erfahreneren

Beistand unterstützt wurde. Das war auch Grund genug, das Geheimnis nur mit größter Vorsicht und größter Zurückhaltung Mrs. Maylie mitzuteilen, denn deren erster Gedanke würde unfehlbar sein, mit dem ehrenwerten Doktor über die Angelegenheit zu sprechen. Aus den gleichen Gründen war auch kaum daran zu denken, sich an einen Rechtsberater zu wenden – selbst wenn Rose gewußt hätte, wie dies zu bewerkstelligen wäre. Einmal kam ihr der Gedanke, bei Harry Hilfe zu suchen; aber das weckte die Erinnerung an ihren letzten Abschied, und es schien ihr unwürdig, ihn zu einem Zeitpunkt zurückzurufen, da er – bei diesem Gedanken stiegen ihr die Tränen in die Augen – vielleicht gelernt hatte, sie zu vergessen und fern von ihr glücklicher zu sein.

Diese verschiedenen Überlegungen verwirrten sie; bald neigte sie zu diesem, bald zu jenem Wege, um sie schließlich, nachdem sie über jeden einzelnen nachgedacht hatte, allesamt zu verwerfen – und so verbrachte sie eine schlaflose und angsterfüllte Nacht. An nächsten Tage ging sie nochmals mit sich zu Rate und kam endlich zu dem verzweifelten Entschluß, Harry um Hilfe zu bitten.

»Wenn es schmerzlich für ihn ist, hierher zurückzukommen«, dachte sie, »um wieviel schmerzlicher wird es für mich sein! Aber vielleicht kommt er gar nicht, er könnte ja auch schreiben, oder er könnte wohl kommen und es sorgsam vermeiden, mir zu begegnen – wie er es bei seiner Abreise tat. Ich hatte es kaum geglaubt, aber es war besser für uns beide.« Hier ließ Rose die Feder sinken und wandte sich ab, als dürfte selbst das Papier, das ihr Bote sein sollte, sie nicht weinen sehen.

Sie hatte diese Feder wohl an die fünfzig Mal aufgenommen und wieder beiseite gelegt und hatte die erste Zeile ihres Briefes wieder und wieder überdacht, ohne auch nur das erste Wort zu schreiben, als Oliver, der mit Mr. Giles als Leibwache auf der Straße spazierengegangen war, in solch atemloser Hast und heftiger Erregung ins Zimmer trat, daß

dies einen neuen Grund zur Beunruhigung anzukündigen schien.
»Wovon siehst du denn so aufgeregt aus?« fragte Rose und ging ihm entgegen.
»Ich weiß selbst nicht recht; mir ist, als müßte ich ersticken«, antwortete der Junge. »Du mein Gott! Wenn ich daran denke, daß ich ihn nun schließlich doch wiedersehen sollte und Sie die Gewißheit bekämen, daß ich die volle Wahrheit gesagt habe!«
»Ich habe niemals geglaubt, daß du uns etwas anderes als die Wahrheit gesagt hast«, beruhigte ihn Rose. »Aber was bedeutet das, von wem sprichst du denn?«
»Ich habe den Herrn gesehen«, antwortete Oliver, kaum noch seiner Sprache mächtig, »den Herrn, der so gut zu mir war – Mr. Brownlow, von dem wir so oft gesprochen haben!«
»Wo?« fragte Rose.
»Als er aus einer Kutsche stieg«, erwiderte Oliver unter Freudentränen, »und in ein Haus ging. Ich habe nicht mit ihm gesprochen – ich konnte es nicht, denn er sah mich nicht, und ich zitterte so, daß ich nicht zu ihm hingehen konnte. Aber Giles fragte für mich, ob er dort wohnte, und man bestätigte es ihm. Sehen Sie, hier«, fuhr Oliver fort und entfaltete ein Stück Papier, »hier ist es – hier wohnt er –, ich will gleich hingehen! Ach, du mein Gott, du mein Gott! Was soll ich nur tun, wenn ich ihn wiedersehe und ihn wieder sprechen höre?«
Durch diese und manche andere unzusammenhängende Freudenausrufe ließ sich Rose indes nicht im mindesten ablenken, sondern las die Adresse: Craven Street, am Strand. Sogleich war sie entschlossen, sich diese Entdeckung zunutze zu machen.
»Rasch!« sagte sie. »Sag Bescheid, daß eine Kutsche geholt wird, und halte dich bereit, mit mir zu fahren. Ich will dich gleich hinbringen; es soll keine Minute Zeit verloren werden.

Ich will nur noch meiner Tante sagen, daß wir auf eine Stunde fortgehen, und werde ebenso schnell bereit sein wie du.«

Oliver bedurfte keiner Aufforderung zur schnellen Erledigung seines Auftrages, und nach kaum mehr als fünf Minuten waren sie auf dem Wege nach Craven Street. Als sie dort ankamen, ließ Rose Oliver unter dem Vorwand, sie wolle den alten Herrn erst auf seinen Besuch vorbereiten, in der Kutsche zurück; dann schickte sie durch einen Diener ihre Karte hinauf mit der Bitte, Mr. Brownlow in einer äußerst dringenden Angelegenheit sprechen zu dürfen. Der Diener kam bald zurück, bat Miss Maylie, sich nach oben zu bemühen, und als sie ihm in eines der oberen Zimmer folgte, sah sie sich einem freundlich aussehenden älteren Herrn in einem flaschengrünen Rock gegenüber. Nahe bei ihm saß ein zweiter alter Herr in nankinggelben Kniehosen und Gamaschen, der nicht sonderlich wohlwollend aussah; er hielt seine Hände um den Knauf eines dicken Stockes gefaltet und stützte sein Kinn darauf.

»Ach, du mein Gott«, sagte der Herr in dem flaschengrünen Rock – indem er sich rasch mit großer Herzlichkeit erhob. »Ich bitte um Verziehung, mein Fräulein; ich dachte, es wäre irgendein zudringlicher Mensch, der – entschuldigen Sie gütigst. Bitte, nehmen Sie doch Platz.«

»Sie sind vermutlich Mr. Brownlow, Sir?« sagte Rose und blickte von dem anderen Herrn auf jenen, der eben gesprochen hatte.

»Ja, der bin ich«, antwortete der alte Herr. »Dies hier ist mein Freund, Mr. Grimwig. – Grimwig, würdest du uns wohl für ein paar Minuten allein lassen?«

»Ich glaube«, unterbrach ihn Miss Maylie, »daß ich an diesem Punkte unseres Gesprächs dem Herrn die Mühe ersparen kann, sich zu entfernen. Wenn ich richtig unterrichtet bin, weiß er von der Angelegenheit, über die ich mit Ihnen sprechen möchte.«

Mister Brownlow neigte zustimmend den Kopf. Mr. Grimwig, der eine sehr steife Verbeugung gemacht und sich aus seinem Stuhl erhoben hatte, machte eine zweite ebenso steife Verbeugung und ließ sich wieder in seinen Stuhl zurückfallen.

»Ich werde Ihnen ohne Zweifel eine sehr große Überraschung bereiten«, sagte Rose, naturgemäß etwas verwirrt; »aber Sie erwiesen einem mir sehr lieben jungen Freund einmal viel Güte und Wohlwollen, und ich bin sicher, es wird Sie interessieren, wieder von ihm zu hören.«

»Allerdings!« antwortete Mr. Brownlow.

»Sie kannten ihn als Oliver Twist«, fuhr Rose fort.

Kaum waren diese Worte ihren Lippen entflohen, als Mr. Grimwig, der so getan hatte, als sei er in ein dickes Buch vertieft, das auf dem Tisch lag, dies mit lautem Knall zuschlug und in seinen Stuhl zurücksank; dabei verschwand aus seinen Zügen jeglicher Ausdruck außer dem eines fassungslosen Erstaunens, und er starrte lange und geistesabwesend vor sich hin. Dann, als schäme er sich, so viel Gemütsbewegung verraten zu haben, schnellte er wie durch einen Krampf in seine vorherige Stellung zurück, sah gerade vor sich hin und stieß einen langen, durchdringenden Pfiff aus, der jedoch schließlich nicht in der leeren Luft zu verklingen, sondern im tiefsten Innern seines Leibes zu ersterben schien.

Mr. Brownlow war nicht weniger überrascht, wenn auch sein Erstaunen nicht in der gleichen seltsamen Weise zum Ausdruck kam. Er rückte mit seinem Stuhle näher an Miss Maylie heran und sagte:

»Tun Sie mir den Gefallen, mein liebes junges Fräulein, und lassen Sie die Güte und das Wohlwollen, von dem Sie sprechen und von dem niemand sonst etwas weiß, völlig aus dem Spiele; und wenn es in Ihrer Macht steht, einen Beweis zu erbringen, der die ungünstige Meinung zu ändern vermag, die ich einst von diesem armen Kind gewinnen mußte, so geben Sie mir um Gottes willen davon Kenntnis.«

»Ein böser Bube! – Ich will meinen Kopf aufessen, wenn er nicht ein böser Bube ist«, brummte Mr. Grimwig, wobei er dank gewisser bauchrednerischer Fähigkeiten keinen Muskel seines Gesichts bewegte.

»Er ist ein Kind von edlem Wesen und mit einem warmen Herzen«, sagte Rose errötend, »und jene Macht, die es für gut hielt, ihn Prüfungen zu unterwerfen, die die Kräfte seiner Jahre überstiegen, hat in sein Herz Regungen und Gefühle gelegt, die manchem zur Ehre gereichen würden, der sechsmal älter ist als er.«

»Ich bin erst einundsechzig«, stellte Mr. Grimwig mit dem gleichen unbeweglichen Gesicht fest, »und da es mit dem Teufel zugehen müßte, wenn dieser Oliver nicht mindestens zwölf Jahre alt ist, sehe ich nicht, worin die Nutzanwendung dieser Bemerkung liegt.«

»Kümmern Sie sich nicht um meinen Freund, Miss Maylie«, sagte Mr. Brownlow, »er meint es nicht so.«

»Doch!« brummte Mr. Grimwig.

»Nein, er meint's nicht so«, antwortete Mr. Brownlow, der bei seinen Worten offensichtlich in Zorn geriet.

»Er will seinen Kopf aufessen, wenn er's nicht so meint«, brummte Mr. Grimwig wieder dagegen.

»Er würde verdienen, daß man ihm den Kopf abschlägt, wenn er's so meinte«, sagte Mr. Brownlow.

»Und es wäre ihm ein außerordentliches Vergnügen, den kennenzulernen, der ihm dieses Angebot machte«, erwiderte Grimwig und stieß seinen Stock auf den Fußboden.

Als sie mit ihrem Streit so weit gekommen waren, nahm jeder der beiden alten Herrn für sich eine Prise, und dann reichten sie einander die Hände, wie es seit jeher bei ihnen üblich war.

»Nun, Miss Maylie«, sagte Mr. Brownlow, »wollen wir zu dem Thema zurückkommen, an dem Sie in Ihrer Menschenfreundlichkeit so großen Anteil nehmen. Wollen Sie mich bitte wissen lassen, welche Nachrichten Sie über den armen

Jungen haben, und erlauben Sie mir voranzuschicken, daß ich alles tat, was in meinen Kräften stand, um ihn ausfindig zu machen, und daß, seit ich außer Landes war, mein erster Eindruck, er habe mich betrogen und sei von seinen früheren Gefährten überredet worden, mich zu berauben, beträchtlich erschüttert worden ist.«

Rose, die Zeit gehabt hatte, ihre Gedanken zu sammeln, berichtete sogleich mit wenigen schlichten Worten alles, was Oliver widerfahren war, seit er Mr. Brownlows Haus verlassen hatte, wobei sie lediglich Nancys Mitteilung überging, von der sie Mr. Brownlow unter vier Augen unterrichten wollte. Sie schloß mit der Versicherung, während der letzten Monate sei es Olivers einziger Kummer gewesen, daß er seinen früheren Wohltäter und Freund nicht wiedersehen konnte.

»Gott sei Dank!« sagte der alte Herr. »Das ist ein großes Glück für mich, wirklich, ein großes Glück. Aber Sie haben mir nicht erzählt, wo er jetzt ist, Miss Maylie. Bitte, verzeihen Sie mir, daß ich etwas an Ihnen auszusetzen habe – aber warum haben Sie ihn nicht mitgebracht?«

»Er wartet in einer Kutsche vor der Haustür«, erwiderte Rose.

»Vor dieser Haustür?« rief der alte Herr aus – und damit stürmte er auch schon, ohne noch ein Wort weiter zu sagen, aus dem Zimmer, die Treppe hinab, die Stufen zur Kutsche hinauf und in diese hinein.

Als sich die Zimmertür hinter ihm geschlossen hatte, hob Mr. Grimwig den Kopf, benutzte eines der hinteren Beine seines Stuhles als Drehachse und beschrieb mit Hilfe seines Stockes und des Tisches drei deutliche Kreise, wobei er die ganze Zeit auf seinem Stuhle sitzen blieb. Nachdem er dies vollbracht hatte, erhob er sich und humpelte, so schnell er konnte, mindestens ein dutzendmal im Zimmer auf und ab, blieb dann plötzlich vor Rose stehen und gab ihr ohne jegliche Vorrede einen Kuß.

»Pst!« machte er, als das junge Mädchen, einigermaßen erschrocken über dieses ungewöhnliche Verhalten, aufsprang. »Haben Sie keine Angst. Ich bin so alt, daß ich Ihr Großvater sein könnte. Sie sind ein süßes Mädchen. Ich habe Sie gern. – Da sind sie!«

In der Tat hatte er sich kaum mit einem geschickten Schwung wieder auf seinen früheren Platz verfügt, als Mr. Brownlow in Begleitung Olivers zurückkam, den Mr. Grimwig sehr gnädig empfing, und wenn die Genugtuung über diesen Augenblick Roses einziger Lohn für all ihre Ängste und Sorgen um Oliver gewesen wäre, so wäre sie doch wirklich dafür entschädigt gewesen.

»Es ist übrigens noch jemand da, den wir nicht vergessen dürfen«, sagte Mr. Brownlow und läutete. »Bitte, schicken Sie Mrs. Bedwin her.«

Die alte Haushälterin folgte dieser Aufforderung mit größter Eile, machte an der Tür einen Knicks und wartete, was man ihr befehlen würde.

»Na, Sie werden auch mit jedem Tag kurzsichtiger, Bedwin«, sagte Mr. Brownlow ziemlich mürrisch.

»Ja, das stimmt, Sir«, erwiderte die alte Dame. »In meinen Jahren werden die Augen mit dem Alter nicht besser.«

»Das hätte ich Ihnen auch sagen können«, entgegnete Mr. Brownlow, »aber wollen Sie nicht mal Ihre Brille aufsetzen und sehen, ob Sie feststellen können, weshalb man Sie gerufen hat?«

Die alte Dame fing an, ihre Tasche nach ihrer Brille zu durchsuchen. Aber dieser neuen Prüfung war Olivers Geduld nicht gewachsen, und seiner ersten Eingebung folgend, flog er ihr in die Arme.

»Gott sei mir gnädig!« schrie die alte Dame und umarmte ihn, »es ist mein unschuldiger kleiner Junge!«

»Meine liebe alte Pflegerin!« rief Oliver.

»Ich wußte es – er würde zurückkommen«, sagte die alte Dame und hielt ihn in ihren Armen, »wie gut er aussieht;

und ganz wie ein Herrensohn ist er wieder angezogen! Wo bist du denn die ganze lange Zeit gewesen? Ach, es ist noch das gleiche süße Gesicht, nur nicht mehr so blaß – der gleiche sanfte Blick, nur nicht mehr so traurig. Ich habe beides nie vergessen, und auch nicht sein stilles Lächeln; ich hab' es jeden Tag vor mir gesehen – zusammen mit dem meiner eigenen lieben Kinder, die dahingegangen sind, als ich noch ein fröhliches junges Ding war.«

So redete die gute alte Seele weiter, hielt Oliver einmal von sich weg, um zu sehen, wieviel er gewachsen sei, drückte ihn dann wieder an sich, fuhr liebkosend mit den Fingern durch seine Haare und lachte und weinte abwechselnd an seinem Halse.

Mr. Brownlow ließ die beiden allein, damit sie sich nach Belieben miteinander unterhalten konnten, geleitete Rose in ein anderes Zimmer und hörte dort von ihr einen ausführlichen Bericht über ihre Begegnung mit Nancy, der ihn nicht wenig überraschte und verblüffte. Rose erklärte ihm auch, aus welchem Grunde sie sich nicht in erster Linie ihrem Freund Dr. Losberne anvertraut hatte. Der alte Herr meinte, sie habe vorsichtig und klug gehandelt, und erklärte sich gern bereit, selbst ernsthaft mit dem ehrenwerten Doktor zu verhandeln. Um ihm die baldige Ausführung dieser Absicht zu ermöglichen, wurde vereinbart, daß er um acht Uhr abends im Hotel vorsprechen und in der Zwischenzeit Mrs. Maylie vorsichtig von allem unterrichtet werden sollte, was sich ereignet hatte. Nachdem diese Vorbereitungen getroffen worden waren, kehrten Rose und Oliver nach Hause zurück.

Rose hatte des guten Doktors Zorn keineswegs überschätzt. Kaum war ihm Nancys Bericht unterbreitet worden, als er auch schon eine Flut von Verwünschungen und Drohungen ausstieß; er drohte damit, sie dem vereinten Scharfsinn der Herren Blathers und Duff als erstes Opfer auszuliefern, und setzte tatsächlich schon als Vorbereitung den Hut auf, um sich auf den Weg zu machen und diese beiden Ehrenmänner um ihre Hilfe zu ersuchen. Und er hätte zweifellos, ohne auch nur einen Augenblick die Folgen zu bedenken, in seinem ersten Wutausbruch sein Vorhaben ausgeführt, wäre er nicht teils durch die entsprechende Heftigkeit Mr. Brownlows, der selbst ziemlich leicht reizbar war, und teils durch Gründe und Vorhaltungen davon abgebracht worden, die bestens dazu geeignet schienen, ihm seinen hitzköpfigen Entschluß auszureden.

»Was zum Teufel soll denn aber geschehen?« fragte der ungestüme Doktor, als sie wieder zu den beiden Damen zurückgekehrt waren. »Sollen wir allen diesen männlichen und weiblichen Spitzbuben eine Dankadresse schicken und sie bitten, jeder etwa hundert Pfund als bescheidenes Zeichen unserer Wertschätzung und als kleine Anerkennung für ihre Oliver erwiesenen Freundlichkeiten anzunehmen?«

»Das nicht gerade«, erwiderte Mr. Brownlow lachend; »aber wir müssen behutsam und mit großer Sorgfalt vorgehen.«

»Behutsamkeit und Sorgfalt«, rief der Doktor, »möchte ich allesamt zum . . .«

»Wohin Sie sie schicken möchten, ist egal«, unterbrach ihn Mr. Brownlow. »Bedenken Sie nur, ob wir damit das Ziel erreichen, das wir im Auge haben.«

»Welches Ziel?« fragte der Doktor.

»Nun, ganz einfach: Olivers Herkunft aufzudecken und die Erbschaft für ihn wiederzugewinnen, die man ihm, wenn diese Geschichte wahr ist, in betrügerischer Absicht vorenthalten hat.«

»Ach so!« sagte Mr. Losberne und fächelte sich mit seinem Taschentuch Kühlung zu, »das hätte ich beinahe vergessen.«

»Sehen Sie«, fuhr Mr. Brownlow fort, »selbst wenn wir dieses arme Mädchen ganz aus dem Spiele lassen und annehmen, daß es möglich wäre, diesen Schurken den Prozeß zu machen, ohne die Sicherheit des Mädchens zu gefährden – was käme dabei Nützliches heraus?«

»Zumindest das, daß einige von ihnen aller Wahrscheinlichkeit nach gehängt und die übrigen deportiert würden«, meinte der Doktor.
»Ausgezeichnet«, entgegnete Mr. Brownlow lächelnd, »aber zweifellos werden sie das zu gegebener Zeit ganz allein zustande bringen; und wenn wir eingreifen, um ihnen damit zuvorzukommen, so würden wir, wie mir scheint, eine beträchtliche Donquichoterie verüben, die in völligem Gegensatz zu unseren eignen Interessen stände – oder zumindest zu denen Olivers, was ja dasselbe ist.«
»Wieso?« fragte der Doktor.
»Nun, aus folgendem Grunde: Es ist doch völlig klar, daß wir die größten Schwierigkeiten haben werden, diesem Geheimnis auf den Grund zu kommen, sofern es uns nicht gelingt, diesen Monks auf die Knie zu zwingen. Das kann aber nur durch List geschehen, indem man ihn erwischt, wenn er nicht von diesen Leuten umgeben ist. Denn, gesetzt den Fall, er würde verhaftet, so haben wir keinen Beweis gegen ihn. Er ist sogar (soweit wir es wissen oder wie uns die Dinge scheinen) nicht einmal in irgendwelche Räubereien dieser Bande verwickelt. Wenn er nicht freigesprochen würde, so ist es höchst unwahrscheinlich, daß er mehr als eine Gefängnisstrafe wegen Landstreicherei bekäme; und danach würde sein Mund natürlich für alle Zeiten so fest verschlossen bleiben, daß er für unsere Belange ebensogut taub, stumm, blind und blödsinnig sein könnte.«
»Dann«, meinte der Doktor ungeduldig, »gebe ich abermals zu bedenken, ob Sie es für vernünftig halten, wenn dieses dem Mädchen gegebene Versprechen als bindend angesehen wird – ein Versprechen, das zwar mit den besten und freundlichsten Absichten gegeben wurde, das aber wirklich . . .«
»Mein liebes junges Fräulein, bitte erörtern Sie diesen Punkt nicht weiter«, sagte Mr. Brownlow und kam damit Rose zuvor, die eben im Begriff war, etwas zu sagen. »Das Ver-

sprechen wird gehalten werden. Ich glaube nicht, daß es unseren Unternehmungen im geringsten hinderlich sein wird. Ehe wir uns jedoch zu einem bestimmten Verfahren entschließen können, wird es nötig sein, das Mädchen zu sprechen, um festzustellen, ob sie gewillt ist, uns diesen Monks zu zeigen, und zwar unter der Voraussetzung, daß wir uns mit ihm befassen und nicht die Behörden. Will oder kann sie das nicht, so müssen wir von ihr einen Bericht über seine Schlupfwinkel und eine Beschreibung seiner Person erlangen, die es uns möglich macht, ihn ausfindig zu machen. Vor nächstem Sonntagabend ist sie nicht zu erreichen – heute ist Dienstag. Ich würde vorschlagen, daß wir uns in der Zwischenzeit völlig ruhig verhalten und diese Dinge selbst vor Oliver geheimhalten.«

Obwohl Dr. Losberne einen solchen Vorschlag, der einen Aufschub von ganzen fünf Tagen bedingte, mit ziemlich schiefem Gesicht aufnahm, sah er sich doch genötigt zuzugeben, daß ihm im Augenblick kein besserer Weg einfiel; und da sowohl Rose als auch Mrs. Maylie Mr. Brownlow sehr nachdrücklich unterstützten, wurde dessen Vorschlag einmütig angenommen.

»Ich möchte gern meinen Freund Grimwig bitten, uns mit zu helfen«, sagte Mr. Brownlow. »Er ist zwar ein seltsamer Mensch, aber sehr scharfsinnig und könnte sich als äußerst nützlich für uns erweisen. Ich möchte bemerken, daß er ein fertiger Rechtsanwalt ist und seinen Beruf nur aus Ärger darüber aufgab, daß er in zwanzig Jahren lediglich einen Fall zu vertreten hatte – ob das allerdings eine Empfehlung ist oder nicht, müssen Sie selbst entscheiden.«

»Ich habe nichts dagegen, daß Sie Ihren Freund hinzuziehen, wenn ich den meinen auch hinzuziehen darf«, erwiderte der Doktor.

»Wir müssen darüber abstimmen«, erwiderte Mr. Brownlow. »Wer soll es denn sein?«

»Der Sohn dieser Dame und – ein sehr alter Freund des

jungen Fräuleins«, sagte der Doktor, deutete auf Mrs. Maylie und schloß mit einem bedeutungsvollen Blick auf deren Nichte.
Rose errötete tief, aber sie erhob keinen hörbaren Widerspruch (möglicherweise fühlte sie sich hoffnungslos in der Minderheit); und so wurden Harry Maylie und Mr. Grimwig mit in den Rat aufgenommen.
»Wir bleiben natürlich in der Stadt«, sagte Mrs. Maylie, »solange auch nur die geringste Aussicht besteht, diese Nachforschungen mit Erfolg zu betreiben. Ich werde in dieser Angelegenheit, an der wir alle so sehr interessiert sind, weder Mühe noch Kosten scheuen, und ich bin bereit hierzubleiben, selbst wenn es für zwölf Monate sein müßte, solange Sie mir versichern, daß irgendwelche Hoffnung besteht.«
»Gut«, erwiderte Mr. Brownlow. »Und da ich auf den Gesichtern ringsum die Frage lese, wie es dazu kam, daß ich Olivers Erzählung nicht bestätigen konnte und England so plötzlich verlassen hatte, so erlauben Sie mir die Bedingung, daß man mir so lange keine Fragen stellt, bis ich es für an der Zeit halte, Ihnen durch meinen eigenen Bericht zuvorzukommen. Glauben Sie mir, ich bitte mit gutem Grund darum, denn ich könnte andernfalls Hoffnungen wecken, die sich nie erfüllen, und damit nur die Schwierigkeiten und Enttäuschungen vermehren, die so schon zahlreich genug sind. Kommen Sie! Man hat uns zum Abendessen gerufen, und der junge Oliver, der im Nebenzimmer ganz allein ist, wird inzwischen schon auf den Gedanken gekommen sein, daß wir seiner überdrüssig geworden sind und eine düstere Verschwörung begonnen haben, um ihn wieder in die Welt hinauszustoßen.«
Mit diesen Worten reichte der alte Herr Mrs. Maylie die Hand und führte sie in das Speisezimmer. Ihnen folgte Mr. Losberne, der Rose geleitete, und damit war die Beratung vorläufig abgebrochen.

ZWEIUNDVIERZIGSTES KAPITEL

Ein alter Bekannter Olivers, der entschiedene Anzeichen von Genie beweist, wird ein bekannter Mann in der Hauptstadt

An jenem Abend, als Nancy Mr. Sikes zum Schlafen gebracht hatte und mit ihrem sich selbst gestellten Auftrag zu Rose Maylie geeilt war, bewegten sich auf der großen Landstraße von Norden her zwei Gestalten auf London zu, denen unsere Erzählung tunlichst einige Aufmerksamkeit schenken sollte.

Es waren ein Mann und eine Frau, oder vielleicht wären sie besser als ein männliches und ein weibliches Wesen zu bezeichnen, denn der erstere war eine jener langgliedrigen, knochigen, schlotternden, x-beinigen Figuren, deren Alter man schwer feststellen kann, da sie, wenn sie noch Knaben sind, wie nicht ausgewachsene Männer, und als angehende Männer wie zu hoch aufgeschossene Jungen aussehen. Das weibliche Wesen war jung, aber derb und kräftig gebaut, und das mußte sie auch sein, um die Last des schweren Bündels zu tragen, das auf ihrem Rücken festgeschnallt war. Ihr Gefährte war nicht mit viel Gepäck belastet, denn an einem Stock, den er über der Schulter trug, baumelte lediglich ein kleines, in ein gewöhnliches Taschentuch gewickeltes Päckchen, das offensichtlich ziemlich leicht war. Dieser Umstand machte es ihm in Verbindung mit der ungewöhnlichen Länge seiner Beine sehr leicht, immer etwa ein halbes Dutzend Schritte vor seiner Gefährtin voraus zu sein, zu der er sich gelegentlich mit einer ungeduldigen Kopfbewegung umwendete, als wollte er sie ob ihrer Langsamkeit tadeln und sie zu größerer Anstrengung antreiben.

So waren sie auf der staubigen Landstraße dahingezogen, hatten den Dingen ringsum wenig Beachtung geschenkt, es sei denn, daß sie einmal beiseite traten, um den Postkutschen, die aus der Stadt heranjagten, etwas mehr Platz zu machen, und als sie schließlich durch den Torbogen von

Highgate kamen, blieb der vorausgehende der beiden Wanderer stehen und rief seiner Gefährtin ungeduldig zu:
»Na, kommst du bald? Du bist ein rechtes Faultier, Charlotte!«
»Das ist 'ne ganz schöne Last, kann ich dir sagen«, antwortete die Frau, als sie, vor Ermattung fast atemlos, herankam.
»Last? Wovon redest du eigentlich? Wozu bist du denn da?« erwiderte der Mann und warf bei diesen Worten sein eigenes kleines Bündel über die andere Schulter. »Ach, nun mußt du dich schon wieder ausruhen! Na, wenn du einem nicht die Geduld rauben kannst, dann weiß ich nicht, was es sonst könnte!«
»Ist es noch weit?« fragte die Frau, setzte sich auf eine Bank und hob das schweißüberströmte Gesicht.
»Noch weit? Du bist so gut wie da«, sagte der Langbeinige und zeigte nach vorn. »Sieh da! Das sind die Lichter von London.«
»Sie sind mindestens noch zwei Meilen entfernt«, meinte die Frau mutlos.
»Kümmere dich nicht darum, ob sie zwei oder zwanzig Meilen entfernt sind«, antwortete Noah Claypole, denn der war es – »sondern steh auf und komm weiter, sonst kriegst du einen Tritt, damit du im Bilde bist!«
Da Noahs rote Nase vor Ärger noch röter wurde und er bei diesen Worten über die Straße herüberkam, als sei er völlig bereit, seine Drohung in die Tat umzusetzen, erhob sich die Frau sofort ohne jede weitere Bemerkung und trottete an seiner Seite weiter.
»Wo willst du denn über Nacht bleiben, Noah?« fragte sie, nachdem sie einige hundert Meter gegangen waren.
»Woher soll ich das denn wissen?« erwiderte Noah, dessen Laune sich beim Laufen noch beträchtlich verschlechtert hatte.
»Hoffentlich in der Nähe«, meinte Charlotte.

»Nein, nicht in der Nähe«, antwortete Mr. Claypole. »Verstanden? Nicht in der Nähe – bilde dir das ja nicht ein.«

»Warum nicht?«

»Wenn ich dir sage, daß ich etwas nicht zu tun gedenke, so genügt das, und da gibt es kein warum und weil weiter«, entgegnete Mr. Claypole würdevoll.

»Na, du brauchst aber nicht so böse zu sein«, verwies ihn seine Gefährtin.

»Wär' 'ne hübsche Sache, nicht wahr, im ersten besten Gasthaus vor der Stadt zu bleiben, damit Sowerberry, wenn er hinter uns herkommt, seine alte Nase hereinstecken und uns beide mit Handschellen versehen in einem Wagen zurückbringen lassen könnte«, sagte Mr. Claypole spöttisch. »Nein! Ich werde gehen und mich in den engsten Straßen verkrümeln, die ich finden kann, und ich werde nicht eher haltmachen, bis wir bei dem entlegensten Hause angelangt sind, das mir vor die Augen kommt. Bei Gott! Du kannst dem Himmel dankbar sein, daß ich ein Köpfchen habe; denn wenn wir nicht zuerst absichtlich den falschen Weg gegangen und querfeldein zurückgekommen wären, so wärest du schon vor einer Woche hinter Schloß und Riegel gekommen, mein Fräulein. Und es wäre dir recht geschehen für deine Dummheit.«

»Ich weiß, daß ich nicht so schlau bin wie du«, antwortete Charlotte, »aber schieb nicht alle Schuld auf mich und sag nicht, *ich* wäre eingesperrt worden. Dir wäre es doch dann schließlich genauso gegangen.«

»Du hast das Geld aus der Ladenkasse genommen, das weißt du doch«, stellte Mr. Claypole fest.

»Ich hab' es für dich genommen, mein lieber Noah«, antwortete Charlotte.

»Hab' ich's behalten?« fragte Mr. Claypole.

»Nein, du hast es mir anvertraut und läßt es mich tragen, du Guter«, sagte die junge Dame, faßte ihm zärtlich unter das Kinn und schob ihren Arm in den seinen.

So verhielt es sich auch wirklich; aber da es nicht Mr. Claypoles Art war, irgendwem blind und töricht zu vertrauen, so muß, um diesem Herrn Gerechtigkeit widerfahren zu lassen, festgestellt werden, daß er Charlotte nur deshalb so vertraut hatte, damit man, falls sie verfolgt würde, das Geld bei ihr fände – denn damit blieb ihm die Möglichkeit, seine Unschuld an jeglichem Diebstahl zu beteuern und sein Entkommen wesentlich zu erleichtern. Natürlich ließ er sich im gegebenen Augenblick auf keine Erörterung über seine Beweggründe ein, und sie wanderten höchst einträchtig weiter.

Gemäß diesem seinem vorsichtigen Plan setzte Mr. Claypole seinen Weg ohne Aufenthalt fort, bis er am »Angel« in Islington anlangte, wo er aus der Menge der Passanten und der Zahl der Fahrzeuge den klugen Schluß zog, daß hier London wirklich begann. Er machte nur einmal halt, um zu beobachten, welches die belebtesten und demzufolge die am ehesten zu vermeidenden Straßen zu sein schienen, bog dann in St. John's Road ein und befand sich alsbald tief im Dunkel der verschlungenen und schmutzigen Gassen, die zwischen Gray's Inn Lane und Smithfield liegen und diesen Stadtteil zu einem der häßlichsten und erbärmlichsten machen, die der Fortschritt mitten in London übriggelassen hat. Durch diese Straßen wanderte Noah und zog Charlotte hinter sich her; hin und wieder trat er in den Rinnstein, um mit einem Blick das gesamte Äußere eines kleinen Wirtshauses zu überschauen, dann wieder drängte er weiter, wenn irgendein Anzeichen ihn glauben machte, daß es für seine Zwecke noch zu belebt sei. Schließlich blieb er vor einem stehen, das noch armseliger und schmutziger aussah als alle anderen, die sie bisher gesehen hatten; und nachdem er über die Straße gegangen war und es vom gegenüberliegenden Fußweg aus betrachtet hatte, verkündete er gnädigst seine Absicht, hier übernachten zu wollen.

»So, nun gib mir das Bündel«, sagte Noah, nahm es Charlotte von den Schultern und bürdete es sich selbst auf, »und rede du nur, wenn du gefragt bist. Wie heißt das Haus? ›D–dr–drei – – was‹?«

»Krüppel«, sagte Charlotte.

»Drei Krüppel«, wiederholte Noah. »Ein sehr gutes Zeichen. Also los! Bleib dicht hinter mir und komm!« Nach dieser Ermahnung stieß er die knarrende Tür mit der Schulter auf und betrat mit seiner Begleiterin das Haus.

Am Schranktisch war niemand als ein junger Jude, der beide Ellbogen auf die Tafel gestützt hatte und eine schmutzige Zeitung las. Er sah Noah scharf an, und Noah erwiderte seinen Blick ebenso.

Hätte Noah noch seine Fürsorgekleider getragen, so hätte der Jude wohl Grund gehabt, seine Augen so weit aufzureißen; da er aber den gekennzeichneten Rock abgelegt hatte und über seinen Lederhosen einen kurzen Kittel trug, schien kein besonderer Grund dafür gegeben, daß sein Erscheinen in einem Wirtshaus große Aufmerksamkeit erregte.

»Sind das die drei Krüppel?« fragte Noah.

»Das ist der Name dieses Hauses«, erwiderte der Jude näselnd.

»Wir kommen vom Lande, und ein Herr, den wir unterwegs trafen, hat uns hierher empfohlen«, sagte Noah und knuffte Charlotte, vielleicht, um sie auf diesen höchst geistreichen Einfall aufmerksam zu machen, mit dem er sich Respekt verschaffen wollte, vielleicht aber auch, um sie zu warnen, damit sie sich nicht überrascht zeigte. »Wir möchten heute hier übernachten.«

»Ich weiß nicht genau, ob das möglich ist«, meinte Barney – denn er war der dienstbare Geist –, »aber ich werde fragen.«

»Zeigen Sie uns die Gaststube, und geben Sie uns inzwischen eine Portion kaltes Fleisch und einen Schluck Bier«, sagte Noah.

Barney kam seinem Wunsch nach, führte sie in ein kleines Hinterzimmer, brachte ihnen das Gewünschte, und nach-

dem dies geschehen war, teilte er den beiden mit, daß sie für diese Nacht Quartier haben könnten und überließ es dann dem reizenden Pärchen, sich zu erfrischen.
Nun lag diese Gaststube unmittelbar hinter dem Schanktisch, nur einige Stufen tiefer, und jeder, der mit dem Hause vertraut war, konnte, wenn er einen kleinen Vorhang beiseite zog, der eine in der Wand dieses Zimmers in etwa fünf Fuß Höhe angebrachte Glasscheibe verbarg, nicht nur ohne sonderliche Gefahr der Entdeckung alle Gäste in dem Hinterzimmer beobachten (denn die Glasscheibe befand sich in einer dunklen Mauerecke, und zwischen dieser und einem großen senkrechten Balken mußte der Beobachter sich verstecken), sondern auch, indem er sein Ohr an die Wand legte, mit genügender Deutlichkeit hören, worüber sie sich unterhielten. Der Wirt des Hauses hatte fünf Minuten lang diesen Späherposten nicht verlassen, und Barney war nach der eben erteilten Auskunft gerade zurückgekehrt, als Fagin im Verlauf seiner abendlichen Geschäfte ins Schankzimmer kam, um sich nach einigen seiner Zöglinge zu erkundigen.
»Pst!« machte Barney, »es sind Fremde im Nebenzimmer.«
»Fremde?« wiederholte der Alte flüsternd.
»Ja, und noch dazu komische Leute«, fuhr Barney fort, »kommen vom Lande, aber wenn ich mich nicht täusche, passen sie zu dir.«
Fagin schien diese Mitteilung mit großem Interesse zur Kenntnis zu nehmen. Er stieg auf einen Stuhl, blickte vorsichtig durch das Fenster und konnte von diesem Lauscherposten aus beobachten, wie Mr. Claypole sich an dem kalten Fleisch und Porterbier gütlich tat, während er Charlotte, die geduldig danebensaß, nur kleinste Mengen zuteilte, die sie aß und trank, wie er es wollte.
»Aha!« flüsterte Fagin und sah Barney an, »der Bursche gefällt mir. Der könnte uns nützlich sein – er weiß schon, wie er mit dem Mädchen umgehen muß. Sei still wie eine

Maus, mein Lieber, und laß mich hören, wovon sie reden – laß mich hören . . .«
Er schaute wieder durch das Fenster, legte sein Ohr an die Trennungswand und lauschte aufmerksam, wobei sein Gesicht einen so schlauen und gierigen Ausdruck annahm, als gehöre es einem alten Kobold.
»Ich will also jetzt als Herr leben«, sagte Mr. Claypole, streckte seine Beine von sich und setzte damit ein Gespräch fort, zu dessen Anfang Fagin zu spät gekommen war.
»Für mich gibt's jetzt keine komischen Särge mehr, Charlotte, sondern ein Herrenleben – und wenn du willst, sollst du eine Dame werden.«
»Das möcht' ich nur zu gern, mein Lieber«, antwortete Charlotte, »aber es gibt nicht jeden Tag eine Ladenkasse zu leeren und Leute, denen man dann mit heiler Haut entkommt.«
»Hol der Teufel die Ladenkassen!« meinte Mr. Claypole. »Es gibt noch andere Dinge, die man ausleeren kann.«
»Was meinst du denn damit?« fragte seine Begleiterin.
»Taschen, Pompadours der Damen, Häuser, Postkutschen, Banken!« erklärte Mr. Claypole, dem das Porterbier aufstieß.
»Aber das alles kannst du doch nicht, Liebster«, sagte Charlotte.
»Ich werde mich umsehen, um mit denen zusammenzukommen, die es können«, erwiderte Noah, »die werden uns schon irgendwie verwenden können. Du bist doch allein schon fünfzig Weiber wert, ich hab' noch nie ein so wunderbar schlaues und geschicktes Geschöpf gesehen, wie du es sein kannst, wenn ich dir's erlaube.«
»Mein Gott, ist das nett, wenn du so was sagst«, rief Charlottte aus und drückte ihm einen Kuß auf sein häßliches Gesicht.
»Na, na, schon gut – sei nicht zu zärtlich; kann sein, daß ich auch mal böse mir dir bin«, sagte Noah und befreite sich

höchst würdevoll aus ihrer Umarmung. »Ich möchte der Anführer einer Bande sein, sie alle unter der Fuchtel haben und ihnen, ohne daß sie's wissen, überallhin folgen. Das würde mir passen, wenn's ordentlich was einbrächte; und wenn wir nur irgendwie mit einigen Herren von der Sorte zusammenkommen könnten, so sag' ich dir, ich würde gern die Zwanzigpfundnote dafür geben, die du geschnappst hast

– vor allem schon deshalb, weil wir selbst ja nicht recht wissen, wie wir sie loswerden sollen.«

Als er diese Meinung verkündet hatte, blickte Mr. Claypole mit dem Ausdruck tiefster Weisheit in den Porterkrug, und nachdem er dessen Inhalt gut durchgeschüttelt hatte, nickte er Charlotte leutselig zu und nahm einen kräftigen Schluck, der ihn sehr zu erfrischen schien. Eben überlegte er, ob er noch einen zweiten genehmigen sollte, wurde aber darin unterbrochen, als sich plötzlich die Tür öffnete und ein Fremder erschien. Der Fremde war Mr. Fagin. Als er näher trat, machte er ein höchst liebenswürdiges Gesicht und eine tiefe Verbeugung, setzte sich dann an den nächststehenden Tisch und bestellte bei dem grinsenden Barney etwas zu trinken.

»Ein schöner Abend, Sir, nur etwas kühl für die Jahreszeit«, sagte er und rieb sich die Hände. »Sie kommen vom Lande, wie ich sehe?«

»Woran sehen Sie das?« fragte Noah Claypole.

»So viel Staub haben wir nicht in London«, meinte Fagin, zeigte erst auf Noahs Schuhe, dann auf die seiner Begleiterin und schließlich auf die beiden Bündel.

»Sie sind ein gewitzter Bursche«, stellte Noah fest. »Haha! Hör nur, Charlotte!«

»Ja, mein Lieber, in dieser Stadt muß man auch gewitzt sein«, erwiderte der Jude und senkte die Stimme zu einem vertraulichen Flüstern, »das ist wahrhaftig wahr.«

Nach dieser Bemerkung rieb Fagin sich mit dem rechten Zeigefinger den Nasenflügel – und Noah versuchte sogleich, diese Geste nachzuahmen, was ihm jedoch nicht befriedigend gelang, da seine eigene Nase zu diesem Zweck wohl nicht groß genug war. Fagin jedoch schien das Bemühen als ein völliges Übereinstimmen mit seiner Meinung zu deuten und reichte höchst freundlich das Getränk herum, mit dem Barney wieder auf der Bildfläche erschienen war.

»Schmeckt ausgezeichnet«, bemerkte Mr. Claypole und schmatzte mit den Lippen.
»Ja, du meine Güte!« sagte Fagin. »Wenn einer das regelmäßig trinken will, so muß er schon immer etwas ausräumen: eine Ladenkasse, eine Tasche, einen Damenpompadour, ein Haus, eine Postkutsche oder eine Bank!«
Kaum hatte Mr. Claypole diesen Auszug seiner eigenen Rede vernommen, als er auch schon auf seinen Stuhl zurücksank und aschfahl und aufs höchste erschrocken von dem Juden zu Charlotte blickte.
»Machen Sie sich nichts draus, mein Lieber«, meinte Fagin, und zog seinen Stuhl näher heran. »Ha! Ha! Es war ein Glück, daß nur ich es war, der Ihnen durch Zufall zuhörte. Ein großes Glück, daß ich's nur war.«
»Ich hab's nicht genommen«, stammelte Noah und streckte seine Beine nun nicht mehr wie ein freier Herr aus, sondern krümmte sie, so gut er konnte, unter seinem Stuhl zusammen. »Sie hat's ganz allein getan; du hast es auch, Charlotte, das weißt du doch.«
»Egal, wer es hat, oder wer es war, mein Lieber«, sagte Fagin, blickte aber trotzdem wie ein Habicht auf das Mädchen und die beiden Bündel. »Ich bin selber vom Fach und deshalb gefallen Sie mir.«
»Von welchem Fach?« fragte Mr. Claypole, der sich ein wenig erholte.
»Nun, wo man damit sein Geld verdient«, erwiderte Fagin, »und alle hier im Haus desgleichen. Sie haben den Nagel auf den Kopf getroffen und sind hier so sicher wie nur möglich. In der ganzen Stadt gibt es keinen Platz, der sicherer wäre als die ›Krüppel‹; das heißt, wenn es mir so paßt. Sie und die junge Frau sind mir sympathisch; deshalb hab' ich mich zu erkennen gegeben, und Sie können nun beruhigt sein.«
Noah Claypoles Gemüt hätte nach dieser Zusicherung beruhigt sein können, aber sein Körper war es sicher nicht, denn

er wandt und drehte sich in den unbequemsten Stellungen und betrachtete unterdessen seinen neuen Freund mit einer Mischung aus Furcht und Argwohn.

»Ich will Ihnen noch mehr sagen«, fuhr Fagin fort, nachdem er das Mädchen durch freundliches Zunicken und leise ermutigende Worte beschwichtigt hatte. »Ich habe einen Freund, von dem ich glaube, daß er Ihnen Ihren Lieblingswunsch erfüllen und Sie auf den richtigen Weg hinführen kann; dann können Sie den Erwerbszweig wählen, der Ihnen nach Ihrer Meinung fürs erste zusagt, und noch alles andere erlernen.«

»Sie sprechen, als ob Sie es ernst meinten«, antwortete Noah.

»Welchen Vorteil hätte ich davon, wenn es anders wäre?« fragte Fagin achselzuckend. »So, und jetzt möchte ich da draußen mal ein Wort mit Ihnen reden.«

»Deswegen brauchen wir uns nicht die Mühe machen aufzustehen«, sagte Noah und streckte seine Beine allmählich wieder aus. »Sie bringt inzwischen das Gepäck nach oben. Charlotte! Kümmere dich mal um die Bündel!«

Dieser sehr hoheitsvoll erteilte Auftrag wurde ohne die geringste Verzögerung ausgeführt, und während Noah die Tür aufhielt und aufpaßte, daß sie hinauskam, machte sich Charlotte auf dem schnellsten Wege mit dem Gepäck davon.

»Ich hab' sie ganz schön im Zaume, nicht wahr?« fragte Noah, als er sich wieder setzte, im Tonfall eines Dompteurs, der irgendein wildes Tier gezähmt hat.

»Ganz ausgezeichnet«, erwiderte Fagin und klopfte ihm auf die Schulter. »Sie sind ja ein Genie, mein Lieber.«

»Nun, ich glaube, wenn ich das nicht wäre, säße ich nicht hier«, antwortete Noah. »Aber hören Sie mal, wenn Sie jetzt Zeit verlieren, kommt sie inzwischen wieder zurück.«

»Also, was meinen Sie?« sagte Fagin darauf. »Wenn Ihnen mein Freund gefiele, was könnten Sie besseres machen, als sich mit ihm zusammentun?«

»Kommt darauf an, ob er ein gutgehendes Geschäft hat!«

meinte Noah und zwinkerte mit einem seiner kleinen Augen.
»Das beste im ganzen Gewerbe! Er hat ne' große Menge Leute und nur die besten Kräfte in ihrem Beruf.«
»Alles Großstädter?« fragte Noah.
»Nicht einer vom Lande ist dabei; und ich glaube, er würde Sie selbst auf meine Empfehlung hin nicht nehmen, wenn es ihm nicht gerade jetzt an Leuten fehlte«, entgegnete Fagin.
»Müßte ich dann damit herausrücken?« erkundigte sich Noah und klopfte auf seine Hosentasche.
»Ohne das dürfte es kaum gehen«, antwortete Fagin sehr entschieden.
»Zwanzig Pfund – immerhin 'ne Menge Geld!«
»Aber nicht als Banknote, die Sie nicht loswerden können«, widersprach Fagin. »Nummer und Ausgabedatum sind vermutlich notiert? Und die Annahme bei der Bank gesperrt? Na – dann ist für ihn nicht viel damit anzufangen. So was muß ins Ausland, und da kriegt er auf dem Markt nicht allzuviel dafür.«
»Wann könnte ich ihn sehen?« fragte Noah zweifelnd.
»Morgen früh.«
»Wo?«
»Hier.«
»Hm!« machte Noah. »Und wie ist es mit der Bezahlung?«
»Ein Herrenleben – Kost und Logis, Tabak und Schnaps frei, die Hälfte von allem, was Sie verdienen und dazu die Hälfte von dem, was das Mädchen einbringt«, antwortete Mr. Fagin.
Ob Noah, dessen Habgier ganz erheblich ausgeprägt war, selbst bei diesen blendenden Bedingungen zugesagt hätte, wenn er gänzlich sein freier Herr gewesen wäre, ist sehr zweifelhaft; aber als er sich dessen bewußt wurde, daß sein neuer Bekannter es im Falle seiner Ablehnung völlig in der Hand hatte, ihn unverzüglich dem Gericht zu übergeben (und es waren schon unwahrscheinlichere Dinge als dies

geschehen), gab er allmählich nach und meinte, es würde ihm wohl schon zusagen.

»Aber, sehen Sie«, fügte er hinzu, »da sie in der Lage sein wird, 'ne ganze Menge zu tun, möchte ich gern was recht Leichtes übernehmen.«

»So 'ne kleine Liebhaberarbeit – wie?« schlug Fagin vor.

»Ja, ungefähr so was in der Richtung!« antwortete Noah. »Was meinen Sie, was für mich geeignet wäre? Etwas nicht gar zu Anstrengendes, und auch nicht zu gefährlich, wissen Sie. Das wäre das Richtige.«

»Ich hörte Sie da etwas vom Spionieren, vom Überwachen anderer sagen, mein Lieber«, sagte Fagin. »Mein Freund könnte jemand, der sich darauf gut versteht, recht nötig brauchen.«

»Nun ja, ich hab' das mit erwähnt und würde es gelegentlich wohl auch mit übernehmen«, erwiderte Mr. Claypole zögernd, »aber das würde sich ja nicht von selbst bezahlt machen, verstehen Sie?«

»Das stimmt«, bemerkte der Jude und dachte nach – oder tat zumindest so. »Nein, das täte es allerdings nicht.«

»Was also würden Sie sonst meinen?« fragte Noah und sah ihn erwartungsvoll an. »Irgendwas Heimliches, eine möglichst sichere Arbeit, bei der man nicht viel mehr riskiert, als wenn man zu Hause sitzt.«

»Was halten Sie von den alten Damen?« fragte Fagin. »Man schnappt ihnen ihre Taschen und Pakete weg und verschwindet schnellstens um die Ecke. Damit wird allerhand Geld verdient.«

»Machen sie nicht ein ziemliches Geschrei und kratzen manchmal?« fragte Noah und wiegte den Kopf. »Ich glaube, das wäre nicht das Richtige für mich. Gibt's nicht noch 'ne andre Möglichkeit?«

»Halt!« rief Fagin und legte seine Hand auf Noahs Knie. »Die Schrappen fleddern!«

»Was ist das?« erkundigte sich Mr. Claypole.

»Die Schrappen, mein Lieber«, erklärte Fagin, »sind die kleinen Kinder, die von ihren Müttern mit Sixpence- und Shillingstücken zu Besorgungen geschickt werden; und fleddern heißt weiter nichts, als ihnen das Geld wegnehmen – sie halten es immer griffbereit in den Händen –, dann stößt man sie in den Rinnstein und geht ganz langsam davon, als wäre nichts weiter geschehen, als daß ein Kind hinfiel und sich wehtat. Hahaha!«

»Haha!« brüllte Mr. Claypole und stieß vor Begeisterung die Beine in die Luft. »Mein Gott – das ist das einzig Wahre!«

»Sicher ist es das«, erwiderte Fagin, »und Sie können ein paar gute Gegenden in Camden Town, Battle Bridge und in der näheren Umgebung bekommen, wo Kinder immer Besorgungen machen. Da können Sie zu jeder Tageszeit so viele über den Haufen rennen, wie Sie nur mögen. Hahaha!«

Dabei stieß Fagin Mr. Claypole in die Seite, und sie brachen beide in ein langes und lautes Gelächter aus.

»Gut, das ist also in Ordnung!« sagte Noah, als er sich wieder beruhigt hatte und Charlotte zurückgekommen war. »Welche Zeit wollen wir für morgen festlegen?«

»Würde Ihnen zehn Uhr passen?« fragte Fagin und fügte, als Noah zustimmend nickte, hinzu: »Welchen Namen darf ich meinem guten Freunde nennen?«

»Mr. Bolter«, antwortete Noah, der auf eine solche Frage vorbereitet war. »Mr. Morris Bolter – und dies ist Mrs. Bolter.«

»Ergebenster Diener, Mrs. Bolter«, sagte Fagin und verbeugte sich mit grotesker Höflichkeit. »Ich hoffe, ich werde Sie recht bald näher kennenlernen.«

»Hörst du, was der Herr sagt, Charlotte?« donnerte Mr. Claypole.

»Ja, mein lieber Noah«, antwortete Charlotte und streckte ihre Hand aus.

»Sie nennt mich Noah, das ist so 'ne Art Kosename«,

erklärte Mr. Morris Bolter, vormals Claypole, zu Fagin gewandt. »Verstehen Sie?«

»O ja, ich verstehe – verstehe voll und ganz«, erwiderte Fagin und sagte damit zum ersten Male die Wahrheit. »Gute Nacht! Gute Nacht!«

Mit vielen Abschiedsworten und guten Wünschen ging Mr. Fagin seines Weges. Noah Claypole aber machte sich daran, seine bessere Hälfte über die eben getroffene Vereinbarung aufzuklären; und er tat das mit all der Würde und Überlegenheit, die nicht nur einem Vertreter des stärkeren Geschlechts, sondern auch einem Herrn von Stande zukommt, der die Ehre zu schätzen weiß, die ein besonderer Auftrag zum Schrappenfleddern in London und Umgegend bedeutet.

DREIUNDVIERZIGSTES KAPITEL

In dem gezeigt wird,
wie der Gannef in Schwierigkeiten geriet

»Also waren Sie selbst Ihr guter Freund, nicht wahr?« fragte Mr. Claypole, alias Bolter, als er am nächsten Tage ihrer getroffenen Vereinbarung gemäß in Fagins Haus übersiedelt war. »Weiß Gott, ich hatte mir gestern abend schon so etwas gedacht!«

»Jeder ist sein eigener Freund, mein Lieber«, antwortete Fagin mit seinem gewinnendsten Grinsen. »Einen besseren als sich selbst hat er nirgends.«

»Mit Ausnahmen«, widersprach Morris Bolter und gab sich den Anschein eines welterfahrenen Mannes. »Wissen Sie, es gibt auch Leute, die keinen anderen Feind haben als sich selbst.«

»Glauben Sie das nicht«, versetzte Fagin. »Wenn ein Mann sein eigner Feind ist, dann nur deshalb, weil er zu sehr sein eigener Freund ist, nicht etwa deshalb, weil er alle anderen mehr liebt als sich selbst. Pah! Pah! So was kommt im Leben nicht vor!«

»Und wenn, dann sollte es eigentlich nicht sein«, erwiderte Mr. Bolter.

»Versteht sich. Es gibt Schwarzkünstler, die behaupten, die Drei sei die magische Zahl, andere sagen, es sei die Sieben. Es ist keine von beiden, mein Freund – es ist die Eins.«

»Haha!« lachte Mr. Bolter. »Es lebe die Eins!«

»In einer kleinen Gemeinschaft wie der unseren, mein Lieber«, sagte Fagin, der es für nötig hielt, diese Lage klarzustellen, »haben wir alle die Nummer Eins; das heißt, Sie können sich nicht als Nummer Eins betrachten, ohne daß Sie dasselbe mit mir und mit all den anderen jungen Leuten tun.«

»Ei, du Teufel!« entfuhr es Mr. Bolter.

»Sie sehen«, fuhr Fagin fort und tat, als hätte er die Unterbrechung nicht bemerkt, »wir sind so miteinander verbunden und haben derart gleiche Interessen, daß es so sein muß. Sie haben zum Beispiel die Absicht, für Nummer Eins zu sorgen – das heißt in diesem Falle für sich selbst.«

»Gewiß«, erwiderte Mr. Bolter. »Damit haben Sie ziemlich recht.«

»Na gut! Sie können aber nicht für sich selbst als Nummer Eins sorgen, ohne dasselbe auch für mich als Nummer Eins zu tun.«

»Als Nummer Zwei, meinen Sie«, erwiderte Mr. Bolter, der mit einer gehörigen Dosis Egoismus begabt war.

»Nein!« widersprach Fagin. »Ich habe für Sie die gleiche Bedeutung, die Sie für sich selbst haben.«

»Na, hören Sie mal«, unterbrach ihn Mr. Bolter, »Sie sind ein sehr netter Mensch, und ich mag Sie sehr gern, aber so dicke Freunde, wie Sie das meinen, sind wir denn doch nicht.«

»Denken Sie nur mal nach«, sagte Fagin achselzuckend und streckte die Hände aus. »Überlegen Sie. Sie haben da etwas recht Hübsches getan, und ich mag Sie darum gut leiden; aber gleichzeitig würde Ihnen das die Krawatte um den Hals einbringen, die so leicht zu binden und so schwer wieder zu lösen ist – mit klaren Worten: den Strick!«

Mr. Bolter griff nach seinem Halstuch, als sei es ihm unbequem, und murmelte etwas, was zwar dem Tone, nicht aber dem Inhalt nach eine Zustimmung bedeutete.

»Der Galgen«, fuhr Fagin fort, »der Galgen, mein Lieber, ist ein häßlicher Wegweiser; und er zeigt eine sehr kurze und scharfe Wendung an, die schon die Laufbahn manches wagemutigen Burschen auf der breiten Hauptstraße aufgehalten hat. Auf dem bequemen Weg und in gehöriger Entfernung von diesem Wegweiser zu bleiben, ist Aufgabe Nummer Eins für Sie.«

»Natürlich«, erwiderte Mr. Bolter. »Warum reden Sie über solche Dinge?«

»Nur, um Ihnen klar zu zeigen, was ich meine«, sagte der Jude und hob die Augenbrauen. »Um das zu können, sind Sie auf mich angewiesen; daß mein kleines Geschäft hübsch verborgen bleibt, bin ich auf Sie angewiesen. Ersteres ist für Sie Nummer Eins, letzteres für mich. Je mehr Sie Wert auf Ihre Nummer Eins legen, um so mehr müssen Sie auf die meine bedacht sein – und so kommen wir schließlich auf das, was ich Ihnen zuerst sagte: daß der Gedanke an die Nummer Eins uns alle zusammenhält, und daß es auch so sein muß; denn sonst würden wir allesamt vor die Hunde gehen.«

»Das stimmt«, antwortete Bolter nachdenklich. »Oh, Sie sind ein gerissenere alter Bursche!«

Mr. Fagin sah mit Vergnügen, daß diese Anerkennung seiner Fähigkeiten kein bloßes Kompliment war, sondern daß er seinem Schüler tatsächlich einen Begriff von seiner eigenen Schlauheit gegeben hatte, und es war äußerst wichtig, daß er diesen auch für den weiteren Verlauf ihrer Bekanntschaft behielt. Um einen so wünschenswerten und nützlichen Eindruck noch nachhaltiger zu gestalten, machte er Mr. Bolter gleich darauf noch mit einigen Einzelheiten über die Größe und den Umfang seiner Unternehmungen vertraut, wobei er Dichtung und Wahrheit so miteinander verquickte, wie es seinen Absichten am besten entsprach, und er machte das so geschickt, daß Mr. Bolters Hochachtung sichtlich stieg und gleichzeitig mit einer Portion Furcht vermischt wurde, die zu erwecken für Fagin höchst wünschenswert war.

»Dieses gegenseitige Vertrauen, das wir alle zueinander haben, tröstet mich auch über schwere Verluste hinweg«, bemerkte er. »Meine beste Kraft wurde mir gestern morgen genommen.«

»Sie wollen doch nicht etwa sagen, daß er tot ist?« rief Mr. Bolter aus.

»Nein, nein«, erwiderte Fagin, »so schlimm ist es nicht. Ganz so schlimm nicht.«

»Ich vermute also, daß er . . .«

»Verhaftet wurde«, ergänzte Fagin, »ganz recht, er wurde verhaftet.«

»War's was Schwerwiegendes?«

»Nein«, antwortete Fagin, »nicht sonderlich. Man hat ihn beschuldigt, er hätte einen Taschendiebstahl versucht, und fand eine silberne Schnupftabakdose bei ihm – seine eigene, mein Lieber, seine eigene, denn er schnupfte selbst, und zwar mit großer Vorliebe. Bis heute haben sie ihn in Untersuchungshaft behalten, weil sie glaubten, den Eigentümer zu kennen. Oha! Er war fünfzig solcher Dosen wert, und ich würde den Preis dafür zahlen, nur um ihn zurückzubekommen. Sie hätten den Gannef nur kennen sollen, mein Lieber, Sie hätten ihn nur kennen sollen.«

»Nun – ich hoffe doch, daß ich ihn noch kennenlernen werde – glauben Sie nicht?« fragte Mr. Bolter.

»Daran zweifle ich«, erwiderte Fagin seufzend. »Wenn sie nicht neue Beweise gegen ihn bekommen, wird es nur eine summarische Verurteilung, und dann haben wir ihn nach etwa sechs Wochen zurück. Wenn sie aber neue Beweise finden, dann wird er abgeschoben. Sie wissen, was er für ein schlauer Bursche ist – dann geht's auf Chajes[1]. Sie werden den Gannef nicht weniger als auf Chajes verknacken.«

»Was meinen Sie mit ›abschieben‹ und ›auf Chajes verknakken‹?« fragte Mr. Bolter. »Was hat das für Zweck, wenn Sie so mit mir reden; warum sprechen Sie nicht so, daß ich Sie verstehen kann?«

Fagin war eben bereit, diese seltsamen Ausdrücke in die übliche Umgangssprache zu übersetzen, und wenn das geschehen wäre, hätte Mr. Bolter erfahren, daß sie soviel bedeuteten wie ›Deportation auf Lebenszeit‹ – die Unterredung wurde jedoch durch das Erscheinen von Master Bates unterbrochen, der die Hände in den Hosentaschen vergraben hatte und sein Gesicht zu einer wehleidig-komischen Grimasse verzog.

»Es ist alles aus, Fagin«, sagte Charley, nachdem er mit seinem neuen Gefährten bekannt gemacht worden war.

»Wie meinst du das?«

»Sie haben den Herrn gefunden, dem die Dose gehört, zwei oder drei andere kommen noch, um ihn zu identifizieren, und der Gannef kriegt 'ne Auslandsfahrkarte«, erwiderte Master Bates. »Ich brauche einen kompletten Traueranzug, Fagin, und ein Hutband, wenn ich ihn drin besuche, eh' er auf die Reise geht. Wenn ich bloß daran denke, daß Jack Dawkins, der schlaue Jack, der Gannef, dieser gewitzte Gannef wegen einer lumpigen Schnupftabakdose für zweieinhalb Penny auf die Reise geht! Ich hätte nie geglaubt, daß er's unter 'ner goldenen Uhr mit Kette und Siegeln getan hätte – das wär' das Mindeste gewesen! Ach, hätte er doch einem reichen alten Herrn all seine Wertsachen geraubt und wär' dann wie ein Mann von Stande abgegangen, aber nicht wie ein simpler Taschendieb ohne Ehre und Ruhm!«

Mit diesem Ausdruck des Mitgefühls für seinen unglückli-

1 Leben [aus dem Hebräischen].

chen Freund setzte sich Master Bates mit kummervoller und verzweifelter Miene auf den nächstbesten Stuhl.

»Was redest du da, daß er keinen Ruhm und keine Ehre davon hätte?« rief Fagin aus und warf seinem Zögling einen ärgerlichen Blick zu. »War er nicht immer der erste, die Hauptperson von euch allen? Ist einer unter euch, der an ihn heranreichte oder ihm auch nur irgendwie nahekäme? Wie?«

»Kein einziger«, antwortete Master Bates mit einer Stimme, die vor lauter Kummer ganz heiser klang, »nicht einer«.

»Worüber redest du dann also?« erwiderte Fagin zornig, »und warum flennst du?«

»Weil's doch nicht in den Akten steht«, meinte Charley, den seine Bekümmernis dazu reizte, seinem verehrungswürdigen Freund mit trotziger Herausforderung zu begegnen, »weil's bei der Verurteilung nicht zur Geltung kommen kann, weil niemals jemand auch nur die Hälfte von dem wissen wird, was er war. Wie wird er denn im Kriminalbericht erwähnt werden? Vielleicht steht er überhaupt nicht mal drin! Großer Gott, großer Gott, was ist das für ein schwerer Schlag!«

»Haha!« rief Fagin, streckte die rechte Hand aus und wendete sich zu Mr. Bolter, wobei ihn ein Lachkrampf dermaßen schüttelte, als habe ihn ein Schlag getroffen. »Sehen Sie, mein Lieber, wie stolz sie auf ihren Beruf sind. Ist das nicht herrlich?«

Mr. Bolter nickte zustimmend, und Fagin betrachtete zunächst einige Augenblicke lang den Kummer Charley Bates' mit offensichtlicher Zufriedenheit, ging dann auf den jungen Mann zu und klopfte ihm auf die Schulter.

»Mach dir keine Gedanken, Charley«, sagte er dabei tröstend, »es wird bestimmt zur Geltung kommen. Sie werden es alle erfahren, was für ein schlauer Bursche er war: er wird's ihnen selbst beweisen und seinen alten Gefährten und seinem Lehrer keine Schande machen. Denk doch auch daran, wie jung er noch ist! Welche Ehre, Charley, in seinem Alter schon deportiert zu werden!«

»Nun ja, eine Ehre ist das allerdings«, meinte Charley ein wenig getröstet.
»Er wird alles haben, was er will«, fuhr der Jude fort. »Er wird im Kittchen wie ein feiner Herr behandelt werden. Wie ein feiner Herr! Jeden Tag wird er sein Bier haben und Geld in der Tasche, um damit Kopf oder Wappen zu spielen, wenn er's nicht ausgeben kann.«
»Ach nein – wirklich?« rief Charley Bates aus.
»Jawohl, wirklich«, antwortete Fagin, »und wir werden einen Advokaten zu seiner Verteidigung nehmen, Charley; einen, der reden kann wie kein anderer; und er wird auch selbst eine Rede halten, wenn er will, und wir werden's in allen Zeitungen lesen – ›Der Gannef – brüllendes Gelächter – der Gerichtshof erschüttert‹ – wie Charley?«
»Haha!« lachte Master Bates, »wär' das ein Heidenspaß! Nicht wahr, Fagin? Denk nur, wie der Gannef sie in Verwirrung bringen würde! Stimmt's?«
»Würde?« rief Fagin. »Er soll – und er wird!«
»Ja, bestimmt, das wird er tun«, wiederholte Charley und rieb sich die Hände.
»Ich denke direkt, ich seh' ihn jetzt vor mir«, rief der Jude aus und blickte auf seinen Zögling.
»Ich auch«, meinte Charley Bates, »ha! ha! ha! – ich auch, Fagin! So ein Mordsspaß! All die hohen Herren bemühen sich, ernst und feierlich auszusehen – und Jack Dawkins spricht so vertraulich und behaglich mit ihnen, als wär' er der Sohn des Richters selber, der nach dem Essen eine Rede hält – Ha! ha! ha!«
Tatsächlich hatte Fagin seinen etwas exzentrisch veranlagten jungen Freund in so gute Laune versetzt, daß Master Bates, der zuerst geneigt gewesen war, den verhafteten Gannef als ein Opfer zu betrachten, ihn nun als den Hauptdarsteller in einer höchst ungewöhnlichen und erlesenen humoristischen Szene ansah und mit großer Ungeduld den Zeitpunkt erwartete, zu dem sein alter Gefährte eine solch gün-

stige Gelegenheit haben sollte, seine Fähigkeiten zu beweisen.
»Wir müssen irgendwie herausbekommen, wie es heute mit ihm geht«, meinte Fagin. »Laß mich mal nachdenken.«
»Soll ich hingehen?« fragte Charley.
»Um keinen Preis«, antwortete Fagin. »Bist du total verrückt, mein Lieber, daß du ausgerechnet dahin gehen willst, wo – – – Nein, Charley, nein! Es genügt, wenn ich einen aufs Mal verliere.«
»Du willst doch vermutlich nicht etwa selber gehen?« fragte Charley mit vergnügtem Grinsen.
»Das wäre auch nicht ganz das Richtige«, erwiderte Fagin kopfschüttelnd.
»Warum schickst du nicht den Neuen da?« fragte Master Bates und legte seine Hand auf Noahs Arm. »Den kennt keiner.«
»Ja, wenn's ihm nichts ausmacht . . .«, gab Fagin zu bedenken.
»Ausmacht?« unterbrach ihn Charley. »Was sollt' es *ihm* schon ausmachen?«
»Eigentlich nichts, mein Lieber«, sagte Fagin und wandte sich Mr. Bolter zu. »Wirklich nichts.«
»Na, wissen Sie, ich muß schon sagen«, bemerkte Noah, zog sich in Richtung der Tür zurück und schüttelte mit ernüchtertem Entsetzen den Kopf, »nein – so was nicht! Das fällt nicht in mein Fach – das nicht!«
»Welches ist denn sein Fach, Fagin?« fragte Master Bates und betrachtete Noahs dürre Gestalt mit höchst verächtlichen Blicken. »Abhauen, wenn irgendwas schiefgeht, und alles Eßbare auffressen, wenn alles in Ordnung ist – ist das sein Fach?«
»Kümmere dich nicht darum«, erwiderte ihm Mr. Bolter, »und sei nicht so vorlaut gegen deine Vorgesetzten, Kleiner, sonst kommst du an den Unrechten!«
Über diese großartige Drohung lachte Master Bates derart

heftig, daß es einige Zeit dauerte, ehe Fagin sich einmischen und Mr. Bolter darlegen konnte, daß er sich bei einem Besuch im Polizeigebäude keinesfalls in Gefahr begäbe, denn da bisher weder eine Nachricht von der kleinen Affäre, in die er verwickelt gewesen war, noch eine Beschreibung seiner Person nach der Hauptstadt gelangt wäre, so vermutete man wahrscheinlich nicht einmal, daß er dorthin seine Zuflucht genommen hätte. Und wenn er sich sachgemäß verkleidete, so wäre er dort ebenso sicher wie sonstwo in London, denn das wäre ja wohl der allerletzte Ort, von dem man annehmen könnte, daß er sich freiwillig dahin begeben würde.

Teils durch diese Vorstellungen überredet, in viel stärkerem Maße aber von der Furcht vor Fagin überwältigt, stimmte Mr. Bolter schließlich, wenn auch reichlich mißmutig, zu, den Auftrag zu übernehmen. Auf Fagins Anraten vertauschte er alsbald seine eigene Kleidung mit einem Fuhrmannskittel, Samthosen und Ledergamaschen – all diese Dinge hatte der Jude sogleich zur Hand. Außerdem wurde er mit einem Filzhut, der reichlich mit Chausseegeldquittungen besteckt war, sowie mit einer Fuhrmannspeitsche ausstaffiert. In dieser Aufmachung sollte er auf die Polizeiwache schlendern, so etwa, wie es ein Bauernbursche tun könnte, um seine Neugier zu befriedigen; und da er ein so tölpelhafter, linkischer und grobknochiger Bursche war, wie er dazu sein mußte, gab es für Fagin keinen Zweifel darüber, daß er seine Rolle vollendet spielen würde.

Nachdem diese Vorbereitungen beendet waren, wurde er noch über die besonderen Merkmale unterrichtet, an denen der Gannef zu erkennen war, und dann wurde er von Master Bates auf dunklen und verschlungenen Wegen bis ganz in die Nähe von Bow Street geleitet. Dann beschrieb ihm Charley noch die genaue Lage der Polizeiwache, gab ihm dazu noch zahlreiche Anweisungen, wie er geradewegs durch den Torweg und dann im Hof rechter Hand die Stufen hinauf durch die Tür gehen sollte, und daß er den Hut abnehmen müßte, wenn er in das Amtszimmer käme. Danach forderte er ihn auf, allein weiterzugehen und versprach ihm, dort wo sie sich verabschiedeten, auf ihn zu warten.

Noah Claypole oder Morris Bolter – wie es dem Leser beliebt – befolgte pünktlich die Anweisungen, die er erhalten hatte und die (da Master Bates die Lokalitäten ziemlich gut kannte) so genau waren, daß er, ohne fragen zu müssen oder irgendwie unterwegs aufgehalten zu werden, bis zu der hohen Obrigkeit gelangte. Er fand sich wieder inmitten einer Menge von Menschen, vorwiegend Frauen, die in einem schmutzigen und muffigen Raum zusammengedrängt waren. Am oberen Ende desselben war durch ein Geländer eine erhöhte Plattform von dem übrigen Raum abgetrennt; darauf befanden sich links an der Wand die Anklagebank für die Gefangenen, in der Mitte der Zeugenstand und zur Rechten der Richtertisch, wobei der letztere Schreckensort durch eine Trennungswand verdeckt war, die das hohe Gericht vor den Blicken des gemeinen Volkes verbarg und es diesem überließ, sich (soweit es dazu in der Lage war) ein Bild von der ganzen Majestät der Gerechtigkeit zu machen.

Auf der Anklagebank saßen lediglich ein paar Weiber, die ihren Bewunderern zunickten, indes der Gerichtsschreiber etlichen Polizisten und einem Zivilisten, der sich über den Tisch lehnte, einige Aussagen vorlas. Am Geländer der Anklagebank lehnte ein Gefängniswärter und klopfte sich gelangweilt mit einem Schlüssel gegen die Nase, sofern er nicht ruhegebietend gegen die ungehörige Neigung des müßigen Volkes, sich laut zu unterhalten, einschritt oder streng aufblickte und irgendeiner Frau den Befehl gab: »Bringen Sie das Baby 'raus«, wenn die Würde des Gerichts durch das leise, vom Halstuch der Mutter unterdrückte Weinen eines mageren kleinen Kindes gestört wurde.

Die Luft im Saal war dumpf und ungesund; die Wände

waren von Schmutz verfärbt und die Decke geschwärzt. Über dem Kaminsims befand sich eine alte, verräucherte Büste, und über der Anklagebank hing eine verstaubte Uhr – der einzige vorhandene Gegenstand, der so voranzukommen schien, wie er sollte –, denn Verderbtheit oder Armut oder die gewohnheitsmäßige Bekanntschaft mit beiden hatten auf allem Lebendigen Spuren zurückgelassen, die kaum weniger unangenehm waren als der dicke, fettige Schmutz auf allen leblosen Gegenständen.

Noah sah sich neugierig nach dem Gannef um, aber obgleich etliche Weiber vorhanden waren, die sehr wohl die Mutter oder Schwester dieses prächtigen Menschen hätten sein können, und auch mehr als ein Mann zugegen war, von dem man annehmen konnte, daß er große Ähnlichkeit mit seinem Vater hatte, so war doch keiner zu sehen, auf den die von Mr. Dawkins gegebene Beschreibung gepaßt hätte. So wartete Noah in einem Zustand ziemlicher Unruhe und Ungewißheit, bis die Weiber, die ihr Urteil empfangen hatte, erhobenen Hauptes hinausstolzierten, und wurde dann rasch durch das Erscheinen eines anderen Gefangenen erleichtert, der, wie er sogleich spürte, kein anderer als der sein konnte, dem sein Besuch galt.

Es war auch tatsächlich Mr. Dawkins, der, die langen Rockärmel wie üblich hochgekrempelt, die linke Hand in der Tasche und den Hut in der Rechten, vor dem Gefangenenwärter mit unbeschreiblich schlingerndem Gang in den Saal geschlurft kam, seinen Platz auf der Anklagebank einnahm und mit lauter Stimme eine Erklärung dafür verlangte, warum er in eine derart entehrende Situation gebracht würde.

»Halt gefälligst den Mund!« sagte der Wärter.

»Bin ich ein Engländer oder nicht?« erwiderte der Gannef. »Wo bleiben denn da meine bürgerlichen Rechte?«

»Du wirst dein Recht schon noch bald genug bekommen«, antwortete der Gefangenenwärter, »und zwar gepfeffert.«

»Wir werden ja sehen, was der Innenminister den Richtern zu sagen hat, wenn ich mein Recht nicht kriege«, entgegnete ihm Mr. Dawkins. »Also – was ist hier eigentlich los? Ich wäre den Richtern dankbar, wenn sie die Kleinigkeit möglichst rasch erledigen würden und mich nicht hier aufhielten, indes sie die Zeitung lesen – denn ich habe eine Verabredung mit einem Herrn in der Innenstadt, und da ich ein Mann von Wort und in Geschäftsdingen sehr pünktlich bin, so wird er fortgehen, wenn ich nicht zur Zeit dort bin – und könnte es dann nicht vielleicht eine Schadensersatzklage gegen die geben, die mich hier aufhalten? Ach wo – sicher nicht!«
Danach verlangte der Gannef, der es offensichtlich mit dem nachfolgenden Verfahren sehr genau nahm, laut und vernehmlich von dem Wärter, »die Namen der beiden Burschen da am Richtertisch« zu wissen; und das amüsierte die Zuschauer dermaßen, daß sie beinahe ebenso herzlich lachten, wie es Master Bates getan hätte, wenn er diese Frage gehört hätte.
»Ruhe da drüben!« rief der Wärter.
»Worum handelt sich's denn hier?« fragte einer der Richter.
»Um einen Taschendiebstahl, Euer Gnaden.«
»Ist der Junge schon mal hiergewesen?«
»Er hätte es schon sehr oft sein müssen«, erwiderte der Wärter. »Er ist sonst so ziemlich überall herumgekommen. *Ich* kenne ihn gut, Euer Gnaden.«
»Ach, Sie kennen mich? Wirklich?« rief der Gannef und notierte sich die Aussage. »Sehr gut! Das gibt auf jeden Fall eine Anklage wegen Verleumdung.«
Darauf erfolgte erneutes Gelächter und ein abermaliger Ruf nach Ruhe.
»Also, wo sind die Zeugen?« fragte der Gerichtsschreiber.
»Ja, das ist richtig!« fügte der Gannef hinzu. »Wo sind die denn? Ich möchte sie sehen!«
Dieser Wunsch wurde sogleich erfüllt, denn ein Polizist trat vor, der beobachtet hatte, wie der Angeklagte versucht hatte,

im Gedränge einem unbekannten Herrn in die Tasche zu greifen und dann auch tatsächlich ein Taschentuch herausgezogen hatte, das er jedoch, da es sehr alt war, wieder hineinsteckte, nachdem er es erst selbst benutzt hatte. Aus diesem Anlaß hätte er den Gannef festgenommen, sobald er seiner habhaft werden konnte, und der Besagte hätte bei einer Durchsuchung eine silberne Schnupftabakdose bei sich gehabt, auf deren Deckel der Name des Eigentümers eingraviert war. Dieser Herr wäre mit Hilfe des Hofadreßbuches ermittelt worden, er sei hier anwesend und habe geschworen, daß die Dose sein Eigentum sei und daß er sie am Tage zuvor vermißt hätte, nachdem er aus dem erwähnten Gedränge herausgewesen wäre. Er hätte auch unter den Leuten einen jungen Menschen bemerkt, der sich besonders eifrig dabei zu schaffen gemacht hätte – und dieser junge Mann sei der Angeklagte hier.

»Hast du irgendeine Frage an den Zeugen, Junge?« sagte der Richter.

»Ich möchte mich nicht durch eine Unterhaltung mit ihm erniedrigen«, antwortete der Gannef.

»Hast du sonst noch etwas zu sagen?«

»Hörst du? Seine Gnaden haben dich gefragt, ob du sonst noch was zu sagen hast«, brummte der Wärter und knuffte den schweigenden Gannef mit dem Ellenbogen.

»Verzeihung«, sagte der darauf mit geistesabwesendem Blick, »haben Sie mit mir gesprochen, guter Mann?«

»Einen solchen ausgekochten jungen Vagabunden hab' ich noch nie gesehen, Euer Gnaden«, stellte der Beamte grinsend fest. »Willst du was sagen, du Grünschnabel?«

»Nein«, antwortete der Gannef, »hier nicht, denn in diesem Laden bekommt man ja kein Recht. Außerdem frühstückt mein Anwalt heute mit dem Vizepräsidenten des Unterhauses. Aber anderswo werde ich schon was zu sagen haben; ebenso er und eine ganze Menge von ehrenwerten Leuten, die ich kenne – und dann werden diese Richter da es bedauern, daß sie je geboren wurden oder daß ihre Diener sie nicht an ihren eigenen Garderobehaken aufhängten, bevor sie sie heute früh auf mich losließen. Ich werde . . .«

»Schluß! Er ist völlig überführt!« unterbrach ihn der Gerichtsschreiber. »Hinaus mit ihm!«

»Los – vorwärts!« sagte der Wärter.

»Ja, ich komme schon«, antwortete der Gannef und bürstete mit der flachen Hand an seinem Hut herum. »Und (zum Richtertisch gewandt) Ihnen nützt es gar nichts, wenn Sie jetzt ängstliche Gesichter machen – ich werde keine Gnade walten lassen –, nicht im geringsten! *Sie* werden mir dafür zu zahlen haben, meine feinen Herren! Ich möchte nicht an Ihrer Stelle sein. Jetzt würde ich mich nicht freisprechen lassen – und wenn Sie mich auf Knien darum bäten. Schafft mich nur ins Gefängnis! Los, bringt mich fort!«

Mit diesen letzten Worten ließ sich der Gannef am Rockkragen packen und hinausführen, wobei er noch bis hinaus auf den Hof damit drohte, er werde die Sache vor das Parlament bringen, und dann den Schließer höhnisch und selbstsicher angrinste.

Nachdem Noah sich vergewissert hatte, daß der Gannef für sich allein in eine kleine Zelle gesperrt worden war, eilte er so schnell wie möglich zu der Stelle zurück, wo er Master Bates verlassen hatte. Als er dort einige Zeit gewartet hatte, erschien dieser auch wieder, denn er hatte sich vorsichtshalber zunächst nicht sehen lassen und sich erst aus sicherem Hinterhalt vergewissert, ob sein neuer Freund nicht etwa von irgendeiner zudringlichen Person verfolgt wurde.

Gemeinsam eilten die beiden dann zurück, um Mr. Fagin die erhebende Nachricht zu bringen, daß der Gannef seiner Erziehung alle Ehre und sich selbst einen ruhmvollen Namen gemacht hätte.

VIERUNDVIERZIGSTES KAPITEL

Die Zeit kommt, da Nancy das Rose Maylie gegebene Versprechen einlösen soll. Es gelingt ihr jedoch nicht

So erfahren das Mädchen Nancy auch in allen Listen und Verstellungskünsten war, so konnte sie doch die Wirkung nicht ganz verbergen, die das Bewußtsein des von ihr unternommenen Schrittes auf ihr Gemüt ausübte. Sie entsann sich, daß sowohl der schlaue Jude wie der brutale Sikes sie im vollen Vertrauen darauf, daß sie zuverlässig und über jeden Verdacht erhaben war, in Pläne eingeweiht hatten, die allen anderen verborgen geblieben waren. Waren diese Pläne auch schurkisch und ihre Urheber verworfen, und hegte sie auch noch so bittere Gefühle gegen Fagin, der sie Schritt für Schritt tiefer und tiefer in einen Abgrund des Verbrechens und Elends geführt hatte, aus dem es kein Entkommen gab, so gab es doch Zeiten, wo sie selbst ihm gegenüber etwas wie Reue empfand, wenn sie bedachte, daß ihre Enthüllungen ihn der eisernen Umklammerung ausliefern könnten, der er solange entgangen war, und daß er letztlich – so sehr er auch dieses Schicksal verdiente – von ihrer Hand fallen sollte.

Das aber waren nur vorübergehende Erwägungen eines Herzens, das sich nicht gänzlich von seinen alten Gefährten und Verbindungen zu lösen vermochte, aber die Fähigkeit besaß, sich fest auf ein Ziel zu konzentrieren, und entschlossen war, sich durch keinerlei Überlegungen davon abbringen zu lassen. Ihre Angst um Sikes hätte ihr noch eher die Kraft gegeben, zurückzuweichen, solange es noch Zeit war; aber sie hatte ja zur Bedingung gemacht, daß ihr Geheimnis strengstens gewahrt würde; sie hatte keinerlei Anhaltspunkte gegeben, die zu ihrer Entdeckung führen konnten, sie hatte um seinetwillen sogar abgelehnt, sich aus all der Schuld und Erbärmlichkeit zu retten, die sie umgab. – Was konnte sie mehr noch tun? Ihr Entschluß war gefaßt.

Obgleich all ihre inneren Kämpfe zu diesem Ergebnis führten, so bedrängten sie sie doch immer wieder und hinterließen auch ihre Spuren. Sie wurde blaß und mager, und zwar innerhalb weniger Tage. Zeitweilig achtete sie überhaupt nicht auf das, was um sie vorging, und beteiligte sich auch nicht an Unterhaltungen, bei denen sie sonst die lauteste gewesen war. Dann wieder lachte sie, ohne vergnügt zu sein und lärmte ohne Sinn und Verstand. Ein andermal – oft nur einen Augenblick später – saß sie still und niedergeschlagen da und brütete, den Kopf in die Hand gestützt, vor sich hin, wobei dann die Anstrengung, mit der sie sich aufraffte, noch deutlicher als diese Anzeichen erkennen ließ, daß sie sich nicht wohlfühlte und daß ihre Gedanken sich mit Dingen beschäftigten, die von dem Gesprächsthema ihrer Gefährten weit entfernt waren.

Es war Sonntagabend und die Turmuhr der nächsten Kirche schlug die volle Stunde. Sikes und der Jude unterhielten sich gerade, aber sie schwiegen nun und horchten. Das Mädchen, das auf einem niederen Schemel zusammengekauert dagesessen hatte, blickte auf und lauschte ebenfalls. Es schlug elf Uhr. »Eine Stunde vor Mitternacht«, sagte Sikes, hob den Vorhang, um hinauszusehen, und setzte sich wieder. »Dunkel und trübe ist's auch. Eine gute Nacht für's Geschäft ist das.«

»Ja«, erwiderte Fagin. »Schade, mein lieber Bill, daß gerade nichts so recht vorbereitet ist.«

»Damit hast du mal recht«, antwortete Sikes, »wirklich schade, denn ich bin auch gerade in Stimmung.«

Fagin seufzte und wiegte bedauernd den Kopf.

»Wir müssen die verlorene Zeit aufholen, wenn wir die Dinge richtig in Fluß gebracht haben. Soviel ist mir klar«, meinte Sikes.

»So ist's recht, mein Lieber«, antwortete Fagin und wagte es sogar, ihm auf die Schulter zu klopfen. »Es tut mir wohl, dich so reden zu hören.«

»So, es tut dir also wohl?« rief Sikes. »Na, schön, meinetwegen!«

»Ha! ha! ha!« lachte Fagin, als sei er selbst durch diese Zustimmung erleichtert. »Heute abend bist du wieder ganz der alte – ganz der alte!«

»Ich fühl' mich aber gar nicht so, wenn du deine knöcherne Klaue auf meine Schulter legst – also nimm sie lieber weg«, sagte Sikes und schob die Hand des Juden beiseite.

»Es macht dich nervös, Bill – erinnert dich wohl an das Gefühl, erwischt zu werden, nicht wahr?« meinte Fagin, der offenbar gewillt war, sich nicht beleidigen zu lassen.

»Es erinnert mich daran, vom Teufel erwischt zu werden«, erwiderte Sikes. »Einen Menschen mit einem Gesicht wie deinem hat's auf der Welt noch nie gegeben, es wäre höchstens dein Vater, und *der* versengt wahrscheinlich momentan seinen ergrauten roten Bart am Höllenfeuer, falls du nicht ohne Vater direkt vom Teufel abstammst, worüber ich mich nicht im mindesten wundern würde.«

Auf dieses Kompliment gab Fagin keinerlei Antwort, sondern er faßte Sikes am Ärmel und deutete mit dem Finger auf Nancy, welche die vorige Unterhaltung dazu benutzt hatte, ihren Hut aufzusetzen, und jetzt im Begriff war, das Zimmer zu verlassen.

»Hallo! Nancy!« rief Sikes. »Wo will denn das Mädchen zu dieser späten Stunde noch hin?«

»Nicht weit.«

»Was ist denn das für eine Antwort?« erwiderte Sikes. »Wo willst du hin?«

»Nicht weit, hab' ich gesagt.«

»Und ich hab' gefragt, wohin!« gab Sikes zurück. »Hast du gehört?«

»Ich weiß nicht, wohin«, antwortete das Mädchen.

»Aber ich weiß es«, sagte Sikes, mehr um des Widerspruchs willen, als weil er wirklich etwas dagegen hatte, daß das Mädchen ging, wohin es wollte. »Du gehst nicht fort. Setz dich hin!«

»Mir ist nicht gut. Das hab' ich doch vorhin schon gesagt«,

erwiderte das Mädchen, »ich will ein bißchen Luft schnappen.«
»Dann steck den Kopf zum Fenster hinaus«, antwortete Sikes.
»Das genügt nicht«, sagte Nancy. »Ich muß auf die Straße.«
»Dann läßt du's bleiben«, erwiderte Sikes. Und mit dieser Feststellung stand er auf, verschloß die Tür, zog den Schlüssel ab, nahm ihr den Hut vom Kopfe und warf ihn auf einen alten Schrank. »So«, sagte er, »und nun bleibst du gefälligst, wo du bist, verstanden?«
»Der Hut würde mich davon nicht abhalten«, sagte das Mädchen und wurde sehr blaß. »Was soll das heißen, Bill? Weißt du, was du tust?«
»Ob ich weiß, was --- Oha!« brüllte Sikes zu Fagin gewandt. »Sie ist von Sinnen, merkst du das? Sonst würde sie es gar nicht wagen, so mit mir zu reden.«
»Du treibst mich zu einer Verzweiflungstat«, murmelte das Mädchen und preßte ihre Hände gegen die Brust, als wollte sie einen heftigen Ausbruch gewaltsam zurückhalten. »Bitte laß mich gehen – jetzt –, im Augenblick.«
»Nein«, widersprach Sikes.
»Sag ihm, daß er mich gehen lassen soll, Fagin. Es ist besser – besser für ihn. Hörst du?« schrie Nancy und stampfte mit dem Fuß auf den Boden.
»Ob ich höre?« wiederholte Sikes und drehte sich auf seinem Stuhl um, damit er ihr ins Gesicht sehen konnte. »Natürlich! Und wenn ich noch eine halbe Minute länger zuhöre, dann wird dir der Hund an die Kehle springen, daß dir einiges von deinem Geschrei vergeht. Was ist eigentlich in dich gefahren, du wilde Hummel? He!«
»Laß mich gehen«, antwortete das Mädchen sehr ernsthaft, dann setzte sie sich vor der Tür auf den Fußboden und sagte: »Bill, laß mich gehen, du weißt nicht, was du tust. Wirklich, du weißt es nicht. Nur für eine Stunde – bitte – bitte!«

»Stück für Stück will ich mir die Glieder ausreißen lassen«, brüllte Sikes und packte sie roh am Arm, »wenn ich nicht überzeugt bin, daß das Mädchen völlig verrückt geworden ist! Steh auf!«

»Nicht eher, bis du mich gehen läßt – nicht eher –, nein! nein!« schrie das Mädchen. Sikes beobachtete sie eine Minute lang, dann paßte er eine günstige Gelegenheit ab, packte sie bei den Händen und schleppte sie, sosehr sie sich auch sträubte und wand, in einen kleinen angrenzenden Raum, wo er sich auf eine Bank setzte und sie mit Gewalt auf einen Stuhl niederdrückte. Sie flehte und kämpfte abwechselnd, bis es zwölf Uhr schlug – dann gab sie es müde und erschöpft auf, weiter Widerstand zu leisten. Mit einer von vielen Flüchen begleiteten Warnung, sie solle keine weiteren Versuche machen, etwa diese Nacht noch auszugehen, ließ Sikes sie allein, damit sie sich nach Belieben erholen konnte, und setzte sich wieder zu Fagin.

»Uff!« sagte er und wischte sich den Schweiß von der Stirn. »Was ist das doch für ein verteufelt seltsames Mädchen!«

»Das kann man wohl sagen, Bill«, erwiderte Fagin nachdenklich. »Das kann man wirklich sagen.«

»Was meinst du, warum hatte sie sich's in den Kopf gesetzt, heute abend auszugehen?« fragte Bill. »Du solltest sie doch besser kennen als ich. Was hat das zu bedeuten?«

»Widerspenstigkeit – weibliche Widerspenstigkeit vermutlich, mein Lieber.«

»Ja, das wird es wohl sein«, brummte Sikes. »Ich dachte, ich hätte sie gezähmt, aber sie ist so schlimm wie je zuvor.«

»Schlimmer noch«, meinte Fagin nachdenklich. »So hab' ich sie wegen einer so geringfügigen Sache noch nie erlebt.«

»Ich auch nicht«, sagte Sikes. »Ich glaube, es steckt noch etwas von dem Fieber in ihrem Blut, und das kommt nicht 'raus, wie?«

»Sehr wahrscheinlich.«

»Ich werd' sie mal ein bißchen zur Ader lassen, ohne den

Doktor zu bemühen, wenn es sie wieder mal so erwischt«, bemerkte Sikes.

Fagin gab durch ein bedeutsames Kopfnicken seine Zustimmung zu dieser Behandlungsmethode.

»Als ich auf dem Kreuz lag und du boshafter Wolf dich gedrückt hattest, war sie Tag und Nacht um mich herum«, sagte Sikes. »Es ging uns die ganze Zeit über auch sehr schlecht, und das hat sie irgendwie bekümmert und bedrückt, glaube ich; und daß sie so lange hier eingeschlossen war, hat sie unruhig gemacht – meinst du nicht auch?«

»Das ist es, mein Lieber«, antwortete der Jude flüsternd. »Pst!«

Als er diese Worte sprach, erschien das Mädchen selbst und nahm ihren früheren Platz wieder ein. Ihre Augen waren rot und verschwollen, sie rutschte hin und her, schüttelte den Kopf und brach kurz darauf in ein Gelächter aus.

»Nanu, jetzt geht sie auf die andere Tour«, rief Sikes und sah seinen Gefährten mit einem höchst überraschten Blick an.

Fagin bedeutete ihm durch ein Kopfnicken, er solle im Moment davon keine Notiz nehmen, und einige Minuten später verfiel das Mädchen wieder in ihr übliches Verhalten. Fagin flüsterte Sikes zu, daß nun keine Gefahr eines Rückfalls mehr vorhanden sei, dann nahm er seinen Hut und sagte ihm gute Nacht. Als er die Zimmertür erreicht hatte, hielt er inne, sah sich um und fragte, ob jemand ihm die dunkle Treppe hinunter leuchten würde.

»Leuchte ihm!« sagte Sikes, der sich seine Pfeife stopfte. »Es wäre schade, wenn er sich selber den Hals brechen und die Zuschauer enttäuschen würde. Mach ihm Licht!«

Nancy folgte dem Alten mit einer Kerze die Stufen hinunter. Als sie den Torweg erreicht hatten, legte er den Finger an die Lippen, kam ganz nahe an das Mädchen heran und flüsterte: »Nancy, Liebling, was ist los?«

»Was meinst du?« antwortete das Mädchen im gleichen Tonfall.

»Ich meine den Grund zu alledem«, erwiderte Fagin. »Wenn er« – dabei wies er mit seinem knochigen Zeigefinger die Treppe hinauf – »so hart mit dir ist (er ist brutal, Nancy, ein brutales Tier), warum . . .«

»Was?« fragte das Mädchen, als Fagin, der mit seinem Mund beinahe ihr Ohr berührte, innehielt und ihr in die Augen sah.

»Jetzt nichts weiter davon. Wir sprechen noch einmal darüber. Du hast einen Freund in mir, einen zuverlässigen Freund. Ich hab' Mittel zur Hand, still und verschwiegen. Wenn du dich an dem rächen willst, der dich wie einen Hund behandelt – wie einen Hund! – nein, schlimmer als seinen Hund, denn dem läßt er immerhin manchmal seinen Willen – dann komm zu mir. Komm zu mir, sage ich dir. Er ist nur eine flüchtige Bekanntschaft – mich aber kennst du seit langem, Nancy.«

»Ich kenn' dich gut«, sagte das Mädchen, ohne die geringste Erregung zu verraten. »Gute Nacht!«

Als Fagin seine Hand auf die ihre legen wollte, wich sie zurück, sagte jedoch mit fester Stimme nochmals: »Gute Nacht!«, beantwortete seinen Abschiedsblick mit einem zustimmenden Nicken und schloß die Tür hinter ihm.

Fagin schlug den Weg nach seiner eigenen Behausung ein und beschäftigte sich mit den Gedanken, die in seinem Gehirn kreisten. Er hatte den Eindruck gewonnen – nicht auf Grund dessen, was eben geschehen war, obgleich ihn das nur noch mehr überzeugt hatte, sondern ganz langsam und allmählich –, daß Nancy, ermüdet von der brutalen Art des Einbrechers, sich einen neuen Freund gesucht hatte. Ihr verändertes Wesen, ihre wiederholte Abwesenheit von zu Hause, ihr verhältnismäßig geringes Interesse für die Angelegenheiten der Bande, um die sie sich einst so eifrig gekümmert hatte, und dazu noch ihre verzweifelte Ungeduld, an diesem Abend zu einer bestimmten Stunde von zu Hause wegzukommen, das alles legte die Vermutung nahe und machte sie, zumindest für ihn, fast zur Gewißheit. Der Gegenstand dieser neuen Liebe war nicht unter seinen Leuten. Mit einer solchen Gehilfin wie Nancy würde er eine wertvolle Neuerwerbung bedeuten und (so folgerte Fagin) mußte unverzüglich sichergestellt werden.

Noch ein anderes und finstereres Ziel mußte erreicht werden. Sikes wußte zuviel, und seine rohen Sticheleien hatten Fagin deshalb nicht minder verletzt, weil die Wunden verborgen waren. Das Mädchen mußte sehr wohl wissen, daß sie, wenn sie sich von ihm losmachte, niemals vor seiner Wut sicher sein konnte – daß diese sich mit Sicherheit auf den Gegenstand ihrer derzeitigen Zuneigung richten und bis zur Verstümmelung oder gar zum Mord führen konnte. Was wäre mit ein bißchen Überredungskunst wahrscheinlicher, dachte Fagin, als daß sie sich bereit fände, ihn zu vergiften? Frauen haben dergleichen und Schlimmeres schon früher zur Erreichung des gleichen Zieles getan. Der gefährliche Schurke, der Mann, den ich hasse, wäre damit erledigt, an seiner Stelle ein anderer gewonnen, und meine Macht über das Mädchen wäre mit dem Wissen um dieses Verbrechen unbegrenzt.

Diese Dinge gingen Fagin während der kurzen Zeit, in der er allein im Zimmer des Einbrechers saß, durch den Kopf, und da sie ihn besonders beschäftigten, hatte er die später gebotene Gelegenheit wahrgenommen, um das Mädchen mit den abgerissenen Andeutungen, die er beim Abschied machte, auf die Probe zu stellen. Sie hatte keine Überraschung gezeigt, nichts deutete darauf hin, daß sie seine Absicht nicht verstanden hätte. Das Mädchen hatte sie genau begriffen. *Das* bewies ihr Blick beim Abschied.

Vielleicht aber würde sie vor dem Plan, Sikes das Leben zu nehmen, zurückweichen, und das war eines der Hauptziele, die erreicht werden mußten. Wie kann ich, dachte Fagin, als er heimwärts schlich, meinen Einfluß auf sie verstärken? Welche neue Macht kann ich erlangen?

Solche Hirne sind fruchtbar im Finden von Auswegen. Wenn er sie, ohne ihr selbst ein Geständnis zu entlocken, überwachen ließe, den Gegenstand ihrer gewandelten Aufmerksamkeit entdeckte und damit drohte, die ganze Geschichte Sikes zu enthüllen (vor dem sie ungewöhnliche Furcht hatte), sofern sie nicht in seine Pläne einwilligte – konnte er sich so nicht ihre Mithilfe sichern?
»Ich kann es«, sagte Fagin beinahe laut vor sich hin. »Sie wird es dann nicht wagen, sich zu weigern. Nicht um ihr Leben – nein, um ihr Leben nicht! Ich habe alles in der Hand. Die Mittel sind bereit und werden angewandt werden. Ich werde dich schon noch kriegen!«
Er warf einen finsteren Blick zurück, machte eine drohende Handbewegung nach der Stelle zu, wo er den verwegeneren Schurken zurückgelassen hatte, und ging dann weiter seines Weges, wobei seine knochigen Hände geschäftig durch die Falten seiner zerlumpten Kleider fuhren, die er mit seinem Griff fest zusammendrückte, als könne er mit jeder Bewegung seiner Finger einen verhaßten Feind zermalmen.

FÜNFUNDVIERZIGSTES KAPITEL

Noah Claypole wird von Fagin zu einem geheimen Auftrag benutzt

Der Alte war am nächsten Morgen beizeiten wach und wartete ungeduldig auf das Erscheinen seines neuen Kumpans, der mit einer schier endlosen Verspätung schließlich auf der Bildfläche erschien und mit einem gierigen Angriff auf das Frühstück begann.
»Bolter«, sagte Fagin, zog einen Stuhl heran und setzte sich Morris Bolter gegenüber.
»Hier bin ich«, erwiderte Noah, »was ist los? Verlangen Sie

bloß nicht von mir, daß ich irgendwas tun soll, ehe ich mit Essen fertig bin. Das ist ein großer Fehler, der hier gemacht wird. Nie hat man genügend Zeit zu seinen Mahlzeiten.«
»Sie können doch beim Essen reden, oder etwa nicht?« fragte Fagin, der die Gierigkeit seines werten jungen Freundes aus Herzensgrund verfluchte.
»O ja, reden kann ich dabei. Es geht sogar besser, wenn ich rede«, meinte Noah und schnitt sich ein riesenhaftes Stück Brot ab. »Wo ist Charlotte?«
»Fort«, sagte Fagin. »Ich hab' sie heute früh mit dem anderen jungen Mädchen fortgeschickt, weil ich wollte, daß wir allein sind.«
»Oha!« sagte Noah. »Mir wär's lieber, Sie hätten sie vorher beauftragt, ein paar Butterbrote zu machen. Also – schießen Sie los. Mich stören Sie nicht.«
Es schien in der Tat keine sonderliche Gefahr zu bestehen, daß irgend etwas ihn stören konnte, denn er hatte sich offenbar in der festen Absicht niedergelassen, ganze Arbeit zu leisten.
»Sie haben sich gestern gut bewährt, mein Lieber«, sagte Fagin. »Ausgezeichnet! Sechs Schilling und neuneinhalb Pence gleich am allerersten Tag! Das Schrappenfleddern wird Ihnen ein Vermögen einbringen.«
»Vergessen Sie nicht die drei Halbliterkrüge und eine Milchkanne«, sagte Mr. Bolter.
»Nein, nein, mein Lieber. Die Halbliterkrüge waren ein höchst genialer Einfall – aber die Milchkanne war ein ausgesprochenes Meisterstück.«
»Ganz hübsch für einen Anfänger, möcht' ich meinen«, bemerkte Mr. Bolter selbstgefällig. »Die Krüge nahm ich von hohen Gittern herunter, und die Milchkanne stand verlassen vor einem Wirtshaus. Ich dachte mir, sie könnte schließlich vom Regen rostig werden oder sich erkälten, verstehen Sie? – Wie? – Ha! ha! ha!«
Fagin gab sich den Anschein, als müßte er sehr herzlich

lachen, und nachdem Mr. Bolter sich ausgelacht hatte, nahm er hintereinander etliche große Bissen, mit denen er das erste Stück Butterbrot bewältigte, und machte sich dann an ein zweites.

»Bolter, ich brauche Sie«, sagte Fagin und lehnte sich über den Tisch. »Sie sollen eine Arbeit für mich erledigen, die große Vorsicht und Sorgfalt erfordert.«

»Hören Sie«, erwiderte Bolter, »bringen Sie mich bloß nicht in Gefahr oder schicken Sie mich etwa wieder auf eine Polizeiwache. Das paßt mir nicht – so was nicht, das sag' ich Ihnen gleich.«

»Es ist nicht die mindeste Gefahr dabei – nicht die allermindeste«, sagte der Jude, »es handelt sich nur darum, einer Frau nachzuschleichen.«

»Einer alten?« fragte Mr. Bolter.

»Nein, einer jungen«, erwiderte Fagin.

»Ah, das kann ich ziemlich gut, das weiß ich«, meinte Bolter. »Schon in der Schule war ich ein ganz gewitzter Schleicher. Weshalb soll ich ihr denn nachstellen?«

»Nicht, um irgendwas zu tun, sondern nur, um mir zu berichten, wohin sie geht, mit wem sie sich trifft und, wenn möglich, was sie sagt. Und dann sollen Sie sich die Straße merken, sofern es eine ist, oder eventuell das Haus – und mir alle nur erreichbaren Informationen bringen.«

»Und was geben Sie mir dafür?« fragte Noah, setzte seine Tasse nieder und sah seinen Auftraggeber begierig an.

»Wenn Sie gut arbeiten, ein Pfund, mein Lieber. Ein Pfund!« sagte Fagin, der ihn für das Unternehmen soweit wie möglich interessieren wollte. »Und das hab' ich bisher noch für keinerlei Arbeit gegeben, wenn nicht eine wertvolle Gegenleistung dabei zu gewinnen war.«

»Wer ist es?« fragte Noah.

»Eine von uns.«

»Ach du meine Güte!« rief Noah und rümpfte die Nase. »Sie mißtrauen ihr, nicht wahr?«

»Sie hat neue Freunde gefunden, mein Lieber, und ich muß wissen, wer sie sind«, erwiderte Fagin.

»Verstehe«, meinte Noah. »Nur, um das Vergnügen zu haben, sie kennenzulernen, falls sie ehrbare Leute sind – wie? Ha! ha! ha! Da steh' ich Ihnen zur Verfügung.«

»Ich wußte es!« rief Fagin, hocherfreut über den Erfolg seines Angebots.

»Natürlich, natürlich«, antwortete Noah. »Wo ist sie? Wo soll ich auf sie warten? Wo soll ich hingehen?«

»Alles das werden Sie von mir noch erfahren, mein Lieber. Ich werde sie Ihnen zur gegebenen Zeit schon zeigen«, sagte Fagin. »Halten Sie sich bereit und überlassen Sie alles Weitere mir.«

An diesem, dem nächsten und auch übernächsten Abend saß der Späher fertig gestiefelt und in seinen Fuhrmannskleidern bereit, um auf ein Wort von Fagin aufzubrechen. Sechs Abende vergingen – sechs lange, ermüdende Abende, und an jedem kam Fagin mit enttäuschtem Gesicht nach Hause und gab nur kurz zu verstehen, daß es noch nicht Zeit sei. Am siebenten jedoch kam er eher zurück und konnte seine Erregung nicht verbergen. Es war Sonntag.

»Heute abend geht sie aus«, sagte Fagin, »und mit der richtigen Absicht, dessen bin ich sicher, denn sie ist den ganzen Tag allein gewesen, und der Mann, vor dem sie sich fürchtet, wird nicht viel vor Tagesanbruch wieder dasein. Kommen Sie mit! Schnell!«

Noah sprang auf, ohne ein Wort zu sagen, denn die Erregung des Juden war so groß, daß sie auch ihn ansteckte. Sie verließen heimlich das Haus, eilten durch ein Gewirr von Straßen und landeten schließlich vor einem Wirtshaus, in dem Noah jenes wiedererkannte, in dem er in der ersten Nacht nach seiner Ankunft in London geschlafen hatte.

Es war nach elf Uhr und die Tür verschlossen. Als Fagin ein leises Pfeifen hören ließ, drehte sie sich behutsam in ihren

Angeln; sie traten geräuschlos ein, und hinter ihnen schloß sich die Tür wieder.
Fagin und der junge Jude, der sie eingelassen hatte, wagten kaum zu flüstern; anstelle von Worten wiesen sie Noah durch Zeichen auf die Glaswand hin und gaben ihm zu vestehen, daß er hinaufsteigen und die Person im Nebenzimmer beobachten sollte.
»Ist das die Frau?« fragte er kaum hörbar.
Fagin nickte bejahend.
»Ich kann ihr Gesicht nicht gut sehen«, flüsterte Noah. »Sie sieht nach unten, und die Kerze steht hinter ihr.«
»Bleiben Sie«, tuschelte Fagin. Er gab Barney ein Zeichen, und dieser ging hinaus. Einen Augenblick später betrat er das Nebenzimmer, rückte die Kerze, unter dem Vorwand, sie zu putzen, in die richtige Stellung und sprach das Mädchen an, wodurch er sie dazu veranlaßte, den Kopf zu heben.
»Jetzt sehe ich sie«, flüsterte der Späher.
»Deutlich?«
»Ich würde sie unter Tausenden wiedererkennen.«
Hastig stieg er wieder herab, da sich eben die Zimmertür öffnete, und das Mädchen herauskam. Fagin zog ihn hinter eine schmale Trennungswand, die durch einen Vorhang verdeckt war, und sie hielten beide den Atem an, als sie wenige Schritte von ihrem Versteck vorüber- und dann durch die Tür hinausging, durch die sie zuvor hereingekommen waren.
»Pst!« machte der Junge, der die Tür hielt. »Jetzt!«
Noah wechselte einen Blick mit Fagin und stürzte hinaus.
»Nach links«, flüsterte der Junge. »Halten Sie sich links, und bleiben Sie auf der anderen Seite.«
Das tat er, und im Lichte der Laternen sah er die Gestalt des Mädchens bereits in einiger Entfernung vor sich. Er näherte sich ihr so weit, wie es seiner Meinung nach ohne Gefahr möglich war, und hielt sich auf der gegenüberliegenden Straßenseite, um ihre Bewegungen besser beobachten zu

können. Sie sah sich zwei- oder dreimal nervös um und blieb einmal stehen, um zwei Männer vorüberzulassen, die dicht hinter ihr herkamen. Im Weitergehen schien sie mutiger zu werden, und ihr Schritt wurde fester und sicherer. Der Späher folgte ihr in immer der gleichen Entfernung und ließ kein Auge von ihr.

SECHSUNDVIERZIGSTES KAPITEL

Die Verabredung wird eingehalten

Die Kirchturmuhren schlugen drei Viertel zwölf, als zwei Gestalten auf der London Bridge auftauchten. Die eine, die sich mit schnellen Schritten vorwärts bewegte, war die einer Frau, die sich aufmerksam umblickte, als suchte sie jemanden, den sie erwartete; die andere Gestalt war die eines Mannes, der im tiefsten Schatten, den er nur finden konnte, einherschlich und in einiger Entfernung seine Schritte denen der Frau anpaßte: blieb sie stehen, so hielt auch er inne, und wenn sie sich weiter vorwärts bewegte, so schlich auch er verstohlen weiter, jedoch ließ er es im Eifer der Verfolgung niemals so weit kommen, die Entfernung zwischen sich und ihr zu verringern. So überquerten sie die Brücke vom Middlesexufer zum Surreyufer, als die Frau, offensichtlich enttäuscht in ihrer sorgsamen Betrachtung der Vorübergehenden, sich rückwärts wandte. Die Bewegung geschah plötzlich, aber jener, der sie beobachtete, war auf der Hut; er verkroch sich in einer der Vertiefungen unter den Brückenpfeilern, lehnte sich, um seine Gestalt noch besser zu verbergen, über die Brustwehr und ließ das Mädchen auf dem gegenüberliegenden Fußweg vorübergehen. Als sie etwa ebenso weit vor ihm war wie zuvor, rutschte er leise herunter und folgte ihr wieder. Ziemlich in der Mitte der Brücke blieb sie stehen – der Mann ebenfalls.

Es war eine sehr dunkle Nacht. Der Tag war sehr unfreundlich gewesen, deshalb befanden sich um diese Stunde und an diesem Ort nur wenig Menschen unterwegs. Jene aber, die dort zu finden waren, eilten schnellen Schrittes vorüber; höchstwahrscheinlich sahen sie weder die Frau noch den Mann, der sie beobachtete; bestimmt aber nahmen sie von ihnen keine Notiz. Ihr Aussehen war nicht dazu angetan, die zudringlichen Blicke jener armseligen Einwohner Londons auf sich zu ziehen, die in jener Nacht zufällig über die Brücke kamen, um einen kalten Torbogen oder eine türlose Hütte zu suchen, wo sie ihr Haupt hinlegen konnten. Schweigend standen die beiden da, sprachen mit keinem der Vorübergehenden und wurden auch von keinem angesprochen. Nebel hing über dem Fluß, er verdüsterte den roten Schein der Feuer auf den kleinen Fahrzeugen, die an den verschiedenen Werften festgemacht hatten, und ließ die düsteren Gebäude an den Ufern noch dunkler und undeutlicher erscheinen. Die alten rauchgeschwärzten Lagerhäuser zu beiden Seiten erhoben sich schwer und düster über dem dichten Gedränge der Dächer und Giebel und blickten finster hernieder auf ein Gewässer, das zu schwarz war, um selbst ihre plumpen Umrisse widerzuspiegeln. Der Turm der alten Erlöserkirche und die Spitze von St. Magnus, seit langem die riesenhaften Wächter der alten Brücke, waren in der Dunkelheit sichtbar, aber der Wald der Schiffe unter der Brücke und das dichte Gewirr der Kirchtürme darüber waren den Blicken fast völlig verborgen.

Das Mädchen hatte sich ein paarmal ruhelos hin und her gewandt – wobei sie ihr verborgener Beobachter nicht aus den Augen ließ –, als die schwere Glocke von St. Paul's wiederum die Sterbestunde eines Tages verkündete. Die Mitternacht war über die dichtbevölkerte Innenstadt hereingebrochen. Über Palästen und Kellerlokalen, Gefängnissen und Irrenhäusern, den Kammern des Lebens und des Todes, von Gesundheit und Krankheit, über dem starren Angesicht

der Toten und dem friedlichen Schlaf der Kinder – über allem lag die Mitternacht.
Der Stundenschlag war noch keine zwei Minuten verhallt, als eine junge Dame in Begleitung eines grauhaarigen Herrn unweit von der Brücke aus einem Mietwagen stieg, die Kutsche zurückschickte und auf die Brücke zuging. Kaum hatten die beiden sie betreten, als das Mädchen sich plötzlich bewegte und ihnen entgegenlief.
Sie schritten indes weiter und blickten um sich, als hegten sie eine schwache Hoffnung, auf deren Erfüllung wenig Aussicht bestand, als sich ihnen plötzlich diese neue Gefährtin zugesellte. Mit einem Ausruf der Überraschung blieben sie stehen, unterdrückten ihn jedoch sofort, da im gleichen Augenblick ein Mann in bäuerlicher Kleidung dicht an ihnen vorüberging – ja, sie tatsächlich fast streifte.
»Nicht hier«, sagte Nancy hastig, »ich habe Angst, hier mit Ihnen zu sprechen. Kommen Sie mit – weg von der offenen Straße – dort die Stufen hinunter!«
Als sie diese Worte sprach und mit der Hand die Richtung wies, in der sie weitergehen sollten, sah sich der Bauer um, fragte grob, warum sie den ganzen Fußweg für sich brauchten, und ging dann weiter.
Die Stufen, nach denen das Mädchen gezeigt hatte, waren jene, die am Surreyufer und auf der gleichen Seite wie die Erlöserkirche gelegen, vom Fluß her eine Landungstreppe bilden. Nach dieser Stelle eilte, ohne daß man ihn beobachtete, der Mann, der wie ein Bauer aussah, überblickte schnell die Gegend und begann dann hinunterzusteigen.
Diese Treppen sind ein Teil der Brücke und bestehen aus drei Absätzen. Unmittelbar am Ende des zweiten, von oben gerechnet, endet die Steinmauer zur Linken in einem verzierten Pfeiler, der nach der Themse zu liegt. An dieser Stelle werden die unteren Stufen breiter, so daß ein Mensch, der um diese Ecke der Mauer herumgeht, notwendigerweise von anderen auf der Treppe, die zufällig auch nur eine Stufe über

ihm sind, nicht gesehen werden kann. Der Bauer blickte sich, als er diese Stelle erreicht hatte, hastig um, und da kein besseres Versteck vorhanden zu sein schien und infolge der Ebbe reichlich Platz vorhanden war, schlüpfte er, mit dem Rücken dem Pfeiler zugewandt, zur Seite und wartete dort, denn er war sich ziemlich sicher, daß sie nicht weiter herunterkommen würden; und wenn er auch nicht hören konnte, was sie sprachen, so konnte er sie doch in Sicherheit weiter verfolgen. So träge verging die Zeit an diesem einsamen Ort und so begierig war der Späher, hinter die Gründe einer Begegnung zu kommen, die so anders war, als man ihn hatte vermuten lassen, daß er die Sache mehr als einmal verlorengab und sich selbst einredete, sie wären entweder weiter oben stehengeblieben oder hätten sich ganz anderswohin begeben, um ihre geheimnisvolle Unterredung zu führen. Eben war er im Begriff, sein Versteck zu verlassen und wieder nach oben auf die Straße zu gehen, als er das Geräusch von Schritten und gleich darauf Stimmen ganz nahe an seinem Ohr vernahm. Er drückte sich aufrecht ganz dicht an die Mauer, atmete kaum und horchte aufmerksam.

»Das ist weit genug«, sagte eine Stimme, die offenkundig die eines Mannes war. »Ich leide es nicht, daß die junge Dame noch weiter geht. Mancher andere hätte sich nicht einmal darauf eingelassen, selbst so weit mitzukommen, aber Sie sehen, ich bin bereit, Ihnen Ihren Willen zu tun.«

»Meinen Willen?« ertönte die Stimme des Mädchens. »Sie sind wirklich rücksichtsvoll, Sir. Meinen Willen! Na ja – es ist schon ganz egal.«

»Nun, warum?« sagte der Herr in freundlicherem Ton, »warum können Sie uns wohl an diesen seltsamen Ort gebracht haben? Warum durfte ich nicht oben mit Ihnen sprechen, wo es hell ist und sich ab und zu noch etwas regt, statt daß Sie uns in dieses düstere und trübselige Loch bringen?«

»Ich habe es Ihnen vorher gesagt«, antwortete Nancy, »daß

ich Angst hatte, dort mit Ihnen zu sprechen. Ich weiß nicht, warum das so ist«, fuhr sie zitternd fort, »aber ich bin heute nacht so ängstlich, so furchtsam, daß ich kaum stehen kann.«
»Wovor haben Sie denn Angst?« fragte der Herr, der sie zu bedauern schien.
»Ich weiß selbst kaum, wovor«, antwortete das Mädchen.

»Ich wünschte, ich wüßte es. Schreckliche Todesgedanken, blutbefleckte Leichentücher und eine Furcht, die in mir brennt, als stünde ich in Flammen, haben mich den ganzen Tag über verfolgt. Ich habe heute abend ein Buch gelesen, um mir die Zeit zu vertreiben, und dieselben Dinge sahen mir aus den Buchstaben entgegen.«

»Einbildung«, sagte der Herr beruhigend.

»Keine Einbildung«, sagte das Mädchen mit heiserer Stimme. »Ich möchte schwören, daß ich auf jeder Seite des Buches das Wort ›Sarg‹ in großen schwarzen Buchstaben gedruckt gesehen habe – ja, und auf der Straße haben sie heute abend einen dicht an mir vorbeitragen.«

»Das ist nichts Ungewöhnliches«, sagte der Herr, »mir ist das auch schon oft passiert.«

»Ja, *wirklich*«, erwiderte das Mädchen. »Aber das war keiner.«

In ihrem Benehmen war etwas derart Eigenartiges, daß den verborgenen Lauscher eine Gänsehaut überlief und ihm das Blut in den Adern erstarrte, als er das Mädchen diese Worte sagen hörte. Noch nie hatte er eine solche Erleichterung verspürt wie in jenem Augenblick, als er die süße Stimme der jungen Dame vernahm, die das Mädchen bat, sich zu beruhigen und sich nicht solchen furchtbaren Einbildungen hinzugeben. »Sprechen Sie freundlich mit ihr«, sagte die junge Dame zu ihrem Begleiter. »Das arme Ding! Sie scheint es nötig zu haben.«

»Ihre hochmütigen, frommen Leute würden die Köpfe hoch tragen, wenn sie mich so sähen, wie ich heute nacht bin, und sie würden von Fegefeuer und Vergeltung predigen«, rief das Mädchen. »Oh, liebes Fräulein, warum sind die, die den Anspruch erheben, Gottes Kinder zu sein, nicht so freundlich und sanft zu uns Elenden wie Sie? Sie haben Jugend und alles das, was diese andern verloren haben und könnten wohl etwas stolz und nicht so viel bescheidener als jene sein.«

»Ja, ja«, sagte der Herr. »Ein Türke wendet sein Gesicht,

nachdem er es gründlich gewaschen hat, nach Osten, wenn er seine Gebete spricht. Diese vortrefflichen Leute jedoch wenden sich, wenn sie ihre Gesichter derart an der Welt abgerieben haben, daß das Lächeln daraus entschwand, ebenso regelmäßig der finsteren Seite des Himmels zu. Wenn ich zwischen Muselmann und Pharisäer wählen kann, so ziehe ich mir den ersteren vor!«

Diese Worte schienen an die junge Dame gerichtet zu sein und wurden vermutlich gesprochen, um Nancy Zeit zu lassen, sich wieder zu erholen. Kurz danach wendete sich der Herr an sie.

»Vorigen Sonntag waren Sie nicht hier«, sagte er.

»Ich konnte nicht kommen«, entgegnete Nancy, »ich wurde mit Gewalt zurückgehalten.«

»Durch wen?«

»Durch den, von dem ich der jungen Dame schon früher erzählte.«

»Es hat Sie hoffentlich niemand verdächtigt, daß Sie über den Anlaß, der uns heute nacht hierher geführt hat, mit irgend jemand gesprochen haben?« fragte der alte Herr.

»Nein«, antwortete das Mädchen und schüttelte den Kopf. »Es ist nicht gerade leicht für mich, von ihm wegzugehen, ohne daß er weiß, warum; ich hätte auch damals mit dem Fräulein nicht sprechen können, wenn ich ihm nicht einen Schlaftrunk gegeben hätte, damit ich wegkam.«

»Wurde er wach, ehe Sie zurückkamen?« forschte der alte Herr.

»Nein, und weder er noch irgendeiner von ihnen verdächtigt mich.«

»Gut«, sagte der Herr. »Jetzt hören Sie mir zu.«

»Ich bin bereit«, erwiderte das Mädchen, als er einen Augenblick lang schwieg.

»Diese junge Dame«, begann der alte Herr dann, »hat mir und einigen anderen Freunden, die absolut zuverlässig sind, mitgeteilt, was Sie ihr vor fast vierzehn Tagen erzählt haben.

Ich gestehe Ihnen, daß ich zunächst daran zweifelte, ob man Ihnen unbedingt trauen könnte, jetzt aber bin ich fest davon überzeugt.«

»Sie können es«, sagte das Mädchen ernst.

»Ich wiederhole, daß ich fest davon überzeugt bin. Zum Beweis dafür, daß ich geneigt bin, Ihnen zu trauen, sage ich Ihnen unumwunden, daß wir beabsichtigen, das Geheimnis, was es auch immer sein mag, diesem Monks dadurch zu entreißen, daß wir ihm Furcht einjagen. Wenn – wenn wir aber«, meinte der alte Herr, »seiner nicht habhaft werden können, oder, wenn wir ihn haben, nicht nach unseren Wünschen mit ihm zurechtkommen, müssen Sie uns den Juden ausliefern.«

»Fagin?« rief das Mädchen und wich zurück.

»Diesen Menschen müssen Sie uns ausliefern«, sagte der alte Herr.

»Das werde ich nicht tun! Niemals werde ich das tun!« erwiderte das Mädchen. »Er mag ein Teufel sein und ist zu mir sogar schlimmer als ein Teufel gewesen – aber das werde ich niemals tun!«

»Sie wollen nicht?« fragte der Herr, der auf diese Antwort völlig vorbereitet schien.

»Niemals!« antwortete das Mädchen.

»Wollen Sie mir sagen, warum?«

»Aus einem Grunde«, entgegnete Nancy entschlossen, »aus einem Grunde, den das Fräulein kennt und aus dem sie mir beistehen wird, das weiß ich, denn ich habe ihr Versprechen – und außerdem noch deshalb, weil ich genau wie er ein schlechtes Leben geführt habe; es gibt viele unter uns, die gemeinsam dieselben Wege gegangen sind, und ich werde jene nicht verraten, von denen jeder einzelne auch mich hätte verraten können. Aber so schlecht sie auch sind – getan hat es keiner.«

»Dann«, sagte darauf der alte Herr schnell, als wäre das der Punkt, den er hatte erreichen wollen, »geben Sie Monks in meine Hände und überlassen Sie es mir, mit ihm fertig zu werden.«

»Und was wird, wenn er sich gegen die anderen wendet?«

»In diesem Falle verspreche ich Ihnen, daß, wenn wir ihm die Wahrheit entrissen haben, die Angelegenheit damit erledigt ist; es muß in Olivers kurzer Lebensgeschichte Dinge geben, die vor die Öffentlichkeit zu bringen nur schmerzlich sein würde – und wenn die Wahrheit einmal zutage gefördert ist, mögen sie daher frei ausgehen.«

»Und wenn nicht?« gab das Mädchen zu bedenken.

»Dann«, fuhr der Herr fort, »wird Fagin nicht ohne Ihre Zustimmung vor Gericht gebracht werden. In diesem Falle könnte ich Ihnen, glaube ich, Gründe nennen, die Sie wohl zu einer Zustimmung bewegen würden.«

»Habe ich dazu das Versprechen des Fräuleins?« fragte das Mädchen.

»Das haben Sie«, antwortete Rose. »Mein feierliches, aufrichtiges Versprechen.«

»Und Monks würde niemals erfahren, woher Sie Ihr Wissen hatten?« fragte das Mädchen nach einer kurzen Pause.

»Niemals«, erwiderte der alte Herr. »Die Dinge würden ihm so beigebracht werden, daß er nicht einmal eine Vermutung haben könnte.«

»Ich bin eine Lügnerin gewesen und habe von Kindheit auf unter Lügnern gelebt«, sagte Nancy nach einer weiteren Schweigepause, »aber ich verlasse mich auf Ihre Worte.«

Nachdem sie von beiden die Zusicherung erhalten hatte, daß sie das getrost könne, fuhr sie mit so leiser Stimme zu sprechen fort, daß es dem Lauscher oft schwerfiel, selbst nur den Sinn dessen zu erfassen, was sie sagte, um nach Namen und Lage das Wirtshaus zu beschreiben, von dem aus sie diese Nacht verfolgt worden war. Aus den gelegentlichen Pausen, die sie machte, konnte man vermuten, daß der alte Herr sich rasch einige Notizen von dem machte, was sie berichtete. Nachdem sie die Lage des Wirthauses ausführlich

erklärt und geschildert hatte, von wo aus man es, ohne Verdacht zu erwecken, am besten beobachten konnte, und an welchem Abend und zu welcher Stunde Monks am ehesten dort zu erscheinen gewohnt war, schien sie einige Augenblicke nachzudenken, um sich Monks' Gesichtszüge und Erscheinung deutlicher ins Gedächtnis zurückzurufen.
»Er ist groß«, sagte sie, »und ein kräftiger Mann, aber nicht dick, er hat einen lauernden Gang, und wenn er geht, blickt er beständig über die Schulter, erst nach der einen, dann nach der anderen Seite. Vergessen Sie das nicht, denn seine Augen liegen so vielt tiefer in seinem Kopf als bei jedem anderen, daß Sie ihn beinahe schon allein daran erkennen könnten. Sein Gesicht ist so dunkel wie seine Haare und Augen, und obwohl er nicht älter als sechsundzwanzig bis achtundzwanzig Jahre sein kann, ist es hager und verfallen. Seine Lippen sind oft verfärbt und durch Bisse entstellt, denn er hat schreckliche Anfälle; oft beißt er sich sogar in die Hände und bedeckt sie mit Wunden – warum erschrecken Sie?« fragte das Mädchen und hielt plötzlich inne.
Der alte Herr antwortete hastig, daß er sich dessen nicht bewußt gewesen wäre, und bat sie fortzufahren.
»Einen Teil dessen«, sagte Nancy, »habe ich von anderen Leuten aus dem Hause erfahren, von dem ich Ihnen erzähle, denn ich selbst habe ihn nur zweimal gesehen, und beide Male war er in einen weiten Mantel gehüllt. Ich glaube, das ist alles, was ich Ihnen als Erkennungszeichen geben kann. Warten Sie«, fügte sie hinzu, »an seinem Hals, so hoch, daß Sie, wenn er den Kopf wendet, einen Teil davon unter seinem Halstuch sehen können, ist . . .«
»Ein breites rotes Mal, wie eine Brandnarbe?« rief der alte Herr.
»Wieso?« fragte das Mädchen. »Kennen Sie ihn?«
Die junge Dame stieß einen Ruf der Überraschung aus, und einige Augenblicke waren alle so still, daß der Lauscher sie deutlich atmen hören konnte.

»Ich glaube, ja«, sagte der alte Herr und brach das Schweigen. »Nach Ihrer Beschreibung könnte es sein. Wir werden sehen. Manche Menschen sind einander auffallend ähnlich. Es muß nicht derselbe sein.«
Als er dies mit geheuchelter Gleichgültigkeit sagte, machte er einen oder zwei Schritte auf den verborgenen Späher zu, wie dieser aus der Deutlichkeit seiner gemurmelten Worte: »Er muß es sein!« entnehmen konnte.
»So«, sagte er dann und kehrte – so schien es dem Klang nach – an seinen vorherigen Standort zurück, »Sie haben uns sehr wertvolle Hilfe geleistet, junge Frau, und ich möchte mich Ihnen dafür erkenntlich zeigen. Was kann ich für Sie tun?«
»Nichts«, erwiderte Nancy.
»Das werden Sie doch nicht ernstlich behaupten wollen«, widersprach der alte Herr mit einer Stimme so voller Herzlichkeit, daß sie auch ein härteres und verstockteres Herz hätte rühren können. »Denken Sie nach, sagen Sie es mir.«
»Nichts, Sir«, wiederholte das Mädchen weinend. »Sie können nichts tun, um mir zu helfen. Für mich gibt es wirklich keine Hoffnung mehr.«
»Sie setzen ihr selbst zu enge Grenzen«, sagte der alte Herr. »Ihre Vergangenheit ist eine trübselige Wüste, jugendliche Kräfte wurden vergeudet und kostbare Schätze verschwendet, die der Schöpfer nur einmal und dann nie wieder verleiht; aber für die Zukunft dürfen Sie hoffen. Ich will nicht behaupten, daß es in unserer Macht liegt, Ihnen Herzens- und Seelenfrieden zu bieten, denn den finden Sie nur, wenn Sie selbst ihn suchen; aber Ihnen einen ruhigen Zufluchtsort entweder in England oder, falls Sie sich fürchten, hierzubleiben, in irgendeinem fremden Land zu sichern, das liegt nicht nur im Bereich unserer Möglichkeiten, sondern ist auch unser angelegentlichster Wunsch. Noch vor dem Morgengrauen, ehe noch dieser Fluß den ersten Schimmer des Tageslichts erblickt, sollen Sie an einem Ort sein, wo Sie für

Ihre früheren Gefährten völlig außer Reichweite sind, und es werden so wenig Spuren von Ihnen zurückbleiben, als wenn Sie in diesem Augenblick von der Erde verschwinden würden. Hören Sie! Ich möchte nicht, daß Sie zurückgehen und auch nur ein Wort mit irgendeinem Ihrer alten Kumpane wechseln, auch nur einen Blick auf einen Ihrer bisherigen Aufenthaltsorte werfen oder auch nur jene Luft atmen, die für Sie Pest und Tod bedeutet. Lassen Sie all das hinter sich, solange Zeit und Gelegenheit dazu ist!«

»Jetzt wird sie sich überraden lassen!« rief die junge Dame. »Sie zögert, dessen bin ich sicher.«

»Ich fürchte, nein, meine Liebe«, sagte darauf der alte Herr.

»Nein, Sie, ich tue es nicht«, erwiderte das Mädchen nach kurzem Kampf. »Ich bin an mein bisheriges Leben gefesselt. Ich hasse und verabscheue es jetzt, aber ich kann nicht davon los. Ich bin wohl schon zu weit gegangen, um noch zurück zu können – und doch –, ich weiß es nicht; denn wenn Sie vor einiger Zeit so zu mir gesprochen hätten, so hätte ich wohl darüber gelacht. Aber«, sagte sie und sah sich hastig um, »jetzt bekomme ich wieder Angst. Ich muß nach Hause.«

»Nach Hause!« wiederholte die junge Dame und legte großen Nachdruck auf dieses Wort.

»Ja, nach Hause, Fräulein«, erwiderte das Mädchen. »In jene Heimat, die ich mir mit dem, was ich in meinem Leben bisher tat, selbst geschaffen habe. Wir wollen uns verabschieden. Ich könnte beobachtet oder gesehen werden. Gehen Sie! Gehen Sie! Wenn ich Ihnen irgendwelchen Dienst erwiesen habe, so ist meine einzige Bitte, daß Sie mich verlassen und ich meinen Weg allein gehen darf.«

»Es ist nutzlos«, sagte der alte Herr seufzend. »Wir gefährden womöglich ihre Sicherheit, wenn wir bleiben. Vielleicht haben wir sie schon länger aufgehalten, als sie erwartete.«

»Ja, allerdings«, drängte das Mädchen, »das haben Sie!«

»Wie wird wohl das Leben dieses armen Wesens enden?« rief die junge Dame aus.
»Wie?« wiederholte Nancy. »Blicken Sie vor sich, Fräulein. Sehen Sie dieses dunkle Wasser? Wie oft lesen Sie davon, daß solche wie ich in die Flut springen und kein lebendes Wesen hinterlassen, das sich um sie kümmert oder sie betrauert. Es mag noch Jahre oder Monate dauern, aber ich werde schließlich auch so weit kommen.«
»Bitte sprechen Sie nicht so«, antwortete die junge Dame seufzend.
»Es wird Ihnen nie zu Ohren kommen, liebes Fräulein, und Gott behüte, daß Sie solche Schrecken je erfahren«, entgegnete das Mädchen. »Gute Nacht! Gute Nacht!«
Der alte Herr wendete sich ab.
»Nehmen Sie um meinetweillen diese Geldbörse«, rief die junge Dame aus, »damit Sie in Stunden der Not und Sorge eine Hilfe haben!«
»Nein«, widersprach Nancy. »Ich habe es nicht für Geld getan. Lassen Sie mir dieses Bewußtsein. Und doch – geben Sie mir etwas, was Sie getragen haben; ich möchte gern etwas haben – nein, keinen Ring – Ihre Handschuhe oder ein Taschentuch – irgend etwas, was ich mir aufheben kann, weil es Ihnen gehörte, liebes Fräulein. So! Gott segne Sie. Gute Nacht! Gute Nacht!«
Die heftige Erregung des Mädchens und die Angst vor einer Entdeckung, die sie Mißhandlung und Gewalt aussetzen würde, schienen den alten Herrn dazu zu bestimmen, sie ihrem Wunsch gemäß zu verlassen. Das Geräusch sich entfernender Schritte wurde hörbar, und die Stimmen verklangen.
Bald darauf erschienen die Gestalten der jungen Dame und ihres Gefährten auf der Brücke. Am oberen Ende der Stufen blieben sie stehen.
»Hören Sie!« rief die junge Dame lauschend. »Hat sie gerufen? Ich glaubte, ihre Stimme zu hören.«

»Nein, meine Liebe«, erwiderte Mr. Brownlow und blickte traurig zurück. »Sie hat sich nicht gerührt und wird es auch nicht tun, ehe wir gegangen sind.«
Rose Maylie zögerte, aber der alte Herr faßte sie unter den Arm und führte sie mit sanfter Gewalt weg. Als sie verschwanden, sank das Mädchen fast ihrer ganzen Länge nach auf eine der Steinstufen nieder und ließ dem Kummer ihres Herzens in bitteren Tränen freien Lauf.
Nach einiger Zeit stand sie auf und stieg mit kraftlosen und zitternden Schritten zur Straße hinauf. Der erstaunte Lauscher blieb noch einige Minuten bewegungslos auf seinem Posten, und nachdem er sich mit vielen vorsichtigen Blicken vergewissert hatte, daß er wieder allein war, kroch er langsam aus seinem Versteck hervor und kehrte verstohlen und im Schatten der Mauer auf die gleiche Weise zurück, wie er herunter gekommen war.
Als Noah Claypole das obere Ende der Treppe erreicht hatte, spähte er erst einige Male umher, um sich zu vergewissern, daß er unbeobachtet war, und dann stürzte er mit größter Geschwindigkeit davon und lief, so schnell seine Beine ihn nur tragen konnten, nach dem Haus des Juden.

SIEBENUNDVIERZIGSTES KAPITEL

Fatale Folgen

Es war fast zwei Stunden vor Tagesanbruch; jene Zeit, die im Herbst mit Recht der Tod der Nacht genannt werden kann; wo die Straßen still und verlassen sind, wo selbst die Geräusche zu schlafen scheinen und Liederlichkeit und Ausschweifung nach Hause getaumelt sind, um zu träumen – es war um diese stille und schweigende Stunde, als Fagin wachend in seiner alten Höhle saß; sein Gesicht war so bleich und verzerrt, seine Augen waren so gerötet und

blutunterlaufen, daß er weniger wie ein Mensch, sondern vielmehr wie ein schreckliches Gespenst aussah, noch feucht vom Grabe und von einem bösen Geist geplagt.
Es saß zusammengekauert und in eine alte zerschlissene Decke gehüllt über ein erloschenes Kaminfeuer gebeugt und hatte sein Gesicht einer fast heruntergebrannten Kerze zugewandt, die ihm zur Seite auf einem Tisch stand. Seine rechte Hand hatte er an die Lippen gehoben, und während er sich in Gedanken versunken seine langen schwarzen Nägel biß, wurden zwischen seinen sonst zahnlosen Kiefern einige Fangzähne sichtbar, die zu einem Hund oder einer Ratte gepaßt hätten.
Auf einer Matratze auf dem Fußboden ausgestreckt lag Noah Claypole in tiefem Schlaf. Ab und zu sah der Alte einen Augenblick lang zu ihm hin und dann wieder nach der Kerze, deren langgebrannter Docht weit überhing und von der das Wachs in Klumpen auf den Tisch niederfiel – ein deutliches Zeichen dafür, daß Fagins Gedanken sich mit etwas ganz anderem beschäftigten.
Das taten sie allerdings auch wirklich. Verdruß über das Mißlingen seines wichtigen Planes; Haß auf das Mädchen, das es gewagt hatte, mit Fremden zu schwatzen, äußerstes Mißtrauen gegen die Aufrichtigkeit ihrer Weigerung, ihn selbst auszuliefern, bittere Enttäuschung darüber, daß er sich an Sikes nicht rächen konnte; Furcht vor Entdeckung, Zusammenbruch und Tod sowie eine rasende, tödliche Wut, die von alledem entfacht wurde – das waren die leidenschaftlichen Überlegungen, die, in raschem und endlosem Wirbel einander folgend, durch Fagins Hirn schossen, während böse Gedanken und finstere Pläne in seinem Herzen wirkten.
»Endlich!« murmelte er und wischte sich seinen trockenen und fieberheißen Mund. »Endlich!«
Während er sprach, läutete es leise. Er schlich die Stufen hinauf zur Tür und kehrte unmittelbar darauf in Begleitung

eines Mannes zurück, der bis zum Kinn vermummt war und ein Bündel unter dem Arm trug. Als er sich niedergesetzt und seinen Mantel abgeworfen hatte, wurde die gedrungene Gestalt von Sikes sichtbar.

»Da«, sagte er und legte das Bündel auf den Tisch. »Passe gut darauf auf und tu damit, was du kannst. Es hat Mühe genug gekostet, es zu kriegen, ich hatte gedacht, ich könnte schon vor drei Stunden hiersein.«

Fagin legte seine Hand auf das Bündel, schloß es in den Schrank ein und setzte sich wortlos wieder hin. Er wendete jedoch währenddessen keinen Blick von Sikes, und als sie sich nun wieder Auge in Auge gegenübersaßen, sah er ihn starr an, seine Lippen zitterten so heftig, und sein Gesicht war von der Erregung, die über ihn gekommen war, derart verändert, daß der Einbrecher unwillkürlich seinen Stuhl zurückschob und ihn mit dem Ausdruck wahrhaftigen Entsetzens ansah.

»Was ist?« rief er. »Warum schaust du einen so an?«

Fagin hob seine rechte Hand und fuchtelte mit zitterndem Zeigefinger in der Luft herum, aber seine Erregung war so groß, daß ihm für einen Augenblick die Sprache versagte.

»Verdammt!« sagte Sikes und griff sich mit erschrecktem Blick an die Brust. »Er ist verrückt geworden. Da muß ich auf der Hut sein!«

»Nein, nein«, erwiderte Fagin, der seine Sprache wiedergefunden hatte. »Es geht – es geht nicht um dich, Bill. An dir – an dir habe ich nichts auszusetzen.«

»Oha, also an mir nicht?« sagte Sikes, sah ihn fest an und steckte möglichst auffällig eine Pistole in eine bequemer erreichbare Tasche. »Das ist gut – für einen von uns. Wer von uns beiden es ist, spielt keine Rolle.«

»Was ich dir zu erzählen habe, Bill«, sagte Fagin und zog seinen Stuhl näher, »wird dich noch schlimmer treffen als mich.«

»Wieso?« entgegnete der Räuber mit ungläubiger Miene.

»Schieß los! Und mach schnell, sonst denkt Nancy, ich bin verlorengegangen.«
»Verloren?« rief Fagin. »Damit ist sie in ihren eigenen Gedanken schon ziemlich fertig.«
Sikes blickte dem Juden mit dem Ausdruck größten Erstaunens ins Gesicht, und da er darin keine befriedigende Erklärung des Rätsels fand, faßte er ihn mit seiner kräftigen Hand beim Rockkragen und schüttelte ihn heftig.
»Willst du wohl sprechen?« fragte er. »Wenn du's nicht tust, so soll's wenigstens aus Atemnot sein. Tu den Mund auf und sag, was du zu sagen hast, mit klaren und einfachen Worten. Heraus damit, du verteufelter alter Halunke, heraus damit!«
»Stell dir vor, der Junge, der dort liegt –«, begann Fagin.
Sikes wendete sich nach dorthin um, wo Noah schlief, als habe er ihn zuvor gar nicht bemerkt. »Na und?« sagte er und nahm seine vorherige Stellung wieder ein.
»Stell dir vor, dieser Junge«, fuhr Fagin fort, »würde uns alle verpfeifen, indem er sich erst die richtigen Leute für diesen Zweck aussuchte, dann auf der Straße mit ihnen zusammenkäme, um uns genau zu beschreiben, jedes Zeichen zu nennen, an dem sie uns erkennen könnten, und die Kneipe, wo wir am leichtesten zu fassen wären. Stell dir vor, er würde alles das tun und außerdem einen Plan hochgehen lassen, an dem wir alle mehr oder weniger beteiligt waren – aus freiem Willen, nicht durch Verhaftung, hinterhältige Fragen und Verhör oder Ermahnung des Pfaffen und mit Wasser und Brot dazu gebracht – sondern ganz aus freien Stücken, weil's ihm so paßte; daß er sich nachts davonstehlen würde, um jene zu finden, die am meisten an uns interessiert sind, und uns an sie zu verpfeifen. Hörst du?« rief der Jude aus, und seine Augen blitzten vor Wut. »Stell dir vor, er hätte alles das getan – was dann?«
»Was dann?« erwiderte Sikes mit einem gewaltigen Fluch. »Wenn er lebendig geblieben wäre, bis ich käme, dann würde ich ihm den Schädel mit dem eisernen Absatz meines

Schuhes in so viele Splitter zermalmen, wie er Haare auf dem Kopfe hat.«
»Und was wäre, wenn *ich* es täte?« schrie Fagin fast gellend. »*Ich*, der ich so viel weiß und so viele außer mir selbst hängen lassen könnte?«
»Ich weiß nicht«, erwiderte Sikes, knirschte mit den Zähnen und wurde bei dem bloßen Gedanken blaß. »Ich würde im Gefängnis etwas tun, wofür man mich in Eisen schließen würde, und wenn man mich mit dir gemeinsam verhörte, würde ich im Gerichtssaal über dich herfallen und dir vor allen Leuten das Gehirn aus dem Schädel schlagen. Ich hätte dann so viel Kraft«, murmelte der Räuber und streckte seinen sehnigen Arm aus, »daß ich dir den Schädel so zertrümmern könnte, als wäre ein schwerbeladener Wagen drüber gefahren.«
»Das würdest du tun?«
»Ja, das würde ich tun!« antwortete der Einbrecher.
»Kannst es ja versuchen.«
»Mir ist egal, wer's ist«, erwiderte Sikes ungeduldig. »Wer es auch wäre, ich würde mit jedem so umgehen.«
»Wer es auch wäre, ich würde mit jedem so umgehen.«
Fagin sah den Räuber fest an, machte ihm ein Zeichen, still zu sein, beugte sich über das Lager auf dem Fußboden und schüttelte den Schläfer, um ihn zu wecken. Sikes lehnte sich in seinem Stuhl nach vorn und sah, die Hände auf die Knie gestützt, zu, als dächte er heftig darüber nach, womit alle diese Fragen und Vorbereitungen enden sollten.
»Bolter! Bolter! Der arme Junge!« sagte Fagin, blickte mit einem Ausdruck teuflischer Vorfreude auf und sprach langsam und mit großem Nachdruck.
»Er ist müde – müde, weil er *sie* so lange bewacht hat – *sie*, Bill.«
»Was meinst du?« fragte Sikes und fuhr zurück.
Fagin antwortete nicht, sondern beugte sich wieder über den Schläfer und hob ihn hoch, bis er zum Sitzen kam. Nachdem

sein angenommener Name mehrere Male wiederholt worden war, rieb sich Noah die Augen, gähnte laut und sah sich verschlafen um.
»Erzähl mir das noch mal – noch einmal, damit er es auch hört«, sagte der Jude und zeigte dabei auf Sikes.
»Was soll ich erzählen?« fragte der verschlafene Noah und schüttelte sich verdrießlich.
»Das von – Nancy«, sagte Fagin und faßte Sikes beim Handgelenk, als wollte er ihn daran hindern, das Haus zu verlassen, ehe er genug gehört hatte.
»Du bist ihr gefolgt?«
»Ja«.
»Bis zur London Bridge?«
»Ja«.
»Und dort traf sie zwei Leute?«
»So war es.«
»Einen Herrn und eine Dame, zu denen sie vorher aus eigenem Willen gegangen war und die sie aufforderten, alle ihre Kumpane zu verraten, als ersten Monks, was sie auch tat – und ihn zu beschreiben, was sie ebenfalls tat – und zu sagen, in welchem Haus wir uns treffen, was sie wiederum tat – und schließlich, um welche Zeit unsere Leute dahin gingen, was sie gleichfalls tat. Alles das hat sie getan. Sie hat alles, jedes Wort ohne Drohung und ohne Murren verraten – das tat sie, nicht wahr?« schrie Fagin, halb wahnsinnig vor Wut.
»Ganz recht«, antwortete Noah und kratzte sich den Kopf. »Genauso war es!«
»Was haben sie über letzten Sonntag gesagt?«
»Über letzten Sonntag?« erwiderte Noah und dachte nach. »Na, das habe ich Ihnen doch schon vorhin erzählt.«
»Noch mal! Erzähl es noch mal!« rief Fagin, faßte Sikes fester und fuchtelte mit der anderen Hand in der Luft herum, während ihm der Schaum von den Lippen floß.
»Sie fragten sie«, sagte Noah, dem es mit zunehmendem

Erwachen mehr und mehr zu dämmern schien, wer Sikes war. »Sie fragten sie, warum sie letzten Sonntag nicht gekommen wäre, wie sie es versprochen hatte. Sie sagte, sie hätte nicht gekonnt.«
»Warum? Warum denn? Erzähl ihm das.«
»Weil sie von Bill mit Gewalt zu Hause festgehalten wurde, von dem sie ihnen schon vorher berichtet hatte«, antwortete Noah.
»Und was noch?« rief Fagin. »Was sonst noch über den, von dem sie ihnen schon vorher berichtet hatte? Sag ihm das, sag ihm das.«
»Na, daß sie nicht so leicht ausgehen könnte, wenn er nicht wußte, wohin«, erklärte Noah, »und deshalb – hahaha, ich mußte lachen, als die das erzählte – gab sie ihm, als sie das erste Mal zu der Dame ging, einen Schlaftrunk.«
»Hölle und Teufel!« brüllte Sikes und riß sich ungestüm von dem Juden los. »Laß mich gehen!«
Er schleuderte den Alten von sich, rannte aus dem Zimmer und stürzte wild und wutentbrannt die Treppe hinauf.
»Bill! Bill!« rief Fagin und folgte ihm eilig. »Auf ein Wort! Nur auf ein Wort!«
Dieses Wort wäre jedoch nicht gesprochen worden, wenn der Einbrecher nicht außerstande gewesen wäre, die Tür zu öffnen; vergebens versuchte er es unter Flüchen und mit Gewalt, als der Jude keuchend hinter ihm herkam.
»Laß mich hinaus«, forderte Sikes. »Sprich mich nicht an, es ist gefährlich. Laß mich hinaus, sage ich!«
»Laß mich dir nur ein Wort sagen«, erwiderte Fagin und legte seine Hand auf das Türschloß. »Du wirst doch . . .«
»Was?« fragte der andere.
»Du wirst doch nicht – zu gewalttätig sein, Bill?«
Der Tag brach an, und es war Licht genug, daß die Männer sich gegenseitig ins Gesicht sehen konnten. Sie wechselten einen kurzen Blick; beiden brannte ein Feuer in den Augen, das nicht mißzuverstehen war.

»Ich meine«, sagte Fagin und zeigte damit, daß er fühlte, wie nutzlos jetzt alle Verstellung war, »nicht zu gewalttätig aus Gründen der Sicherheit. Sei schlau, Bill, und nicht zu tollkühn.«

Sikes gab keine Antwort, sondern riß die Türe auf, die Fagin aufgeschlossen hatte, und stürzte hinaus auf die Straße.

Ohne stehenzubleiben oder sich auch nur einen Augenblick zu bedenken, ohne auch nur einmal den Kopf nach rechts oder links zu wenden, ohne den Blick zum Himmel zu erheben oder ihn zu Boden zu senken, immer nur mit grimmiger Entschlossenheit vor sich hin blickend und die Zähne so fest aufeinander gepreßt, daß die angespannten Kiefer durch die Haut hindurchzutreten schienen, stürmte der Räuber ungestüm dahin; er murmelte nicht ein Wort, und kein Muskel entspannte sich, bevor er seine eigene Tür erreicht hatte. Er öffnete sie leise mit einem Schlüssel, schlich behutsam die Stufen hinauf, betrat sein Zimmer, dessen Tür er zweimal verschloß, schob noch einen schweren Tisch davor und zog dann den Vorhang des Bettes zurück.

Das Mädchen lag halb angekleidet darauf. Er hatte sie aus dem Schlaf geweckt, denn sie erhob sich mit einem raschen und erschrockenen Blick.

»Steh auf!« sagte der Mann.

»*Du* bist es, Bill?« antwortete das Mädchen mit einem Ausdruck der Freude über seine Rückkehr.

»Ja, ich bin's«, war die Antwort, »steh auf.«

Eine Kerze brannte, aber der Mann zog sie hastig aus dem Leuchter und warf sie unter das Kamingitter. Als das Mädchen draußen das schwache Licht des frühen Tages sah, erhob sie sich, um die Gardinen aufzuziehen.

»Laß das sein«, sagte Sikes und hielt sie mit seiner Hand auf. »Für das, was ich zu tun habe, ist Licht genug.«

»Bill«, antwortete das Mädchen mit leiser, erschreckter Stimme, »warum siehst du mich so an?«

Der Räuber saß einige Sekunden lang da und blickte mit geweiteten Nasenflügeln und schwer atmender Brust auf sie; dann faßte er sie bei Hals und Kopf, zerrte sie in die Mitte des Zimmers, sah einmal zur Tür hin und legte ihr dann seine schwere Hand auf den Mund.

»Bill, Bill!« keuchte das Mädchen und kämpfte mit der Kraft der Todesangst – »ich – ich will nicht weinen oder schreien – nicht ein einziges Mal – hör doch – sprich doch – sag mir, was ich getan habe!«

»Du weißt es doch, du Teufelin!« erwiderte der Räuber und hielt den Atem an. »Du bist heute nacht beobachtet worden; jedes Wort, das du gesagt hast, wurde gehört.«

»Dann schone mein Leben um des Himmels willen«, antwortete Nancy und umklammerte ihn. »Bill, lieber Bill, du kannst es doch nicht übers Herz bringen wollen, mich zu töten. Oh, denk doch an all das, was ich allein in dieser einen Nacht für dich aufgegeben habe. Du *hast* Zeit dazu, nachzudenken und dir dies Verbrechen zu ersparen; ich will meinen Halt nicht verlieren, du kannst mich nicht verstoßen. Bill, Bill, um des lieben Gottes willen, halt ein, ehe du mein Blut vergießt! Ich bin dir treu geblieben – bei meiner schuldbeladenen Seele –, ich bin dir treu geblieben!«

Der Mann kämpfte heftig, um seine Arme freizubekommen, aber die des Mädchens hielten die seinen umschlungen, und er mochte zerren wie er wollte, er konnte sich nicht freimachen.

»Bill«, schrie das Mädchen und versuchte, ihren Kopf an seine Brust zu legen, »der Herr und dieses liebe Fräulein sprachen heute nacht zu mir von einem Heim in einem fernen Land, wo ich meine Tage in Frieden und Einsamkeit beschließen könnte. Laß mich sie wiedersehen und sie auf meinen Knien bitten, dir die gleiche Gnade und Güte zu erweisen, und laß uns beide diesen furchtbaren Ort verlassen, in weiter Ferne ein besseres Leben führen und außer in unseren Gebeten vergessen, wie wir gelebt haben, und einander nie wiedersehen. Es ist nie zu spät, zu bereuen. Sie haben es mir gesagt, und ich fühle es jetzt, aber wir müssen Zeit haben – ein kleines bißchen Zeit!«

Der Einbrecher machte sich einen Arm frei und griff nach seiner Pistole. Die Gewißheit sofortiger Entdeckung, falls er schießen würde, blitzte ihm selbst in seiner Wut durch den Sinn, und so schlug er damit zweimal mit aller Kraft, die ihm zur Verfügung stand, in das nach oben gewendete Gesicht, das fast das seine berührte.

Das Mädchen stolperte und fiel, fast geblendet von dem Blute, das aus einer tiefen Wunde in ihrer Stirn strömte; sie erhob sich mit Mühe auf die Knie, zog aus ihrem Busen ein weißes Taschentuch – das Rose Maylie gehört hatte – hielt es in ihren gefalteten Händen so hoch zum Himmel, wie es ihre schwachen Kräfte zuließen, und betete zu ihrem Schöpfer um Gnade.

Es war ein geisterhafter Anblick. Der Mörder taumelte nach rückwärts gegen die Wand und bedeckte die Augen mit der Hand. Dann ergriff er einen schweren Knüppel und schlug damit das Mädchen nieder.

ACHTUNDVIERZIGSTES KAPITEL

Sikes' Flucht

Von allen Untaten, die seit Einbruch der Nacht innerhalb der weiten Mauern von London begangen wurden, war dies die schlimmste. Von allen Schrecknissen, die mit üblem Geruch die Morgenluft erfüllten, war dies das gemeinste und grausigste.

Die Sonne – die helle Sonne, die den Menschen nicht nur Licht, sondern neues Leben, Hoffnung und Kraft bringt, stieg in klarer und strahlender Pracht über der dichtbevölkerten Stadt empor.

Durch Fenster aus kostbarem farbigem Glas und solche, die

mit Papier verklebt waren, durch Kathedralen, Dome und verrottete Ritzen ergoß sie gleichermaßen ihre Strahlen. Sie erhellte auch das Zimmer, in dem die Ermordete lag. Sie tat es – der Mörder versuchte zwar, ihr den Zutritt zu verwehren, aber das Licht wollte hereinströmen. War der Anblick im Morgengrauen schon geisterhaft, um wieviel mehr war er es nun in all dem strahlenden Licht!

Sikes hatte sich nicht bewegt, er hatte Angst gehabt, sich zu rühren. Er hatte ein Stöhnen gehört und eine Handbewegung gesehen, Schrecken war zu seiner Wut hinzugekommen, und er hatte wieder und wieder geschlagen. Einmal warf er eine Decke über die Tote, aber es war schlimmer, an die Augen zu denken und sich vorzustellen, daß sie sich auf ihn richteten, als sie nach oben starren zu sehen, als beobachteten sie den Widerschein der Blutlache, der im Sonnenlicht an der Zimmerdecke zitterte und tanzte. So hatte er den Teppich wieder weggezogen. Und da lag nun der Körper – nur Fleisch und Blut, sonst nichts – aber solches Fleisch und so viel Blut!

Er brannte ein Streichholz an, brachte ein Feuer in Gang und warf den Knüppel hinein. An seinem Ende hatten Haare gehangen, die aufflammten, zu leichter Asche zusammenschrumpften, von einem Luftzug erfaßt wurden und in den Schornstein hinaufwirbelten. Selbst das erschreckte ihn trotz seiner Härte, aber er hielt die Waffe fest, bis sie zerbrach und legte sie dann auf die Kohlen, um sie vollends zu verbrennen und zu Asche werden zu lassen. Dann wusch er sich und rieb an seinen Kleidern herum, aber da waren Flecken, die nicht weggingen; deshalb schnitt er die Stücke aus und verbrannte sie. Wie die Blutspuren im ganzen Raum verstreut waren! Selbst die Pfoten des Hundes waren voll Blut.

Die ganze Zeit über hatte er der Leiche nicht einen Augenblick lang den Rücken gekehrt. Nachdem er so seine Vorbereitungen beendet hatte, ging er rückwärts zur Tür, wobei er den Hund mit sich zog, damit er nicht von neuem seine Pfoten besudelte und weitere Beweise des Verbrechens hinaus auf die Straße tragen sollte. Behutsam machte er die Tür zu, verschloß sie, nahm den Schlüssel an sich und verließ das Haus.

Er ging auf die andere Straßenseite und blickte zu den Fenstern hinauf, um sich zu vergewissern, daß von außen nichts zu sehen war. Der Vorhang war noch heruntergelassen, den sie hatte öffnen wollen, um das Licht hereinzulassen, das sie niemals wieder sehen sollte. Sie lag fast genau darunter. *Er* wußte das. Mein Gott, wie die Sonne eben auf diese Stelle schien!

Rasch wandte er den Blick wieder ab. Es war für Sikes eine Erleichterung, daß er aus dem Zimmer heraus war. Er pfiff seinem Hund und ging schnell davon.

Sein Weg führte ihn durch Islington, dann den Hügel bei Highgate hinauf, auf dem der Gedenkstein für Whittington steht; er lief ohne Zweck und Ziel, unsicher, wohin er gehen sollte, wendete sich abermals nach rechts, sobald der Weg wieder abwärts zu führen begann, schlug den Fußweg durch die Felder ein, ging am Rande von Caen Wood entlang und kam so schließlich bei Hampstead Heath heraus. Er durchquerte die Talsenke am Vale of Health, erklomm die gegenüberliegende Anhöhe, kreuzte die Straße, die die Orte Hampstead und Highgate miteinander verbindet, lief über den restlichen Teil der Heide nach den Feldern bei North End, legte sich in einem von ihnen unter eine Hecke und schlief.

Bald erwachte er jedoch wieder und lief fort, nicht weiter landeinwärts, sondern auf der Hauptstraße nach London zurück, kehrte abermals um, durchlief einen anderen Teil desselben Geländes, das er schon überquert hatte, wanderte hin und her über die Felder, lagerte sich an Grabenrändern, um auszuruhen, sprang auf, um nach einer anderen Stelle zu laufen, wo er dasselbe tat und abermals umherschweifte.

Wo war ein Ort, nahe und nicht allzu bekannt, wo er hingehen konnte, um etwas zu essen und zu trinken zu bekommen? Heudon! Das war ein guter Platz – nicht weit entfernt und für die meisten Menschen abseits vom Wege. Dorthin lenkte er also seine Schritte; manchmal rannte er und manchmal wieder schlenderte er aus absonderlicher Laune im Schneckentempo dahin oder blieb gar stehen und zerschlug zum Zeitvertreib die Hecke mit seinem Stock. Als er jedoch an sein Ziel gelangte, schienen ihn alle Leute, die er traf, ja selbst die Kinder vor den Türen, mit Argwohn zu betrachten. So machte er wieder kehrt, ohne den Mut zu finden, etwas Eß- oder Trinkbares zu kaufen, obgleich er seit vielen Stunden nichts zu sich genommen hatte, und schlenderte wiederum ziellos über die Heide.

Viele Meilen wanderte er und kam schließlich doch an die alte Stelle zurück. Morgen und Mittag waren vergangen, der Tag neigte sich seinem Ende zu, und immer noch irrte er hin und her, auf und ab und im Kreise um denselben Ort herum. Endlich machte er sich in Richtung Hatfield davon.

Es war neun Uhr abends, als der Mann völlig ermüdet und der Hund hinkend und lahm von der ungewohnten Anstrengung den Hügel bei der Kirche des friedlichen Dorfes herunterkamen, mühsam die schmale Straße entlangschlichen und in einem kleinen Wirtshaus unterkrochen, dessen spärliches Licht sie dahin geführt hatte. Im Schankraum brannte ein Feuer, und davor saßen einige Landarbeiter und tranken. Sie machten Platz für den Fremden, der aber setzte sich in die entfernteste Ecke und aß und trank für sich allein oder wenigstens nur mit seinem Hund, dem er von Zeit zu Zeit einen Brocken zuwarf.

Die Unterhaltung der Anwesenden drehte sich um Land und Leute der Nachbarschaft, und als dieser Gesprächsstoff erschöpft war, sprach man über das Alter irgendeines Mannes, der am Sonntag zuvor begraben worden war, wobei die anwesenden jungen Männer ihn als sehr alt, die anwesenden alten Männer jedoch als ziemlich jung bezeichneten; ein weißhaariger Großvater meinte, er sei nicht älter gewesen als er selber und hätte noch mindestens zehn oder fünfzehn Jahre leben können, wenn er sich in acht genommen hätte. Dabei war nichts, was hätte Aufmerksamkeit erregen oder Schrecken einflößen können. Der Räuber saß, nachdem er seine Rechnung bezahlt hatte, still und unbeachtet in seiner Ecke und war schon fast eingeschlafen, als er durch das geräuschvolle Erscheinen eines Neuankömmlings halb wieder aufgeweckt wurde.

Es war ein spaßhafter Bursche, halb Trödler und halb Quacksalber, der zu Fuß im Lande umherreiste, um Wetzsteine, Streichriemen, Rasiermesser, Seifenkugeln, Putzpulver, Arzneimittel für Hunde und Pferde, billige Parfüms, Kosmetikartikel und dergleichen Dinge zu verkaufen, die er in einem Kasten auf dem Rücken trug. Sein Erscheinen war das Signal für verschiedene vertrauliche Scherze mit den Landleuten, die nicht aufhörten, bis er sein Abendbrot verzehrt hatte und sein Schatzkästlein öffnete, wobei er geschickt Geschäft und Vergnügen zu vereinen verstand.

»Und was ist das für Zeug? Was zu essen, Harry?« fragte ein grinsender Bauer und zeigte auf eine in Täfelchen geschnittene Masse in einer Ecke.

»Das«, erklärte der Handelsmann und zeigte eins davon herum, »das ist das unfehlbare und unbezahlbare Mittel zur Beseitigung aller Arten von Flecken, Rost, Schmutz, Moder, Fett, Öl, Spritzer auf Seide, Satin, Leinen, Batist, Tuch, Flor, Teppichen, Merino, Nesseltuch, Bombasin oder Wollzeug, Weinflecke, Obstflecke, Bierflecke, Wasserflecke, Farbflekke, Teerflecke, alle Sorten von Flecken verschwinden beim einmaligen Einreiben mit diesem unfehlbaren und unbezahlbaren Mittel. Wenn eine Dame ihre Ehre befleckt hat, braucht sie nur ein Täfelchen davon zu schlucken, und sogleich ist sie kuriert – denn es ist Gift. Wenn ein Herr das zu versuchen wünscht, so braucht er nur ein kleines Stück davon zu verschlingen und es gibt keinen Zweifel mehr – denn es ist ebenso zuverlässig wie eine Pistolenkugel und wesentlich garstiger von Geschmack, deshalb ist es auch um so ehrenvoller, sich seiner zu bedienen. Nur einen Penny das Stück. Bei allen diesen Vorzügen – nur einen Penny das Stück!«

Zwei Käufer fanden sich sogleich, und weitere von den Zuhörern zögerten offenbar noch. Als der Verkäufer dies bemerkte, wurde seine Beredsamkeit noch größer.

»Es ist immer ebenso schnell ausverkauft, wie es hergestellt wird«, verkündete er. »Vierzehn Wassermühlen, sechs Dampfmaschinen und eine galvanische Batterie arbeiten ständig daran und können es nicht schnell genug herstellen, obgleich die Leute so schnell arbeiten, daß sie dabei sterben; und die Witwen bekommen sofort eine Pension von zwanzig Pfund pro Jahr für jedes Kind und eine Prämie von fünfzig Pfund für Zwillinge. Einen Penny das Stück! Zwei halbe Pennies tun es auch, und vier Farthings werden gleichfalls mit Freuden angenommen. Einen Penny das Stück! Weinflecke, Obstflecke, Bierflecke, Wasserflecke, Farbflekke, Teerflecke, Schmutzflecke, Blutflecke! Hier ist ein Fleck auf dem Hut von einem der anwesenden Herren, den ich entfernen werde, noch eher er mir auch nur ein Glas Bier bestellen kann.«

»Ha!« rief Sikes und fuhr auf. »Gib ihn her!«

»Ich werde ihn reinigen, Sir«, sagte der Mann und winkte den Anwesenden zu, »bevor Sie herüberkommen können, um ihn an sich zu nehmen. Meine Herren, achten Sie auf den dunklen Fleck auf dem Hut dieses Herrn, nicht größer als ein Shilling, aber dicker als eine halbe Krone. Ob es ein Weinfleck, Bierfleck, Wasserfleck, Farbfleck, Teerfleck, Schmutzfleck oder Blutfleck ist – –«

Weiter kam er nicht, denn Sikes warf mit einem gräßlichen Fluch den Tisch um, entriß ihm den Hut und stürzte aus dem Haus.

In der gleichen Verworrenheit der Gefühle und der Unentschlossenheit, die ihm wider Willen den ganzen Tag angehangen hatte, wandte sich der Mörder, als er bemerkte, daß er nicht verfolgt wurde und man ihn höchstwahrscheinlich für einen eigensinnigen Betrunkenen gehalten hatte, wieder in Richtung der Stadt. Als er aus dem Schein der Lampen einer Postkutsche herauskam, die auf der Straße stand, und an ihr vorüberging, erkannte er die Postkutsche von London und sah, daß sie vor dem kleinen Postamt stand. Er wußte beinahe schon, was kommen würde, dennoch ging er hinüber und lauschte.

Der Schaffner stand an der Tür und wartete auf den Postsack. Ein Mann, der wie ein Wildhüter gekleidet war, kam in diesem Augenblick herzu, und er reichte ihm einen Korb, der auf dem Pflaster bereitstand.

»Das ist für deine Leute«, sagte der Schaffner. »Na, bißchen lebhaft da drinnen, ja? Der verdammte Sack war vorgestern abend nicht fertig; so geht das nicht, verstehst du?«

»Gibt's was Neues drüben in der Stadt, Ben?« fragte der Wildhüter und ging zurück bis an die Fensterläden, um die Pferde besser bewundern zu können.

»Nein, ich wüßte nichts«, erwiderte der Mann und zog seine Handschuhe an. »Das Korn ist etwas gestiegen. Ich hörte auch was von einem Mord, unten auf dem Spitalsfieldsweg, aber ich gebe nicht viel darauf.«

»O ja, das ist wirklich wahr«, sagte ein Herr im Innern der Kutsche, der aus dem Fenster sah. »Und es war sogar ein ganz schrecklicher Mord.«

»Wirklich, Sir?« erwiderte der Schaffner und griff grüßend an seinen Hut. »Bitte, Sir, war es ein Mann oder eine Frau?«

»Eine Frau«, entgegnete der Herr. »Man vermutet ...«

»Na los, Ben«, sagte der Kutscher ungeduldig.

»Der verdammte Sack«, meinte der Schaffner, »seid ihr da drin eingeschlafen?«

»Komme schon!« rief der Posthalter und kam herausgerannt.
»Komme schon«, brummte der Schaffner. »Genau wie die reiche junge Frau, die sich in mich verlieben wird, ich weiß bloß nicht, wann. Hier, faß mal zu! So, in Ordnung!«
Aus dem Posthorn ertönten einige fröhliche Klänge, und dann war die Kutsche verschwunden.
Sikes blieb auf der Straße stehen, scheinbar unberührt von dem, was er soeben gehört hatte, und von keiner stärkeren Gefühlsregung bewegt als dem Zweifel, wohin er sich wenden sollte. Schließlich ging er wieder zurück und schlug den Weg ein, der von Hatfield nach St. Albans führt.
Verdrossen schritt er vorwärts; als er jedoch die Stadt hinter sich gelassen hatte und die Verlassenheit und das Dunkel des Weges ihn umfingen, fühlte er eine Furcht in sich aufsteigen, die ihn bis ins Innerste erbeben ließ. Jegliches Ding vor ihm, ob Gegenstand oder nur Schatten, bewegt oder reglos, erschien als etwas Furchterregendes, aber diese Ängste waren nichtig im Vergleich zu dem Gedanken an das grauenhafte Bild, das sich an seine Fersen heftete und ihn unablässig verfolgte. Er konnte den Schatten der Gestalt in der Dunkelheit genau erkennen, konnte die geringste Einzelheit ihres Umrisses ergänzen und beobachten, wie steif und feierlich sie einherzuschreiten schien. Er konnte ihre Kleider in den Blättern rauschen hören, und aus jedem Windhauch kam ihr letzter unterdrückter Schrei. Wenn er stehenblieb, tat es der Schatten auch. Rannte er, so folgte er ihm – aber nicht gleichfalls rennend – das wäre eine Erleichterung gewesen – sondern wie eine Leiche, die sich nur rein maschinenmäßig bewegt und von einem trägen schwermütigen Wind getragen wird, der weder stärker noch schwächer wird.
Ab und zu wandte er sich mit verzweifelter Entschlossenheit um, bereit, die Geistergestalt zu verscheuchen, und wenn sie ihn auch mit ihren Blicken töten sollte; aber die Haare standen ihm zu Berge, denn das Gespenst hatte sich mit ihm

umgewendet und war nun hinter ihm. Diesen Morgen hatte er es vor sich gehabt, aber jetzt war es hinter ihm – immer. Er lehnte sich mit dem Rücken gegen eine Bank und fühlte, daß es deutlich abgezeichnet gegen den kalten Nachthimmel über ihm stand. Er warf sich auf den Weg nieder – mit dem Rücken auf den Weg: Da stand es ihm zu Häupten, schweigend, aufrecht und still – ein lebender Grabstein mit einer Aufschrift von Blut.

Es möge keiner davon reden, daß Mörder der Gerechtigkeit entgehen und die Vorsehung zu schlafen scheine. In einer einzigen langen Minute so qualvoller Furcht starb er hundertfach eines gewaltsamen Todes.

In einem Felde, an dem er vorüberkam, stand eine Hütte, die sich als Zuflucht für die Nacht darbot. Vor der Tür ragten drei hohe Pappeln empor, die es drinnen sehr dunkel machten und in denen der Wind mit schauerlichen Klagen seufzte. Er *konnte nicht* mehr weitergehen, bis der Tag wieder anbrach; und so streckte er sich hier dicht an der Wand aus – um neue Qualen über sich ergehen zu lassen.

Denn nun erschien ihm eine ebenso beharrliche und noch schrecklichere Vision als jene, der er entronnen war. Diese weitoffen starrenden Augen, so glanzlos und glasig, daß er es leichter ertragen hätte, sie zu sehen, als daran zu denken, erschienen ihm mitten in der Dunkelheit, leuchtend zwar, doch nichts erhellend. Es waren nur ihrer zwei, aber sie waren überall. Wenn er sein Gesicht bedeckte, dann erschien ihm das Zimmer mit all seinen wohlbekannten Gegenständen – darunter tatsächlich sogar einige, die er vergessen haben würde, wenn er sich den Inhalt des Zimmers in Gedanken vergegenwärtigt hätte – und alles befand sich an seinem gewohnten Platz. Auch der Körper lag an *seinem* Platz, und seine Augen waren so, wie er sie gesehen hatte, als er sich davonstahl. Er stand auf und lief nach draußen auf das Feld. Die Gestalt war hinter ihm. Wieder betrat er die Hütte und drückte sich abermals gegen die Wand. Aber noch ehe er sich ausgestreckt hatte, waren die Augen wieder da.

Hier blieb er nun in einem Zustand der schrecklichsten Angst, wie ihn keiner außer ihm selbst kennen mochte, zitterte an allen Gliedern, und der kalte Schweiß brach ihm aus allen Poren, als ihm plötzlich der Nachtwind den Klang ferner Rufe und das Getöse von Stimmen zutrug, die erschreckt und erstaunt durcheinanderschrien. Jeder menschliche Laut, selbst wenn er wirklichen Grund zur Furcht bedeutet hätte, war ihm in dieser Einsamkeit ein Trost. Angesichts der persönlichen Gefahr kehrten seine Kräfte zurück, er sprang auf und lief ins Freie.

Der weite Himmel schien in Flammen zu stehen. Feuersäulen stiegen mit Funkenschauern in die Luft, türmten sich übereinander, erhellten in meilenweitem Umkreis die Atmosphäre und trieben Rauchwolken nach dorthin, wo er stand. Die Rufe wurden lauter, da neue Stimmen das Getöse verstärkten, und er konnte den Schrei »Feuer!«, vermischt mit dem Läuten der Alarmglocke, dem Fall schwerer Körper und dem Prasseln der Flammen hören, wenn sie um ein neues Hindernis herumfuhren und gen Himmel schossen, als hätten sie durch neue Nahrung neue Kraft gewonnen. Während er noch schaute, wurde das Geräusch immer stärker. Menschen waren dort – Männer und Frauen –, Licht und Geschäftigkeit. Für ihn war es neues Leben. Er stürzte vorwärts – geradewegs darauf zu – durch Brombeergebüsch und Dornengestrüpp und sprang, toll wie sein Hund, der mit lautem und klingendem Gebell vor ihm herstürmte, über Tor und Zaun.

So kam er an die Brandstelle. Halbangekleidete Gestalten stürzten hin und her, einige versuchten, die erschreckten Pferde aus den Ställen zu ziehen, andere trieben das Vieh aus dem Hof und den Nebengebäuden, und wieder andere kamen in einem Funkenregen und zwischen herabstürzenden glühendroten Balken beladen aus dem brennenden Gebäude. Die Öffnungen, wo eine Stunde zuvor noch Türen und Fenster standen, enthüllten ein rasendes Flammenmeer. Mauern wankten und stürzten krachend in den Feuerstrom, geschmolzenes Blei und Eisen floß glühendheiß auf die Erde nieder. Frauen und Kinder kreischten, und Männer machten sich gegenseitig mit lauten Rufen und Ermunterungen Mut. Das Klappern der Maschinenpumpen und das Zischen des Wassers, das auf das lodernde Holz fiel, verstärkte noch das gewaltige Tosen. Auch Sikes rief mit, bis er heiser war, entfloh seinen Gedanken und sich selbst und warf sich in das dichteste Gedränge.

Dahin und dorthin stürzte er in dieser Nacht; einmal arbeitete er an den Pumpen, dann wieder eilte er durch Rauch und Flammen, aber niemals ließ er davon ab, sich dort zu betätigen, wo der Lärm und das Gedränge der Menschen am größten war. Die Leitern hinauf und hinab, auf die Dächer der Gebäude, über Fußböden, die unter seinem Gewicht bebten und zitterten, dicht vorbei neben stürzenden Steinen und Ziegeln ging es – er war an jeder Stelle des Großfeuers; aber sein Leben war durch einen Zauber geschützt, er trug weder Kratzer noch Schrammen davon, kannte weder Müdigkeit noch Nachdenken, bis der Morgen wieder dämmerte und nur noch Rauch und geschwärzte Ruinen übrig waren.

Als diese wahnwitzige Aufregung vorüber war, überkam ihn mit zehnfacher Kraft das furchtbare Bewußtsein seines Verbrechens. Er blickte argwöhnisch umher, denn die Männer standen gruppenweise im Gespräch beisammen, und er fürchtete, Gegenstand ihrer Unterhaltung zu sein. Der Hund gehorchte dem deutlichen Wink seines Fingers, und sie stahlen sich gemeinsam heimlich davon. Er kam an einer der Maschinenpumpen vorbei, an der einige Männer saßen, und sie forderten ihn auf, sich ebenso wie sie zu erfrischen. Also nahm er etwas Brot und Fleisch zu sich, und als er einen Schluck Bier trank, hörte er die Feuerwehrleute, die aus London waren, über den Mord sprechen. »Man sagt, er wäre nach Birmingham gegangen«, sagte einer, »aber sie werden ihn schon kriegen, denn die Streifen sind unterwegs, und bis morgen abend ist der Steckbrief im ganzen Land herum.«

Er eilte davon und lief, bis er fast zu Boden fiel; dann legte er sich in einem Hohlweg nieder und schlief lange aber unruhig und mit Unterbrechungen. Wieder wanderte er weiter, unentschlossen, ohne festes Ziel, und die Furcht vor einer nochmaligen einsamen Nacht bedrückte ihn.

Plötzlich faßte er den verzweifelten Entschluß, nach London zurückzukehren.

Dort ist auf alle Fälle jemand, mit dem man sprechen kann, dachte er. Außerdem ist es ein gutes Versteck. Da die Fährte aufs Land führte, werden sie niemals erwarten, mich dort zu fassen. Warum sollte ich nicht eine Woche lang verborgen bleiben, von Fagin Geld erpressen und nach Frankreich hinüber fahren können? Verdammt – ich riskiere es!

Unverzüglich folgte er dieser Eingebung, wählte die am wenigsten benutzten Wege und trat so seinen Rückweg an, fest entschlossen, sich kurz vor der Hauptstadt zu verstecken und sie in der Dämmerung auf Umwegen zu betreten, um dann geradewegs dorthin zu gelangen, wo er zu bleiben gedachte.

Aber da war der Hund! Wenn irgendwelche Beschreibungen von ihm herausgekommen waren, so würde man nicht vergessen haben, daß der Hund verschwunden und vielleicht mit ihm gegangen war. Das konnte zu seiner Verhaftung führen, wenn er durch die Straßen ging. Er faßte den Entschluß, das Tier zu ertränken, suchte im Weitergehen nach einem Teich und hob unterwegs einen schweren Stein auf, den er in sein Taschentuch band.

Während dieser Vorbereitungen sah der Hund seinen Herrn an; sei es, daß sein Instinkt etwas von der Absicht witterte oder daß des Räubers Seitenblick ihn strenger als sonst traf – jedenfalls blieb er etwas weiter als gewöhnlich zurück und

kroch langsam auf dem Bauche weiter. Als sein Herr am Rande eines kleinen Teiches haltmachte und sich umsah, um ihn zu rufen, blieb er auf der Stelle stehen.
»Hörst du! Komm her!« rief Sikes.
Das Tier kam ganz gewohnheitsgemäß näher, aber als Sikes sich bückte, um ihm das Taschentuch um den Hals zu

binden, ließ er ein leises Knurren hören und ging rückwärts.

»Kommst du wohl her!« sagte der Räuber.

Der Hund wedelte mit dem Schwanz, aber sonst rührte er sich nicht. Sikes machte eine Schlinge und rief ihn abermals. Der Hund kam näher, ging wieder rückwärts, blieb dann einen Augenblick stehen, machte kehrt und lief mit größter Geschwindigkeit davon.

Der Mann pfiff wieder und wieder, setzte sich nieder und wartete, daß er zurückkäme. Aber kein Hund ließ sich blicken, und so setzte er schließlich seinen Weg fort.

NEUNUNDVIERZIGSTES KAPITEL

Monks und Mr. Brownlow treffen endlich zusammen. Ihre Unterhaltung und die Nachricht, die sie unterbricht

Es begann schon zu dunkeln, als Mr. Brownlow vor seinem eigenen Haus aus einem Mietwagen stieg und leise klopfte. Als die Tür geöffnet wurde, stieg ein stämmiger Mann aus der Kutsche und blieb an der einen Seite der Stufen stehen, während ein anderer, der auf dem Bock gesessen hatte, ebenfalls abstieg und sich auf die andere Seite stellte. Auf ein Zeichen von Mr. Brownlow halfen sie einem dritten heraus, nahmen ihn in die Mitte und brachten ihn schnellstens ins Haus. Dieser Mann war Monks.

In gleicher Weise gingen sie wortlos die Stufen hinauf, und Mr. Brownlow, der ihnen vorausging, führte sie in ein Hinterzimmer. An dessen Tür blieb Monks, der mit deutlichem Zögern nach oben gestiegen war, stehen. Die zwei Männer sahen den alten Herrn an, als warteten sie auf seine Anweisungen.

»Er weiß, welche Wahl ihm bleibt«, sagte Mr. Brownlow. »Wenn er zögert oder nur einen Finger rührt, ohne daß Sie ihn dazu aufgefordert haben, dann bringen Sie ihn hinaus auf die Straße, rufen die Polizei zu Hilfe und klagen ihn in meinem Namen als Schwerverbrecher an.«

»Wie können Sie es wagen, so etwas von mir zu behaupten?« fragte Monks.

»Und wie können Sie es wagen, mich dazu zu nötigen, junger Mann?« antwortete Mr. Brownlow und trat ihm mit festem Blick gegenüber. »Sind Sie wahnwitzig genug, dieses Haus zu verlassen? Lassen Sie ihn los. So, Sir, Sie sind frei, Sie können gehen – und wir werden Ihnen folgen. Aber ich warne Sie bei allem, was mir hoch und heilig ist: Sobald Sie auf die Straße hinaustreten, werde ich Sie wegen Unterschlagung und Raub verhaften lassen. Ich bin fest entschlossen dazu und nicht davon abzubringen. Wenn Sie es ebenso sind, dann haben Sie die Folgen selbst zu tragen.«

»Mit welchem Recht bin ich von der Straße weg entführt und von diesen Hunden hierhergebracht worden?« fragte Monks und sah abwechselnd die beiden Männer an, die neben ihm standen.

»Es geschah auf meine Verantwortung«, erwiderte Mr. Brownlow. »Diese Leute sind durch mich vor Strafe gesichert. Wenn Sie sich darüber beklagen, daß man Sie Ihrer Freiheit beraubt hat – Sie hatten Macht und Gelegenheit, sie auf dem Wege hierher wiederzugewinnen, aber Sie hielten es für ratsam, sich ruhig zu verhalten –, so sage ich Ihnen noch einmal: Rufen Sie den Schutz des Gesetzes an. Ich werde mich dann ebenfalls an das Gericht wenden, aber wenn Sie zu weit gegangen sind, um noch rückwärts zu können, flehen Sie mich dann nicht um Milde an, wenn die Macht in andere Hände übergegangen ist, und sagen Sie nicht, ich hätte Sie in den Abgrund gestürzt, in den Sie selbst hineingerannt sind.«

Monks war offensichtlich verwirrt und beunruhigt. Er zögerte.

»Sie werden sich schnell zu entscheiden haben«, sagte Mr.

Brownlow mit vollkommener Ruhe und Festigkeit. »Wenn Sie wollen, daß ich meine Anklagen öffentlich erhebe und Sie einer Bestrafung überantworte, deren Ausmaß ich zwar mit Schaudern voraussehe, aber nicht beeinflussen kann, so sage ich Ihnen nochmals: Der Weg steht Ihnen offen. Wenn Sie das nicht wollen und auf meine Nachsicht und die Gnade derer rechnen, die Sie so tief verletzt haben, so setzen Sie sich ohne ein weiteres Wort in diesen Stuhl. Er hat schon zwei volle Tage auf Sie gewartet.«

Monks murmelte einige unverständliche Worte, zögerte aber noch.

»Beeilen Sie sich«, sagte Mr. Brownlow. »Ein Wort von mir genügt, und Sie haben für immer keine Wahl mehr.«

Noch immer zögerte der Mann.

»Ich habe keine Lust, lange herumzureden«, stellte Mr. Brownlow fest, »und da ich die wichtigsten Interessen anderer vertrete, habe ich auch kein Recht dazu.«

»Gibt es . . .«, fragte Monks mit versagender Stimme, »– gibt es – – keinen Mittelweg?«

»Nein, keinen.«

Monks sah den alten Herrn mit ängstlichem Blick an, da er jedoch in dessen Zügen nichts als Ernst und Entschlossenheit gewahrte, betrat er das Zimmer und setzte sich achselzuckend nieder.

»Schließen Sie die Tür von außen«, sagte Mr. Brownlow zu den beiden Begleitern, »und kommen Sie herein, wenn ich läute.«

Die Männer gehorchten, und die beiden blieben miteinander allein.

»Das ist ja eine nette Behandlung durch den ältesten Freund meines Vaters, Sir«, sagte Monks und warf Hut und Mantel ab.

»Eben weil ich Ihres Vaters ältester Freund war, junger Mann«, erwiderte Mr. Brownlow, »eben weil sich die Hoffnungen und Wünsche junger und glücklicher Jahre an ihn und jenes holde Wesen von seinem Blute knüpften, das schon im Jugendalter zu seinem Gott einging und mich hier als einsamen, verlassenen Menschen zurückließ; weil er mit mir an jenem Morgen, der sie zu meiner jungen Frau machen sollte – der Himmel wollte es anders –, am Totenbett seiner einzigen Schwester kniete; weil mein verwundetes Herz seit jener Zeit über all seine Prüfungen und Verirrungen hinweg an ihm hing, bis er starb; weil alte Erinnerungen und Beziehungen mein Herz erfüllten und selbst Ihr Anblick alte Gedanken an ihn wieder wachruft – um all dieser Dinge willen bin ich geneigt, jetzt milde mit Ihnen zu verfahren – ja, Edward Leeford, selbst jetzt noch – und möchte darüber erröten, daß Sie Unwürdiger diesen Namen tragen.«

»Was hat der Name damit zu tun?« fragte der andere, nachdem er, teils schweigend und teils in mürrischem Erstaunen die Erregtheit seines Gegenübers beobachtet hatte. »Was geht mich denn der Name an?«

»Nichts«, erwiderte Mr. Brownlow. »Sie nichts. Aber es war *ihr* Name; und selbst nach so langer Zeit erinnere ich alter Mann mich noch deutlich der Glut und Erregung, die ich dereinst fühlte, wenn ich ihn auch nur von einem Fremden nennen hörte. Ich bin sehr froh darüber, daß Sie ihn abgelegt haben – sehr, sehr froh!«

»Das ist alles ganz gut und schön«, sagte Monks (um ihn weiter mit seinem angenommenen Namen zu nennen) nach langem Schweigen, währenddessen er in stummem Trotz hin und her gerückt war und Mr. Brownlow, die Augen mit der Hand beschattend, dagesessen hatte. »Aber was wollen Sie von mir?«

»Sie haben einen Bruder«, sagte Mr. Brownlow und erhob sich dabei, »einen Bruder, dessen Namen ich, als ich auf der Straße hinter Ihnen herkam, nur zu flüstern brauchte, um zu erreichen, daß Sie mich, von Verwunderung und Schrecken erfüllt, hierher begleiteten.«

»Ich habe keinen Bruder«, erwiderte Monks. »Sie wissen, daß ich das einzige Kind war. Was reden Sie da von Brüdern? Sie wissen das doch genausogut wie ich.«

»Geben Sie nur acht, was ich weiß und Sie vielleicht nicht«, meinte Mr. Brownlow. »Es wird Sie mit der Zeit schon interessieren. Ich weiß, daß Sie aus jener unglückseligen Ehe, in die Familienstolz und niedrigster und engherzigster Ehrgeiz Ihren unglücklichen Vater fast noch als Knaben gezwungen hatten, der einzige und höchst unnatürliche Sprößling sind.«

»Harte Worte kümmern mich nicht«, unterbrach ihn Monks mit spöttischem Lachen. »Sie kennen die Tatsache, und das genügt mir.«

»Aber ich weiß auch«, fuhr der alte Herr fort, »von dem Elend, der langsamen Folter und der endlosen Qual dieser so schlecht gewählten Verbindung. Ich weiß, wie freudlos und widerwillig jeder Teil dieses unglücklichen Paares seine schwere Last in einer Welt dahinschleppte, die für beide vergiftet war. Ich weiß, wie kalte Förmlichkeiten mit offenen Feindseligkeiten wechselten, wie auf Gleichgültigkeit Abneigung, auf Abneigung Haß und auf Haß schließlich Ekel folgte, bis sie endlich die Bindung zerrissen, sich weit voneinander entfernten und doch jeder ein quälendes Bruchstück dieser Fessel, die nur der Tod zu lösen vermochte, mit sich trug, das er einer neuen Umgebung unter der heitersten Maske zu verbergen trachtete. Ihrer Mutter gelang es, sie vergaß bald. Aber an Ihres Vaters Herz fraß und zehrte es noch jahrelang.«

»Nun ja, sie hatten sich getrennt«, sagte Monks darauf, »und was weiter?«

»Als sie einige Zeit voneinander getrennt gelebt hatten«, fuhr Mr. Brownlow fort, »und Ihre Mutter, die sich ganz dem leichtfertigen Leben auf dem Festland hingab, ihren um zehn Jahre jüngeren Gatten ganz vergessen hatte, der mit seinen zunichte gewordenen Hoffnungen daheim kümmerlich seine

Zeit verbrachte, fand er neue Freunde. *Diese* Tatsache zumindest ist Ihnen bereits bekannt.«

»Mir nicht«, erwiderte Monks, wandte seinen Blick ab und stampfte mit dem Fuß auf den Boden wie einer, der entschlossen ist, alles zu leugnen. »Mir nicht!«

»Ihr Benehmen beweist mir ebenso wie Ihre früheren Handlungen, daß Sie es nie vergessen haben und daß Sie nie aufgehört haben, mit Erbitterung daran zu denken«, fuhr Mr. Brownlow fort. »Ich spreche von einer Zeit, die fünfzehn Jahre zurückliegt, zu der Sie gerade erst elf Jahre alt waren und Ihr Vater einunddreißig – denn ich wiederhole: er war selbst ein Knabe, als *sein* Vater ihn zu dieser Heirat zwang. Muß ich auf Ereignisse zurückkommen, die einen Schatten auf das Andenken Ihres Vaters werfen, oder wollen Sie mir das ersparen und mir die Wahrheit sagen?«

»Ich habe nichts zu sagen«, antwortete Monks. »Sprechen Sie weiter, wenn Sie wollen.«

»Nun denn: Zu diesen neuen Freunden gehörte ein Marineoffizier, der aus dem aktiven Dienst ausgeschieden war; seine Frau war etwa ein halbes Jahr zuvor gestorben und hatte ihm zwei Kinder hinterlassen – es waren mehr gewesen, aber von der ganzen Familie blieben glücklicherweise nur zwei am Leben. Es waren zwei Töchter, die eine ein schönes Geschöpf von neunzehn, die andere noch ein Kind von zwei oder drei Jahren.«

»Was geht das mich an?« fragte Monks.

»Sie lebten«, sprach Mr. Brownlow weiter, als hätte er die Unterbrechung überhört, »in einem Teil des Landes, den Ihr Vater auf seinen Wanderungen besucht und wo er sich niedergelassen hatte. Bekanntschaft, Vertrautheit und Freundschaft folgten einander schnell. Ihr Vater hatte Gaben wie nur wenige Menschen. Er hatte die Seele und das Äußere seiner Schwester. Als der alte Offizier ihn mehr und mehr kennengelernt hatte, begann er, ihn liebzugewinnen. Ich wünschte, es wäre dabei geblieben. Aber seine Tochter fing ebenfalls an, ihn zu lieben.«

Der alte Herr machte eine Pause; Monks biß sich auf die Lippen und hielt den Blick zu Boden gesenkt. Als Mr. Brownlow dies sah, fuhr er sogleich fort:

»Am Ende des Jahres war er verlobt, feierlich verlobt mit dieser Tochter – er war die erste, wahre, glühende und einzige Liebe eines unschuldigen Mädchens.«

»Ihre Geschichte ist ziemlich lang«, bemerkte Monks und rückte ruhelos auf seinem Stuhle hin und her.

»Es ist eine wahre Geschichte von Kummer, Prüfung und Sorgen, junger Mann«, fuhr Mr. Brownlow fort, »und solche Geschichten sind gewöhnlich lang. Handelte sie von ungetrübter Freude und Glückseligkeit, so wäre sie sehr kurz. Schließlich starb einer jener Verwandten, für dessen Interessen und Bedeutung Ihr Vater wie viele andere – der Fall ist nicht selten – geopfert worden war; und er hinterließ ihm als Ausgleich für all das Elend, das er verschuldet hatte, *sein* Allheilmittel: Geld. Es war erforderlich, daß Ihr Vater sofort nach Rom reiste, denn dorthin war der Mann seiner Gesundheit wegen gefahren, dort war er gestorben und hatte seine Angelegenheiten in großer Unordnung hinterlassen. Er fuhr und wurde dort von einer tödlichen Krankheit befallen; als diese Nachricht nach Paris gelangte, folgte ihm sogleich Ihre Mutter, die Sie mit sich nahm. Am Tage nach Ihrer Ankunft starb er und hinterließ kein Testament – *kein Testament* –, so daß der gesamte Besitz ihr und Ihnen zufiel.«

An dieser Stelle des Berichts hielt Monks den Atem an und lauschte mit höchst begierigem Gesichtsausdruck, obwohl seine Blicke nicht auf den Sprechenden gerichtet waren. Als Mr. Brownlow innehielt, änderte er seine Haltung wie einer, der sich plötzlich erleichtert fühlt, und wischte sich den Schweiß von Gesicht und Händen.

»Ehe Ihr Vater abreiste, und als er auf seinem Weg über

London kam«, sagte Mr. Brownlow langsam und sah dem anderen fest ins Gesicht, »war er bei mir.«
»Davon habe ich nie etwas gehört«, unterbrach ihn Monks in einem Ton, der ungläubig klingen sollte, aber eher das Gefühl unangenehmer Überraschung verriet.
»Er kam zu mir und hinterließ mir unter anderem ein Bild – ein von ihm selbst gemaltes Porträt, das Abbild jenes armen Mädchens –, das er nicht zurücklassen wollte, aber auf seine so eilige Reise auch nicht mitnehmen konnte. Kummer und Gewissensbisse hatten ihn fast zu einem Schatten seiner selbst verzehrt, wirr und unzusammenhängend sprach er von Schande und Verderben, die er verschuldet hätte; er vertraute mir seine Absicht an, seine gesamte Habe um jeden Preis zu Geld zu machen, seiner Frau und Ihnen einen Teil der ihm eben zugefallenen Erbschaft als Abfindung zu übereignen, aus dem Lande zu fliehen – ich ahnte nur zu wohl, daß er nicht allein zu fliehen gedachte – und es nie wiederzusehen. Selbst mir, seinem alten, langjährigen Freund, dessen enge Verbundenheit in jener Erde wurzelte, die einen Menschen deckte, der uns beiden teuer war, selbst mir vertraute er keine weiteren Einzelheiten an, versprach, zu schreiben und mir alles zu berichten und mich dann noch ein letztes Mal im Leben zu besuchen. Leider war *dieses* schon das letzte Mal. Ich bekam keinen Brief und habe ihn nie wiedergesehen.«
»Als alles vorüber war«, setzte Mr. Brownlow nach einer kurzen Pause seinen Bericht fort, »als alles vorüber war, begab ich mich – ich will den Ausdruck gebrauchen, mit dem die Welt freigebig genug umgehen würde, denn Härte oder Güte seiner Umwelt bedeuten ihm nun nichts mehr – an den Schauplatz seiner sündigen Liebe und war entschlossen, daß dieses verirrte Kind, wenn meine Befürchtungen sich bewahrheiteten, ein Herz und eine Heimat finden sollte, wo ihm Zuflucht und Mitleid gewährt wurden. Die Familie hatte jedoch die Gegend verlassen, nach Begleichung

ihrer geringfügigen Schulden war sie bei Nacht abgereist. Warum und wohin wußte niemand.«

Monks atmete nun noch freier und sah sich triumphierend um.

»Als Ihr Bruder«, fuhr Mr. Brownlow fort und rückte näher an den Stuhl des anderen heran, »als Ihr Bruder, ein schwächliches, zerlumptes, vernachlässigtes Kind, mir von einer höheren Macht als der des Zufalls in den Weg geführt und durch mich aus einem Leben des Lasters und der Gemeinheit errettet wurde ...«

»Was?« rief Monks aus.

»Ja, durch mich«, bekräftigte Mr. Brownlow. »Ich sagte es Ihnen ja, daß ich mit der Zeit schon Ihr Interesse wecken würde. Durch mich, sagte ich – ich sehe, daß Ihr schlauer Kumpan meinen Namen verheimlichte, obgleich er seines Wissens Ihnen völlig fremd sein mußte. Als also Ihr Bruder durch mich gerettet wurde und in meinem Haus von seiner Krankheit genas, bemerkte ich mit Erstaunen seine starke Ähnlichkeit mit dem Bilde, von dem ich vorhin sprach. Selbst als ich ihn zum ersten Male in all seinem Schmutz und Elend vor mir sah, war in seinen Zügen ein flüchtiger Ausdruck, der mich so berührte, als wäre mir plötzlich das Bild eines alten Freundes in einem lebhaften Traum erschienen. Ich brauche Ihnen nicht zu erzählen, daß er gewaltsam entführt wurde, ehe ich seine Geschichte erfahren konnte.«

»Warum nicht?« fragte Monks rasch.

»Weil Sie es ja genau wissen.«

»Ich?«

»Leugnen ist mir gegenüber vergeblich«, erwiderte Mr. Brownlow. »Ich werde Ihnen zeigen, daß ich noch mehr als das weiß.«

»Sie – Sie – können mir absolut nichts beweisen«, stammelte Monks. »Tun Sie es doch – ich fordere Sie dazu heraus!«

»Wir werden sehen«, entgegnete der alte Herr mit einem

forschenden Blick. »Ich verlor den Knaben und konnte ihn trotz aller Bemühungen nicht wiederfinden. Da Ihre Mutter fort war und ich wußte, daß, wenn überhaupt jemand, dann nur Sie das Geheimnis aufklären konnten, und das, Sie, als ich zum letzten Male von Ihnen hörte, auf Ihrer Besitzung in Westindien lebten (wohin Sie sich, wie Sie selbst wissen, nach dem Tode Ihrer Mutter zurückgezogen hatten, um den Folgen Ihres hiesigen lasterhaften Lebens zu entkommen), unternahm ich die Reise dorthin. Sie hatten Monate zuvor Ihren Besitz verlassen, und man vermutete Sie in London, wo aber, konnte mir niemand sagen. Ich kehrte zurück. Ihre Sachwalter hatten keinerlei Anhaltspunkte dafür, wo Sie sich aufhielten. Sie kämen und gingen, meinten sie, ebenso seltsam, wie Sie es immer getan hätten: manchmal ein paar Tage hintereinander und dann wieder monatelang gar nicht; und allem Anschein nach hielten Sie es immer noch mit denselben verkommenen Spelunken und mit jenen gemeinen Subjekten, die schon Ihren Umgang bildeten, als Sie noch ein wilder, unbändiger Knabe waren. Ich ermüdete sie mit immer neuen Nachfragen. Tag und Nacht ging ich durch die Straßen, aber bis vor zwei Stunden waren all meine Bemühungen fruchtlos, und ich habe Sie nicht einen Augenblick zu sehen bekommen.«

»Und jetzt also sehen Sie mich«, sagte Monks und erhob sich dreist, »und was ist nun? Betrug und Räuberei sind hochtrabende Worte – und Sie halten sie für gerechtfertigt durch die eingebildete Ähnlichkeit irgendeines jungen Bengels mit dem müßigen Geschmier eines Verstorbenen! Sie wissen ja nicht einmal, daß diesem empfindsamen Paar überhaupt ein Kind geboren wurde – nicht einmal das wissen Sie!«

»Ich *wußte es nicht*«, erwiderte Mr. Brownlow und erhob sich gleichfalls, »aber innerhalb der letzten vierzehn Tage habe ich alles erfahren. Sie haben einen Bruder; Sie wissen es und kennen ihn. Es war ein Testament vorhanden, das Ihre Mutter vernichtet hat, und bei ihrem eigenen Tode hinterließ sie Ihnen das Geheimnis samt dem Gewinn. Es war darin ein Hinweis auf ein Kind, das vermutlich aus dieser traurigen Verbindung entstehen würde; dieses Kind wurde geboren; Sie begegneten ihm zufällig, und die Ähnlichkeit mit seinem Vater erregte zum ersten Male Ihren Verdacht. Sie begaben sich nach seinem Geburtsort. Dort waren Beweise – lange Zeit verheimlichte Beweise – seiner Geburt und Abstammung vorhanden. Sie zerstörten diese Beweise, und nun, um mit Ihren eigenen Worten zu sprechen, die Sie Ihrem Komplizen, dem Juden, sagten, *›nun liegen die einzigen Beweise über die Herkunft des Jungen auf dem Grunde des Flusses, und die alte Hexe, die sie von seiner Mutter empfing, vermodert in ihrem Sarge.‹* – Unwürdiger Sohn, Feigling, Lügner, der Sie mit Dieben und Mördern bei Nacht in dunklen Räumen zusammenhocken, Sie, dessen Gemeinheiten und Ränke einem Menschen den gewaltsamen Tod brachten, der millionenfach wertvoller war als Ihresgleichen; Sie, der Sie von der Wiege auf das Herz Ihres Vaters mit Bitternis und Galle erfüllten und in dem alle bösen Leidenschaften, Laster und Ausschweifungen wüteten, bis sie sich durch eine scheußliche Krankheit offenbarten, die Ihr Gesicht zum Spiegel Ihres Inneren machte – Edward Leeford –, wollen Sie mir noch immer Trotz bieten?«

»Nein, nein, nein!« antwortete der Feigling, von der Fülle dieser Anklagen überwältigt.

»Jedes Wort«, rief der alte Herr, »jedes Wort, das zwischen Ihnen und jenem nichtswürdigen Schurken gewechselt wurde, ist mir bekannt. Schatten an der Wand haben Ihr Geflüster aufgefangen und mir zu Ohren gebracht; der Anblick des verfolgten Kindes hat selbst das Laster bekehrt und ihm Mut und beinahe die Eigenschaften der Tugend gegeben. Ein Mord ist geschehen, und Sie waren daran moralisch, wenn nicht gar tatsächlich beteiligt.«

»Nein, nein«, unterbrach ihn Monks. »Ich – ich weiß nichts davon; ich wollte gerade ergründen, was denn Wahres an der

Geschichte sei, als Sie mich überraschten. Ich wußte nichts über die Gründe. Ich dachte, es wäre nur ein ganz gewöhnlicher Streit gewesen.«

»Es war die teilweise Enthüllung Ihrer Geheimnisse«, erwiderte Mr. Brownlow. »Wollen Sie nun alles offenbaren?«

»Ja, das will ich.«

»Wollen Sie die Feststellung der wahren Tatsachen durch Ihre Unterschrift bestätigen und sie auch vor Zeugen wiederholen?«

»Auch das verspreche ich.«

»Wollen Sie ruhig hierbleiben, bis ein solches Schriftstück aufgesetzt ist, und mit mir dann zu jener Stelle gehen, die nach meinem Ermessen am besten geeignet ist, es zu beglaubigen?«

»Wenn Sie darauf bestehen, werde ich auch das tun«, erwiderte Monks.

»Sie müssen noch mehr als das tun«, sagte Mr. Brownlow darauf. »Sie müssen einem unschuldigen, harmlosen Kinde – denn das ist es, wenn es auch einer sündigen und höchst unglücklichen Liebe entstammt – Entschädigung leisten. Sie haben doch die Bestimmungen des Testaments nicht vergessen? Erfüllen Sie sie, soweit sie Ihren Bruder betreffen, und dann gehen Sie, wohin Sie wollen. In dieser Welt brauchen Sie einander nie wieder zu begegnen.«

Während Monks auf und ab ging und mit düsteren und bösen Blicken über diesen Vorschlag und die Möglichkeiten nachdachte, wie er ihm aus dem Wege gehen könnte, wobei er sich zwischen Furcht und Haß hin und her gerissen fühlte, wurde hastig die Tür aufgeschlossen und ein Herr (nämlich Mr. Losberne) betrat in heftiger Erregung das Zimmer.

»Der Mann wird gefaßt werden«, rief er. »Heute nacht noch wird er gefaßt!«

»Der Mörder?« fragte Mr. Brownlow.

»Ja, ja«, antwortete der andere. »Man hat seinen Hund

gesehen, der um irgendeinen alten Schlupfwinkel herumschlich, und es ist ziemlich sicher, daß sein Herr sich da aufhält oder im Schutze der Dunkelheit dorthin kommt. Späher streifen in allen Richtungen umher. Ich habe mit den Männern gesprochen, die den Auftrag haben, ihn gefangenzunehmen, und sie sagten mir, er könnte nicht entkommen. Die Regierung hat heute abend eine Belohnung von hundert Pfund ausgesetzt.«

»Ich gebe noch fünfzig dazu«, sagte Mr. Brownlow, »und werde es an Ort und Stelle mit eigenem Munde verkünden, wenn ich dahin gelangen kann. Wo ist Mr. Maylie?«

»Harry? Sobald er sah, daß Ihr Freund hier sicher mit Ihnen in einer Kutsche untergebracht war, eilte er dorthin, wo er dies hörte«, erwiderte der Doktor, »dann bestieg er sein Pferd und sprengte davon, um sich mit der ersten Gruppe der Verfolger irgendwo an einem verabredeten Platz in den Vorstädten zu treffen.«

»Und Fagin?« fragte Mr. Brownlow. »Was ist mit dem?«

»Als ich zuletzt von ihm hörte, war er noch nicht erwischt worden, aber inzwischen wird man ihn schon haben. Er ist ihnen sicher.«

»Haben Sie sich entschlossen?« fragte Mr. Brownlow Monks mit leiser Stimme.

»Ja«, erwiderte dieser. »Sie – Sie werden doch von mir schweigen?«

»Das werde ich tun. Bleiben Sie hier, bis ich zurückkomme. Es ist Ihre einzige Chance.«

Sie verließen das Zimmer, und die Tür wurde wieder verschlossen.

»Was haben Sie ausgerichtet?« fragte der Doktor flüsternd.

»Alles, was ich erhoffen konnte und sogar noch mehr. Ich habe die Mitteilungen des armen Mädchens mit dem, was ich bereits früher wußte, und dem Ergebnis der Nachforschungen unseres guten Freundes an Ort und Stelle kombiniert, ließ ihm dadurch kein Loch zum Entwischen mehr offen und enthüllte die ganze Schurkerei, die auf diese Weise klar zutage kam. Schreiben Sie und legen Sie die Zusammenkunft auf übermorgen um sieben Uhr fest. Wir werden einige Stunden früher dort sein, aber etwas Ruhe brauchen, besonders die junge Dame, die *vielleicht* etwas mehr Zeit benötigen wird, um sich zu sammeln, als Sie und ich jetzt so recht voraussehen können. Aber mir kocht das Blut, dieses arme, ermordete Geschöpf zu rächen. Welchen Weg haben sie gewählt?«

»Fahren Sie geradewegs zur Polizeistation, und Sie werden rechtzeitig dasein«, erwiderte Mr. Losberne. »Ich bleibe hier.«

In fieberhafter, völlig unbeherrschter Erregung schieden die beiden Herren eiligst voneinander.

FÜNFZIGSTES KAPITEL

Verfolgung und Entkommen

In der Nähe jenes Teiles der Themse, wo die Kirche von Rotherhithe steht, wo die Gebäude am Ufer am schmutzigsten und die Schiffe auf dem Fluß am meisten vom Kohlenstaub und dem Rauch der dichtgedrängten niedrigen Häuser geschwärzt sind, befindet sich der schmierigste, seltsamste und ungewöhnlichste Teil jener vielen Gebäude, die in London selbst dem Namen nach dem größten Teil seiner Bewohner verborgen sind.

Wer dorthin gelangen will, muß sich durch ein Labyrinth enger, schmutziger Straßen hindurchwinden, in denen sich die rohesten und ärmsten Bewohner des Flußufers zusammendrängen und ihren gelegentlichen Geschäften nachgehen. Die billigsten und unappetitlichsten Nahrungsmittel liegen zu Haufen in den Läden, die häßlichsten und schlechtesten Kleidungsstücke hängen vor den Türen und Fenstern der Trödler. Nur mit Schwierigkeit bahnt man sich den Weg durch Arbeitslose der niedrigsten Sorte, Last- und Kohlenträger, unverschämte Weiber, zerlumpte Kinder und den Abschaum des Flusses, während man von den engen Seitenstraßen zur Linken und zur Rechten her durch häßliche Anblicke und Gerücht beleidigt und von dem Lärm schwerer Lastwagen betäubt wird, die Berge von Waren aus den Lagerhäusern abtransportieren, welche an jeder Ecke emporragen. Kommt man endlich in abgelegenere und weniger belebte Straßen, so trifft man auf wackelige Häuserfronten, die sich über das Pflaster neigen, verfallene Gemäuer, die beim Vorübergehen zu wanken scheinen, halbeingestürzte Schornsteine, Fenster, die mit rostigen, von Zeit und Schmutz fast völlig zerfressenen Eisenstäben verschlossen sind – kurz, auf jedes nur denkbare Zeichen des Verfalls und der Vernachlässigung.

In solcher Nachbarschaft, jenseits von Dockhead im Bezirk Southwark, liegt die Jakobsinsel, umgeben von einem schlammigen Graben, der zu Zeiten der Flut sechs bis acht Fuß breit ist, früher der Mühlenteich genannt wurde, in den Tagen aber, da diese Erzählung spielt, unter dem Namen Folly Ditch bekannt war. Es ist eine Einbuchtung der Themse und kann jeweils bei hohem Wasserstand durch Öffnen der Schleusen bei den Leadmühlen – daher auch sein früherer Name – gefüllt werden. Zu solchen Zeiten kann ein Fremder von einer der Holzbrücken, die bei Mill Lane über den Graben führen, beobachten, wie die Bewohner der Häuser zu beiden Seiten von ihren Hintertüren und Fenstern aus Eimer, Kübel und alle Sorten von Haushaltgeschirr herunterlassen, um damit Wasser zu schöpfen; und wendet er seinen Blick von diesem Tun auf die Häuser selbst, so wird das Bild, das sich ihm darbietet, sein höchstes Staunen erwecken. An der Rückseite von einem halben Dutzend Häuser befinden sich verfallene Holzgalerien mit Löchern, durch die man hinunter in den Schlamm sehen kann; aus den zerbrochenen und verklebten Fenstern ragen Stangen heraus, um darauf Wäsche zu trocknen, die niemals vorhanden ist; die Räume sind so klein, eng und schmutzig, daß die Luft selbst für den Dreck und Unrat, den sie bergen, zu stickig zu sein scheint; hölzerne Kammern ragen über den Schlamm hinaus und drohen hineinzufallen, was einige auch bereits getan haben. Kotbeschmierte Wände und versinkende Grundmauern, jede abstoßende Spur der Armut, jegliches ekelhafte Zeichen von Verwahrlosung, Schmutz und Unrat – alles das zierte die Ufer von Folly Ditch.

Auf der Jakobsinsel sind die Lager leer und ohne Dächer, die Mauern sind nahe daran, einzustürzen, die Fenster sind keine Fenster mehr, die Türen hängen auf die Straßen hinaus, die Schornsteine sind geschwärzt, aber es steigt kein Rauch aus ihnen empor. Dreißig oder vierzig Jahre früher, ehe Verluste und Prozesse über sie hereinbrachen, war hier reges Leben, jetzt aber ist es in der Tat eine verödete Insel. Die Häuser haben keine Eigentümer, sie sind aufgebrochen und nur von denen bewohnt, die dazu den Mut hatten – sie leben und sterben hier. Wer seine Zuflucht auf der Jakobsinsel sucht, muß gewichtige Gründe haben, sich zu verbergen, oder aber in größte Armut geraten sein.

In einem oberen Raume eines dieser Häuser – einem einzeln dastehenden, ziemlich großen Gebäude, das zwar sonst auch verfallen, aber durch Türen und Fenster verschlossen war und dessen Rückseite in der bereits geschilderten Weise nach dem Graben zu lag – waren drei Männer versammelt, die einander ab und zu betroffene und erwartungsvolle Blicke zuwarfen und bereits geraume Zeit in tiefem, düsterem Schweigen verharrten. Einer von ihnen war Toby Crackit, der zweite war Mr. Chitling und der dritte ein Räuber von etwa fünfzig Jahren, dessen Nase früher einmal in einem Faustkampf fast völlig eingeschlagen worden war und dessen Gesicht eine furchtbare Narbe aufwies, die möglicherweise auf die gleiche Ursache zurückzuführen war. Dieser Mann war ein zurückgekehrter Deportierter, sein Name war Kags.

»Du bist mir ja ein netter Kerl«, sagte Toby zu Mr. Chitling gewendet, »ich wünschte, du hättest dir eine andere Bleibe gesucht, als die beiden vorigen zu heiß wurden, und wärest nicht hierhergekommen!«

»Warum hast du's nicht getan, du Trottel?« fragte Kags.

»Nun, ich dachte, ihr würdet euch ein bißchen mehr freuen, mich wiederzusehen«, antwortete Mr. Chitling mit betrübter Miene.

»Ja, sieh mal«, sagte Toby darauf, »wenn sich jemand zurückzieht, wie ich es getan habe, und dadurch ein hübsches Haus überm Kopf hat, in dem niemand herumschnüffelt und -spioniert, so ist es schon eine ziemlich unangenehme Überraschung, wenn man den Besuch eines jungen Mannes bekommt, der sich in deiner Situation befindet (er mag sonst ein noch so angenehmer und ehrenwerter Mensch sein, mit dem man bei Gelegenheit auch gern mal ein Spielchen macht).«

»Besonders dann, wenn der zurückgezogen lebende junge Mann einen Freund bei sich hat, der früher als erwartet aus fremden Ländern zurückkehrte und zu bescheiden ist, sich nach seiner Ankunft gleich den Richtern vorstellen zu lassen«, fügte Mr. Kags hinzu.

Nach kurzem Schweigen schien Toby Crackit seinen üblichen unbekümmert-prahlerischen Ton als hoffnungslos aufzugeben und wandte sich an Chitling mit der Frage:

»Wann ist denn Fagin geschnappt worden?«

»Gerade zur Essenszeit – heute nachmittag um zwei. Charley und ich machten uns durch den Waschhausschornstein aus dem Staube, und Bolter stieg kopfüber in das leere Wasserfaß, aber seine Beine waren so lang, daß sie oben herausguckten, und so haben sie ihn auch erwischt.«

»Und Bet?«

»Die arme Bet!« antwortete Chitling, und seine Miene wurde immer trübseliger. »Sie war gegangen, sich die Leiche anzusehen und noch einmal zu der Toten zu sprechen; dabei wurde sie aber völlig wahnsinnig, schrie und tobte und stieß mit dem Kopf gegen die Wände; da hat man sie in eine Zwangsjacke gesteckt und ins Spital gebracht – dort ist sie jetzt noch.«

»Und was ist aus dem jungen Bates geworden?« fragte Kags.

»Er hat sich herumgetrieben, um nicht vor Einbruch der Dunkelheit hierherzukommen, aber er wird bald erscheinen«, erwiderte Chitling. »Man kann ja sonst nirgendwo mehr hingehen, denn die Leute aus den ›Krüppeln‹ sind alle verhaftet, und die Gaststube von der Bude – ich bin hingegangen, um es mit eigenen Augen zu sehen – ist voller Polizisten.«

»Das ist 'ne Pleite!« stellte Toby fest und biß sich auf die Lippen. »Und da wird noch mehr als einer dran glauben müssen.«

»Die Verhandlungen beginnen, sobald die Untersuchung abgeschlossen ist«, sagte Kags, »und wenn Bolter als Kronzeuge auftritt, was er nach allem, was er bereits gesagt hat, natürlich tun wird, dann können sie Fagin als Anstifter überführen, am Freitag das Urteil sprechen – und, bei Gott! –, sechs Tage später baumelt er bereits!«

»Ihr hättet hören sollen, wie das Volk brüllte«, berichtete Chitling. »Die Polizisten kämpften wie die Teufel, sonst wäre er ihnen entrissen worden. Einmal lag er schon am Boden, aber sie umringten ihn und bahnten sich ihren Weg vorwärts. Ihr hättet sehen sollen, wie er um sich blickte; über und über war er mit Schmutz und Blut bedeckt, und er klammerte sich an die Polizisten, als wären es seine besten Freunde. Ich seh' sie noch vor mir; sie konnten sich vor dem Ansturm der Menschenmenge kaum aufrecht halten und zerrten ihn zwischen sich vorwärts; ich seh' noch, wie die Leute einer hinter dem anderen hochsprangen, die Zähne fletschten und ihm drohten; ich seh' noch das Blut in seinen Haaren und in seinem Bart, und ich höre noch die Schreie der Weiber, die sich an der Straßenecke bis in die Mitte der

Volksmenge durcharbeiteten und schworen, sie würden ihm das Herz aus dem Leibe reißen!«
Der entsetzte Zeuge dieser Szene preßte seine Hände gegen die Ohren und lief mit geschlossenen Augen und mit heftigen Schritten wie ein Verrückter hin und her.
Während er das noch tat und die beiden Männer schweigend und mit gesenkten Blicken dabeisaßen, wurde auf der Treppe ein trappelndes Geräusch hörbar, und Sikes' Hund kam hereingesprungen. Die Männer liefen zum Fenster, die Treppen hinunter und hinaus auf die Straße. Der Hund war zu einem offenen Fenster hereingesprungen; er machte keinen Versuch, ihnen zu folgen, und auch sein Herr war nicht zu sehen.
»Was soll das bedeuten?« fragte Toby, als sie zurückgekehrt waren. »Er kann doch nicht hierherkommen. Ich – ich will es wenigstens nicht hoffen.«
»Wenn er herkäme, dann wäre er mit dem Hund gekommen«, sagte Kags und beugte sich nieder, um das Tier näher zu betrachten, das keuchend am Boden lag. »Gebt ihm doch mal etwas Wasser, er ist ja ganz erschöpft vom Laufen.«
»Er hat's bis auf den letzten Tropfen ausgesoffen«, sagte Chitling, nachdem er den Hund eine Weile schweigend beobachtet hatte. »Schmutzbedeckt – lahm – halb blind – er muß einen langen Weg hinter sich haben.«
»Wo kann er nur hergekommen sein?« rief Toby aus. »Er ist natürlich erst bei den anderen Schlupfwinkeln gewesen, und als er die voller Fremder fand, ist er hierhergekommen, wo er so manches Mal gewesen war. Aber woher ist er ursprünglich gekommen, und wie kommt er allein ohne seinen Herrn hierher?«
»Er«, keiner von ihnen nannte den Mörder bei seinem Namen, »er wird sich doch nichts angetan haben? Was meint ihr?« fragte Chitling.
Toby schüttelte den Kopf.
»Wenn er das getan hätte«, meinte Kags, »dann würde der Hund uns an die Stelle führen wollen, wo er's tat. Nein. Ich

denke, er ist ins Ausland geflüchtet und hat den Hund zurückgelassen. Er muß ihn irgendwie weggejagt haben, sonst wär' das Tier auch nicht so ruhig.«

Diese Lösung, die die wahrscheinlichste zu sein schien, wurde als richtig angenommen; der Hund kroch unter einen Stuhl und rollte sich zusammen, um zu schlafen, ohne sich weiter um irgendwen zu bekümmern.

Da es inzwischen dunkel geworden war, wurde der Fensterladen geschlossen, eine Kerze angezündet und auf den Tisch gestellt. Die furchtbaren Ereignisse der letzten beiden Tage hatten auf alle drei Männer einen tiefen Eindruck gemacht, der noch verstärkt wurde durch die Gefahr und die Unsicherheit ihrer eigenen Lage. Sie rückten ihre Stühle dichter zusammen und fuhren bei jedem Geräusch erschreckt auf. Sie sprachen wenig, und wenn, dann nur flüsternd; und sie waren so still und verängstigt, als läge die Leiche des ermordeten Mädchens im Nebenraum.

So hatten sie geraume Zeit dagesessen, als plötzlich ein heftiges Klopfen unten an der Tür zu hören war.

»Der junge Bates«, sagte Kags und sah ärgerlich umher, um die Furcht zu verbergen, die er selbst empfand.

Das Klopfen wiederholte sich. Nein, das war er nicht. Er klopfte niemals auf diese Weise.

Crackit ging zum Fenster und zog, am ganzen Leibe zitternd, den Kopf wieder zurück. Es war nicht nötig, den anderen zu sagen, wer da unten war – sein bleiches Gesicht sprach deutlich genug. Auch der Hund war im Nu wach und lief winselnd zur Tür.

»Wir müssen ihn hereinlassen«, sagte Toby und griff nach der Kerze.

»Gibt's keine andre Möglichkeit?« fragte der andere mit heiserer Stimme.

»Nein. Er *muß* hereinkommen.«

»Laß uns nicht im Dunkeln«, sagte Kags, nahm vom Kaminsims eine Kerze und zündete sie an, wobei seine Hand

dermaßen zitterte, daß das Klopfen sich noch zweimal wiederholte, ehe er damit fertig war.
Crackit ging hinunter an die Tür und kehrte in Begleitung eines Mannes zurück, dessen untere Gesichtshälfte hinter einem Taschentuch verborgen war, während er ein zweites unter seinem Hut um den Kopf gebunden hatte. Langsam zog er sie herunter: Ein bleiches Gesicht, tiefliegende Augen, eingefallene Wangen, ein drei Tage alter Bart, abgemagerter Körper und schwere, mühsame Atemzüge – es war Sikes' eigener Geist.
Er legte seine Hand auf einen Stuhl, der in der Mitte des Raumes stand, aber als er im Begriff war, sich darauf niederfallen zu lassen, überlief ihn ein Zittern; er schien einen Blick über die Schultern zu werfen, rückte den Stuhl dicht an die Wand – so dicht, wie es nur eben möglich war – und setzte sich.
Kein Wort war bisher gewechselt worden. Schweigend blickte er von einem zum andern. Wenn ein Blick sich verstohlen hob und den seinen traf, so wendete er sich sogleich wieder ab. Als seine hohle Stimme schließlich das Schweigen brach, fuhren alle drei auf: Sie schienen ihren Klang nie zuvor vernommen zu haben.
»Wie ist der Hund hierhergekommen?« fragte er.
»Von allein. Vor drei Stunden.«
»In der heutigen Abendzeitung steht, daß Fagin verhaftet worden ist. Ist das Wahrheit oder Lüge?«
»Wahrheit.«
Wieder schwiegen sie.
»Hol euch alle der Teufel!« sagte Sikes und fuhr sich mit der Hand über die Stirn. »Habt ihr mir nichts zu sagen?«
Eine unruhige Bewegung entstand unter ihnen, aber keiner sprach.
»Du, der du hier den Hausherrn machst«, meinte Sikes und sah Crackit an, »willst du mich verpfeifen oder läßt du mich hier unterkriechen, bis die Jagd vorüber ist?«

»Wenn du denkst, daß es sicher ist, kannst du hierbleiben«, erwiderte der Angeredete nach einigem Zögern.
Sikes ließ seine Augen langsam an der Wand hinter ihm entlanglaufen – vielmehr, er versuchte eher nur, den Kopf zu wenden, als daß er es wirklich tat – und sagte: »Ist sie – die Leiche –, ist sie begraben?«
Sie schüttelten die Köpfe.
»Warum nicht?« fragte er mit dem gleichen Blick hinter sich. »Wozu behalten sie so was Häßliches über der Erde? – Wer klopft da?«
Crackit gab, als er den Raum verließ, durch eine Handbewegung zu verstehen, daß nichts zu befürchten wäre, und kam sogleich mit Charley Bates wieder zurück. Sikes saß der Tür gegenüber, so daß der Junge, als er eintrat, ihn sofort zu Gesicht bekam.
»Toby«, sagte er und fuhr zurück, »warum hast du mir das nicht schon unten gesagt?«
In dem Zurückweichen der drei hatte etwas so Entsetzliches gelegen, daß der Elende gewillt war, wenigstens diesen Jungen für sich zu gewinnen. Also nickte er ihm zu und machte Miene, ihm die Hand zu reichen.
»Laßt mich in einen anderen Raum gehen«, bat der Junge und trat noch weiter zurück.
»Charley!« sagte Sikes und ging auf ihn zu, »kennst du – kennst du mich denn nicht?«
»Komm mir nicht zu nahe«, antwortete der Junge, wich immer weiter zurück und sah den Mörder mit entsetzten Blicken an. »Du Ungeheuer!«
Der Mann blieb auf halbem Wege stehen, und sie sahen einander an, aber Sikes schlug allmählich die Augen nieder.
»Ihr alle drei seid Zeugen«, rief der Junge, schüttelte die geballte Faust und wurde beim Sprechen immer erregter. »Ihr alle drei seid Zeugen – ich hab' keine Angst vor ihm – wenn sie ihn hier suchen, lass' ich ihn hochgehen – das tu' ich. Ich sag's euch gradheraus. Wenn er Lust hat oder sich's

wagt, mag er sich umbringen; aber wenn ich hier bin, lass' ich ihn hochgehen. Ich tät's sogar, wenn er bei lebendigem Leibe gesotten werden sollte! Mord! Zu Hilfe! Wenn ihr drei einen Funken Mannesmut habt, dann helft ihr mir. Mord! Zu Hilfe! Nieder mit ihm!«

Mit diesen Schreien, die er mit heftigen Gebärden begleitete, warf sich der Junge tatsächlich ganz allein auf den starken Mann und brachte ihn durch die Heftigkeit und die überraschende Schnelligkeit seines Angriffs in schwerem Fall zu Boden.

Die drei Zuschauer schienen vor Staunen völlig erstarrt. Keiner von ihnen mischte sich ein; der Junge und der Mann wälzten sich miteinander auf dem Fußboden herum, wobei der Junge der Schläge nicht achtete, die auf ihn herniederprasselten, sondern seine Hände fester und fester in die Kleider um des Mörders Brust verklammerte und ununterbrochen mit aller Kraft um Hilfe schrie.

Der Kampf war jedoch zu ungleich, um lange zu dauern. Sikes hatte seinen Gegner zu Boden gezwungen und preßte ihm das Knie auf die Kehle, als Crackit ihn mit entsetzter Miene zurückriß und auf das Fenster zeigte. Unten schimmerten Lichter, Stimmen in lautem und eifrigem Gespräch wurden hörbar, dazu das Getrampel eiliger Schritte – es schienen unzählige Füße zu sein –, die die nächstgelegene Holzbrücke überquerten. Unter der Menge schien sich ein Mann zu Pferde zu befinden, denn man hörte das trappelnde Geräusch von Hufen auf dem holprigen Pflaster. Der Lichtschein wurde stärker, die Schritte erklangen näher und lauter. Dann ertönte ein heftiges Klopfen an der Tür und danach das heisere Gemurmel einer solchen Menge zorniger Stimmen, daß auch der Kühnste dabei den Mut verloren hätte.

»Hilfe!« schrie der Junge mit einer Stimme, die gellend die Luft durchschnitt. »Hier ist er! Schlagt die Tür ein!«

»Im Namen des Königs!« riefen die Stimmen draußen, und wiederum, nur noch lauter, erklang das heisere Geschrei.

»Schlagt die Tür ein!« rief der Junge. »Sie werden sie niemals öffnen, das sage ich euch. Lauft geradenwegs zu dem Raum, wo das Licht brennt. Schlagt die Tür ein!«
Dichte und schwere Schläge prasselten auf die Tür und die unteren Fensterläden, als er zu rufen aufhörte, und ein lautes Hurrageschrei der Menge gab denen, die es hörten, erstmalig einen angemessenen Eindruck davon, wie ungeheuer groß die Zahl der Versammelten war.
»Öffnet die Tür zu irgendeinem Raum, wo ich diesen brüllenden Teufelsbengel aussperren kann«, schrie Sikes wütend, wobei er hin und her rannte und den Jungen nun so leicht wie einen leeren Sack hinter sich her zerrte. »Diese Tür da! Schnell!« Er schleuderte ihn hinein, schob den Riegel vor und drehte den Schlüssel herum. »Ist die Tür unten fest?«
»Doppelt verschlossen und mit Ketten gesichert«, erwiderte Crackit, der ebenso wie die beiden anderen Männer noch immer völlig hilflos und verblüfft dastand.
»Sind die Füllungen stark?«
»Mit Eisenblech beschlagen.«
»Die Fenster auch?«
»Ja, die Fenster auch.«
»Hol euch der Teufel«, schrie der verzweifelte Verbrecher, stieß einen Fensterflügel auf und drohte der Menge. »Treibt's nur so arg wie möglich – ich werde euch doch hinter's Licht führen!«
Kein noch so furchtbarer Aufschrei, der je an eines Sterblichen Ohr drang, konnte das Gebrüll der Menge übertreffen. Einige riefen denen, die am nächsten standen, zu, sie sollten das Haus in Brand stecken, andere forderten schreiend die Polizisten auf, sie sollten den Mörder erschießen. Keiner von allen jedoch zeigte sich so ergrimmt wie der Mann zu Pferde, der aus dem Sattel sprang, die Menge beiseite drängte, als bahnte er sich durch Wasser seinen Weg, und unter dem Fenster mit einer Stimme, die alle anderen übertönte, rief: »Zwanzig Guineen für den, der eine Leiter bringt!« Die

Zunächststehenden wiederholten diesen Ruf, und Hunderte riefen es nach. Einige schrien nach Leitern, andere nach Schmiedehämmern, etliche rannten mit Fackeln hin und her, als suchten sie derartige Geräte, kamen aber wieder zurück und brüllten abermals; einige verschwendeten ihren Atem in nutzlosen Flüchen und Verwünschungen; andere drängten wie die Wahnsinnigen vorwärts und behinderten so die Bemühungen derer, die dicht am Hause waren, einige der Kühnsten versuchten, an der Dachrinne und an Mauervorsprüngen heraufzuklettern – und alles zusammen wogte da unten in der Dunkelheit hin und her wie ein Kornfeld im Sturm und vereinte sich von Zeit zu Zeit zu einem lauten, wütenden Geschrei.

»Die Flut«, rief der Mörder, als er in den Raum zurückwankte, »die Flut hatte eingesetzt, als ich heraufkam. Gebt mir ein Seil, ein langes Seil. Sie sind alle an der Vorderseite. Ich kann mich vielleicht in den Folly Ditch hinunterlassen und auf diesem Wege entkommen. Gebt mir ein Seil – oder ich begehe noch drei Morde und bringe mich dann selbst um!«

Die vor Schreck erstarrten Männer zeigten nach der Stelle, wo solcherlei Dinge aufbewahrt wurden; in größter Hast suchte sich der Mörder den längsten und stärksten Strick heraus und eilte auf den Dachboden hinauf.

Alle Fenster an der Rückseite des Hauses waren schon vor langer Zeit zugemauert worden, die einzige Ausnahme bildete eine schmale Luke in jenem Raum, in dem Charley Bates eingesperrt war, und diese war selbst für dessen Körper zu eng. Durch diese Öffnung aber hatte er den Leuten draußen unaufhörlich zugerufen, sie sollten auf die Rückseite des Hauses achten; und als nun der Mörder schließlich durch eine Tür im Dach oben auf dem Hause anlangte, gab ein lauter Ruf den Leuten auf der Vorderseite des Hauses davon Kenntnis, und jene begannen sogleich in ununterbrochenem Strom nach der Rückseite zu drängen.

Sikes stemmte ein Brett, das er eigens zu diesem Zwecke mit nach oben genommen hatte, so fest gegen die Tür, daß es äußerst schwierig werden mußte, sie von innen zu öffnen, dann kroch er über die Dachziegel und blickte über die niedrige Brüstung.
Das Wasser war abgeflossen und der Graben ein Schlammbett.
Während dieser wenigen Augenblicke hatte die Menge schweigend seine Bewegungen beobachtet und war über seine Absicht im Zweifel gewesen, jetzt aber, da man sie erkannt hatte und wußte, daß sie vereitelt war, erklang ein Triumphgeschrei, gegen das alles bisherige Gebrüll nur ein Flüstern gewesen war. Wieder und wieder erscholl es. Jene, die zu weit entfernt waren, um seine Bedeutung zu erkennen, griffen es auf; immer von neuem wurde es wiederholt, und es schien, als sei die Bevölkerung der ganzen Stadt zusammengeströmt, um den Mörder zu verfluchen.
Vorwärts drängte das Volk von der Vorderseite des Hauses – vorwärts, immer vorwärts; es war ein einziger kämpfender Strom wutentbrannter Gesichter, hier und da von einer flammenden Fackel beschienen, die sie in all ihrem Zorn und ihrer Leidenschaft sichtbar werden ließ. Die Menge war in die Häuser auf der gegenüberliegenden Seite des Grabens eingedrungen, Fensterläden wurden aufgestoßen oder gleich ganz herausgerissen, reihenweise blickten Gesichter aus jedem Fenster, und auf jedem Dach hingen die Menschen dicht wie Trauben. Jede kleine Brücke (und es befanden sich deren drei in Sichtweite) bog sich unter dem Gewicht der darauf zusammengedrängten Menge. Und noch immer kamen sie geströmt, um irgendeinen Winkel zu finden, von wo aus sie ihr Geschrei ertönen lassen und auch nur für einen Augenblick den Bösewicht sehen konnten.
»Jetzt haben sie ihn«, rief ein Mann auf der nächstgelegenen Brücke. »Hurra!«

Das Volk schwenkte Mützen und Hüte, und von neuem erklang das Geschrei.
»Ich gebe fünfzig Pfund«, rief ein alter Herr aus derselben Gegend, »für denjenigen, der ihn lebend zu fassen kriegt. Ich bleibe hier, bis er kommt und sie sich abholt.«
Ein neues Gebrüll ertönte. In diesem Augenblick ging durch die Menge die Nachricht, daß endlich die Tür aufgebrochen worden und jener, der zuerst nach der Leiter verlangt hatte, in den Raum eingestiegen sei. Als diese Kunde von Mund zu Mund ging, wendete sich plötzlich der Menschenstrom, und als die Leute an den Fenstern die anderen auf den Brücken zurückfluten sahen, verließen sie ihre Plätze, liefen auf die Straße und vereinten sich mit denen, die nun Hals über Kopf nach der Stelle drängten, die sie eben erst verlassen hatten. Jeder drängelte und kämpfte mit seinem Nachbarn, und alle strebten danach, in die Nähe der Tür zu gelangen und den Verbrecher zu sehen, wenn ihn die Polizisten herausbrachten. Furchtbar war das Geschrei derjenigen, die im Gedränge fast erstickt oder in der allgemeinen Verwirrung niedergetrampelt wurden; die engen Wege waren völlig versperrt; und während etliche davonstürmten, um wieder auf den Platz vor dem Hause zu gelangen, und andere sich erfolglos bemühten, sich aus der Menge zu lösen, wurde die augenblickliche Aufmerksamkeit von dem Mörder abgelenkt, obwohl die allgemeine Neugier, seine Gefangennahme zu erleben, noch größer wurde, soweit das überhaupt möglich war.
Völlig überwältigt von der Wildheit der Menge und der Aussichtslosigkeit seiner Flucht, war der Mörder niedergebrochen, als er jedoch diese plötzliche Veränderung der Lage ebenso schnell wahrgenommen hatte, wie sie eingetreten war, sprang er wieder auf und war entschlossen, eine letzte Anstrengung zur Rettung seines Lebens zu machen, sich in den Graben hinunterzulassen und, selbst auf die Gefahr hin, darin zu ersticken, den Versuch zu wagen, in der Dunkelheit und Verwirrung zu entkommen.

Der Lärm innerhalb des Hauses, der ihm anzeigte, daß man endlich den Zugang wirklich erzwungen hatte, gab ihm wieder Kraft und Mut; er stemmte seinen Fuß gegen den Schornstein, schlang das eine Ende des Seils fest darum und machte aus dem anderen in Sekundenschnelle mit Händen und Zähnen eine Schlinge. Mit Hilfe des Strickes konnte er sich bis auf Körperlänge zur Erde hinunterlassen, und er hatte sein Messer zur Hand, um ihn dann durchzuschneiden und herunterzuspringen.

Im selben Augenblick, als er die Schlinge über den Kopf zog, um sie unter seine Achselhöhle gleiten zu lassen, und der vorerwähnte alte Herr (der sich fest an das Brückengeländer geklammert hatte, um der anstürmenden Menge zu widerstehen und seine Stellung zu behaupten) die Umstehenden nachdrücklich darauf hinwies, daß der Verbrecher beabsichtige, sich herunterzulassen – in eben diesem Augenblick schaute der Mörder hinter sich auf das Dach, warf seine Arme über den Kopf empor und stieß einen gellenden Schreckensschrei aus.

»Die Augen – da sind sie wieder!« rief er in einem Ton, der nichts Menschliches mehr an sich hatte.

Wie vom Blitz getroffen taumelte er, verlor das Gleichgewicht und stolperte über die Brüstung. Die Schlinge lag um seinen Hals. Unter der Last seines Gewichts zog sie sich zusammen, fest wie eine Bogensehne und schnell wie der Pfeil, den sie entsendet.

Fünfunddreißig Fuß tief stürzte er. Ein plötzlicher Ruck, ein furchtbares Zucken der Glieder – und da hing er, das offene Messer in der erstarrten Faust.

Der alte Schornstein erbebte unter der Erschütterung, aber er hielt sie tapfer aus. Leblos schlug der Mörder gegen die Mauer; Charley Bates schob den schwebenden Körper, der ihm die Sicht verwehrte, beiseite und rief den Leuten zu, sie möchten um Gottes willen kommen und ihn herausholen.

Ein Hund, der bisher versteckt gelegen hatte, rannte mit verzweifeltem Geheul auf der Brüstung hin und her, nahm dann einen Anlauf und versuchte, mit einem Sprung die Schultern des Toten zu erreichen. Er verfehlte sein Ziel, fiel in den Graben, überschlug sich mehrmals und prallte mit dem Kopf gegen einen Stein, wobei er sich den Schädel zerschmetterte.

EINUNDFÜNFZIGSTES KAPITEL

Klärt mehr als ein Geheimnis auf und enthält einen Heiratsantrag, ohne daß von Versorgung oder Mitgift die Rede ist

Die im letzten Kapitel berichteten Ereignisse waren eben erst zwei Tage alt, als Oliver um drei Uhr nachmittags in einem Reisewagen in schneller Fahrt seinem Geburtsort entgegenfuhr. Mrs. Maylie, Rose und Mrs. Bedwin waren bei ihm; Mr. Brownlow folgte in Begleitung einer anderen Person, deren Name noch nicht erwähnt wurde, in einer Postkutsche.

Unterwegs war nicht viel gesprochen worden; denn Oliver befand sich in einem Zustand der Erregung und Ungewißheit, der ihn hinderte, seine Gedanken zu sammeln, ja ihm fast die Sprache nahm, und der sich nicht weniger auf seine Gefährten auswirkte, die ihn in kaum geringerem Maße teilten. Mr. Brownlow hatte Oliver und die zwei Damen sehr vorsichtig mit den Enthüllungen vertraut gemacht, die man Monks abgezwungen hatte, und wenn sie auch wußten, daß es der Zweck ihrer gegenwärtigen Reise war, jenes Werk zu vollenden, das man so gut begonnen hatte, so war die ganze Angelegenheit doch noch genügend in Zweifel und Geheimnisse gehüllt, um sie alle in höchster Spannung zu halten.

Der gleiche gute Freund hatte mit Mr. Losbernes Hilfe sorgfältig alles unterbunden, wodurch sie hätten Nachricht von den furchtbaren Ereignissen erhalten können, die eben erst geschehen waren. »Es war völlig klar«, sagte er, »daß sie über kurz oder lang davon erfahren müssen, aber es dürfte einen besseren Zeitpunkt dafür geben, und der gegenwärtige wäre dafür am allerwenigsten geeignet.« So fuhren sie schweigend dahin, jeder war mit Gedanken über die Dinge beschäftigt, die sie zusammengeführt hatten, und keiner war gewillt, das auszusprechen, was sie alle bedrückte.

Als man so auf einem ihm völlig unbekannten Wege seinem Geburtsort entgegenfuhr, hatte Oliver zwar unter diesen Umständen geschwiegen, aber als sie in jene Gegend kamen, die er, ein armer heimatloser, flüchtender Knabe ohne einen hilfreichen Freund und ohne ein schützendes Dach, zu Fuß durchwandert hatte, führte ihn der Strom der Erinnerungen zurück in frühere Zeiten, und ein Sturm von Empfindungen wurde in seiner Brust geweckt.
»Sehen Sie dort – dort!« rief er, ergriff voller Eifer Roses Hand und zeigte aus dem Wagenfenster, »das ist der Zauntritt, über den ich stieg, dort sind die Hecken, hinter die ich gekrochen bin, weil ich Angst hatte, es könnte jemand mich einholen und zur Rückkehr zwingen! Da drüben ist der Weg durch die Felder, der zu dem alten Hause führt, in dem ich als kleines Kind lebte. O Dick, Dick, mein lieber alter Freund, wenn ich dich doch jetzt sehen könnte!«
»Du wirst ihn bald sehen«, erwiderte Rose und nahm seine gefalteten Hände sanft zwischen die ihrigen. »Du kannst ihm erzählen, wie glücklich du bist, wie reich du geworden bist und daß in all deinem Glück nichts dich seliger machen könnte als der Gedanke, zurückzukehren und ihn gleichfalls so glücklich zu machen.«
»Ja, ja«, sagte Oliver, »und wir – wir werden ihn von hier fortnehmen, werden ihn einkleiden, etwas lernen lassen und ihn in eine ruhige Gegend auf dem Lande schicken, wo er gesund und kräftig werden kann – nicht wahr?«
Rose nickte bejahend, denn der Knabe lächelte unter Tränen so glücklich, daß sie nicht zu sprechen vermochte.
»Sie werden freundlich und gut zu ihm sein, denn das sind Sie ja zu jedem«, fuhr Oliver fort. »Ich weiß, Sie werden weinen, wenn Sie hören, was er zu erzählen hat, aber das macht nichts, das macht nichts, es wird alles vorübergehen, und Sie werden wieder lächeln – auch das weiß ich –, wenn Sie daran denken, wie er sich verändert hat; bei mir haben Sie es ja genauso gemacht. Als ich davonlief, sagte er zu mir

›Gott segne dich‹«, rief der Knabe in einem Ausbruch herzlicher Zuneigung, »und jetzt werde ich sagen ›Gott segne *dich*‹ und ihm zeigen, wie sehr ich ihn darum liebe.«
Als sie sich der Stadt näherten und schließlich durch ihre engen Straßen fuhren, machte es nicht geringe Schwierigkeiten, den Knaben in vernünftigen Grenzen zu halten. Da war der Laden von Sowerberry, dem Leichenbestatter, ganz wie früher, nur kleiner und unscheinbarer, als er ihn in Erinnerung hatte – da waren alle die wohlbekannten Läden und Häuser, mit denen er fast ohne Ausnahme durch irgendein kleines Erlebnis verbunden war – da stand Gamfields Karren, genau derselbe, den er damals hatte, vor der alten Wirtshaustür – dort war das Armenhaus, das trübselige Gefängnis seiner frühen Jugendtage, dessen düstere Fenster drohend auf die Straße blickten – da stand derselbe magere Pförtner am Tor; bei seinem Anblick fuhr Oliver unwillkürlich zurück, dann aber lachte er über sich selbst, weil er so töricht gewesen war; er weinte und lachte dann wieder – an den Türen und Fenstern waren viele Gesichter, die er ganz genau kannte –, beinahe alles war so, als hätte er es eben gestern erst verlassen und wäre sein ganzes Leben der letzten Zeit nur ein glücklicher Traum gewesen.
Es war jedoch reine, beglückende Wirklichkeit. Sie fuhren direkt an der Tür des größten Gasthofes vor (an dem Oliver früher immer mit Ehrfurcht emporgestarrt hatte; er war ihm als ein gewaltiger Palast erschienen, hatte aber inzwischen doch irgendwie an Größe und Pracht verloren); hier war schon Mr. Grimwig zu ihrem Empfang bereit; er küßte die junge Dame und desgleichen die ältere, als sie aus dem Wagen stiegen, als wäre er der Großvater der ganzen Gesellschaft, war voller Lächeln und Freundlichkeit und erbot sich nicht ein einziges Mal, seinen Hut aufzuessen – selbst dann nicht, als er einem sehr alten Postillion wegen des kürzesten Weges nach London widersprach und behauptete, es besser zu wissen, obgleich er diese Strecke nur einmal, und dabei

noch fest schlafend, gefahren war. Das Essen war angerichtet, die Schlafzimmer standen bereit; für alles war wie durch Zauberei gesorgt.

Trotz alledem trat, als die Unruhe der ersten halben Stunde vorüber war, wieder die gleiche Stille und Gezwungenheit ein, die auf ihrer Reise nach hier geherrscht hatte. Mr. Brownlow nahm das Essen nicht mit ihnen gemeinsam ein, sondern blieb in einem Zimmer für sich. Die beiden anderen Herren liefen mit besorgten Gesichtern hin und her, und in den kurzen Zeiträumen ihrer Anwesenheit unterhielten sie sich leise und abseits von den anderen. Einmal wurde Mrs. Maylie weggerufen, und als sie nach fast einstündiger Abwesenheit wiederkam, waren ihre Augen vom Weinen geschwollen. All diese Dinge machten Rose und Oliver, die nicht in irgendwelche neuen Geheimnisse eingeweiht waren, nervös und unruhig. Schweigend und nachdenklich saßen sie da, und wenn sie ein paar Worte wechselten, so geschah es im Flüsterton, als hätten sie Angst, ihre eigenen Stimmen zu vernehmen.

Schließlich, als es neun Uhr geworden war und sie schon zu glauben begannen, daß sie diesen Abend nichts mehr erfahren würden, traten Mr. Losberne und Mr. Grimwig ins Zimmer; ihnen folgte Mr. Brownlow mit einem Mann, bei dessen Anblick Oliver fast einen Schrei ausstieß, denn man sagte ihm, es wäre sein Bruder – und es war derselbe Mann, den er in der Marktstadt getroffen und der mit Fagin zusammen zum Fenster seines kleinen Zimmers hereingesehen hatte. Monks warf dem erstaunten Knaben einen haßerfüllten Blick zu, den er selbst jetzt nicht zu verbergen vermochte, und setzte sich in der Nähe der Tür nieder. Mr. Brownlow, der Papiere in der Hand hielt, ging auf einen Tisch zu, an dem Rose und Oliver saßen.

»Es ist eine peinliche Aufgabe«, sagte er, »aber diese Erklärungen, die in London vor zahlreichen Zeugen unterzeichnet worden sind, müssen hier in ihren wichtigsten Punkten wiederholt werden. Ich hätte Ihnen gern die Demütigung erspart, aber wir müssen sie, ehe wir uns trennen, aus Ihrem eigenen Munde hören – Sie wissen warum.«

»Also vorwärts«, sagte der Angesprochene und wendete sein Gesicht ab. »Machen Sie schnell. Ich dächte, ich hätte nun bald genug getan. Also halten Sie mich hier nicht auf.«

»Dieses Kind«, sagte Mr. Brownlow, zog Oliver zu sich heran und legte ihm die Hand auf den Kopf, »ist Ihr Halbbruder, der uneheliche Sohn Ihres Vaters, meines lieben Freundes Edwin Leeford, und der armen jungen Agnes Fleming, die bei seiner Geburt starb.«

»Ja«, sagte Monks und warf dem zitternden Knaben, dessen Herzschlag er hätte hören können, einen zornigen Blick zu. »Das ist ihr Bastard.«

»Der Ausdruck, den Sie da gebrauchen«, antwortete Mr. Brownlow ernst, »ist ein Vorwurf für jene, die schon längst den armseligen Urteilen dieser Welt entronnen sind. Kein Lebender außer Ihnen selbst, der Sie ihn gebrauchen, wird dadurch beschimpft. Aber lassen wir das. Der Knabe wurde hier in dieser Stadt geboren.«

»Im Armenhause dieser Stadt«, lautete die mürrische Antwort. »Sie haben die Geschichte ja da.« Monks deutete bei diesen Worten ungeduldig auf die Papiere.

»Ich muß sie hier noch einmal haben«, sagte Mr. Brownlow und sah sich unter den Anwesenden um.

»Also hören Sie zu!« erwiderte Monks. »Als sein Vater in Rom krank wurde, fuhr seine Frau, meine Mutter, von der er seit langem getrennt lebte, von Paris aus zu ihm und nahm mich mit sich. Soviel mir bekannt ist, tat sie es, um sich um seine Besitztümer zu kümmern, denn sie hegte keine große Zuneigung für ihn – ebensowenig wie er für sie. Er wußte nichts von unserer Anwesenheit, denn er war bewußtlos und schlief bis zum nächsten Tage, an dem er verstarb. Unter den Papieren in seinem Schreibtisch befanden sich zwei mit dem Datum jenes Abends, an dem seine Krankheit erstmalig auftrat; sie waren für Sie bestimmt« – damit wandte er sich an Mr. Brownlow –, »in einige Zeilen an Sie eingehüllt, und auf dem Umschlag des Päckchens stand die Anweisung, daß es erst nach seinem Tode abgesandt werden sollte. Das eine dieser Papiere war ein Brief an jenes Mädchen Agnes; das andere war sein Testament.«

»Was war mit dem Brief?« fragte Mr. Brownlow.

»Der Brief? – Ein Blatt Papier, auf dem vieles durchgestrichen war, mit einem reuevollen Bekenntnis und Gebeten zu Gott, ihr zu helfen. Er hatte dem Mädchen ein Märchen aufgebunden, daß irgendein mysteriöses Geheimnis – das eines Tages aufgeklärt werden würde – ihn daran hinderte, sie eben damals zu heiraten; und so hatte sie ihm weiterhin geduldig vertraut, bis sie ihm zu weit vertraute und das verlor, was niemand ihr jemals zurückgeben konnte. Sie stand zur Zeit jenes Briefes einige Monate vor ihrer Niederkunft. Er schrieb ihr über alles, was er hatte tun wollen, um ihre Schande zu verbergen, wenn er am Leben geblieben wäre, und flehte sie an, wenn er sterben sollte, sein Andenken nicht zu verfluchen oder zu glauben, daß die Folgen ihrer Sünde an ihr oder ihrem Kinde heimgesucht würden, denn er allein trage alle Schuld. Er erinnerte sie an den Tag, an dem er ihr das kleine Medaillon und den Ring mit ihrem eingravierten Vornamen gegeben hatte, hinter dem eine Stelle für jenen Namen freigelassen war, den er gehofft hatte, ihr eines Tages geben zu können; er bat sie inständig, diesen Ring dennoch aufzubewahren und an ihrem Herzen zu tragen, wie sie es bisher getan hatte – und dann ging es wie wild immer und immer wieder mit den gleichen Worten weiter, als sei er wahnsinnig geworden. Ich glaube, das war auch der Fall.«

»Und das Testament?« fragte Mr. Brownlow, während Olivers Tränen reichlich flossen.

Monks schwieg.

»Das Testament«, erklärte Mr. Brownlow an seiner Stelle,

»war in dem gleichen Geiste abgefaßt wie der Brief. Er schrieb darin von dem Elend, das seine Frau über ihn gebracht hatte, von dem störrischen Charakter, der Lasterhaftigkeit, der Bosheit und den frühzeitigen bösen Leidenschaften seines einzigen Sohnes, der dazu erzogen worden war, ihn zu hassen; und er hinterließ Ihnen und Ihrer Mutter je eine Jahresrente von achthundert Pfund. Die Gesamtmasse seines Vermögens teilte er in zwei gleiche Teile – einen für Agnes Fleming und den anderen für ihr Kind, wenn es lebend geboren und jemals heranwachsen sollte. Wenn es ein Mädchen wäre, so sollte dies das Geld ohne jede weitere Bedingung erben; ein Knabe jedoch nur unter der Bedingung, daß er während seiner Minderjährigkeit seinen Namen niemals öffentlich durch eine unehrenhafte, gemeine, feige oder sonstwie schlechte Handlung befleckt haben dürfte. Wie er schrieb, tat er das, um sein Vertrauen zu der Mutter zu betonen und desgleichen seine Überzeugung – die durch den nahenden Tod nur noch gestärkt wurde –, daß das Kind ihr sanftes Herz und ihren edlen Charakter bekäme. Wenn er in dieser Erwartung getäuscht würde, dann sollte das Geld Ihnen zufallen, denn dann, aber auch erst dann, wenn beide Kinder einander gleich wären, wollte er Ihren bevorrechtigten Anspruch auf sein Erbe anerkennen, nicht aber den auf sein Herz, da Sie ihn seit frühester Kindheit mit Kälte und Abneigung zurückgestoßen hätten.«

»Meine Mutter«, fuhr nun Monks mit lauterer Stimme fort, »tat das, was jede Frau getan hätte. Sie verbrannte das Testament. Der Brief erreichte nie sein Ziel, aber sie behielt ihn und andere Beweise für den Fall, daß man versuchen sollte, den Schandfleck wegzuleugnen. Der Vater des Mädchens erfuhr die Wahrheit von ihr mit allen Verschärfungen, die ihr heftiger Haß hinzuzufügen vermochte – und ich liebe sie dafür noch heute. Von Schande und Schmach gehetzt, floh er mit seinen Kindern in einen entlegenen Winkel von Wales und änderte sogar seinen Namen, damit seine Freunde nichts von seinem Schlupfwinkel erführen; und hier wurde er nicht lange danach tot in seinem Bett aufgefunden. Das Mädchen hatte einige Wochen zuvor heimlich das Haus verlassen; er hatte zu Fuß in jeder Stadt und in jedem Dorf in der Nähe nach ihr gesucht; und in der Nacht, als er mit der Überzeugung nach Hause kam, daß sie, um ihre und seine Schande zu verbergen, sich selbst umgebracht hätte, brach sein altes Herz.«

Für kurze Zeit herrschte Schweigen, bis Mr. Brownlow den Faden der Erzählung wieder aufnahm.

»Nach Jahren«, sagte er, »kam die Mutter dieses Mannes – Edward Leerfords Mutter – zu mir. Er hatte sie, als er kaum achtzehn Jahre alt war, verlassen, hatte ihr ihren Schmuck und ihr Geld geraubt, hatte gespielt, alles verschwendet, hatte Fälschungen begangen und war nach London geflohen, wo er zwei Jahre lang mit dem niedrigsten Auswurf aller Menschen Gemeinschaft hielt. Sie siechte an einer schmerzhaften und unheilbaren Krankheit dahin und hatte den Wunsch, ihn, ehe sie starb, wieder auf den rechten Weg zu bringen. Lange und gründliche Nachforschungen wurden angestellt; lange Zeit waren sie ergebnislos, schließlich aber hatten sie doch Erfolg, und er ging mit ihr zurück nach Frankreich.«

»Dort starb sie nach einer schleichenden Krankheit«, fuhr Monks fort, »und auf ihrem Sterbebett übertrug sie mir diese Geheimnisse nebst ihrem unauslöschlichen und tödlichen Haß gegen all jene, die er betraf – obwohl letzteres nicht nötig gewesen wäre, denn er war schon lange Zeit vorher auf mich übergegangen. Sie wollte nicht glauben, daß das Mädchen sich mitsamt dem Kinde umgebracht hatte, sondern war der Meinung, daß ein Kind männlichen Geschlechts zur Welt gekommen und am Leben sei. Ich schwor ihr, wenn der Knabe jemals meinen Weg kreuzen sollte, ihn zu Tode zu hetzen, ihn nie zur Ruhe kommen zu lassen, ihn mit bitterster und unversöhnlichster Feindschaft zu verfolgen, meinen tiefgefühlten Haß gegen ihn auszulassen und die leeren Phrasen jenes beleidigenden Testaments dadurch der Verachtung preiszugeben, daß ich den Jungen, wenn möglich, bis an den Fuß des Galgens brächte. Sie hatte recht: Schließlich kreuzte er meinen Weg. Ich fing ganz gut an, und wären nicht einige geschwätzige alte Hexen gewesen, so hätte ich die Dinge so zu Ende gebracht, wie ich sie begonnen hatte.«

Während der Schurke seine Arme fest verschränkte und in der Ohnmacht vereitelter Bosheit sich selbst verfluchte, wandte sich Mr. Brownlow an jene, die voller Entsetzen um ihn herum saßen, und erklärte, daß der Jude, der Monks' alter Komplize und Vertrauter war, dafür, daß er Oliver umgarnt hielt, eine hohe Belohnung erhalten hatte, von der, falls der Knabe ihm entkäme, ein gewisser Teil zurückgezahlt werden sollte. Über diesen Punkt sei ein Streit entstanden, und dieser habe zu dem Besuch der beiden auf dem Lande geführt, um sich von Olivers Identität zu überzeugen.

»Und was war mit dem Medaillon und dem Ring?« fragte Mr. Brownlow, zu Monks gewendet.

»Ich kaufte sie von dem Mann und der Frau, von denen ich Ihnen erzählte; die hatten beides der Pflegerin gestohlen, die es wiederum der Toten abgenommen hatte«, antwortete Monks, ohne den Blick zu heben. »Was dann daraus wurde, wissen Sie.«

Mr. Brownlow nickte daraufhin nur Mr. Grimwig zu, der mit großer Behendigkeit verschwand, bald darauf zurückkehrte, Mrs. Bumble ins Zimmer schob und ihren widerstrebenden Gefährten hinter sich herzog.

»Täuschen mich meine Augen«, rief Mr. Bumble mit schlecht geheuchelter Begeisterung, »oder ist das der kleine Oliver? Oh, O-li-ver! Wenn du wüßtest, was ich mir für Sorgen um dich gemacht habe – – –«

»Halt den Mund, du Narr!« murmelte Mrs. Bumble.

»Ist es nicht natürlich, ganz natürlich, Frau?« widersprach

der Herrscher des Armenhauses. »Ist es nicht verständlich, was ich empfinde – *ich*, der ich ihn für die Gemeinde erzogen habe –, wenn ich ihn hier unter den leutseligsten Damen und Herren sitzen sehe? Ich habe diesen Knaben immer geliebt, als wäre er mein – mein – mein eigener Großvater«, erklärte Mr. Bumble, nach einem passenden Vergleich suchend. »Oliver, mein Liebling, erinnerst du dich noch an den edlen Herrn in der weißen Weste? Ach, Oliver, vorige Woche ist er in einem Eichensarg mit versilberten Griffen zur ewigen Ruhe eingegangen.«

»Beherrschen Sie Ihre Gefühle, Sir«, bemerkte Mr. Grimwig bissig.

»Ich werde mein möglichstes tun«, entgegnete Mr. Bumble. »Wie geht es Ihnen, Sir? Ich hoffe doch, sehr gut.«

Diese Begrüßung war an Mr. Brownlow gerichtet, der sich dem ehrenwerten Paar auf kurze Entfernung genähert hatte. Mit einem Fingerzeig auf Monks fragte er: »Kennen Sie diesen Menschen?«

»Nein«, erwiderte Mrs. Bumble rundweg.

»*Sie* vielleicht auch nicht?« fragte Mr. Brownlow und wandte sich damit an ihren Gatten.

»Ich hab' ihn noch nie im Leben gesehen«, antwortete Mr. Bumble.

»Sie haben ihm auch nicht irgend etwas verkauft?«

»Nein«, entgegnete Mrs. Bumble.

»Sie haben auch nicht eventuell ein gewisses goldenes Medaillon und einen gleichen Ring besessen?« forschte Mr. Brownlow weiter.

»Gewiß nicht«, erwiderte die ehrenwerte Dame. »Hat man uns nur hierhergebracht, damit wir auf derartigen Unsinn antworten?«

Abermals nickte Mr. Brownlow Mr. Grimwig zu, und wieder humpelte dieser mit außerordentlicher Bereitwilligkeit davon. Diesmal jedoch kam er nicht mit einem kräftigen Mann und einer ebensolchen Frau zurück, sondern er führte zwei gebrechliche Weiber herein, die bei jedem Schritt zitterten und bebten.

»Sie haben in jener Nacht, als die alte Sally starb, die Tür geschlossen«, sagte die erste und hob die welke Hand, »aber sie konnten nicht verhindern, daß wir etwas hörten, und die Türspalten konnten sie auch nicht zustopfen.«

»Nein, nein«, bestätigte die andere, blickte um sich und wackelte mit ihren zahnlosen Kiefern. »Nein, nein, nein.«

»Wir haben gehört, wie sie versuchte, Ihnen zu erzählen, was sie getan hatte, sahen, wie Sie ihr ein Papier aus der Hand nahmen und haben auch beobachtet, wie Sie am nächsten Tag zum Pfandleiher gingen«, fuhr die erste fort.

»Jawohl«, fügte die zweite hinzu, »und es war ein Medaillon und ein goldener Ring. Das haben wir herausgekriegt und sahen, wie Sie es bekamen. Wir waren dabei, o ja, wir waren dabei!«

»Und wir wissen noch mehr«, sprach die erste weiter, »denn vor langer Zeit hat sie uns oft davon berichtet, wie ihr die junge Mutter erzählt hätte, sie wäre, als sie krank wurde, unterwegs gewesen, um dort zu sterben, wo der Vater ihres Kindes begraben lag, da sie fühlte, daß sie nie darüber hinwegkommen könnte.«

»Möchten Sie den Pfandleiher persönlich sehen?« fragte Mr. Grimwig und machte eine Bewegung nach der Tür zu.

»Nein«, antwortete die Frau, »wenn er« – sie zeigte auf Monks –, »wie ich sehe, feige genug gewesen ist zu gestehen, und Sie allen diesen alten Hexen auf den Zahn gefühlt haben, bis Sie die richtigen gefunden hatten, dann habe ich nichts mehr zu sagen. Ich *habe* die Dinge verkauft, und sie sind da, wo Sie sie niemals finden werden. Was sonst noch?«

»Nichts«, erwiderte Mr. Brownlow, »außer, daß es unsere Aufgabe sein wird, dafür zu sorgen, daß Sie beide niemals wieder eine Vertrauensstellung bekommen. Sie können jetzt gehen.«

»Ich hoffe«, sagte Mr. Bumble, der sich höchst zerknirscht

umsah, während Mr. Grimwig mit den beiden alten Weibern verschwand, »ich hoffe doch, daß dieser unglückselige kleine Zwischenfall mich nicht meines Amtes in der Gemeinde beraubt?«

»Das wird er allerdings«, antwortete Mr. Brownlow. »Sie können sich schon mit dem Gedanken vertraut machen und im übrigen noch froh sein, wenn es so abgeht.«

»An allem war nur Mrs. Bumble schuld. Sie *wollte* es ja durchaus«, beteuerte Mr. Bumble, nachdem er sich vorher umgesehen hatte, um sich zu vergewissern, daß seine Gattin das Zimmer verlassen hatte.

»Das ist für Sie keine Entschuldigung«, entgegnete Mr. Brownlow. »Sie waren bei der Vernichtung dieser Schmuckstücke zugegen und sind dem Gesetz nach der Schuldigere von beiden, denn das Gesetz nimmt an, daß Ihre Frau unter Ihrem Einfluß handelt.«

»Wenn das Gesetz das annimmt«, erklärte Mr. Bumble und preßte seinen Hut mit beiden Händen heftig zusammen, »so ist es ein Esel – ein Idiot. Wenn das die Gesichtspunkte des Gesetzes sind, dann ist es ein Junggeselle; und das Schlimmste, was ich ihm wünsche, ist, daß ihm die Augen durch eigene Erfahrung geöffnet werden – durch eigene Erfahrung.«

Mr. Bumble legte großen Nachdruck auf diese Worte, setzte seinen Hut ganz fest auf, steckte die Hände in die Hosentaschen und folgte seiner besseren Hälfte die Treppe hinunter.

»Junges Fräulein«, sagte Mr. Brownlow und wandte sich an Rose, »reichen Sie mir Ihre Hand. Zittern Sie nicht. Sie brauchen die wenigen Worte, die noch zu sagen sind, nicht zu fürchten.«

»Wenn sie – ich weiß nicht wie –, aber wenn sie irgend etwas mit mir zu tun haben, dann lassen Sie mich das bitte ein andermal hören. Ich habe jetzt nicht die Kraft und den Sinn dafür.«

»Aber nicht doch!« erwiderte der alte Herr und faßte sie unter. »Ich bin sicher, Sie haben noch weit mehr Kraft. Kennen Sie diese junge Dame, Sir?«
»Ja«, antwortete Monks.
»Ich habe Sie nie zuvor gesehen«, sagte Rose leise.
»Aber ich habe Sie oft gesehen«, entgegnete Monks.
»Der Vater der unglücklichen Agnes hatte *zwei* Töchter«, fuhr Mr. Brownlow fort. »Was wurde aus der anderen – dem Kinde?«
»Als ihr Vater an einem fremden Ort unter angenommenem Namen starb, ohne einen Brief, ein Buch oder auch nur ein Stück Papier zu hinterlassen, das den gerinsten Hinweis zur Auffindung seiner Freunde oder Verandten enthalten hätte«, erwiderte Monks, »da wurde das Kind von armen Landleuten aufgenommen, die es als ihr eigenes großzogen.«
»Weiter«, sagte Mr. Brownlow und gab Mrs. Maylie ein Zeichen, näher zu kommen. »Weiter!«
»Sie konnten den Ort nicht finden, an den sich diese Leute verzogen hatten«, fuhr Monks fort, »aber wo die Freundschaft versagt, findet der Haß oft seinen Weg. Meine Mutter fand den Ort, nachdem sie ein Jahr lang mit Klugheit und Geschick danach geforscht hatte – ja, und sie fand auch das Kind.«
»Und nahm es mit sich, nicht wahr?«
»Nein. Die Leute waren arm und wurden – zumindest der Mann – ihrer edlen Menschenfreundlichkeit müde; also ließ sie ihnen das Kind, gab ihnen ein kleines Geldgeschenk, das nicht lange reichen konnte, und versprach mehr, das sie nie zu schicken beabsichtigte. Sie verließ sich jedoch nicht nur auf die Notlage und die Unzufriedenheit der Leute, um das Kind unglücklich zu machen, sondern erzählte mit Änderungen, wie sie ihr passend erschienen, die Geschichte von der Schande der Schwester; sie empfahl den Leuten, gut auf das Kind achtzugeben, da es von schlechter Herkunft sei, und erzählte ihnen auch, daß es unehelich geboren wäre und

sicher eines Tages auf Abwege geraten würde. Die Umstände begünstigten dies alles, die Leute glaubten es – und so fristete das Kind ein solch elendes Leben, daß es selbst uns genügte, bis eine verwitwete Dame, die zu jener Zeit in Chester lebte, das Kind zufällig sah, Mitleid mit ihm empfand und es mit sich nahm. Ich glaube, es muß irgendein verdammter Zauber gegen uns gewesen sein, denn trotz all unserer Bemühungen blieb das Mädchen dort und war glücklich. Ich habe sie vor zwei oder drei Jahren aus den Augen verloren und sah sie erst vor einigen Monaten wieder.«

»Sehen Sie sie jetzt?«

»Ja. Sie lehnt an Ihrem Arm.«

»Aber sie ist dennoch meine Nichte«, rief Mrs. Maylie, die das ohnmächtig werdende Mädchen in ihre Arme schloß; »sie ist deshalb nicht minder mein liebstes Kind. Ich möchte sie jetzt nicht um alle Schätze der Welt verlieren. Meine sanfte Gefährtin, mein eigenes, liebes Kind!«

»Die einzige Freundin, die ich jemals hatte«, rief Rose aus und klammerte sich an sie; »die liebste und beste aller Freundinnen. Es wird mir das Herz brechen. Ich kann all das nicht ertragen.«

»Du hast mehr ertragen und bist bei alledem das beste und sanfteste Geschöpf gewesen, das jemals in seiner gesamten Umwelt Glück verbreitet hat«, sagte Mrs. Maylie und umarmte sie zärtlich. »Komm, komm, mein Liebling, denke daran, wer darauf wartet, dich in seine Arme zu schließen, du armes Kind! Schau her – sieh doch, sieh doch nur, mein Liebstes!«

»Nicht Tante«, rief Oliver und schlang seine Arme um ihren Hals, »ich will sie niemals Tante nennen; Schwester, meine eigene liebe Schwester! Vom ersten Augenblick an gab es etwas, das mein Herz lehrte, dich so innig zu lieben! Rose, liebste, liebste Rose!«

Mögen die Tränen, die nun flossen und die kaum verständlichen Worte, die in der langen, innigen Umarmung zwischen den beiden Waisen gewechselt wurden, uns heilig sein. Ein Vater, eine Schwester und eine Mutter wurden in diesem einen Augenblick gewonnen und verloren. Freude und Tränen waren in dem Becher gemischt, aber es gab keine bitteren Tränen – denn selbst die Trauer war so gemildert und in solch süße und zärtliche Erinnerungen gehüllt, daß sie zu heiliger Wonne wurde und jeglichen Schmerz verlor.

Eine lange, lange Zeit waren sie allein. Endlich verkündete ein leises Pochen an der Tür, daß jemand draußen wartete. Oliver öffnete, schlüpfte beiseite und ließ Harry Maylie eintreten.

»Ich weiß alles«, sagte er und setzte sich neben das liebliche Mädchen. »Ich weiß alles, liebe Rose.«

»Ich bin nicht zufällig hier«, fügte er nach längerem Schweigen hinzu, »und ich habe alles das nicht erst heute abend gehört, sondern ich weiß es seit gestern – erst seit gestern. Erraten Sie, daß ich gekommen bin, um Sie an ein Versprechen zu erinnern?«

»Halt«, sagte Rose, »Sie wissen wirklich alles?«

»Ja. Sie haben mir erlaubt, innerhalb eines Jahres zu beliebiger Zeit das Thema unseres letzten Gesprächs wieder aufzugreifen.«

»Ja, das habe ich.«

»Und zwar nicht, um Sie zu einer Änderung Ihres Entschlusses zu drängen, sondern nur, um ihn nochmals von Ihnen zu hören, wenn dies Ihr Wille wäre. Ich wollte Ihnen, was ich an Stellung und Vermögen besäße, zu Füßen legen, und wenn Sie dann noch auf Ihrer früheren Entscheidung beharrten, so gelobte ich, weder mit Worten noch mit Taten den Versuch einer Umstimmung zu machen.«

»Die gleichen Gründe, die mich damals bestimmten, werden es auch jetzt noch tun«, antwortete Rose fest. »Wenn ich jemals derjenigen, deren Güte mich aus einem Leben voller

Mangel und Leiden errettete, strenge und gewissenhafte Pflichterfüllung schuldete – wann wohl sollte ich das deutlicher empfinden, als gerade heute abend? Es ist ein Kampf«, fuhr Rose fort, »aber ich bin stolz darauf, ihn zu bestehen. Es ist ein Schmerz – aber mein Herz wird ihn zu ertragen wissen.«

»Die Enthüllungen von heute abend . . .«, begann Harry von neuem.

»Die Enthüllungen von heute abend«, erwiderte Rose sanft, »lassen mich, was Sie betrifft, in derselben Lage, in der ich mich vorher befand.«

»Sie verhärten Ihr Herz gegen mich, Rose«, erwiderte er drängend.

»Ach Harry, Harry«, antwortete ihm das junge Mädchen und brach in Tränen aus, »ich wünschte, ich könnte es – und könnte mir damit diese Schmerzen ersparen.«

»Aber warum bereiten Sie sie sich selbst?« fragte Harry und ergriff ihre Hand. »Bedenken Sie doch, was Sie heute abend gehört haben.«

»Was habe ich denn gehört? Was denn?« rief Rose aus. »Daß das Gefühl seiner tiefen Schande meinen eigenen Vater derart bedrückte, daß er vor aller Welt floh – ach, wir haben genug gesprochen, Harry –, wir haben genug gesprochen.«

»Noch nicht, noch nicht«, erwiderte der junge Mann und hielt sie zurück, da sie sich erheben wollte. »Meine Hoffnungen und Wünsche, meine Aussichten und Empfindungen – jeder Gedanke in meinem Leben mit Ausnahme meiner Liebe zu Ihnen hat sich gewandelt. Ich biete Ihnen jetzt keine hervorgehobene Stellung in einer geschäftigen Gesellschaft; keine Verbindung mit einer Welt voll Bosheit und Verleumdung, wo man aus allen möglichen Gründen, nur nicht aus echter Scham und wirklichem Schuldgefühl errötet – ich biete Ihnen jetzt ein Heim – ja, liebste Rose, ein Herz und ein Heim; das, und nur das ist alles, was ich Ihnen zu bieten habe.«

»Was wollen Sie damit sagen?« stammelte sie.
»Weiter nichts als dies: Als ich Sie das letzte Mal verließ, ging ich mit der festen Absicht, alle eingebildeten Schranken zwischen Ihnen und mir niederzureißen; und mein Entschluß stand fest: Wenn schon meine Welt nicht die Ihre sein konnte, so wollte ich Ihre Welt zu der meinen machen. Kein Standesdünkel sollte über Sie die Nase rümpfen, denn ich würde mich von ihm abwenden. Und das habe ich auch getan. Jene, die sich deshalb von mir zurückzogen, haben sich auch von Ihnen zurückgezogen und Ihnen soweit recht gegeben. Die Machthaber und Gönner, die einflußreichen und hochgestellten Verwandten, die mir ehemals huldvoll zulächelten, sehen mich jetzt mit kühlen Blicken an – aber es gibt lachende Fluren und rauschende Bäume in Englands reichster Landschaft, und nahe bei einer Dorfkirche – der meinen, Rose, meiner eigenen! – steht ein Landhäuschen, auf das Sie mich stolzer, tausendmal stolzer machen können als alle Hoffnungen, denen ich entsagt habe. Das ist jetzt *mein* Rang und *meine* Stellung, und hier lege ich sie Ihnen zu Füßen!«

»Es ist eine Zumutung, wenn man mit dem Abendessen auf Liebesleute warten muß«, sagte Mr. Grimwig, als er aufwachte und sein Taschentuch vom Kopf zog.
Um die Wahrheit zu sagen: Das Abendessen hatte wirklich schon maßlos lange warten müssen. Weder Mrs. Maylie noch Harry oder Rose (die alle zugleich eintraten) konnten ein Wort zur Entschuldigung vorbringen.
»Ich hatte ernsthaft erwogen, heute abend meinen Kopf aufzuessen«, bemerkte Mr. Grimwig, »denn ich dachte schon, ich würde nichts anderes mehr zu essen bekommen. Wenn Sie gestatten, erlaube ich mir, die zukünftige Braut mit einem Kusse zu begrüßen.«
Mr. Grimwig verlor keine Zeit damit, diese Bemerkung bei dem errötenden Mädchen in die Tat umzusetzen; und da das

Beispiel ansteckend wirkt, so folgten ihm sowohl der Doktor als auch Mr. Brownlow. Gewisse Leute behaupten zwar, man habe beobachtet, wie Harry Maylie es als erster in einem dunklen Nebenzimmer getan habe, aber die besten Sachverständigen betrachten das als absolute Verleumdung – denn er war ja noch ein junger Mann und dazu ein Geistlicher.

»Oliver, mein Kind«, sagte Mrs. Maylie, »wo bist du gewesen, und warum siehst du so traurig aus? Du hast ja Tränen in den Augen. Was ist geschehen?«

Die Welt ist voller Enttäuschungen – und oftmals treffen sie jene Hoffnungen, die wir am innigsten hegen und die unserem Herzen am meisten zur Ehre gereichen.

Der arme Dick war tot!

ZWEIUNDFÜNFZIGSTES KAPITEL

Fagins letzte Nacht

Im Gerichtssaal drängten sich die Menschen Kopf an Kopf vom Boden bis zur Decke. Da war nicht ein Zollbreit Raum, wo man nicht spähenden und neugierigen Blicken begegnete. Vom Geländer vor der Anklagebank bis zum letzten Winkel auf der Galerie waren aller Augen auf einen Mann gerichtet – auf Fagin. Vor und hinter ihm, über und unter ihm, zur Rechten und zur Linken – er schien von einem ganzen Firmament funkelnder Augen umgeben zu sein.

In all diesem Schimmer lebendigen Lichtes stand er da; eine Hand hatte er auf das hölzerne Klappbrett vor ihm gestützt, die andere hielt er an sein Ohr und beugte den Kopf weit nach vorn, um möglichst deutlich jedes Wort des amtierenden Richters zu verstehen, der den Geschworenen die Anklage vortrug. Von Zeit zu Zeit sah er diese scharf an, um den Eindruck jedes Wortes zu beobachten, das auch nur im geringsten zu seinen Gunsten sprach; und als die Anklagepunkte gegen ihn mit furchtbarer Klarheit festgestellt worden waren, sah er mit stummer Aufforderung zu seinem Verteidiger hin, als erwartete er, daß dieser noch etwas für ihn Günstiges vorbrächte. Abgesehen von diesen Anzeichen der Angst regte er weder Hand noch Fuß. Seit Beginn der Verhandlung hatte er sich kaum bewegt, und als nun der Richter zu sprechen aufhörte, verharrte er weiter in derselben Haltung gespanntester Aufmerksamkeit und hielt seinen Blick auf diesen gerichtet, als hörte er ihm immer noch zu.

Eine leise Unruhe im Gerichtssaal brachte ihn wieder zu sich. Er sah sich um und bemerkte, daß die Geschworenen zusammengetreten waren, um über ihren Spruch zu beraten. Als er seine Blicke nach der Galerie hin wandern ließ, konnte er erkennen, wie die Leute die Hälse reckten, um sein Gesicht zu sehen; einige nahmen rasch die Ferngläser vor die Augen, andere flüsterten mit dem Ausdruck des Abscheus ihren Nachbarn etwas zu. Einige wenige schienen sich nicht um ihn zu kümmern, sondern blickten nur mit ungeduldiger Verwunderung auf die Geschworenen, warum diese wohl noch zögerten. In keinem der Gesichter jedoch – selbst nicht in denen der zahlreich anwesenden Frauen – konnte er die leiseste Sympathie für sich oder irgendein anderes Gefühl lesen als das alles überströmende Verlangen, ihn verurteilt zu sehen.

Während er alles das mit einem einzigen bestürzten Blick wahrnahm, trat abermals Totenstille ein, und als er sich umsah, bemerkte er, daß die Geschworenen sich dem Richter zugewendet hatten. Stille!

Sie ersuchten lediglich um die Erlaubnis, sich zurückziehen zu dürfen.

Als sie hinausgingen, blickte er einem nach dem anderen ins Gesicht, als wollte er sehen, wozu die Stimmung der Mehrheit neigte – aber das war nutzlos. Der Wärter berührte seine Schulter. Mechanisch folgte er ihm zum Ende der Anklagebank und setzte sich dort auf einen Stuhl. Der Wärter hatte ihn darauf hingewiesen, sonst hätte er ihn wohl gar nicht gesehen.

Abermals sah er nach oben zur Galerie. Einige Leute aßen, andere fächelten sich mit Taschentüchern Kühlung zu, denn es war sehr heiß in dem dichtgefüllten Raume. Ein junger Mann zeichnete sein Gesicht in ein kleines Notizbuch. Fagin überlegte, ob es ihm wohl ähnlich würde, und sah wie jeder andere müßige Betrachter zu, als der Künstler seinen Bleistift abbrach und ihn mit seinem Taschenmesser neu anspitzte.

Als er dann seine Blicke dem Richter zuwandte, begannen seine Gedanken sich gleicherweise mit dem Schnitt von dessen Amtsrock zu beschäftigen, er fragte sich, was dieser wohl kostete und wie der Richter ihn anzöge. Am Richtertisch saß außerdem ein dicker alter Herr, der vor etwa einer halben Stunde hinausgegangen war und nun zurückkam. Fagin dachte im stillen darüber nach, ob dieser Mann weggegangen wäre, um sein Mittagessen einzunehmen, was und wo er wohl gegessen hätte; und er hing diesen sorglosen Gedanken solange nach, bis ein anderer Gegenstand seinen Blick fesselte und einen neuen Gedanken weckte.

Dabei war er keineswegs nur einen Augenblick lang frei von dem bedrückend überwältigenden Gefühl, daß sich vor seinen Füßen das Grab öffnete – dieses Empfinden war ihm immer gegenwärtig, aber nur ganz unbestimmt und allgemein, und er konnte sich nicht darauf konzentrieren. So geschah es, daß er, während er zitterte und es ihn bei dem Gedanken an einen raschen Tod siedendheiß überlief, dennoch darauf verfiel, die eisernen Spitzen vor ihm zu zählen, daß er darüber nachdachte, wie es gekommen sei, daß eine davon abgebrochen war, und ob man diesen Schaden wohl ausbessern oder so belassen würde. Dann wieder dachte er an all die Schrecken des Galgens und des Schafotts – hielt inne, um einen Mann zu beobachten, der zwecks Kühlung

den Fußboden mit Wasser besprengte – und nahm dann seine Gedanken wieder auf.
Schließlich ertönte eine Aufforderung, Ruhe zu halten, und atemlos richteten sich die Blicke aller nach der Tür. Die Geschworenen kehrten zurück und gingen dicht an Fagin vorbei. Aus ihren Gesichtern konnte er nichts entnehmen; sie hätten ebensogut aus Stein sein können. Es wurde völlig still – kein Geräusch mehr – kein Atemzug – – Schuldig!
Das Gebäude erbebte von einem gewaltigen Jubelruf, ein zweiter und dritter folgten, und dann hallte es wider von einem lauten Getöse, das noch an Kraft zunahm, als es sich wie ein grollender Donner ausbreitete. Es war ein Freudenschrei derer, die draußen standen und damit die Nachricht begrüßten, daß der Jude am Montag sterben würde.
Der Lärm legte sich, und Fagin wurde nun gefragt, ob er etwas gegen die Vollstreckung des Todesurteils vorzubringen hätte. Er hatte wieder seine lauschende Haltung angenommen und blickte während dieser Frage scharf auf den, der sie stellte; aber sie mußte zweimal wiederholt werden, bevor er sie zu hören schien, und auch dann murmelte er nur, er sei ein alter Mann – ein alter Mann – ein alter Mann –, verfiel dabei immer mehr in ein Flüstern und schwieg schließlich wieder.
Der Richter setzte seine schwarze Kappe wieder auf, und noch immer stand der Gefangene in der gleichen Haltung und Gebärde da. Diese schreckliche Feierlichkeit veranlaßte eine Frau auf der Galerie zu einem Ausruf; daraufhin blickte Fagin rasch auf, als sei er ärgerlich über diese Unterbrechung, und beugte sich noch aufmerksamer nach vorn. Die Worte des Richters waren eindrucksvoll und feierlich, das Urteil furchtbar anzuhören. Fagin aber stand da wie eine Marmorstatue, ohne auch nur mit einem Muskel zu zucken. Sein hageres Gesicht war noch immer vorgeschoben, der Unterkiefer hing herunter, und seine Augen starrten geradeaus, als der Wärter ihm die Hand auf den Arm legte und ihm

einen Wink gab, hinauszugehen. Einen Augenblick lang blickte er stumpfsinnig um sich, dann gehorchte er.
Man führte ihn durch einen gepflasterten Raum unter dem Gerichtssaal, wo einige Gefangene darauf warteten, daß sie an die Reihe kämen, und andere mit ihren Freunden sprachen, die sich um ein Gitter drängten, das nach dem Hofe zu lag. Es war niemand da, der mit *ihm* hätte sprechen wollen; aber als er vorüberging, wichen die anderen Gefangenen zurück, damit die Leute ihn besser sehen konnten, die sich an die Gitterstäbe klammerten und ihn mit Schimpfworten, Schreien und Zischen empfingen. Er drohte mit der Faust und hätte sie wohl anspeien mögen, aber seine Wärter brachten ihn durch einen düsteren Gang, der nur von einigen trüben Lampen erleuchtet war, schnellstens in das Innere des Gefängnisses.
Hier wurde er durchsucht, ob er nicht etwas bei sich hätte, um dem Gesetz vorzugreifen, und als diese Formalität vorüber war, führten sie ihn in eine der Zellen für die zum Tode Verurteilten und ließen ihn dort – allein.
Er setzte sich gegenüber der Tür auf eine steinerne Bank, die als Sitz- und Schlafgelegenheit diente, starrte mit seinen blutunterlaufenen Augen zu Boden und versuchte, seine Gedanken zu sammeln. Nach einiger Zeit begann er, sich an einige unzusammenhängende Bruchstücke dessen zu erinnern, was der Richter gesagt hatte, obgleich es ihm dabei so vorgekommen war, als könnte er kein Wort verstehen. Allmählich kamen diese Bruchstücke in die rechte Ordnung, mit der Zeit verstand er mehr und mehr, und binnen kurzem war ihm das Ganze fast genauso gegenwärtig, wie es gesagt worden war. Am Halse aufgehängt zu werden, bis er tot wäre – das war der Schluß. Am Halse aufgehängt zu werden, bis er tot wäre . . .
Als es immer dunkler wurde, begann er an alle jene Menschen zu denken, die er gekannt hatte und die auf dem Schafott gestorben waren – einigen davon hatte er selbst

dazu verholfen. Sie stiegen in so rascher Folge vor ihm auf, daß er sie kaum zu zählen vermochte. Etliche von ihnen hatte er sterben sehen – und hatte sogar noch gespottet, weil sie mit einem Gebet auf den Lippen in den Tod gegangen waren. Wie hatte es gerasselt, wenn das Fallbrett des Galgens herunterklappte – und wie rasch waren sie aus gesunden, kräftigen Männern in baumelnde Kleiderbündel verwandelt worden!

Einige von ihnen hatten vielleicht in derselben Zelle gesteckt – und auf derselben Stelle gesessen. Es war sehr dunkel – warum brachte man kein Licht? Die Zelle war für viele Jahre gebaut worden. Dutzende von Menschen mußten darin schon ihre letzten Stunden verbracht haben. Es war, als säße man in einem mit Leichen angefüllten Gewölbe – die Hinrichtungskappe – die Schlinge, die gefesselten Arme, die Gesichter, die er selbst unter diesem furchtbaren Schleier noch erkannte – Licht! Licht!

Schließlich, als seine Hände schon vom Schlagen gegen die schwere Tür und die Wände ganz wund waren, erschienen zwei Männer; der eine trug eine Kerze, die er in einen eisernen, an der Mauer angebrachten Leuchter steckte, der andere schleifte eine Matratze hinein, auf der er die Nacht verbringen wollte, denn der Gefangene sollte von nun an nicht mehr allein gelassen werden.

Dann kam die Nacht – die finstere, grauenhafte, schweigende Nacht. Andere Wachende freuen sich, wenn sie die Uhren von den Kirchtürmen schlagen hören, denn sie künden von Leben und nahendem Tag. Ihm, Fagin, jedoch brachten sie nur Verzweiflung. Mit jedem Schlag der erzenen Glocken klang es dumpf und hohl: Tod! Was nützen ihm der Lärm und die Geschäftigkeit des heiteren Morgens, die sogar bis hierher zu ihm drangen? Es war nur eine andere Art von Totengeläut, zu dessen Mahnung sich auch noch Hohn gesellte.

Der Tag verging. Tag? Es gab keinen Tag – er war vorüber,

kaum, daß er gekommen war – und wieder brach die Nacht herein – eine Nacht, so lang und doch so kurz; lang in ihrer furchtbaren Stille und kurz im Zuge ihrer fliehenden Stunden. Einmal raste er und lästerte Gott, dann wieder heulte er und raufte sich die Haare. Ehrenwerte Männer seines Glaubens waren gekommen, um an seiner Seite zu beten, er aber hatte sie mit Flüchen hinausgetrieben. Als sie ihre hilfreichen Bemühungen wiederholten, schlug er nach ihnen.
Sonnabend Nacht. Nur eine Nacht noch hatte er zu leben. Und als er daran dachte, brach auch schon der Tag an – Sonntag!
Erst am Abend dieses letzten, schrecklichen Tages kam das vernichtende Bewußtsein seiner hilflosen, verzweifelten Lage mit voller Wucht über seine verderbte Seele: Nicht, daß er jemals eine bestimmte Hoffnung auf Gnade gehegt hätte – er hatte nur niemals vermocht, die Möglichkeit eines so nahen Todes anders als in unklaren Vorstellungen zu sehen. Er hatte wenig mit den beiden Männern gesprochen, die sich in seiner Bewachung abwechselten, und sie hatten sich ihrerseits nicht bemüht, seine Aufmerksamkeit zu erregen. Wachend und doch träumend hatte er dagesessen. Jetzt fuhr er aller Augenblicke auf und raste mit keuchendem Munde und wie im Fieber glühend in solch schrecklichen Anfällen von Angst und Wut hin und her, daß selbst jene – die an dergleichen Anblicke gewöhnt waren – entsetzt vor ihm zurückwichen. Schließlich wurde er in all den Qualen seines bösen Gewissens so fürchterlich, daß ein einzelner es nicht mehr ertragen konnte, dabeizusitzen und dies alles mit anzusehen; deshalb hielten die beiden Wärter nun gemeinsam bei ihm Wache.
Er kauerte sich auf sein steinernes Lager nieder und dachte über die Vergangenheit nach. Am Tage seiner Gefangennahme war er durch etliche Wurfgeschosse aus der Menschenmenge verwundet worden, und sein Kopf war deshalb mit einem Leinentuch verbunden. Sein rotes Haar hing ihm in

sein blutleeres Gesicht, sein Bart war zerrauft und in Knoten gedreht; in seinen Augen glühte ein furchtbares Feuer, und seine ungewaschene Haut sprang auf von der Fieberhitze, die ihn verzehrte. Acht – neun – zehn! Wenn es nicht ein Blendwerk war, um ihn zu narren, und es wirklich Stunden waren, die einander da so auf den Fersen folgten – wo würde er dann wohl sein, wenn sie wiederkehrten? Elf! Wieder ein Stundenschlag, ehe noch der Klang des vorigen vollends verklungen war. Um acht würde er der einzige Leidtragende in seinem eigenen Trauerzug sein; und um elf . . .

Niemals zuvor hatten die Mauern von Newgate, die so viel Elend und so unsagbare Angst nicht nur vor den Augen, sondern nur allzuoft und allzulange auch vor den Gedanken der Menschen verborgen haben, ein solch gräßliches Schauspiel wie dieses umschlossen. Die wenigen Menschen, die im Vorübergehen den Schritt verhielten und darüber nachdachten, was wohl der Mann täte, der morgen gehängt werden sollte, hätten in dieser Nacht schlecht geschlafen, wenn sie ihn hätten sehen können.

Vom frühen Abend bis fast um Mitternacht erschienen kleine Gruppen von zwei bis drei Leuten am Gefängnistor und erkundigten sich mit besorgten Mienen, ob etwa eine Begnadigung eingetroffen wäre. Als ihnen dies verneint wurde, teilten sie diese willkommene Nachricht den versammelten Menschen auf der Straße mit. Diese zeigten einander das Tor, aus dem der Verurteilte kommen mußte, und die Stelle, wo das Schafott errichtet würde; nur unwillig entfernten sie sich, und blickten dabei noch einmal zurück, um sich den Schauplatz des Geschehens recht zu vergegenwärtigen. Allmählich entfernte sich einer nach dem anderen, und eine Stunde lang blieb die Straße in der Stille der Nacht einsam und dunkel.

Der Platz vor dem Gefängnis war abgesperrt, und einige feste, schwarz angestrichene Schranken waren bereits über die Straße gezogen worden, um den Ansturm der erwarteten

Menschenmenge abzuhalten, als Mr. Brownlow mit Oliver an der Pforte erschien und einen Erlaubnisschein zum Besuch des Gefangenen vorwies, den einer der Sheriffs[1] unterschrieben hatte. Sogleich wurden sie in das Pförtnerhäuschen eingelassen.

»Soll der junge Herr auch mitkommen?« fragte der Mann, dessen Aufgabe es war, sie zu führen. »Es ist kein Anblick für Kinder, Sir.«

»Wahrlich, das ist es nicht, mein Freund«, erwiderte Mr. Brownlow, »aber was ich mit dem Manne zu schaffen habe, ist eng mit diesem Knaben verbunden. Und da er ihn auf der Höhe seiner Schurkerei und seiner Erfolge gekannt hat, halte ich es für richtig, daß er ihn auch jetzt sieht – selbst dann, wenn es mit etwas Schmerz und Angst geschieht.«

Diese wenigen Worte waren etwas abseits gewechselt worden, so daß Oliver nichts davon gehört hatte. Der Wärter legte die Hand an die Mütze und betrachtete Oliver mit einiger Neugier; dann öffnete er ein anderes Tor gegenüber von dem, durch das sie hereingekommen waren, und führte sie durch dunkle und gewundene Gänge zu den Zellen.

»Dies hier«, sagte er und blieb in einem düsteren Durchgang stehen, wo einige Arbeiter in tiefem Schweigen irgendwelche Vorbereitungen trafen, »dies hier ist die Stelle, wo er vorbeikommt. Wenn Sie hier entlanggehen, können Sie die Tür sehen, durch die er hinaus muß.«

Er führte sie in eine mit Steinen ausgemauerte Küche, in der sich kupferne Kessel zur Bereitung des Essens für die Gefangenen befanden, und zeigte auf eine Tür. Über dieser war ein offenes Gitter, durch welches der Klang von Männerstimmen und das Geräusch von Hammerschlägen und fallenden Brettern zu hören waren. Man war mit dem Aufschlagen des Schafotts beschäftigt.

Von hier aus kamen sie durch etliche feste Gittertore, die

1 In England der oberste Beamte einer Grafschaft.

von anderen Schließern von innen her geöffnet wurden, in einen offenen Hof; sie stiegen dann eine enge Stiege hinauf und gelangten so in einen Gang, auf dessen linker Seite sich eine Reihe schwerer Türen befand. Der Schließer bedeutete ihnen, stehenzubleiben und klopfte mit dem Schlüsselbund an eine dieser Türen. Nach kurzem Geflüster kamen die beiden Wärter auf den Gang heraus, streckten sich, als wären sie froh über die vorübergehende Erleichterung, und winkten den Besuchern, sie sollten dem Schließer in die Zelle folgen. Das taten sie.

Der verurteilte Verbrecher saß auf seinem Lager und wiegte sich hin und her, wobei sein Gesicht mehr dem eines eingesperrten Tieres als einem Menschenantlitz ähnelte. Seine Gedanken waren offensichtlich mit seinem früheren Leben beschäftigt, denn während er die Anwesenheit der beiden Besucher anscheinend nur als einen Teil seiner Wahnvorstellungen wahrnahm, fuhr er fort, undeutlich vor sich hin zu sprechen: »Guter Junge, Charley – brav gemacht«, murmelte er. »Oliver auch, hahaha! Oliver auch – ein richtiger Herr jetzt – ein richtiger – – bringt den Jungen weg ins Bett!«

Der Schließer ergriff Olivers freie Hand, flüsterte ihm zu, er solle sich nicht erschrecken, und sah weiter schweigend zu.

»Bringt ihn weg, ins Bett!« schrie Fagin. »Hört mich denn keiner von euch? Er war doch irgendwie die – die Ursache von allem. Das ist schon das Geld wert, ihn dazu großzuziehen – Bolters Kehle, Bill; kümmere dich nicht um das Mädchen – Bolters Kehle, so tief du nur schneiden kannst. Säg ihm den Kopf ab!«

»Fagin!« sagte der Schließer.

»Das bin ich!« schrie der Jude und verfiel augenblicklich in die lauschende Haltung, die er bei seiner Verurteilung eingenommen hatte. »Ein alter Mann, Euer Gnaden; ein sehr alter, alter Mann!«

»Hier«, sagte der Schließer und legte ihm die Hand auf die Brust, um ihn niederzuhalten, »hier ist jemand, der Euch

sprechen will, vermutlich, um Euch einige Fragen zu stellen. Fagin, Fagin! Seid Ihr ein Mann?«

»Ich werde es nicht mehr lange sein«, antwortete er und blickte auf mit einem Gesicht, in dem außer Wut und Schrecken kein anderer menschlicher Ausdruck mehr zu lesen war. »Schlagt sie alle tot! Welches Recht haben sie, mich hinzuschlachten?«

Bei diesen Worten fiel sein Blick auf Oliver und Mr. Brownlow. Er verkroch sich in den hintersten Winkel seines Lagers und verlangte zu wissen, was sie hier wollten.
»Ruhig«, sagte der Schließer, der ihn noch immer niederhielt. »Sagen Sie ihm jetzt, was Sie von ihm wollen, Sir. Beeilen Sie sich bitte, denn je später es wird, desto schlimmer wird es mit ihm.«
»Sie haben einige Papiere«, sagte Mr. Brownlow und trat näher heran, »die Ihnen ein gewisser Monks der Sicherheit halber übergeben hat.«
»Das ist alles Lüge«, erwiderte Fagin. »Nicht eins habe ich, nicht ein einziges.«
»Um der Liebe Gottes willen«, ermahnte ihn Mr. Brownlow feierlich, »sprechen Sie jetzt, am Rande des Grabes, nicht so, sondern sagen Sie mir, wo sie sich befinden. Sie wissen, Sikes ist tot; Monks hat gestanden, und es besteht keine Hoffnung mehr, noch irgend etwas zu gewinnen. Wo sind die Papiere?«
»Oliver«, rief Fagin und winkte ihm, »komm her, hierher! Ich will dir's ins Ohr sagen.«
»Ich habe keine Angst«, sagte Oliver leise, als er Mr. Brownlows Hand losließ.
»Die Papiere«, flüsterte Fagin, indem er Oliver näher zu sich heranzog, »sind in einem Leinenbeutel in einem Loche kurz über dem Kamin in dem oberen Vorderzimmer. Ich möchte mit dir sprechen, mein Lieber – ich möchte mit dir sprechen.«
»Ja, ja!« antwortete Oliver. »Lassen Sie mich ein Gebet sprechen. Bitte! Lassen Sie mich beten. Knien Sie nieder und sprechen Sie nur ein einziges Gebet mit mir – und dann wollen wir bis zum Morgen miteinander reden.«
»Draußen, draußen«, erwiderte Fagin, schob den Jungen vor sich her zur Tür und blickte über seinen Kopf hinweg ins Leere. »Sag, ich hätte mich schlafen gelegt – dir wird man glauben. Du kannst mich hinausbringen, wenn du mich so mitnimmst. Nur zu, nur zu!«

»Oh, Gott! Vergib diesem Unglücklichen!« rief der Knabe und brach in Tränen aus.
»Recht so, recht so«, meinte Fagin, »das wird uns voranhelfen. Erst durch diese Tür. Kümmere dich nicht darum, wenn ich auf dem Wege am Galgen vorbei zittere und bebe, sondern eile weiter. Vorwärts, nur vorwärts!«
»Haben Sie ihn sonst weiter nichts zu fragen, Sir?« erkundigte sich der Schließer.
»Nein, nichts weiter«, entgegnete Mr. Brownlow.
»Wenn es eine Hoffnung gäbe, daß man ihm seine Lage zu Bewußtsein bringen könnte . . .«
»Dazu wird nichts imstande sein, Sir«, antwortete der Mann und schüttelte den Kopf. »Sie täten wohl besser, ihn zu verlassen.«
Die Tür der Zelle öffnete sich, und die Wärter kehrten zurück.
»Mach schnell, mach schnell«, rief Fagin. »Leise, aber nicht so langsam. Rascher, rascher!«
Die Männer packten ihn, hielten ihn fest und befreiten Oliver aus seinem Griff. Einen Augenblick lang kämpfte Fagin mit der Kraft der Verzweiflung, dann stieß er einen Schrei aus, der selbst diese festen Mauern durchdrang und in den Ohren seiner Besucher noch nachklang, bis sie den offenen Hof erreicht hatten.
Es dauerte noch einige Zeit, ehe sie das Gefängnis verließen. Oliver war nach dieser furchtbaren Szene fast ohnmächtig geworden und war so schwach, daß er länger als eine Stunde keine Kraft zum Gehen hatte.
Als sie wieder ins Freie kamen, dämmerte der Tag. Eine große Menschenmenge hatte sich bereits versammelt, die Fenster waren voller Menschen, die rauchten und Karten spielten, um sich die Zeit zu vertreiben. Die Menschen auf der Straße drängten unter Zank und Gelächter hin und her. Alles zeugte von Leben und Munterkeit – die einzige Ausnahme bildete eine düstere Gruppe von Gegenständen in-

mitten des Ganzen: das schwarze Gerüst, der Querbalken, der Strick und all die übrigen grausigen Werkzeuge des Todes.

DREIUNDFÜNFZIGSTES KAPITEL

Das letzte

Die Geschicke derer, die in dieser Erzählung eine Rolle spielten, neigen sich ihrem Ende zu. Das wenige, was ihrem Chronisten noch zu berichten übrigbleibt, läßt sich in kurzen und einfachen Worten sagen.

Ehe noch drei Monate vergangen waren, hatte Rose Fleming und Harry Maylie in der Dorfkirche, die künftig die Wirkungsstätte des jungen Geistlichen sein sollte, den Bund fürs Leben geschlossen; am gleichen Tage nahmen sie auch Besitz von ihrem neuen, glücklichen Heim.

Mrs. Maylie zog zu ihrem Sohn und ihrer Schwiegertochter, um für ihren geruhsamen Lebensabend das größte Glück zu genießen, das dem Alter und Verdienst beschieden sein kann: den Anblick des Glückes derer, denen die herzlichste Zuneigung und die zärtlichste Fürsorge eines redlichen Lebens unaufhörlich gewidmet waren.

Nach gründlichster Untersuchung stellte sich heraus, daß bei einer gleichen Teilung des Vermögensrestes, den Monks verwaltet hatte (und der sich weder in seinen Händen noch in denen seiner Mutter vermehrt hatte) für ihn und Oliver jeweils nur wenig mehr als dreitausend Pfund verbleiben würden. Nach den Bedingungen in seines Vaters Testament hätte Oliver Anspruch auf das Gesamtvermögen gehabt; aber Mr. Brownlow wollte dem älteren Sohn nicht die Möglichkeit nehmen, sein früheres lasterhaftes Leben zu ändern, eine ehrenhafte Laufbahn zu beginnen, und schlug deshalb diese Teilung vor, der sein junger Schützling freudig zustimmte.

Monks, der noch immer diesen angenommenen Namen trug, zog sich mit seinem Anteil in eine ferne Gegend der Neuen Welt zurück, wo er ihn bald durchbrachte und wiederum in seine alten Bahnen zurückfiel; nachdem er wegen erneuter Betrügereien eine lange Haft verbüßt hatte, erlag er einem Anfall seiner alten Krankheit und starb im Gefängnis. Ebenso fern von ihrer Heimat starben auch die hauptsächlichsten verbliebenen Mitglieder der Bande seines Freundes Fagin.

Mr. Brownlow nahm Oliver an Sohnes Statt an. Er bezog mit ihm und der alten Haushälterin eine Wohnung, die nur eine Meile von dem Pfarrhaus entfernt lag, in dem seine lieben Freunde lebten, erfüllte damit den einzigen noch vorhandenen Wunsch, den Oliver in seinem warmen und aufrichtigen Herzen hegte, und fügte so einen kleinen Kreis von Menschen zusammen, deren Lebensbedingungen einem ungetrübten Glück so nahekamen, wie es in dieser wechselhaften Welt überhaupt möglich sein kann.

Bald nach der Heirat des jungen Paares kehrte der ehrenwerte Doktor nach Chertsey zurück, wo er, der Gesellschaft seiner alten Freunde beraubt, bald unzufrieden geworden wäre, wenn sein Wesen ein solches Gefühl überhaupt hätte aufkommen lassen, und wo er sich gewiß zu einem völligen Griesgram entwickelt hätte, wenn er gewußt hätte, wie man das anstellt. Zwei oder drei Monate lang begnügte er sich mit der Feststellung, daß er fürchtete, die Luft bekäme ihm nicht mehr; dann fand er, daß der Ort für ihn tatsächlich nicht mehr das bedeutete, was er gewesen war, übergab seine Praxis seinem Assistenten, bezog ein Junggesellenhäuschen am Rande des Dorfes, in dem sein junger Freund Pfarrer war – – und erholte sich augenblicklich. Hier befaßte er sich mit Gartenbau, Pflanzenzucht, Fischerei, Tischlerarbeiten und mancherlei ähnlichen Beschäftigungen, die er alle mit dem ihm eigentümlichen Tatendrang ausübte. Inzwischen ist er in

der ganzen Nachbarschaft auf allen Gebieten als höchst gründlicher Fachmann anerkannt.
Ehe er sich zurückzog, hatte er eine feste Freundschaft mit Mr. Grimwig geschlossen, die dieser eigenwillige Herr herzlich erwiderte. Mr. Grimwig besucht daher auch den Doktor sehr häufig im Verlaufe des Jahres; bei allen solchen Gelegenheiten pflanzt, fischt und zimmert auch er mit großem Eifer, tut jedoch alles auf eine höchst eigentümliche und neuartige Weise und betont dabei immer mit seinem Lieblingsausspruch, daß seine Methode die richtige sei. An Sonntagen versäumt er es nie, dem jungen Geistlichen die Kritik seiner Predigt ins Gesicht zu sagen, später jedoch teilt er Mr. Losberne jedesmal streng vertraulich mit, daß er die Predigt ganz ausgezeichnet gefunden hätte, es aber nichtsdestoweniger für richtig hielte, das nicht zu sagen. Einer der Lieblingsscherze von Mr. Brownlow ist und bleibt es, Mr. Grimwig mit seiner früheren Prophezeiung betreffs Oliver zu necken und ihn an den Abend zu erinnern, an dem sie, während die Uhr zwischen beiden lag, auf ihn warteten; Mr. Grimwig natürlich beharrt darauf, daß er im wesentlichen Recht gehabt habe, und führt als Beweis an, daß Oliver ja letzten Endes *nicht zurückgekommen sei;* diese Feststellung entlockt ihm ein Lachen und vermehrt seine gute Laune.
Mr. Noah Claypole war, weil man ihn gegen Fagin als Zeugen hinzugezogen hatte, begnadigt worden; da er jedoch seinen Beruf nicht für den sichersten hielt, war er kurze Zeit in Verlegenheit, wie er sein Leben fristen sollte, ohne allzuviel arbeiten zu müssen. Nach einigem Überlegen wählte er die Tätigkeit des Denunzianten, die ihm ein auskömmliches Leben gewährleistet. Seine Methode besteht darin, daß er einmal in der Woche zur Zeit des Gottesdienstes in anständiger Kleidung mit Charlotte spazierengeht. Vor den Türen menschenfreundlicher Gastwirte fällt die Dame in Ohnmacht; ihr Begleiter läßt sich für drei Penny Branntwein geben, um sie wieder zu Bewußtsein zu bringen; am näch-

sten Tage erstattet er davon Anzeige und steckt die Hälfte der Buße ein.[1] Manchmal wird auch Mr. Claypole selbst ohnmächtig, das Ergebnis ist dann jedoch das gleiche.

Mr. und Mrs. Bumble, die ihre Stellung verloren, versanken mit der Zeit in große Armut und wurden schließlich Insassen desselben Armenhauses, in dem sie einstmals über andere geherrscht hatten. Mr. Bumble soll geäußert haben, diese Wendung und Erniedrigung habe ihm sogar den Sinn dafür genommen, die Trennung von seiner Frau mit Dankbarkeit zu empfinden.[2]

Was Mr. Giles und Brittles betrifft, so befinden sie sich noch immer auf ihren alten Posten, wenn auch der erstere kahl geworden und der letztere »Knabe« mittlerweile völlig ergraut ist. Sie schlafen im Pfarrhause, verteilen aber ihre Dienstleistungen so gleichmäßig auf dessen Bewohner, Oliver, Mr. Brownlow und Mr. Losberne, daß die Dorfbewohner bis zum heutigen Tage noch nicht herauszufinden vermochten, zu welchem Haushalt sie eigentlich gehören.

Master Charley Bates war durch Sikes' Verbrechen abgeschreckt worden und begann, sich darüber Gedanken zu machen, ob nicht letzten Endes ein ehrliches Leben am besten wäre. Als er zu dem Entschluß gekommen war, daß es damit bestimmt seine Richtigkeit hätte, wandte er seiner Vergangenheit den Rücken und nahm sich vor, in einem neuen Tätigkeitsfeld ein besseres Leben zu führen. Er hatte einige Zeit lang schwer zu kämpfen und viel zu leiden; da er jedoch ein zufriedenes Gemüt besaß und ein guter Zweck ihn leitete, so schaffte er es schließlich doch: nachdem er erst Landarbeiter und Fuhrknecht gewesen war, ist er jetzt der vergnügteste junge Viehzüchter in ganz Northamptonshire.

Nun aber beginnt die Hand, die all diese Worte nieder-

1 Während der Zeit des Gottesdienstes ist in England der Ausschank verboten.

2 In den englischen Armenhäusern sind Männer und Frauen streng getrennt.

schrieb, zu zittern, denn das Ende ihrer Aufgabe naht, und sie hätte gern den Faden der Ereignisse noch ein wenig länger ausgesponnen. Gern würde ich noch bei einigen von jenen verweilen, unter denen ich mich so lange bewegte, und an ihrem Glücke teilhaben, indem ich mich bemühte, es zu beschreiben. Ich möchte Rose Maylie in der ganzen Blüte und Anmut ihrer jungen Fraulichkeit zeichnen, wie sie auf ihrem von der Welt abgeschlossenen Lebenspfad ein sanftes und mildes Licht verbreitet, das allen, die um sie sind, bis ins Herz dringt; ich möchte sie als den lebendigen Mittelpunkt und die Freude der traulichen Kaminrunden wie der lebhaften sommerlichen Gesellschaften schildern, möchte ihr mittags durch die Schwüle der Felder folgen und dem leisen Klang ihrer süßen Stimme bei einem abendlichen Mondscheinspaziergang lauschen; ich möchte sie in all ihrer Mildtätigkeit und Güte außerhalb ihres Hauses und bei der lächelnden, unermüdlichen Verrichtung ihrer häuslichen Pflichten daheim beobachten; ich möchte darstellen, wie sie und das Kind ihrer verstorbenen Schwester glücklich sind in ihrer Liebe zueinander und wie sie ganze Stunden damit verbringen, der Freunde zu gedenken, die sie auf so traurige Weise verloren. Ich möchte noch einmal die fröhlichen kleinen Gesichter vor mir erstehen lassen, die sich um ihre Knie drängen, und ihrem vergnügten Geplapper lauschen; möchte mir die Töne jenes hellen Lachens ins Gedächtnis zurückrufen und die mitleidigen Tränen noch einmal heraufbeschwören, die in den sanften blauen Augen schimmerten. Dies und tausenderlei Blicke, Lächeln, Gedanken und Gespräche – wie gern möchte ich sie immer wieder schildern! Wie Mr. Brownlow Tag für Tag den Geist seines Adoptivsohnes mit neuem Wissen bereicherte; wie er ihm mehr und mehr zugetan wurde, da er sah, wie sich sein Wesen entwickelte und der in ihn gelegte Same sich seinem Wunsche gemäß entfaltete; wie er in dem Knaben immer neue Züge seines früheren Freundes wiederfand, die in seinem eigenen

Herzen alte, wehmütige und doch süße und beruhigende Erinnerungen weckten – wie die zwei vom Unglück geprüften Waisen sich dessen Lehren zu Herzen nahmen, anderen Mitleid erwiesen, einander herzlich liebten und Ihm, der sie beschützt und bewahrt hatte, ihren heißen Dank darbrachten – das alles sind Dinge, die zu berichten nicht not tut. Ich habe gesagt, daß sie wahrhaft glücklich waren – und ohne innige Liebe, ein menschenfreundliches Herz und Dankbarkeit gegen jenes Wesen, dessen Gebot Erbarmen und dessen höchste Eigenschaft die Liebe zu allem ist, was da atmet, kann wahres Glück niemals erreicht werden.

Im Altarraum der alten Dorfkirche steht eine weiße Marmortafel, die bisher nur den einen Namen »AGNES« trägt. Es ist kein Sarg in diesem Grabe, und viele, viele Jahre mögen vergehen, bis ein neuer Name hinzugefügt wird! Wenn aber die Geister der Abgeschiedenen jemals zur Erde zurückkehren, um Stellen zu besuchen, die durch die Liebe – die über das Grab hinausreichende Liebe – jener Menschen geweiht sind, die sie auf Erden kannten, so glaube ich, daß Agnes' Geist manchmal um diesen stillen Winkel schwebt. Ich glaube es trotz allem: denn dieser Winkel befindet sich in einer Kirche, und sie war ein schwaches und irrendes Menschenkind.

George Cruikshank

NACHWORT

»Oliver Twist« ist der zweite Roman, den Dickens verfaßte. Er schrieb ihn vom Herbst 1836 bis zum September 1838, hauptsächlich in seinem fünfundzwanzigsten Lebensjahr. Als er ihn entwarf und die erste Hälfte davon aufzeichnete, vollendete er zugleich »Die Nachgelassenen Papiere des Pickwick-Klubs«, die seinen Ruhm begründeten, und während er »Oliver Twist« zu Ende führte, arbeitete er schon seit sechs Monaten an seinem nächsten Werk »Leben und Abenteuer des Nicholas Nickleby«. »Die Abenteuer Oliver Twists« erschienen zuerst in Lieferungen in der Londoner Monatszeitschrift »Bentley's Miscellany« vom Februar 1837 bis zum März 1839, als dreibändige Buchausgabe unter dem Titel »Oliver Twist oder Der Weg des Gemeindeknaben« (»Oliver Twist; or the Parish Boy's Progress«) mit 24 Illustrationen von George Cruikshank im Oktober 1838. Der Roman hatte großen Erfolg – wenn auch nicht den Riesenerfolg der humoristischen »Pickwickier« oder nach ihm den der Geschichte des gedemütigten, doch am Ende siegreichen Nicholas Nickleby – und erlebte bereits 1841 die dritte Auflage. Der große Erzähler Dickens steht in »Oliver Twist« mit den bestimmenden Zügen seiner Kunst schon fertig vor uns.

Seine Grunderlebnisse fallen in seine frühe Jugend. Er stammt aus dem Mittelstande: sein Vater ist Marinezahlmeister in Portsmouth, dann in Chatham, später untergeordneter Zeitungsberichterstatter in London; seine strenge Mutter trägt die Last der Familie. Beiden, dazu der Großmutter väterlicherseits, wird Phantasie, Erzählgabe und schauspielerisches Talent nachgesagt. In dieser Familie wird Charles Dickens zu Portsea (einem heutigen Vorort von Portsmouth) am 7. Februar 1812 als zweites von acht Kindern geboren. Die Eltern übersiedeln mit dem Vierjährigen nach Chatham, von der Kanal- an die Nordseeküste, von der dem

Kinde biedere Seeleute und ein düsteres Gefangenenschiff im Gedächtnis bleiben. Hier, in der Kleinstadt, wo Dickens bis zu seinem zehnten Jahre lebt, entwickeln sich in dem kränklichen, in sich gekehrten Knaben die Lust und Schärfe der Beobachtung und, von angeborenem mimischem Talent und den Schauergeschichten eines Kindermädchens genährt, fast einseitig die Phantasie. Danach verschlingt er frühreif die Abenteuerromane des englischen 18. Jahrhunderts, die zeitlebens in ihm fortwirken sollen: vor allem die Romane Smolletts mit ihren köstlichen Käuzen und spannenden und possenhaften Geschehnissen, doch auch Fielding, Goldsmith, Defoe, dazu den »Don Quijote«, »Gil Blas«, »1001 Nacht« und Addisons sogenannte Moralische Wochenschriften »Spectator« und »Tatler« mit ihren frischen Alltagsskizzen und novellistischen Sittenbildern. Doch in seinem elften Jahre ist das Idyll zu Ende; die Wirklichkeit des Geldes greift in das Leben des Knaben ein: die Familie muß in ein ärmliches Londoner Viertel und schließlich, als der Vater 1825 aus dem Staatsdienst entlassen wird, ins Schuldgefängnis umziehen. Die geliebten Bücher beschlagnahmt der Gerichtsvollzieher, und der zwölfjährige Charles muß nun zum Unterhalt der Familie beitragen, indem er einige Monate lang in einer Schuhwichsefabrik die Krüge säubert und etikettiert. Diese Annäherung an die Ärmsten gab dem ichbezogen aufgewachsenen, empfindlichen Bürgerkind die Angst vor einer Deklassierung als zeitlebens nicht geheilte seelische Wunde ein. Daran ändert sich auch nichts, als der Vater seine Schulden abgearbeitet hat und Charles etwa anderthalb Jahre lang eine mäßige Kaufmannsschule mit ungebildeten, tyrannischen Lehrern besuchen kann – Dikkens' einziger regelmäßiger Schulbesuch, von dem wir wissen. Mit 14 Jahren muß er wieder Geld verdienen. Er beginnt als Bürojunge und Hilfsschreiber bei zweitklassigen Anwälten, lernt hier die verschiedenartigsten Menschen und Situationen kennen und faßt schon jetzt eine tiefe Verachtung für das geltende englische Recht. Daneben ruhen seine literarischen und mimischen Interessen nicht: hatte sich der Zwölfjährige in schlimmster Notzeit in humoristischen Charakterskizzen geübt, so gilt seine Vorliebe in diesen Jahren dem volkstümlichen Theater, besonders dem Melodrama, einer zwischen 1800 und 1830 in Bürgerkreisen beliebten Gattung aus der Feder heute vergessener Autoren, die in raschem Wechsel von grellen und rührseligen Situationen Handlungen der ernsten Oper, der Sensations- und Schauerliteratur auf die Bühne stellte, mit von Edelmut überfließenden Liebhabern, sanft zagenden Jungfrauen und dunklen Bösewichtern, mit Gefängnis- und Hinrichtungsszenen nebst plötzlicher Begnadigung oder Bekehrung, wobei die tragischen Partien durch Instrumentalmusik untermalt und die Stücke im ganzen durch Gesangseinlagen »gehoben« wurden. Unzweifelhaft haben – nach dem entscheidenden Eindruck der realistischen Gestalten in Smolletts und Fieldings Romanen – Melodrama, Lustspiel und Posse auf den volkstümlichen Geschmack, den Humor und die damals modische biedermeierliche Neigung zur Sentimentalität von Dickens eingewirkt und in manchen Gestalten, Handlungen und Szenen seiner Romane ihre Spuren hinterlassen. Zwischen dem vierzehnten und neunzehnten Lebensjahre reift in dem schwächlichen und verträumten Kinde dann allmählich der zielstrebige, willensstarke, instinktbegabte Jüngling heran, der sich einer bestimmten Wirklichkeit gegenübersieht, die es für ihn zu überwinden gilt. Er arbeitet entschlossen an seiner Weiterbildung, lernt Stenographie und liest abends im Lesesaal des Britischen Museums. Eine Zeitlang ist er für die Londoner Presse als Gerichtsreporter tätig, dann, neunzehnjährig, gelingt es ihm, als Parlamentsberichterstatter anzukommen, zuletzt, seit 1835, beim radikalen »Morning Chronicle«, dem Hauptorgan der Whigs, dem Wegbereiter eines adlig-großbürgerlichen Liberalismus, dessen Forderungen: allgemeines Wahlrecht, allgemeine Volks-

bildung, Reform von Rechtsprechung und Verwaltung, dabei Einschränkung der Adelsvorrechte, im wesentlichen auch Dickens' Überzeugungen geblieben sind.
In seiner Tätigkeit als Parlamentsreporter seit 1831 sah sich der angehende Dichter mitten in die politischen Kämpfe seiner Zeit versetzt. Die Fabrikanten und die Arbeiterschaft, die mit der »industriellen Revolution« seit etwa 1760 Schritt um Schritt zugenommen hatten, drängten immer stärker nach Vertretung ihrer Interessen im Parlament, dessen Zusammensetzung seit der »Glorreichen Revolution« von 1688 die gleiche geblieben war, also nicht mehr dem wirklichen gesellschaftlichen Kräfteverhältnis entsprach. Fünfzehn Monate lang dauerten die Debatten im Parlament, dann rangen, unter dem Eindruck der Pariser Julirevolution von 1830 und des drohenden Bürgerkriegs im eigenen Lande, nach Arbeiteraufständen und Regierungswechsel, die mit den Fabrikanten verbündeten Abgeordneten der Whigs den Konservativen die Reformbill von 1832 ab. Damit wurden die Wahlmandate neu verteilt, und der höhere Mittelstand, dessen Hausbesitz jährlich mindestens 10 Pfund einbrachte, zog ins Unterhaus ein. Das Kleinbürgertum und die Arbeiterschaft dagegen, obwohl ihre Aktionen zum Sieg des Mittelstands beigetragen hatten, blieben gemäß den Lehren des Haupttheoretikers der Reformpartei, des nützlichkeitsfanatischen Rechtsphilosophen Jeremy Bentham (1748-1832), vom Wahlrecht ausgeschlossen. Dickens als Augenzeuge des parlamentarischen Treibens empfand dies, wenn auch vor allem für das Kleinbürgertum, als die größte Lücke der Reformbill.
Das Bestreben des Groß- und Mittelbürgertums, den errungenen Erfolg für sich zu behaupten, die unteren Klassen jedoch von den Vorteilen auszuschließen, drückt sich deutlich in der Gesetzgebung nach Erlaß der Reformbill aus, besonders in dem Neuen Armengesetz von 1834. Bis dahin bestimmte ein Gesetz aus dem Jahre 1601, daß die Gemein-

den für den nackten Lebensunterhalt jedes in ihr geborenen Armen zu sorgen hätten: dem Arbeitsfähigen mußte Arbeit zugewiesen, dem Arbeitsunfähigen Unterstützung gezahlt, Kindern bis zum sechsten Lebensjahr Beköstigungsgeld gewährt und danach eine Lehrstelle vermittelt werden. Dadurch war der Arme an seine Heimatgemeinde gebunden; denn zur Übersiedlung in eine andere Gemeinde brauchte er eine Bescheinigung der Heimatgemeinde, daß sie im Falle seiner Arbeitslosigkeit für ihn aufkomme, und zu deren Ausstellung war seine Gemeinde nicht verpflichtet. Mit der zunehmenden Abwanderung der ärmeren Landbevölkerung in die Fabrikstädte als Folge der raschen Entwicklung der Industrie wurde dies zu einem ernsten Problem. Seit dem Ende des 18. Jahrhunderts war man in großen Teilen Englands, besonders in den noch ländlichen, dazu übergegangen, den Lohn eines Arbeiters, wenn er nicht zum nackten Lebensunterhalt ausreichte, aus der Armensteuer, je nach Zahl seiner Kinder, zu ergänzen, statt seinen Lohn den steigenden Brotpreisen anzupassen. Die Folge war gewesen, daß die Großlandwirte und manche Industrielle ihren Arbeitern nicht mehr ihr Existenzminimum zahlten und die Differenz auf die Armensteuer abwälzten. Anfangs war diese Regelung von den Arbeitgebern begrüßt worden; denn sie konnten ihre Löhne senken, und bald wurden für sie Arbeiter, die keinen Zuschuß aus der Armensteuer erhielten, überhaupt unvorteilhafter, weil teurer. Doch diese von der Gemeinde aufzubringende Armensteuer nahm allmählich eine so beachtliche Höhe an, daß sie auch für die Grundbesitzer, besonders die Bauern, eine unerträgliche Belastung wurde. Dem wollte nun die Reformpartei nicht länger zusehen. Ihre Grundgedanken waren: An die Stelle des Unterstützungsempfängers dieses entwürdigenden alten Systems müsse der »freie«, sich selbst und seine Tätigkeit achtende Arbeiter des neuen Systems treten, jede Zuwendung außerhalb des Armenhauses müsse sofort aufhören, das Armenhaus aber für die Arbeitsfähigen statt einer Zuflucht ein echtes Arbeitshaus werden. Dabei vergaß man allerdings, angemessene Löhne für die »freien«, nun unterstützungslos gewordenen Arbeiter festzusetzen und den Tausenden von Arbeitslosen ein Dach über dem Kopf außerhalb des Arbeitshauses zu geben. Mit doktrinärer Härte machte man den Armen zu einer Art Verbrecher, den Aufenthalt im Armenhaus zur Hölle. Aus Raum- und Verwaltungsgründen wurden die Männer von ihren Frauen, diese von ihren Kindern getrennt. Auch durch Alter erwerbsunfähig Gewordene mußten jetzt im Armenhaus leben und sich die gleiche rücksichtslose Behandlung gefallen lassen. Drei vom Staat eingesetzte Armenkommissare, die »drei Tyrannen«, wie sie von den Armen genannt wurden, bestimmten die Richtlinien für die örtliche Armenpflege. Deren Durchführung war einem von den Gemeinden gewählten Armenpflegerausschuß anvertraut. Alles in allem war das Neue Armengesetz eine Regelung zugunsten der Besitzenden, die jetzt weit weniger Armensteuern aufzubringen brauchten, und so wurde es von Anfang an mit einer Flut von Schmähungen aufgenommen, von den Wortführern der Arbeiterschaft bis hin zu einzelnen Konservativen. Von den Protesten gegen seine Unmenschlichkeit lebt einer bis heute: es sind die Eingangskapitel von »Oliver Twist«.

Zunächst, seit 1833, war Dickens, als sich seine schriftstellerische Phantasie zu regen begann, in der politisch-literarischen Zeitschrift »Monthly Magazine« mit Skizzen hervorgetreten, die er 1836 sammelte und als »Skizzen von Boz« (Dickens' Schriftstellername auch für »Die Pickwickier« und »Oliver Twist«) herausgab. Diese »Skizzen«, für uns Heutige noch immer eine Quelle liebenswürdiger kulturgeschichtlicher Belehrung, wenn uns auch vieles daran als gezwungen oder vergangen vorkommt, geben ein Bild des biedermeierlichen London, gesehen mit den Augen eines Kleinbürgers und dargestellt mit der Liebe eines Humoristen oder dem

Spott eines verstehenden Satirikers. Noch sind es meist heitere Genreszenen oder literarisch anspruchslose Impressionen, doch zeigen sich schon allenthalben Ansätze von Dickens' späterer Kunst – so die ungemein zwingende Vergegenwärtigung des Äußeren von Menschen und Sachen, die Neigung, das soeben scharf gesehene Wirkliche ins Groteske oder auch Sentimentale hin zu steigern, seine Naturgabe leichter, frischer, von komischen Einfällen strotzender Phantasie –, und in Skizzen wie »Die Kriminalgerichtshöfe«, vor denen sich ein Dreizehnjähriger unverschämt verteidigt, finden sich bereits Vorformen von Personen aus »Oliver Twist«.

Ganz als Humorist zeigt sich Dickens in seinem nächsten Werk, den »Nachgelassenen Papieren des Pickwick-Klubs«, das in monatlichen Lieferungen von 1836 bis 1837 erschien. Ursprünglich hatte ihn ein Verlag um Begleittexte zu Sportkarikaturen gebeten, doch als der Zeichner schon nach der ersten Lieferung starb, riß Dickens die Führung an sich, und an die Stelle des Karikaturentextes trat etwas ganz anderes: ein eigener großer humoristischer Roman. Er besteht aus einer ergötzlichen Reihe locker aneinandergefügter komischer Abenteuer, zusammengehalten durch die Person Samuel Pickwicks, des jovialen, liebenswert weltfremden Junggesellen und ahnungslosen naturwissenschaftlichen Dilettanten, der sich mit dem Tölpel Winkle, dem Dichterling Snodgrass und dem verliebten Stutzer Tupman von London aus auf eine Studienreise durch England begibt. Das sechste Heft, in dem der pfiffige Diener Sam Weller als ein Sancho Pansa seinem Herrn Pickwick, dem biedermeierlichen Don Quijote, beigegeben wird, zeigt mit einem Schlage den großen Humoristen und begründet den beispiellosen Erfolg und die grenzenlose Beliebtheit, die Dickens von nun an zeitlebens treu bleiben sollten. Die Gründe dafür waren vor allem künstlerischer Natur. Hier hatte, so schien es, ein Mann aus dem Volke, von den gleichen Idealen erfüllt wie

seine bürgerlichen Leser, einen Roman von so starker Komik und mit so überzeugenden Gegenwartscharakteren geschaffen, wie ihn die englische Literatur bisher nicht besaß. Er gewann die kleinen Gewerbetreibenden, die sonst nie ein Buch lasen, für die Literatur und riß durch seinen Humor zugleich den höheren Mittelstand mit sich fort. Pickwick selbst war das ins Komische gewendete Ideal des mittleren englischen Bürgers von damals; daß er innerlich gar nicht glaubhaft, im wirklichen Leben unmöglich war, wird denen, die es bemerkten, als ein weiterer Vorzug erschienen sein; denn der größte Teil seiner Leser verlangte von der Kunst in erster Linie Erholung vom Alltag. Zum Erfolg des Romans trug ferner bei, daß die Gestalten, Milieus und Erlebnisse gar nicht so neu waren, wie es vielen Lesern vorkam, sondern all dies schon im 18. Jahrhundert Fielding, Smollett, Sterne und Goldsmith vorgeformt hatten. Und schließlich waren gerade in diesen Jahren die englischen Verleger dazu übergegangen, die Romane in monatlichen Lieferungen herauszubringen, denen die Buchausgabe meist erst nachfolgte; jetzt konnten die Leser jedes Heft einzeln kaufen und brauchten für den dreibändigen Roman – denn einen solchen forderten Publikum und Buchhändler noch für die ganze Schaffenszeit von Dickens – nicht den Gesamtbetrag auf einmal aufzuwenden.
Die Einnahmen des Dichters aus den »Pickwickiern« waren beträchtlich. So entschloß er sich, seine Anstellung als Parlamentsreporter aufzugeben und Schriftsteller von Beruf zu werden. Schon 1836 hatte er schnell entschlossen eine Tochter des bedeutenden Musikkritikers und -historikers George Hogarth geheiratet; es war keine Liebesheirat und wurde auch keine eigentlich glückliche Ehe. Nun, nach seinen schriftstellerischen Erfolgen, beginnt die Zeit, da sich der kaum mittelgroße, ungemein bewegliche junge Dichter lange kastanienbraune Locken wachsen läßt, sich mit übertriebener Eleganz kleidet und mit Juwelen schmückt. In dem etwas Theatralischen und Parvenühaften jedoch bleibt er der

allmählich zum Einkommen eines Großbürgers aufsteigende Sohn des einfachen Mittelstandes, und ein solcher will er auch sein. Die Gesellschaft des Adels behagt ihm nicht, und bald schafft er sich selbst seinen bürgerlichen Umgang. Damals gewinnt er seinen Lebensfreund und späteren Biographen in John Forster, zu dieser Zeit Mitarbeiter des »Examiner«, der gegen Adel, Königtum und Mißbräuche in der Justiz Stellung nahm und der Lage der ärmeren Klasse Beachtung schenkte. Politisch und allgemein weit gebildeter als Dickens, festigte er die Überzeugungen des Freundes und brachte ihn auch in Verbindung mit den Männern der zeitgenössischen Literatur. Etwas früher schon machte Dickens die Bekanntschaft des Romanschriftstellers William Harrison Ainsworth, der sich mit »Rookwood« (1834) zum Modeautor emporgeschwungen hatte. Beide einte für ein paar Jahre der jetzt auch in Dickens heranwachsende Sinn für die Welt des Verbrechens, ebenso aber der in Dickens schon vorhandene für groteske Komik und für die Rührszene. Der Held von »Rookwood«, der edle Dick Turpin, ist durch die Verhältnisse zum Verbrecher geworden, doch wird die spannende Handlung durch melodramatisch-sentimentale Effekte unterbrochen. Daneben kannte Dickens, der damals »Oliver Twist« ersann, natürlich auch Ainsworths Vorgänger im Verbrecherroman: William Godwin, in dessen »Caleb Williams« (1794) ein Sekretär wegen seiner Mitwisserschaft an einem Mord, den sein adliger Herr begangen hat, von diesem beinahe moralisch vernichtet wird; und Godwins Schüler Edward Bulwer-Lytton (uns fast nur noch aus seinen »Letzten Tagen von Pompeji« bekannt), der in seinem von Dikkens besonders genau gelesenen Roman »Paul Clifford« (1830) den Helden aus Mangel an Erziehung und durch den Einfluß schlechter Umgebung bis zum Straßenräuber hinabsinken, sich dann aber durch eine Liebe läutern und zu angesehener Stellung emporarbeiten läßt. Vor dem Hintergrund dieser und mancher anderer Romane müssen wir die Schilderung der Verbrecherwelt in »Oliver Twist« sehen.

Er läßt sie an Kraft der Suggestion, mit der diese Verbrecherwelt vergegenwärtigt ist, alle hinter sich. Auch in ihm sind zwar Einzelzüge aus früherer Literatur verwoben: Oliver – so scheint es wenigstens bis fast zum Schluß – ist unehelicher Geburt, genauso wie die Titelhelden von Fieldings »Tom Jones« (1749) und Smolletts »Humphry Clinker« (1771); beide kommen, wie er, durch menschenfreundliche Helfer aus dem Elend in die Höhe; Oliver wie Humphry Clinker sind im Armenhause aufgewachsen, Oliver wie Tom Jones werden von einem feindlichen Stiefbruder verfolgt. Aber all das ist für den eigentlichen Wert von »Oliver Twist« wenig entscheidend und tut der Gewalt seiner Grundvision keinen Abbruch.

Neuartig scheint, daß der Roman ein Kind zum Helden hat; doch ist dies nach Rousseaus, Lambs und Wordsworths Gleichberechtigungserklärung des Kindes literarisch schon vorbereitet. Außerdem fragt es sich, ob das Kind Oliver wirklich zum Helden des Romans geworden oder nicht vielmehr nur ein Handlungsträger geblieben ist, ohne den der ganze Roman zwar auseinanderfiele, hinter dem aber doch eine andre, weit größere Kraft: die Not, als Antrieb steht. Damit mag es zusammenhängen, daß Oliver ziemlich blaß und meistens passiv bleibt, ja manchmal nur noch ein Spielball zu sein scheint, um den die Unterwelt der Verbrecher gegen die Oberwelt der wohlsituierten Bürger kämpft. War aber nicht gerade dies blasse, unterdrückte Kind für die Leser, die noch an die romantischen Romane mit ihren ätherischen Frauen gewöhnt waren, ein besonderer Reiz? Jedenfalls hat Dickens nicht versucht, wirklichkeitsgetreu zu zeigen, welchen seelischen Gefahren das Kind in der Hölle des Armenhauses und in der Höhle der Verbrecher ausgesetzt ist. Vielmehr läßt er Oliver, um ihn seinen Lesern liebenswert und seiner späteren Stellung in der Gesellschaft würdig zu erhalten, im Kern unberührt (auch fast ohne Reifung) durch alle Gefahren hindurchgehen – eine lichte Gestalt auf finsterem Hintergrund, eine romantische Verklärung in einer entsetzlichen Wirklichkeit und zugleich die passive Figur, die er braucht, um die ziemlich verwickelte Handlung an ihr und für sie zum glücklichen Ende zu führen: der Dichter brauchte einen untadeligen Oliver für die Rolle, die er ihm zugedacht hatte, und als seine Gegenspieler echte Verbrecher.

Er mußte also die überlieferten edlen oder romantischen Verbrecher, wie sie seit John Gays Macheath, Schillers Karl Moor, Byrons Giaour, Scotts Rob Roy in der Literatur spukten, ganz hinter sich lassen. Selbst die viel alltäglicheren Verbrechergestalten Defoes und Fieldings oder die wirklichkeitsgetreuen kleineren Verbrecher bei Godwin, Bulwer, Ainsworth konnten ihm an überzeugender Kraft nicht genügen, wenn der finstere Hintergrund für »Oliver Twist« zwingend heraufbeschworen werden sollte. Nur von diesem Hintergrund aus und von dessen schreiendem Gegensatz zu dem wohlbewahrten Dasein der achtbaren Bürger her war in seinem Roman ein überzeugendes und wirkungsvolles Gesellschaftsbild möglich.

Schwerlich ist diese Sicht von Dickens *bewußt* gesucht worden. Er wollte nach den »Pickwickiern« seinen ersten *ernsten* Roman schreiben und ersann dafür eine wendungsreiche Handlung, die mit einem Geheimnis beginnt, das sich, wie in vielen früheren Romanen, gegen den Schluß hin Zug um Zug aufklärt und den Helden zum glücklichen Ende führt. Dieser Held sollte das Kind angesehener Eltern sein, das aber erst einen abenteuerlichen Weg zurücklegen mußte, bis es zu seinem bürgerlichen Ansehen und Vermögen gelangte. Bis dahin war das eine herkömmliche Handlung. Auf der Suche nach Erschütterungsfeldern zur Untermalung dieser Handlung scheint Dickens nun auf das Armenhaus und die Unterwelt gestoßen zu sein. Wie aktuell das Armenhaus drei Jahre nach dem Neuen Armengesetz von 1834 sein mußte, leuchtet ein. Zum Armenhaus fügt Dickens die Verbrecherwelt. Das große ist aber, daß er bei diesen beiden Formen der Unterwelt zur bürgerlichen Gesellschaft nicht auf einer mittleren Stufe stehenbleibt, wie sie der herkömmlichen Handlung entsprochen hätte, sondern daß er sich unter dem Einfluß der seelischen Wunde, die er als Kind empfing, von der Vision des unendlichen Elends dieser sozial Entrechteten überwältigen läßt und uns diese Vision in kraftvoller Darstellung zwingend vermittelt. Hier ist der Roman wahrhaft groß. Zu den Unterdrückten treten, ungemein suggestiv heraufbeschworen, die Unterdrücker: der Büttel, die Vorsteherin des Armenhauses, der Speisemeister, der Gemeindeausschuß mit dem Herrn in der weißen Weste, der Geistliche, dem es fast zuviel Mühe ist, einen Armen zu beerdigen, und später die selbstgerechten Polizeibeamten wie Mr. Fang und die mechanisch und mitleidlos aburteilenden Richter. Unterdrückte und Diener der Unterdrücker stehen also klar geschieden feindlich einander gegenüber. Wäre die Handlung von diesem Grundkonflikt ausgegangen, so hätte »Oliver Twist« seine künstlerische Geschlossenheit bewahrt. Doch die feindlichen Fronten setzen sich nicht gegeneinander in Bewegung, und die Handlung führt den Roman aus dem Grundkonflikt immer mehr in ein zufälliges Privatschicksal über: die gesellschaftliche Rehabilitierung Olivers, die uns nicht mit dem gleichen allgemeinen Interesse erfüllen kann wie die schauerliche Grundvision der ersten elf Kapitel.

Die Handlung ist die nicht gerade neue Geschichte von der Verführung eines jungen Mädchens, einem unehelichen Kind, einem abhanden gekommenen Testament, das es glaubhaft zu machen, und einem bösen Stiefbruder, den es auszuschalten gilt, wobei der in einigen Punkten etwas andere wirkliche Sachverhalt erst allmählich klar wird. Die Handlung beginnt mit dem Auftreten von Mr. Brownlow, einem Angehörigen des gehobenen Mittelstandes. Er und seine Freunde sind sympathische alte Herren, bleiben aber ohne sinnbildliche Bedeutung. Das wäre unerheblich, wenn sich nicht dadurch, daß Mr. Brownlow Oliver aufnimmt, der Gesichtspunkt völlig verschöbe: hatte Oliver bisher den Staat als Unterdrücker erlebt, gegen den man selbst um einen zweiten Teller Grütze kämpfen muß, so erscheint er jetzt als sein Diener, beflissen, ihm zu seinem ehrlichen Namen und Vermögen zu verhelfen. Dieser Wechsel des Gesichtspunktes ist der einheitlich starken Wirkung unseres Romans nicht günstig; er erhält von nun an etwas von dem lockeren Gefüge mancher Schelmenromane. Hinzu kommt, daß der wohlhabende Bürgerstand, in den der Held allmählich aufgenommen wird, bei weitem nicht so überzeugend dargestellt ist wie vorher die Unterwelt; dem von nun an herkömmlichen Handlungsablauf scheint auch eine herkömmliche Zeichnung des Milieus zu genügen. Oder kannte der junge Dickens diese Brownlow-Maylie-Welt noch nicht hinreichend? Jedenfalls wird uns hier nicht die entsprechende Gegenwelt zu Armenhaus und Verbrecherhöhle gezeigt, sondern nur eine zufällige, verharmloste, die allein auf Olivers private Glücksumstände Bezug hat. Wir werden dafür zwar durch so liebevoll modellierte Sonderlinge wie Brownlow entschädigt, aber können wir noch an so freundliche Gestalten glauben, nachdem wir ihren mitleidlosen Staat »von unten« gesehen haben? Sie können nicht als sinnbildliche Vertreter der damaligen englischen Besitzklasse gelten, sondern bleiben wohlersonnene Glieder der speziellen Oliver-Handlung.

Trotz dieser bürgerlichen Handlung verliert der Roman nicht an Plastik und Spannung. Nach den ersten elf in der Unterwelt spielenden Kapiteln sickert nämlich in den Kapiteln 12 bis 19 die bürgerliche Handlung in die Unterwelt ein: Oberwelt und Unterwelt müssen in Verbindung treten, denn nur in der Unterwelt sind die Beweise für Olivers

Abstammung zu finden. So hat Dickens Gelegenheit, in die Welt des Armenhauses zurückzukehren. Die Kapitel 19 bis 39 dagegen, in denen Oliver zum zweiten Male in der Bürgerwelt, diesmal bei den Maylies, erwacht und in denen der böse Stiefbruder Monks zuerst auftritt, werden von beiden Seiten vor allem für die private Oliver-Handlung verwendet. Während das Ehepaar Bumble, Monks und Fagin alles zu zerstören suchen, was zu Olivers Rehabilitierung dienen kann, sind Olivers Helfer eifrig am Werke, das Geheimnis um seine Abstammung vollends aufzuklären. In diesen Kapiteln sehen wir Dickens' hohes Erzählertalent an der Handlung weiterweben, doch sind diese Teile ohne das ergreifende Licht der Ausgangsvision.

Der Grundkonflikt des Romans: die Armen gegen den Bedrücker Staat, ist aber nicht ganz der Oliver-Handlung aufgeopfert. Die Kapitel 39 bis 46 bringen seinen Zusammenstoß mit der Handlung in Nancy und Jack Dawkins, dem Gannef. Dabei wird Nancy in die bürgerliche Handlung hineingezogen und geht der Unterwelt, deren sinnfälliger Ausdruck sie bis dahin gewesen war, als Heroine einer melodramatischen Szene verloren. Jack Dawkins dagegen steigt in seiner Verurteilungsszene zu seiner ganzen typischen Größe auf. Es ist das einzige Mal, daß ein Vertreter der Unterwelt dem Bedrückerstaat mutig seinen Hohn hinzuschleudern wagt. Die Gesellschaft hat aus ihm gemacht, was er ist; also will er ihr's in gleicher Münze zurückzahlen. Dieser frühreife, ironische Bursche, zählt zu Dickens' zwingendsten Gestalten. Er und Sikes übertreffen an Echtheit bei weitem alle früheren Verbrecher der Literatur.

In den Kapiteln 48 und 50 entfaltet Dickens dann eine atembeklemmende Spannung und entsetzenerregende Gewalt, als wäre die Unterwelt selbst in Bewegung geraten; da ist wieder die unvergeßliche Grundvision vom Anfang des Romans, jetzt noch dadurch verstärkt, daß die ärmlichen Bezirke des verfallenden London in die Handlung einzugreifen scheinen. Die Akteure der Unterwelt treten nach und nach von der Bühne ab, die ja nun schnell für die Guten frei gemacht werden muß. Fagins Ende ist allerdings nicht so überzeugend. Seine bis dahin zwingende Charakterzeichnung wird in letzter Stunde dadurch gemildert, daß er Oliver verrät, wo er die Papiere versteckt hat, die ihm Monks zur Aufbewahrung gab. Danach überläßt ihn der Roman seinem Schicksal: der Hinrichtung. Monks schließlich bleibt bis zuletzt eine Figurine der Handlung ohne überzeugendes Eigenleben. Er und sein Stiefbruder Oliver bilden die Verbindungspersonen zwischen Ober- und Unterwelt. Ihre Lebenskurven verlaufen jedoch entgegengesetzt: je mehr Oliver aufsteigt, um so tiefer sinkt Monks. Beide aber sind mehr Handlungsträger als aus sich lebende Gestalten und machen keinerlei Entwicklung durch. Wie Oliver mit nie abirrender Reinheit durch alle Lebenslagen hindurchgeht, so Monks mit nie abirrender Bosheit. Wir erfahren nicht, wodurch der eine gut, der andere schlecht ist. Nur um der bürgerlichen Handlung willen kommt Oliver fast unwillkürlich in die Höhe und sinkt Monks in die Tiefe. Es würde aber gegen Olivers vorgegebene Güte verstoßen, ließe er Monks zur Rechenschaft ziehen. So gibt er ihm freiwillig die Hälfte seines Vermögens, wie wenig Monks diese Großherzigkeit auch verdient, doch immerhin ist er sein Stiefbruder und Standesgenosse. Den Rest an Monks vollstrecken dann Laster und Krankheit.

Wenn wir »Oliver Twist« als Ganzes betrachten, ergibt sich also: Auf den eingangs zum Alpdruck verstärkten Grundkonflikt: den Kampf der Armen gegen den unmenschlichen Unterdrückerstaat, ist eine bürgerliche Handlung aufgesetzt, in der eine viel weniger tiefe Sicht der Wirklichkeit zum Ausdruck kommt. Diese zufällige, stark konstruierte Handlung hat die Entwicklung des Grundkonflikts zu einer sich aus ihm ergebenden Handlung verhindert. Sie lebt, um einigermaßen suggestiv zu bleiben, von Anleihen bei der

Anfangsvision; das ist für manche späteren Partien die künstlerische Rettung des Romans. Doch die Einheit des Standpunkts, von dem aus die gesellschaftliche Welt gesehen wird, ist mit der bürgerlich-zufälligen Handlung verlorengegangen. Es stehen sich nun aber auch nicht etwa zwei verschiedene Blickrichtungen auf die Gesellschaft: die »von unten« und die »von oben«, als gleichberechtigt gegenüber, sondern Dickens bekennt sich im Verlauf des Romans immer entschiedener zu der bürgerlichen Sicht; zum Schluß teilt er alle Gestalten nach Maßstäben der bürgerlichen Nützlichkeitsmoral in gute und böse ein. »Gute« sind alle, die Oliver zu seinem Recht verhelfen: sie müssen belohnt werden; »böse« alle, die Monks unterstützen: sie müssen von der Szene verschwinden. Damit opfert Dickens die Grundvision, mit der er damals wohl einzig dasteht, seiner Zeit auf. Er hätte wohl auch schwerlich mit einer aus dem Grundkonflikt entwickelten Handlung bei der bürgerlichen Leserschaft, die seit 1830 durch die Kämpfe um die Parlamentsreform das Bild des Bürgerkriegs und der Revolution als Schreckgespenst vor Augen hatte, auf Sympathien rechnen können.

Doch was an »Oliver Twist« bleibt und unvergeßlich weiterwirkt, ist trotz des Verkleidungsversuchs die erschütternde Vision der Entmenschlichung durch den Unterdrückerstaat, erwachsen aus einer sozialen Wunde, die Dickens als Kind empfing, aufgenommen von einer feurigen Seele, die über das Unrecht ergrimmt, das hier täglich an Tausenden wehr- und schuldloser Menschen verübt wurde, und gestaltet mit einer Kraft, die dieses Fresko des Elends und der Anmaßung in unserer Phantasie zu überwirklicher Größe erhebt.

Rudolf Marx

Romane, Erzählungen, Prosa

Hans Christian Andersen. Glückspeter
Mit Scherenschnitten von Alfred Thon. it 643

Bettina von Arnim. Bettina von Arnims Armenbuch
Herausgegeben von Werner Vordtriede. it 541
– Dies Buch gehört dem König
Herausgegeben von Ilse Staff. it 666
– Die Günderode
Mit einem Essay von Christa Wolf. it 702

Apuleius. Der goldene Esel
Mit Illustrationen von Max Klinger zu »Amor und Psyche«. Aus dem Lateinischen von August Rode. Mit einem Nachwort von Wilhelm Haupt. it 146

Jane Austen. Emma
Aus dem Englischen von Charlotte Gräfin von Klinckowstroem. it 511

Honoré de Balzac. Die Frau von dreißig Jahren
Deutsch von W. Blochwitz. it 460
– Das Mädchen mit den Goldaugen
Aus dem Französischen von Ernst Hardt. Vorwort Hugo von Hofmannsthal. Illustrationen Marcus Behmer. it 60

Joseph Bédier. Tristan und Isolde
Roman. Deutsch von Rudolf G. Binding. Mit Holzschnitten von 1484. it 387

Harriet Beecher-Stowe. Onkel Toms Hütte
In der Bearbeitung einer alten Übersetzung herausgegeben und mit einem Nachwort versehen von Wieland Herzfelde. Mit 27 Holzschnitten von George Cruikshank aus der englischen Ausgabe von 1852. it 272

Ambrose Bierce. Aus dem Wörterbuch des Teufels
Auswahl, Übersetzung und Nachwort von Dieter E. Zimmer. it 440
– Mein Lieblingsmord
Erzählungen. Aus dem Amerikanischen von G. Günther. it 39

Die Blümlein des heiligen Franziskus von Assisi
Aus dem Italienischen nach der Ausgabe der Tipografia Metastasio, Assisi 1901, von Rudolf G. Binding. Mit Initialen von Carl Weidemeyer. it 48

Romane, Erzählungen, Prosa

Blumenschatten hinter dem Vorhang. Von Ting Yao Kang. Aus dem Chinesischen übertragen und mit einem Nachwort versehen von Franz Kuhn. Mit 18 Holzschnitten. it 744

Giovanni di Boccaccio. Das Dekameron
Hundert Novellen. Ungekürzte Ausgabe. Aus dem Italienischen von Albert Wesselski und mit einer Einleitung versehen von André Jolles. Mit venezianischen Holzschnitten. Zwei Bände. it 7/8

Hermann Bote. Ein kurzweiliges Buch von Till Eulenspiegel aus dem Lande Braunschweig. Wie er sein Leben vollbracht hat. Sechsundneunzig seiner Geschichten.
Herausgegeben, in die Sprache unserer Zeit übertragen und mit Anmerkungen versehen von Siegfried H. Sichtermann. Mit zeitgenössischen Illustrationen. it 336

Clemens Brentano. Gedichte, Erzählungen, Briefe
Herausgegeben von Hans Magnus Enzensberger. it 557

Emily Brontë. Die Sturmhöhe
Aus dem Englischen von Grete Rambach. it 141

Giordano Bruno. Das Aschermittwochsmahl
Übersetzt von Ferdinand Fellmann. Mit einer Einleitung von Hans Blumenberg. it 548

Gottfried August Bürger. Wunderbare Reisen zu Wasser und zu Lande. Feldzüge und lustige Abenteuer des Freiherrn von Münchhausen
Mit Holzschnitten von Gustave Doré. it 207

Hans Carossa. Eine Kindheit. it 295
– Verwandlungen einer Jugend. it 296

Lewis Carroll. Geschichten mit Knoten
Herausgegeben und übersetzt von W. E. Richartz. Mit Illustrationen von Arthur B. Frost. it 302
– Alice im Wunderland
Mit 42 Illustrationen von John Tenniel. Übersetzt und mit einem Nachwort versehen von Christian Enzensberger. it 42
– Alice hinter den Spiegeln
Mit Illustrationen von John Tenniel. Übersetzt von Christian Enzensberger. it 97

Romane, Erzählungen, Prosa

Lewis Carroll. Briefe an kleine Mädchen
Aus dem Englischen übersetzt und herausgegeben von Klaus Reichert. Mit Fotografien des Autors. it 172

Miguel de Cervantes Saavedra. Der scharfsinnige Ritter Don Quixote von der Mancha
Mit einem Essay von Iwan Turgenjew und einem Nachwort von André Jolles. Mit Illustrationen von Gustave Doré. 3 Bände. it 109

Adelbert von Chamisso. Peter Schlemihls wundersame Geschichte
Nachwort von Thomas Mann. Illustriert von Emil Preetorius. it 27

Matthias Claudius. Der Wandsbecker Bote
Mit einem Vorwort von Peter Suhrkamp und einem Nachwort von Hermann Hesse. it 130

James Fenimore Cooper. Die Lederstrumpferzählungen
In der Bearbeitung der Übersetzung von E. Kolb durch Rudolf Drescher. Mit Illustrationen von O. C. Darley. Vollständige Ausgabe. 5 Bände in Kassette.
Der Wildtöter · Der letzte Mohikaner · Der Pfadfinder · Die Ansiedler · Die Prärie. – it 760

Alphonse Daudet. Montagsgeschichten
Aus dem Französischen von Eva Meyer. it 649
– Briefe aus meiner Mühle
Aus dem Französischen von Alice Seiffert. Mit Illustrationen. it 446
– Tartarin von Tarascon. Die wunderbaren Abenteuer des Tartarin von Tarascon. Mit Zeichnungen von Emil Preetorius. it 84

Daniel Defoe. Moll Flanders. Herausgegeben und mit einem Essay versehen von Norbert Kohl. it 707
– Robinson Crusoe. Mit Illustrationen von Ludwig Richter. it 41

Deutsche Künstlernovellen des 19. Jahrhunderts
Herausgegeben von Jochen Schmidt. it 656

Charles Dickens. David Copperfield. Mit Illustrationen von Phiz. it 468
– Große Erwartungen. Aus dem Englischen von Margit Meyer. Mit Illustrationen von F. W. Pailthorpe. it 667
– Der Raritätenladen. Aus dem Englischen von Leo Feld. Mit Illustrationen von Cruikshank u. a. it 716

Romane, Erzählungen, Prosa

Charles Dickens. Oliver Twist
Aus dem Englischen von Reinhard Kilbel. Mit einem Nachwort von Rudolf Marx und 24 Illustrationen von George Cruikshank. Vollständige Ausgabe. it 242
– Weihnachtserzählungen
Mit Illustrationen von Cruikshank u. a. it 358

Denis Diderot. Die Nonne
Mit einem Nachwort von Robert Mauzi. Der Text dieser Ausgabe beruht auf der ersten deutschen Übersetzung von 1797. it 31
– Erzählungen und Gespräche
Aus dem Französischen von Katharina Scheinfuß. it 554

Die drei Reiche. Roman. Aus dem Chinesischen von Franz Kuhn. Mit 24 Holzschnitten. it 585

Fjodor M. Dostojewski. Der Idiot. Aus dem Russischen von Hermann Röhl. Mit einem Nachwort von Hermann Hesse. it 740
– Schuld und Sühne. Roman in sechs Teilen. Aus dem Russischen von Hermann Röhl. Illustrationen von Theodor Eberle. it 673
– Der Spieler. Aus den Erinnerungen eines jungen Mannes. Aus dem Russischen von Hermann Röhl. it 515

Annette von Droste-Hülshoff. Bei uns zulande auf dem Lande. Prosaskizzen. Herausgegeben von Otto A. Böhmer. it 697
– Die Judenbuche. Ein Sittengemälde aus dem gebirgichten Westfalen. Mit Illustrationen von Max Unold. it 399

Alexandre Dumas. Der Graf von Monte Christo. Bearbeitung einer alten Übersetzung von Meinhard Hasenbein. Mit Illustrationen von Pavel Brom und Dagmar Bromova. Zwei Bände. it 266
– Die Kameliendame. Aus dem Französischen von Walter Hoyer. Mit Illustrationen von Paul Garvani. it 546

Joseph Freiherr von Eichendorff. Aus dem Leben eines Taugenichts
Mit Illustrationen von Adolf Schrödter und einem Nachwort von Ansgar Hillach. it 202
– Novellen und Gedichte. Herausgegeben von Hermann Hesse. it 360

insel taschenbücher
Alphabetisches Verzeichnis